KB163194

고리오 영감

Le Père Goriot

세계문학전집 18

고리오 영감

Le Père Goriot

오노레 드 발자크

박영근 옮김

민음사

위대하고 저명한 조프루아 생틸레르[1]의 업적과 천재성에 찬미를 보내며 그에게 이 책을 바친다.

— 발자크

1) Geoffroy Saint-Hilair(1772~1884). 프랑스의 유명한 자연과학자. 발자크는 애초에 이 소설을 샤토브리앙한테 바치려고 했다.

일러두기

이 책은 쇠유(Seuil) 출판사의 1965년판 『인간 희극(La Comédie humaine)』 총서를 저본으로 삼아 번역했다.

차례

하숙집

보케르 부인은 콩플랑 집안에서 태어난 늙은 여자다. 그녀는 파리의 생마르소 성밖 지역과 라탱 구역 사이에 있는 뇌브 생트 주느비에브 거리에서 40년 전부터 하숙집을 경영해 왔다. 남녀노소 누구든지 '보케르 집'으로 알려진 이 하숙집에서 숙식할 수 있다. 어느 누구도 이 존경할 만한 하숙집의 풍속에 대해 결코 험담하지 않는다. 젊은이가 이곳에 하숙하려면, 그의 가족은 쥐꼬리만 한 하숙비를 그에게 보내기만 하면 되었다. 하지만 30년 전부터 이곳에서는 젊은 사람을 한 명도 볼 수 없다.

그런데 이 이야기가 시작되는 시기인 1819년에 불쌍한 한 소녀가 이 집으로 들어왔다. '드라마'라는 단어는 눈물 쥐어짜는 문학이 성하던 시절에 많이 사용되었다. 그러나 제멋대로 거칠게 사용되었기 때문에 그 말의 신뢰도가 크게 떨어졌다. 그런데도 여기에서 그 말을 사용해야겠다. 이 이야기가 이 단어 본래의 뜻대로 드라마틱하다는 건 아니다. 하지만 이 작품을 다 읽고 나면 사람들은 파리의 "성벽 안쪽과 바깥쪽에서" 눈물 몇 방울을 흘릴지도 모르니까 말이다.

이 이야기가 파리 밖에서도 이해가 될까? 의문의 여지가 있다. 볼거리와 지방색이 풍부한 이 무대의 특수성은, 몽마르트르 언덕과 몽루주 고지 사이에 있는 곧 쓰러질 듯한 벽토에 진흙투성이인 시커먼 냇물이 흐르는 유명한 골짜기 안이 아니라면 평가받을 수 없을 터이다. 생생한 고통과 가끔 위장된 기쁨이 넘쳐흐르는 이 골짜기는 너무 무서울 정도로 동요되고 있다. 이곳에 오랫동안 계속될 감동을 불러일으키려면 엄청난 무엇인가가 필요하다. 그런데도 악덕과 미덕의 덩어리 덕분에 위대하고 엄숙해진 고뇌를 여기저기서 볼 수 있다. 따라서 그 모습과 맞닥뜨리면 이기심이나 이해관계를 좇는 마음은 우뚝 멈추고 동정심이 일어난다. 여기에서 받은 인상은 마치 맛있는 과실을 급히 씹어 삼켰을 때의 맛과 같다. 자가나타[2]의 동상을 실은 마차처럼 문명의 마차는, 다른 사람들보다 물리치기 어렵고 바퀴가 돌지 못하게 막는 사람 때문에 지체될 것 같으면, 곧바로 그를 분쇄하고서 영광스러운 전진을 계속하는 법이다.

---

2) 인도 비슈누 신의 제8화신으로, 인도인들은 이 신의 동상을 싣고 가는 마차에 깔려 죽으면 극락에서 환생한다고 믿는다.

따라서 독자 여러분도 하얀 손에 이 책을 들고 '재미있을 것 같은데'라고 생각하면서 푹신한 안락의자에 파묻힐 것이다. 고리오 영감의 은밀한 불행을 읽은 다음, 독자는 자기들이 느낀 무감동을 저자의 책임으로 돌릴 참이다. 그들은 저자의 과장을 공격하고 시정(詩情)을 비난하며 왕성한 식욕으로 저녁 식사를 할 것이다. 아! 그렇지만 다음 사실을 알아두라. 이 드라마는 허구도 아니고 꾸며낸 얘기도 아니다. "모든 것이 사실이다."[3] 이 드라마는 너무도 사실과 일치하기 때문에 누구든지 자기 자신한테나, 어쩌면 자기 마음속에서 이 드라마의 요소들을 인정할 게다.

하숙을 치는 보케르 부인은 이 건물 주인이다. 이 건물은 뇌브생트 주느비에브 거리의 아래쪽에 자리잡고 있다. 그곳은 가파르고 험준한 경사지를 따라 아르발레트 거리 쪽으로 내려앉아 있다. 그 때문에 경사지에는 말들이 거의 오르내릴 수 없다. 이런 형편으로 말미암아 발드그라스와 팡테옹 신전의 둥근 지붕 사이에 있는 빽빽한 거리는 언제나 호젓하다. 이 두 개의 기념물은 노란색을 띠고 있어 그곳 분위기를 바꾸어 놓는다. 또한 둥근 지붕들이 띠는 딱딱한 색조 때문에 모든 게 음울해 보인다. 그곳의 포도(鋪道)는 바짝 말랐고 개울에는 물이나 진흙조차 없으며 담벼락을 따라 잡초들이 자라고 있다. 가장 무관심한 인간일지라도 그곳을 지나가면 여느 사람들처

---

3) "All is true." 발자크는 이 부분을 프랑스어가 아닌, 영어로 썼다. 셰익스피어를 매우 존경한 발자크는 원래 셰익스피어의 『앙리 8세』의 원제였던 이 문장을 『고리오 영감』 초판의 제사(題詞)로 사용했다.

럼 마음이 서글펴질 것이다. 그곳에서는 마차 소리만 들려도 큰 사건이다. 집들은 하나같이 음산했고 벽들은 감옥 냄새를 풍긴다. 만약 파리 사람 한 명이 길을 잃고 그곳으로 들어섰다면 그는 그곳에서 하숙집과 학교, 빈곤과 권태, 죽어가는 노인의 모습, 어쩔 수 없이 공부를 열심히 해야 하는 즐거운 청년들만을 보게 될 것이다. 감히 말하건대 파리에 있는 어느 구역도 이보다 더 소름끼치고 낯선 곳은 없다. 특히 뇌브생트 주느비에브 거리는 이 이야기를 가장 적절하게 담을 수 있는 유일한 청동 액자와 같다. 더욱이 음침한 색조와 장중한 사색으로 독자들이 이해하도록 꾸미는 데는 더 이상 좋은 곳이 없다. 그것은 마치 여행객이 지하 공동묘지를 구경할 때, 계단을 하나씩 내려감에 따라 햇빛은 점점 어두워지고, 안내자의 노랫소리가 굴속으로 점점 퍼져 들어가는 것과 꼭 같다. 얼마나 정확한 비유인가! 메마른 마음과 텅 빈 두개골 중에 어느 것이 더 끔찍스러운지 누가 감히 결정할 수 있을 것인가!

이 하숙집 정면은 작은 정원을 향해 있다. 그 집은 뇌브생트 주느비에브 거리와 직각을 이루고 있어 집의 깊숙한 곳을 볼 수 없다. 이 집 정면을 따라 집과 작은 정원 사이에는 폭이 2미터쯤 되는 물받이용 자갈더미가 있다. 그 앞에는 모래 덮인 오솔길이 있다. 길 가장자리에는 제라늄, 협죽도, 청백색의 큰 도자기 화분에 담긴 석류나무 들이 있다. 중문을 통해 오솔길로 들어갈 수 있는데, 그 중문 위에는 '보케르 집. 남녀 모두 받는 하숙집'이라고 적힌 간판이 하나 붙어 있다.

낮에는 요란한 초인종이 붙은 살문을 통해서 작은 포도의 끝, 길 맞은편 담장 위로, 그 지역 화가가 모델로 삼은 녹색 대리석 아치가 얼핏 보인다. 이 아치 때문에 가려 보이지 않는 움푹 들어간 곳에 큐피드 동상이 서 있다. 상징에 취미가 있는 사람은 동상에 남아 있는 칠 벗겨진 니스 자국을 보고, 그곳에서 약간 떨어진 장소[4]에서 치료 중인 파리에서의 사랑의 신화를 어쩌면 발견할지도 모른다. 동상 받침돌 밑에는 반쯤 지워진 다음과 같은 비명이 적혀 있다. 그것을 읽어보면, 1777년[5] 파리로 돌아온 볼테르에게 너무 열광해서 이런 장식을 하게 된 당시를 회상할 수 있다.

"네가 누구건, 여기 너의 주인이 있다. 그는 너의 주인이고, 너의 주인이었고, 너의 주인이어야 하느니라."

저물녘이면 살문은 막힌 문에 자리를 내준다. 길이와 넓이가 건물 정면만 한 작은 정원은 도로변의 담과 옆집 담으로 에워싸여 있다. 그 집은 망토처럼 늘어진 송악에 완전히 감싸여 있다. 이것은 그림 같은 효과를 불러일으켜 파리 시내를 산책하는 사람들의 눈길을 끌었다. 이 담들은 모두 과수장(果樹墻)과 포도나무로 덮여 있다. 갸름하고 먼지 낀 포도 열매는 보케르 부인에게는 해마다 겪는 걱정거리인 동시에 하숙인들한테는 좋은 얘깃거리였다. 좁은 오솔길이 담을 따라 보리수나무의 그늘까지 뻗어 있다. 보케르 부인은 '드' 콩플랑 집안

---

4) 카푸친회 수도사들이 성병 환자들을 치료했던 생자크 성밖 지역의 병원을 가리킨다.

5) 정치적 탄압을 피해 스위스 국경에 가까운 페르네에 칩거하던 볼테르가 파리로 귀환한 것은 1778년 2월이었다.

에서 태어났으면서도, 또 하숙인들이 늘 문법을 지적해 주어도, 보리수나무를 한사코 '티외유'[6]라고 발음했다. 양쪽 좁은 길 사이에는 식용식물인 아티초크를 심은 네모난 밭이 있다. 거기에는 방추형으로 가지치기한 과일나무들이 서 있다. 밭 가장자리에는 승아와 상추, 파슬리를 심어 놓았다. 보리수나무의 그늘 아래에는 초록색으로 칠한 둥근 테이블이 있고 그 주위에는 의자들이 놓여 있다. 삼복더위에도 커피를 마실 수 있을 만큼 부자인 손님들이 알이 그냥 부화할 정도로 뜨거운 날씨를 피해 이곳에 와 커피 맛을 음미한다.

다락방이 딸린 4층 건물 정면은 작은 건축용 돌로 지어졌고, 파리에 있는 여느 집들에 비해 천박한 인상을 주는 노란색으로 칠해져 있다. 층마다 작은 유리 창틀을 한 창문이 다섯 개씩 있다. 이 창문에는 모두 덧문이 붙어 있는데, 제대로 된 게 없어 제각각 들쑥날쑥했다. 건물 깊숙한 곳에는 창문이 두 개 있다. 아래층 쪽에는 장식으로 격자 쇠창살이 붙어 있다. 건물 뒤에는 폭이 6미터가량 되는 마당이 있다. 이곳에는 돼지와 닭과 토끼 들이 사이좋게 살고 있다. 마당 구석에는 장작 넣어두는 헛간이 있고, 이 헛간과 부엌의 창문 사이에는 찬장이 있다. 그 찬장 밑으로는 기름이 둥둥 뜨는 수챗물이 떨어졌다. 이 마당에는 뇌브생트 주느비에브 거리로 통하는 좁은 문이 하나 있다. 식모는 집 안 쓰레기와, 전염병에 걸릴 위험을 무릅쓰고 물을 많이 써서 더러운 데를 청소한 물을, 이 문을

6) 보리수나무의 발음은 '티욀(tilleul)'이다.

통해 내보낸다.

물론 하숙집을 운영하도록 잘 만들어진 아래층 첫 번째 방은 도로에 면한 두 창문 때문에 훤했다. 문으로도 사용되는 창문을 통해 이 방으로 들어갈 수 있다. 이 방은 식당으로 연결되며, 식당은 계단참을 사이에 두고 부엌과 서로 떨어져 있다. 계단의 층계들은 칠은 해 놓았지만 닳아빠진 나무와 타일로 만들어졌다. 윤 나는 줄무늬와 윤 없는 줄무늬가 섞바뀌져 있는 말총 천을 씌운 소파와 의자들이 놓여 있는 이 방을 보는 것보다 더 쓸쓸한 일은 없다. 방 중앙에는 생탄 산(産) 흰 점무늬 회색 대리석 상판의 둥근 테이블이 놓여 있다. 그 위에는 오늘날도 아무 곳에서나 볼 수 있는 금줄 무늬가 반쯤 지워진 흰색 자기 쟁반이 놓여 있다. 이 방은 벽널을 잘못 깔아 판자들이 가슴 높이까지 둘러져 있다. 벽의 절반 윗부분에는 텔레마코스[7]가 한 모험의 주요 장면들이 그려진 니스 칠을 한 벽지가 덮여 있는데, 고전적인 작중인물들이 색색으로 그려져 있다. 하숙인들은 격자 쇠창살 창문들 사이에 걸린 액자에서 칼립소가 오디세우스의 아들에게 베풀었던 향연이 그려진 그림을 볼 수 있다. 40년 전부터 이 그림은 젊은 하숙인들에게 농담거리가 되었다. 그들은 가난 때문에 할 수 없이 참고 먹는 하숙집의 저녁 식사를 빈정거렸다. 왜냐하면 그들은 자기들이 현재 위치보다 훨씬 상류에 속한다고 믿었기 때문이

---

7) 1695년, 프랑스 작가 페늘롱(Fénelon)이 쓴 교훈소설 『텔레마코스』의 주인공이다.

다. 특별한 경우에만 불을 피운다는 사실을 증명해 주듯이 화덕이 언제나 깨끗한 돌 벽난로 위에는, 새장 속에 갇힌 듯한 낡아빠진 조화를 가득 채워 넣은 꽃병 두 개가 장식품으로 놓여 있고, 꽃병 옆에는 가장 멋없는 취향의 푸르스름한 대리석 괘종시계가 붙어 있다.

이 첫 번째 방에서는 말로 표현할 수 없는 냄새가 난다. 아마 쾨쾨한 '하숙집 냄새'라고 부르는 게 낫겠다. 이 냄새는 곰팡이 냄새, 곰팡이가 썩는 냄새, 비계 같은 것이 썩는 냄새다. 싸늘하고, 코가 축축해지고, 옷 속에까지 스며드는 냄새다. 이 냄새는 저녁 먹던 식당에서 풍기는 것과 같다. 이 냄새는 찬장과 식기실, 요양원의 냄새를 풍긴다. 만일 다양한 연령층으로 구성된 하숙인들이 그것이 내뿜는 각기 '독특한' 카타르성 공기의 구역질 나는 냄새를 측정할 방법을 찾아낸다면, 아마 이 냄새를 묘사할 수 있을 게다. 그런데 이런 눈살 찌푸려지는 불쾌감에도 불구하고 옆에 붙은 식당과 견주어 본다면, 독자는 이 방이 마치 귀부인의 규방(閨房)처럼 우아하고 향기롭다는 사실을 알게 될 것이다.

벽면이 널판자로 된 식당은 예전에는 채색되어 있었는데 이제는 색이 바래 구별이 안 되고 때가 겹겹이 끼어 있어서 괴상한 그림을 그려놓은 듯하다. 식당에는 끈적끈적한 찬장들이 바짝 붙어 있고, 찬장 위에는 이지러지고 퇴색한 병들과 물결무늬가 그려진 둥근 금속 식기들, 투르네 지방에서 만든 가장자리가 푸른 두꺼운 도자기 접시 무더기들이 쌓여 있다. 식당 구석에는 번호가 매겨진 칸이 여러 개 있는 상자가 있다. 하숙인들은 포도주 냄새를 풍기고 얼룩진 수건들을 넣어두는 데 이 상자를 사용했다. 마치 불치병 환자들을 수용하는 요양원에 있는 문명의 찌꺼기처럼, 다른 곳에서는 내버렸을, 부수어도 부수어지지 않는 가구들을 그곳에서는 볼 수 있다.

또한 독자들은 그곳에서 다음과 같은 물건들을 볼 수 있다. 비가 올 때 나타나는 성프란체스코 회(會)의 걸승 모습을 하고 있는 청우계, 금빛 줄이 박히고 니스 칠한 검은 나무 액자 속에 들어 있는 밥맛 떨어질 정도로 보기 싫은 판화, 구리가 상감된 거북의 등껍질 같은 괘종시계, 초록색 난로, 먼지와 기름이 묻은 캥케식 양등(洋燈), 장난스러운 외래 하숙인[8]이 손가락을 칼처럼 써서 그 위에 자기 이름을 새길 정도로 기름때 더께가 앉은, 밀초 칠한 천으로 덮인 긴 테이블, 찢어지는 일 없이 항상 잘 늘어나는 에스파르토 섬유로 만든 보잘것없는 신발닦개, 나무로 된 부분은 까맣게 타버렸고 접합 부분은 고장 나서 구멍이 뚫린 각로(脚爐) 등이 바로 그것이다.

이 가구들이 얼마나 낡아 터지고, 금이 가고 썩었는지, 얼마나 흔들거리고 좀먹었는지, 한쪽 다리가 병신이고 애꾸이며 폐렴에 걸려 빈사 상태에 빠져 있는지를 설명하려면 상세한 묘사가 필요할 것이다. 그러자면 이야기 줄거리가 너무 늦게 나타나 성질 급한 독자들은 작가를 용서하지 않을 터이다. 바닥에 깔린 붉은 타일은 닳고 덧칠해 온통 울툭불툭했다. 끝으로, 그곳에는 시적인 데라곤 전혀 없는 가난이 있다. 더 이를

---

8) 잠은 자지 않고 식사만 하는 하숙인을 뜻한다.

데 없이 궁핍하고 넝마 같은 가난이 도사리고 있다. 그 가난은 진흙이 묻지 않았다 해도 얼룩이 지고, 아직은 구멍이 숭숭 뚫린 누더기가 아닐지라도 곧 썩어 넘어질 지경이다.

아침 7시쯤이면 이 식당은 마음껏 광채를 내뿜는다. 이때 보케르 부인의 고양이는 자기 여주인보다 먼저 찬장으로 뛰어올랐다. 고양이는 접시로 덮어 놓은 사발 속에 들어 있는 우유 냄새를 맡았다. 아침마다 그러듯이 "그르릉" 하고 목구멍소리를 냈다. 그러면 곧 이 과부가 모습을 나타냈다. 그녀는 얇은 명주 망사로 만든 보닛을 썼다. 모자 밑으로는 잘못 맨 가발이 늘어져 있다. 그녀는 찌그러진 슬리퍼를 질질 끌면서 걷는다. 그 여자의 늙고 통통한 얼굴 가운데에는 앵무새 부리 같은 코가 솟아 있다. 그녀의 작은 손은 토실토실했다. 몸은 교회 쥐처럼 뚱뚱했다. 헐렁헐렁하고 올이 촘촘한 블라우스는 불행이 스며들고 이해타산이 웅크리고 있는 이 식당과 멋진 조화를 이룬다. 그런데도 보케르 부인은 이 식당에서 나는 심한 악취를 아무런 역겨움도 없이 들이마신다. 가을에 내리는 첫서리처럼 냉랭한 그녀의 얼굴과 주름진 눈의 표정에서는 춤추는 여인의 판에 박은 미소부터 어음할인 중개인의 잔뜩 찡그린 모습까지 골고루 볼 수 있다. 결국 이 하숙집이 그녀의 전부를 상징하듯이, 그녀의 모든 모습이 이 하숙집을 설명해 준다. 간수 없는 감옥이란 있을 수 없듯이, 독자들은 이 두 가지 중에서 하나를 빼놓고 다른 하나를 상상할 수 없다. 티푸스가 병원에서 내뿜는 공기 때문에 생기는 것처럼, 이 작은 부인이 희끄무레하게 살찐 것은 그러한 생활에서 비롯한 결과다. 털실로 뜨개질하여 만든 그녀의 속치마는 낡았고, 터진 틈새로는 속이 보이며 겉치마 밖으로 비어져 나와 있다. 그런데 이것은 이 하숙집의 방과 식당과 정원의 실상을 요약하고 있다. 또한 부엌이 어떠한가를 미리 알려주며 하숙인들이 어떤 사람들인가를 말해 주는 셈이다. 따라서 그녀가 이곳에 있는 풍경이란 완벽한 안성맞춤인 셈이다.

쉰 살쯤 되는 보케르 부인은 '산전수전 다 겪은 여자들'과 닮았다. 그녀의 눈은 흐릿했다. 더 비싼 값을 받으려고 싸움도 마다 않는 뚜쟁이처럼 순진한 모습도 있다. 하지만 이 여자는 자신의 운명을 달래기 위해서는 무슨 일이든지 할 수 있다. 설사 피슈그뤼와 조르주[9]를 당국에 넘겨줄 수 있었다면, 그들을 넘길 만반의 준비를 했을 터이다. 그런데도 하숙인들은 그녀를 "천성은 좋은 여자"라고 생각했다. 그들은 그녀가 자기들처럼 우는소리를 하거나 기침하는 소리를 들으며, 그녀가 돈이 없는 것이라고 믿었다.

보케르 씨는 어떤 사람이었을까? 그녀는 죽은 남편에 대해 한 번도 말한 적이 없다. 어떻게 그 남편은 재산을 잃었을까? 그런 질문에 부딪히면 이 여자는 "불행해서"라고 대답했다. 그는 아내를 홀대했다. 남겨준 것이라고는 눈물 흘릴 두 눈과 살아가기 위한 이 집과 어떠한 불행도 동정하지 않는 단호한 마음뿐이었다. 왜냐하면 그녀는 자기가 겪을 수 있는 불행을 모

---

9) 조르주 카두달(Georges Cadoudal, 1771~1804)은 유명한 왕당파로 권모술수에 능했다. 그는 샤를 피슈그뤼(Charles Pichegru, 1761~1804)와 공모해서 나폴레옹을 공격하려다가 체포되어 1804년 6월에 처형됐다.

두 겪어서 그럴 수 있다고 말하기 때문이다.

여주인이 종종걸음 치는 소리를 들으며 뚱뚱한 식모 실비는 하숙인들이 먹을 아침 식사를 차리느라고 바삐 돌아간다. 대개 잠은 자지 않는 하숙인들은 매월 30프랑으로 저녁만 먹는다. 이 이야기가 시작되는 무렵, 이 하숙집에는 일곱 사람이 있었다. 2층에는 이 집에서 가장 좋은 방이 두 개 있었다. 보케르 부인은 둘 중에서 초라하고 값이 싼 방을 썼다. 다른 방에는 프랑스 공화국 육군 출납 지불관의 미망인인 쿠튀르 부인이 살고 있었다. 이 부인은 빅토린 타유페르라는 젊은 여인과 함께 살면서 그녀의 어머니 노릇을 했다. 이 두 여인이 내는 하숙비는 1800프랑이었다. 3층에 있는 두 방에도 사람이 들어 있었다. 한 방에는 푸아레 노인이, 또 다른 방에는 마흔쯤 되는 사내가 각각 살고 있었다. 그는 검은 가발을 쓰고 다녔고 구레나룻을 염색했다. 전직 도매상인이었다는 그의 이름은 보트랭이었다. 4층에는 방이 네 개 있었다. 그중 한 방에는 미쇼노라는 늙은 처녀가 들어 있었다. 다른 방에는 고리오 영감이라는 별명을 가진, 이탈리아식 국수와 전분을 만드는 전직 제면업자가 살았다. 나머지 두 방은 고리오 영감이나 미쇼노 양처럼 숙식비로 매달 45프랑밖에 낼 수 없는 철새 신세같이 불쌍한 학생들이 썼다. 보케르 부인은 그런 학생들이 나타나는 것을 떨떠름하게 여겼고, 더 좋은 손님이 나타나지 않을 경우에만 그들을 받았다. 왜냐하면 학생들은 빵을 너무 많이 먹었기 때문이다.

그 당시 법학 공부를 하려고 앙굴렘 부근에서 파리로 올라

온 청년이 이 두 방 가운데 하나에 살고 있었다. 식구가 많은 그의 집에서는 이 청년에게 1년에 1200프랑씩을 부쳐주느라고 온갖 고생을 해야만 했다. 이 청년의 이름은 외젠 드 라스티냐크였다. 그는 어려운 환경 속에서 열심히 공부했다. 이 젊은 친구는 부모가 자신에게 걸고 있는 기대를 이해했다. 그는 학업의 쓸모를 앞서 내다보고, 장차 이 사회를 움켜쥘 일인자가 되기 위해, 사회의 움직임에 학업을 발맞춰 나가며 자신의 멋진 미래를 준비하는, 불행 때문에 공부가 익숙해진 수많은 젊은이들 중의 하나였다. 호기심으로 가득 찬 그의 관찰력과 파리의 수많은 살롱에 드나들 줄 아는 수완이 없었더라면, 이 이야기는 제대로 채색되지 못했을지도 모른다. 이 이야기의 색깔은 그의 총명한 두뇌와 어떤 상황의 비밀을 꿰뚫어보려는 그의 욕망 덕택에 가능해진 것이다. 그런데 이 같은 상황의 비밀은, 그것을 만들어낸 사람들과 그로 인에 손해 입은 사람들이 똑같이 은폐하고 있던 무시무시한 것이었다.

4층 위에는 빨래를 널어놓는 헛간, 그리고 심부름하는 아이인 크리스토프와 뚱보 식모 실비가 쓰는 다락방이 두 개 있었다. 기숙하는 일곱 사람 말고도 보케르 부인에게는 해마다 평균해서 여덟 명의 법대생 또는 의대생 들과 그 부근에 살면서 저녁만 먹기로 계약된 두세 명의 단골손님이 있었다. 식당은 저녁 식사 때 열여덟 명을 수용할 수 있었지만, 스무 명까지도 받았다.

그런데 아침에는 일곱 사람만 나타나기 때문에 마치 가족들이 식사하는 것처럼 보였다. 그들은 모두 슬리퍼를 끌고 내려와서 기숙하지 않는 하숙인들의 옷차림이나 모습에 대해서, 그리고 지난밤에 일어난 사건들에 대해 서로 친밀하게 이야기를 털어놓았다. 이 일곱 명의 하숙인들은 보케르 부인의 응석받이 아이들이었다. 그녀는 천문학자같이 정확하게 하숙비 액수에 비례하는 정성과 존경을 그들에게 보여주었다. 우연히 그곳에 모이게 된 이 하숙인들도 같은 생각을 했다.

3층에 있는 두 사람은 달마다 72프랑만을 하숙비로 지불했다. 쿠튀르 부인을 제외하면, 라 부르브와 살페트리에르 병원 사이에 있는 생마르셀 성밖 지역에서나 볼 수 있는 값싼 하숙비는 이 집 하숙인들이 적어도 명백한 불행의 무게를 짊어지고 있음을 알려준다. 그래서 이 하숙집 안의 처참한 광경은 다 해진 하숙인들의 옷차림에서도 되풀이하여 나타났다. 남자들은 프록코트를 입고 있었다. 그런데 너무 색이 바래서 무슨 색깔인지 의아할 정도였다. 구두는 부자 동네 같으면 길모퉁이에 던져버렸을 물건이었다. 내의는 낡아 떨어졌고 겉옷은 형편없었다. 여자들은 유행이 지난, 다시 염색했는데도 빛깔이 바랜 옷을 입었다. 레이스는 낡아서 여기저기 기웠으며, 장갑은 너무 오래 사용해 반들반들 윤이 났다. 색깔은 늘 갈색이었고 목도리의 올은 풀어져 있었다. 옷차림은 모두 이런 형편이었지만 그들의 뼈대는 견실했을 뿐만 아니라 모두 인생의 회오리바람을 이겨낸 튼튼한 체질이었다. 얼굴들은 마치 유통이 정지된 에퀴 은화처럼 차갑고 무뚝뚝하며 특징이 없어 보였다. 축 늘어진 입은 탐욕으로 가득 찬 이로 무장되어 있었다. 이 하숙인들을 보면 마치 방금 끝났거나 혹은 아직 상연 중인 연극이 연상됐다. 채색된 장식 천 사이에서, 각광을 받으며 상연되는 드라마가 아니라, 침묵하지만 살아 있는 드라마, 마음을 뜨겁게 뒤흔드는 얼음장 같은 드라마, 쉬지 않고 계속되는 드라마였다.

노처녀 미쇼노는 지친 두 눈 위에 '동정'의 천사라도 놀랄 만한, 놋쇠 줄테를 두른 때 묻은 녹색 호박단으로 된 해가리개를 두르고 있었다. 메마르고 곧 눈물이 쏟아질 것 같은 그녀의 몸을 감싼 보잘것없는 술 장식이 달린 숄은 마치 해골을 덮고 있는 듯이 보였다. 그만큼 숄로 가린 그녀의 모습에선 뼈가 두드러져 보였다. 어떤 산성 물질이 이 늙은 처녀의 여자다운 모습을 벗겨가 버렸을까? 옛날에 그녀는 아름다웠고 몸매도 좋았을 것이다. 악덕과 상심, 탐욕이 그 원인이었을까? 그녀는 지나치게 사랑에 빠졌을까? 그 여자는 돈놀이도 하는 헌옷이나 장신구 장수였을까 아니면 그냥 매춘부였을까? 그녀는 건방지고 기고만장하게 젊음을 과시했기 때문에 벌받았던 것일까? 그녀는 쾌락에 젖었던 오만한 청춘의 승리를 이제는 행인들이 피해 갈 정도의 노쇠로 속죄하고 있는 것인가? 그녀의 희끄무레한 시선은 냉기를 내뿜는다. 쪼그라든 얼굴은 위협적이고 목소리는 겨울이 다가왔을 때 숲속에서 우는 매미 소리처럼 날카로웠다. 자기네 아버지가 돈이 없는 줄로 믿었던 자식들이 버린 어느 방광염 환자 노인을 자기가 돌보았다고 그녀는 말하곤 했다. 그 노인은 그녀에게 1000프랑의 종신연금을 물려주었다. 하지만 이 돈을 두고 상속인들과 정기적으로 다투었다. 그녀는 이들한테 중상모략을 당했다고 말했다. 정열의 장난이 얼굴을 못쓰게 만들었는데도, 아직도 피부조직에 서 하얗고 섬세한 흔적을 몇 군데 볼 수 있었다. 그 때문에 그녀의 육체는 아직 아름다움을 조금은 간직할 수 있었다.

푸아레 씨는 일종의 기계 같은 인간이다. 식물원의 오솔길을 따라 내리깔린 회색 그림자처럼 늘어진 그는 낡아빠지고 짜임새 없는 모자를 쓰고 있었다. 손으로는 누런 상아 손잡이가 달린 지팡이를 겨우 쥐었다. 낡은 프록코트 자락이 헐렁하고 짧은 바지를 입은 두 다리 위에서 펄럭였다. 푸른 양말을 신은 그의 두 다리는 술 취한 사람처럼 휘청였다. 그는 때 묻은 하얀 조끼를 입었다. 칠면조 같은 그의 목에 두른 넥타이와 두툼한 모슬린 가슴 장식이 어울리지 않았다. 많은 사람들은 이 괴짜가 이탈리아 거리를 활보하는 야벳[10]의 건방진 후손에 과연 속하는가 하고 의심할 것이다. 그는 왜 이처럼 쪼글쪼글해졌을까? 그의 둥근 얼굴은 어떤 정열 때문에 갈색으로 거무죽죽해졌을까? 만약 만화로 그린다면 그의 얼굴은 이 세상 사람 같지 않을 것이다.

그는 예전에 어떤 사람이었을까? 어쩌면 그는 사형집행인들이 부모 살해범 처형에 사용하는 검은 베일, 용수갓을 만드는 밀짚, 목을 자르는 칼의 끈 같은 것을 구비하는 데 들어간 비용 영수증을 처리해 주는 법무성 관리였을지도 모른다. 어쩌면 도살장의 문지기나 위생국의 부감독관이었을 수도 있다. 어쨌든 그는 사회라는 이 거대한 방앗간에 속한 당나귀들 가

---

10) 성서에 나오는 노아의 셋째 아들로, 성경에 의하면 유럽인의 선조다.

운데 한 마리였다. 그는 원숭이 베르트랑을 몰랐던 파리에 사는 고양이 라통[11]과 같은 사람이었다. 그는 불행과 더러움에 의해 돌아가는 이 사회에서 굴대 같은 존재였다. 따라서 "그래도 저런 사람도 필요하구나"라고 말할 수 있을 그런 사람들 중의 하나였다.

아름다운 파리는 정신적 혹은 육체적 괴로움 때문에 창백해진 그런 얼굴들을 모른다. 파리는 진짜 큰 대양이다. 그래서 거기에 수심 측정기를 던져보아도 결코 그 깊이를 잴 수 없다. 이 대양을 답사하고 묘사해 보라! 답사하고 묘사하기 위해서 아무리 애쓰고, 바다 탐험가들의 수가 아무리 많고 큰 관심을 가졌다 하더라도, 그곳에서는 미답의 땅, 알려지지 않은 동굴, 꽃, 진주, 괴물, 그리고 잠수부 노릇을 하는 문인들이 잊고 있는 전대미문의 사건들을 언제든지 만날 수 있다. 보케르 부인의 하숙집도 이런 흥미롭고 기괴한 것들 중 하나다.

다음 두 사람의 모습은 다른 하숙인들과 단골손님들과 비교할 때 뚜렷한 대조를 이루었다. 빅토린 타유페르 양은 빈혈에 걸린 소녀들처럼 병적인 창백한 모습을 띠었다. 늘 슬퍼하는 옹색한 태도와 가난하고 연약한 모습 때문에 이 이야기의 배경이 되는, 누구나 겪는 괴로움 속에 그녀도 빠져 있었다. 하지만 그녀의 얼굴은 늙지 않았고 동작과 목소리는 민첩했다. 이 불행한 소녀는 심은 지 얼마 되지 않아 잎이 노래진 작

11) 라퐁텐의 우화에 나오는 순진한 고양이 라통과 교활한 원숭이 베르트랑을 말한다.

은 관목과도 같았다. 그녀의 다갈색 얼굴과 짙은 황갈색 금발과 너무나도 가냘픈 몸매는 현대 시인들이 중세의 작은 동상에서 찾아볼 수 있었던 우아함을 드러냈다. 검은색이 섞인 그녀의 회색 눈은 기독교적 부드러움과 체념을 나타내었다. 값싸고 소박한 옷차림에서 그녀의 젊은 모습을 볼 수 있었다. 그녀의 아름다움은 이중적이었다. 행복했더라면 그녀는 더욱 아름다웠을 텐데. 왜냐하면 화장이 여성을 아름답게 꾸미듯이, 행복이란 여성의 시적 아름다움이기 때문이다. 만일 무도회의 기쁨이 그녀의 창백한 얼굴을 장밋빛으로 물들였다면, 벌써 약간 움푹 파인 그녀의 뺨은 우아한 생활에서 오는 즐거움이 넘쳐서 붉은빛으로 물들었을 것이다. 만일 그녀의 슬픈 눈에 사랑이 생기를 주었더라면, 빅토린은 가장 아름다운 소녀들과 경쟁했을 테지.

하지만 그녀는 여성을 다시 한 번 창조하는 장신구와 사랑의 편지를 가지지 못했다. 이 여인이 겪은 이야기만으로도 책 한 권을 너끈히 쓸 수 있을 터이다. 그녀 아버지는 그녀를 자식으로 인정하지 않았고 딸이 자기 곁에 있는 것을 거부했다. 단지 해마다 600프랑만을 그녀에게 보냈다. 심지어 이 아버지는 그녀의 몫을 아들에게 전부 넘겨주려고 재산에 법적 조치를 취해 두었다.

빅토린의 어머니는 옛날에 쿠튀르 부인 집에서 살다가 절망 끝에 죽었다. 그녀의 먼 친척인 쿠튀르 부인은 이 고아를 마치 자기 자식처럼 돌보아주었다. 불행하게도 공화국 육군 출납 지불관의 미망인인 쿠튀르 부인은 과부 재산과 연금밖에는 가진 게 없었다. 어느 날 이 부인은 경험도 돈도 없는 이 불쌍한 소녀를 거친 세파 속에 내놓게 될지도 모를 일이었다. 어쨌든 빅토린을 신앙심 깊은 소녀로 만들려고 무척 애썼던 이 훌륭한 부인은 일요일마다 미사에, 두 주일마다 고해성사에 그녀를 데리고 다녔다. 부인 생각이 옳았다. 아버지를 사랑하지만 그로부터 버림받은 이 소녀는 신앙심 덕으로 미래에 대한 희망을 가졌다. 따라서 해마다 그녀는 어머니를 용서해 달라고 아버지에게 갔다. 그러나 아버지가 살고 있는 집의 문은 항상 가혹하게 닫혀 있었다. 유일한 중개자인 오빠는 4년 동안 한 번도 그녀를 보러 온 적이 없었고 아무런 도움도 주지 않았다. 그녀는 아버지가 눈을 뜨도록 그리고 오빠가 마음을 풀도록 하느님께 간청했다. 그녀는 그들을 비난하지 않고 그들을 위해 기도했다. 쿠튀르 부인과 보케르 부인은 그들의 이런 야만적 행동을 제대로 나타낼 욕설을 사전에서 도저히 찾아낼 수 없었다. 이 부인들이 그 파렴치한 백만장자를 저주할 때, 빅토린은 상처 입은 산비둘기의 노래 같은 온화한 말로 아버지를 변호했다. 고통으로 가득 찬 그녀의 울음 속에는 아직도 아버지에 대한 사랑이 깃들어 있었다.

외젠 드 라스티냐크는 전형적인 남부 지방 사람의 모습을 지녔다. 얼굴빛은 하얗고 머리카락은 검었다. 두 눈은 푸른색이었다. 그의 풍모와 태도와 습관적 몸가짐으로 미루어볼 때, 그는 귀족 출신임에 틀림없었다. 어려서부터 전통적이고 고상한 취미만을 배운 듯이 보였다. 그는 의복을 몹시 아껴 입었다. 평상시에는 지난해의 옷을 닳도록 입었다. 때때로 우아한 청년의 옷차림으로 외출하는 경우도 있었지만 보통은 낡은 프록코트와 더러운 조끼를 입고 다녔다. 학생들이 매는 검고 퇴색한 넥타이를 아무렇게나 매고 다녔다. 바지도 그런 형편이었다. 장화는 구두창을 다시 갈아 댄 것이었다.

이 두 사람과 다른 사람들 사이에서 중간자 역할을 하는 인간이 바로 보트랭이다. 그는 마흔 살이었고 구레나룻에 염색하고 다녔다. 그는 사람들이 "저 친구는 그럴듯한 녀석이야!" 라고 말할 만한 인물 중의 하나였다. 그의 양어깨는 넓었고 가슴은 잘 발달돼 있었다. 근육은 탄탄했고 손은 두툼하고 네모졌다. 손가락에는 짙은 적갈색 털들이 듬뿍 나서 유난히 사람들의 눈에 띄었다. 너무 일찍 주름살 잡힌 그의 얼굴은 부드럽고 상냥한 태도와는 어울리지 않는 엄격함을 보여주었다. 나직한 목소리는 지나친 그의 쾌활성과 조화를 이루었기 때문에 듣기에 불쾌하지 않았다. 그는 항상 친절하고 웃기 좋아했다. 어떤 자물쇠가 말을 안 들을 경우 "이런 것쯤 문제없다."라고 말하며, 자물쇠를 분해하고 고치고 기름칠하고 다시 짜 맞추었다. 그뿐만이 아니다. 그는 배, 바다, 프랑스, 외국인, 사업, 사람, 사건들, 법률, 관청, 그리고 감옥에 대해서까지도 모두 훤히 꿰고 있었다. 만일 누군가 끈질기게 하소연하면, 곧 그 사람에게 도움을 주었다. 그는 여러 번 보케르 부인과 다른 하숙인들에게 돈을 꾸어주었다. 그러나 이 채무자들은 그에게 돈을 갚지 못할 바에야 차라리 죽는 편이 더 낫다고 생각했다. 후의 넘치는 태도에도 불구하고 그만큼 그는 어떤 심오하고 결단성 넘치는 시선으로 남에게 두려움을 품게 했다. 침 뱉을 때의 그의 모습에서는 난처한 처지에서 벗어나기로 마음먹은 뒤엔 죄 앞에서 머뭇거리는 일은 결코 없을 태연한 침착성을 엿볼 수 있었다. 엄격한 재판관처럼 그의 눈은 모든 문제와 모든 양심, 모든 감정의 밑바닥까지 꿰뚫어보는 듯했다.

그는 매일같이 아침 먹고 외출했다 저녁 식사를 하러 돌아오고, 다시 밤늦게까지 나가 있다가 자정쯤에야 돌아왔다. 그는 보케르 부인이 그에게 맡겨 둔 만능 열쇠로 직접 문을 열고 들어왔다. 그만이 혼자 이런 특별 대우를 누렸다. 그는 여주인과 매우 친근한 사이여서 그녀 허리를 껴안으면서 '엄마'라고 불렀다. 하지만 이런 짓은 일방적인 아첨임에 틀림없다. 마음씨 좋은 이 여인은 보트랭만이 자기의 뚱뚱한 허리를 껴안을 만큼 팔이 길다는 것을 알기 때문에 그 짓을 대수롭지 않게 생각했다. 후식 먹을 때 그가 마시는 브랜디 섞인 커피값으로 매월 15프랑을 후하게 치르는 것도 그가 지닌 독특한 성격의 일면이었다. 파리 생활의 소용돌이 속에 휩쓸려 들어간 청년들이나 또는 자기들과 직접 관련이 없으면 무관심한 노인들보다는 조심성 있는 사람들일지라도 보트랭이 불러일으킨 수상한 인상에 집착하지 않을 것이다. 그는 자기 주위에 있는 사람들의 사건들에 대해 잘 알고 있거나 짐작할 수 있었다. 하지만 어느 누구도 그의 생각이나 그의 일에 관해 알아채지 못했다. 그는 타인과 자신 사이에 있는 장벽처럼 다른 사람들에게 눈에 띄는 호의와 끊임없는 친절과 쾌활함을 내보였지만, 때때로 사람들은 그의 성격에서 깊은 두려움을 느꼈다. 또한 그는 이따금 유베날리스[12]와 견줄 만한 신랄한 풍자로 법률을 비웃었고 상류사회를 공격하며 그 사회의 모순을 비난하길 좋아했다. 이런 점으로 볼 때 그는 사회체제에 대해 원한을 품고 있었다. 또한 다른 사람들은 그의 삶 깊은 곳에 조심스럽게 감추어진 어떤 비밀이 있으리라고 추측했다. 분명 자신도 모르게 타유페르 양은 보트랭의 굳센 힘과 라스티냐크의 아름다움에 끌렸다. 그녀는 이 사십 대의 남성과 젊은 학생에게 남몰래 눈길을 던졌으며 두 사람에 대해 은밀한 생각을 마음속 깊이 품었다. 언젠가는 우연히 그녀의 처지가 바뀌고 돈 많은 짝이 될 수 있는데도, 두 사람 누구도 그녀에게 관심 없는 듯했다.

더구나 하숙인들 중 누구도, 한 사람이 떠들어대는 불행이 진짜인지 가짜인지를 검증하려고 애쓰지 않았다. 그들 모두는 각자의 처지에서 비롯한 불신 섞인 무관심을 서로에게 품고 있었다. 그들은 서로의 고통을 덜어주기에는 자신들이 무능하다는 사실을 알았다. 그들은 서로 괴로움을 얘기하며 이미 애도의 술잔을 비웠다. 마치 늙은 부부처럼, 그들은 서로 이야기를 나눌 게 없었다. 그들 사이에 남은 것이라고는 기계적 생활에 관한 보고와 기름칠하지 않은 톱니바퀴의 움직임뿐이었다. 그들은 길에 있는 맹인 앞을 곧장 지나쳤고 불쌍한 사람의 얘기를 아무런 감정의 동요 없이 들었다. 그들은 가난에 쪼들린 나머지 가장 끔찍한 고통 앞에서도 냉정할 수 있었다. 이런 가난으로부터 벗어날 수 있는 길은 죽음뿐이라고 그

---

12) 1~2세기경 고대 로마의 시인으로 『풍자시집(Saturae)』이 대표작이다.

들은 생각했다.

그래도 이 비참한 영혼들 가운데에서 가장 행복한 사람은 이 자유로운 양로원에서 군림하는 보케르 부인이었다. 적막과 추위, 메마름과 축축함이 시베리아 초원의 광막함을 풍기는 듯한 이 작은 정원은, 오로지 그녀에게만 상쾌한 숲이었다. 그녀만이 계산대의 녹 냄새 풍기는 이 노랗고 음산한 집에서 이루 말할 수 없는 행복을 느꼈다. 감옥 같은 그 방들은 그녀의 소유였다. 그 여자는 무기징역형을 선고받은 죄수들 같은 하숙인들에게 위세를 떨쳐 그들한테서 존경받으며 하숙인들을 부양했다. 이 불쌍한 사람들이 그녀가 요구하는 만큼 싼 하숙비로 이처럼 깔끔하고 풍부한 식사, 그리고 우아하거나 편리하지는 못하지만 적어도 깨끗하고 위생적이기는 한 방들을 파리의 어느 곳에서 찾아낼 수 있겠는가? 그래서 만일 그녀가 지나치게 불공평한 처사를 했다 할지라도 그 희생자들은 아무런 불평 없이 참아야 했다.

보통 이러한 집단은 모든 사회의 요소들을 작은 규모로 나타내게 마련이고 또 실제로 그랬다. 학교에서나 바깥세상에서처럼, 이 18명 중에서도 불쾌감을 일으키는 불쌍한 사람과 끝없이 조롱당하는 천덕꾸러기를 만날 수 있다. 하숙 생활이 2년째에 접어들었을 때, 그들과 앞으로도 2년은 더 부대끼며 지내야 할 외젠 드 라스티냐크에게는 그 인간의 모습이 모든 사람들 가운데에서 가장 뚜렷하게 보였다. 이 '놀림감'이란 옛날에 제면업을 한 고리오 영감이었다. 이야기꾼도 그렇겠지만 화가라면 화면의 모든 광선을 이 영감의 머리 위에 집중시켰을 터이다. 어떤 까닭으로 사람들은 반쯤은 미움 섞인 경멸을, 동정 섞인 학대와 멸시를 이 최고참 하숙인에게 퍼부었을까? 인간들은 악덕은 용서하면서도 어떤 인간의 우스꽝스럽고 이상한 짓은 용서하지 않는 법이다. 그것 때문일까? 이 문제는 수많은 사회적 불공정과 밀접한 관련이 있다. 어쩌면 진정한 겸손이나 무기력 또는 무관심으로 말미암아 모든 것에서 고통받는 사람에게 계속 참으라고 하는 게 인간 본성일까? 우리는 어떤 사람이나 사물을 희생시켜서 자신의 힘을 증명하기를 좋아하지 않는가? 가장 허약하고 어린 부랑아조차도 얼음이 얼 때는 모든 집의 초인종을 눌러보거나, 몸을 추켜올려서 새로운 기념비 위에 자기 이름을 쓰려고 기어 오른다.

예순아홉 살쯤 먹은 고리오 영감은 1813년에 사업을 그만두고 보케르 하숙집에 눌러앉았다. 처음에 그는 쿠튀르 부인이 지금 쓰고 있는 방에 있었다. 그때는 1200프랑의 하숙비를 지불했다. 100프랑쯤 더 내거나 덜 내는 것을 별로 대수롭게 여기지 않았다. 보케르 부인은 그에게 선금을 받아 그가 쓸 방 셋을 다시 꾸몄다. 노란색 옥양목으로 만든 커튼과 유트레히트 산(産) 비로드 커버를 씌운 니스 칠한 나무 소파, 아교 칠한 그림 몇 장과 시골 술집에서도 쓰지 않을 듯한 벽지를 바른 보잘것없는 인테리어에 돈이 다 들어갔다고 그녀는 말했다.

그때만 해도 사람들은 정중하게 고리오 선생님이라고 불렀다. 고리오 영감이 매사 태평하고 너그러워서 속여 넘기기 쉽자 보케르 부인은 그를 세상 물정 모르는 바보로 여겼다. 이 영감은 훌륭한 옷들이 가득 찬 옷장을 가지고 왔다. 그것은 그가 사업을 그만두었을 때 돈을 많이 들여 근사하게 만든 옷장이었다. 보케르 부인은 네덜란드 직물이 반이나 들어간 셔츠 열여덟 벌을 보고 감탄했다. 셔츠의 아름다움은 이 제면업자가 가슴 장식 위에 가는 고리로 연결된 장식 핀 두 개를 덧붙였기 때문에 더욱 눈에 띄었다. 장식 핀에는 큰 다이아몬드가 각각 박혀 있었다.

보통 때 밝은 하늘색 옷을 입는 그는 매일 두 겹으로 누빈 흰 조끼를 입었다. 조끼 밑으로는 배[梨] 모양으로 튀어나온 배[腹]가 흔들거렸고 패물 달린 무거운 금시곗줄을 늘어뜨리고 있었다. 역시 금으로 만든 담배 상자에는 여자의 머리털이 가득 든 메달이 있어, 남의 눈에는 여복이 많다고 책망받아 마땅한 남자인 듯 보였다. 여주인이 그에게 '난봉꾼'이라고 비난하면, 그는 사람들이 말을 즐겁게 할 때 짓는, 태연하게 소시민다운 쾌활한 미소를 입술에 흘렸다. 그의 '오르무아르'[13] 엔 은그릇들이 가득했다. 보케르 부인은 국자, 스튜용 숟가락, 식기, 기름 그릇, 소스 그릇, 여러 개의 접시, 금으로 도금한 조반용 은식기들을 풀어 정리하는 일을 흔쾌히 도와주면서 눈이 휘둥그레졌다. 그런데 고리오 영감은 이것들을 풀어놓기 싫은 눈치였다. 왜냐하면 이것들을 보면 옛날 풍성했던 자신의 가정생활이 떠올랐기 때문이었다. 뚜껑에 꿩 두 마리가 입맞춤하는 그림이 새겨진 작은 사발 하나와 접시를 꼭 쥐면서 그

13) ormoire, '찬장'이란 뜻으로 본래 '아르무아르(armoire)'가 옳지만 그는 하층계급 사람들처럼 발음을 틀리고 있다.

는 보케르 부인에게 말했다.

"이것은 내 아내가 결혼기념일에 나에게 준 최초의 선물이오. 불쌍한 여자였지! 내 아내는 이것을 사느라고 처녀 때 저금한 돈을 몽땅 써버렸소. 부인께서도 아시겠지만 이것들과 떨어지느니 차라리 손톱으로 땅을 파겠소. 그러나 천만다행으로 나는 여생 동안 이 사발로 매일 아침 커피를 마실 수 있을 게요. 나는 동정받을 처지도 아니오. 게다가 편히 먹고 지낼 만한 여유도 있소."

마침내 보케르 부인은 까치 같은 밝은 눈으로 공채 대장에서 몇 장의 등기증을 보았다. 대충 계산해서 이 잘난 고리오 영감이 약 8000프랑 내지 1만 프랑의 수입을 올리고 있다는 사실을 알아냈다. 콩플랑 거리에서 태어난 보케르 부인은 실제로는 마흔여덟 살이지만 서른아홉 살쯤으로 보였다. 이 부인은 바로 그날부터 많은 생각을 품었다. 고리오 영감의 눈가는 뒤집혔고 퉁퉁 부었고 처졌다. 따라서 그는 자주 눈물을 닦지 않을 수 없었다. 하지만 그녀는 그가 유쾌하고 대단히 훌륭하다고 생각했다. 게다가 살찌고 불룩 나온 그의 장딴지는 네모진 기다란 코와 함께 그의 도덕적 품성을 엿보이게 했다. 보케르 부인은 그의 품성을 좋아하는 것처럼 보였다. 바보처럼 순박하고 둥근 그의 얼굴은 더더욱 그런 성격을 믿게끔 했다. 그는 자기의 모든 것을 정열에 쏟을 수 있는 튼튼하게 짜인 체구를 가진 인물임에 틀림없었다. 매일 아침 이공대학의 이발사가 와서 염색분을 발라주던 비둘기 날개 모양을 한 그의 머리카락은 아래 이마에 다섯 개의 날카로운 선을 그렸다.

이 머리카락은 그의 얼굴을 잘 꾸며주었다. 약간 촌스럽기는 했지만 그는 대단한 멋쟁이였다. 그는 큰 부자처럼 코담배를 피웠다. 항상 담배 상자에 마쿠바 담배를 가득 채워 놓는다고 자부하는 사람처럼 담배를 들이마셨다. 그 때문에 고리오 씨가 하숙집에 들어온 날부터, 마치 돼지비계에 싸서 불에 굽는 자고새 고기처럼, 보케르 부인은 상복을 벗어버리고 고리오 부인이 되고 싶은 욕망에 사로잡혀 자신을 불태우면서 매일 밤 잠자리에 들었다. 이 여자는 재혼해서 하숙집을 팔아버리고 이 부르주아 멋쟁이와 팔짱 끼고 걸으며 동네에서 저명한 부인이 되고 싶었다. 극빈자들을 위해 의연금을 모으고, 일요일에는 슈아지, 수아시, 장티 같은 교외에서 야유회를 열고 싶었다. 7월에는 하숙인들 중 몇 사람이 얻어다 주는 극작가의 초대권을 기다릴 필요도 없이 자기 마음대로 극장에 가 특별석에서 구경하고 싶었다. 그녀는 파리 소시민 생활에서 찾을 수 있는 '이상향'을 모조리 꿈꿨다. 그녀는 푼푼이 저축한 4만 프랑이 있다는 사실을 아무에게도 말하지 않았다. 확실히 이 여인은 재산 문제를 따져보더라도 자신이 고리오 씨에게 어울리는 결혼 상대자라고 믿었다. '다른 점에서도 나는 그 사람에게 떨어지지 않지.'라고 생각하며 그녀는 매일 아침 식모 실비가 판에 박은 듯 칭찬하는 자신의 매력을 직접 확인하려는 듯이 침대에서 돌아누웠다.

그날부터 약 석 달 동안 이 과부는 고리오 씨의 이발사를 활용해 자기 하숙집을 출입하는 귀한 손님들과 어울릴 수 있게끔 자기 집을 장식해야 한다는 구실로 화장(化粧) 비용을 지출했다. 그녀는 어떤 면에서 보더라도 가장 훌륭한 사람만을 이제부터 받아들여야 한다는 주장을 내세웠다. 이 여인은 하숙인들의 모습을 바꾸려고 온갖 궁리를 했다. 처음 보는 사람이 나타나기만 하면 그녀는 파리에서 가장 저명하고 존경할 만한 실업가의 한 사람인 고리오 씨가 자기 집에 있다고 자랑했다. 그녀는 선전용 팸플릿을 손님들에게 나누어주었다. 그 첫머리에는 보케르 집이라고 대문자로 적혀 있었고, 그 아래에는 보케르 집이 라탱 구역에서 가장 오래되고 가장 믿을 만한 하숙이고, 고블랭 골짜기의 아름다운 경치를 바라볼 수 있으며(4층에서 볼 수 있다.) '예쁜' 정원 끝에는 보리수가 늘어선 오솔길이 있다고 적혀 있었다. 그녀는 자기 하숙집이 조용하고 공기가 좋다는 사실을 자랑했다.

이 홍보물 덕분에 랑베르메닐 백작 부인이 그녀 집에 나타났다. 전장에서 죽은 장군의 미망인인 서른여섯 살 먹은 이 부인은 받아야 할 연금의 청산과 지불을 기다리고 있었다. 보케르 부인은 백작 부인의 식사에 온갖 정성을 쏟았다. 약 여섯 달 동안 살롱의 난로에 불을 피워주는 등 팸플릿에 적힌 대로 약속을 이행하기 위해 그녀는 최대로 '헌신했다'. 그래서 백작 부인은 보케르 부인을 '사랑하는 친구'라고 불렀다. 이 여인은 보메를랑 남작 부인과 대령의 미망인인 피쿠아조 부인을 하숙에 소개하겠다고 약속했다. 이 부인들은 보케르 집보다 더 비싼 하숙비로 마레의 어느 하숙에 들어 있는데 곧 계약 기한이 끝나게 됐다는 것이다. 또한 보훈처가 일을 제대로 끝냈더라면 두 부인은 지금쯤 매우 부유하게 지내리라는 것이었다.

"보훈처가 일을 질질 끌어요."

백작 부인이 투덜거렸다.

두 과부는 저녁 식사 뒤, 보케르 부인이 거처하는 방으로 함께 올라가서 카시스 술을 마셨다. 보케르 부인은 자기가 먹으려고 남겨둔 과자를 그녀와 함께 먹으며 수다를 떨었다. 랑베르메닐 부인은 문제의 고리오 씨에 대한 여주인 생각에 적극적으로 찬사를 보냈다. 더군다나 그녀는 첫날부터 여주인의 뛰어난 생각을 알아챘고 자기도 고리오 씨를 훌륭한 사람으로 생각한다는 것이었다.

백작 부인이 그녀에게 말했다.

"아! 이봐요, 그 남자는 내 눈처럼 싱싱하고 아직도 여자에게 많은 즐거움을 줄 만큼 언제나 젊어 보이는 사람이지요."

백작 부인은 보케르 부인의 야망과는 어울리지 않는 옷차림에 대해 그녀에게 너그럽게 충고했다.

"당신은 전투 치를 옷차림을 준비해야겠어요."

많은 궁리 끝에 두 과부는 함께 팔레루아얄에 가서 그곳에 있는 '갈르리 드 부아' 상점에서 깃 달린 모자와 보닛을 샀다. 백작 부인은 친구를 '라 프티트 자네트' 상점으로 데리고 가서 옷 한 벌과 목도리를 골라 주었다. 이렇게 준비가 갖추어지고 훌륭한 옷차림을 하자 보케르 부인은 '뵈프 아 라 모드' 식당 간판과 꼭 닮아 보였다. 그녀는 자기 모습이 매우 변했음을 알았다. 백작 부인한테 신세를 졌다고 생각한 이 여자는 남에게 '잘 주지 않는 사람'이었지만 백작 부인에게 20프랑짜리 모자를 선사할 테니 받아달라고 청했다. 사실은 백작 부인에게 고리오 씨의 뜻을 미리 떠볼 것과 고리오 씨에게 자기를 잘 말해 달라고 부탁할 작정이었다. 랑베르메닐 부인은 이 책략에 기꺼이 응했다. 이 여자는 늙은 제면업자를 붙잡고 그와 얘기할 기회를 갖는 데 성공했다. 그러나 백작 부인은 자기 이익을 위해 고리오 씨를 유혹하려 했다. 하지만 고리오 씨는 고집불통에다 매우 수줍어했다. 그녀는 그의 거친 태도에 화가 나 자리를 박차고 나와버렸다.

"이봐요, 당신은 그 남자한테서 아무것도 얻을 수 없을 거예요! 그는 우스꽝스럽게도 의심이 많아요. 그는 인색하고 어리석고 바보여서 당신에게 불쾌감만 줄 거예요."

백작 부인이 보케르 부인에게 얘기했다.

랑베르메닐 부인은 고리오 씨와 이런 사이가 됐기 때문에 그와 함께 지내기를 원하지 않았다. 따라서 그다음 날 6개월분의 하숙비를 치르지 않고 5프랑짜리 헌 옷 한 벌을 남긴 채 떠났다. 보케르 부인은 그녀를 찾으려고 갖은 극성을 다 부렸다. 하지만 랑베르메닐 부인에 대해 아무런 정보도 파리에서 얻을 수 없었다. 그녀는 이 통탄할 사건에 대해 자주 얘기했다. 자기가 지나치게 사람을 믿었다고 한탄했다. 그러나 이 여인은 사실 암코양이보다 더 의심이 많은 여자였다. 그녀도 여느 사람들처럼 가까운 사람은 못 믿으면서도 처음 보는 사람에게는 마음을 여는 그런 여자였다. 이상하지만 사실인 이 정신 상태의 원인을 인간의 마음속에서 찾아보기란 어려운 일이 아니다. 어떤 사람들은 함께 살고 있는 사람들한테서 아무것도 얻지 못하면서도 자신들의 허점을 그들에게 보인다. 그런 다음에는 그들이 당연히 받을 벌을 받는다고 남몰래 생각한다. 하지만 그들은 자신들에게는 아첨이 필요하다는 사실을 어쩔 수 없이 느낀다. 또한 그들은 자기들이 지니지 못한 장점을 지닌 듯이 보이고 싶은 욕망에 사로잡힌다. 그들은 자기들과 관계가 없는 존경과 사랑을 불시에 얻고 싶어 한다. 심지어 언젠가는 그들이 그것을 잃어버리게 될지도 모를 위험조차 무릅쓰고 말이다. 결국 친구나 이웃 사람들에게 아무런 선행을 베풀지 못하고, 태어날 때부터 이익에 골똘하는 부류들이 있다. 또는 그러는 것이 당연하다고 생각하기 때문에, 모르는 사람을 도와주어서 자존심을 만족시키는 사람들도 있다. 즉 애정의 원(圓)이 자기들과 가까워지면 가까워질수록 덜 사랑하게 되고, 멀어질수록 더욱 친절해진다. 보케르 부인은 근본적으로 치사하고 잘못된, 밉살스러운 이 두 가지 성격을 함께 지녔다.

"내가 여기에 있었더라면 그런 불행한 사건은 일어나지 않았을 것입니다! 그 어릿광대 같은 계집년의 낯가죽을 멋지게 벗겨 보여 드렸을 텐데. 나는 그런 인간들의 '낯짝'을 잘 알고 있지요."

그 얘기를 들은 보트랭이 그녀에게 말했다.

속 좁은 사람들이 그렇듯이, 보케르 부인도 사건의 둘레에서 벗어나거나 사건의 원인을 제대로 밝히는 습관을 지니지 못했다. 그녀는 자기가 저지른 실수를 남의 책임으로 돌리기를 좋아했다. 이런 손실이 발생했을 때도 그녀는 신사인 이 제면업자를 재난의 원인처럼 생각했다. 따라서 그녀 말에 따르자면, 이때부터 자신의 이익을 위해 정신을 바짝 차리기로 했다는 것이다. 고리오 씨에게 부린 아양과 그에게 잘 보이려고 뿌린 비용이 말짱 헛것이었음을 깨달았을 때, 그녀는 그 이유를 곧바로 짐작했다.

그녀는, 자신의 표현에 따르면, 이 하숙인의 태도가 바뀌었다는 것을 알아차렸다. 결국 그녀는 자신이 아름답게 가꾸어 온 희망이 사상누각이었다는 점, 그리고 이 분야의 전문가인 백작 부인의 단호한 얘기대로 그 남자한테서는 아무것도 얻지 못하리라는 점을 분명히 안 셈이다. 그녀는 고리오 씨에 대해 품었던 친근감보다 더욱 강하게 그를 미워해야겠다는 감정을 필연적으로 느꼈다. 그 여자의 증오는 고리오 씨에 대한 애정이 아니라 깨진 희망에 비례했다. 인간의 마음이 애정의 꼭대기에 오르면서 휴식을 얻을 수 있다면, 그와 반대로 증오의 가파른 비탈에서는 거의 발을 멈추지 않는 법이다. 하여튼 고리오 씨는 자기 집에 하숙하는 사람이다. 따라서 이 과부는 상처받은 자존심의 폭발을 억제하고 실망스러운 탄식을 숨겨야 했고, 마치 수도원장에게 괴롭힘을 당한 수도승처럼, 복수욕을 삼켜야 했다. 통이 작은 사람들이란 끊임없이 지저분한 짓으로 좋건 나쁘건 자기 감정에 만족하는 법이다. 이 과부는 고리오 영감에게 여자다운 앙심을 품고 음흉한 박해를 가하려고 궁리했다. 우선 그녀는 하숙집에 끌어들였던 사치스러운 것들을 줄여 나가기 시작했다.

다시 옛날 차림표에 따라 식사 준비를 하게 된 날 아침, 그녀는 실비에게 말했다.

“오이 절임도 치우고, 멸치도 그만 내놔. 잘못하다가는 속아 넘어가겠어!"

고리오 씨는 식사를 간소하게 하는 사람이었다. 그는 자수성가한 사람들에게서 볼 수 있는 절약 습관이 몸에 배어 있었다. 그는 거친 음식을 즐겨 먹었다. 수프와 삶은 고기 몇 점, 야채 한 접시 정도가 항상 그가 가장 좋아하는 식사였고 앞으로도 마냥 그럴 것이다. 따라서 보케르 부인은 고리오 씨 입맛을 아무리 해도 떨어뜨릴 수 없었기 때문에, 그를 괴롭히기는 매우 어려운 노릇이었다. 공격할 허점이 없는 사람이라는 사실에 실망한 그녀는 이 영감의 평판을 떨어뜨려 다른 하숙인들도 자기처럼 고리오 씨를 미워하게 만드는 것으로 복수하려고 생각했다.

첫해가 끝나갈 무렵, 이 과부는 지나칠 정도로 사람을 의심하게 되었다. 그녀는 7000~8000프랑의 공채 이자를 받고, 마치 첩의 물건들처럼 아름다운 보석들과 훌륭한 은그릇을 가지고 있는 이 부자 장사꾼이, 왜 자기 재산에 비해 너무 싼 하숙비를 지불하면서 머무르고 있나 하고 의아해 했다. 첫해 대부분의 경우 고리오 씨는 매주 한두 번쯤 저녁에 외식했다. 그 다음에는 달마다 두 번만 남몰래 하기에 이르렀다. 고리오 씨가 밖에서 식사하는 일은 보케르 부인의 이익과 밀접한 관계가 있었다. 자기 집에서 꼬박꼬박 식사한다는 것은 그녀에게는 불쾌한 노릇이었다. 이러한 고리오 씨의 변화는 그의 재산이 점차 줄어들고 있는 데다 주인인 자기를 괴롭히려는 생각에서 비롯했다고 그녀는 짐작했다. 속좁은 인간들이 지닌 가장 밉살스러운 버릇 중 하나는 자신이 쩨쩨하니까 남도 쩨쩨

할 것이라고 억측하는 것이다.

불행히도 이태째 연말 무렵, 고리오 씨는 3층으로 방을 옮겼고 하숙비를 900프랑으로 내리게 해달라고 보케르 부인에게 부탁했다. 이 때문에 그는 여러 사람의 입방아에 오르내리게 되었다. 그는 돈을 아껴야 했기 때문에 겨울 동안 자기 방에서 불을 지피지 않았다. 보케르 부인은 선금을 요구했고, 고리오 씨는 이 요구를 따랐다. 이때부터 그녀는 이 남자를 고리오 '영감'이라고 불렀다.

서로 앞다투어 이 몰락의 원인을 캐내려고 했다. 어려운 탐색이다! 가짜 백작 부인이 말한 것처럼 고리오 영감은 엉큼하고 말수 적은 사람이었다. 쓸데없는 얘기만 하기 때문에 하나같이 경솔하게 마련인 머리가 텅 빈 사람들의 논법에 따르면, 자신들의 사업에 대해 결코 아무 말 하지 않는 사람들이란 나쁜 짓을 하는 게 확실하다는 것이다. 그래서 이 훌륭한 사업가는 사기꾼이 되었다. 이 뛰어난 '난봉꾼'은 웃기는 늙은이가 되어버렸다. 이 무렵부터 보케르 하숙집에서 살게 된 보트랭의 말에 따르면, 고리오 영감은 한때 증권시장에 출입했다. 하지만 그곳에서 파산한 뒤로는 엄격한 경제용어로 표현한다면, 국공채에 소심하게 투자하며 "쩨쩨하게 살았다."는 것이다. 한편 그는 매일 밤 노름해서 10프랑을 따는 잔챙이 노름꾼 중의 한 사람이었다. 그리고 사람들은 그가 고등경찰에 소속된 밀정이라고도 생각했다. 그러나 보트랭은 이 영감이 "밀정이 될 정도로" 약삭빠르지는 못하다고 주장했다. 고리오 영감은 또 매주 이자를 받는 고리대금업자이며 늘상 같은 번호의 복권을 사서 먹고산다고들 말했다. 이렇게 사람들은 악덕과 수치와 무능이 불러일으키는 온갖 불가사의한 것을 그에게 떠넘겼다. 다만 그의 태도와 악덕이 아무리 고상하지 못하더라도, 어느 누구도 그에 대한 증오 때문에 그를 하숙집에서 쫓아내지는 못했다. 여하튼 그는 하숙비를 꼬박꼬박 지불했기 때문이다. 게다가 그는 유익한 존재이기도 했다. 사람들은 자기들의 좋고 나쁜 기분을 그에 대한 농담이나 폭언으로 달랬다.

그에 대한 가장 그럴싸하고도 널리 인정받았던 견해는 보케르 부인의 의견이었다. 부인은 고리오 영감이 나이에 비해 아주 젊어 보이고 정력적이어서, 아직도 여자에게 즐거움을 줄 수 있는 남자라고 말했다. 이 노인은 변태적 취미를 가진 방탕가라는 것이다. 보케르 부인의 험구를 뒷받침해 주는 몇 가지 사실들은 다음과 같았다.

무려 여섯 달 동안이나 보케르 부인에게 빌붙어 지냈던 그 끔찍한 백작 부인이 떠난 지 몇 달이 지났다. 어느 날 아침 보케르 부인은 자리에서 일어나기 전에 계단에서 비단옷이 스치는 소리와 고리오 영감 방으로 걸어가는 젊고 날렵한 여인의 가벼운 발소리를 들었다. 그런데 고리오 영감의 방문은 살짝 열려 있었다. 그때 곧바로 뚱뚱보 식모 실비가 여주인에게 말했다. 정숙하기에는 너무도 아름다운 한 여자가 '마치 여신처럼 옷을 걸치고' 고급 모직 구두를 신고 길에서 부엌으로 뱀장어처럼 미끄러져 들어와서 자기에게 고리오 씨의 방을 묻더라는 것이었다. 보케르 부인과 식모는 귀를 기울여서 오랫동안 계속된 그들의 대화 중에서 정답게 속삭이는 몇 마디 말을 엿들었다. 고리오 씨가 '자기 여자'를 바래다주려고 나가자 뚱뚱보 실비는 즉시 바구니를 들고 시장에 가는 척하며 두 연인을 따라나섰다.

실비는 집으로 돌아와서 여주인에게 보고했다.

"아주머니, 그 여자들의 생활수준으로 보아 어쨌건 고리오 씨는 굉장한 부자인 게 틀림없어요. 글쎄 말이죠, 에스트라파드 광장 모퉁이에 서 있는 호화로운 마차에 '그 여자'가 올라타던데요."

밥 먹을 때 보케르 부인은 햇빛 때문에 고리오 씨가 눈부시지 않도록 커튼을 쳤다.

"고리오 씨, 아름다운 여자들이 당신을 사랑하고 있나 보군요. 햇빛까지도 당신을 쫓아다니는군요. 참! 당신 안목은 대단해요. 그 여자 아주 예쁘던데요."

보케르 부인이 고리오 영감에게 손님이 찾아왔던 것을 암시하듯 말했다.

"그 애는 내 딸이오."

고리오 씨는 의젓하게 얘기했다. 하지만 하숙인들은 그 태도에서 체면을 지키려는 늙은이의 거드름을 보았다. 그 여자가 찾아오고 한 달 후, 고리오 씨에게 또 다른 여자 한 명이 찾아왔다. 먼젓번에는 화장옷을 입고 아침에 왔던 그의 딸이 이번에는 저녁 먹은 후에 마치 사교계에 나가는 듯이 아름다운 차림새를 하고 왔다. 살롱에서 얘기에 열중하고 있던 하숙인들은 그녀의 아름다운 금발과 날씬하고 우아한 몸매를 보고 고리오 씨의 딸이라기에는 너무나 훌륭하다고 생각했다.

"두 번째 여자로군!"

그 여자를 알아보지 못한 뚱뚱보 실비가 말했다.

며칠 후 키가 크고 몸매가 좋은, 갈색 피부에 머리털은 까맣고 눈이 반짝이는 또 한 여인이 고리오 씨를 찾아왔다.

"세 번째 여자로군!"

실비가 말했다.

두 번째 여인은 먼젓번에는 아침에 아버지를 만나러 왔으나 며칠 후에는 저녁에 무도복을 입고 마차를 타고 왔다.

"네 번째 여자로군!"

보케르 부인과 뚱뚱보 실비가 말했다. 이 당당한 부인에게서는 간편한 옷차림으로 처음 찾아왔던 그날 아침의 모습을 찾아볼 수 없었다.

고리오 씨는 아직도 1200프랑의 하숙비를 내고 있었다. 보케르 부인은 돈 많은 남자가 정부 네댓 명을 두는 것은 매우 당연하다고 생각했다. 또한 그녀들을 자기 딸이라고 믿게 할 만큼 그가 아주 교활하다고 생각했다. 그리고 이 여주인은 그가 이런 여자들을 '보케르 하숙집'에 불러들이는 짓을 못마땅하게 여기지 않았다.

다만 이런 방문이 자기에 대한 이 사기꾼의 무관심 탓이라고 여겼기 때문에 이태째로 접어들면서부터 그녀는 이 남자를 정력이 넘치는 '늙은 수코양이'라고 부르기 시작했다. 끝으로 이 하숙인이 900프랑의 하숙비밖에 내지 못하게 된 어느 날, 그 여자들 중의 한 사람이 그의 방에서 내려오는 것을 보고 보케르 부인은 도대체 이 하숙집을 무슨 소굴로 만들 작정이냐고 고리오 씨에게 몹시 무례하게 물었다. 고리오 씨는 그 여자가 자기 큰딸이라고 보케르 부인에게 대답했다.

"그렇다면 당신은 딸이 서른여섯 명이나 있는가 보군요?"

보케르 부인이 신랄하게 반문했다.

"나에게는 딸이 둘뿐이오."

고리오 씨는 가난 때문에 약해질 수밖에 없게 된, 파산한 사람의 시무룩한 모습으로 대답했다.

3년째 막바지에 고리오 영감은 경비를 더욱 줄이기 위해 4층으로 올라갔고 한 달에 45프랑의 하숙비를 냈다. 그는 담배 없이 지냈다. 이발사를 해고했고 머리에 염색분도 바르지 않았다. 고리오 영감이 처음으로 머리에 염색분을 바르지 않고 나타났을 때, 여주인은 그의 머리카락 색을 보고 놀라서 소리를 버럭 질렀다. 그의 머리털은 회색과 초록빛이 돌고 더러웠다.

남모르는 슬픔 때문에 날마다 조금씩 더 음울해지는 그의 얼굴은 식탁에 둘러앉은 모든 얼굴들 가운데에서 가장 비탄에 잠겨 있는 것 같았다. 이렇게 되면 더 이상 의심할 여지가 없었다. 고리오 영감은 늙은 난봉꾼이 틀림없었다. 병 때문에 어쩔 수 없이 복용해야 했던 약의 유해한 영향으로부터 그의 눈을 잘 지켜온 것은 다만 유능한 의사 덕분일 것이다. 구역질 나는 그의 머리 색깔이야말로 그의 방탕과, 방탕을 계속하기 위해 꾸준히 복용한 약 때문이 아니겠는가. 떠들어대는 사람들에게 그의 육체적 정신적 상태는 바로 그 증거로 보였다. 옷이 낡아 떨어지자 그는 예전의 아름다운 옷 대신 1온스당 14수짜리 캘리코 무명옷을 사 입었다. 그가 지녔던 다이아몬드와 금으로 된 담배 상자, 금시곗줄과 보석들이 하나씩 하나씩 없어졌다. 그는 밝고 푸른 옷과 모든 값비싼 의복들 대신에 조잡한 밤색 모직 프록코트와 양털 조끼, 회색 양가죽 바지를 여름이건 겨울이건 입었다.

그는 점점 말라갔다. 장딴지 살은 축 늘어졌다. 소시민이 누리는 만족스러운 행복 덕분에 통통했던 그의 얼굴에는 지나치게 주름이 많이 잡혔다. 그의 이마에도 주름살이 박혔고, 턱은 뼈가 앙상하게 드러났다. 뇌브생트 주느비에브 거리에 있는 이 집에서 4년이나 사는 동안, 그는 전혀 딴사람이 되었다. 예순두 살에도 마흔 살쯤으로밖에 안 보이던 이 훌륭한 제면업자는 뚱뚱하고 살이 쪘었다. 바보스럽지만 활달하며 경쾌한 걸음걸이는 지나가는 사람들을 즐겁게 했다. 웃음 속에 어떤 젊음이 깃들어 있던 이 부르주아가 드디어는 얼빠지고 흐느적거리는 창백한 칠십대 노인으로 보이기 시작했다. 그처럼 활기 넘치던 그의 푸른 눈은 흐릿하고 잿빛이 돌았으며 창백해졌다. 눈물도 더 이상 흘리지 않았다. 벌건 눈 가장자리는 마치 피눈물을 흘리는 것 같았다. 그는 어떤 사람들에겐 두려움을, 어떤 사람에게는 동정심을 불러일으켰다. 젊은 의대생들은 그의 아랫입술이 밑으로 처진 것을 주시했다. 이들은 그의 안면각의 정점을 측정했으며 그에게 오랫동안 이것저것 캐물었다. 그러나 아무런 대답도 듣지 못하자 이 영감이 크레틴 병에 걸렸다고 진단했다.

어느 날 저녁밥을 먹은 다음에 보케르 부인은 농담조로, "그런데 당신 딸들은 이제 당신을 보러 오지 않나요?" 하고 부성애를 의심하는 듯 물었다. 그때 고리오 영감은 마치 이 여인이 쇠꼬챙이로 자기를 찌른 것처럼 몸을 떨면서 흥분된 목소리로 대답했다.

"그 애들은 이따금 옵니다."

그러자 흥분한 학생들이 소리쳤다.

"아! 아직도 당신은 가끔 그녀들을 만나는군요! 고리오 영감 만세!"

그러나 노인은 자기 대답이 불러일으킨 농담에 귀를 기울이지 않았다. 그는 다시 깊은 생각에 빠졌다. 이런 태도를 겉으로만 관찰한 사람들은 지능이 떨어지는 노년기의 마비 상태라고 생각했다. 만일 사람들이 그를 잘 알았더라면, 그의 육체적 정신적 상태가 드러내는 문제에 더 큰 관심을 가졌을 것이다. 하지만 그보다 더 어려운 문제는 없었다. 고리오 씨가 정말로 제면업자였는지 또는 그의 재산이 얼마나 되는지는 쉽게 알아볼 수 있었다. 그럼에도 이 사람의 재산 규모에 대해 호기심 가진 늙은이들은 그 지역을 떠나지 않았고, 마치 바위에 붙은 굴처럼 하숙집 속에 갇혀 살고 있었다. 다른 사람들은, 뇌브생트 주느비에브 거리를 벗어나기만 하면 파리 생활의 특이함에 이끌리기 때문에, 자신들이 조롱했던 이 불쌍한 노인을 곧바로 잊어버렸다.

속 좁은 늙은이들과 무관심한 젊은이들은 고리오 영감의 비참한 가난과 우둔한 태도로 볼 때, 그가 한때 부자였다든가 어떤 뛰어난 능력이 있었다는 것은 말도 안 된다고 여겼다. 고리오 영감이 자기 딸들이라고 했던 그 여자들에 대해서는 모두들 보케르 부인의 의견에 찬성했다. 보케르 부인은 밤새 온갖 것을 떠들어대며 함부로 억측하는 늙은 여자의 버릇대로 단호한 논리를 세워서 말했다.

"만일 고리오 영감에게 그를 만나러왔던 귀부인들처럼 돈 많은 딸들이 정말 있다면, 영감은 내 집 4층에서 달마다 45프랑을 내고 있지도 않을 테지. 더구나 거지 같은 옷차림을 하고 있지도 않을 거야."

이런 결론을 뒤집을 수 있는 그 어떤 증거도 없었다. 따라서 이 드라마가 일어난 때인 1819년 11월 말경 하숙집에 살던 모든 사람들이 불쌍한 이 늙은이에 대해 매우 단호한 의견을 지녔다. 그에게는 과거에 아내도 딸도 없었으며 지나친 방탕 때문에 달팽이 같은 사람이 되어버렸다는 것이다. 이 하숙집에서 전표를 내고 밥 먹는 단골손님인 어느 박물관원은 그를 이를테면 '모각류[14]'로 분류할 수 있는 인간의 형태를 갖춘 연체동물의 일종이라고 못박았다.

고리오에 비해 푸아레는 독수리 같은 사람이었고 신사였다. 어쨌든 푸아레는 이야기도 했고, 이치를 따졌고, 말대꾸도 했다. 사실상 푸아레는 다른 사람들의 얘기를 다른 말로 바꾸어 되풀이하는 버릇이 있었다. 그러니 그가 말한다거나 이치를 따진다거나 또는 말대답을 한다 해도 결국 아무 말도 못하는 셈이었다. 하지만 그래도 그는 남들과의 대화에 끼었고

---

14) casquettifères, '모자'라는 단어에 접미사 '-류'를 붙여 만든 말장난. '모자를 쓰고 다니는 동물'이라는 뜻이 된다.

생생했으며 민감한 듯이 보였다. 다시 박물관원의 말을 빌리자면, 고리오 영감은 레오뮈르[15] 온도계의 영도에 늘 머물러 있는 사람이었다.

외젠 드 라스티냐크는 뛰어난 청년들이나 역경을 딛고 순식간에 엘리트의 자격을 얻은 사람들이 경험으로 알고 있는 정신 상태를 갖추고서 파리로 돌아왔다. 파리에 머무른 첫해에 그는 법대에서 예비 과정을 다녔기 때문에 공부를 많이 할 필요가 없었다. 그러므로 파리에서 물질적이고 눈에 보이는 즐거움을 맛볼 수 있었다. 학생들은 모든 극장의 프로그램을 알려고 한다거나, 미로와도 같은 파리의 출입구들을 연구한다든가, 파리 관습을 알고 말을 배우거나, 파리 특유의 환락에 익숙해져 가도 될 곳과 안 될 곳을 샅샅이 뒤진다거나, 재미있는 강의를 듣고 박물관들의 보물들을 빠짐없이 둘러보려 한다면 시간이 턱없이 부족하게 마련이다. 학생들이란 자기에게는 훌륭해 보일지도 모를 미련함에 열중하는 법이다. 학생들은 청강생의 지적 수준에 머물며 봉급을 타 먹을 뿐인 콜레주 드 프랑스의 어느 한 교수를 숭배하게 된다. 젊은 학생들은 오페라 코미크의 2층 객석에서 예쁜 여자의 눈에 띄도록 넥타이를 다시 만지고 몸맵시를 고친다.

이런 입문 과정 속에서 라스티냐크는 꾸준히 자신의 껍질을 내다 버리고, 인생의 지평을 넓히면서, 마침내 이 사회는

---

15) 르네 앙투안 페르숄 드 레오뮈르(René Antoine Ferchault de Réaumur, 1683~1757). 프랑스 물리학자로, 어는점에서 끓는점까지를 80개의 눈금으로 나눈 열씨(列氏) 온도계를 고안했다.

여러 층의 인간들이 포개져 이루어진 것임을 알았다. 그는 화창한 태양이 내리쬐는 상젤리제 거리에서 펼쳐지는 마차 행진을 보고 찬탄할 뿐 아니라 샘내기까지 했다.

외젠은 자기도 모르는 사이에 벌써 이런 수련 과정을 다 치른 다음, 문과대학과 법과대학의 입학 자격을 얻고는 방학을 보내러 고향에 내려갔더랬다. 어린 시절의 공상이나 시골뜨기의 생각들은 모두 사라진 뒤였고, 바뀐 지성과 고양된 야망 덕분에 그는 유산으로 대물림되어 온 저택과 가족에 대해 정확하게 판단할 수 있었다. 아버지와 어머니, 두 동생, 두 누이, 연금이 유일한 재산인 숙모가 라스티냐크의 작은 영지에서 살고 있었다. 이 영지에서 올리는 약 3000프랑의 연수입은 포도밭 수확에서 나오기 때문에 항상 불안했다. 그런데도 이 수입에서 매년 그를 위해 1200프랑을 끌어내야만 했다. 그에게 너그럽게 감추어진 이 끊임없는 궁핍의 모습, 그가 어렸을 때 그토록 아름답다고 생각했던 누이들과 자신이 항상 꿈꾸어 오던 미인의 전형을 실제로 보여준 파리 여성들과의 비교, 자기에게 의지하는 이 수많은 가족들의 불안한 미래, 보잘것없는 것도 아껴야 하는 절약 정신, 포도 압착기에 남은 찌꺼기로 가족들이 마시는 음료를 만든다는 사실 등, 여기에 기록할 필요조차 없는 수많은 사정들 때문에 그는 출세욕을 열 배로 늘렸고 저명인사가 되기를 갈망했다.

위대한 정신을 가진 사람들에게서 볼 수 있듯이, 그는 자기 재능 말고는 그 어떤 것도 믿고 싶어 하지 않았다. 하지만 그의 정신은 너무도 남부적이었다. 따라서 자신의 결단을 막상

실행하고자 한 순간, 그는 망설였다. 이 망설임은 청년들이 대양 한가운데에서 어느 쪽으로 그들의 힘을 모을 것인지 또는 어떤 각도로 돛을 올리면 바람을 제대로 받는지를 몰라 머뭇거리는 것과 같았다.

그는 우선 열심히 공부하기를 원했지만 곧 사람들과 연줄을 만들기 위해 교제해야 한다는 필요성에 이끌렸다. 그는 사회생활을 하는 데 여성이 얼마나 큰 영향력을 가지고 있는가에 주목했고, 여성 후견인들을 정복하기 위해 갑자기 사교계에 나갈 생각을 했다. 우아한 태도와 여성들의 마음을 사로잡을 수 있는 일종의 씩씩한 외모 때문에, 그의 재능과 정열은 돋보였다. 이토록 열정적이고 영리한 이 젊은이에게 어떻게 여성 후견인이 없을 수 있겠는가?

예전에 누이들과 즐겁게 산책했던 그 들판 한가운데에서 그는 이런 생각에 사로잡혔다. 누이들은 그가 변했다고 생각했다. 그의 백모인 드 마르시야크 부인은 옛날에 궁정에 출입했기에 귀족 사회의 쟁쟁한 인물들을 잘 알았다. 야심에 가득 찬 청년은 자신이 어렸을 때 백모가 들려주곤 하던 매혹적인 회고담들 속에 사회를 정복하는 데 필요한 여러 요소들이 들어 있었음을 불현듯 깨달았다. 적어도 이 요소들은 법과대학에 진학하면서 목표로 삼았던 영예만큼이나 중요한 것이었다. 그는 아직도 교제할 수 있는 친척 관계에 대해 백모에게 물어보았다. 이 노부인은 족보를 따져본 다음, 돈 많고 이기적인 인물들 가운데 자기 조카에게 도움을 줄 수 있는 사람으로는 보세앙 자작 부인이 가장 호의적일 것으로 생각했다. 노부인은 이 젊은 부인에게 옛날 형식으로 쓴 편지를 외젠에게 주면서 일단 자작 부인에게 접근하는 데 성공만 하면 자작 부인이 다른 친척들을 소개해 줄 것이라고 말했다. 파리로 귀환한 지 며칠이 지난 다음, 라스티냐크는 백모의 편지를 보세앙 자작 부인에게 보냈다. 편지를 받은 자작 부인은 다음 날 있을 무도회에 그를 초대한다는 답장을 보냈다.

이러한 상황이 1819년 11월 말경의 이 하숙집에서 일어난 전반적 사정이었다. 며칠이 지나자 외젠은 보세앙 부인의 무도회에 갔다가 새벽 2시경에 돌아왔다. 춤추면서 써버린 시간을 메우기 위해 이 용감한 청년은 아침까지 공부할 마음을 먹었다. 그가 이 호젓한 동네에서 처음으로 밤샘 공부를 하려고 생각한 것은 사교계의 화려함을 보고 사교계의 잘못된 활기에 강한 매력을 느꼈기 때문이다. 그는 보케르 부인의 하숙집에서 저녁을 먹지 않았다. 때때로 프라도 극장의 축제나 오데옹 극장의 무도회에 갔다가 비단 양말을 더럽히고 무도화는 뒤틀린 채 늦게 돌아왔던 것처럼, 하숙인들은 그가 다음 날 새벽녘에나 돌아올 것이라고 믿었다.

빗장을 걸기 전에 크리스토프는 길을 살펴보기 위해서 문을 열었다. 라스티냐크가 바로 이때 귀가했고, 따라서 그는 아무 소리도 안 내고 자기 방으로 올라갈 수 있었다. 그 뒤를 크리스토프는 시끄럽게 따라 올라갔다. 외젠은 옷을 벗고 슬리퍼를 신고 볼품없는 코트를 입고 토탄 불을 피우고서 급히 공부할 채비를 했다. 크리스토프는 여전히 큰 신발을 요란스레 끌고 있었기 때문에 청년이 옷을 갈아 입으면서 내는 작은 소리는 바깥에 들리지 않았다.

외젠은 법학 서적에 몰두하기 전에 잠시 깊은 생각에 빠졌다. 그는 보세앙 자작 부인이 파리 사교계의 여왕들 가운데 한 명이라는 사실을 방금 확인했다. 그녀 저택은 생제르맹에서 가장 유쾌한 집으로 알려져 있었다. 더구나 자작 부인은 그녀 이름과 재산 덕택에 귀족 사회에서 으뜸 자리에 있었다.

마르시야크 백모 덕택에 이 불쌍한 학생은 그 자작 부인이 주는 특혜 범위가 얼마나 큰 것인가를 모른 채로 그 저택에서 환대받았다. 황금빛 살롱에 출입할 수 있다는 사실은 귀족 자격 증명서를 받는 것과 같았다. 다른 곳들에 비해서 가장 배타적인 이 사회에 얼굴을 내놓게 되면서 그는 어느 곳에나 출입할 수 있는 권리를 얻은 셈이었다. 휘황찬란한 모임에 넋이 빠지고 자작 부인과는 겨우 몇 마디 얘기를 주고받은 다음에야, 외젠은 대향연에 모여든 파리 여신들 가운데에서 단번에 한 여인을 사랑하게 된 것을 스스로 매우 만족스러워했다.

키가 크고 몸매가 훌륭한 아나스타지 드 레스토 백작 부인은 파리에서 가장 예쁜 몸매를 지닌 여인의 한 사람으로 인정받고 있었다. 크고 검은 눈, 아름다운 손, 윤곽이 아름다운 발, 열정적 움직임, 롱크롤 후작이 순종 말이라는 별명을 붙였던 그 여인을 상상해 보라. 그녀의 예민함은 그녀의 장점을 조금도 손상하지 않았다. 그녀의 풍만하고 둥글둥글한 모습은 뚱뚱하다는 비난을 받지 않았다. '순종 말' 또는 '순종 여성'이란 어구들은 천사와 오시안식의 얼굴과 고대 사랑의 신화를 댄디즘으로 대치시키기 시작했다.

라스티냐크는 아나스타지 드 레스토 부인이 매력 있는 여인이라고 생각했다. 그는 그녀의 부채에 적혀 있는 파트너 명단에 두 차례나 자기 이름을 써 넣게 했다. 첫 번째 카드리유를 출 때, 그는 여성들을 몹시 흐뭇하게 하는 힘찬 정열을 담아 그녀에게 재빨리 말했다.

"다음부터는 어디서 만나볼 수가 있을까요, 부인?"

"불로뉴 숲이나 부퐁 극장이나 우리 집이나 어디서든지 좋아요."

그녀가 대답했다.

카드리유와 왈츠를 추는 동안, 여성과 사귈 수 있는 남자답게 모험을 좋아하는 이 남부 청년은 백작 부인과 달콤한 교제를 하고 싶어 마음이 다급해졌다. 그는 귀부인으로 보이는 이 여인에게 자신이 보세앙 부인과 사촌간이라고 밝혀 기어이 초대를 받아냈다. 이제 그는 이 여인의 집에 드나들 수 있게 되었다. 그녀가 보여준 작별 미소를 보고 라스티냐크는 자기가 방문할 필요가 있다고 믿었다.

그런데 그에게 한 남자를 만날 행운이 찾아왔다. 당시의 오만불손하기 짝이 없었던 명사들 세계에서, 이 젊은이를 만나는 게 그 세계에서는 치명적 오점이 될 수도 있는 위험을 무릅쓰고 그 남자는 라스티냐크의 세상 물정 모르는 태도를 비웃지 않았다. 그 불손한 명사들은 몰랭쿠르, 롱크롤, 막심 드 트라유, 드 마르세, 다주다 핀투, 방드네스 등이다. 이들은 무도회에서 가장 우아한 부인들과 어울린다는 자부심을 영예로 여기는 자들이다. 그 부인들은 브랜던 부인, 랑제 공작 부인, 케르가루에 백작 부인, 세리지 부인, 카리글리아노 공작 부인, 페로 백작 부인, 랑티 부인, 데글몽 후작 부인, 피르미아니 부인, 리스토메르 후작 부인, 데스파르 후작 부인, 모프리뇌즈 공작 부인, 그랑리외 가문의 부인들이다.

순진한 이 학생은 운 좋게 랑제 공작 부인의 정부이자 어린애처럼 단순한 장군인 몽리보 후작을 만났다. 이 남자는 그에게 레스토 백작 부인이 뒤 엘데르 거리에 산다고 일러주었다.

젊고, 사교계를 부러워하며, 여성을 갈망하는 이 청년이 자기를 위해 두 집안의 문이 열려 있는 것을 보다니! 생제르맹에 있는 보세앙 자작 부인 집에 발을 들여놓고, 쇼세당탱에 있는 레스토 백작 부인 집에는 무릎을 들여놓다니! 파리의 수많은 살롱들을 한눈에 살펴보고서 자신이 여성의 후원과 보호를 얻을 수 있기에 충분히 아름다운 청년이라고 생각한다! 절대로 떨어지지 않는다고 확신하며 줄타는 사람처럼, 팽팽한 줄 위에서 멋지게 발을 내디딜 수 있을 정도로 야심만만함을 느끼며, 아름다운 여성 때문에 줄을 받치는 가장 훌륭한 장대를 이미 발견하지 않았더냐!

구멍난 난로 곁에서 법전과 궁핍에 시달리는 처지에서 자기 앞에 숭고하게 우뚝 선 이 여인을 두고 이런 생각에 빠져 있노라면, 누구인들 외젠처럼 미래를 깊게 생각하고 성공으로 채우지 않겠는가? 제멋대로 들떠 있는 이런 생각들은 미래의 환희를 마음껏 맛보게 해주었다. 그 덕택에 그는 자신이 마치 레스토 부인 곁에 있는 것처럼 생각했다. 바로 그때 성 요셉이 "앗!" 하고 소리를 지른 것과 같은 어떤 숨소리가 밤의 정적을 깨뜨렸다. 그 소리는 그의 심장에까지 울려왔다. 그는 그 소리가 마치 빈사 상태에 빠진 사람이 내쉬는 한숨 소리 같다고 여겼다.

그가 조용히 방문을 열고 복도로 나가자 고리오 영감의 방문 밑으로부터 한 줄기의 불빛이 새어 나오는 것이 보였다. 외젠은 이 이웃 사람이 혹시 몸이 불편하지나 않은지 걱정이 되어 열쇠 구멍에 눈을 대고 방 안을 들여다보았다. 자신이 보기에는 이 노인이 매우 나쁜 일에 몰두하고 있는 것 같았다. 따라서 외젠은 자칭 제면업자가 한밤중에 음모를 꾸미는 사실을 관찰하는 게 사회에 이바지하는 것이라고 생각했다.

고리오 영감은 뒤엎어 놓은 탁자 다리의 가로대에 은으로 만든 접시와 수프 그릇을 매달고는, 화려하게 조각된 은그릇들을 밧줄로 둘둘 감았다. 그가 밧줄을 힘껏 조이자 은그릇들은 덩어리로 우그러졌다.

'제기랄! 저런 사람이 있어!'

소리도 내지 않고 빛나는 은그릇들을 밀가루 반죽처럼 짓이기는 노인의 튼튼한 팔을 보면서 청년은 생각했다.

"저 사람은 도둑이거나 장물 은닉자인데, 장사를 안전하게 하기 위해서 어리석고 무능한 체하며 거지처럼 살고 있는 게 아닐까?"

라스티냐크는 몸을 잠깐 일으키면서 혼잣말을 했다. 그리고 이 학생은 다시 눈을 열쇠 구멍으로 가져갔다. 밧줄을 풀어 놓고 고리오 영감은 책상보를 탁자 위에 펼친 다음, 그 위에 은덩어리를 놓고 굴려 둥근 몽둥이 모양으로 만들었다. 노인은 이 작업을 놀랄 정도로 손쉽게 해치웠다. 은덩어리가 둥근 몽둥이로 거의 다 되었을 때, 외젠은 생각했다.

'저 사람은 폴란드 왕 아우구스트만큼 힘이 센가 보지?'

고리오 영감은 자기가 만들어 놓은 것을 슬프게 바라보았다. 두 눈에서 눈물이 흘러나왔다. 아까 은그릇을 비틀 때 사용했던 촛불을 입으로 불어서 꺼버렸다. 외젠은 노인이 한숨 쉬면서 자리에 눕는 소리를 들었다.

'저 사람 돌았나보군.'

이 학생이 생각했다.

"불쌍한 내 새끼들!"

고리오 영감이 큰 소리로 중얼거렸다.

이 말을 듣고서, 라스티냐크는 이날 밤에 일어난 사건에 대해 침묵을 지켰다. 그는 이 이웃 사람을 경솔하게 죄인 취급하지 않도록 조심해야겠다고 생각했다. 외젠이 자기 방으로 돌아가려고 했을 때, 문득 말로 표현하기 어려운 이상한 소리가 들렸다. 이 소리는 헝겊 조각으로 만든 슬리퍼를 끌고 남자들이 계단을 올라가는 소리가 틀림없었다. 외젠이 귀를 기울였다. 정말로 두 사람이 교대로 숨 쉬는 소리를 들었다. 문 여는 소리나 발걸음 소리는 듣지 못했다. 하지만 그는 갑자기 보트랭이 사는 3층 방에서 희미한 불빛이 새어나오는 것을 보았다.

'거참! 하숙집에는 진짜 이상한 일도 많군!'

외젠이 생각했다. 그는 몇 계단을 내려가서 귀를 기울이기 시작했다. 금화 소리가 그의 귀를 때렸다. 곧 불빛은 꺼졌으며 문소리는 들리지 않았다. 그러나 두 남자의 숨소리는 다시 들려왔다. 조금 후에 두 남자가 내려감에 따라 소리는 점점 희미하게 들려왔다.

“거기 지나가는 사람, 누구요?”

보케르 부인이 자기 방의 창문을 열고 소리쳤다.

“제가 돌아오는 길입니다, 보케르 엄마.”

보트랭이 굵직한 목소리로 대답했다.

“이상한데! 크리스토프가 빗장을 걸었는데.”

외젠이 자기 방으로 돌아가면서 중얼거렸다.

파리에서 자기 주위에 무슨 일이 일어나는지를 알기 위해서는 잠을 안 자고 지켜보아야 한다. 이런 보잘것없는 사건들 때문에 사랑의 야심에 불타는 생각으로부터 잠시 멀어진 그는 다시 공부를 시작했다. 이 청년은 고리오 영감에 대한 의심과 때때로 마치 찬란한 운명의 사자(使者)인 양 자기 앞에 나타나 보이는 레스토 부인의 모습 때문에 심란했다. 마침내 그는 자리에 누워 깊은 잠에 빠졌다. 젊은 사람들은 밤샘 공부를 하겠다고 약속한 열흘 밤 가운데에서 일곱 밤을 자버리는 법이다. 밤을 새우려면 스무 살은 넘어야 한다.

다음 날 아침 파리에는 짙은 안개가 끼고 너무 어두워서 가장 정확한 사람들조차도 시간 착오를 일으켰다. 모든 사업가들이 약속을 못 지켰다. 정오를 알리는 종소리가 울렸을 때, 모두들 아침 8시밖에 안 된 것으로 믿었다. 9시 반이 되었는데도 보케르 부인은 아직도 침대에서 꼼짝달싹하지 않았다. 크리스토프와 뚱뚱보 실비도 역시 늦잠을 잤다. 그 둘은 하숙인들 몫의 우유에서 조금씩 덜어낸 우유를 자기들 커피에 타서 조용히 마셨다. 하숙인들의 우유를 불법적으로 십 분의 일만큼 훔쳐 먹은 사실이 보케르 부인에게 들키지 않도록 실비는 늘 우유를 오랫동안 끓였다.

처음 구운 빵을 커피에 적시면서 크리스토프가 말했다.

"실비, 그래도 보트랭 씨는 좋은 사람이야. 그는 어젯밤에도 손님 둘을 만났어. 주인 아주머니가 알려고 해도, 아무 말도 해서는 안 돼."

"그 사람이 너에게 무엇을 주던?"

"그는 이번 달에 100수를 나에게 주었어. 아무 말도 하지 말라는 뜻으로 말이야."

"깍쟁이가 아닌 사람은 그와 쿠튀르 부인뿐이지. 다른 사람들은 설날에 오른손으로 우리에게 준 것을 왼손으로 빼앗아 가고 싶어 하거든."

실비가 말했다.

"정말 그들이 준다고 해도 기껏 100수 정도야. 고리오 영감은 2년 전부터 손수 구두를 닦고 있지. '구두쇠' 푸아레는 구두약도 안 칠하고 지내지. 헌 구두에 약칠하기보다는 그 돈으로 술 마시기를 더 좋아해. 가난한 학생은 나에게 40수밖에 주지 않았어. 이 40수로는 구둣솔 값도 안 되지. 게다가 그는 헌 옷까지 팔아먹는다니까. 빌어먹을 집구석이야!"

크리스토프가 투덜거렸다.

"흥! 그래도 우리 일자리는 이 부근에서 제일 낫지. 우리는 그럭저럭 지내고 있지 않니. 뚱보 보트랭 어른에 대해서 누가 너에게 무슨 말을 안 하던?"

커피를 홀짝홀짝 마시며 실비가 물었다.

"그래, 며칠 전 길에서 어떤 남자를 정말 만났는데 '너희 집에 구레나룻에 염색한 사람 있지?'라고 묻기에 '아니요. 그 사람은 염색하지 않습니다. 그처럼 쾌활한 사람에겐 그럴 시간이 없답니다.'라고 대답했어. 내가 이 얘기를 보트랭 씨에게 했더니 '너 참 잘했다. 항상 그렇게 대답해라. 우리의 약점을 드러내 보이는 것처럼 불쾌한 일은 없어. 결혼 얘기도 망치게 된단 말이야.'라고 그는 나에게 대답하던데."

"그런데 시장에서 어떤 인간이 그가 셔츠를 갈아입는 것을 보았느냐고 나한테 말을 걸면서 나를 꼬드기려고 했어. 별일이 다 있지……!"

실비가 말을 잠시 중단했다가 다시 계속했다.

"저런! 발드그라스에서 10시 15분 전을 알리는 종이 울리고 있는데 아무도 일어나지를 않는군."

"무슨 소리! 사람들은 모두 나갔어. 쿠튀르 부인과 그 젊은 아가씨는 생테티엔 성당에 가 8시에 성체를 모셨어. 고리오 영감은 짐을 들고 나갔지. 학생은 수업이 끝나는 10시에나 돌아올 거야. 내가 계단 청소할 때 모두가 나가는 것을 보았어. 고리오 영감은 들고 나가던, 쇠처럼 딱딱한 짐으로 내 몸을 치고 지나갔어. 도대체 그 영감에게 무슨 일이 있는지? 다른 사람들은 팽이를 돌리듯이 그를 골려먹고 있지. 그래도 그는 훌륭한 사람이야. 다른 모든 사람들보다 훨씬 훌륭하지. 그는 나에게 많은 돈을 못 주지. 하지만 때때로 내가 그의 심부름으로 가는 집의 여자들은 팁도 두둑하게 주고 아름답게 꾸미고 있어."

"자기 딸이라고 하는 여자들 말이지? 열둘은 되겠더라."

“나는 두 사람 집에만 갔어. 여기에 찾아왔던 바로 그 두 여자 말이야.”

“아, 아주머니가 일어나는군. 또 야단법석을 떠실 테니 가봐야겠다. 크리스토프야, 우유 잘 지켜. 고양이를 조심해야 돼.”

실비가 여주인 방으로 올라갔다.

“아니 실비야, 지금 10시 15분 전인데, 내가 늘어지게 자도록 내버려 두었니? 앞으로는 결코 이런 일이 있어서는 안 돼.”

“칼로 잘라내야 할 만큼 안개가 자욱하게 끼어 그랬어요.”

“아침밥은 어찌 됐니?”

“걱정 마세요. 하숙인들이 온몸에 옴이 올랐는지 미친 듯이 밖으로 나가던데요. 꼭댁새벽부터 줄행랑쳤어요.”

“말을 똑바로 해야지, 실비야. 꼭뚜새벽[16]부터 나갔다고 말하는 법이야.”

보케르 부인이 덧붙였다.

“아, 아주머니, 앞으로는 시키는 대로 말하겠어요. 어쨌든 아주머니는 10시에 아침을 드실 수 있어요. 미쇼노와 푸아레는 아직 안 일어났어요. 집에 있는 사람은 그들뿐이에요. 그들은 나무둥치처럼 꼼짝하지 않고 잠자고 있어요.”

“실비야, 두 사람이 함께 아침을 먹게 해. 마치…….”

“마치, 어떻게요? 두 사람이 부부처럼 말이지요.”

실비가 바보처럼 크게 웃으며 말했다.

---

16) 하녀 실비와 보케르 부인 둘 다 ‘꼭두새벽(potron-minet)’을 올바르게 발음하지 못하고 있다.

"그런데 이상해, 실비야. 어젯밤 크리스토프가 빗장을 건 이후에 보트랭 씨는 도대체 어떻게 들어왔니?"

"천만에요, 그 반대예요 아주머니. 보트랭 씨가 오는 소리를 듣고 크리스토프가 내려가서 그에게 문을 열어주었는데요. 아주머니가 잘못 아신 거겠지요."

"윗도리를 이리 주고 아침 준비가 어찌 됐나 빨리 가보렴. 양고기 남은 것에 감자를 넣어 요리해. 그리고 개당 2리아르[17]를 받게 배[梨]를 삶아 내렴."

조금 있다가 보케르 부인이 내려왔다. 이때 고양이는 우유 그릇을 덮어두었던 접시를 발로 뒤엎고 급히 핥아먹는 중이었다.

"이놈의 괭이새끼야!"

그녀가 고함을 치니까 고양이는 냅다 도망갔다가 다시 나타나 그녀 다리에 제 몸을 문질렀다.

"그래그래, 아양 떠는군. 이 겁쟁이야." 그녀가 말했다. "실비야! 실비야!"

"예, 왜 그러세요 아주머니."

"고양이가 핥아먹은 것 좀 보려무나."

"바보 같은 크리스토프 잘못이에요. 덮어 놓으라고 기껏 일러두었는데. 이 녀석이 어딜 갔을까? 아주머니, 염려 마세요. 고리오 영감이 마실 커피에 넣을 것이 그렇게 됐으니까요. 물이나 타 놓겠어요. 그 영감은 그것도 모를 텐데요, 뭐. 그는 어떤 것에도 마음 쓰지 않아요. 심지어 그는 먹을 것에도 신경

---

17) 옛 동전으로, 1리아르는 4분의 1수에 해당한다.

쓰지 않아요."

"이놈의 영감쟁이는 어딜 갔을까?"

접시들을 놓으면서 보케르 부인이 말했다.

"누가 알아요? 악마 같은 놈들과 거래하고 있겠지요."

"아, 잠을 너무 많이 잤나봐."

보케르 부인이 말했다.

"그래도 아주머니는 장미꽃처럼 싱싱하신걸요."

이때 초인종 소리가 들렸다. 보트랭이 굵직한 목소리로 노래를 부르면서 살롱으로 들어왔다.

나는 세상을 오랫동안 돌아다녔고,
어디서나 모두들 나를 보았지…….

"오! 오! 안녕하세요, 보케르 엄마."

보트랭이 여주인을 상냥하게 두 팔로 껴안으며 말했다.

"자, 이제 그만둬요."

"무례한 놈!이라고 하십시오! 어서 그렇게 하라니까요! 그렇게 안 하세요? 자, 나도 아줌마와 함께 상을 차리지요. 아, 난 참 친절하지요? 안 그래요?"

그가 노래를 흥얼거렸다.

갈색 머리의 여인과 금발의 여인을 쫓아다니며,
사랑하고 한숨짓고……
닥치는 대로.

"참말로 이상한 일을 구경했어요."

그가 말했다.

"무슨 일인데요?"

과부댁이 물었다.

"고리오 영감이 오전 8시 반에 낡은 식기나 금은 장식품을 사들이는 도핀 거리에 있는 금은 세공 상점에 있습디다. 그 영감은 솜씨 없는 사람치고는 너무도 멋지게 비틀어놓은 은그릇들을 비싼 값으로 팔던데요."

"그래요! 정말이에요?"

"그럼요. 나는 왕립 역마차 편으로 외국으로 떠나는 친구 한 사람을 전송하고 이곳으로 돌아오는 길이었지요. 우스운 얘기란 어떤 것이냐 하면, 고리오 영감이 무슨 짓을 하는가를 지켜보는 것이었는데요. 그는 이 부근으로 오다가 데 그레 거리에서 곱세크라는 잘 알려진 고리대금업자 집으로 들어가던데요. 그런데 이 고리대금업자로 말하면, 자기 아버지 뼈로 도미노의 골패짝을 만들 만큼 막돼먹은 녀석이죠. 이 작자는 유대인처럼 수전노이며, 아랍인처럼 고리대금업자이며, 그리스인처럼 사기꾼이죠. 이놈은 보헤미안이어서 아무도 그자한테서 돈을 빼낼 수 없지요. 뿐만 아니라 그놈은 돈을 모두 프랑스 국립 은행에 예금하고 있답니다."

"도대체 고리오 영감이 어떤 짓을 했어요?"

"그 영감은 아무 짓도 안 했지요. 그는 망했답니다. 그는 여자들에게 미쳐 파산할 만큼 어리석기 짝이 없지요."

보트랭이 말했다.

"영감이 오는데요!"

실비가 말했다.

"크리스토프야, 나와 함께 내 방으로 좀 가자."

고리오 영감이 소리쳤다.

크리스토프는 고리오 영감을 따라갔다가 곧 내려왔다.

"너 어디 가니?"

보케르 부인이 하인에게 물었다.

"고리오 영감님이 시킨 심부름 가요."

"이게 무엇이지?"

보트랭이 크리스토프 손에서 편지를 빼앗으며 물었다.

겉봉에는 '아나스타지 드 레스토 백작 부인 귀하'라고 적혀 있었다.

"이 집에 가니?"

보트랭이 편지를 크리스토프에게 돌려주면서 말했다.

"뒤 엘데르 거리입니다. 꼭 백작 부인에게만 이 편지를 주라고 영감님이 말했어요."

"그 안에 무엇이 들어 있을까? 지폐일까? 아닌데."

보트랭이 편지를 햇빛에 비춰 보면서 말했다. 그는 편지 봉투를 반쯤 열어보았다.

"약속어음이군. 체! 영감은 난봉꾼이고 색골이야. 어서 가, 이 녀석아. 너는 팁을 두둑하게 받을 거야."

보트랭은 자신의 큰 손으로 크리스토프 머리를 붙잡고 마치 주사위를 돌리듯이 빙그르르 돌리며 말했다.

식탁에는 식기들이 놓여 있었다. 실비는 우유를 끓이고 있었다. 보케르 부인은 난로에 불을 붙였다. 보트랭은 여전히 콧노래를 부르며 불붙이는 걸 도와주었다.

나는 세상을 오랫동안 돌아다녔고,
어디서나 모두들 나를 보았지…….

식사 준비가 다 되었을 때, 쿠튀르 부인과 타유페르 양이 돌아왔다.

"아주머니는 일찍부터 어디를 다녀오세요?"

보케르 부인이 쿠튀르 부인에게 물었다.

"생테티엔뒤몽 성당에서 기도하고 오는 길입니다. 오늘 타유페르 씨 집에 가볼까 하는데요. 불쌍한 저 애는 사시나무처럼 떨고 있어요."

쿠튀르 부인이 난로 앞에 앉으며 종알댔다. 그녀가 난로 구멍 앞에 구두를 내밀자 김이 무럭무럭 올랐다.

"빅토린, 불 쬐어요."

보케르 부인이 말했다.

보트랭이 이 고아 소녀에게 의자를 내밀면서 말했다.

"당신 아버지의 마음을 풀어달라고 하느님께 기도 드리는 것은 좋은 일이지요. 하지만 그것으로 족한 건 아닙니다. 돌고래같이 잔인한 당신 아버지에게 얘기해 줄 친구가 있어야 합니다. 소문에 따르면 당신 아버지는 300만 프랑이나 가지고 있으면서 당신에게 지참금을 주지 않을 만큼 야만인이라더군요. 요즘은 아름다운 아가씨도 지참금이 필요하답니다."

"불쌍도 해라. 자, 귀여운 아가씨. 잔인한 당신 아버지는 일부러 불행을 사서 맛보고 있어요."

보케르 부인의 말에 빅토린은 눈물을 글썽거렸다. 쿠튀르 부인이 눈짓을 하자 과부댁은 말을 그쳤다.

"우리가 그 사람을 만날 수만 있다면! 내가 그에게 모든 얘기를 하고 저 애 어머니의 마지막 편지를 그에게 보여줄 수 있다면 좋겠는데! 편지를 우편으로 보낸다는 것은 위험해서 그럴 수도 없지. 그 사람은 내 필적을 알고 있을 테니까."

출납 지불관의 미망인이 말했다.

보트랭이 말을 끊고 끼어들었다.

"오, 불행하고 박해받는 죄 없는 여인들이여! 당신들은 이 지경으로 되었구려. 며칠 있다가 내가 당신들 사건에 손써 보겠소. 모든 게 잘 해결될 거요."

"아! 아저씨. 아버지와 만날 수 있다면, 나에게는 아버지의 사랑과 어머니의 명예가 이 세상에서 가장 고귀한 것이라고 아버지께 말씀해 주세요. 당신이 아버지의 가혹한 마음을 조금만이라도 누그러뜨릴 수 있으시다면, 저는 당신을 위해 하느님께 기도하겠어요. 절대로 은혜를 잊지 않겠어요."

빅토린은 눈물에 젖어 있으나 타는 듯한 시선을 감동의 빛이 안 보이는 보트랭에게 던지면서 말했다.

"나는 오랫동안 세상을 돌아다녔소."

보트랭이 풍자 어린 목소리로 노래했다.

바로 이때 고리오와 미쇼노와 푸아레가 내려왔다. 이들은 아마도 실비가 양고기 남은 것을 요리하느라고 넣은 버터 소스의 냄새에 이끌려 내려온 듯이 보였다. 10시에 일곱 명의 하숙인들이 식탁에 둘러앉아 아침 인사를 나누고 있었다. 그때 길에서 학생의 발소리가 들려왔다.

"아! 외젠 씨. 오늘 모두가 함께 아침 식사를 드시게 됐군요."

실비가 말했다.

학생은 하숙인들에게 인사하고 고리오 영감 옆에 자리잡았다.

"기묘한 연애 사건이 나에게 일어났습니다."

외젠은 양고기를 듬뿍 자르고 빵 조각을 넉넉히 자기 접시에 덜어 놓으면서 말했다. 보케르 부인은 항상 그러듯이 눈초리로 빵 크기를 저울질했다.

"연애 사건이라!"

푸아레가 말했다.

"어! 당신은 그 얘기에 왜 놀라시오? 저 학생은 연애하기에 알맞은데."

보트랭이 푸아레에게 말했다.

타유페르 양은 이 젊은 학생에게 수줍은 시선을 보냈다.

"그 연애 사건을 우리에게 말해 보아요."

보케르 부인이 요청했다.

"어제 저는 보세앙 자작 부인 댁에서 열렸던 무도회에 갔어요. 그 부인은 나와 사촌 사이인데 호화로운 집을 가지고 있지요. 방들은 모두 비단으로 장식되어 있더군요. 부인은 우리에게 성대한 연회를 베풀었고, 저는 왕이나 된 듯이 즐겼어요."

"굴뚝새 같은 작은 나라의 왕이라……."

보트랭이 잘라서 말했다.

"선생, 무슨 말을 했지요?"

외젠이 성마르게 물었다.

"'굴뚝새' 같은 작은 나라의 왕이라고 했소. 왜냐하면 그들은 왕보다 더 즐길 수 있으니까."

"옳은 말이오. 나도 왕보다는 차라리 아무 걱정 없는 이 작은 새나 되었으면 좋겠소. 왜냐하면……."

맞장구를 잘 치는 푸아레가 말했다.

"어쨌든," 학생이 푸아레의 얘기를 가로막으며 말했다. "나는 무도회에서 가장 아름다운 여자와 춤추었어요. 그녀는 황홀한 백작 부인이며, 내가 이제까지 본 여성들 가운데서 가장 아름다웠어요. 그녀는 복숭아꽃으로 머리를 장식했어요. 허리에는 향기롭고 싱싱한 가장 예쁜 꽃들을 꽂았지요. 아! 당신들이 그 여인을 보았어야 했는데! 춤추느라 볼이 발개진 그 여인을 묘사하기란 힘들군요. 아! 그런데 오늘 아침 9시쯤 나는 여신처럼 아름다운, 마차를 타지 않은 백작 부인을 데 그레 거리에서 만났어요. 아! 내 심장은 마구 뛰었지요. 내가 생각하기에는……."

보트랭이 학생을 의미심장한 눈초리로 쏘아보며 말했다.

"이곳에 그 여자가 왔으면 하고 생각했겠지. 그녀는 틀림없이 고리대금업자인 곱세크 집에 갔을 거요. 파리 여인들의 마음을 샅샅이 파헤쳐 보면, 당신은 거기서 애인보다 우선인 고리대금업자를 발견할 거요. 당신의 백작 부인은 이름이 아나스타지 드 레스토이고, 뒤 엘데르 거리에 살고 있소."

이 이름을 듣고서 학생은 보트랭을 응시했다. 고리오 영감은 갑자기 얼굴을 들고 두 대화자를 쳐다보았다. 깜짝 놀란 하숙인들은 고리오 영감의 눈이 불안으로 가득 차 번득이는 것을 알아챘다.

고리오 영감이 침통하게 부르짖었다.

"그 아이가 거기에 간 걸 보니 크리스토프가 너무 늦게 도착한 모양이구먼."

"내가 추측했던 대로군요."

보트랭이 보케르 부인 귀에 속삭였다.

고리오 영감은 자기가 무엇을 먹는지조차 모르는 듯이 기계적으로 입을 움직이고 있었다. 이때처럼 그가 어리석고 얼빠져 보인 적은 없었다.

"도대체 누가 당신에게 그녀 이름을 가르쳐 주었을까요, 보트랭 씨?"

외젠이 물었다.

"아, 아! 고리오 영감도 그 이름은 잘 알고 있소. 그런데 난들 모르겠소?"

"고리오 씨!"

학생이 부르짖었다.

"왜 그러우, 그 애가 어제 예뻤디까?"

불쌍한 노인이 물었다.

"누구요?"

"레스토 부인 말이오."

"저 늙은 구두쇠 영감을 보세요. 두 눈이 번쩍이는데요."

보케르 부인이 보트랭에게 말했다.

"영감이 그 여자를 먹여 살리는 건가요?"

미쇼노 양이 학생에게 낮은 목소리로 말했다.

"오! 그래요. 그녀는 정말 아름다웠어요."

외젠이 말했다. 고리오 영감은 그를 열띤 눈길로 바라보았다.

"만일 보세앙 부인이 그곳에 없었더라면, 나의 여신 같은 백작 부인이 무도회에서 여왕이 되었겠죠. 청년들은 그녀만을 쳐다보았지요. 그녀와 춤출 파트너 명단에서 내 차례는 열두 번째였습니다. 그녀는 온갖 종류의 카드리유를 추었죠. 다른 여자들은 몹시 화를 냈고요. 어젯밤에 행복한 여성이 있었다면, 바로 그녀일 거예요. 돛을 단 쾌속선과 질주하는 말, 그리고 춤추는 여성보다 더 아름다운 게 없다는 말은 정말 옳습니다."

"어제는 공작 부인 집에서 행운에 들떠 있다가, 오늘 아침에는 어음할인업자 집에서 기가 꺾이는 게 바로 파리 여자들이지. 남편들이 고삐 풀린 그년들의 사치를 견뎌낼 수 없게 되면, 그년들은 몸을 팔지. 몸을 팔 줄 모르면, 자기 어머니 배를 갈라 번쩍이는 돈을 찾으려고 하거든. 결국 그년들은 수없이 바람 피우거든. 훤해, 훤하고말고!"

보트랭이 중얼거렸다.

학생의 얘기를 듣는 동안 맑은 날의 태양처럼 빛났던 고리오 영감의 얼굴은 보트랭의 신랄한 얘기로 말미암아 이내 어두워졌다.

보케르 부인이 물었다.

"그래서 당신 연애 사건은 어찌 됐어요? 그 여자에게 말을 걸었나요? 그 여자에게 법률 공부를 하고 싶냐고 물어보았어요?"

"그 여자는 나를 못 보았어요. 그렇지만 새벽 2시에나 무도회에서 집으로 돌아갔을 여인을, 그것도 파리에서 가장 아름다운 여인을 데 그레 거리에서 아침 9시에 만난 사실이 이상한 거 아니에요? 파리에만 이런 사건들이 있나보죠."

외젠이 말했다.

"흥! 더 괴상한 사건들이 많지."

보트랭이 버럭 소리쳤다.

타유페르 양은 얘기를 거의 듣지 못했다. 그만큼 그 여자는 자기가 해야 할 일에 깊이 빠져 있었다. 쿠튀르 부인은 타유페르 양에게 옷 입으러 올라가자고 손짓했다. 이 두 여자가 나가자 고리오 영감도 외출했다.

"저 영감 보았지요? 그런 여자들 때문에 저 영감이 망한 게 틀림없어요."

보케르 부인이 보트랭과 다른 하숙인들에게 읊조렸다.

"그 아름다운 레스토 백작 부인이 고리오 영감의 것이라는 말을 절대로 믿을 수 없습니다."

학생이 부르짖었다.

학생 말을 막으며 보트랭이 얘기했다.

"우리는 자네에게 그것을 억지로 믿게 하려는 건 아니야. 자네는 파리를 이해하기엔 아직 너무 젊네. 우리가 '정열의 인간'이라고 부르는 사람들이 있다는 사실을 앞으로 알게 될 걸세. (이 말을 들은 미쇼노 양은 나팔 소리를 알아듣는 군대의 말 같은 자세로 보트랭을 쳐다보았다.) 아아, 우리도 조그마한 정열이야

없겠는가?" (그러자 마치 수녀가 성상을 내려다보듯, 늙은 미쇼노 양은 눈을 내리깔았다.)

보트랭은 미쇼노에게 깊은 눈길을 돌리며 잠시 말을 멈추었다 다시 이어갔다.

"그런 사람들은 한 가지 생각에 빠지면 끝까지 버티지. 어떤 특정한 우물에서 떠 온 특정한 물만 마시려 들거든. 대개 썩은 물이지. 하지만 그 물을 마시려고 부인과 자식들을 팔고, 자기 영혼까지도 악마에게 팔아버리지. 어떤 사람들에게 이 우물이란 도박, 증권시장, 그림, 곤충 수집, 음악이 될 수도 있지. 다른 사람들의 경우, 남자들에게 맛있는 요리를 해서 바칠 줄 아는 여자일 때도 있지. 이런 사람들에게는 세상의 모든 여자를 다 제공해도 코웃음칠 거야. 이들은 자기들의 정열을 만족시켜 주는 단 한 명의 여자만을 바라는 거지. 흔히 이 여자는 그런 사람들을 전혀 사랑하지도 않고 학대하면서 작은 만족을 비싸게 팔지. 그런데 말이네! 그런 녀석들은 지칠 줄도 모르고 그 여자에게 마지막 동전 한 닢까지 주기 위해 마지막으로 남은 자기 이불을 전당포에 잡힌단 말일세. 고리오 영감은 바로 그런 사람 가운데 한 명이지. 백작 부인은 고리오 영감을 착취하고 있어. 왜냐하면 고리오 영감은 신중하거든. 이것이 바로 사교계일세! 불쌍한 영감은 그 여자만 생각하지. 잘 알다시피 그런 정열을 빼버린다면, 영감은 짐승에 불과하지. 그 여자 얘기를 하기만 하면, 그의 얼굴은 다이아몬드처럼 반짝이거든. 그 비밀을 어림짐작하기란 어렵지 않지. 오늘 아침 영감은 은그릇을 가지고 나갔지. 데 그레 거리에 있는 곱세크 영감 집으로 들어가는 걸 보았어. 그는 그 집에서 돌아와 얼간이 크리스토프를 레스토 백작 부인 댁으로 보냈고. 크리스토프는 약속어음이 들어 있는 편지의 주소를 우리에게 보여주었지. 백작 부인도 늙은 어음할인업자에게 갔다면, 급한 일이 생겼기 때문이겠지. 고리오 영감은 그 여자의 환심을 사려고 돈을 내놓고 있는 거야. 굳이 두 생각을 꿰맞추지 않더라도 뻔한 일 아닌가. 여보게 젊은 학생, 이런 사실로 미루어볼 때 백작 부인이 웃고, 춤추고, 원숭이 짓을 하고, 복숭아꽃을 흔들고, 옷이 허리통을 바싹 죄도록 하는 동안에도 실은 그녀가 부도가 난 어음과 애인이 보내줄 어음들을 생각하며 곤경에 빠져 있었음을 자네는 알게 되는 거지."

"당신 얘기를 듣고 나니 진실을 알고 싶어 죽겠습니다. 내일 레스토 부인 댁에 가봐야겠습니다."

외젠이 부르짖었다.

"물론, 내일 레스토 부인 집에 가보게."

푸아레가 덧붙였다.

"환심의 파급효과가 어느 정도인가를 알려고 하는 고리오 영감을 그 집에서 만나게 될지도 모르지."

"당신들의 파리는 결국 진흙 구덩이로군요."

외젠이 구역질 난다는 듯이 말했다.

"더구나 괴상한 진흙 구덩이지. 마차를 타고 다니며 진흙에 더럽혀진 사람들은 신사고, 걸어 다니며 더럽혀진 사람들은 사기꾼들이지. 불행하게도 아무것이라도 좋으니 하나 훔쳐보게. 그러면 자네는 법원 광장에서 구경거리가 될 걸세. 100만 프랑을 훔쳐보게. 그러면 자네는 덕망 있는 사람으로 살롱에서 대우받을 걸세. 자네가 경찰과 법원에 3000만 프랑을 바치면 만사형통이지. 재미있지 않나!"

보트랭이 호들갑을 떨었다.

"무어라고요. 고리오 영감이 아침 식사용 은그릇을 없앴다고요?"

보케르 부인이 소리질렀다.

"뚜껑에 비둘기 두 마리가 그려져 있는 것 아니에요?"

외젠이 물었다.

"바로 그거야."

"그가 몹시 아끼던 것이었는데. 대접과 접시를 우그러뜨릴 때, 그는 울었어요. 우연히 그 광경을 보았지요."

외젠이 말했다.

"그는 그것을 생명처럼 아꼈는데."

과부댁이 내뱉었다.

"영감이 얼마나 사랑에 빠져 있는가를 알겠지? 그 여자는 영감 마음을 자극할 줄 알거든."

보트랭이 부르짖었다.

학생은 자기 방으로 다시 올라갔다. 보트랭은 외출했다.

조금 있다가 쿠튀르 부인과 빅토린은 실비가 불러 온 마차에 올라탔다.

푸아레는 미쇼노 양의 팔을 끼고 멋지게 2시간 동안 식물원에서 산책하러 나섰다.

"저런, 저 두 사람은 거의 부부 같은데요. 함께 외출하기는 처음이군요. 두 사람 모두 바싹 메말라서 그들이 부딪히면 부싯돌처럼 불이 붙겠네요."

뚱뚱보 실비가 말했다.

"미쇼노 양의 촡을 조심해야지. 그가 성을 낼지도 몰라."

보케르 부인이 희죽거렸다.

오후 4시쯤 고리오 영감이 돌아왔다. 그는 연기 나는 램프 두 개의 불빛 아래서, 우느라 두 눈이 빨개진 빅토린을 보았다. 보케르 부인은 그녀가 아침나절에 타유페르 씨 집을 찾아갔지만, 아무런 결실도 없었던 일에 대한 얘기를 듣고 있었다. 자기 딸과 노부인이 찾아오는 것에 넌더리가 난 타유페르가 드디어 얘기나 들어보자고, 두 여인이 자기 앞에까지 안내되도록 내버려두었다는 것이다.

쿠튀르 부인이 보케르 부인에게 말했다.

"부인, 생각해 봐요. 심지어 그 사람은 빅토린을 앉히지도 않았답니다. 그래서 줄곧 저 애는 서 있었어요. 그는 화를 안 냈지요. 하지만 아주 냉담하게 나에게 얘기합디다. 우리가 자기 집을 찾아올 필요가 없다는 거예요. 딸이라고 부르지도 않고서는 '이 아가씨'가 자기를 괴롭히고 자신의 정신을 흩뜨려 놓았다는 거지요. 1년에 겨우 한 번인데도, 짐승 같은 놈! 그리고 빅토린 어머니는 돈 한 푼 없이 시집왔기 때문에, 저 애는 청구할 게 하나도 없다는 둥 가장 가혹한 말만 했지요. 그래서 저 불쌍한 애는 눈물을 쏟게 되었다오. 저 어린것은 아버지의 발치에 몸을 던지고는, 자기가 간곡히 바라는 일은 오로지 어머니를 생각해 달라는 것뿐이라고 용감하게 말했어요.

심지어 아무 불평 없이 아버지 뜻대로 순종하겠다고도 했지요. 다만 불쌍하게 죽은 어머니 유서만이라도 읽어 달라고 간청했다오. 그리고 저 애는 편지를 꺼내 세상에서 가장 아름답고 가장 진솔한 감정이 들어 있는 글이라고 말하면서 편지를 그에게 주었어요. 저 애가 어디서 그런 말들을 들었는지, 하느님이 가르쳐 주셨는지도 모르겠어요. 이 불쌍한 애가 너무 영감에 차 있었기 때문에 그 말을 듣던 나는 바보처럼 울어버렸다오. 그런데 그 무서운 인간은 어떻게 했는지 아세요? 손톱을 깎고 있었어요. 그리고 타유페르 부인의 눈물 젖은 편지를 집어 난로에 던져버리면서 '좋아!'라고 말합디다. 그리고 그의 손을 잡고 입맞춤하려는 저 애를 일으키면서 자기 손을 빼버렸다오. 극악무도한 인간 아니에요? 그 사람의 멍텅구리 같은 아들이 들어왔지요. 하지만 자기 누이에게 인사도 없습디다."

"정말 짐승들이군."

고리오 영감이 말했다.

"그러고 나서," 쿠튀르 부인이 고리오 영감의 탄식에 아랑곳하지 않고 계속해서 말했다. "그 아버지와 아들은 급한 일이 있어 실례한다고 나에게 말하고는 나가버립디다. 이것이 우리가 한 방문의 결과라오. 적어도 그 사람은 자기 딸을 보긴 했지요. 그가 자기 딸을 부인하는 이유를 모르겠어요. 저 애는 자기 아버지를 꼭 닮았던데."

숙식하는 하숙인들과 뜨내기 하숙인들이 서로 인사를 나누고 아무짝에도 쓸모없는 말을 하면서 차례차례 들어왔다. 그들은 파리의 어느 한 계층에 속하는 사람들에게는 위트 있는 재치로 통하는 시시콜콜한 얘기를 주고받았다. 그런 류의 재치에서 중요한 요소는 아둔함인데, 특히 몸짓과 발음에서 그 아둔함이 더 돋보인다. 그리고 이런 종류의 은어들은 끊임없이 바뀐다. 따라서 이런 은어들로 이루어지는 농담은 결코 한 달 이상 계속될 수 없다. 정치적 사건, 중죄 재판소의 소송, 거리의 유행가, 배우의 익살 등 모두가 기지에 찬 장난에 사용되었다. 제기차기에서 제기를 서로 보내듯이, 사상과 언어로 서로 응수하는 꼴이었다. 최근 발명된 디오라마는 파노라마보다 더욱 심하게 착각을 일으켜서, 몇몇 화가의 화실에서는 말의 어미에 '라마'를 써서 농담하는 게 유행이었다. 보케르 집에서 하숙하는 한 젊은 화가도 하숙집에 이런 유행을 퍼뜨렸다.

박물관 직원이 말하기 시작했다.

"저! 푸아레 '선상', 선생의 '상테라마(건강)'는 어떠십니까?"

그러고는 대답도 듣지 않고 쿠튀르 부인과 빅토린에게 지껄였다.

"부인들께서는 무슨 근심이라도 있는 것 같습니다."

"저녁 안 먹어요? 내 위장은 '발뒤축까지' 내려갔는데."

라스티냐크의 친구로, 의대생인 오라스 비앙숑이 소리쳤다.

"지독한 '프루아토라마(추위)'인데. 고리오 영감, 자리 좀 비키시오. 이럴 수가 있나! 당신은 발로 난로 구멍 전부를 차지하고 있구려."

보트랭이 말했다.

"저명하신 보트랭 선생님, 왜 '프루아토라마'라고 하십니까? 그것은 틀립니다. '프루아도라마'입니다."

비앙숑이 말했다.

"아니지요. '프루아토라마'가 문법상으로 옳습니다. '프루아토피에(발이 춥다)'는 의미이니까요."

박물관 직원이 대꾸했다.

"아! 아!"

"아, 여기 모든 걸 고깝게 여기는 라스티냐크 후작 각하께서 오시는군. 오! 여러분들, 누구든지 오십시오."

비앙숑이 외젠의 목을 잡고 질식시키려는 듯 꼭 누르며 소리질렀다.

미쇼노 양이 조용히 들어와서 아무 말도 하지 않고 하숙인들에게 인사하고는 세 여인들 옆에 가서 앉았다.

"저 여자만 보면 소름 끼쳐요. 늙은 박쥐 같은 저 여자 말입니다. 갈[18] 박사의 학설을 연구한 내가 보기로는, 저 여자의 두개골 융기는 유다의 두개골 융기와 닮았어요."

비앙숑이 미쇼노 양을 가리키면서 보트랭에게 나지막한 소리로 말했다.

"자네는 유다 같은 배반자를 식별할 수 있나?"

보트랭이 물었다.

"한 번만 봐도 잘 알 수 있지요! 맹세코, 저 희끗희끗한 늙은 여자를 보면, 대들보까지 갉아먹는 긴 벌레 생각이 나요."

비앙숑이 대답했다.

---

18) 프란츠 요제프 갈(Franz Joseph Gall, 1785~1828). 독일 출신이나 프랑스에 귀화한 해부학자로 골상학의 대가다.

"젊은 친구, 모두 옳은 말이야."

사십 대가 구레나룻을 쓸면서 그렇게 말하고는 노랫말을 흥얼거렸다.

> 다른 장미꽃이 산 만큼 살아온 장미꽃 같은 당신은,
> 하루 아침을 살았다네.[19]

"아! 아! 훌륭한 '수포라마(수프)'가 들어오는군."

푸아레는 크리스토프가 수프를 공손히 들고 들어오는 모습을 보고 말했다.

"죄송합니다. 양배추 수프입니다."

보케르 부인의 말에 모두가 크게 웃었다.

"망했군! 푸아레."

"푸아르르르르르레트, 망했구나!"

"보케르 부인에게 득점수 두 점을 주어야겠군."

보트랭이 빈정거렸다.

"누군가 오늘 아침 안개를 주의해 본 사람이 있습니까."

박물관 직원이 말했다.

"지금까지 없었던 광란적인 안개였지요. 침통하고 우울하며 울적하고 천식증을 일으키는 안개였으니 결국 '고리오'의 안개였지요."

---

19) 프랑수아 드 말레르브(François de Malherbe, 1555~1628)의 시 「뒤페리에 씨에게 위로를」에 나오는 유명한 구절이다.

비앙숑이 말했다.

"'고리오라마'입니다. 왜냐하면 한 치 앞을 볼 수 없었으니까요."

화가가 말했다.

"어! '가오리오트'[20] 경, 바보 같은 영감이 문제가 되는군요."

음식이 들어오는 방문 근처에 있는 식탁 맨끝에 앉아 있던 고리오 영감은 냅킨 밑에 넣어둔 빵 조각의 냄새를 맡으며 머리를 들었다. 그는 때때로 장사꾼의 낡은 버릇을 이렇게 보여주곤 했다.

"그래, 빵이 나쁘다고 생각하세요?"

보케르 부인이 숟가락들과 접시들이 부딪히는 소리와 사람들이 얘기하는 소리를 압도할 만한 큰 소리로 날카롭게 그에게 소리쳤다.

"천만에요, 부인. 에탕프 산(産) 밀가루로 만든 특등품이군요."

고리오 영감이 대답했다.

"어떻게 그걸 아십니까?"

외젠이 물었다.

"흰 색깔과 맛으로 알지."

"코로 빵 냄새를 맡았으니까 알겠지요. 당신은 대단한 구두쇠여서 결국은 부엌 공기를 들이마셔 배를 채울 수 있는 방법을 알게 되겠군요."

보케르 부인이 말했다.

---

20) Gâôriotte, '고리오'라는 발음으로 장난하고 있다.

"그럼 특허권을 얻으세요. 그러면 당신은 부자가 될 테니까요."

박물관 직원이 말했다.

"그만들 두세요. 자기가 옛날에 제면업자였다는 사실을 우리에게 납득시키려고 그러는 것이니까요."

화가가 말했다.

"그럼 당신 코는 코르뉘(증류기)입니까?"

박물관 직원이 여전히 물었다.

"코르 무엇이라고요?"

비앙숑이 물었다.

"코르, 누유."

"코르, 느뮈즈."

"코르, 날린."

"코르, 니슈."

"코르, 니숑."

"코르, 보."

"코르, 낙."

"코르, 노라마."[21]

이 여덟 가지의 대답이 속사포처럼 빠르게 식당의 모든 곳으로부터 터져나왔다. 게다가 불쌍한 고리오 영감은 외국어를 이해하려고 애쓰듯이 멍한 모습으로 다른 사람들을 쳐다보았다. 그 때문에 모두가 폭소를 터뜨렸다.

---

21) '코르'로 시작되는 여러 단어를 말하고 있다. 순서대로, 산수유 열매, 백파이프, 홍옥수, 처마돌림 돌출장식, 애오이, 까마귀, 안내인을 뜻한다. 단 마지막 '코르노라마'는 '코르'에 '라마'를 붙인 말장난이다.

"'코르'라니요?"

고리오 영감이 옆에 있는 보트랭에게 물었다.

"코르오피에[22]라는 말이오, 영감님."

보트랭이 말하고선 영감 머리를 손바닥으로 쳐 그의 모자를 눌렀다. 그래서 모자는 영감의 눈 위까지 내려왔다. 불쌍한 노인은 뜻밖의 공격에 넋을 잃어 잠시 몸을 움직이지 못했다. 크리스토프는 고리오 영감이 수프를 다 먹은 줄로 생각하고 수프 그릇을 가져갔다. 모자를 다시 올려 쓴 고리오 영감은 숟갈을 다시 들고 식탁을 두드렸다. 모든 사람이 크게 웃었다.

"여보시오, 당신은 못된 장난꾼이구려. 또다시 모자를 그렇게 누르면……."

노인이 말했다.

"그러면 어떻게 하겠소, 아빠?"

보트랭이 노인의 말을 가로막으며 물었다.

"그렇다면 언젠가 당신은 톡톡히 대가를 치를 거요."

"지옥에서요? 그래, 장난꾸러기들을 깜깜하고 좁은 그 구석에 넣으시겠다고요?"

화가가 말했다.

"허! 아가씨는 음식을 안 들고 있군. 아버지가 고집을 부렸소?"

보트랭이 빅토린에게 물었다.

"끔찍한 노릇이에요."

쿠튀르 부인이 말했다.

---

22) '발에 생긴 티눈'이라는 뜻이다.

"그런 사람은 알아듣도록 타일러야지요."

보트랭이 말했다.

"아가씨는 식비 문제로 고소도 할 수 있겠군요. 전혀 먹지를 않으니까요."

비앙숑 바로 옆에 앉은 라스티냐크가 얘기했다.

"고리오 영감이 빅토린 양을 뚫어지게 쳐다보는 걸 좀 보게."

그가 덧붙였다.

노인은 끼니를 챙기는 것도 잊은 채, 불쌍한 소녀를 넋을 잃고 바라보았다. 소녀의 모습에서 아버지를 사랑하지만 그 아버지한테서 버림받은 자식의 슬픔, 즉 진짜 슬픔이 터져나오는 것을 볼 수 있었다.

외젠이 나지막한 목소리로 얘기했다.

"여보게, 우리는 고리오 영감을 잘못 알고 있었네. 저 영감은 바보도 아니고 연약한 사람도 아니야. 갈의 학설[23)]을 저 사람에게 적용해 보게. 그리고 나에게 자네 생각을 말해 주게. 어젯밤에 저 영감이 은그릇을 마치 밀랍처럼 짓이기는 것을 보았어. 그런데 지금 저 영감이 얼굴에다 이상한 감정을 드러내 보인단 말이야. 저 사람 생활은 연구해 볼 가치가 충분히 있다고 할 정도로 너무나 신비스럽거든. 그래, 비앙숑. 웃으려고 해도 웃지 못하겠지. 농담으로 이러는 게 아니야."

"저 영감은 의학적으로 문젯거리가 될 수 있어. 좋아, 원한

---

23) 갈의 이론에 따르면 골상학에서는 두개골의 크기에 따라 인간의 성격을 알 수 있다.

다면 해부해야겠는데."

비앙숑이 말했다.

"아니, 머리를 만져보란 말이야."

"아! 그래. 저 사람의 우둔함은 어쩌면 전염성인지도 몰라."

다음 날 라스티냐크는 매우 호화롭게 옷을 입고 오후 3시쯤 레스토 부인 댁에 갔다. 가는 도중 그는 젊은이들의 삶을 감동적으로 아름답게 하는 지나치게 무분별한 희망을 품었다. 그럴 때 청년들은 장애물이나 위험을 계산하지 않는다. 그들은 오로지 상상력 놀이를 하면서 자신들의 삶을 시(詩)적인 것으로 만들어 아름답게 꾸미고 모든 것에서 성공만을 본다. 하지만 지나친 욕망 속에서만 존재하는 계획이 뒤집히기만 하면, 그들은 불행해지고 슬픔에 잠긴다. 따라서 만일 청년들이 세상을 알고 몸을 사렸다면 사교계는 불가능했을 터이다. 외젠은 구두를 더럽히지 않으려고 세심하게 주의를 기울이면서 걸었다. 그는 걸으면서 레스토 부인에게 할 말을 생각했다. 그는 기지(機智)를 준비했고, 나눌지도 모를 대화에서 어떻게 재빨리 대꾸할 것인가를 궁리했다. 자기의 미래가 걸려 있는 사랑 고백을 유리하게 할 여러 가지 경우를 생각해, 세련된 농담과 수완을 발휘하는 데 도움이 될 만한 문장들도 준비했다. 그는 팔레루아얄에서 흙 묻은 구두를 닦고 바지에 솔질했다. 그는 '만약의 경우'를 대비해 준비한 30수 은화를 잔돈으로 바꾸며 마음속으로 생각했다.

'내가 부자라면 마차를 타고 갈 것이고, 내 마음대로 생각할 수도 있을 텐데.'

마침내 그는 뒤 엘데르 거리에 도착했다. 이 청년은 레스토 부인을 만나고 싶다고 말했다. 현관 앞에 마차가 멈추는 소리도 없었고 더군다나 걸어서 마당을 건너오는 그를 하인들은 경멸에 찬 눈초리로 대했다. 그는 미래의 성공을 확신하는 사람에게서 볼 수 있는 싸늘한 분노로 이 눈초리에 맞섰다. 마당에 들어가면서 그가 열등감을 느낄수록 이 눈초리는 그의 감정을 더욱 예민하게 만들었다. 마당에는 멋진 이륜마차에 호화롭게 매인 아름다운 말이 땅을 걷어차고 있었다. 이 광경은 낭비적 생활의 호사로움을 과시하는 것이었고, 파리의 모든 익숙한 환락을 보여주었다. 오로지 그만이 기분이 나빴다. 기지로 가득 차 있으리라 생각했던 사람의 머릿속에 열렸던 서랍들이 닫혀버렸다. 갑작스레 그는 멍청해졌다. 외젠은 손님 이름을 전하러 간 하인이 백작 부인한테서 대답을 가지고 오기를 기다렸다. 그동안 그는 응접실 창 앞에 발을 딛고, 팔꿈치는 스페인풍 창문 손잡이에 대고서 무의식적으로 마당을 바라보았다. 그는 시간이 지겹다고 여겼다. 만일 그에게 남부 지방 사람 특유의 끈질긴 성격이 없었더라면, 그는 가버렸을 터이다. 그런데 이 성격을 곧장 밀고 나아갈 때에는 신비로운 기적이 일어나는 법이다.

"선생님, 부인께서 내실에 계신데 몹시 바쁘십니다. 그리고 아무 말씀 안 하시던데요. 그렇지만 원하신다면 살롱에 가서 계십시오. 벌써 한 분이 기다리고 계십니다."

하인이 말했다.

단 한 마디로 주인의 의도를 깨닫고 판단하는 하인들의 놀랄 만한 능력에 감탄하면서도 라스티냐크는 심부름꾼이 나간 문을 단호하게 열었다. 거드름 피우는 하인들에게 자신이 이 집의 주인들과 가깝다는 사실을 믿게 하려는 게 틀림없었다. 그런데 그가 얼떨결에 들어간 곳은 등잔과 식기들, 목욕용 수건을 데우는 기구 따위를 보관하는 방이었다. 그리고 그곳은 캄캄한 복도와 비밀 계단으로 통해 있었다. 응접실에서 들었던 그 숨죽여 웃는 소리를 듣고 그는 몹시 당황했다.

"선생님, 살롱은 이쪽으로 가셔야 합니다."

하인이 억지로 정중한 척 말했지만, 한층 더 비웃고 있는 것 같았다.

외젠은 너무 급히 제자리로 돌아왔기 때문에 욕조에 부딪혔다. 하지만 다행히 모자를 꼭 붙잡아서 모자가 욕조에 떨어지지는 않았다. 이때 작은 등잔불이 밝히고 있는 긴 복도 끝에 있는 문이 열렸다. 라스티냐크는 레스토 부인과 고리오 영감의 목소리와 입맞춤하는 소리를 동시에 들었다.

이 청년은 식당으로 다시 돌아와서 그곳을 가로질러 하인의 뒤를 따라 첫 번째 살롱으로 들어갔다. 그는 살롱 창문이 마당 쪽을 향한 것을 알고 그 창문 앞에 서 있었다. 여기에 있는 고리오 영감이, 자기가 아는 하숙집의 그 고리오 영감인지를 알고 싶었다. 그의 가슴이 이상하게 뛰기 시작했다. 보트랭이 말한 놀라운 이야기를 다시 떠올렸다. 하인이 살롱 문에서 외젠을 기다렸다. 그런데 갑자기 멋있는 청년 한 명이 불쑥 나타나서 성미 급하게 다음과 같이 말했다.

"모리스, 가야겠네. 반 시간 이상씩이나 기다렸다고 백작 부인께 전해 주게."

이 무례한 청년은 그럴 만한 권리가 있는 듯이 이탈리아 가곡의 한 부분을 나직하게 부르면서 외젠이 서 있는 창문 쪽으로 걸어왔다. 그 청년은 이 학생의 얼굴뿐만이 아니라 마당도 내다보고 싶은 모양이었다.

"그렇지만 백작님, 가능하시다면 조금만 더 기다리시지요. 부인께서 일을 끝냈습니다."

모리스가 응접실로 돌아가면서 말했다.

바로 이때 고리오 영감은 작은 계단 출구를 통해서 정문 근처까지 나왔다. 노인은 우산을 꺼내 펼치려고 했다. 노인은 이륜마차를 몰고 오는 훈장을 단 청년이 지나가도록 대문이 열려 있는 사실에 주의를 기울이지 않았다. 고리오 영감은 겨우 뒷걸음질쳐서 마차에 깔리는 것을 피했다. 호박단으로 만든 고리오 영감의 우산 때문에 깜짝 놀란 말은 계단 쪽으로 달려가다가 방향이 약간 빗나갔다. 그 사람은 화내는 태도로 머리를 돌려 고리오 영감을 보고는 그가 밖으로 나가기 전에 인사했다. 고리대금업자에게 억지로 존경의 뜻을 나타내는 인사였다. 그러나 사람들은 나중에 그 인사 때문에 얼굴을 붉히게 마련이다. 평판이 나쁜 사람에게 억지로 나타내는 존경에 고리오 영감은 어질고 친절한 인사로 답례했다. 이런 사건들이 번개처럼 빠르게 일어났다. 너무 신경을 쓴 나머지 자신이 혼자 있지 않다는 사실을 의식하지 못하고 있던 외젠은 갑자기 백작 부인의 목소리를 들었다.

"아! 막심, 가시려고 했군요."

약간 원망이 섞인 비난투로 그녀가 빈정거렸다.

백작 부인은 이륜마차가 들어온 사실에 주의를 기울이지 않았다. 라스티냐크는 급히 몸을 돌이켜서 백작 부인을 보았다. 그녀는 장미색 매듭이 있는 하얀 캐시미어 천으로 된 요염한 실내복을 입었고, 아침나절에 파리 여성들이 그러듯이 머리는 아무렇게나 빗고 있었다. 목욕했는지 몸에서 향기가 풍겼다. 부드럽다고 말할 수 있을 그녀의 아름다움은 더욱 관능적이었다. 그녀의 눈은 촉촉이 젖어 있었다. 청년들의 눈은 모든 것을 볼 줄 안다. 청년들의 마음은 식물이 공기 속에서 적당한 양분을 섭취하듯이 여성의 빛나는 광채에 빨려 드는 것이다.

외젠은 이 여인의 손에서 피어오르는 싱싱함을 만져볼 필요도 없이 느낄 수 있었다. 그는 캐시미어 천을 통해 장미색 코르셋을 보았다. 앞이 약간 벌어진 실내복 때문에 이따금 그 색이 드러났는데 그의 시선이 그곳에 머물렀다. 백작 부인에게는 코르셋의 가슴 살대도 필요없었다. 허리띠만이 그녀의 날씬한 허리를 뚜렷이 드러나게 했다. 그녀의 목은 남성의 연정을 불러일으켰고, 실내화를 신은 두 발은 예뻤다. 막심이 키스하려고 그녀의 손을 잡았을 때, 비로소 외젠은 막심을 얼핏 보았고, 백작 부인이 외젠을 알아보았다.

"아! 당신이군요, 라스티냐크 씨. 만나뵙게 되어 반가워요."

그녀는 재치 있는 사람들이 취할 만한 태도로 말했다.

막심은 이 침입자를 물리칠 수 있을 만한 의미심장한 태도로 외젠과 백작 부인을 번갈아 바라보았다. '아! 부인, 저 녀석을 밖으로 좇아버리시오!' 아나스타지 백작 부인이 막심이라고 불렀던, 무례할 정도로 거만한 그 청년의 눈초리가 지닌 의미는 뚜렷하고 알기 쉬웠다. 부인은 순종하겠다는 의사가 가득한 눈길로 그의 얼굴을 바라보았다. 그런 태도에는 스스로도 알아채지 못하는, 한 여자의 모든 비밀스러운 얘기가 담겨 있었다.

라스티냐크는 그 청년에게 격렬한 증오심을 느꼈다. 우선 막심의 곱슬곱슬하고 아름다운 금발을 보면서 라스티냐크는 자기 머리털이 얼마나 끔찍한가를 깨달았다. 막심은 화려하고 깨끗한 장화를 신고 있었다. 그런데 자기 것은 걸어오는 도중에 조심했는데도 진흙이 약간 묻은 흔적이 있었다. 끝으로 막심이 걸친 프록코트는 그의 허리를 우아하게 죄고 있어서 마치 예쁜 여자처럼 보였다. 하지만 라스티냐크는 오후 2시 반인데 벌써 연미복을 차려입었다. 키가 크고 호리호리하며, 눈은 맑고, 얼굴색은 창백하며, 엄청난 돈을 쓸 수 있는 그 멋쟁이를 보면서 샤랑트 태생의 이 영리한 학생은 옷차림이 드러내는 명백한 우월성을 알아보았다.

외젠의 대답을 기다리지도 않고 레스토 부인은 날아가는 나비처럼 실내복 자락을 팔락거리면서 쏜살같이 다른 방으로 도망쳤다. 막심은 그녀의 뒤를 따라갔다. 화가 난 외젠은 막심과 백작 부인을 쫓아갔다. 그래서 세 사람은 큰 살롱 한가운데에서 벽난로 높이로 버티어 선 채 서로 마주 보게 되었다. 학생은 자신이 이 가증스러운 막심을 불편하게 하고 있음을 잘 알았다. 하지만 레스토 부인의 기분을 상하게 할 위험을 무릅쓰고라도 그는 이 멋쟁이를 난처하게 하고 싶었다.

그 청년을 보세앙 부인 댁 무도회에서 보았던 사실을 문득 떠올린 외젠은 막심이 레스토 부인에게 어떤 사람인가를 알 수 있었다. 따라서 흔히 젊은 사람들이 큰 실수를 저지르거나 큰 성공을 거두도록 해주는 대담한 태도로 "저 사람이 내 적수야, 그러니 저 사람을 이겨야겠어"라고 혼잣말을 했다.

경솔한 사람이지! 막심 드 트라유 백작은 모욕당하면 먼저 총을 뽑아 상대를 쏴 죽이는 인물이라는 사실을 외젠은 모르고 있었다. 외젠은 뛰어난 사냥꾼이었다. 하지만 아직 22발을 쏘아서 20개의 표적을 맞춰 쓰러뜨리지는 못했다.

젊은 백작은 난로 옆에 있는 안락의자에 주저앉아서 부젓가락을 들고 잔뜩 찡그린 얼굴로 매우 난폭하고 불쾌하게 난로 속을 뒤적거렸기 때문에 아나스타지 부인의 아름다운 얼굴에는 갑자기 슬픈 빛이 떠올랐다. 젊은 부인은 외젠에게 몸을 돌려서 싸늘한 눈초리를 던졌다. 교육을 잘 받은 사람이라면 이런 경우에 '당신은 왜 안 가고 있는 거예요?'라고 묻는 듯한 태도를 눈치 챘을 것이다.

외젠이 쾌활하게 말했다.

"부인, 급한 일로 뵙고 싶어서……."

그가 말을 딱 멈추었다. 문이 열렸다. 이륜마차를 타고 온 신사가 모자도 안 쓰고 난데없이 나타났다. 그는 백작 부인에게 인사도 않고 외젠을 불안하게 바라보고 나서는 막심에게 손을 내밀었다.

"잘 있었나."

그가 인사했다.

마치 친근한 형 같은 말투여서 외젠은 몹시 놀랐다. 시골 청년들은 삼각관계 생활이 얼마나 다정한가를 모른다.

"레스토 백작입니다."

백작 부인이 학생에게 자기 남편을 가리키며 말했다.

외젠은 머리를 깊숙이 숙여 인사했다.

"이분은 라스티냐크예요. 마르시야크 집안 쪽으로 해서 보세앙 자작 부인과는 친척간이고, 지난번 자작 부인 댁 무도회에서 만났어요."

그녀가 외젠을 레스토 백작에게 소개했다.

'마르시야크 집안 쪽으로 해서 보세앙 자작 부인과는 친척!' 백작 부인이 강조해서 발음한 이 말은 자기 집에는 저명 인사들만 드나들고 있다는 사실을 보이려는 여주인의 자존심에서 비롯한 것이었다. 그 말은 마술적 효과를 가져왔다. 백작은 쌀쌀하고 엄숙하던 태도를 버리고 학생에게 인사했다.

"만나뵙게 되어서 대단히 기쁩니다."

막심 드 트라유 백작도 외젠에게 불안한 시선을 던지더니 갑자기 불손한 태도를 바꾸었다. 가문의 이름이 끼어들어 막강한 힘을 얻은 이 요술 막대기는 지방 청년의 머릿속에 들어 있는 수많은 서랍을 열어 그가 준비했던 기지를 다시 그에게 돌려주었다. 뜻하지 않은 광명 때문에 그는 그때까지도 깜깜해 보이던 파리 상류사회의 분위기를 똑똑히 볼 수 있었다. 그때 그는 보케르 하숙집과 고리오 영감을 생각할 수 없었다.

"마르시야크 가문은 끊겼다고 생각했는데요?"

레스토 백작이 외젠에게 말했다.

"그렇습니다, 백작님. 제 종조부(從祖父)이신 라스티냐크 기사는 마르시야크 집안의 상속녀와 결혼했는데 딸 하나만을 낳았습니다. 그 딸은 보세앙 부인의 외조부인 클라랭보 원수와 결혼했습니다. 우리 집은 분가입니다. 그리고 해군 중장이었던 종조부께서는 모든 것을 다 바쳐 왕께 충성했기 때문에 더욱 가난해졌습니다. 혁명정부는 동인도회사에 대해 재산을 청산할 때에 우리의 채권을 인정하는 것을 거절했습니다."

외젠이 대답했다.

"당신 종조부께서는 1789년 이전에 '방죄르' 호의 함장이었지요?"

"틀림없습니다."

"그러면, 당신 종조부께서는 '바르비크' 호의 함장이던 내 조부를 아시고 계셨소."

막심은 레스토 부인을 바라보면서 어깨를 가볍게 으쓱했다. 그런데 이런 몸짓은 '백작이 저 친구와 해군 얘기를 시작한다면, 우리는 볼 장 다 본 것이오. 갑시다.'라는 뜻을 부인에게 전하려는 것처럼 보였다. 아나스타지는 트라유 씨의 그러한 뜻이 담긴 시선을 알아챘다. 여성들이 지닌 놀라운 힘을 발휘해 그녀는 웃으면서 말했다.

"이리 오세요, 막심. 당신께 부탁할 일이 있어요. 두 분께서는 바르비크 호와 방죄르 호를 타고 같은 항로를 따라 항해하세요."

자리에서 일어난 그녀는 음모에 가득 차고 조롱기 있는 눈길을 막심에게 보내며 나갔다. 막심은 그녀와 함께 내실 쪽으로 향했다. 프랑스어에는 적당한 표현이 없으나 독일어로는 훌륭한 표현인 이 '어울리지 않는' 남녀가 방 문 앞에 다다랐을 때 백작은 외젠과 나누던 얘기를 멈추고 성난 소리로 외쳤다.

"아나스타지! 가지 말고 여기 있구려. 당신도 잘 알다시피……."

"오겠어요, 곧 오겠어요. 막심에게 부탁할 얘기를 하는 데는 잠깐이면 되니까요."

그녀가 백작의 말을 가로막으며 말했다.

그녀는 재빨리 돌아왔다. 자신들이 마음먹은 대로 행동하려면 남편의 성격을 관찰할 수밖에 없는 모든 여자들은, 남편한테서 받고 있는 귀중한 신용을 손상하지 않는 틀 안에서 행동해야만 한다. 또한 그녀들은 하찮은 일상사로 남편들에게 충격을 주어서는 결코 안 된다는 점을 잘 알고 있었다.

백작 부인은 백작의 말투에서 내실에 오래 머물러 있는 게 위험하다는 것을 알아챘다. 일이 이렇게 꼬이게 된 것은 외젠 때문이었다. 화가 치민 백작 부인은 막심에게 학생을 눈짓으로 가리켰다. 막심은 매우 풍자적으로 백작과 부인과 외젠에게 말했다.

"바쁘신 모양인데 폐 끼치고 싶지 않습니다. 안녕히 계십시오."

그가 도망치듯 나갔다.

"가지 말고 있어요, 막심."

백작이 외쳤다.

"저녁 먹으러 와요."

백작 부인은 말하고 다시 한 번 백작과 외젠을 남겨둔 채 막심 뒤를 따라 첫 번째 살롱으로 나갔다. 그들은 백작이 외젠과 헤어지기에 충분한 시간 동안 그 살롱에 있었다.

라스티냐크는 두 남녀가 차례로 웃고 얘기하며 가만히 있는 소리를 들었다. 백작 부인을 다시 한 번 보고 그녀와 고리오 영감과의 관계를 알아내기 위해, 심술궂은 이 학생은 레스토 백작과 함께 재치를 뽐내었고, 그를 치켜세우기도 하고 토론도 하면서 시간을 끌었다. 외젠은 이 부인이 분명히 막심을 사랑하고 또한 남편을 쥐락펴락하면서도 남몰래 그 늙은 제면업자와 은밀한 관계를 맺고 있다는 사실을 도통 이해할 수 없었다. 그는 이 비밀을 파헤치고 싶었고 파리 여성인 이 부인 위에 절대자로 군림하고 싶었다.

"아나스타지!"

백작이 다시 자기 아내를 불렀다.

"자, 안됐군요, 막심. 포기해야겠어요. 그럼 오늘 저녁에……."

그녀가 청년에게 말했다.

"나지[24], 당신은 저 어린 녀석을 다시는 못 오게 해야 할 거요. 당신의 실내복이 조금 열렸을 때 그 녀석의 두 눈이 마치 불붙은 숯덩이처럼 이글거립디다. 그 녀석은 당신에게 사랑을 고백해서 당신 체면을 떨어뜨릴 것이오. 그러면 나는 어쩔 수 없이 저 녀석을 죽여야만 한다는 말이오."

청년이 그녀 귀에 속삭였다.

"당신 미쳤어요, 막심? 오히려 저런 어린 학생들은 성능이

---

24) 아나스타지의 애칭이다.

뛰어난 피뢰침이 아닌가요? 나는 저 학생이 레스토를 미워하도록 만들겠어요."

그녀가 말했다.

막심은 큰 소리로 웃고 밖으로 나갔다. 백작 부인은 청년 뒤를 따라갔다. 그녀는 청년이 마차를 타고 말이 앞발질을 하고 그가 채찍질하는 모습을 창가에서 지켜보았다. 대문이 다시 닫히고 나자 비로소 그녀는 되돌아왔다.

"아, 어떻소 여보. 이분 가족이 사는 영지는 샤랑트 강기슭의 베르퇴유에서 멀지 않은 곳에 있소. 이분 종조부와 우리 조부는 서로 아는 사이였소."

백작이 돌아온 그녀에게 이렇게 말했다.

"서로 알고 있는 시골에 사신다니 반갑군요."

백작 부인이 건성으로 말했다.

"생각하시는 이상으로 인연이 깊습니다."

외젠이 낮은 소리로 말했다.

"뭐라고요?"

그녀가 힘차게 물었다.

"그런데 저는 방금 댁에서 나가는 사람을 보았습니다. 그분은 저와 같은 하숙집에서 나란히 사는데 이름이 고리오 영감이지요."

학생이 말했다.

'영감'이라는 말로 수식된 이름을 듣고 불을 쑤시고 있던 백작은 부젓가락에 손을 데기나 한 듯이 그것을 불 속에 던져버리고 일어났다.

"이보시오, 고리오 선생이라고 칭해야 했을 것이오."

백작이 부르짖었다.

처음에 백작 부인은 자기 남편이 짜증내는 것을 보고서 얼굴이 창백해졌다가는 이내 빨개졌다. 그 부인은 분명히 당황했다. 그녀는 자연스럽게 꾸민 목소리로 짐짓 마음 가벼운 듯 대꾸했다.

"우리가 그분보다 더 사랑하는 사람은 있을 수 없는데……."

그녀가 얘기를 끊었다가 무슨 공상을 하는 듯이 피아노를 바라보고 말했다.

"당신, 음악 좋아하세요?"

"무척 좋아합니다."

외젠은 매우 어리석은 실수를 저질렀다는 송구스러운 생각에 얼굴이 빨개지고 정신이 없어져서 대답했다.

"노래도 부르세요?"

그녀가 말하며 피아노로 가서 저음 '도'에서부터 고음 '파'까지 건반 전부를 세차게 두드리며 부르짖듯 물었다.

"못 부릅니다, 부인."

레스토 백작은 이리저리 서성거렸다.

"안됐군요. 당신에게는 성공하는 데 필요한 큰 수단 하나가 부족해요. 사랑하는 자여, 사랑하는 자여, 절망하지 말아라."

그녀가 노래를 불렀다.

고리오 영감의 이름을 말해서 외젠은 요술 막대기를 휘둘렀다. 하지만 그 효과는 보세앙 부인의 친척이라는 말이 가져온 효과와는 상반된 것이었다. 그의 처지는 마치 호의로 초청을 받아 골동품 애호가 집에 갔다가 조상(彫象)이 가득 찬 장을 잘못 만져서 잘 붙어 있지 않던 조각의 머리를 서너 개 떨어뜨린 것과 같았다. 그는 심연 속에 자신을 내던지고 싶을 지경이었다. 레스토 부인 얼굴은 퉁명스러웠고 쌀쌀했다. 그녀의 냉담해진 눈은 이 불운한 학생의 눈을 피했다.

"부인께서는 레스토 백작님과 하실 얘기도 있을 텐데요. 청하건대, 저는 이만……."

외젠이 말했다.

"언제든지 오시면 레스토 백작이나 저는 매우 기쁠 거예요."

백작 부인이 외젠의 말을 손짓으로 막으며 재빨리 대답했다.

외젠은 이 부부에게 머리를 깊이 숙여 인사하고 밖으로 나왔다. 사양했는데도 레스토 백작은 그를 응접실까지 따라왔다.

"저 사람이 언제 오든지 간에 마님이나 내가 없다고 말해."

백작이 모리스에게 말했다.

현관 앞 계단에 이르렀을 때, 외젠은 비가 오는 것을 알았다.

"아, 실수의 원인이나 그것이 미칠 영향도 모르고 나는 어리석은 실수를 저지르려고 왔군. 게다가 옷과 모자까지 망치게 됐어. 방구석에 틀어박혀 법률 공부를 해서 엄격한 법관이 될 생각을 했어야 했는데. 사교계에서 적당히 움직이려면 수많은 마차, 번쩍이는 구두, 꼭 필요한 장신구, 금시곗줄이 필요하지. 더욱이 아침에는 6프랑씩이나 하는 흰 사슴 가죽 장갑이, 또 저녁에는 노랑 장갑들이 무더기로 있어야 하는데. 내가 그런 사교계에 나갈 수 있단 말인가? 빌어먹을 고리오 영감, 제기랄."

그가 혼자 중얼거렸다.

길로 통하는 문 아래에 이러렀을 때, 아마도 신혼부부를 태웠던 듯 보이는 전세 마차의 마부가 주인 모르게 수입을 올리려고, 검은 양복과 흰 조끼와 노랑 장갑과 약칠한 장화로 단장을 했지만 우산 없는 외젠을 보고 손짓했다. 외젠은 마치 심연에 빠진 청년이 행운의 출구를 찾으려고 더욱 깊이 심연으로 빠져 들어가듯이 깊은 분노에 빠져 있었다. 그는 마부에게 머리를 끄덕거렸다. 주머니에는 22수밖에 없으면서 그는 마차에 올라탔다. 마차 속에는 오렌지 꽃잎 몇 개와 얇은 금박이 떨어져 있었다. 그 사실로 미루어볼 때, 이 마차엔 신혼부부가 탔음에 틀림없었다.

"어디로 모실깝쇼?"

이미 흰 장갑을 벗어버린 마부가 물었다.

"빌어먹을!"

외젠이 혼자서 중얼거렸다. 그리고 큰 소리로 덧붙였다.

"아무렴! 마차를 탔으니 적어도 무슨 이득이 있어야 하지 않겠는가! 보세앙 저택으로 갑시다."

"어느 댁 말입니까?"

마부가 물었다.

이 희한한 말을 듣고 외젠은 당황했다. 세상을 아직 모르는 이 멋쟁이는 보세앙 저택이 두 군데 있다는 것도 몰랐다. 더군다나 자기 같은 사람을 개의치 않는 친척들이 얼마나 많은가를 알지 못했다.

"보세앙 자작 댁. 음, 무슨 거리더라……."

“드 그르넬 거리죠.”

고개를 끄덕이면서 그의 말을 가로막은 마부가 말했다.

“아시겠지만, 생도미니크 거리에 또 보세앙 백작과 후작의 저택이 있습지요.”

발판을 걷어 올리며 마부가 덧붙였다.

“잘 알고 있소.”

외젠이 싸늘하게 대꾸했다.

‘오늘은 모든 사람들이 날 조롱하는군!’

그는 모자를 좌석 쿠션 위에 던지며 생각했다.

‘할 일을 두고 몰래 빠져나와 놀러 다닌 바람에 나는 왕의 몸값보다 더 큰 돈을 쓰게 됐구나. 어쨌든 소위 내 사촌 누이를 귀족처럼 당당하게 방문해야겠다. 고리오 영감 때문에 벌써 10프랑을 낭비했어. 늙은 악당! 기필코 보세앙 부인에게 오늘 사건을 얘기해야지. 어쩌면 부인은 웃을지도 몰라. 꼬리도 없는 쥐새끼 같은 늙은이와 그 아름다운 여인과의 범죄적 관계를 부인은 아마 알고 있을 테지. 매우 헤픈 인상을 주는 그 부도덕한 여자와 부딪히기보다는 차라리 내 사촌을 잘 사귀어야겠어. 아름다운 자작 부인의 명성이 그처럼 당당한데 도대체 그녀 권위가 얼마만큼이나 될까? 높은 곳에 호소하자. 하늘에 있는 것을 공격할 때에는 하느님을 겨냥할 필요가 있어!’

그는 자신의 머릿속에 떠돌던 수많은 생각을 이런 식으로 요약했다. 비가 떨어지는 것을 보고 그는 어느 정도 평온과 자신감을 얻었다. 그에게 남아 있던 값진 100수짜리 은화 두 개를 이제 쓰게 됐다고 그는 생각했다. 이 돈이면 자신의 옷과 장화와 모자를 보존하는 데 유익하게 쓸 수 있을 테니 말이다.

마부가 "문을 여십시오."라고 소리치는 것을 들었을 때, 그는 약간 기분이 좋아졌다. 빨갛고 금빛 나는 옷을 입은 문지기가 저택 문의 돌빗장을 뽑았다. 라스티냐크는 자기 마차가 현관 밑을 지나 마당을 돌아 계단의 유리 지붕 밑에 멈추는 것을 달콤한 만족감을 느끼며 보고 있었다. 옷 가장자리에 빨간 실로 수놓은 푸른색 외투를 걸친 마부는 발판을 펼쳤다.

마차에서 내려오다가 외젠은 복도에서 억지로 참은 웃음이 터져 나오는 소리를 들었다. 하인 서너 명이 초라한 신혼 마차를 보고 비웃었다. 외젠은 자신이 타고 온 이 마차를 파리에서 가장 멋있는 마차와 견주어 보고서는 하인들이 왜 웃는지 알았다.

귀에 장미꽃을 단 원기왕성한 말 두 필이 그 마차를 끌고 있었다. 말들은 재갈을 꽉 물고 있었다. 마부는 머리에 염색분을 바르고 넥타이를 잘 매고 있었다. 그는 말들이 도망칠까 봐 고삐를 꽉 쥐고 있었다. 쇼세당탱의 레스토 부인 댁 마당에는 스물여섯 살의 청년이 끄는 멋진 마차가 있었다. 그러나 생제르맹 성밖 지역에는 3만 프랑을 주고도 살 수 없을, 대귀족의 호사스러운 마차가 대기 중이었다.

"도대체 누구일까?"

'파리에서는 남자들에게 속해 있지 않은 여자란 거의 없군.' 그는 그런 여왕 같은 여자들을 정복한다는 것은 피를 흘리는 것보다 더 많은 대가를 치러야 한다는 사실을 뒤늦게야 깨달았다.

"빌어먹을! 내 사촌 누이도 막심 같은 남자를 사귀고 있나 보군."

외젠은 혼자 주절거렸다.

그는 죽고 싶을 정도로 슬퍼하며 계단을 올라갔다. 그의 모습이 나타나자 유리창이 박힌 문이 열렸다. 하인들은 빗질을 받는 당나귀처럼 엄숙했다. 그가 전에 참석했던 축제는 보세앙 저택의 아래층에 있는 넓은 응접실에서 열렸다. 초대받자마자 무도회에 갔기 때문에, 사촌 누이를 방문할 틈이 없었다. 따라서 그는 아직도 보세앙 부인이 거처하는 방들에 들어가 보지 못했다. 그는 대단한 여인의 영혼과 분위기가 깃들인 우아한 사생활의 비밀을 처음으로 보았다. 그리고 이미 레스토 부인 살롱을 보았기 때문에, 더욱 흥미롭게 비교 연구를 할 수 있었다. 4시 반에 자작 부인 접견이 이루어졌다. 사실은 5분만 빨랐어도 자작 부인은 사촌 동생을 만나 주지 않았을 것이다. 파리의 여러 가지 예의범절을 전혀 모르는 외젠은 꽃이 가득하고 금색 난간에 붉은 융단이 깔린 크고 흰 계단을 통해서 보세앙 부인 방으로 안내받았다. 그는 보세앙 부인에 대한 소문을 몰랐다.

그것은 파리의 여러 살롱에서 매일 저녁마다 귀에서 귀로 전달되면서 모습을 바꾸는 소문이었다. 자작 부인은 3년 전부터 포르투갈의 유명한 부호 영주인 다주다 핀투 후작과 관계를 맺고 있었다. 이런 친교란 제삼자를 용납하지 않을 만큼 매력이 풍부한 결합이었다. 그래서 보세앙 자작은 좋든 싫든 간에 이 어울리지 않는 결합을 존중해 자신을 대중에게 본보기로 보여주었다. 처음 며칠 동안 자작 부인을 만나러 2시에 찾아온 사람들은 늘 그녀 방에서 다주다 핀투 후작을 발견했다. 다른 사람들의 면회를 거절할 수 없어서 몹시 거북했던 보세앙 부인은 그들을 냉대했고, 천장의 모서리 장식 띠만 열심히 쳐다보았다. 그 바람에 사람들은 자기들이 그녀를 얼마나 난처하게 하는가를 이해하게 되었다. 2시부터 4시 사이에 보세앙 부인을 만나러 가면 부인이 곤란하리라는 것을 모든 파리 사람들이 알게 되자, 그녀는 지독한 고독 속에서 지내게 되었다. 그녀는 남편 보세앙과 다주다 핀투와 더불어 부퐁 극장이나 오페라 극장에 자주 갔다. 처세에 능란한 보세앙은 자리를 잡은 다음, 자기 아내를 항상 이 포르투갈 사람에게 남겨두고 자리를 떠났다. 그런데 다주다 씨는 결혼해야만 했다. 그는 로슈피드 집안 아가씨와 결혼하게 되어 있었다.

상류사회 전체에서 이 결혼을 모르고 있는 단 한 사람이 바로 보세앙 부인이었다. 부인 친구들이 결혼에 대해 그녀에게 넌지시 귀띔해 주면, 그녀는 친구들이 자기의 행복을 시샘한다고 생각했다. 따라서 그녀는 그런 얘기를 웃어넘겼다. 하지만 결혼 발표가 곧 있을 예정이었다.

이 포르투갈 미남은 자작 부인에게 자기가 할 결혼에 대해 통지해 주려고 왔다. 하지만 아직 단 한 마디 꺼낼 엄두를 감히 내지 못했다. 왜 못 했을까? 아마도 여성에게 '최후통첩'을 전하는 것보다 더 어려운 일은 없으리라. 2시간 동안이나 자신의 비탄을 얘기하고, 초주검이 된 채 각성제를 찾는 여자 앞보다는 차라리 결투장에서 칼로 위협하는 남자 앞에 있는 것을 훨씬 편하게 느끼는 사람들이 있다. 그래서 이 순간 다주다 핀투의 가슴은 바늘방석에 앉아 있는 것처럼 조마조마했다. 그는 보세앙 부인이 결국은 그 소식을 듣게 되리라 생각하고는, 부인에게 편지를 써 알리자고 마음먹었다. 그녀에게는 치명적일 사연을 생생한 목소리보다는 편지로 전하는 편이 더 낫겠다고 생각했던 것이다.

자작 부인의 하인이 외젠 드 라스티냐크 씨가 왔다고 전했을 때 다주다 핀투 후작은 기쁨에 몸을 부르르 떨었다. 사랑에 빠진 여성은 쾌락을 다양하게 맛보는 것보다 의심을 품는 것에 더 재주가 있다는 사실을 명심해야 한다. 그녀가 곧 버림받게 되었을 때, 베르길리우스가 탄 말이 멀리서 사랑을 예고하는 미립자의 냄새를 맡는 것보다 더 빨리, 그녀는 애인의 몸짓이 드러내는 의미를 알아챘다. 보세앙 부인은 다주다가 무의식적이고 가볍게 그러나 꾸밈없이 무섭게 몸을 떤다는 것을 불현듯 또렷이 알아보았다.

파리에서는 자기가 찾아갈 사람의 친구들로부터 그 집 남편과 아내와 아이들의 얘기를 미리 들어 그 집 사정을 알아두지 않고는 절대로 누구의 집도 방문해서는 안 된다는 사실을 외젠은 몰랐다. 그런 풍습이 있는 이유는 어떤 어리석은 짓도 저질러서는 안 되기 때문이다. 당신이 그런 어리석은 짓을 저질렀을 경우, 폴란드에서는 그 집 주인들이 궁지에 몰린 당신을 구해 주려고 '당신 마차에 소 다섯 마리를 매십시오.'라고 쾌활하게 말할 것이다. 하지만 이런 불행한 대화의 표현법이 프랑스어에는 없다. 그 까닭은 어리석은 짓을 하여 험담을 듣게 되면 더 크게 소문이 나서 그런 말이 아예 필요없어지기 때문일 것이다. 외젠은 레스토 부인 댁에서는 궁지에 빠져 마차에 소 다섯 마리를 비끄러맬 여유조차 없었지만, 보세앙 부인 댁에서는 다시 시골뜨기 노릇을 할 수 있었다. 그는 레스토 부인과 트라유 씨를 몹시 괴롭혔다. 하지만 이번에는 다주다 씨를 어려운 처지에서 구해 준 셈이었다.

"잘 있어요."

이 포르투갈 남자는 서둘러 문 있는 곳으로 갔다. 그 순간 외젠이 아담하고 작은 살롱에 들어섰다. 이 앙증맞은 살롱은 회색과 장미색이었으며, 그 호화로운 모습에는 우아함만이 엿보였다.

"오늘 저녁 부퐁 극장에 안 가는 거예요?"

보세앙 부인이 후작에게 머리를 돌려 바라보며 물었다.

"안 되겠소."

후작이 문고리를 붙잡으며 대답했다.

보세앙 부인은 일어나서 후작을 불러 자기 곁으로 오게 했다. 그녀는 외젠을 아랑곳하지 않았다. 그는 놀랄 만큼 사치스럽게 번쩍이는 빛 때문에 어리둥절해졌다. 그는 아라비아의 환상적 이야기를 현실에서 보는 듯했고, 자기를 거들떠보지도 않는 그 여인 앞에서 몸둘 바를 몰랐다. 자작 부인은 오른손 집게손가락을 들어 예쁜 동작으로 자기 앞 자리를 후작에게 가리켰다. 그 손짓에는 격렬한 정열적 위압감이 있었기 때문에, 후작은 문고리를 놓고 돌아왔다. 외젠은 그를 시샘이 가득 찬 눈으로 바라보았다.

'바로 저 사람이 그 마차를 타고 온 사람이구나! 도대체 파리에서 여성의 시선을 끌려면 얼마나 튼튼한 말과 하인과 엄청난 돈이 필요한 것인가?'

그는 속으로 중얼거렸다.

사치의 악마가 그의 심장을 물어뜯었고 이욕(利欲)의 열병이 그를 덮쳤고 황금에 대한 갈망이 그의 목을 태웠다. 그는 석 달에 130프랑밖에 못 만졌다. 그의 아버지, 어머니, 동생들, 누이들, 아주머니는 모두 합하여 매월 200프랑 이상을 초과해서 쓸 수 없었다. 그는 자신의 지금 처지와 성공해야 할 목표를 재빨리 비교해 보고 깜짝 놀랐다.

"왜 당신은 이탈리아 극장에 갈 수 없지요?"

자작 부인이 웃으면서 포르투갈 남자에게 물었다.

"사업 때문이지요! 영국 대사 댁에서 저녁을 먹어야 하오."

"그런 사업쯤 이젠 그만두세요."

남자가 여자를 속이기 시작할 때면, 어쩔 수 없이 거짓말을 계속 늘어놓을 수밖에 없다. 그래서 다주다 씨는 웃으며 말했다.

"꼭 그러기를 원하오?"

"그럼요."

"그 말이 듣고 싶었소."

그는 대답하며 어떤 여자들에게도 안도감을 줄 수 있을 법한 섬세한 시선을 던졌다. 그는 자작 부인의 손을 잡아 키스하고 밖으로 나갔다.

외젠은 보세앙 부인이 이제 자기 존재를 생각하는 것으로 믿고 손을 머리로 가져가 머리털을 매만지며 인사하려고 했다. 그런데 그녀는 갑자기 복도를 빠르게 가로질러 창문까지 뛰어가서는 마차에 오르는 다주다 씨를 쳐다보았다. 그녀는 후작이 하인에게 내리는 명령에 귀를 기울였다. 하인은 그 명령을 마부에게 되풀이했다.

"로슈피드 댁으로."

이 명령과 마차 속으로 들어가는 다주다 씨의 태도 때문에, 부인은 천둥 벼락을 맞은 것 같았다. 그녀는 무서운 근심에 사로잡혀 돌아섰다. 상류사회에서 끔찍한 재난이란 바로 그런 것이다.

자작 부인은 자기 침실로 들어가서 책상에 앉아 예쁜 종이를 꺼냈다. 그녀는 그 종이에 다음과 같이 썼다.

> 영국 대사관이 아니고 로슈피드 댁에서 저녁을 드시는 경우, 마땅히 그 이유를 저에게 설명하셔야 합니다. 기다리겠습니다.

손이 떨려 잘못 써진 글자를 몇 개 고쳐 쓴 다음, 그녀는 클레르 드 부르고뉴[25]를 뜻하는 C자를 써 놓고 벨을 눌렀다. 곧 달려온 하인에게 그녀가 말했다.

"자크, 7시 반에 로슈피드 댁에 가서 다주다 후작을 찾아. 후작께서 그곳에 계시거든 답장은 필요없으니 이 편지만 전해. 그곳에 안 계시면 이 편지를 가지고 돌아와."

"부인, 살롱에서 손님이 기다리고 계십니다."

---

25) 보세앙 부인의 결혼 전 이름이다.

"아! 정말."

그녀가 문을 밀면서 말했다.

외젠은 매우 거북살스러웠다. 마침내 자작 부인이 나타나는 것을 보았다. 부인은 심장의 근육을 흔들어놓을 듯한 감동된 어조로 그에게 말했다.

"미안해요. 편지 몇 줄 쓸 것이 있어서. 이제 우리끼리만 얘기해요."

그녀는 자기가 무슨 말을 하는지도 몰랐다. 왜냐하면 마음속으로 이런 생각을 했기 때문이다. '아! 그이가 로슈피드 양과 결혼하려고 하는군. 하지만 그이를 놓아줄 줄 알아? 오늘 저녁, 그 결혼은 깨어질 거야. 아니면, 나는…… 어쨌든 내일이면 더 이상 문제가 되지 않을 거야.'

"사촌 누님."

외젠이 말했다.

"무어라고요?"

자작 부인이 거만한 시선을 던지며 물었다.

이 학생은 그 시선을 보자 얼어붙었다. 외젠은 자작 부인이 내뱉은 '무어라고요?'의 의미를 이해했다. 3시간 전부터 그는 너무나 많은 것을 배웠기 때문에 조심했다. 그가 얼굴을 붉히며 다시 말했다.

"부인."

그가 망설이다가 계속해서 말했다.

"용서하십시오. 저는 지금 그 어느 때보다 많은 후견이 필요하기에, 아무리 먼 친척의 평판이라도 단단히 붙들어야 할 입장입니다.”

보세앙 부인은 쓸쓸하게 미소지었다. 그녀는 자기 주위에 불어닥친 불행을 벌써 느꼈기 때문이다.

“우리 집안의 처지를 이해하신다면, 부인께서는 자기 대자(代子)의 주위에 있는 장애물을 기꺼이 없애는 은혜를 베푸는 선녀 노릇을 하실 테지요.”

그가 말했다.

“자, 사촌. 내가 당신에게 어떤 도움을 줄 수 있나요?”

그녀가 웃으면서 말했다.

“제가 그걸 어찌 알겠습니까? 부인께서 저와 먼 친척간이 된다는 것만으로도 저에게는 벌써 큰 재산입니다. 혼란스러워서 무엇이라고 말씀드려야 할지 모르겠습니다. 부인은 제가 파리에서 알고 있는 단 한 분이십니다. 아! 부인께서 저를 불쌍한 어린애처럼 받아주실 수 있는지 여쭙고 부인께 상의드리고 싶습니다. 저는 부인을 위해서는 죽음을 무릅쓸 각오로 부인의 치맛자락에 매달리고자 합니다.”

“나를 위해 사람을 죽일 수도 있어요?”

“두 사람도 죽일 수 있습니다.”

외젠이 말했다.

“어린애 같군! 당신 정말 어린애군요. 당신, 당신은 성실하게 사랑할 수 있겠지요!”

그녀가 눈물을 참으며 말했다.

“그럼요.”

그가 머리를 끄덕였다.

자작 부인은 그의 야심만만한 답변 때문에 그에게 열렬한 관심을 보였다. 이 남부 청년은 처음으로 자신의 계략을 성취시켰다. 레스토 부인의 푸른 내실과 보세앙 부인의 장밋빛 살롱 사이에서, 외젠은 어느 강의실에서도 들을 수 없는 '파리 법률'을 3년간이나 공부한 셈이었다. 그것은 사회의 고등 판례를 구성하고 있어 잘 습득하고 응용하면 모든 것에 이를 수 있다.

"아! 정말, 부인 무도회에서 레스토 부인을 눈여겨보았지요. 그런데 오늘 아침 그 부인 댁에 갔습니다."

"그 부인을 난처하게 했겠군요."

보세앙 부인이 웃으면서 말했다.

"예! 그렇습니다. 부인께서 저를 도와주시지 않으신다면, 저는 세상을 몰라 모든 사람과 적이 될 것입니다. 젊고 아름답고 부자이며 무위도식하는 우아한 여인을 파리에서 만난다는 것은 어려운 일이라고 믿습니다. 저에게는 인생을 제대로 설명해 주는 부인 같은 분이 필요합니다. 어디에 가든지 트라유 씨 같은 사람이 있을 테죠. 제가 범한 실수의 성격과 그 수수께끼 같은 말의 뜻을 여쭈어보려고 왔습니다. 저는 어떤 늙은이에 대해서 말했는데……."

"랑제 공작 부인께서 오셨습니다."

자크가 학생의 이야기를 끊고 말했다. 외젠은 몹시 화가 난다는 몸짓을 해 보였다.

"당신이 성공하려면, 무엇보다 그렇게 자신을 노출시켜서는 안 되지요."

자작 부인이 작은 소리로 얘기했다.

"아! 안녕하세요."

그녀가 말하며 일어나서 공작 부인 앞으로 갔다. 그녀는 마치 친구에게 하듯이 공작 부인의 두 손을 다정스럽게 잡았다. 공작 부인은 가장 아름다운 교태를 부리며 화답했다.

"사이좋은 친구로군. 이제부터 나에게는 보호자가 두 명이야. 두 여인은 똑같이 다정할 테니까. 저 공작 부인도 분명히 나에게 흥미를 가질 테지."

라스티냐크가 혼자 중얼거렸다.

"친애하는 앙투아네트, 정말 즐거워요. 당신을 만나 행복해요."

보세앙 부인이 말했다.

"다주다 핀투 씨가 로슈피드 댁으로 들어가는 것을 보고 당신이 혼자 있는 줄 알았어요."

공작 부인이 이 같은 치명적인 말을 하는 동안, 보세앙 부인은 입술을 꽉 깨물지도 않았다. 얼굴을 붉히지도 않았다. 시선은 여전했고 이마는 밝아 보였다.

"손님이 계신 줄 알았더라면……."

공작 부인이 외젠을 보며 덧붙였다.

"이분은 외젠 드 라스티냐크 씨예요. 내 사촌 중 한 사람이죠. 그런데 당신은 몽리보 장군 소식 들었어요? 세리지는 어제 나에게 그분을 통 볼 수 없었다고 말하더군요. 오늘 당신 댁에 오셨더랬어요?"

자작 부인이 말했다.

미칠 듯이 사랑했으나 몽리보 씨한테서 버림받은 공작 부인은 마음속으로 이 질문의 신랄함을 알아채고 얼굴을 붉히며 말했다.

"그이는 어제 엘리제 궁전에 있었대요."

"근무를 했겠죠"

보세앙 부인이 말했다.

"클라라, 내일 다주다 핀투 씨와 로슈피드 양의 결혼 발표가 있다는 것을 아시지요?"

공작 부인이 악의 넘치는 시선을 던지며 말했다.

이 일격은 너무 심해서 자작 부인은 창백해졌다. 그러나 부인은 웃으면서 대답했다.

"어리석은 사람들은 그런 뜬소문을 좋아하죠. 다주다 씨는 포르투갈의 명문인데 무엇 때문에 로슈피드 집안과 이름을 합치겠어요? 로슈피드 집안은 최근에야 귀족이 되었어요."

"그러나 소문을 듣자니 베르트가 1년에 20만 프랑의 연금을 받는다는데요."

"다주다 씨는 너무 부자여서 그런 돈 계산을 할 필요가 없어요."

"하지만 이봐요, 로슈피드 양은 아름다워요."

"아!"

"그분은 오늘 그 집에서 저녁을 먹어요. 결혼 조건은 모두 맞았어요. 당신이 그렇게도 모르다니 이상할 정도로 놀랍군요."

"도대체 당신은 무슨 실수를 저질렀나요?"

보세앙 부인이 외젠에게 말했다.

"이 불쌍한 청년은 최근에 사교계에 들어와서 아무것도 몰라요. 앙투아네트, 그래서 우리는 그 얘기를 하는 거예요. 저 사람에게 잘 대해 주세요. 아까 얘기는 내일 해요. 내일이면 모든 것이 공식적으로 밝혀질 테니까요. 그러면 당신은 틀림없이 비공식적 소문만을 좋아하는 사람이 될 거예요."

보세앙 부인이 말했다.

공작 부인은 거만한 시선으로 외젠의 발끝에서 머리끝까지를 감싸버려 그의 기세를 꺾었다. 그는 꼼짝달싹할 수 없었다.

"부인, 저는 영문도 모른 채 레스토 부인의 가슴에 칼을 꽂은 꼴이 되었습니다. 이유도 몰랐다는 게 제 실수입니다."

재치가 잘 발동했기에, 두 부인 사이의 다정한 대화 속에 숨겨진 신랄한 야유를 알아챈 학생은 이렇게 얘기했다.

"당신들은 당신들의 비밀을 알고서 악행을 가해 오는 사람을 두려워하면서도 계속 만납니다. 반면에 상처의 깊이를 모르고서 상처를 준 사람은 바보 취급을 당하지요. 서투른 사람은 결코 아무런 이득도 취할 줄 모르고, 그래서 모두들 그 사람을 업신여깁니다."

보세앙 부인은 이 학생에게 위대한 영혼이 담을 줄 아는 감사와 위엄이 깃든 다정한 시선을 보냈다. 그 시선은 마치 진통제 같아서, 공작 부인이 조금 전에 그에게 보낸 경매 평가인 같은 시선으로 인해 학생이 받은 마음의 상처를 가라앉혀 주었다.

"제가 레스토 백작의 호의를 얻었다고 부인은 생각하시겠지요."

외젠이 계속해서 말했다.

"왜냐하면 부인, 저는 아직도 지독하게 비참한 학생이며, 몹시도 외롭고 대단히 가난하다는 사실을 부인에게 말씀드려야겠습니다."

그가 공작 부인을 향하여 겸손하고도 악의에 찬 태도로 말했다.

"그렇게 말하지 마세요, 라스티냐크 씨. 우리 여자들도 다른 사람이 싫어하는 것은 싫어하니까요."

"맙소사! 저는 겨우 스물두 살밖에 안 먹었습니다. 제 나이에 닥치는 불운을 이겨나갈 각오가 되어 있습니다. 그리고 저는 오늘 참회하러 왔습니다. 이렇게 아름다운 참회실에서는 무릎 꿇을 필요가 없겠습니다. 한 곳에서 죄를 저지르고 다른 곳에서 사죄하는군요."

공작 부인은 그의 반종교적인 얘기에 냉정한 태도를 취했다. 공작 부인은 그의 나쁜 취미를 뿌리치려는 듯이 자작 부인에게 말했다.

"저분은 방금……."

보세앙 부인은 자기 사촌과 공작 부인에 대해 거리낌없이 웃기 시작했다.

"그는 고상한 취미를 자기에게 가르쳐줄 여선생을 찾으러 방금 왔어요."

"공작 부인, 우리를 매혹시키는 비밀을 알고 싶은 것은 자연스러운 일 아닙니까?"('자, 그런데 나는 낡은 이발관 주인이 할 법한 얘기를 저 사람들에게 하고 있군.' 하고 그는 마음속으로 생각했다.)

"그런데 나는 레스토 부인이 트라유 씨의 철없는 정부라고 생각하는데요.”

공작 부인이 말했다.

“부인, 저는 그런 사실을 모르고 있었습니다. 그래서 저는 그 두 사람 사이를 경솔하게 뚫고 들어갔습니다. 결국 저는 그녀 남편과 잘 통했고, 그 부인도 잠깐 동안은 나를 너그럽게 눈감아 주었습니다. 그런데 저는 제가 아는 한 남자 얘기를 그들에게 하려고 생각했습니다. 비밀 계단을 내려와 복도 끝에서 백작 부인과 키스하는 그 사람을 제가 목격했거든요.”

학생이 말했다.

“그 사람이 누군데요?”

두 부인이 물었다.

“제가 생마르소 구석에서 사는 가난한 학생인 것처럼, 한 달에 2루이로 살아가는 노인입니다. 모든 사람이 놀리는 정말로 불쌍한 사람으로 우리는 그를 고리오 영감이라고 부릅니다.”

“당신은 정말 어린애군요. 레스토 부인은 고리오의 딸이에요.”

자작 부인이 외쳤다.

“제면업자 딸이죠. 그 여자는 제과업자의 딸과 같은 날에 궁정에서 왕을 보았어요. 클라라, 기억하지요? 왕은 웃기 시작했고 밀가루에 대해 라틴어로 재담을 하셨어요. 어떤 사람이었지? 가만있자, 어떤 사람이더라…….”

공작 부인이 말했다.

“‘같은 밀가루로’라고 말하는 사람이겠지요.”

외젠이 대답했다.

“바로 그거예요.”

공작 부인이 말했다.

"아! 그 여인의 아버지군요."

학생이 끔찍한 표정을 지으며 다시 말했다.

"그렇고말고요. 그 노인에겐 반미치광이처럼 사랑하는 딸이 두 명 있어요. 딸들은 아버지를 거의 모른다고 하지요."

"둘째딸은 뉘싱겐 남작이라는 독일어 이름을 가진 은행가와 결혼하지 않았나요? 그 여자 이름이 델핀이죠? 오페라 극장에 측면 칸막이 좌석을 갖고 있는 금발 여인이죠. 부퐁 극장에도 오는데 다른 사람들의 눈길을 끌려고 큰 소리로 웃는 여자 아니에요?"

자작 부인이 랑제 부인을 바라보며 말했다.

공작 부인이 웃으면서 대꾸했다.

"그런데 당신은 정말 놀랍군요. 대체 어떻게 그 많은 사람들에게 신경 쓰고 있어요? 아나스타지의 밀가루를 뒤집어쓰려면 레스토가 그랬듯이 미친 듯이 사랑에 빠져야겠죠. 오! 그는 손해 보고 있지! 그 여자는 트라유 씨의 손아귀에 들어 있는데 몸을 망칠 거야."

"그 여자들이 자기 아버지를 모른다고 하다니!"

외젠이 되풀이했다.

"물론이에요. 소문에 따르면, 아버지 중의 아버지인 이 훌륭한 아버지는 딸자식들을 잘 결혼시켜 행복하게 해주려고 각각 50~60만 프랑씩 주었고 자기는 1년에 8000프랑 내지 1만 프랑의 연금만을 받았다고 하더군요. 딸들이 항상 딸일 줄 믿고, 두 살림을 차리고 두 집을 마련해서 자기를 사랑하고 아껴줄 줄 믿고서 말이에요. 2년도 안 되어서 사위들은 마치 천한 사람들이 그러듯이 그를 자기들 사회에서 쫓아냈대요."

몇 방울의 눈물이 외젠의 눈에서 굴러떨어졌다. 매력적인 믿음을 가졌던 이 젊은이는 최근에 느낀 가정에 대한 청순하고 성스러운 감동으로 마음이 새로워진 상태였기 때문이다. 게다가 그는 이제 겨우 파리 문명의 전쟁터에서 첫날을 맞이한 데 불과했다. 진실한 감동은 잘 전파되기 때문에 잠시 세 사람은 아무 말없이 서로 바라보기만 했다.

"아, 맙소사." 랑제 부인이 말했다. "물론 그런 일은 정말 소름끼치지요. 그러나 우리는 매일 그런 경우를 보지요. 그런 일에는 무슨 까닭이 있는 게 아닐까요? 부인, 말해 보세요. 당신은 사위가 어떤 존재인지 생각해 보았어요? 그 얘기를 해보아요. 우리는 사위를 위해 소중한 딸을 기르는 거예요. 딸은 우리와 수천 가지 정으로 연결되어 있지요. 딸은 17년간이나 우리 가정의 즐거움이어서, 라마르틴의 말에 기대어 본다면 순백(純白)의 영혼이지요. 그런데 이 딸은 나중에 우리 가정에 해독을 끼치게 된다는 말이에요. 사위가 딸을 우리에게서 빼앗아가면, 그는 우선 그녀 사랑을 도끼 자루 쥐듯이 꼭 쥐고서 딸의 심장과 생살에서 우리와 연결되어 있는 모든 감정을 싹뚝 베어버린단 말이에요. 어제까지만 해도 딸은 우리 것이었고, 우리는 딸에게 전부였지요. 하지만 다음 날에 딸은 우리의 적이 되어버려요. 매일처럼 이런 비극이 일어나는 것을 우리는 볼 수 있지 않아요? 한편에는 아들을 위해서 모든 희생을 다한 시아버지에게 온갖 버릇없는 행동을 하는 며느리가 있지요. 다른 편에서는 사위가 장모를 쫓아내기도 하고요. 오늘날 사회에 드라마틱한 것이 있는가 하고 묻는 소리를 듣기도 하지요. 그러나 결혼이 가장 어리석은 짓으로 되어버린 점을 계산하지 않더라도 사위의 드라마는 무시무시한 것이에요. 나는 그 늙은 제면업자에게 일어난 일을 오롯이 이해할 수 있어요. 나는 그 '포리오'[26]가……."

"고리오입니다, 부인."

"그렇지요. 그 '모리오'라는 작자는 대혁명 때 자기 구역에서 구역장이었죠. 그는 저 유명한 기근 시대에 뒷거래를 통해서 시세보다 열 갑절 이상으로 밀가루를 팔아 재산을 긁어모으기 시작했어요. 그는 자기가 원하는 대로 밀가루를 손에 넣을 수 있었어요. 내 할머니의 재산관리인은 그에게 엄청난 값을 받고 밀가루를 팔았으니까요. 당시의 모든 사람들이 그러했듯이, 그 고리오는 분명히 공안위원회[27]와 결탁해 이익을 나누었을 거예요. 재산관리인이 할머니에게 그랑빌리에에 계시는 것이 가장 안전하다고 얘기하던 사실을 기억하고 있어요. 왜냐하면 그의 밀은 가장 훌륭한 공민증이었기 때문이죠. 자! 그런데 망나니에게조차 밀가루를 팔았던 이 '로리오'에게는 단 하나만의 정열이 있었어요. 소문에 따르면, 그는 자기 딸들을 무척 사랑한다는 것이에요. 그는 큰딸을 레스토 가문

---

26) 고리오 영감을 경멸하기 위해 일부러 계속해서 그의 이름을 엉터리로 부른다. 다음에 나오는 '모리오'와 '로리오'와 '도리오'의 경우도 마찬가지다.

27) 1789년의 프랑스 대혁명 후 1793년 비상시국에 대처하기 위해 만든 조직이다.

에 들어앉혔고, 작은딸은 왕당파이며 돈 많은 은행가인 뉘싱겐 남작에게 시집 보냈지요. 제정 시대에 그 두 사위는 이 구십삼년[28]대의 노인이 자기들 집에 있는 것을 못마땅해 하지 않았어요. 보나파르트 때에도 그렁저렁 지낼 수 있었어요. 그러나 부르봉 왕조가 복귀했을 때, 그 노인은 레스토에게만이 아니라 특히 은행가에게 귀찮은 존재였어요. 여전히 아버지를 사랑하는 것 같던 그의 딸들은 마치 염소와 양배추를 다루듯이 아버지와 남편들을 다루었어요. 그래서 이 딸들은 집에 아무도 없을 때에만 고리오를 맞이하고선 '아빠, 어서 오세요. 즐겁게 지내도록 해요. 우리밖에 아무도 없는걸요!'라는 얘기를 지껄이며 애정의 구실을 꾸며댔던 거죠. 부인, 진실한 감정에는 눈이 있고 지혜가 있다고 믿어요. 이 구십삼년대의 불쌍한 사람은 가슴속으로 피눈물을 흘렸어요. 딸들이 자기를 창피해한다는 것을 알았지요. 그는 딸들이 남편을 사랑하고 있고, 자기는 사위들에게 피해를 입히고 있다는 사실도 잘 알았어요. 그래서 자신을 희생해야만 했어요. 자신을 희생했지요. 왜냐하면 그는 아버지였으니까요. 그는 스스로 떠나버렸어요. 딸들이 만족해 하는 것을 보고서 자기가 잘했다고 생각했어요. 이 작은 범죄에 아버지와 자식들이 공모한 셈이지요. 우리는 이러한 사건을 어디에서나 볼 수 있어요. 딸들의 살롱에서 이 '도리오' 영감은 기름에 더럽혀진 얼룩 같은 존재가 아니었겠어요? 살롱에 있었더라면 그도 거북스러웠을 것이고 난처

28) 급진파였던 로베스피에르의 공포정치가 시작된 1793년을 가리킨다.

했을 거예요. 이 영감에게 일어난 일은 세상에서 가장 아름다운 여자와 그녀가 가장 사랑하는 남자 사이에서 일어나는 법이에요. 만일 여자가 남자를 진저리 나게 사랑하면, 남자는 도망쳐 버리지요. 도망치기 위해서는 어떤 비열한 짓도 다 하지요. 인간의 모든 감정이란 이런 거지요. 우리 마음은 보물 같아서 단번에 이 보물을 쏟아버리면 우리는 끝장나요. 돈 한 푼 없는 사람보다도 자기 감정을 전부 드러내 보인 사람을 우리는 더 용납하지 않지요. 이 아버지는 모든 것을 다 주어버렸어요. 그는 20년 동안 자신의 오장육부와 사랑을 모두 바쳤고 모든 재산을 하루아침에 바쳐버렸어요. 딸들이 레몬을 꽉 짠 다음에 레몬 껍질을 길 모퉁이에 던져버린 것이나 같아요."

"세상은 더러워요."

자작 부인이 숄의 실을 풀며 고개도 안 들고 말했다. 왜냐하면 랑제 부인이 이 얘기를 하면서 한 말이 자기에게 하는 것처럼 생각되어 크게 충격받았기 때문이다.

"더럽다고요! 천만에요. 세상은 제대로 가고 있는 거예요. 그게 전부이지요. 내가 당신에게 이렇게 말하는 것은, 내가 이런 세상에 대해서 결코 속지 않는다는 사실을 보여주기 위해서예요. 나도 당신처럼 생각해요."

공작 부인이 응수하면서 자작 부인 손을 꼭 쥐고 덧붙였다.

"세상은 진흙 구덩이예요. 그러니 우리는 높은 곳에 머물러 있도록 노력해야 해요."

공작 부인이 일어나서 보세앙 부인 이마에 키스하면서 말했다.

"부인, 당신은 오늘 아주 예뻐 보여요. 그 어느 때보다 안색이 아름답군요."

이어서 그녀는 외젠을 보고 머리를 가볍게 수그려 인사를 한 다음 밖으로 나갔다.

"고리오 영감은 거룩하구나!"

외젠은 노인이 그날 밤에 은그릇을 주무르던 일을 회상하며 말했다.

보세앙 부인은 아무 말도 듣지 않았다. 그녀는 깊은 생각에 빠져 있었다. 침묵의 순간이 조금 지났다. 이 불쌍한 학생은 부끄러움에 어리둥절해져서 가버릴 수도, 더 있을 수도 없었고, 무슨 말을 할 생각도 감히 못했다.

"세상은 더럽고 사악해." 마침내 자작 부인이 입을 열었다. "불행이 우리에게 닥쳐오기만 하면, 언제나 그것을 우리에게 알려주려는 친구가 나타나거든. 그러고는 단도 자루를 칭찬하게 해놓고 그 단도로 우리 가슴을 파헤치는 거야. 벌써 풍자가 튀어나오고 곧 조롱을 퍼붓는 것이지. 아! 내 몸을 방어해야지!"

그녀는 더할 나위 없이 위대한 귀부인답게 머리를 들었다. 그녀의 자신감에 찬 두 눈에서는 번갯불 같은 섬광이 엿보였다.

"아! 아직까지 당신이 있었군요!"

그녀가 외젠을 보고 버럭 소리쳤다.

"네, 여기에 있습니다."

외젠이 민망스러워 하며 대답했다.

"자! 라스티냐크 씨, 세상이란 이런 거예요. 세상을 있는 그대로 다루세요. 당신은 출세하고 싶지요? 내가 돕겠어요. 여성들이 얼마나 깊이 타락했으며, 남자들이 얼마나 볼썽사나운 허영심에 빠져 있는지를 헤아리게 될 거예요. 세상이라는 책은 열심히 읽어보아도 알쏭달쏭한 페이지들이 있어요. 이제 나는 다 알고 있어요. 당신이 냉철하게 계산하면 할수록, 당신은 앞으로 전진하는 법이지요. 사정없이 때리세요. 그러면 모두가 당신을 두려워할 거예요. 역에서마다 바꿔 타고 내버리는 역마처럼, 남자와 여자를 그렇게 대하세요. 그러면 당신은 욕망의 꼭대기에 도달하게 될 거예요. 아실 테지만, 당신에게 관심 가진 여인이 아무도 없다면, 당신은 사교계에서 아무것도 아니지요. 당신에게는 젊고, 돈 많고, 우아한 여성이 필요해요. 당신이 진실한 감정을 가졌다면 보물처럼 숨겨두세요. 결코 그것을 남이 알아채게 해서는 안 돼요. 만약 그러면, 파멸이에요. 당신은 사형집행인이 될 수 없을 뿐 아니라, 희생자가 되는 거예요. 혹시 누구를 사랑하게 되더라도 비밀을 혼자고이 간직하세요! 당신 마음을 열어 보일 상대방의 정체를 제대로 파악하기 전에는 절대로 그 비밀을 밝히지 마세요. 아직은 존재하지 않지만 그런 연애 감정을 미리 지키기 위해서, 당신은 이 세상 사람들을 경계하는 법을 배우세요. 내 말을 들어봐요, 미겔!……(그녀는 자기도 모르는 사이에 천진난만하게 다주다의 이름을 불러버렸다.) 두 딸이 아버지를 내버리고 죽어버리기를 바라는 것보다도 더 무서운 일이 있는 것이에요. 그것은 두 자매간의 경쟁심이에요. 레스토는 귀족 출신이고 따라서 그의 아내는 상류사회에 낄 수 있었으며 궁정에도 출입했어요. 하지만 그녀의 동생은 돈이 많고 아름답지만 델핀 드 뉘싱겐 부인으로서 실업가의 아내일 뿐이지요. 그녀는 상심해서 죽을 지경이고 언니에 대한 질투에 사로잡혀 사이가 매우 멀어졌어요. 언니는 이미 그녀의 언니가 아니에요. 이 두 여인은 그녀들이 아버지를 부인했듯이 서로를 부인하고 있어요. 그래서 뉘싱겐 부인은 내 살롱에 올 수만 있다면, 생라자르에서 그르넬 거리 사이의 모든 진흙을 다 핥으려고 할 거예요. 그녀는 드 마르세가 자신의 목적을 달성해 주리라 믿고 그의 노예가 되어 그를 귀찮게 굴었지요. 그런데 드 마르세는 그녀에게 전혀 관심이 없어요. 당신이 그녀를 나와 만나게만 한다면, 당신은 그녀의 귀염둥이가 될 거예요. 틀림없이 그녀는 당신을 사랑하게 될 거예요. 그럴 수만 있다면 그런 다음에 그녀를 사랑하세요. 안 그러면 그녀를 이용하세요. 성대한 야회 때, 나는 그녀를 많은 사람들 속에서 한두 번 응대해 주겠어요. 하지만 아침에는 절대로 그녀를 만나 주지 않을 겁니다. 내가 그녀에게 인사하고 나면 일은 다 되는 것이에요. 당신은 고리오 영감의 이름을 불렀기 때문에 백작 부인의 문을 스스로 닫아버렸어요. 그래요. 당신이 레스토 부인에게 스무 번을 찾아가도 스무 번 모두 그녀를 만날 수 없을 거예요. 당신은 접견을 금지당했어요! 그러니 당신을 델핀 드 뉘싱겐 부인에게 소개해 달라고 고리오 영감에게 부탁하세요. 아름다운 뉘싱겐 부인은 당신에게 간판 구실을 할 거예요. 그녀가 특별한 호의를 품는 남성이 되세요. 그러면 다른 여자들도 당신을 열렬히 사랑하게 될 테니깐요. 그녀의 적이나 친구나 가장 좋은 친구들까지 그녀한테서 당신을 빼앗으려고 할 거예요. 이미 다른 여자가 선택한 남자를 사랑하는 여자들이 있는 법이거든요. 이 심리는 마치 우리의 모자를 쓰고서 우리의 몸가짐을 갖고 싶어 하는 불쌍한 서민층 아낙네들 같은 거지요. 당신은 성공하겠지요. 파리에서는 성공이 전부죠. 성공은 권력을 쥐는 열쇠예요. 일단 여자들이 당신을 기지 있고 재능이 있다고 여기면 남자들은 당신을 신임하게 되지요. 당신이 그들 생각이 잘못이라고 깨우쳐주지만 않으면 말이에요. 이렇게 되면 당신이 원하는 것은 모두 할 수 있게 되고 어디에나 발을 들일 수 있어요. 그러면 당신은 이 세상이 얼간이들과 사기꾼들이 모여 있는 곳이라는 사실을 알게 될 거예요. 그 어느 편에도 속해서는 안 돼요. 이 미궁에 들어갈 수 있도록 나는 당신에게 아리아드네의 실처럼 내 이름을 주겠어요. 이름을 더럽히지 마세요."

그녀는 목을 구부리고 여왕 같은 시선을 이 학생에게 던지며 계속해서 말했다.

"내 이름을 깨끗하게 돌려주세요. 가세요. 혼자 있겠어요. 우리 여자들 역시 벌여야 할 전투가 있으니까요."

"앞으로 광산에 불을 질러야 할 충성스러운 남성이 부인께 필요하시다면?"

외젠이 그녀 말을 가로막으며 말했다.

"그렇다면?"

그녀가 물었다.

외젠은 자신의 가슴을 두드렸고 부인의 미소에 미소로 답하고 나왔다. 오후 5시였다. 외젠은 배가 고팠다. 저녁 식사 시간까지 제때에 돌아가지 못할까 봐 걱정이 되었다. 이 걱정 때문에 그는 파리에서 마차로 빠르게 달려가는 행복을 느꼈다. 순전히 기계적인 이 즐거움 때문에 그는 자신에게 밀려오는 많은 생각에 깊게 빠져들었다. 외젠 또래의 청년들은 경멸을 받으면 화를 내고 미친 듯이 날뛴다. 또한 그들은 사회 전체를 주먹으로 위협하고 복수심에 불타 자신에 대해서까지 회의를 품는다. 라스티냐크는 '당신은 백작 부인의 문을 스스로 닫아 버렸어요.'라는 말에 견딜 수가 없었다.

"나는 갈 테다! 보세앙 부인의 말이 옳고 내가 접견 금지를 당했다면…… 나는…… 레스토 부인이 가는 어느 살롱에서든지 레스토 부인은 나를 보게 될 거야. 나는 검술을 배우고 권총 쏘는 법을 배울 테야. 그녀의 애인인 막심을 죽일 거야!"

그가 혼자 중얼거렸다.

'돈이 있어야지! 도대체 너는 어디서 돈을 얻을 테냐?'

그의 마음이 외쳤다.

문득 레스토 부인 댁에 있었던 호사스러운 것들이 그의 눈앞에서 번쩍거렸다. 그는 그곳에서 고리오의 딸이 넋을 잃고 좋아하는 사치품, 금박 제품들, 진짜 값비싼 물건들, 벼락부자의 우둔한 사치와 첩의 낭비를 보았다. 이런 황홀한 인상은 보세앙 부인의 웅장한 저택을 보고 순식간에 사라졌다. 그의 상상력은 파리 사교계라는 고지에 몰두해 있어 그의 마음에 수많은 그릇된 생각들을 불러일으켰다. 그의 이성과 양심은 느슨해졌다. 그는 세상을 있는 그대로 보았다. 부자들에게는 법이나 도덕이 무력하다는 사실을 알았다. 출세만이 '이 세상에서 최후 수단'임을 발견했다.

"보트랭 말이 옳구나. 출세만이 미덕이야!"

그가 혼자 중얼거렸다.

뇌브생트 주느비에브 거리에 도착한 그는 마부에게 10프랑을 주려고 부리나케 자기 방으로 올라갔다가 내려왔다. 이어서 그는 메스꺼운 식당으로 들어갔다. 그곳에는 열여덟 명이 마치 외양간의 꼴 시렁 앞에 있는 짐승들처럼 한창 식사하고 있었다. 이 비참한 광경과 식당 모습에 그는 치가 떨렸다. 이토록 급격한 변화와 너무나 완벽한 대조를 보면서 그는 지나친 야망을 품지 않을 수 없었다.

한편의 세상에서는 가장 우아한 사교계의 신선하고 매력적인 인상과 경탄할 기교와 사치에 에워싸인, 젊고 발랄한 모습과 시정(詩情)이 넘쳐흐르는 정열적 얼굴들을 볼 수 있다. 다른 한편에서는 가장자리에 진흙이 묻은 흉칙한 그림과 정열이 뼈와 살만 남겨놓은 얼굴만을 볼 수 있다. 남자에게 버림받은 여자의 분노가 어떤 것인가를 보세앙 부인한테서 배운 그는 그녀의 궤변 같은 제안들을 기억에서 되살려냈다. 이곳의 끔찍한 풍경은 그에 대한 보충 설명이 되어 주었다. 성공을 위해 라스티냐크는 평행하는 두 개의 참호를 뚫고 나가기로 결심했다. 즉 학문과 연애에 기대어 유명한 법학자와 사교계의 총아가 되는 것이다. 그는 아직도 어린애였다! 이 두 선은 결코 서로 만날 수 없는 점근선(漸近線)이다.

"자네, 몹시 우울해 보이는군, 후작 나리."

보트랭이 말했다. 그는 가슴 가장 깊은 곳에 숨겨진 비밀을 알아챈 듯한 시선을 외젠에게 넌지시 던졌다.

"나는 지금 다른 사람들이 후작님이라 부르는 것을 듣고 참을 만한 기분이 아닙니다. 이곳 파리에서 정말 후작이라면 1년에 10만 프랑의 수입이 있어야 합니다. 보케르 하숙집에 살고 있는 한, 행운의 여신이 보살피는 총아가 절대로 될 수 없지요."

외젠이 대답했다.

보트랭은 한편으로는 인자한 아버지 같은 모습과 또 한편으로는 경멸에 찬 시선으로 라스티냐크를 쳐다보았다. '풋내기 같은 녀석! 한입에 삼켜버릴 수 있는데!'라고 그는 말하는 듯했다. 조금 있다가 보트랭은 다음과 같이 대답했다.

"자네 기분이 나쁜 모양이군. 아마 아름다운 레스토 백작 부인한테 가서 별로 재미를 못 본 모양이군."

"그 여자는 내가 그녀 아버지와 같은 식탁에서 식사한다고 얘기했기 때문에 나를 다시는 못 오게 했어요."

라스티냐크가 부르짖었다.

모든 회식자들이 서로 쳐다보았다. 고리오 영감은 고개를 숙였고 몸을 돌려 눈을 닦았다.

"당신이 내 눈에 담뱃가루를 던졌소."

영감이 옆에 있는 사람에게 말했다.

"고리오 영감을 괴롭히는 사람은 누구든지 나와 대적하게 될 것이오."

외젠이 옛날 제면업자 옆에 있는 사람을 보고 으름장을 놓왔다.

“노인은, 우리 모두보다 더 훌륭한 분이오. 부인네들에 대해서 하는 말은 아닙니다.”

그가 타유페르 양을 향해 말했다.

그는 이 얘기로 일단락지었다. 외젠은 모두가 입을 열지 못하게 할 기세로 얘기했다. 보트랭만이 빈정거리며 그에게 이렇게 말했다.

“자네가 고리오 영감을 돌보고 그를 책임 있게 맡을 보호자가 되려면, 검술에 능하고 권총을 잘 쏘아야 할 걸세.”

“그렇게 하지요.”

외젠이 말했다.

“그럼, 자네는 오늘부터 전투를 시작한다는 말인가?”

“그럼요. 하지만 나는 누구에게도 내 일에 대해서 보고할 의무가 없습니다. 내가 밤중에 다른 사람들이 뭘 하나 알려고 애쓰지 않는 것처럼 말입니다.”

라스티냐크가 대답했다.

보트랭이 라스티냐크를 곁눈질로 쳐다보았다.

“여보게, 인형극에 속지 않으려면 인형극이 펼쳐지는 안쪽까지 들어가야 하네. 벽지 구멍을 통해 구경하는 것으로 만족해서는 안 되네. 이제 그만 얘기하세. 자네가 앞으로 원한다면, 우리 함께 얘기를 나누어봄세.”

그는 외젠이 몹시 화내는 것을 보고 덧붙였다.

저녁 식사 분위기는 칙칙하고 냉랭해졌다. 고리오 영감은 학생의 얘기 때문에 깊은 비탄에 잠겼다. 그는 자기에 대해 다른 사람들의 생각이 달라졌다는 점과 자기를 박해한 사람들을 아무 말도 못 하게 눌러버릴 만한 능력이 있는 이 청년이 자기를 감싸준 사실을 이해하지 못했다.

"그럼, 고리오 씨가 그 백작 부인의 아버지라는 말이에요?"

보케르 부인이 나직한 소리로 물었다.

"남작 부인의 아버지이기도 하죠."

외젠이 대답했다.

"그럴 수밖에 없을 거야. 나는 영감 머리를 만져보았지. 부성을 나타내는 두개골은 하나밖에 없는데 '영원한 부친'을 가리키고 있었어."

비앙숑이 라스티냐크에게 말했다.

외젠은 너무나 심각해서 비앙숑의 농담에 웃을 수가 없었다. 그는 보세앙 부인의 충고에 따르고 싶었다. 어디에서, 어떤 방법으로, 어떻게 해서 돈을 손에 넣을 수 있을까를 궁리했다. 한편으로는 텅 비었으면서 동시에 가득 찬 대초원 같은 이 세상이 자신의 눈앞에 펼쳐지는 것을 보고 그는 불안해졌다. 저녁 식사가 끝나자 모두들 이 청년만을 식당에 남겨두고 나가버렸다.

"그래, 당신은 내 딸을 보았소?"

고리오 영감이 감동 어린 소리로 그에게 물었다.

노인 때문에 깊은 생각에서 깨어난 외젠은 노인 손을 붙들고 측은한 마음으로 그를 바라보았다.

"당신은 훌륭하고 거룩한 분입니다. 나중에 따님들에 대해서 얘기하시죠."

그가 대답했다.

그는 고리오 영감의 얘기를 듣고 싶지 않아서 자리에서 일어났다. 그리고 자기 방으로 올라가 어머니에게 다음과 같은 편지를 썼다.

사랑하는 어머니, 저를 위해 풀어헤쳐 보이실 세 번째 젖가슴이 있으신지 살펴보세요. 저는 지금 빨리 출세해야 할 처지에 놓여 있습니다. 저에겐 지금 1200프랑의 돈이, 어떤 희생을 치르고서라도 이 돈이 꼭 필요합니다. 제 요청에 대해서 아버지께 아무런 말씀도 하지 마십시오. 아마 아버지는 반대하실 테지요. 이 돈을 마련하지 못하면 저는 절망에 사로잡혀 권총으로 제 머리를 쏘아버리게 될 것입니다. 돈을 부탁드리는 이유는 뵙게 되면 곧 설명해 드리겠습니다. 왜냐하면 지금 제 처지를 어머니께 설명해 드리려면 편지를 몇 권이나 써도 부족할 테니까요. 사랑하는 어머니, 저는 도박을 한 것도 아니고 빚을 진 것도 아닙니다. 그러나 어머님이 주신 제 생명이 유지되기를 원하신다면, 이 돈이 꼭 필요합니다. 그리고 저는 보세앙 자작 부인 댁에 갔습니다. 부인은 저를 후원하겠다고 했습니다. 저는 사교계에 출입해야 하는데 깨끗한 장갑을 살 돈도 한 푼 없습니다. 빵만 먹고 물만 마시며 필요하면 굶기도 할 것입니다. 그러나 이곳에선 포도밭을 경작하는 데 필요한 도구들이 없고서는 지낼 수 없는 것과 같습니다. 제게는 출세하느냐, 그렇지 않으면 흙 속에 파묻혀 있느냐가 문제입니다. 가족들이 저한테 걸고 있는 모든 희망을 잘 알고 있습니다. 저는 그 희망을 빨리 실현하고 싶습니다. 어머니, 옛날에 쓰시던 패물들이 있으면 파십시오. 곧 새것으로 사 드리겠습니다. 집안 형편을 잘 알기 때문에 이런 희생에 대해 감사드리고 있습니다. 이 희생을 헛되게 하려고 어머님께 청하는 게 아니라는 걸 믿으십시오. 만약 그렇다면 저는 인간이 아닙니다. 제가 이 간청을 드리는 것은 어쩔 수 없어서 하는 하소연이라고만 생각하세요. 우리 장래는 모두 이 보조금에 달려 있습니다. 이 돈으로 저는 싸움을 시작하렵니다. 왜냐하면 파리 생활은 끊임없는 투쟁이니까요. 돈을 마련하기 위해 백모님의 레이스밖에 팔 게 없다면 나중에 제일 아름다운 것을 사 드리겠다고 말씀해 주십시오…… 운운.

그는 두 누이에게도 편지를 써 저축한 돈을 보내라고 요청했다. 그는 어린 두 누이의 잘 죄어져 강하게 울려 퍼지는 명예의 심금(心琴)을 울렸다. 그래서 누이들이 행복한 마음으로 그에게 바칠 희생을 집안에 말하지 못하도록 했고, 그녀들이 섬세한 마음씨로 그의 문제에 관심을 갖도록 했다.

편지를 쓰고 나서 그는 어쩔 수 없이 극심한 전율을 느꼈다. 가슴이 두근거렸고 몸이 떨렸다. 이 젊은 야심가는 고독 속에 파묻힌 두 누이의 때묻지 않은 영혼의 고결함을 알고 있었다. 그는 자기가 두 누이에게 얼마나 큰 괴로움을 끼치며, 또 그녀들의 즐거움이 어떠하리라는 것을 알았다. 포도밭 구석에 숨어서 그녀들은 너무나 기쁜 마음으로 사랑하는 오빠에 관해 자기들끼리 속닥거리고 있을지 모른다. 그의 의식은 더없이 또렷해져, 누이들이 작은 액수의 저금을 몰래 세어 보는 모습이 눈에 보이는 듯했다. 누이들이 '비밀리에' 그 돈을 자기에게 보내려고 깜찍한 재치를 부리고 처음으로 남을 속이는 모습을 그는 보았다.

"누이들의 마음씨는 깨끗한 다이아몬드고 사랑의 심연이야!"

그는 혼잣말을 했다.

그는 편지를 썼던 게 부끄러웠다. 누이들의 소망이 얼마나 강력한 것이며, 하늘을 향한 그녀들의 영혼의 고양이 얼마나 순결한 것이냐! 얼마나 큰 기쁨으로 그녀들은 희생을 한 것인가? 만일 돈을 모두 못 보내게 되었을 때, 어머니는 얼마나 괴로워하실까! 그녀들의 아름다운 마음씨와 무서운 희생은 그가 델핀 드 뉘싱겐에게 도달하는 사다리 노릇을 할 것이다. 가정의 신성한 제단에 바치는 약간의 마지막 향인 눈물 몇 방울이 그의 눈에서 흘러내렸다.

그는 절망에 가득 찬 채 마음을 설레며 방 안을 거닐었다. 반쯤 열린 문틈으로 그를 본 고리오 영감이 들어와서 말했다.

"젊은이, 왜 그러시오?"

"아, 영감님. 영감님이 아버지인 것처럼 저는 아직도 어머니의 아들이고 누이들의 오빠입니다. 영감님이 아나스타지 백작 부인 때문에 걱정하시는 것도 당연합니다. 아나스타지 부인은 막심 드 트라유 씨에게 빠져 있지요. 그는 부인을 망칠 겁니다."

고리오 영감은 외젠이 알아듣지 못할 몇 마디를 중얼거리면서 밖으로 나갔다.

다음 날 라스티냐크는 편지를 우체통에 넣었다. 그는 마지막까지 망설였다.

"나는 성공하고 말 테야!"

그는 이렇게 말하면서 편지를 우체통에 넣었다. 이 말은 도박꾼이나, 구출한 숫자보다 훨씬 많은 부하를 잃어버린 유명한 장군이 뇌까리는 숙명적인 말이었다.

며칠 후 외젠은 레스토 부인 댁으로 갔지만, 그녀는 그를 만나주지 않았다. 세 번이나 막심 드 트라유 백작이 없을 시간에 갔다. 그런데 세 번 다 문이 잠겨 있었다. 자작 부인의 말이 옳았다.

이 학생은 공부를 더 이상 하지 않았다. 그는 출석을 부를 때 대답하기 위해서 강의에 출석했다. 출석이 끝난 다음에는 강의실에서 도망쳐 버렸다. 그는 대부분의 학생들처럼 편리한 방법을 선택했다. 그는 시험이 있을 때만 벼락치기 공부를 했다. 2학년과 3학년의 수강 등록표를 쌓아두었다가 마지막 순간에 단번에 법학을 열심히 공부하겠다고 결심했다.

이렇게 하여 그는 파리라는 대양을 항해하고 여자들과 거래하고 행운을 낚는 데 열다섯 달 동안의 여가를 이용할 수 있었다. 그 주간 동안 그는 보세앙 부인을 두 번 만났다. 다주다 후작의 마차가 그 집에서 나올 때에만 갔다. 이처럼 유명하고 생제르맹 성밖 지역에서 가장 시적인 여인이자 아직도 며칠 동안은 승리자였던 이 부인은 로슈피드 양과 다주다 핀투 후작이 결혼하는 것을 중지시켰다.

그러나 마지막 며칠 동안 행복을 잃어버리게 되리라는 두려움에 사로잡혔기 때문에 부인은 매우 격렬해져서 불행을 재촉했다. 로슈피드 가문과 공모한 다주다 후작은 그녀와의 화해와 불화를 다행스러운 상황으로 받아들였다. 그들은 보세앙 부인이 결국은 이 결혼에 대한 생각을 받아들이고 남자들의 일생에서 예견된 미래에 대해 고민하는 데 자신의 아침 시간을 바치리라 기대했다. 하지만 매일 새롭게 다짐하는 성스러운 약속과는 달리, 사실 다주다는 연극을 하는 것이었고 자작 부인은 속는 것에 기쁨을 느꼈다.

"귀족답게 창문으로 뛰어내리는 대신, 계단으로 굴러떨어지게 했지."

그녀의 가장 좋은 친구인 랑제 공작 부인은 이렇게 표현했다.

하지만 이 마지막 불빛이 꽤 오래 비쳤기 때문에 자작 부인은 파리에 남아 있었고, 그 시간 동안 자신의 젊은 친척에게 일종의 맹목적 사랑을 베풀어 그를 도와주었다. 그녀의 시선에서 동정과 진정한 위로를 찾아볼 수 없는 경우에조차도, 외젠은 그녀에게 헌신과 인정이 가득함을 보여주었다. 만일 어느 남자가 이런 경우에 여성들에게 달콤한 말을 한다면, 그는 이해타산에 따라 얘기하는 것이다.

라스티냐크는 뉘싱겐 집에 접근을 시도하기 전에 판세를 완전히 알고 싶었기 때문에, 고리오 영감의 과거를 들추어내어 확실한 정보를 모았다. 간추리면 다음과 같다.

장 조아킴 고리오는 대혁명 전에는 단순한 제면 직공이었다. 1789년의 첫 번째 폭동 때, 그는 우연히 희생당한 주인의 자산을 사들일 만큼 수완이 좋고, 절약가였으며, 기업 정신이 왕성한 사람이었다. 그는 알오블레 소맥 시장 근처에 있는 라쥐시엔 거리에 자리잡았다. 그처럼 위험했던 시절에 가장 영향력 있는 사람들한테서 자신의 장사를 보호받기 위해 이 사람은 그 지구의 구장직을 맡을 정도로 머리 회전이 빠른 자였다. 그의 현명함은 파리에서 곡물 값이 엄청나게 뛰었던 기근(그것이 진짜이든 조작된 것이든 간에) 때 재산을 모을 수 있는 원동력이었다. 따라서 그는 파리에서 곡물을 가지고 돈을 많이 벌었다. 민중은 빵집 문 앞으로 죽음을 무릅쓰고 몰려들었다. 그러나 일부 특수 계층들은 식료품 가게로 아무런 소동도 없이 이탈리아 국수를 사러 다녔다.

그 한 해 동안에 시민 고리오는 떼돈을 모았다. 이렇게 해서 그는 나중에 거액의 돈을 가진 사람에게서 볼 수 있는 특권을 지니고 장사하게 되었다. 그저 그런 정도의 깜냥밖에 없는 사람들에게 반드시 일어나는 일이 그에게도 일어났다. 그는 이 평범성 때문에 구원받았다. 더구나 부자인 것이 더는 위험스럽지 않게 되었을 때에야 그가 얼마나 재산을 모았는가가 세상에 알려졌다. 따라서 그는 아무한테서도 시기심을 불러일으키지 않았다.

그는 온갖 머리를 다 굴려서 곡물 장사에 열중해 있는 것 같았다. 소맥과 밀가루와 곡물 찌꺼기, 이것들의 품질과 생산지와 보존상의 주의, 시세 예측과 풍작과 흉작에 대한 예언, 그리고 곡물을 값싸게 사들이는 법과 시칠리아나 우크라이나에서 구입하는 문제에 있어 고리오는 일인자였다. 그는 사업하는 방법이나 곡물 수출과 수입에 관한 법규를 해석하고 법규의 정신을 연구하고 그것의 한 고리를 파악했다. 누구나 그를 국무대신의 역량이 있다고 생각했을 것이다.

인내심이 강하고, 행동파이며, 정력적이고, 일관성 있고, 사업에 기민한 그는 독수리 같은 날카로운 눈으로 모든 것을 앞질렀고, 모든 것을 예견했으며, 모든 것을 파악했고, 모든 것을 은폐했다. 따라서 계책을 생각해 내는 데는 외교관 같았고, 행군할 때에는 군인 같았다.

그러나 일단 장사에서 벗어나 단조롭고 음침한 상점에서 한가한 시간에 어깨를 문기둥에 대고 우두커니 서 있으면, 그는 다시 어리석고 거친 노동자가 되었다. 모든 정신적 쾌락에 무감각하고 논리를 이해할 수 없는 사람이 되어버리고, 극장에서는 코를 골고, 파리지앵 돌리방[29]처럼 우직스럽기만 한 인간이 되었다. 이런 성격의 사람들은 거의 모두가 비슷하다. 대부분 이런 사람들에게서는 숭고한 감정을 찾을 수 있다. 곡물 장사가 그의 모든 지능을 빼앗기라도 한 듯 이 영감한테서 물기를 모조리 빨아들여서, 이 제면업자의 마음은 이율배반적인 감정으로 가득 찼다.

브리 지방의 부유한 농부 집에서 외동딸로 태어난 그의 아내는 그에게는 종교적 찬미와 무한한 사랑의 대상이었다. 고리오는 아내의 연약하면서도 강력한, 민감하고 쾌활한 성격을 찬양했다. 아내의 이런 성격은 그 자신의 성격과는 매우 대조적이었다. 인간의 마음속에 선천적 감정이 있다면, 그것은 약자를 항상 보호하고 싶은 자존심이 아닐까? 여기에 사랑을

29) 슈다르 데포르주의 희극 『귀머거리 또는 만원 여관(Le Sourd, ou L'auberge pleine)』(1790)에 등장하는 우둔한 아버지다.

합쳐보라. 즉 순수한 영혼이 쾌락의 근원에 대하여 일으키는 열렬한 감사의 뜻을 여기에 포함시켜 본다면, 우리는 수많은 정신적 불가사의들을 이해하게 된다.

아무런 근심 없이 행복하게 7년을 지낸 다음, 불행하게도 그의 아내는 죽었다. 아내가 고리오에게 감정의 영역을 넘어선 지배력을 행사하기 시작하려는 때였다. 어쩌면 그녀는 그의 무기력한 감정을 계발하고 세상과 인생에 대한 지혜를 그에게 가르쳐 주었는지도 모른다. 이런 상황에서 고리오에게 부성애가 부조리하게 나타났다. 아내의 죽음으로 말미암아 배반당한 그의 사랑은 두 딸에게로 옮아갔다. 그녀들도 처음에는 아버지의 사랑에 전적으로 만족했다.

그에게 자기 딸을 주고 싶어 안달하는 상인들과 농부들의 눈부신 결혼 제안에도 그는 홀아비로 지내고 싶었다. 그가 좋아하던 단 한 사람은 그의 장인이었다. 이 사람은 고리오가 아내가 죽었지만 불성실한 일은 결코 하지 않겠노라 맹세했다고 끈질기게 주장했다. 고리오의 이 숭고한 광기를 이해 못 하는 곡물 시장 상인들은 그를 비웃고 그에게 괴상한 별명을 붙여 주었다. 사업 때문에 술을 같이 마시다가 그들 가운데 한 사람이 고리오를 그 별명으로 처음 불렀을 때, 고리오는 그자의 어깨를 주먹으로 내리쳤다. 상인은 오블랭 거리의 경계석에 머리를 부딪히며 나뒹굴었다.

딸들에 대한 고리오의 무분별한 헌신과 경계심 많고 세심한 사랑은 너무도 잘 알려져 있었다. 어느 날 경쟁자 중의 한 명이 그를 시장에서 몰아내고 자기가 곡물 유통을 독점하려고 델핀이 마차에 치었다고 그에게 말했다. 백짓장처럼 창백해진 이 제면업자는 곧장 시장을 떠났다. 이 얼토당토않은 말에 놀라 받은 서로 어긋나는 감정의 반작용 때문에 그는 며칠 동안 앓았다. 고리오는 그 사람의 어깨를 죽을 정도로 때리지는 않았다. 하지만 시장이 공황에 빠졌을 때, 그를 파산시켜서 시장에서 쫓아버렸다.

자연히 그는 두 딸을 교육시키는 데 무리했다. 고리오는 매년 6만 프랑 이상을 벌어들이는 부자였지만, 자신을 위해서는 1200프랑 이상 쓰지 않았다. 딸들의 기분을 충족시키는 것만이 그의 행복이었다. 가장 우수한 선생들이 훌륭한 교육처럼 보이는 모든 기예를 그녀들에게 가르치게 했다. 딸들에게는 수행원 한 명이 있었는데 다행히 취미가 고상하고 재치 있는 여자였다. 딸들은 승마를 했고 마차를 가졌다. 마치 옛날 돈 많고 늙은 봉건영주의 정부처럼 지냈다. 아무리 돈이 많이 들더라도 딸들이 원하면, 이 아버지는 서둘러서 그 소망을 만족시켜 주었다. 그는 그 선물의 대가로 단지 한 번 껴안아 보는 것으로 만족했다. 고리오는 딸들을 천사의 반열에 올려놓았고 결국 그녀들을 자신보다 더 높게 생각했다.

불쌍한 사람! 그는 딸들이 저지르는 나쁜 짓까지도 사랑했다. 이 딸들이 결혼할 나이가 되었을 때 그녀들은 자기 취미에 맞게 남편들을 선택했다. 딸들은 각기 아버지가 가진 재산의 반씩을 지참금으로 가져가게끔 되어 있었다. 아름다움 덕에 레스토 백작의 구애를 받은 아나스타지는 귀족적 성향이 있어서 아버지의 집을 떠나 상류사회로 뛰어들었다. 돈을 좋아한 델핀은 신성로마제국의 남작이 된 독일 태생의 은행가인 뉘싱겐과 결혼했다. 고리오는 여전히 제면업자였다. 장사가 자신의 삶 전부였지만 그가 장사를 계속하는 것을 그의 딸들과 사위들은 언짢아했다. 5년 동안에 걸친 그들의 간청 끝에 마침내 그는 상점의 주식과 마지막 몇 해 동안의 이익금을 가지고 물러나는 데 동의했다. 보케르 부인 집에 하숙하게 되었을 때, 보케르 부인이 그의 연수입을 8000프랑 내지 1만 프랑에 이를 것으로 추산할 만한 금액이었다. 두 딸들은 그를 자기들 집에 못 있게 했을 뿐 아니라 찾아오지도 못하게 했다. 이 때문에 그는 절망한 나머지 이 하숙집에서 칩거하게 되었다.

여기까지가 고리오 영감의 자산을 사들인 뮈레 씨가 그에 대해 알고 있던 정보의 전부였다. 라스티냐크가 랑제 공작 부인의 얘기를 듣고 했던 추측들은 이렇게 해서 확인되었다. 어둡고 무서운 파리의 비극에 대한 설명은 여기에서 끝난다.

사교계 입문

12월의 첫째 주가 끝날 무렵, 라스티냐크는 편지 두 통을 받았다. 하나는 어머니의 편지였고 다른 하나는 큰누이의 것이었다. 눈에 잘 익은 필적을 보고 그는 기뻐서 가슴이 두근거렸고 동시에 두려움으로 몸을 떨었다. 얇은 두 편지지에는 그의 희망에 찬 삶과 죽음의 판결문이 들어 있었다. 그는 부모의 가난을 떠올리며 두려워했다. 그는 가족들이 자신을 지나치게 사랑한다는 사실을 너무도 잘 알고 있었다. 그 때문에 자기가 그들의 마지막 핏방울을 빨아 마신 것에 두려움을 느꼈다. 어머니의 편지 내용은 다음과 같았다.

사랑하는 아들아, 네가 부탁했던 것을 보낸다. 이 돈을 잘 써라. 네 생명을 건지는 일이라고 하더라도 두 번 다시 이렇게 많은 돈을 네 아버지 모르게 보낼 수는 없을 거야. 그런 일 때문에 우리 집안의 평화가 깨어지겠지. 이만 한 돈을 만들려면 땅을 저당잡혀야만 한단다. 나는 네 계획이 좋은 것인지 판단할 수가 없구나. 도대체 어떤 계획인지 나에게 얘기하는 것이 두려우냐? 네 계획을 설명하는 데는 수많은 편지를 보낼 필요가 없단다. 우리 같은 어미들에겐 한마디만 써 보내도 안단다. 한마디만 써 보내면 불확실성에서 비롯한 걱정을 안 할 수 있지. 네 편지를 읽고 괴로웠다는 사실을 숨길 수가 없구나.

사랑하는 아들아, 도대체 무슨 생각으로 너는 내 가슴에 이처럼 두려움을 던져주니? 너도 편지를 쓰며 괴로워했을 테지. 나도 네 글을 읽으면서 몹시 괴로웠으니까. 도대체 너는 어떤 길로 가려는 것이냐? 사실은 그렇지도 못하면서 겉으로 보기에는 그럴듯한 너의 생활이나 행복 때문에, 혹시 공부해야 할 귀중한 시간을 써버리고 감당할 수도 없는 많은 돈을 써야만 출입이 가능한 사교계에 매달려 있는 게 아니냐?

착한 외젠, 어미 마음을 믿어다오. 부정한 방법으로는 절대로 성공할 수 없는 법이란다. 인내와 체념은 너 같은 처지의 청년들에게 미덕인 거야. 너를 꾸짖는 게 아니란다. 이 보조금을 부치면서 우리의 어려움을 너에게 알릴 생각도 전혀 없단다. 아들에게 신뢰감을 주는 선견지명 있는 어미의 얘기란 말이다. 네 의무가 무엇인가를 잘 알듯이, 나도 네 마음이 얼마나 깨끗하고 네 뜻이 얼마나 훌륭한가를 잘 안단다. 그래서 나는 아무런 두려움 없이 너에게 말할 수 있지. 자, 귀여운 내 자식아, 앞으로 나가라! 내가 걱정하는 것은 내가 어미이기 때문이야. 네가 걸어가는 걸음마다에 우리의 기원과 축복이 정답게 따를 거야.

조심해라, 사랑하는 아들아. 어른처럼 현명해야 한다. 네가 사랑하는 다섯 사람의 운명이 네 어깨에 걸려 있단다. 그래, 네 행복이 곧 우리 행복인 것처럼 우리의 행운은 네게 달려 있지. 우리 모두는 네 계획을 도와주십사고 하느님께 기도한단다.

이번에 마르시야크 백모도 전에 볼 수 없었던 호의를 베푸셨단다. 백모님은 네가 말한 장갑에 대해서까지 생각하셨지. 백모님은 "큰애에게 약해서 탈이야"라고 기분 좋아서 말씀하셨단다. 외젠아, 백모님을 사랑해라. 이번에 백모님이 베푸신 일은 네가 성공한 다음에 얘기해 주겠다. 안 그러면 네가 받은 돈이 네 손가락에 화상을 입히게 될지도 모르니까. 너 같은 어린애들은 남편 유품을 희생하는 것이 어떤 것인가를 모를 테지! 그래도 너를 위해서라면 무엇인들 희생 못 하겠니? 네 이마에 백모님이 키스를 보낸다고 나에게 전해 달라 하시더라. 그리고 이 키스를 통하여 행복의 힘을 너에게 전한다고 하셨다. 신경통으로 손가락이 아프시지만 않았다면 이 마음씨 좋고 훌륭한 분은 너에게 편지를 쓰셨을 거야. 네 아버지도 안녕하시다.

1819년에 거둬들인 수확은 우리가 기대했던 것보다 더 좋았단다. 잘 있거라, 사랑하는 아들아. 네 누이들에 대해서는 말하지 않겠다. 로르가 너에게 편지를 쓰고 있으니까. 그 애는 집안의 시시콜콜한 일들을 너에게 즐겁게 종알댈 테지. 하느님 은총으로 네가 성공하기를 비마! 오! 그래, 성공해라, 외젠아. 두 번 다시 나에게 참기 어려운 괴로움을 주지 말아다오. 자식에게 줄 재산이 있기를 바라면서 나는 가난이 무엇인가를 알았단다.

그럼 잘 있거라. 소식을 꼭 보내다오. 끝으로 네 어미가 보내는 키스를 받아주렴.

편지를 다 읽었을 때, 외젠은 눈물에 젖었다. 그는 딸의 약속어음을 갚아주려고 은그릇을 찌그러뜨려서 팔러 가던 고리오 영감을 생각했다. 그는 혼자서 중얼거렸다.

"네 어머니는 패물을 찌그러뜨렸다. 네 백모님은 유품 몇 가지를 팔면서 정말로 눈물을 흘리셨다! 너는 무슨 자격으로 아나스타지를 욕했느냐? 그 여인이 자기 애인을 위해 한 노릇을 너는 장래에 대한 이기심 때문에 흉내 낸 것이야! 너와 그 여인 중에서 누가 더 훌륭하냐?"

이 학생은 참기 어려운 불같은 감정 때문에 오장육부가 타는 것을 느꼈다. 그는 사교계를 단념하고 싶었다. 그 돈을 손에 넣고 싶지 않았다. 그는 고귀하고 아름답고 은밀한 회한을 느꼈다. 인간이 동류인 인간을 판단할 때 이런 회한은 그 가치를 별로 인정받지 못한다. 하지만 지상의 재판관이 벌을 준 죄인은 천사들에 의해 흔히 그 죄를 용서받게 된다. 라스티냐크는 누이 편지를 열어 보았다. 누이의 순진하고 우아한 글 때문에 그의 마음은 신선해졌다.

사랑하는 오빠, 오빠 편지는 때마침 잘 도착했어요. 아가트와 나는 우리 돈을 쓰고 싶었어요. 그러나 서로 생각이 달라서 무엇을 사야 할지를 결정할 수가 없었어요. 스페인 왕의 시계들을 뒤엎은 하인처럼, 오빠가 편지를 주셔서 우리는 같은 의견을 가질 수 있게 됐어요. 정말 우리는 희망을 제각기 내세워 끊임없이 다투어왔어요. 그 때문에, 사랑하는 오빠, 우리 두 사람의 희망을 함께 만족시킬 방법을 못 찾았고 있었지요. 그런데 이제 아가트는 기뻐서 깡충깡충 뛰었어요. 우리는 하루 종일 미친 여자들처럼 날뛰었죠. "하도 날뛰어서"(백모님 식으로 말해서) "도대체 너희들 왜 그러느냐!" 하고 어머님이 엄숙하게 말씀하실 정도였으니까요. 꾸중이라도 좀 들었더라면 우리는 더 즐거워했을 거예요.

여자는 자기가 사랑하는 사람을 위해 괴로움을 겪을 때, 많은 기쁨을 누리는 법이지요! 그렇지만 이렇게 기쁜 가운데서도 나는 혼자 깊은 생각에 잠겼고 마음이 아팠어요! 나는 나쁜 여자가 될 거예요. 돈을 너무 헤프게 쓰는 여자니까요. 나는 허리띠를 두 개나 샀고, 코르셋의 끈 구멍을 뚫는 데 필요한 송곳과 쓸데없는 잡다한 것들을 바보처럼 사들여, 결국 까치처럼 돈을 안 쓰고 한 푼 두 푼 모아두는 뚱뚱보 아가트보다 돈이 없었어요. 아가트는 200프랑이나 가지고 있었어요! 그런데 오빠, 나는 겨우 150프랑밖에 없어요. 벌을 받아 마땅하지요. 허리띠를 우물 속에 던져버리고 싶어요. 허리띠를 두르고 다니기가 괴로울 테니까요. 오빠 돈을 훔친 것과 같아요. 아가트는 정말 사랑스러운 아이예요.

"우리 둘이서 350프랑을 부쳐야지!"

그 애는 이렇게 말했어요.

일들을 어떻게 처리했는지 얘기하지 않을 수 없군요. 우리가 오빠 명령에 어떻게 복종했는지 오빠는 아시고 계세요? 우리는 이 영광스러운 돈을 가지고서 산책하러 가는 척 함께 나갔어요. 그리고 큰길로 나가 뤼페크까지 달려가서 왕립 수송회사에서 사무 보는 그랭베르 씨에게 돈을 자연스럽게 넘겨주었어요. 돌아올 때에는 제비처럼 몸이 가뿐했어요.

"행복은 몸을 가뿐하게 해주는 것인가 봐."

아가트는 나에게 말했어요. 우리는 오빠에 관해 수많은 얘기를 서로 주고받았지만 되풀이 않겠어요.

파리 청년님, 오빠에 대해서 궁금한 게 너무 많아요. 오! 사랑하는 오빠, 우리는 정말 오빠를 사랑해요. 이 말밖에 할 것이 없군요. 백모님 말씀에 따르면, 우리같이 깜찍한 계집애들은 어떤 일도 다 해치울 수 있고, 비밀에 대해서 입을 다물어버릴 수도 있대요. 어머님과 백모님은 몰래 앙굴렘에 다녀오셨는데, 그 아주 정치적인 여행에 관해서 두 분이 모두 침묵을 지키고 계시답니다. 우리들에게도, 또 우리 아버지 남작님께도 일절 예외 없이요.

지금 이 라스티냐크 왕국에는 중대한 억측이 백성들의 마음을 사로잡고 있지요. 왕비를 위하여 투명한 꽃무늬의 모슬린 의상을 수놓는 왕녀들도 깊은 비밀 속에서 일하는 법이에요. 두 폭만 수를 놓으면 다 되는 거예요. 베르퇴유 쪽으로는 담을 쌓지 않기로 결정했으니 울타리만 두르겠지요. 그래서 이곳 서민들은 과일이나 과수장(果樹墻)을 잃어버릴 테지만 다른 나라 사람들에게 훌륭한 경치를 제공하게 되겠지요.

우리 집안 장손께서 손수건이 필요하시다면, 우선적으로 마르시야크 마나님은 폼페이아와 헤르쿨라눔이라는 이름이 붙은 귀중품 상자와 가방을 뒤져 자기도 몰랐던 네덜란드제 비단을 찾아낼 거예요. 아가트와 로르 두 공주는 명령대로 바늘에 실을 꿰어 약간 불그스레한 손을 움직여 항상 복종할 거예요. 동 앙리와 동 가브리엘, 두 왕자는 여전히 나쁜 장난을 치고 있답니다. 포도 잼을 마구 먹어버리고 누나들을 곯려준답니다. 공부는 아예 안 하고 둥지에서 새들을 잡아내며 이 왕국의 법들을 무시하고 버드나무 가지를 꺾어서 막대기를 만들어 가지고 돌아다니고 있답니다. 신부님이라고 보통 불리는 교황 특사께서는 두 왕자들이 계속해서 나무를 꺾어 장난감 총이나 만들고, 신성한 문법 규칙 공부를 하지 않으면 파문시키겠다고 위협하고 있어요.

안녕히 계세요, 사랑하는 오빠. 이 편지만큼 오빠 행복을 위한 기도가 가득 찬 사랑의 편지란 없을 거예요. 따라서 오빠가 오시면 우리에게 모든 이야기를 다 들려주셔야 해요. 나는 큰누이니까 모두 얘기하셔야 해요. 오빠가 사교계에서 성공하고 있다는 사실을 백모님의 눈치로 알 수 있어요.

귀부인에 대한 얘기를 할 때에는 보통 다른 얘기를 안 하는 법이지요.

나하고 오빠는 뜻이 통해요! 오빠가 원하면 우리는 손수건 없이 지낼 수 있고 오빠에게 속옷를 만들어 드리고 싶어요. 이 문제에 대해서 빨리 답장해 주세요. 바느질이 잘된 예쁜 속옷들이 필요하시면 우리는 즉시 만들겠어요. 우리가 모르는 모양의 셔츠가 유행하고 있다면 견본을 보내 주세요. 특히 소매 모양이 그려진 견본 말이에요. 안녕, 안녕! 오빠의 왼쪽 이마 위와 관자놀이에 오직 나만이 할 수 있는 키스를 보냅니다. 이 편지 뒷면은 아가트가 쓸 텐데 내가 오빠에게 쓴 글을 안 보겠다고 약속했어요. 그렇지만 안심이 안 되어 아가트가 오빠에게 글을 쓰는 동안 그 애 옆에 있겠어요.

사랑하는 누이, 로르 드 라스티냐크

"오! 그래, 어떤 일이 있어도 성공해야지! 이 헌신은 보물로도 값을 수 없어. 나는 모든 가족에게 행복을 안겨주어야 해. 1550프랑! 한 푼 한 푼이 가슴을 깊게 찌르는구나."

그는 중얼거렸다. 그러고는 또 얼마 있다가 혼잣말을 했다.

"로르의 말이 옳아. 빌어먹을! 나에게는 거친 천으로 된 셔츠밖에는 없지 않은가. 다른 사람의 행복을 위해 여자들은 도둑놈만큼 영악해지는가 보군. 천진난만하지만 나를 위해서라면 선견지명을 발휘하는 로르는 지상의 잘못을 이해하지 못하면서 용서하는 천국의 천사로구나."

사교계는 그의 것이었다. 벌써 재단사가 달려와 몸 치수를 재고 갔다. 트라유 씨를 보았을 때, 라스티냐크는 재단사가 청년들의 생활에 끼치는 영향을 이해했다. 맙소사! 재단사란 숙적이 되거나 아니면 뛰어난 재단 솜씨 덕에 둘도 없는 친구가 되거나 둘 중 하나일 뿐, 어중간한 타협은 없다. 외젠은 자기 직업에 대한 장인 의식을 가진 재단사를 만났다. 그는 자신을 청년들의 현재와 미래를 연결시키는 다리로 여기고 있었다. 재단사에게 고마움을 느낀 라스티냐크는 먼 후일 다음과 같은 말을 해 그가 떼돈을 벌게 해주었다.

“저 사람이 재단한 바지 두 벌 때문에 나는 연간 2만 프랑의 지참금을 가져오는 여자와 결혼했지.”

1500프랑과 마음대로 입을 수 있는 의상! 이 가난한 남부 청년은 큰돈을 손에 거머쥔 청년들처럼, 형언할 수 없는 태도로 아침 식사를 하려고 아무런 거리낌 없이 내려갔다. 주머니 속으로 돈이 미끄러져 들어간 순간, 이 학생은 마음속에 자기를 지탱할 환상의 기둥을 일으켜 세웠다. 그는 예전보다 더 당당하게 걸었다. 그는 자신이 지렛대의 버팀점이라고 느꼈다. 그의 시선은 충만하고 솔직했으며 동작은 경쾌했다. 어제까지만 해도 그는 보잘것없고 소심해서 다른 사람으로부터 주먹질을 당할 만했다. 그러나 내일에는 총리대신조차 때려눕힐 수 있을 것 같았다.

그의 내부에서 놀라운 현상이 일어났다. 그는 모든 것을 원했고, 모든 것을 할 수 있고, 제멋대로 모든 것을 갈망했다. 그는 쾌활하고 너그러우며 외향적이 되었다. 그러니까 이제까지는 날개가 없던 새가 큰 날개를 얻은 것이다. 마치 온갖 위험을 무릅쓰고 뼈다귀 하나를 훔쳐내 깨뜨려서는 그 속의 골수를 빨아먹고 또 다시 달려가는 개처럼, 그는 그 한 가닥의 쾌락을 꽉 물었다. 그는 호주머니 속에서 곧 사라질 금화 몇 개를 흔들어보며 즐거움을 맛보고, 손으로 돈을 세어보고는 하늘을 나는 듯한 기쁨을 누리면서 ‘가난’이라는 말을 이해할 수 없게 되었다.

파리 전부가 그의 것이었다. 모든 게 빛나고 번쩍이며 이글거리면서 불타는 나이! 남자건 여자건 간에 젊은 사람 아니고는 아무도 맛볼 수 없는 기쁨과 힘이 넘쳐흐르는 나이! 빚과 격렬한 걱정마저도 모든 기쁨을 열 배로 만들어 줄 수 있는 나이! 센 강 왼쪽 언덕배기와 생자크 거리로부터 생페르 거리 사이를 지나다녀 보지 못한 사람은 인생에 대해 아무것도 모른다! '아! 파리 여성들이 이 사실을 안다면 사랑을 구걸하려고 몰려올 텐데!' 라스티냐크는 보케르 부인이 내놓은 한 개에 1리아르씩 하는 익힌 배를 씹으며 속으로 말했다.

이때 왕립 수송회사의 배달부가 창살문에 달린 초인종을 누르고 식당에 나타났다. 그는 외젠 드 라스티냐크 씨를 찾아서 소포 두 개와 서명해야 하는 장부를 내밀었다. 이때 그를 바라보는 보트랭의 깊은 눈초리 때문에 라스티냐크는 마치 혁대로 얻어맞은 듯한 느낌이 들었다.

"자네는 이제 검술 수련료와 사격장 비용이 생겼군."

그 사람이 그에게 빈정거렸다.

"보물선이 도착했군요."

보케르 부인은 소포를 쳐다보며 그에게 말했다.

자신의 탐욕을 들킬까 겁이 난 미쇼노 양은 그 돈 보따리에 눈길을 주기가 무서웠다.

"훌륭한 어머님을 두셨군요."

쿠튀르 부인이 말했다.

"당신 어머니는 훌륭하시군요."

푸아레가 되풀이했다.

"그렇지, 어머니는 피를 짜냈겠지. 이제 자네는 광대놀음을 할 수 있게 되었네. 사교계에 나가서 지참금을 낚시질하고 머리에 복숭아꽃을 꽂은 백작 부인들과 춤도 추고 말이야. 그러나 여보게 젊은 친구. 내 말을 믿게. 사격장에 자주 들르게."

그렇게 말하더니 보트랭은 적에게 총을 겨누는 몸짓을 했다. 라스티냐크는 배달부에게 팁을 주려고 했으나 돈이 한 푼도 없었다. 보트랭이 자기 주머니를 뒤져서 20수를 배달부에게 던져 주었다.

"자네 신용은 괜찮은 편이지."

그는 학생을 보면서 말했다.

라스티냐크는 보세앙 부인 댁에 갔다가 돌아온 날 보트랭과 심하게 다툰 이후로 그를 참을 수 없는 인간이라고 생각했다. 하지만 이 경우 그에게 고맙다는 얘기를 하지 않을 수 없었다. 일주일 동안 외젠과 보트랭은 만나도 입을 다문 채 서로를 지켜보기만 했다. 이 학생은 그 이유를 생각해 보았지만 헛된 일이었다.

생각은 그것이 떠오르는 힘에 비례해 투사된다. 박격포에서 발사된 포탄이 날아가듯, 수학 법칙에 따라, 뇌가 겨냥하는 지점에 투하되는 것이다. 그 결과는 다양하다. 생각의 탄환을 맞아 파괴되는, 심성이 부드러운 사람들이 있다. 반면에 튼튼하게 방비를 갖춘 사람들도 있게 마련이다. 또한 성벽에 부딪히는 탄환처럼 다른 사람의 의지를 누그러뜨리고 약화시키는, 철벽 같은 두개골과 견실한 골격을 지닌 사람들도 있다. 게다가 마치 각면보(角面堡)의 무른 흙에서 속도가 느려지는 포탄처럼 다른 사람의 생각을 소멸시키는, 물렁하고 힘없는 사람이 있는 법이다.

라스티냐크는 화약으로 가득 찬 머리를 가지고 있어 작은 충격에도 폭발해 버리는 사람이었다. 그는 너무도 젊고 활기차서, 우리가 모르는 사이에 수많은 기이한 현상으로 우리를 엄습하기 마련인 이런 사상의 투사나 감정의 전파에 영향을 받지 않을 수 없었다. 그의 정신적인 눈은 스라소니 눈처럼 살아 있었다. 그가 사용하는 이중의 의미를 내포한 말 하나하나는 신비로운 폭과 전진과 후퇴를 마음대로 하는 유연성을 가져서, 마치 모든 갑옷의 허점을 능숙하게 알아내는 검객처럼 우리를 경탄시키는 것이다.

한 달 전부터 외젠에게는 단점과 함께 장점들이 성장했다. 그의 단점은 사교계와 커져가는 욕망의 실현 때문에 어쩔 수 없는 것이었다. 그의 장점 가운데에는 어려움을 정면 돌파하는 남부 지방의 발랄함이 있었다. 이는 루아르 강 남쪽에 사는 사람들의 성격으로, 애매모호한 태도로 머물러 있는 것을 용납하지 않는다. 북부 지방 사람들은 그것을 단점이라고 말했다. 즉 북부 사람들에 따르면 이런 성격은 뮈라[30]가 누린 영예의 근원이 되기도 했지만 또한 뮈라가 죽을 수밖에 없는 원인이었다는 것이다. 그러니까 남부 사람이 루아르 강 이남의 대담성에 북부의 교활성을 결합시킬 수만 있다면 완전한 인간

30) 조아킴 뮈라(Joachim Murat, 1767~1815). 나폴레옹 휘하의 장군으로 1808년부터 1815년까지 나폴리 왕이었으나 나폴레옹의 실각과 더불어 왕위에서 쫓겨났다. 다시 왕위에 즉위하려다가 체포되어 총살당했다.

이 되고 스웨덴 왕[31]으로 머무를 수 있다는 결론이 나온다.

라스티냐크는 이 사람이 자기 친구인지 적인지 분간하지 못했기 때문에 보트랭의 포화를 오랫동안 견딜 수 없었다. 그는 이 괴상한 인물이 자기 열정을 꿰뚫어보고 자신의 마음속을 훤히 읽고 있다고 때때로 느꼈다. 그 반면에 보트랭의 정체는 결코 드러나지 않았다. 보트랭에게선 모든 것을 다 알고 다 보지만 입을 꼭 다물고 있는 스핑크스의 움직이지 않는 깊이가 있다고 외젠은 느꼈다.

외젠은 주머니가 두둑해지자 반항했다.

"기다려 주십시오."

그는 마지막 남은 커피 몇 모금을 다 마시고 밖으로 나가려고 일어서는 보트랭에게 말했다.

"왜 그러나?"

이 사십 대 남자는 차양이 넓은 모자를 쓰고 쇠지팡이를 손에 들고서 물었다. 그는 이 지팡이를 때때로 휘둘렀는데 도둑놈 네 명의 공격을 받아도 두려워하지 않을 듯한 태도였다.

"돈을 돌려드리려고요."

라스티냐크는 황급히 소포를 풀고 140프랑을 세서 보케르 부인에게 건네며 말했다.

---

31) 장바티스트 베르나도트(Jean-Baptiste Bernadotte, 1763~1844)를 가리킨다. 프랑스 장교였던 그는 나폴레옹의 심복이었다. 그러나 그는 나폴레옹 정권 말기에 프랑스에 반기를 들고 연합군과 합류해 프랑스를 침입했다. 1818년 샤를 14세로 스웨덴 왕이 되어 새 왕조를 세웠는데, 이 왕조는 현재까지 남아 있다.

"계산은 정확히 해야죠. 그래야 가까운 사이가 되지요. 이걸로 올해 마지막 날까지 계산이 다 된 셈입니다. 그리고 이건 100수로 바꾸어 주십시오."

그가 여주인에게 말했다.

"가까운 사이일수록 계산은 정확히 해야 한다는 말씀이군."

푸아레는 보트랭을 바라보며 되풀이했다.

"자, 20수입니다."

라스티냐크는 가발을 쓴 이 스핑크스에게 은화를 주면서 말했다.

"자네는 나에게 빚지는 게 두려운 모양이군."

보트랭은 큰 소리로 말하며 청년의 마음속을 꿰뚫는 듯한 눈초리를 던졌다. 그가 조롱과 냉소가 섞인 미소를 지어 보여서 외젠은 몇 번이나 화가 폭발할 뻔했다.

"물론이지요."

자기 방으로 올라가려고 일어서서 손에 자루 두 개를 들고 있던 학생이 대답했다.

보트랭은 살롱으로 통하는 문으로 나갔다. 학생은 계단 쪽으로 통하는 문으로 나가려고 했다.

"라스티냐크'라마' 후작님, 당신이 하신 말씀은 분명히 예의에 어긋난다는 것을 알아두시지."

보트랭이 비아냥거렸다. 그는 지팡이로 살롱 문을 후려치면서, 싸늘한 시선으로 그를 쳐다보는 학생에게 다가왔다.

라스티냐크는 식당 문을 닫고 보트랭과 함께 계단 밑으로 갔다. 그곳은 식당과 부엌 사이의 네모난 공간으로, 정원 쪽으로는 창이 없는 큰 문이 있었다. 문 위에는 쇠창살을 댄 긴 유리가 붙어 있었다. 부엌에서 실비가 나오고 있었는데, 그 앞에서 학생이 말했다.

"보트랭 '선생', 나는 후작이 아닙니다. 그리고 내 이름은 라스티냐크라마가 아닙니다."

"저 사람들 싸우겠군."

미쇼노 양이 무관심한 태도로 말했다.

"싸울 거요."

푸아레가 되풀이했다.

"안 그래요."

보케르 부인이 돈 무더기를 만지며 대꾸했다.

"저분들 보리수 밑으로 가는데요. 그렇지만 저 불쌍한 학생이 옳아요."

빅토린 양은 정원 쪽을 보려고 일어서며 부르짖었다.

"올라가자, 얘야. 우리하고는 아무 관계도 없는 일이야."

쿠튀르 부인이 말했다.

쿠튀르 부인과 빅토린이 일어났을 때 뚱뚱보 실비가 문 앞에서 그들의 길을 막아섰다.

"도대체 무슨 일이지요? 보트랭 씨가 외젠 씨에게 우리 얘기를 해보자 하더니 외젠 씨의 팔을 붙들고 아티초크 밭으로 걸어갔는걸요."

실비가 말했다.

바로 이때 보트랭이 나타났다.

"보케르 엄마, 걱정하지 마십시오. 보리수 밑에서 권총 연습을 하겠습니다."

그는 웃으면서 말했다.

"오! 왜 외젠 씨를 죽이려고 하세요?"

빅토린은 두 손을 모으고 말했다.

보트랭은 뒤로 두 걸음 물러서며 빅토린을 물끄러미 바라보았다.

"다른 얘기를 하시는군. 외젠 군은 아주 친절한 젊은이지요? 당신 말을 들으니 좋은 생각이 떠오르는군요. 나는 당신들 두 사람의 행복을 마련해 주겠소, 아가씨."

그가 비웃는 어조로 소리를 질렀기 때문에 불쌍한 이 아가씨는 얼굴을 붉혔다. 쿠튀르 부인은 빅토린의 팔을 붙잡고 같이 가면서 그녀 귀에 대고 말했다.

"그런데 빅토린, 너 오늘 아침 좀 이상하구나."

"내 집에서 총을 쏘는 것은 싫어요. 이웃 사람들을 놀라게 하고 아침부터 경찰을 끌어들일 거예요?"

보케르 부인이 말했다.

"자, 진정하십시오. 보케르 엄마, 진정하세요. 우리는 사격장으로 가겠습니다."

보트랭이 대답했다.

보트랭은 라스티냐크에게 다시 가서 그의 팔을 정답게 붙들었다.

"35보 거리에서 내가 다섯 발을 연속으로 스페이드 에이스에 명중시키는 것을 자네에게 증명해 보이더라도 자네 용기를 꺾을 수는 없을 모양이군. 자네는 나에게 약간 화난 모양인데 그러다가 바보같이 죽게 될지도 모르네."

그가 외젠에게 말했다.

"당신은 뒤로 물러서려는군요."

외젠이 말했다.

"내 화를 돋우지 말게."

보트랭이 대답했다.

"오늘 아침은 춥지 않군. 거기에 앉게."

그는 초록색 칠을 한 의자를 가리키며 말했다.

"여기에서는 아무도 우리 얘기를 못 들을 걸세. 자네에게 할 이야기가 있네. 자네는 훌륭한 청년이고 나는 자네에게 해코지하지 않겠네. 나는 자네를 사랑하네. 정말로 '불사……' (아, 이런!) 보트랭의 이름을 걸고 맹세하네. 내가 왜 자네를 사랑하는지 말해 주겠네. 내 배로 낳은 자식처럼 나는 자네를 속속들이 알고 있다네. 우선 증거를 보여주겠네. 자, 그 꾸러미를 거기에 놓게."

그가 둥근 테이블을 가리키며 말했다.

라스티냐크는 테이블 위에 돈 꾸러미를 놓고 앉았다. 자기를 죽이겠다고 하다가 보호자처럼 행세하는 이 사람의 갑작스러운 태도 변화에 그는 마음속으로 매우 강한 호기심을 느꼈다.

보트랭이 말을 이었다.

"자네는 현재 내가 누구이고 과거에는 어떤 사람이었으며 지금은 무엇을 하는가를 무척이나 알고 싶을 걸세. 자네는 너무 호기심이 많아. 자, 서두르지 말게. 많은 얘기를 들을 테니까. 나는 불행했네. 우선 내 얘기를 잘 들어보고 나중에 나한테 물어보게. 내 과거를 간단히 말해 보겠네. 내가 누굴까? 보트랭이야. 나는 무슨 일을 할까? 기분이 내키는 일을 하고 있네. 이쯤 하고 지나감세. 자네는 내 성격을 알고 싶은가? 나는 나에게 좋게 대해 주는 사람이나 마음 통하는 사람과는 좋게 지내네. 이런 사람들에게는 모든 걸 허락하지. 그래서 그들이 내 정강이뼈를 발로 차더라도 나는 그들에게 '조심해.'라고 말하지조차 않네. 하지만 빌어먹을! 나를 괴롭히거나 내 마음에 들지 않는 사람에게 나는 악마처럼 심술궂다네. 내가 사람 한 명쯤 죽이는 걸 전혀 아랑곳하지 않는다는 사실을 자네가 알아두는 게 좋겠네."

그가 침을 뱉으며 말했다.

"다만 꼭 그럴 필요가 있을 때에는 그런 놈을 적절하게 죽일 방법을 궁리하지. 나는 이른바 예술가라고 불리는 사람일세. 나는 벤베누토 첼리니의 회고록을 읽었다네. 자네도 보았듯이 이탈리아어 원본으로 말일세. 자존심 강한 쾌남아인 그에게서 나는 인간들을 함부로 죽이는 하늘의 섭리를 모방하는 법과, 도처에서 볼 수 있는 아름다움을 사랑하는 법을 배웠네. 하기야 모든 사람들과 대적해서 혼자 싸우고 또 행운을 거머쥔다는 것은 멋진 게임이 아닌가? 나는 이 사회가 지닌 무질서한 구조에 대해 깊이 생각해 보았네. 여보게, 결투는 어린애 장난이고 어리석은 짓이야. 살아 있는 두 사람 중에서 한 명이 사라져야만 할 때, 운수에 맡겨버린다는 것은 정말로 어리석을 수밖에 없지. 결투가 무엇이지? 동전을 던져서 바깥쪽이 나타나든가 안쪽이 나타나는 경우와 같은 것이네. 나는 다섯 발을 연달아 과녁에 명중시킬 수 있네. 명중한 곳을 또 맞출 수도 있어. 그것도 35보 거리에서 말이야. 이런 보잘것없는 재주를 타고났을 때 사람들은 자기 적수를 틀림없이 쓰러뜨린다고 믿게 되네. 그런데 나는 20보 거리에서 한 사나이를 쐈지만 빗나갔다네. 웃기는 그 녀석은 평생 한 번도 권총을 만져 보지 못한 놈이었지. 이것을 보게!"

이 이상한 사람이 조끼를 헤쳐서 곰의 등처럼 털이 수북한 앞가슴을 보여주자 외젠은 공포가 뒤섞인 일종의 불쾌감을 느꼈다.

"그 풋내기가 글쎄 내 가슴 털을 태워버렸다네."

그는 라스티냐크의 손가락을 자기 가슴에 남아 있는 구멍에 갖다 대며 덧붙였다.

"그 당시 나는 어린애였어. 자네처럼 스물한 살이었지. 그때는 여전히 그 어떤 것과 여자의 사랑을 믿었지. 자네가 앞으로 함부로 범할 수많은 바보짓을 나도 했었네. 우리는 결투할 뻔했지, 안 그런가? 어쩌면 자네는 나를 죽였을지도 몰라. 내가 땅에 쓰러졌다고 가정해 보게. 그러면 자네는 어디에 있을 것 같은가? 이곳을 도망쳐서 스위스로 가야만 할 테고 가난한 아버지의 돈을 낭비해야 될 걸세. 자네가 지금 놓여 있는 처지를 설명해 줌세. 세상만사를 궁리한 끝에 취할 길이란 두 가지밖에 없네. 어리석게 복종하든지, 아니면 반항뿐이지. 이 사실을 알게 된 인간의 초연한 입장에서 자네에게 설명하겠네. 나는 아무것에도 복종하지 않네. 알겠는가? 지금 이런 식으로 가면 자네에게 필요한 게 무엇인지 아는가? 100만 프랑일세.

그것도 급히 필요하네. 이 돈이 없다면 우리같이 보잘것없는 사람들은 생클루에 쳐놓은 그물망으로 가서 하느님이 걸렸는가를 봐야 할지도 모를 일이네. 바로 그 100만 프랑, 내가 자네에게 주겠네."

그가 잠시 쉬며 외젠을 바라보았다.

"아! 아! 자네가 보트랭 아빠에게 좋은 얼굴을 하네그려. 100만 프랑 얘기를 들으니까 자네는 마치 '오늘 밤에 만납시다'라는 얘기를 듣고 우유 마신 고양이가 혀로 입술을 핥듯이 몸을 손질하는 소녀같이 보이는군. 잘됐어. 자! 우리 두 사람만의 얘기를 하세. 젊은이, 자네 경우는 이러하네. 시골에 있는 아버지, 어머니, 백모님, 두 누이(18세와 17세), 두 동생(15세와 10세), 이상이 자네가 탄 배의 승객 명부일세. 백모님은 두 누이를 기르고 있네. 신부님은 두 동생에게 라틴어를 가르치러 오지. 가족들은 흰 빵보다 밤을 넣은 죽을 더 자주 먹어야 하는 형편이지. 아버지는 짧은 바지를 아끼셔야 하며 어머님은 겨울옷 한 벌과 여름옷 한 벌로 고생하시네. 누이들도 할 수 있는 것밖에는 다른 것을 못 하고 있네. 나는 다 알고 있지. 한땐 나도 남부 지방에서 살았네. 1년에 자네에게 1200프랑밖에 못 보내지. 손바닥만 한 땅에서는 3000프랑밖에 거두어들이지 못하니 자네 집 사정이야 빤한걸. 식모와 심부름꾼도 있겠지. 아버지는 남작이시니까 체면도 차리셔야 하지. 우리에겐 야심이 있네. 친척으로는 보세앙 집안이 있지. 그러나 우리는 걸어다녀야 하지. 재산을 꿈꾸지만 땡전 한 푼도 없네. 보케르 부인이 주는 '맛없는 스튜'를 먹으면서 생제르맹의 훌륭한 정찬을 먹고 싶어 하지. 초라한 침대에서 자면서 큰 집을 원하고 있네! 나는 자네가 품고 있는 욕망을 비난하는 게 아니야. 여보게, 야심을 갖는다는 것은 누구나 할 수 있는 게 아닐세. 어떤 종류의 남자들을 찾고 있는가를 여자들에게 물어보게. 야심가를 찾는다고 말할 걸세. 야심가란 다른 사람보다도 튼튼한 허리와 철분이 풍부한 피와 뜨거운 마음을 갖고 있으니까 말일세. 그리고 여자들이란 자기가 강하다고 느낄 때, 매우 행복하고 아름답다고 생각하는 법이거든. 따라서 여자들은 힘이 센 남자를 더 좋아하는 걸세. 설사 그 남자에게 꺾일 위험이 있다손 치더라도 말이네. 자네에게 질문하기 위해 나는 자네의 욕망 목록을 작성했네. 질문이란 이런 것일세. 우리는 몹시 배가 고픈데 우리 이빨은 날카롭네. 우리 식량을 마련하려고 어떤 처신을 할 수 있겠나? 우선 법률 책을 씹어먹을 수 있겠지. 하지만 유쾌한 노릇도 아니고 배울 것도 없네. 필요하긴 할 테지만. 그래, 자네가 법관에서 중죄재판소 소장으로 승진하고 우리보다는 나은 놈들의 어깨에 도형수(徒刑囚)를 의미하는 T. F.라는 낙인을 찍어 징역을 보내 부자들이 편히 잠잘 수 있다는 사실을 보여줄 수 있네. 이상한 일은 아니네만 너무 긴 여정이지. 우선 2년 동안은 파리에서 우리 입맛을 돋우는 '계집들'을 건드리지 못하고 그저 기다리다가 지쳐 바라보아야만 하네. 욕망을 만족시키지도 못하면서 늘 바라기만 한다는 것은 진절머리 나는 일이네. 자네가 만일 핏기 없고 연체동물 같은 성격의 소유자라면야 전혀 걱정할 것이 없네. 그렇지만 우리는 사자같이 뜨거운 피와 하루에도 연거푸 어리석은 짓을 할 만큼 욕망을 가지고 있네. 따라서 자네는 이 형벌 앞에 무릎 꿇어야 할 걸세. 신이 만든 이 지옥 속에서 볼 수 있는 가장 무시무시한 이 괴로움 때문에 말이야. 자네가 얌전하고 우유만 마시고 슬픔을 견뎌낼 사람이라고 해보세. 그렇다면 고결한 자네는 개라도 미쳐버릴 권태와 궁핍을 겪은 다음 어떤 괴상한 녀석의 대리역, 즉 검사보가 되겠지. 동네 한 모퉁이에 근무하는 자네에게 정부는 마치 푸줏간 개에게 수프를 던져 주듯이 매달 1000프랑을 던져 줄 걸세. 도둑을 쫓아가며 짖어대겠지. 부자를 위해서 변호하고 착한 사람들을 단두대에 보낼 거야. 어쩔 수 없는 노릇이지! 자네에게 후견자가 없으면 시골 재판소에서 썩게 될 걸세. 서른 살쯤 되고서도 아직 법복을 안 벗는다면 자네는 연봉 1200프랑의 법관이 될 걸세. 마흔 살쯤 되면 자네는 연수 6000프랑의 지참금을 가진 어떤 방앗간집 딸과 결혼하겠지. 제기랄. 후견인을 찾아보게. 그렇게 되면 자네는 나이 서른에 연봉 3000프랑의 초심재판소 검사가 될 걸세. 그리고 시장 딸과 결혼할 테지. 만일 자네가 정치적으로 비열한 짓을 하면, 마치 마뉘엘[32] 대신에 빌렐[33]을 읽듯이 말일세, 이게 운(韻)이 맞는군, 그러니

---

32) 자크앙투안 마뉘엘(Jacques-Antoine Manuel, 1775~1827). 프랑스의 법률가이자 정치가. 1814년 하원의원에 선출되었으나, 1823년 프랑스 군의 스페인 파병에 반대했다가 당시 상원의 다수를 차지하고 있던 왕당파에 의해 축출되었다. 이때 마뉘엘에게는 '국왕 시해 옹호'라는 죄명이 부과되었는데, 그가 다른 국가의 내정간섭에 반대한 것이 곧 스페인 국왕이 민중의 손에 죽임을 당하는 데 찬동한 것이라고, 악의적인 법률 해석을 적용했기 때문이다.

까 양심의 가책도 안 느끼겠지만, 하여간에 그러기만 하면 마흔 살쯤엔 검사장이 되고 국회의원이 되겠지. 여보게, 잘 들어두게. 조그마한 양심에 오점을 남기고 20년 동안이나 권태와 남모르는 가난을 맛보며 누이들은 시집도 못 가고 노처녀가 될 걸세. 나는 기꺼이 프랑스에는 검사장 자리가 스무 군데밖에 없다는 사실을 알려주겠네. 자네는 2만 명의 후보자 가운데 한 사람일 뿐이지. 이들 가운데는 한 계급을 승진하기 위해서 가족을 팔아버릴 만한 사기꾼들도 있다는 사실을 자네에게 영광스럽게 알려주는 바일세. 이 직업이 싫다면 다른 것을 찾아보게. 라스티냐크 남작 나리는 변호사가 되기를 원하실까? 오! 멋있겠지. 10년 동안 괴로움을 겪으며 한 달에 1000프랑을 쓰고 도서실과 사무실을 차려야 하겠지. 사교계에 드나들며 사건을 맡기 위해서 소송대리인의 옷자락에 입을 맞추어야만 하지. 게다가 혀로 법정을 청소해야 하는 것일세. 자네가 이 직업에서 성공한다면 나는 다른 말을 하지 않겠네. 그러나 쉰 살이 되어 파리에서 연수 5만 프랑 이상 버는 변호사 다섯 명만 찾아보게. 어림없는 소리지! 이런 일 때문에 영혼을 망치느니 차라리 나는 해적이 되겠네. 어떻게 해서 돈을 수중에 넣는단 말인가? 어쨌든 유쾌한 일이 못 되네. 여자의 지참금으로 한밑천 잡을 수는 있겠지. 그런 결혼을 하겠는가? 그것은 자네 목에 큰 돌멩이를 달아매는 것일세. 만일 자네가

---

33) 조제프 드 빌렐(Joseph de Villèle, 1773~1854). 극렬왕당파로, 왕정복고와 부르봉 왕가의 복권을 주도한 정치가. 프랑스 대혁명 이후 국민의회의 인권선언과 제1공화국 헌법이 지나치게 민주적이라고 비판한 인물로 유명하다.

돈 때문에 결혼한다면 우리의 명예심이나 고결한 정신은 어떻게 되겠는가! 세상 풍습에 대해 이런 반항을 하려면 오늘부터라도 시작해 보게. 적어도 자네가 행복을 찾으려고 한다면 아내 앞에서 뱀처럼 기면서 살고, 장모 발바닥을 핥으며, 암퇘지라도 싫어할 비열한 짓을 하는 것밖에는 아무것도 없다네. 못할 노릇이지! 자네가 이렇게 결혼한 아내와 산다면 자네는 하수도에 있는 돌멩이처럼 불행할 걸세. 자기 아내와 싸우기보다는 남자들과 전쟁하는 편이 더 값있는 일이야. 이것이 인생의 십자로지. 젊은 친구, 선택하게. 자네는 벌써 선택한 셈이지. 보세앙 사촌 집에 가서 사치에서 풍겨 나오는 냄새를 이미 맡았고, 고리오 영감 딸인 레스토 부인 집에 가 파리 여인의 냄새를 맡았으니까. 그날 자네는 이마에 내가 알아볼 수 있는 단어를 적어서 돌아왔네. 그 단어란 '출세'야! 무슨 일이 있더라도 출세해야 한다는 것이었네. 브라보! 내 마음에 드는 쾌활한 녀석이구나 하고 나는 마음속으로 생각했네. 자네는 돈이 필요했어. 어디서 그것을 구했지? 자네는 누이들에게 희생을 강요했어. 오빠들은 누구나 정도의 차이는 있지만 누이의 것을 '뜯어먹기' 마련이지. 100수짜리 동전보다는 밤[栗]이 더 흔한 시골에서 자네가 빼앗아온 1500프랑이 약탈에 나섰던 병사들처럼 다 없어지게 되는 것은 하느님만 알겠지. 돈을 다 써버린 다음, 자네는 무얼 할 텐가? 일할 텐가? 자네가 지금 알고 있는 일이란, 자네가 늙었을 때 푸아레 같은 종류의 인간들처럼 보케르 하숙에 겨우 방 하나 얻을 수 있는 것일세. 벼락 출세하는 게 자네와 같은 처지의 청년 5만 명이 해결해야 할 당면 문제일세. 자네는 이 숫자의 한 단위에 불과하지. 출세하기 위해서 자네가 해야 할 노력과 필사적 싸움이 어떤가를 판단해 보게. 항아리 속에 들어 있는 거미들처럼 자네들은 서로를 잡아먹어야 하네. 왜냐하면 좋은 자리는 5만 개나 되지 않으니까. 이곳 파리에서 사람들이 어떻게 출세하는가를 알고 있나? 천재성을 떨치든지 아니면 능수능란하게 타락해야 하네. 사회집단 속으로 대포알처럼 뚫고 들어가거나 페스트 균처럼 스며들어 가야 하네. 정직이란 아무 소용이 없네. 사람들은 천재의 위력에 굴복하고, 그것을 미워하고 비방하려고 들지. 왜냐하면 천재는 분배하지 않고 독점하니까 말일세. 천재가 버티기만 하면 사람들은 굴복하게 마련이네. 한마디로, 사람들은 무릎 꿇고 존경하는 법일세. 왜냐하면 사람들은 천재를 진흙 속에 묻어버릴 수 없으니까. 타락은 힘을 얻고 재능은 희귀한 것일세. 그래서 타락은 도처에서 볼 수 있는 평범함의 무기고 자네는 이 타락의 극치를 여러 곳에서 느낄 걸세. 남편들은 몽땅 합쳐서 연간 6000프랑을 받는 반면에 아내들은 화장 비용으로 1만 프랑 이상 낭비하는 것을 보게 될 걸세. 또 봉급 1200프랑짜리 사무원이 땅 사는 것을 볼 걸세. 롱샹 거리의 차도 중앙을 달릴 자격이 있는 귀족원 의원의 아들들이 타는 마차를 같이 타려고 몸 파는 여자들을 볼 수 있을 걸세. 자네는 자기 딸의 약속어음을 갚아주어야만 하는 어리석은 고리오 영감을 알고 있네. 그 여자 남편은 연간 수입이 5만 프랑일세. 파리에서는 자네가 한 걸음만 잘못 내디디면 지옥 같은 함정에 빠질 수밖에 없네. 돈 많고 아름답고 젊은 여자일 경우, 자네가 마음을 뺏긴 그 어느 여자의 집에서 건 곤경에 빠질 거라고 내 목을 걸고 내기해도 좋아. 여자들은 모두 법으로 매여 있고, 남편들과 사사건건 다투고 있지. 여자들이 애인이나 옷값, 자녀 양육이나 집안일 또는 허영 때문에 꾸미는 거래를 자네에게 모두 설명하자면 끝이 없어. 미덕 때문에 거래를 꾸미는 경우는 거의 찾아볼 수 없다네. 암, 틀림없지. 그래서 성실한 인간은 모든 사람의 적이 되어버렸네. 도대체 성실한 사람이란 어떤 사람인지 알겠나? 파리에서 성실한 사람이란 입을 다물고 분배를 거절하는 사람일세. 대가를 보상받지도 못하면서 죽도록 일만 해야 하는 이 불쌍한 노예들에 대해선 얘기하지 않겠네. 나는 이런 사람들을 하느님이 내쫓은 둔재들의 집단이라고 부르지. 물론 그들이 피운 꽃에는 미덕도 있지. 하지만 또한 가난이 있는 법이야. 하느님이 최후 심판 때 결석하는 나쁜 장난을 치듯이, 나는 이 선량한 사람들의 주름살을 보네. 그러니까 자네가 벼락 출세하기를 원한다면 벌써 부자가 되어 있거나 겉으로라도 그렇게 보여야 한다는 말일세. 부자가 되려면 과감한 도박을 해야지, 안 그러면 쩨쩨한 속임수를 쓰게 되지. 미안한 말이지만 자네가 뛰어들고 싶은 100가지 직업에서 재빨리 성공하는 사람이 열 명쯤 있을 걸세. 세상은 이 사람들을 도둑놈이라고 부르지. 이제 자네가 결론을 끌어내 보게! 인생이란 지금까지 얘기한 그대로야. 인생이란 부엌보다 더 아름답지 않으면서도 썩은 냄새는 더 나는 거라네. 인생의 맛있는 음식을 훔쳐 먹으려면 손을 더럽혀야 하네. 다만 손 씻을 줄만 알면 되지. 우리 세대의 모든 윤리가 거기에 있네. 내가 이처럼 자네에게 세상 얘기를 하는 것은 세상이 나에게 그럴 권리를 주었기 때문이야. 나는 세상을 알아. 내가 세상을 비난한다고 생각하나? 천만에. 세상은 늘 이런 모양이었네. 도덕군자들도 이 세상을 결코 고치지 못할 걸세. 인간은 불완전하지. 그래서 가끔 정도의 차이는 있지만 위선자이기도 하다네. 그런 경우에 바보들은 품행이 방정하다느니 경솔하다느니 떠들어대는 법이야. 나는 민중을 위해 부자들을 비난하지 않네. 상류건 하류건 중류건, 인간은 다 마찬가지니까. 이 고등동물은 100만 명에 10명 꼴로 뛰어난 자들이 있기 마련이고, 심지어 이들은 법률보다 높은 곳에 있지. 자네도 뛰어난 사람이 되고 싶으면 머리를 높이 들고 곧장 돌진하게. 선망과 비방, 평범함에 맞서, 모든 사람에 대항해 싸워야 하네. 나폴레옹도 오브리 장군을 만났을 때는 식민지로 쫓겨 갈 뻔했다네. 잘 생각해야 하네! 매일 아침마다 전날보다 더 더욱 강한 의지를 품고 일어났는가를 살펴보아야 하네. 이런 추측 속에서 나는 자네에게 아무도 거절 못 할 제안을 하나 해 보겠네. 내 얘기를 잘 듣게나. 알겠나, 나는 계획이 있다네. 나는 말일세, 예를 들면 미국 남부에 가서 10만 에이커쯤 되는 큰 영지 안에서 추장 같은 생활을 하고 싶네. 개척자가 되어 노예를 부리고 소와 담배와 나무를 팔아 수백만 프랑을 벌고 싶네. 군주처럼 살며 내 꿈대로 행동해서 마치 석고로 만든 굴 속에서 웅크리고 사는 이곳에서는 꿈도 못 꿀 삶을 누리고 싶단 말이야. 나는 위대한 시인일세. 내 시란 글로 쓰는 것이 아니지. 내 시는 행동과 감정으로 구성되어 있네. 지금 5만 프랑을 쥐고 있는데 겨우 40명의 흑인 노예를 살 수 있을 걸세. 추장 같은 생활을 맛보는 데는 200명의 흑인 노예가 필요하지. 그렇게 하기 위해서는 20만 프랑이 있어야만 하네. 자네는 흑인 노예들이 어떤 인간들인지 아는가? 그들은 다 자란 어린애 같아서 마음대로 다룰 수 있지. 설사 호기심 많은 초임 검사라 하더라도 그들에 대해서 보고하라고 요구하지는 않네. 이 검은 자본으로 10년이면 나는 300~400만 프랑을 벌 수 있네. 내가 성공하면 아무도 나에게 '당신은 누구요'라고 묻지 않을 걸세. 나는 미국 시민이고 400만 프랑을 가진 부자 양반이니까. 쉰 살이 되고도 아직 정정하다면 나는 내 방식대로 인생을 즐길 걸세. 한마디로, 만일 내가 자네에게 100만 프랑의 지참금을 가진 아가씨를 소개해 주면 자네는 나에게 20만 프랑을 떼어 주겠는가? 2할의 커미션일세, 응? 너무 비싼가? 자네는 귀여운 아내한테 사랑받을 걸세. 일단 결혼하고서는 2주 동안 불안과 후회와 슬픔이 가득한 얼굴을 보이게. 그러다가 어느 날 밤 찡그린 얼굴을 해 보였다가 입맞춤과 입맞춤 사이에 '내 사랑!'이라고 아내에게 말하며 20만 프랑의 부채가 있다고 털어놓게. 매일 밤 상류 계급의 청년들은 이런 희극을 하고 있다네. 젊은 여인네들이란 자신들의 마음을 빼앗은 남자에게 지갑 열기를 거부하는 법이 없다네. 잃어버리는 것이라고 생각하는가? 그렇지 않네. 사업으로 자네는 20만 프랑을 다시 찾을 길이 있어. 자네 재력과 재능으로 자네가 바랄 수 있을 만큼 큰 재산을 모을 수 있네. '그러므로' 여섯 달 동안 자네는 자네 자신과 사랑하는 아내와 이 보트랭 아범의 행복을 꾸밀 수가 있을 걸세. 나무가 없어 겨울에 입김으로 손을 녹이는 자네 가족의 행복은 말하지 않더라도 말이야. 내가 자네에게 내놓은 제안과 나의 요구에 놀라지 말게! 파리에서 거행되는 60건의 아름다운 결혼식 중에서 47건은 이 같은 거래로 이루어지고 있다네. 공증인협회는 무리하게……."

"나더러 어떻게 하라는 것입니까?"

라스티냐크는 보트랭의 얘기를 가로막으며 열심히 물었다.

"할 일이란 거의 없네."

이 사람은 마치 낚싯줄 끝에 고기가 부딪히는 것을 느끼고 남모르게 웃듯이, 기쁜 표정을 지으면서 대답했다.

"내 얘기를 잘 듣게! 불행하고 가련한 아가씨의 마음은 사랑에 곧 젖어버리는 스펀지 같은 것이라네. 애정의 물방울이 하나만 떨어져도 바로 부풀어오르는 마른 스펀지 같은 것이지. 고독과 절망과 빈곤에 빠져서 미래의 행운을 알아채지 못하는 아가씨와 연애하게. 그래야 하고말고! 그것은 마치 카드놀이에서 최고의 패를 들고 있는 셈일세. 이를테면 당첨 번호를 알고서 복권을 사거나, 정보를 알고서 공채에 돈을 투자하는 것과 마찬가지야. 자네는 말뚝 위에 누구도 깨뜨릴 수 없는 결혼을 세우는 거야. 수백만의 대금이 그 아가씨에게 굴러들어와도 그녀는 돈이 마치 돌멩이인 양 자네 발치에 던져버릴 걸세. 아돌프건, 알프레드건, 외젠이건, 그녀를 위해 희생했다는 걸 보여줄 수 있는 재치만 있다면 그녀는 이렇게 말할 걸세. '내 사랑이여! 이 돈을 가져요. 아돌프! 알프레드! 주우라니까요. 외젠! 이 돈을 가져요.' 희생이란 말의 뜻은, 헌 옷을 팔아 버섯 넣은 빵을 먹기 위해 카드랑블뢰 식당에 함께 가며, 식사 후 그날 밤에 국립극장으로 구경 가고, 혹시 그녀가 숄을 사고 싶어 하면, 자네 시계를 전당포에 잡혀서 사 주는 정도를 말하는 것일세. 나는 자네에게 갈겨쓴 사랑의 글이나, 멀리 떨어져 있을 때 편지에 물방울을 뿌려 눈물인 체하는, 여자들이 좋아하는 그런 하찮은 일에 대해 말하지 않겠네. 이제 자네는 애정의 은어들을 완전히 알고 있는 듯하니 말이야. 잘 알듯이 파리는 신대륙의 밀림 같아서 일리노이족과 휴론족 같은 스무 종류의 야만족들이 우글거리며 여러 가지 사회적 수렵의 수확물을 먹고사네. 자네는 수백만 프랑을 잡으려는 사냥꾼이야. 이 돈을 잡으려면 덫과 끈끈이와 피리를 사용해야만 하네. 사냥에는 여러 가지 방법이 있지. 어떤 사람들은 지참금을 사냥하고 또 어떤 사람들은 주식을 사냥한다네. 어떤 사람은 양심을 낚기도 하고, 또 어떤 사람들은 자기네 신문의 정기 구독자들의 손과 발을 묶어 팔아먹기도 하지. 낚은 것들을 사냥 망태기에 가득 넣고서 돌아오는 사람은 상류사회에서 갈채와 축하와 환대를 받는 법일세. 환대해 주는 이 풍습을 인정하세. 자네는 세계에서 가장 친절한 도시와 상대하고 있네. 유럽에 있는 모든 수도의 오만한 귀족 사회가 파렴치한 백만장자를 자기네 무리에 끼워주지 않을지언정, 파리만은 그에게 두 팔을 벌리고 축하하려고 달려가며, 그의 만찬에 참석하고, 그의 파렴치한 행동에 건배를 든다네."

"그렇지만 어디서 그런 아가씨를 찾을 수 있습니까?"

외젠이 말했다.

"자네와 같이 있네, 바로 눈앞에!"

"빅토린 양 말입니까?"

"맞았어!"

"아! 어떻게요?"

"그녀는 벌써 자네를 사랑하고 있네. 자네의 귀여운 라스티냐크 남작 부인이 말일세!"

"그녀는 땡전 한 닢도 없어요."

놀란 외젠이 말했다.

"아! 바로 그 점일세. 몇 마디만 더 하면 모든 걸 알게 될 걸세. 타유페르의 아버지는 혁명 때 친구 한 사람을 죽인 걸로 알려진 늙은 불량배일세. 그는 사람들의 평판 같은 건 아랑곳하지 않는 쾌남아야. 그는 은행가이고 프레데리크 타유페르 합자회사의 대표자일세. 그에게는 아들이 하나 있지. 그런데 이 사람은 빅토린을 희생시키고 자기 재산을 아들에게 넘겨주려고 하네. 난 이런 부당한 짓을 싫어하네. 돈키호테처럼 나는 강한 자에 대항하고 약한 자를 보살피는 걸 좋아하네. 만일 하느님 뜻이 그의 아들을 죽이는 쪽이라면 타유페르는 자기 딸을 다시 받아들일 걸세. 그는 어떤 상속자건 원할 테니까. 선천성 지진아일지라도 말일세. 그는 더 이상 애를 낳을 수가 없거든. 내가 그 사실을 알아. 빅토린은 온순하고 얌전한 아이지. 독일식 금속 팽이를 돌리듯이 그녀는 아버지를 감아 감정의 채찍으로 아버지를 돌려놓을 걸세! 그 애는 자네 사랑에 너무도 민감해서 자네를 잊을 수 없을 걸세. 그 애하고 결혼하게 될 걸세. 나는 하느님의 역할을 맡아 하느님 뜻을 조종할 것이네. 나에겐 헌신적으로 돌봤던 친구가 한 명 있네. 그는 루아르 군의 대령이었다가 최근에는 근위군으로 복무하고 있네. 그는 내 충고를 받아들여 극렬 왕당파가 되었다네. 자기 의견을 고집하는 바보는 아니거든. 내가 자네한테 해줘야 할 충고가 또 있다면 자네 의견이나 얘기에 너무 고집 부리지 말라는 것일세. 다른 사람들이 자네가 고집을 꺾길 바란다면 팔아버리게. 자기 견해를 절대로 바꾸지 않는다고 자랑하는 사람이란 항상 외곬에 빠진 사람이고, 자신이 절대로 실수하지 않으리라고 믿는 바보일세. 원칙이란 결코 없네. 단지 사건들만 존재한다네. 법률이란 없네. 오로지 상황만이 있을 뿐이지. 뛰어난 사람은 사건과 상황에 순응해 그것을 조종하는 법이야. 확고한 원칙과 법이 존재한다면, 국민들이 셔츠를 갈아입듯이 원칙과 법칙을 바꾸지는 못할 걸세. 한 개인이 국민 전체보다 반드시 더 현명해야 할 의무가 있는 것은 아니네. 프랑스에 대해 가장 하찮은 봉사를 한 사람이 공경받고 숭배 대상이 되는 것은 그가 항상 공화주의자였기 때문일세. 이런 놈은 '라파예트'[34]라는 명찰을 붙여서 기계들과 함께 박물관으로 보내버리는 게 훨씬 낫지. 반면에 인간들이 요구하는 서약들을 면전에서 무시할 만큼 인간들을 경멸했기 때문에, 모두들 그에게 돌을 던지게 된 탈레랑 공작은 빈 회의 때 프랑스 분할 문제를 저지시켰다네. 사람들은 그에게 명예의 관을

---

34) La Fayette(1757~1834). 미국 독립전쟁에 독립군으로 참전했으며, 프랑스 대혁명 직전 삼부회 소집을 주도한 프랑스 정치인이다.

주기는커녕 그를 진흙 속에 던져버렸다네. 오! 나는 사건들을 잘 알고 있네. 나는 말일세! 많은 사람들의 비밀을 안다네! 이것으로 충분하네. 만일 하나의 원칙을 적용하는 경우, 세 사람의 의견이 일치될 수 있는 날에는 나도 확고부동한 견해를 가질 걸세. 그리고 나는 오랫동안 기다려보겠네! 법정에서 판사 세 명이 법조문 하나를 해석할 경우 그들의 의견이 같아질 수는 없네. 아까 말했던 사람의 얘기로 다시 돌아가세. 내가 그에게 말만 하면 그는 예수 그리스도를 십자가에 다시 못 박을 수도 있을 사람이야. 이 보트랭 아범이 한마디만 하면, 불쌍한 누이에게 단 5프랑조차도 안 보내주는 그 오빠에게 그는 싸움을 걸 것이고, 또……."

여기에서 보트랭이 일어나서 방어 자세를 취하고서 검술 선생 같은 동작으로 오른편 발을 앞으로 내디디고 돌진하면서, 이렇게 덧붙였다.

"깜깜할 때 묻어버릴 걸세!"

"무서운 얘기를 하시는군요! 농담하시는 거죠, 보트랭 선생?"

외젠이 말했다.

"아니 아니, 아무것도 아닐세. 진정하게." 이 사람이 다시 말을 이었다. "어린애 같은 소리 말게. 하지만 그러고 싶다면 화를 내게, 분개하게! 내가 악당이고 무뢰한이고 불량배이며 강도라고 말하게. 그렇지만 나를 사기꾼이나 밀정이라고는 부르지 말게! 자, 어서 욕을 퍼붓게! 용서할 테니까. 자네 나이에는 매우 자연스러운 일이니까! 나도 그랬다네. 하지만 잘 생각해보게. 앞으로 자네는 더 나쁜 짓을 할 걸세. 자네는 어떤 아름다운 여성에게 아첨해서 돈을 받을 테니까. 자네는 그런 생각을 하고 있었지. 왜냐하면 자네가 연애라도 하지 않고서야 어떻게 성공하겠다는 말인가? 여보게 학생, 덕성이란 잘게 쪼개지지 않네. 있거나 아니면 없거나일세. 사람들은 우리의 죄를 참회하라고 말하네. 게다가 덕성 때문에 깨우쳐 죄에서 벗어날 수 있다는 것 또한 멋진 이론이 아닌가! 사회가 설치한 사다리 난간에 이르기 위해서 여성을 꼬드기고, 자녀들 사이에 불화의 씨를 던지며, 각자의 쾌락과 이해를 목적으로 남모르는 장소에서 저지르는 모든 파렴치한 행위들이 자네는 신념과 희망과 박애에서 비롯한 행위라고 생각하는가? 어린애한테서 재산의 반을 하룻밤에 빼앗은 신사는 어째서 징역 2개월을 받고, 위급한 경우에 1000프랑의 지폐를 훔친 불쌍한 녀석은 어째서 도형장으로 끌려가야 하는가? 이것이 바로 자네들의 법일세. 어느 법조문 하나도 부조리하지 않은 게 없네. 장갑을 끼고 기회주의자의 목소리를 내는 인간은 피를 흘리지 않고 오히려 피를 주는 살인을 범하지. 살인범은 자물쇠를 열 때 쓰는 작은 지렛대로 문을 연다네. 이 두 가지가 모두 밤에 이루어지는 범죄일세! 내가 자네에게 제의한 것과 자네가 언젠가는 하게 될 행동 사이에는, 피를 많이 흘리느냐 적게 흘리느냐의 차이밖에 없는 것일세. 자네는 이 세상에 어떤 고정된 게 있다고 생각하는 모양이군! 인간들을 경멸하게. 그리고 법망을 빠져나갈 수 있는 구멍을 보아두게. 겉으로 드러나는 아무런 근거가 없는 큰 성공의 비밀은 바로 그것이 망각된 범죄라는 것이네. 왜냐하면 그 범죄는 정확하게 이루어졌기 때문일세."

"그만. 더 이상 듣고 싶지 않습니다. 당신은 내가 나 자신까지도 의심하게 만드는 것 같습니다. 지금은 감정만이 나의 모든 의식입니다."

"좋도록 하게나, 애송이 친구! 자네가 더 강한 사람이라고 생각했는데. 더 얘기하지 않겠네. 그렇지만 마지막으로 한마디 할 것은," 그가 학생을 뚫어지게 바라보더니 이렇게 덧붙였다. "자네는 이제 내 비밀을 알았다는 것일세."

"제안을 거절할 수 있는 청년이라면 그런 것쯤 잊어버릴 수도 있습니다."

"자네 말 잘했어. 그 말을 들으니 나도 기쁘네. 다른 사람이라면 조심하지 않을 텐데. 내가 자넬 위해서 하고 싶어 하는 일을 잘 기억하게. 두 주 동안 자네에게 여유를 주겠네. 그때 가서 받아들이든가 아니면 내버리든가 해야 하네."

"저 사람 머리는 냉철하군!" 보트랭이 지팡이를 겨드랑이에 끼고 유유히 사라져 가는 모습을 보며 라스티냐크는 혼자서 중얼거렸다. "보세앙 부인이 나에게 완곡한 표현으로 설명한 것을 저 사람은 노골적으로 말해 주었어. 그는 내 가슴을 마치 강철 발톱으로 찢어놓은 것 같아. 나는 왜 뉘싱겐 부인 댁에 가고 싶은 걸까? 저 사람은 내가 생각들을 가슴속에 품자마자 곧 그것들을 알아버린단 말이야. 어쨌든 한마디로 말해서 저 악당은 다른 사람들이나 책들이 나에게 얘기해 준 것보다도 더 많은 미덕을 가르쳐 주었어. 만일 미덕이 타협을 용납하지 않는다면 나는 누이들의 돈을 훔친 것이 아닌가?"

그는 테이블에 돈다발을 내던지며 말했다.

그는 자리에 앉아서 깊은 생각에 빠졌다.

'숭고한 순교자인 덕성에 충실해야지! 흥! 모든 사람은 덕성을 믿지. 그렇지만 누구에게 덕성이 있는가? 국민들은 자유를 열렬히 숭배한다. 하지만 이 세상에 자유로운 국민이 있는가? 내 청춘은 구름 한 점 없는 하늘처럼 푸르다. 위대해지고 부자가 되기를 원한다는 것은, 거짓말하고 굴복하고 굽실거리고, 다시 일어나서는 아첨하고 속이겠다고 결심하는 게 아닌가? 이미 거짓말했고, 굴복했고, 슬슬 기었던 자들의 하인이 되겠다고 동의해야 하는 게 아닌가? 그들과 손잡기 전에 그들의 심부름을 해야 할 테지. 안 돼. 고귀하고 성스럽게 공부해야지. 밤낮으로 공부해 고생의 대가로서만 성공해야지. 늦깎이로 성공하는 길이겠만, 매일 밤 나는 나쁜 생각을 버리고서 잠자리에서 편히 쉬게 되겠지. 자기 인생을 관조해 보고, 그것이 백합꽃처럼 순결하다고 여기게 되는 것보다 더 아름다운 게 무엇이 있겠는가? 나와 내 인생은 마치 한 청년과 그의 약혼녀와의 관계와 같아. 결혼한 지 10년 후에 일어날 일을 보트랭은 나에게 보여주었어. 빌어먹을! 미치겠군. 아무 생각도 하고 싶지 않아. 마음은 좋은 안내자이지.'

양복점에서 사람이 찾아왔다고 알려주는 뚱뚱보 실비의 목소리에 외젠은 명상에서 깨어났다. 그는 돈다발 두 개를 들고서 재단사 앞에 나타났다. 이런 경우가 불쾌하지는 않았다. 그는 야회복을 입어본 다음 새로 만든 아침옷을 입어보았다. 그러자 자신의 모습이 완연히 달라 보였다.

"나는 트라유 씨보다 훨씬 낫군. 드디어 신사 모습을 갖추게 되었어!"

그가 혼잣말했다.

"젊은이, 뉘싱겐 부인이 잘 가는 집이 어디냐고 나에게 물었지요?"

고리오 영감이 외젠 방으로 들어오면서 말했다.

"네!"

"그 애는 다음 월요일에 카리글리아노 원수의 무도회에 간다오. 당신이 그곳에 가거든 내 두 딸들이 즐거운지, 옷은 어떻게 입었는지, 어쨌든 모든 사실을 나에게 들려주시오."

"어떻게 그곳에 간다는 것을 아셨습니까, 고리오 영감님?"

외젠이 영감을 난롯불 곁에 앉게 하며 물었다.

"그 애 하녀가 나에게 가르쳐줍디다. 그 애들이 무슨 일을 하는가를 나는 테레즈와 콩스탕스를 통하여 모두 알고 있소."

그가 즐거운 표정으로 얘기했다.

이 노인은 꾀를 써서 애인 몰래 애인의 소식을 아는 걸 행복해 하는 젊은 연인처럼 보였다.

"당신, 당신은 그 애들을 꼭 만나 보시오!"

영감이 부러운 듯 괴로운 표정을 지으며 고지식하게 말했다.

"글쎄요. 원수 부인께 나를 소개해 줄 수 있을는지 물어보기 위하여 보세앙 부인 댁에 가야겠습니다."

이제부터 옷을 잘 입고 자작 부인 댁에 나타날 수 있어 외젠은 마음속으로 은근히 기뻤다. 도덕군자들이 인간 심성의 심연이라고 부르는 것은 단지 생각들을 속인다든가 개인적 이해 때문에 무의식적으로 일어나는 충동들이다. 감동적 사건이나 수사적 허식이나 돌발적인 마음의 변화는 쾌락을 위해 계산된 것이다. 라스티냐크는 옷을 잘 갖춰 입고 멋있는 장갑과 구두를 신은 자기 모습을 보고서 조금 전에 했던 덕성스러운 마음가짐을 잊어버렸다. 젊은 시절에는 양심이 부당한 쪽으로 기울어지면 양심의 거울을 감히 볼 수 없는 법이다. 그러나 중년이 되면 이 양심의 거울에 자기 모습을 비춰볼 수 있다. 여기에 인생의 두 가지 국면 사이에 나타나는 모든 차이점이 깃들어 있다.

며칠 전부터 외젠과 고리오 영감은 가까운 친구가 되었다. 그들의 은밀한 우정은 보트랭과 학생 사이의 대립적 감정에서 비롯한 심리적 이유에 터를 잡고 있었다. 인간이 지닌 감정 효과를 신체 분야에서 검증하려는 대담한 철학자가 있다면, 그는 인간과 동물 사이에 일어나는 관계에서 여러 가지 감정의 물질적 효과를 찾아낼 수 있을 것이다. 개는 낯선 사람이 자기를 사랑하는지 싫어하는지를 알고 있는데, 어떤 관상학자가 개보다 더 빨리 인간의 성격을 판단할 수 있단 말인가? '두 사람 사이의 공감'이란 말은 누구나 사용하는 격언적 표현법이다. 이 말은 근원어의 잔재를 없애길 좋아하는 사람들이 몰두하는 학문적 우둔성을 부인하기 위해 언어 속에 남아 있는 실질적 본보기 중의 하나다. 사람들은 사랑받는다고 느낀다. 감정은 모든 것에 각인되고 공간을 꿰뚫는다. 한 장의 편지는 하나의 영혼이고, 말하는 사람의 목소리에 대한 충실한 메아리다. 그 때문에 섬세한 마음씨를 가진 사람은 편지를 사랑의 가장 풍요로운 보물로 생각한다.

고리오 영감의 본능적인 감정은 개의 특성에서 볼 수 있는 숭고한 경지에까지 도달해, 마침내 학생의 마음속에 담긴 자신에 대한 젊은 공감과 감탄할 만한 호의, 동정의 냄새를 맡았다. 그렇지만 이제 막 싹트기 시작한 이 결합은 아직까지 두 사람이 스스럼없이 터놓고 이야기를 나눌 정도에까지는 이르지 못했다. 외젠이 뉘싱겐 부인을 보고 싶다는 희망을 표시한 건 영감 소개로 그녀 집에 드나들겠다는 기대 때문이 아니었다. 다만 노인이 무심코 그런 일을 해주리라고 바랐다. 고리오 영감도 라스티냐크가 두 집을 방문했던 날, 그의 딸들에 관해 공개적으로 얘기를 꺼내게 된 경우를 제외하고는 라스티냐크에게 무슨 말을 한 적이 없었다.

"여보시오." 다음 날 고리오 영감이 외젠에게 말했다. "내 이름을 말했기 때문에 레스토 부인이 당신을 원망했다고 생각하고 있소? 내 두 딸들은 나를 몹시 사랑한다네. 나는 행복한 아비지. 단지 내 두 사위들만이 나를 홀대하고 있소. 나와 사위들과의 불화 때문에 이 귀여운 딸들이 괴로움을 받는 게 싫소. 그래서 나는 남몰래 딸들을 만나기를 더 좋아하고 있소. 나는 이런 비밀스러운 만남으로 자기 딸들을 보고 싶을 때 볼 수 있는 다른 아버지들이 도저히 이해할 수 없는 수많은 즐거움을 맛보고 있소. 나는 다른 아버지처럼 그렇게 하지 못하지, 이해하겠소? 그래서 날씨가 좋을 때면 딸들이 외출하는가를 하녀들에게 물어본 다음 샹젤리제에 간다오. 그리고 길목에서 기다리지. 마차가 도착할 때면 가슴이 두근거리고, 옷을 화려하게 차려입은 그 애들을 보면 황홀해진다오. 그 애들은 지나

가면서 나에게 가벼운 미소를 던지지. 마치 아름다운 햇살이 떨어지듯이 내 마음을 황금빛으로 물들이지요. 그 애들이 다시 돌아올 테니까 나는 거기에 남아 있어야만 하지요. 딸들을 다시 한 번 보게 된다는 말이오! 그 애들은 바깥 공기를 쐬고 튼실해져 볼이 장미꽃처럼 발개지지요. 주위에서 사람들이 '참 아름다운 여자군!' 하고 지껄이는 소리를 들으면 기뻐진다오. 그 애들은 내 핏줄이니까요. 그 애들을 태우고 가는 말들도 사랑스럽소. 그리고 내가 딸들 무릎에 앉아 있는 강아지였으면 한다오. 딸들이 기뻐하기 때문에 나는 살지요. 사랑하는 방법은 사람에 따라 각자 다른 법이요. 내 방법은 아무에게도 폐를 끼치지 않소. 그런데 왜 세상 사람들은 나에 대해 말이 많은지 모르겠소. 나는 내 방법에 만족하고 있소. 저녁에 딸들이 무도회에 가려고 집을 나설 때, 내가 딸들을 만나러 가는 게 법률에 위반되는 일이오? 혹시 내가 너무 늦어서 하인들이 '부인은 나가셨습니다.'라고 말할 때면 얼마나 슬픈지. 어느 날 밤에는 새벽 3시까지 나지를 보려고 기다렸다오. 이틀 전부터 못 보았으니까. 그때 나는 기뻐 죽을 뻔했소. 부탁인데 내 딸들이 얼마나 착한 아이들인가만을 나에게 얘기해 주오. 그 애들은 온갖 선물을 나에게 안겨주려 한다오. 그럴 때 나는 그 애들을 막으면서 말한다오. '돈 아껴쓰렴. 내 나이에 돈이 왜 필요하겠니? 아무것도 필요없단다.' 사실 나야 별난 놈이 아니지요. 그저 딸들이 가는 곳에는 어디나 혼이 따라다니는 비참한 시체와 같지요. 뉘싱겐 부인을 보고 나서, 내 두 딸 중에 어느 아이를 당신이 더 좋아하는지 나에게 말해 주오."

외젠은 보세앙 부인 댁에 갈 시간을 기다리기 위해 튈르리 공원을 산책하려고 외출 채비를 했다. 이 산책은 학생에게 숙명적이었다. 몇 명의 여인들이 그를 주목했다. 그는 아름답고 젊고, 고상한 취미에서 나오는 우아함을 풍기고 있었으니까! 자신이 거의 경탄에 가까울 정도로 주위 사람들한테서 주시의 대상이 된 것을 깨달은 이 학생은 자기 누이들이나 헐벗은 백모, 미덕에서 오는 반감까지도 더 이상 생각하지 않게 되었다. 천사처럼 보이기 쉬운 악마가 그의 머리 위를 지나가는 것을 보았다. 알록달록한 색깔을 띤 날개를 가진 이 사탄은 루비를 뿌리고, 궁전 정면에 황금으로 만든 화살을 쏘며, 여자들을 붉게 물들이고, 근본은 단순하기 짝이 없는 왕좌를 어리석은 광채로 치장했다. 그는 허영의 신이 탁탁 튀기는 소리에 귀를 기울였다. 그런데 이 신의 번쩍거리는 물건은 우리에게 힘의 상징이었다. 보트랭의 얘기는, 그것이 아무리 냉소적이라 할지라도 외젠의 마음속에 깊이 도사리고 있었다. "돈과 사랑이 풍년일세!"라고 떠들어대던, 화장품 상점에서 본 노파의 추한 인상이 마치 처녀에 대한 추억처럼 그에게 깊이 아로새겨졌다.

무료하게 빈둥거린 다음 외젠은 오후 5시쯤 보세앙 부인 집에 나타났다. 그는 이 집에서 젊은 사람이 아무런 방비도 갖추지 않고 당하는 무서운 공격의 화살을 마음에 받았다. 그때까지 외젠은 자작 부인한테서 귀족적 교육에서 비롯한 세련된 온화함과 달콤한 우아함을 발견했다. 그런데 이런 점들은 마음속으로부터 우러나와야만 완전한 것이었다.

그가 들어갔을 때 보세앙 부인은 쌀쌀한 태도였고, 그에게 퉁명스러운 어조로 말했다.

"라스티냐크 씨, 지금은 당신을 만날 수 없어요! 볼일이 있어서……."

관찰력이 예민한 라스티냐크는 단번에 이 말투와 태도와 시선과 어조에서 귀족계급의 성격과 관행의 내력을 알아챘다. 그는 비로드 장갑 속에 숨겨진 강철 같은 손, 예의범절 속에 숨겨진 개성과 이기주의, 니스 칠 밑의 원목을 보았다. 그는 깃털로 장식된 왕좌에서부터 투구를 쓴 말단 귀족까지 모두 '나는 왕이다!'라고 하는 소리를 듣는 것 같았다. 외젠은 자작 부인의 말을 여인의 기품에 속하는 것이라고 쉽게 믿을 수밖에는 없었다. 불행한 사람들이 모두 그러듯이, 그는 은혜를 베푸는 사람과 은혜를 입고 있는 사람들을 연결시켜 주는 아름다운 계약에 성의를 다해 서명했다. 이 계약의 제1조는 두 사람 사이에 완벽한 평등을 인정하는 것이다. 두 사람을 하나로 만드는 은혜는 진정한 사랑처럼 귀하고, 이해하기 어려운 신성한 정열이다. 은혜나 사랑이란 아름다운 영혼을 가진 사람들이 아낌없이 주는 것이다. 라스티냐크는 카리글리아노 공작 부인의 무도회에 가야 했기 때문에 이 갑작스러운 감정 폭발을 삼켜버려야 했다.

"부인, 중요한 일이 아니라면 부인을 찾아와서 귀찮게 해드리지는 않을 것입니다. 나중에라도 만나뵐 수 있는 은총을 주십시오. 기다리겠습니다."

그는 감동 어린 목소리로 말했다.

"그럼, 저녁 식사나 같이 하게 오세요."

그녀는 자기 말이 퉁명스러웠던 게 미안해서 대답했다. 그녀는 정말로 품성이 좋고 훌륭한 여자였기 때문이다.

이렇게 태도가 갑작스럽게 바뀐 데에 감동했는데도 외젠은 돌아오는 길에 혼자 생각했다. '굽실거려라. 모든 걸 참아. 여자들 가운데서 가장 훌륭한 사람이 잠시나마 우정의 약속을 어기고 너를 마치 헌신짝처럼 내버렸어. 하지만 다른 사람들이라면 어떻게 했을까? 모두가 자기를 위해 살고 있지 않은가? 부인 저택이 장사꾼 가게도 아니고, 내가 부인을 이용하려는 게 사실 옳지는 않지. 보트랭 얘기처럼 포탄이 되어야 해.' 자작 부인 집에서 저녁을 같이 먹기로 약속한 기쁨 때문에 학생의 쓰라린 생각들은 곧 사라졌다.

이렇게 해서 일종의 숙명에 의해, 그의 생활에서 일어난 보잘것없는 사건들이 그를 인생의 흐름 속으로 밀어넣었다. 보케르 하숙집에 사는 무서운 스핑크스의 관찰에 따르면, 이 흐름 속에서는 전쟁터에서처럼 자기가 죽지 않으려면 적을 죽여야 한다. 기만당하지 않기 위해 남을 기만해야 한다. 양심과 진실은 창살 밖으로 던져버리고 가면을 써야 한다. 인정 없는 사람처럼 남을 이용하고 스파르타에서처럼 왕관을 차지하기 위해 남의 눈에 띄지 않게 행운을 붙잡아야 한다.

그가 자작 부인 집에 다시 갔을 때 부인은 항상 그에게 보여주었듯이 우아하고 호의에 가득 차 있었다. 두 사람은 함께 식당으로 갔다. 식당에서 자작이 부인을 기다리고 있었다. 누구나 다 알고 있듯이, 왕정복고 시대에 절정에 달했던 사치스러운 식탁이 빛났다. 보세앙 자작은 환락에 싫증난 많은 사람들처럼 미식을 좋아하는 것 외에는 다른 쾌락이 없었다. 식도락가인 그는 루이 18세와 데스카르 공작 같은 유행에 제대로 젖어 있었다. 따라서 그의 식탁은 그릇과 음식 때문에 사치가 배가되었다. 사회적 권세가 세습되는 그런 저택에서 처음으로 식사하는 외젠은 한 번도 이런 광경을 본 적이 없었다. 제정 시대의 무도회가 끝난 후에 있었던 이런 야식의 유행은 폐지되었다. 그러나 이 야식은 군인들이 국내외에서 있을지도 모를 싸움에 대비해 힘을 기르기 위해 필요했다. 외젠은 아직 무도회에는 가보지 못했다. 하지만 훗날 그를 두드러지게 돋보이게 했던 침착성이 이때 벌써 그에게 나타나기 시작했다.

이 침착성 때문에 그는 멍청하게 놀라 두리번거리지 않았다. 하지만 조각된 은식기들과 소리도 안 내고 하인이 날라다 주는 호사스럽게 식탁에 놓인 수많은 산해진미를 보고 처음으로 그는 감탄했다. 열렬한 상상력의 소유자인 그로서는 아침에는 버텨보겠다고 결심했던 궁핍한 생활보다 이 변함없이 우아한 생활을 한층 더 좋게 보지 않을 수 없었다. 잠시 그는 자신이 사는 하숙집을 떠올렸다. 그리고 자기 하숙집에 대해 심한 혐오감을 느껴 오는 1월 안으로 떠나겠다고 마음먹었다. 더 깨끗한 집으로 옮기기 위해서만이 아니라, 자기 어깨 위에 느껴지는 보트랭의 큰 손을 피하기 위해서라도. 시끄럽거나 말거나, 파리를 좀먹는 여러 가지 형태의 타락에 생각이 미치게 될 때, 양식 있는 사람이면 국가는 무슨 잘못으로 학교를 이곳에 세우고 청년들을 모으는 것일까? 하고 의심한다. 뿐만 아니라 어째서 파리에서는 아름다운 여성들이 존경받으며 화폐 교환상이 늘어놓은 금화들은 나무 그릇 속에서 마법에 홀린 듯 없어지지 않을까? 하고 의심하게 된다. 그러나 파리에서 일어난 범죄 건수가 청소년 경범죄를 합하여도 매우 적다는 사실을 생각해 보면, 자기 자신과 투쟁하면서 항상 승리하는 이 참을성 있는 탄탈로스에 대하여 경의를 표하지 않을 수 있겠는가! 파리와 싸우는 그의 모습이 잘 그려진다면 이 가난한 학생은 현대 문명의 가장 극적인 주제를 제공할 것이다.

보세앙 부인은 라스티냐크가 말하기를 기대하며 그를 쳐다보았으나 허사였다. 그는 자작 앞에서 아무 말도 하지 않았다.

"오늘 밤 이탈리아 극장에 데려가 주시겠어요?"

자작 부인이 남편에게 물었다.

"당신 명령에 복종했으면 기쁠 텐데. 바리에테 극장에서 선약이 있소."

그는 빈정거렸지만 여자의 환심을 사는 듯한 말씨로 대답했다. 하지만 학생은 그 말을 이해할 수 없었다.

'정부를 만나나 보군.'

그녀가 혼자 중얼거렸다.

"오늘 밤 다주다가 오지 않소?"

자작이 물었다.

"그래요."

부인이 화가 나서 말했다.

"그럼! 꼭 같이 갈 사람이 필요하면, 라스티냐크 씨와 가구려."

자작 부인이 웃으면서 외젠을 바라보고 말했다.

"당신에게 좋지 않은 소문이 날 텐데요."

"'프랑스 사람은 위험을 좋아한다. 왜냐하면 위험 속에서 영광을 찾을 수 있으니까.'라고 샤토브리앙이 말했습니다."

라스티냐크가 머리를 숙여 인사하며 대답했다.

잠시 후 그는 보세앙 부인과 빠른 마차를 타고 당시 유명했던 극장으로 갔다. 그는 무대가 잘 보이는 정면 칸막이 좌석으로 들어갔고 아름다운 의상을 입은 자작 부인과 더불어 모든 오페라글라스의 목표가 된 것을 깨닫고, 자신이 꿈꾸는 중이라고 생각했다. 그는 황홀경에 빠져 성큼성큼 걸었다.

"나에게 말을 거세요." 보세앙 부인이 그에게 속삭였다. "아! 저길 봐요. 우리 자리에서 세 번째 좌석에 뉘싱겐 부인이 있어요. 그의 언니와 트라유 씨는 저쪽에 있군요."

이렇게 말하면서 자작 부인은 로슈피드 양이 있을 좌석을 바라보았다. 하지만 그곳에 다주다 씨의 모습은 보이지 않았다. 그 때문에 부인 얼굴에는 야릇한 광채가 스쳐갔다.

"저 여자 아름다운데요."

외젠이 뉘싱겐 부인을 쳐다본 다음 말했다.

"속눈썹이 하얀걸요."

"예, 그렇지만 몸매가 날씬하고 예뻐요."

"손이 너무 커요."

"눈도 아름답군!"

"얼굴이 길어요."

"얼굴이 길면 품위 있어 보입니다."

"품위가 있어 보인다면 저 여자로서는 다행한 일이네요. 여자가 코안경을 어떻게 끼었다 벗었다 하는가를 좀 보세요! 고리오의 모습이 모든 동작에 드러나지요."

자작 부인의 말에 외젠은 크게 놀랐다.

실제로 보세앙 부인은 극장 안을 오페라글라스로 보았고, 뉘싱겐 부인의 동작 하나도 놓치지 않으면서도 그녀를 전혀 거들떠보지 않는 것처럼 행동했다. 관객들은 모두 빼어나게 아름다웠다. 델핀 드 뉘싱겐도 보세앙 부인의 젊고 아름답고 멋있는 사촌 동생에게 관심을 집중하고 있었다. 그는 그녀만을 쳐다보았다.

"당신이 계속해서 저 여자를 바라보면, 뭇사람들의 입방아에 오르내리게 될 거예요. 당신이 그렇게 극성스럽게 굴면 성공할 수 없다니까요."

"누님, 누님은 벌써 나를 많이 도와주셨는데 마지막으로 한 번만 더 부탁합니다. 나에게는 매우 중대한 일이에요. 하지만 누님에게는 별로 힘드는 일이 아닐 거예요. 나는 벌써 반해 버렸어요."

외젠이 말했다.

"벌써요?"

"네."

"저 여자에게 말이에요?"

"제 뜻이 어디 다른 데 있겠습니까?" 그는 사촌 누이에게 호소하는 시선을 던지며 말했다. "카리글리아노 공작 부인은 베리 공작 부인과 가까운 사이입니다." 잠시 쉬었다가 그가 다시 말을 이었다. "그녀가 월요일에 여는 무도회에 나를 데려가 주시기 바랍니다. 나는 그 집에서 뉘싱겐 부인을 만나게 될 테니까요. 그때 처음으로 그녀를 공략하겠습니다."

"기꺼이 그러지요. 벌써 저 여자가 마음에 든다니. 당신의 청춘사업은 잘될 거예요. 저기 갈라티온 공주 좌석에 드 마르세가 있군요. 뉘싱겐 부인이 괴로워하며 화가 나 있군요. 이런 때가 여자에게 접근할 가장 좋은 기회예요. 특히 은행가 아내에겐 말이죠. 쇼세당탱 거리의 여자들은 모두 복수하기를 좋아하니까요."

부인이 말했다.

"그럼, 이런 경우에 누님은 어떻게 하시겠어요?"

"나라면 아무 말도 하지 않고 참지요."

이때 다주다 후작이 보세앙 부인 좌석에 나타났다. 그가 말했다.

"당신을 만나기 위해 여기 오려고 내 일을 그르쳤소. 그러니까 내가 손해 안 보도록 보상해 주시오."

자작 부인 얼굴에 떠오르는 맑은 표정에서 외젠은 진실한 사랑의 모습을 보았다. 그것은 파리 여성들에게서 볼 수 있는 아양 떠는 교태와 결코 혼동해서는 안 될 것이었다. 그는 사촌 누이에게 감동해 입 다물고 있다가 다주다 씨에게 자리를 내주었다.

그가 속으로 말했다. '저렇게 한 남자를 사랑하는 여자란 얼마나 고귀하고 숭고할까! 그런데 저 남자는 겉만 번지르르한 여자 때문에 저 부인을 배반하다니! 어떻게 저런 부인을 배반할 수 있을까!' 그는 마음속으로 어린애 같은 분노를 느꼈다. 그는 보세앙 부인의 발 밑에서 뒹굴고 싶었다. 그는 자기에게 악마의 힘이 있다면 그녀 가슴속에서 저 사람을 끌어내고 싶었다. 마치 독수리가 아직도 젖을 빨고 있는 어리고 흰 새끼 염소를 벌판에서 훔쳐 자기 둥지로 끌고 가듯이. 그는 자기 소유의 그림도 여자도 없이 이 웅장한 아름다움의 박물관에 있다는 게 부끄러웠다. '애인이 있다는 것은 왕과 같은 지위에 오른다는 의미이며 그것은 바로 권력이 있다는 표시다!' 그는 생각했다. 그리고는 마치 모욕당한 사람이 자기 적수를 보듯이 뉘싱겐 부인을 바라보았다.

보세앙 자작 부인이 그에게 몸을 돌렸다. 그녀는 분별 있게 자리를 비켜준 그에게 고마움의 표시로 눈을 찡긋해 보였다. 1막이 끝났다.

"당신은 뉘싱겐 부인을 잘 알고 있을 테지요. 라스티냐크 씨를 그녀에게 소개할 수 있지요?"

부인이 다주다 후작에게 말했다.

"정말 당신을 만나면 그녀는 기뻐할 거요."

후작이 말했다.

잘생긴 이 포르투갈 사람은 일어나 학생 팔을 붙잡고 눈 깜짝할 사이에 뉘싱겐 부인 곁으로 갔다.

후작이 말했다.

"남작 부인, 보세앙 자작 부인의 사촌인 기사 외젠 드 라스티냐크 씨를 소개하게 되어 영광스럽습니다. 당신이 이분께 너무나 강한 인상을 주셨기 때문에 저는 이분을 우상인 당신 곁에 데려다주어 행복을 누리게 해주고 싶습니다."

그의 얘기는 약간 점잖지 못한 뜻이 섞여 있고 빈정거리는 투였다. 하지만 교묘하게 꾸며져 결코 여자 기분을 상하게 하지는 않았다. 뉘싱겐 부인은 웃었고 외젠에게 자기 남편 자리를 권했다. 남편은 방금 전에 밖에 나갔다.

"제 곁에 계시라고 감히 말씀드릴 수 없군요. 보세앙 부인 곁에 계시면 행복하실 텐데. 거기에 계실 것을."

그녀가 말했다.

"그렇지만 부인 곁에 있는 게 누님을 기쁘게 해주는 것이라고 생각합니다."

외젠이 작은 소리로 말했다.

"후작님이 오시기 전까지 누님과 저는 부인과 부인의 기품을 얘기했습니다."

그가 큰 소리로 말했다.

다주다 후작이 물러갔다.

"정말로 여기 계시겠어요?" 남작 부인이 말했다. "그럼, 우리는 친해질 거예요. 레스토 부인 얘기를 듣고서 벌써부터 꼭 만나뵙고 싶었어요."

"그렇다면 얘기가 와전되었군요. 그 부인은 내 면회를 사절하셨습니다."

"어째서요?"

"부인, 그 이유를 솔직하게 말씀드리죠. 그러나 이런 비밀 얘기를 부인께 털어놓으며 부인의 용서를 먼저 바랍니다. 나는 부인 아버님 옆방에 살고 있습니다. 그런데 레스토 부인이 그분 딸인 줄 몰랐습니다. 따라서 고지식하게 그분 성함을 말해 버려 실수를 했습니다. 그래서 부인의 언니와 그 남편은 화가 났습니다. 랑제 공작 부인과 내 누님이 불효한 그 딸의 배반에 대해 얼마나 나쁘다고들 생각하고 있는지, 부인께서는 상상할 수 없을 것입니다. 나는 그 부인들에게 내가 당한 일을 얘기했습니다. 그 얘기를 듣고서 그 부인들은 미친 사람처럼 웃더군요. 그때 보세앙 부인은 부인의 언니와 부인을 비교하면서 부인에 대해서 나에게 칭찬을 많이 했지요. 내 이웃인 고리오 씨에 대해 부인이 얼마나 훌륭하신가를 얘기했습니다. 사실 그 노인을 어떻게 사랑하지 않을 수 있겠습니까? 그분은 당신들을 열렬히 사랑하고 있어서, 나는 벌써 질투심을 느꼈답니다. 오늘 아침에도 아버님과 나는 부인에 대해서 2시간씩이나 얘기를 나누었습니다. 부인 아버님께서 들려주신 얘기를 모두 생각했지요. 누님과 함께 저녁을 먹으면서는 누님께 부인이 마음씨가 고운 것만큼 용모도 아름다울 거라고 얘기했습니다. 그러자 부인을 그처럼 찬미하는 나에게 누님이 후의를 베풀어, 이곳에 오면 보게 될 거라시며 나를 데려오셨습니다."

"고마우신 말씀을 하시는군요. 조금 있으면 우리는 아주 가까운 친구가 될 거예요."

은행가 부인이 말했다.

"부인의 우정은 남다르지만 나는 부인의 친구로만은 결코 만족할 수 없습니다."

라스티냐크가 말했다.

풋내기들이 상투적으로 사용하는 이런 어리석은 문구는 여성들에게 항상 매력적이다. 냉정한 눈으로 살펴보아야만 비로소 초라하게 생각된다. 청년의 몸짓과 어조와 시선은 여성들에게 무한한 가치를 준다. 뉘싱겐 부인은 라스티냐크가 매력적이라고 생각했다. 하지만 모든 여성들이 그러하듯이, 학생이 노골적으로 제기한 문제 같은 것에 여성들은 일반적으로 아무 대답을 할 수 없다. 따라서 그녀가 말을 바꾸어 대꾸했다.

"정말이에요. 언니는 불쌍한 아버지께 나쁜 태도로 대하고 있어요. 아버지는 우리에겐 정말로 하느님 같은 분이지요. 내 남편 뉘싱겐은 오전 중에만 아버지를 만나도록 나에게 엄하게 명령했어요. 어쩔 수 없이 나는 그 점을 양보했고, 그래서 오랫동안 괴로웠어요. 울기도 했고요. 결혼 생활에서 일어나는 야만성 다음에 나타나는 이런 무법성은 가정생활을 가장 괴롭히는 요소 가운데 하나예요. 확실히 다른 사람들 눈에는 내가 파리에서 가장 행복해 보이는 여자겠지요. 그러나 사실은 가장 불행하지요. 내가 이렇게 얘기하면 당신은 나를 미친 여자라고 생각하실 거예요. 그러나 당신은 아버지를 알고 계시는 분이지요. 그 사실 하나로도 나에게는 남 같지가 않아요."

"이렇게 당신의 것이 되기를 열망하는 사람을 부인께서는 결코 만나실 수 없을 것입니다."

외젠이 부인에게 말했다. 그는 심금을 울릴 듯한 목소리로 말을 이었다.

"부인 같은 여성들은 무엇을 찾고 있습니까? 행복이겠지요. 여성의 행복이란 사랑과 존경을 받으며, 자기 욕망과 공상과 슬픔과 기쁨을 털어놓고 얘기할 수 있는 남자 친구를 갖는 것이겠지요. 배반당할 두려움 없이 마음속을 털어놓아 귀여운 결점이나 아름다운 장점을 보일 수 있는 것이 아닐까요? 믿으십시오. 항상 열렬한 이 헌신적 마음은 젊은이에게서만 찾아 볼 수 있는 것입니다. 꿈 많은 청년은 당신 손짓 하나만으로도 죽을 수 있습니다. 세상에 대해서 아무것도 모르지만 알고 싶지도 않습니다. 왜냐하면 그에게 세상이란 부인이기 때문입니다. 부인은 내가 순진하다고 비웃으시겠지요. 나는 촌구석에서 왔기 때문에 진짜 풋내기이고 숭고한 영혼밖에는 아무것도 모릅니다. 나는 사랑에 빠지지 않으리라고 생각했습니다. 그런데 사촌 누님을 만나게 됐죠. 누님은 내가 가장 가까이에서 누님의 마음속을 읽게 했어요. 수많은 정열의 보물들이 있다는 것을 누님한테서 배웠습니다. 나는 셰뤼뱅[35]처럼 모든 여성의 애인입니다. 한 여성을 찾아 몸을 바치게 될 때까지는 말입니다. 극장에 들어오면서 당신을 보았을 때 나는 마치 흐르는 물에 끌려가듯이 당신에게 끌려가는 것을 느꼈습니다. 당신에 대해 벌써 많이 생각했습니다! 그러나 실제로 당신이 이렇게까지 아름다우리라고는 꿈에도 생각지 못했습니다. 보세앙 부인은 당신을 그렇게 너무 쳐다보지 말라고 했습니다. 당신의 아름답고 붉은 입술과 하얀 얼굴색과 아늑한 두 눈에는 사람

---

35) 피에르 보마르셰(Pierre-Augustin Caron de Beaumarchais, 1732~1799)의 희곡 3부작 가운데 『피가로의 결혼』에 등장하는 젊은 청년으로, 백작 부인을 향한 이루어질 수 없는 연정 때문에 자살을 생각하며 군에 입대한다. 보마르셰는 시계공이었던 아버지의 대를 이어 시계 제작자로 시작해, 발명가, 음악가, 극작가, 외교관, 출판인, 원예가, 금융인, 혁명가에 스파이까지 수많은 직업을 가졌던 흥미로운 인물로, 그의 희곡 3부작 중 『피가로의 결혼』은 모차르트가, 『세비야의 이발사』는 로시니가 각각 오페라로 각색해 전 세계인의 사랑을 받는 레퍼토리로 전해지고 있다.

의 마음을 끄는 것이 있다는 걸 보세앙 부인은 알지 못하는가 봅니다. 나도 역시 줏대없는 말을 당신에게 하고 싶군요. 하지만 얘기하도록 내버려두십시오."

이렇게 달콤한 얘기를 듣는 것보다 더 여자들 마음을 기쁘게 해주는 것은 없는 법이다. 가장 엄격하고 경건한 여자조차도 이런 얘기에 대꾸하지는 않는다 치더라도 귀는 기울이게 마련이다. 이렇게 얘기를 시작한 다음, 라스티냐크는 은근한 목소리로 교태 부리며 마치 염주를 풀어가듯이 술술 얘기했다. 뉘싱겐 부인은 갈라티온 공작 부인의 좌석에 머물러 있는 드 마르세를 때때로 쳐다보면서 외젠에게 미소를 던져 기운을 북돋워 주었다. 뉘싱겐 부인을 데려가기 위해서 그녀 남편이 돌아왔을 때까지 라스티냐크는 부인 곁에 있었다.

"부인, 카리글리아노 공작 부인의 무도회가 있기 전에 부인을 한번 찾아뵈었으면 기쁘겠습니다."

외젠이 말했다.

"내 아내는 당신을 좋아하니까, 당신이 오시면 틀림없이 환영받을 겁니다."

알자스 태생인 뚱뚱한 남작이 끼어들어 독일식의 강한 억양으로 말했다. 그의 둥근 얼굴에선 위험스러운 교활함이 엿보였다.

외젠은 속으로 생각했다. '모든 게 잘되어 가는군. 나를 사랑하시겠지요?라고 그녀에게 이야기해도 그녀는 싫어하는 것 같지 않았다. 내 말에 재갈이 물려 있다. 말 위로 뛰어올라 말을 조종하자.'

그는 다주다와 함께 자리를 뜨려는 보세앙 부인에게 인사를 하러 갔다. 이 불쌍한 학생은 남작 부인이 들뜬 마음으로 그녀의 가슴을 찢어놓을 드 마르세의 마지막 편지를 기다린다는 사실을 알지 못했다. 자신의 성공이 헛된 줄도 모르고 큰 기쁨을 느끼며 외젠은 마차가 기다리는 주랑까지 자작 부인을 배웅했다.

"당신 사촌은 딴사람 같아 보이는군요."

외젠이 가고 나자 포르투갈 사람은 웃으며 자작 부인에게 말했다.

"그는 은행을 파산시킬 거요. 뱀장어처럼 유연해 크게 성공하겠어. 당신만이 위로받을 필요가 있는 한 여인을 그에게 골라 줄 수 있었소."

"그렇지만 그 여자가 자기를 버릴 남자를 아직도 사랑하고 있는가를 알아야 해요."

보세앙 부인이 말했다.

학생은 이탈리아 극장에서 뇌브생트 주느비에브까지 걸어서 돌아오는 도중에 가장 달콤한 계획을 구상했다. 그가 자작 부인 좌석에 있을 때나 뉘싱겐 부인 좌석에 있을 때, 레스토 부인이 자기를 주시하고 있음을 알았다. 그래서 백작 부인 집의 현관문이 자기에게 더 이상 잠겨 있지 않으리라고 예상했다. 원수 부인 마음에도 들 수 있으리라 생각했기 때문에, 이쯤 되면 벌써 그는 파리 상류사회의 중심부에 진출할 수 있는 네 개의 중요한 인맥을 얻은 셈이었다. 수단이나 방법은 아직 몰랐지만, 그는 사교계의 이해관계가 복잡하게 얽힌 도박 속에서 사회 상부로 올라가려면 톱니바퀴에 자신을 걸어야 한다는 사실은 확실히 간파했다. 그는 자신에게 바퀴를 정지시킬 힘이 있다고 느꼈다.

'뉘싱겐 부인이 내게 관심 있다면, 나는 그녀에게 남편을 조종하는 방법을 가르쳐주어야지. 그녀 남편은 금융 사업을 하고 있으니까 단번에 재산을 모을 수 있도록 날 도와줄 수 있겠지.'

그는 이 점을 충분히 이해하지 못했다. 그는 아직도 사태를 계산하고 평가하고 예측할 만큼 정치적이지 못했다. 따라서 그의 생각들은 다만 가벼운 구름 모양으로 지평선에서 떠돌아다녔다. 그의 생각들이 보트랭처럼 가혹하지는 않더라도, 양심의 도가니 속에 넣어 분석해 보았더라면 순수한 것은 아니었을 것이다. 그리고 이런 식의 타협이 거듭되면서, 사람들은 현대가 표방하는 도덕의 해이에 이르게 된다. 다른 어떤 시대와 비교해도 현대에는 마음이 강직한 사람이 드물다. 악에는 절대로 몸을 굽히지 않고, 직선으로부터 조금만 벗어나도 죄악이라고 생각하는 아름다운 의지를 가진 사람들을 더는 찾아보기 힘들다. 성실성이라는 훌륭한 모습을 나타내는 두 개의 걸작이 아직 우리에게 남아 있다. 몰리에르의 알세스트[36]와 최근 월터 스콧의 작품에 나타난 제니 딘스[37]와 그녀

---

36) 프랑스 극작가 몰리에르(1622~1673)의 희곡 『인간혐오자』의 주인공으로, 귀족사회와 사교계의 위선과 악덕을 비판하면서도 지극히 속물적인 사교계 여인에게 순정을 바치면서 인간을 환멸하게 된다.

37) 영국의 역사소설가 스콧(1771~1832)의 『미들로시언의 심장(The Heart of Mudlothian)』의 주인공으로, 정직하고 성실한 기독교도의 전형이다.

아버지가 바로 그런 예이다. 하지만 이와 반대로, 사교계의 야심가가 겉모습은 그대로 유지하면서도 목적에 이르기 위해 양심을 속이고 악과 나란히 걸어가는 우여곡절을 묘사한 작품이라고 해서 덜 아름답거나 덜 극적이라고 할 수는 없다.

하숙집 어귀에 다다랐을 때 라스티냐크는 뉘싱겐 부인에게 벌써 반해 있었다. 그에게는 이 여인이 제비처럼 날씬하고 나긋해 보였다. 사람을 도취시키는 그녀의 온화한 두 눈과 안으로 피가 흐르는 것이 비칠 듯한 비단 같고 가냘픈 살결과 매혹적인 음성과 금빛 머리털 등을 그는 모두 회상하곤 했다. 아마 그가 걸어왔기 때문에 혈액 순환이 잘 되어서 그렇게 매혹감에 빠져버렸는지도 모른다.

학생은 고리오 영감 방의 문을 세차게 두드렸다.

"영감님, 저는 델핀 부인을 만났습니다."

그는 말했다.

"어디에서?"

"이탈리아 극장에서입니다."

"그 애는 즐거워하던가요? 어쨌든 들어오구려."

속옷 바람으로 자리에서 일어났던 고리오 영감은 문을 열고는 재빨리 자리에 다시 누웠다.

"나에게 그 애 얘길 좀 해주구려."

노인이 부탁했다.

외젠은 고리오 영감 방에 처음으로 들어갔다. 그는 영감의 딸이 하고 있던 몸치장에 감탄했기 때문에, 지금 노인이 사는 누추한 방을 보고는 어리둥절한 감정을 억제할 수 없었다. 창문엔 커튼도 없었다. 벽지는 습기로 곳곳이 들뜨고 찌그러져서 연기에 의해 노랗게 된 벽토가 드러나 보였다. 노인은 초라한 침대에 누워 있었다. 그런데 침대에는 얇은 이불 한 장과 보케르 부인의 헌 옷 쪼가리로 만든, 솜을 넣은 이불이 있었다. 바닥 타일은 축축하고 먼지가 가득 끼었다. 유리창 정면에는 장미나무로 만든 낡은 옷장이 보였다. 그 앞은 불룩하게 나와 있었고 꽃과 나뭇잎으로 장식되어 포도 덩굴 모양으로 뒤틀린 구리 손잡이들이 달려 있었다. 나무 선반에는 낡은 도구들이 놓여 있었다. 물단지가 들어 있는 대야와 면도할 때 필요한 모든 도구들이었다. 방 한구석에는 구두들이 있었고, 침대 머리맡에는 문도 달리지 않고 대리석도 얹지 않은 야간용 식탁이 보였다. 불 피운 흔적이라고는 볼 수 없는 난로 곁에는 호두나무로 만든 사각 테이블이 놓여 있었다. 그런데 그 가로지른 나무에 대고 고리오 영감은 전에 은식기를 우그러뜨렸던 것이다. 볼품없는 사무 책상 위에 노인의 모자가 놓여 있었다. 짚을 넣었으나 푹 꺼진 안락의자 한 개와 두 개의 의자까지 합한 것이 이 처참한 가구의 전부였다. 누더기로 천장과 연결된 침상의 커튼 쇠고리에는 빨갛고 흰 사각형의 질 나쁜 천이 붙어 있었다. 다락방에 사는 가장 가난한 하인도 고리오 영감보다 더 나쁜 가구를 갖고 있지는 않을 것이다. 그 방의 모습에는 냉기가 돌았고, 사람의 가슴을 죄었으며, 가장 비참한 감방과 비슷했다. 외젠이 야간용 식탁 위에 촛대를 놓을 때, 고리오 영감은 그의 얼굴에 그려졌던 표정을 다행히도 보지 못했다. 노인은 턱까지 이불을 뒤집어쓰고 외젠 쪽을 향해 누워 있었다.

"그런데 레스토 부인과 뉘싱겐 부인 중에서 누가 더 좋습디까?"

"델핀 부인이 더 좋습니다. 그 부인이 영감님을 더 사랑하니까요."

이렇게 열렬하게 말하는 것을 듣고 나서 노인은 침대 속에서 팔을 꺼내 외젠의 손을 꽉 잡았다.

"고맙소, 고마워. 그 애가 나에 대해 뭐라고 얘기합디까?"

감격한 노인이 말했다.

학생은 남작 부인 얘기를 아름답게 꾸며 되풀이해 말해 주었다. 노인은 마치 신의 얘기나 듣는 것처럼 그의 얘기를 경청했다.

"사랑스러운 아이지! 그래, 그렇고말고, 그 앤 날 사랑하지. 하지만 그 애가 아나스타지에 대해 한 얘기는 믿지 마오. 그 두 애들은 서로 시기하고 있을 뿐이오. 그것도 사랑한다는 증거요. 레스토 부인도 물론 나를 사랑하지. 아버지와 자식의 관계란, 하느님과 우리 인간과의 관계와 같은 거요. 자식들 마음속까지 알 수 있고 의도를 판단할 수 있소. 그 애들은 모두 효성이 지극하오. 아! 사위들만 훌륭하다면 몹시 행복할 텐데. 이 세상에는 완전한 행복이란 없는가보오. 내가 그 애들 집에 살면서 그 애들이 내 집에 있을 때처럼 그 애들의 목소리를 듣고, 드나드는 모습을 볼 수만 있다면 나는 너무 기뻐서 깡충깡충 뛸 텐데. 애들은 옷을 예쁘게 입었습디까?"

"네, 고리오 선생님. 그러나 따님들은 그렇게도 부자로 잘사는데, 왜 영감님은 이런 너저분하고 더러운 곳에 사십니까?"

외젠이 물었다.

"더 낫게 사는 것이 무슨 필요가 있겠소?"

겉으로 보기엔 태연하게 그가 말했다.

"그 얘기를 당신에게 설명할 수 없소. 적절히 표현할 한 마디 말이 없구려. 인생 만사가 그런 거요."

그가 자기 가슴을 치면서 말을 이었다.

"내 인생, 바로 내 인생은 내 두 딸에게 달려 있소. 그 애들이 행복하다면, 내 새끼들이 우아하게 옷을 입는다면, 그 애들이 융단 위를 걸어다니기만 한다면, 내가 무슨 옷을 입건 내가 누운 곳이 어디건 무슨 상관이 있겠소? 그 애들이 따뜻하면 나는 춥지 않소. 그 애들이 웃으면 나는 결코 슬프지 않소. 그 애들이 슬퍼할 때에만 나는 슬프다오. 당신이 아버지가 되었을 때 당신 아이들이 재잘거리는 소리를 듣고 '저 애는 내가 낳았지!'라고 생각해 보시오. 그러면 어린 것들의 피 한 방울 한 방울이 당신과 연결되어 있다는 걸 느끼게 될 거요. 그 애들은 당신 피에서 피어난 정수 그 자체라오. 어린애들 피부에 당신이 연결되어 있다고 생각할 것이고, 그 애들이 움직일 때 당신도 움직이고 있다고 믿게 될 것이오. 그 애들 목소리가 도처에서 내게 들려오는 것 같소. 그 애들 눈초리가 슬퍼 보이면, 내 피가 얼어붙는 것 같소. 앞으로 당신도 당신 자신의 행복보다 자식들 행복에 한층 더 즐거워하게 된다는 걸 알게 될 거요. 어떻게 설명해야 할지 모르겠소. 몸의 도처에서 기쁨을 내뿜는 내적인 움직임 말이오. 결국 나는 세 배의 삶을 사는 거요. 이상한 얘기를 할까요? 나는 아버지가 되었을 때, 비로소 신을 이해했소. 하느님은 어디에나 존재하고 있소. 삼라만상이 하느님한테서 비롯했으니까 말이오. 여봐요, 나는 이 정도로 딸자식들을 생각하오. 하느님이 세상을 사랑하는 것보다 더 나는 딸들을 사랑하고 있소. 왜냐하면 세상은 하느님만큼 아름답지 못하지만 내 딸들은 나보다 더 아름답기 때문이오. 그 애들은 내 영혼과 너무 연결되어 있기 때문에 오늘 밤 당신이 그 애들을 만나리라는 것도 알았소. 맙소사! 사랑스러운 델핀을 그만큼 행복하게 해주는 사람이 있다면, 나는 그 남자의 구두를 닦아주고 심부름까지도 해줄 텐데. 나는 그 애 하녀한테서 얘길 듣고 드 마르세란 놈이 개자식이라는 걸 알았소. 나는 여러 번 그놈 목을 조르고 싶은 충동에 사로잡혔소. 모델처럼 몸매가 날씬하고 목소리는 나이팅게일처럼 고운, 여자들 가운데에서 보물 같은 그 애를 사랑하지 않는다니! 그 애는 눈이 어떻게 돼서 그런 상스러운 알자스 태생 남자와 결혼했는지? 두 딸에겐 더없이 상냥하고 아름다운 청년들이 사윗감으로 들어왔어야 했는데. 그 애들은 결국 기분 내키는 대로 해버렸소."

고리오 영감은 거룩했다. 고리오 영감이 그처럼 정열적인 부성애의 불길로, 그처럼 빛나는 모습을 외젠은 여태까지 한 번도 본 적이 없었다. 주목할 점은 이 감정이 지닌 전파력이었다. 아무리 변변치 않은 인간이라 할지라도 강렬하고 진정한 사랑을 토로하게 되면, 특수한 액체를 발산하여 얼굴 모습이 바뀌고 태도에 활기를 띠게 되며 목소리는 채색이 된다. 흔히 가장 우둔한 사람도 정열의 효과로 말미암아 언어적 측면에서가 아니라 정신적 면에서 웅변의 최고 경지에까지도 이르게 되고, 빛나는 영역에서 움직이는 듯해 보인다. 그때 이 영감 목소리와 태도에는 유명한 배우에게서 볼 수 있는 전달력 강한 힘이 있었다. 우리의 아름다운 감정이란 의지의 시정(詩情)이 아니겠는가?

"따님이 그 드 마르세란 작자와 헤어지게 되리라는 사실을 아신다 해도 섭섭해하지 않으시겠지요. 그 멋쟁이는 갈라티온 공작 부인을 꼬드기려고 따님을 버렸답니다. 그런데 저는 오늘 밤 델핀 부인에게 반해 버렸습니다."

외젠이 그에게 말했다.

"설마!"

고리오 영감이 말했다.

"정말입니다. 따님도 저를 싫어하지 않는 것 같습니다. 우리는 한 시간 동안이나 사랑에 대해 얘기했습니다. 모레 토요일에 따님을 만나러 가겠습니다."

"오! 여보시오. 당신이 그 애를 기쁘게 해준다면 나는 당신을 무척이나 사랑할 거요. 당신은 훌륭하니까 그 애를 절대로 괴롭히지 않을 거요. 당신이 그 애를 배반한다면, 우선 당신 목을 자를 거요. 당신도 알다시피, 여자란 두 남자를 사랑할 수 없는 법이오. 이런! 내가 어리석은 소리를 하는군요. 외젠 씨, 이 방은 당신에게 춥겠소. 맙소사! 당신은 그 애의 말을 들었구먼. 나에 대해서 무어라고 얘기하던가요?"

'아무 말도 없었지.' 외젠은 속으로 중얼거렸다.

"따님은 당신께 키스를 보낸다고 내게 말했습니다."

그가 큰 소리로 대답했다.

"잘 가게. 편히 자오. 그리고 좋은 꿈 꾸구려. 나는 아직 좋은 꿈이 없소. 하느님이 당신 소망을 보살펴 주시길 바라오! 오늘 밤 당신은 나에게 마치 아름다운 천사 같았소. 당신은 나에게 내 딸의 입김을 가져다 주었소."

'불쌍한 사람!' 외젠은 자리에 누우면서 생각했다. '대리석같이 싸늘한 마음도 문제없이 감동시키겠구나. 하지만 그의 딸은 아버지를 터키 황제 정도로밖에 여기지 않는데.'

이런 대화가 있은 다음 고리오 영감은 외젠한테서 뜻밖으로 속내 이야기를 할 수 있는 친구의 모습을 보았다. 두 사람 사이에 쌓아놓은 관계가 노인에게는 다른 사람과의 유일한 격의 없는 교제였다. 정열에는 절대로 엉터리 계산이 있을 수 없다.

외젠이 델핀과 가까워지면 자기는 딸에게 더욱 가까워지고 더욱 환대받게 되리라고 고리오 영감은 추측했다. 게다가 노인은 자기 고민의 하나를 청년에게 털어놓았다. 그가 하루에도 수없이 그녀의 행복을 기원하지만, 뉘싱겐 부인은 사랑의 기쁨을 알지 못했다. 고리오 영감의 표현대로라면, 외젠은 그가 이제까지 결코 본 적이 없는 가장 친절한 청년 중 한 명임에 틀림없고, 외젠이라면 자기 딸에게 부족한 모든 쾌락을 줄 수 있으리라고 생각한다는 것이었다. 그래서 노인은 이 이웃 청년한테서 매일 깊어 가는 우정을 느꼈다. 이 우정이 없었다면 이 얘기의 끝을 아는 것은 분명히 불가능했을 터이다.

다음 날 아침밥을 먹을 때 고리오 영감은 외젠 곁에 자리잡았다. 이 영감은 그에게 사랑으로 가득 찬 시선을 보냈고 몇 마디 얘기를 건넸다. 보통 때 같으면 석고상 같던 노인 얼굴이 변해 있었기에 하숙인들은 모두 흠칫 놀랐다. 지난번의 회담이 있은 다음 학생을 처음 보는 보트랭은 학생 마음속을 읽어 보고 싶었다. 보트랭의 계획을 다시 떠올리며 외젠은 밤에 잠자기 전 자기 눈앞에 펼쳐지는 넓은 영역을 측정해 보았었다. 타유페르 양의 지참금을 떠올리지 않을 수 없었으므로, 그는 덕 높은 청년이 상속을 많이 받는 아가씨를 바라보듯이 빅토린을 바라볼 수밖에 없었다. 우연히 두 사람의 눈은 서로 마주쳤다. 불쌍한 이 소녀는 새 옷을 입은 외젠을 보고서 매력이 넘쳐흐른다고 생각했다. 두 사람 사이에 교환되는 시선이 너무도 의미심장하여 라스티냐크는 자기가 모든 소녀들을 사로잡는 막연한 욕망의 대상이라는 것을 의심할 수 없었다. 최초로 마음이 끌리는 남자에게 여자들이 갖게 마련인, 그러한 막연한 욕망의 대상이었다.

'80만 프랑이다!'라는 목소리가 그의 귀에 울려왔다. 하지만 그는 갑자기 지난밤의 회상에 다시 빠졌다. 뉘싱겐 부인에 대한 확고한 정열은 불순한 생각에 대한 해독제라고 거의 무의식적으로 생각했다.

"어젯밤 이탈리아 극장에서는 로시니의 「세비야의 이발사」가 상연되었습니다. 나는 그렇게 달콤한 음악을 들어본 적이 없습니다. 아! 이탈리아 극장에 지정 좌석을 갖고 있으면 행복할 텐데."

그가 말했다.

개가 주인의 움직임을 파악하듯이, 고리오 영감은 외젠의 말을 재빨리 이해했다.

“당신 호강했군요. 남자들이란 자기가 하고 싶은 것을 무엇이든 할 수 있지.”

보케르 부인이 호들갑을 떨었다.

“어떻게 돌아왔나?”

보트랭이 물었다.

“걸어서 돌아왔습니다.”

외젠이 대답했다.

“나라면 그런 어정쩡한 쾌락을 싫어하지. 자기 마차를 타고 가서 자기 좌석에 앉아 구경하고 편안하게 돌아오겠네. 전부 아니면 전무! 이게 내 신조야.”

이 유혹자가 말했다.

“훌륭한 신조군요.”

보케르 부인이 말을 받았다.

“뉘싱겐 부인을 만나러 가십시오.” 외젠이 작은 소리로 고리오 영감에게 말했다. “부인은 틀림없이 영감님을 두 팔 벌리고 맞이할 것입니다. 그리고 영감님께 나에 관해서 여러 가지를 물어보고 싶어 할 것입니다. 부인이 내 사촌 누님인 보세앙 자작 부인 집에 드나들려고 온갖 애를 쓰신다는 사실을 나는 알았어요. 부인께 그 소망을 만족시켜 주려고 생각할 만큼 내가 부인을 몹시 사랑한다는 말을 잊지 마시고 전해 주세요.”

라스티냐크는 서둘러 법과대학으로 갔다. 그는 이 가증스러운 하숙집에 잠시라도 더 있고 싶지 않았다. 열렬한 욕망에 사로잡혀 머리에 뜨거운 열병을 느끼면서 그는 하루 종일 빈둥거리며 보냈다. 보트랭과의 논의 때문에 사회생활에 대하여 깊게 생각하고 있을 때, 그는 뤽상부르 공원에서 비앙숑을 만났다.

"왜 그렇게 심각한 표정을 짓고 있지?"

이 의대생은 그의 팔을 붙잡고 궁전 앞을 거닐며 물었다.

"나쁜 공상 때문에 고민하고 있어."

"어떤 종류인데? 공상이라, 그건 낫게 마련이야."

"어떻게?"

"공상에 따르면 되지."

"무슨 문젠지도 모르고 농담하는구먼. 너 루소 작품을 읽었지?"

"응."

"파리에 가만히 앉아서 중국에 있는 늙은 관리를 자기 뜻대로 죽이고서 부자가 될 경우 독자들이 어떻게 할 것인가 하고 작자가 물은 대목을 기억하나?"[38]

"그래."

"그렇다면?"

"흥, 나는 벌써 서른세 번째 중국 관리야."

"농담하지 마. 자, 네가 머리만 끄덕거리면 일이 틀림없이 이루어진다면 어떻게 할 테냐?"

"그 중국 관리는 늙었니? 흥! 젊었건 늙었건, 중풍 환자건

---

38) 이 교훈담은 루소의 것이 아니라 샤토브리앙의 『기독교정수』에서 나온 것이다.

건강하건 간에…… 제기랄! 나는 싫다."

"비앙숑, 너는 정직한 사람이야. 그렇지만 넋이 뒤집힐 정도로 네가 사랑하는 여성이 있고 그 여자의 옷치장과 마차와 모든 소망을 들어주기 위해서 돈이, 많은 돈이 너에게 필요한 경우라면?"

"네 얘기를 들으니 헛갈리는데. 나보고 이치를 따져서 말하라고 하는군."

"그런데 비앙숑, 나는 미칠 것 같아. 내 병을 낫게 해주게. 나에게는 천사같이 아름답고 순진한 두 누이가 있어. 나는 그 애들이 행복해지기를 바란다네. 그 애들에게는 20만 프랑의 지참금이 필요한데, 지금부터 5년 동안 내가 어디서 그 돈을 장만하겠나? 인생에는 큰 도박을 해야 하고 몇 푼 벌어들이느라 행복을 망쳐서는 안 되는 경우가 있는 법이야."

"네가 꺼낸 문제는 모든 사람들이 인생의 첫머리에서 부딪히게 되는 문제야. 그런데 너는 이 어려움을 단번에 뛰어넘고 싶은가 보지. 그러려면 이 친구야, 너는 알렉산더 대왕이 되어야 해. 아니면 감옥으로 가게 되는 거야. 나는 시골에서 아버지 뒤를 이어 고지식하고 보잘것없는 생활을 하게 될 터인데 그걸로 만족해. 인간의 감정이란 가장 좁은 곳에서나 가장 넓은 곳에서나 똑같이 충분한 만족을 느낄 수 있지. 나폴레옹이라고 해서 저녁밥을 두 번 먹지는 않았고, 성프란체스코 교회 기숙생인 의대생보다 애인이 더 많지도 않았어. 여보게, 우리의 행복이란 우리 발바닥에서부터 후두부까지 사이에 있는 거야. 1년에 100만 루이를 쓰건 100루이를 쓰건, 우리 마음속에서 본질적으로 느껴지는 정도는 같은 거라네. 나는 중국인의 삶에서 교훈을 끌어내었지."

"고맙네. 자넨 날 도와준 셈이야, 비앙숑! 우린 영원한 친구가 되세."

"그런데," 의대생이 다시 말했다. "식물원에서 퀴비에 교수의 강의를 듣고 나오는 길에 벤치에서 수상한 미쇼노 양과 푸아레 씨가 어떤 사람과 얘기하는 걸 우연히 보았어. 그 작자는 작년에 국회 근처에서 폭동이 일어났을 때 보았던 사람인데, 연금으로 사는 어엿한 시민으로 가장한 경찰 끄나풀 같은 인상이 들더군. 그 두 남녀를 조사해 봄세. 이유는 나중에 얘기하겠어. 그럼, 잘 가게. 나는 넷째 시간에 부르는 출석에 대답하러 이만 가보겠네."

하숙집에 돌아온 외젠은 자기를 기다리는 고리오 영감을 발견했다.

"이걸 받으시게. 그 애 편진데, 어때! 글씨가 예쁘기도 하지!"

노인이 말했다.

외젠이 편지를 뜯어서 읽었다.

선생님, 아버님께서 당신이 이탈리아 음악을 좋아하신다고 말씀하셨어요. 제 칸막이 좌석에 오셔서 저와 자리를 같이하신다면 기쁘겠습니다. 토요일에 포도르와 펠레그리니[39]의 음악회가 있지요. 거절하시지 않을 줄 믿습니다. 제 남편 뉘싱겐 씨도

---

39) 당시 유명했던 여성 성악가 듀엣이다.

당신이 제 집에 오셔서 격식 없이 저녁을 같이 들기를 원하고 있습니다. 허락하신다면 남편도 저를 극장에 데려가야 하는 부부간의 고역을 치르지 않아도 좋기 때문에 기뻐할 것입니다. 답장은 필요없습니다. 그냥 오세요. 경의를 표하면서.

델판 드 뉘싱겐

"편지를 보여줄 수 있겠나?"

노인은 외젠이 편지를 읽고 나자 말했다.

"그 집에 가겠지. 안 그래?"

노인은 편지지의 냄새를 맡아본 다음에 덧붙였다.

"냄새 좋군! 그 애 손가락이 이 종이를 만졌겠지!"

'여자가 이토록 남자에게 매달릴 수는 없을 텐데. 날 이용해서 드 마르세를 돌아오게 하려는 거야. 분해서 이런 짓을 다시 하려는 것이군.' 학생이 속으로 중얼거렸다.

"그런데, 자네 무슨 생각하나?"

고리오 영감이 물었다.

외젠은 그 당시 상당수 젊은 여인들이 사로잡혀 있던 극도의 허영심을 몰랐다. 또한 생제르맹 성밖 지역의 살롱에 드나들기 위해서 은행가 부인이 어떤 희생이라도 치를 각오가 되어 있다는 사실도 전혀 몰랐다. 그 당시에 생제르맹 성밖 지역의 사교계에서는 '소궁정[40]의 귀부인들'이라고 불리는 여인들이 유명했다. 그녀들은 모든 여성 가운데 최고로 꼽혔다. 보

---

40) 왕과 은밀한 관계를 가진 여자들이 출입하던 별궁이다.

세앙 부인과 그녀의 친구인 랑제 공작 부인, 그리고 모프리뇌즈 공작 부인이 그중 선두 그룹이었다. 쇼세당탱에 사는 여성들이 자기들 세계에서 별처럼 빛나는 여인들이 모인 상류사회에 들어가려는 열망에 사로잡혀 있다는 사실을 까맣게 모르는 사람은 오로지 라스티냐크뿐이었다. 하지만 그는 의심 때문에 처신을 제대로 할 수 있었고 냉정해졌다. 조건들을 받아들이는 대신에 자기가 조건을 내거는, 보잘것없는 힘까지도 생겼다.

"예, 가겠습니다."

그가 대답했다.

호기심에 끌려 그는 뉘싱겐 부인 집에 가게 되었다. 하지만 만일 그 부인이 그를 경멸했더라면 분명히 그는 정열에 이끌려 갔을 것이다. 그런데도 그는 일종의 초조감 때문에 다음날 출발할 시간을 기다렸다. 청년에게는 그의 첫 번째 책략에조차 첫사랑에서만 맛볼 수 있는 매력이 분명 존재한다. 성공할 수 있다는 확신에서 비롯한 수많은 은밀한 즐거움을 남자들은 고백하지 않는데, 이런 즐거움이 또 어떤 여자들에게는 크나큰 매력이 된다. 욕망은 정복하기 어려울 때와 마찬가지로 쉬울 때에도 솟아나게 마련이다. 남성들의 모든 정열은 연애 왕국을 양분하는 이 두 가지 원인 중 어느 하나 때문에 틀림없이 자극받거나 유지된다. 무엇이라고 말하더라도, 사회를 지배하고 있는 기질이라는 큰 문제가 낳은 결과 때문에 이 구분은 필연적으로 일어난다. 우울한 기질에는 여자의 교태라는 각성제가 필요하다. 하지만 신경질적이거나 다혈질적인 남자의 경우, 만일 여자의 저항이 너무나 억세다면 부리나케 도망칠 것이다. 다른 말로 하자면, 비가(悲歌)적인 것이 본질적으로 임파질이라고 한다면, 감격적 정열은 담즙질적이라고 할 수 있다.

몸단장하면서 외젠은 말할 수 없이 아기자기한 행복감을 맛보았다. 젊은 친구들은 남에게 비웃음을 당할까 봐 두려워 감히 이런 행복을 말로는 표현 못 하는 법이다. 하지만 자신의 자존심은 충분히 보상받았기 때문에 그는 흐뭇했다. 그는 아름다운 눈초리가 자기의 검은 머릿결을 스치리라 상상하면서 빗질했다. 그는 처녀가 무도회에 나가기 위하여 옷을 입으면서 하는 것처럼 어린 티가 나는 몸짓을 했다. 그는 옷 구김살을 펴면서 자기의 날씬한 몸매를 기분 좋게 훑어보았다.

'세상에는 확실히 더 못난 녀석들이 얼마든지 있을 거야!'

그는 속으로 말했다.

이어서 그가 아래층으로 내려왔을 때 하숙집 친구들은 모두 식탁에 있었다. 그들은 그의 멋진 몸매를 보자 환호했다. 그 하숙집의 독특한 풍습 중 하나는 정성을 다한 몸치장에 마음껏 환성을 지르는 것이다. 누구나 새 옷을 입고 나오면 모두들 한마디씩 한다.

"츳, 츳, 츳, 츳."

비앙숑은 말을 몰듯이 혀를 입천장에 부딪쳐 소리를 냈다.

"공작님이나 참의원 같은 풍채로군요!"

보케르 부인이 말했다.

"여자를 낚으러 가세요?"

미쇼노 양도 입을 열었다.

"꼬끼오!"

화가가 소리쳤다.

"사모님께 안부 전해 주게."

박물관 직원이 말했다.

"저 양반한테 사모님이 계신가?"

푸아레가 물었다.

"방수가 되고, 색이 바래지 않으며, 가격으로 말하자면 25수에서 40수 사이이며, 최근의 유행에 맞는 체크무늬 디자인에, 물빨래를 할 수 있고, 마와 모와 면을 섞어 짠 멋진 옷을 걸치고, 치통을 낫게 하고, 그뿐만이 아니라 왕립약학아카데미가 인정한 기타 질병도 낫게 하는 부인이지요. 게다가 아이들한테도 최고이며, 두통, 비만, 기타 식도병, 안질, 귓병에는 더더욱 신통한 부인!"

보트랭이 수술하는 사람의 억양을 흉내 내며 익살맞은 너스레를 떨었다.

"이런 굉장한 게 얼마냐고요? 두 냥입죠! 아니, 어림없소. 위대한 무굴제국 황제에게 납품되고 남은 것으로, 바드 대공님을 포함한 유럽의 모든 군주님들께서 보고 싶어 했던 물품이지요. 곧장 들어가세요! 그리고 작은 책상 앞으로 가세요. 자, 음악! 브룸 라 라 띠링! 라 라 붐붐! 클라리넷 연주자 나리, 음정이 틀렸어요. 계속 틀리면 손등을 때리겠어."

그가 계속해서 쉰 목소리로 떠벌렸다.

"어쩌면! 이분은 재미도 있으셔라."

보케르 부인이 쿠튀르 부인에게 말했다.

"이분하고 있으면 정말 심심하지가 않아요."

우스갯소리로 지껄여댄 이런 말에 모두 덩달아 웃거나 농담을 주고받는 가운데, 외젠은 타유페르 양의 은밀한 눈길을 느꼈다. 그녀는 쿠튀르 부인에게 몸을 굽히고 귓속말로 무언가 속삭였다.

"마차가 왔어요."

실비가 말했다.

"저 친구가 어디로 저녁 먹으러 가나?"

비앙숑이 물었다.

"뉘싱겐 남작 부인 댁에서요."

"고리오 씨 따님이지."

학생이 덧붙였다.

그 이름을 듣자 모든 시선이 옛 제면업자한테로 쏠렸다. 고리오는 선망에 찬 눈초리로 외젠을 바라보았다.

라스티냐크는 생라자르 거리에 있는, 웅장하지는 않지만 가는 기둥과 천박한 주랑(柱廊)이 있는 집에 도착했다. 이런 저택들이 파리에서 '미관'을 이루고 있다. 은행가의 주택답게 내부 치장엔 제법 알뜰히 돈을 들였다. 벽은 대리석처럼 보이는 회반죽으로 마감했고 계단이 돌아가는 모퉁이는 대리석 모자이크로 되어 있었다. 뉘싱겐 부인은 카페를 연상시키는 실내장식에다 이탈리아풍 그림을 걸어놓은 조그만 살롱에서 슬픈 표정을 지었다. 고뇌를 숨기려는 그녀의 노력이 외젠의 관심을 굉장히 끌었기 때문에 거기에는 조금도 꾸밈이 없었다. 그는 자신이 나타나기만 하면 여성들이 즐거워하리라고 믿었다. 그런데 절망에 잠긴 그녀를 보니 기대가 어긋나 적잖이 자존심이 상했다.

"부인, 조금도 저를 믿어주지 않으시는군요." 그가 생각에 잠긴 부인을 귀찮게 굴면서 말했다. "제가 방해가 된다면, 당신은 솔직한 분이니까 그렇다고 솔직하게 말씀해 주시지요."

"함께 계셔 주세요. 당신이 가버리면 전 외톨이가 되니까요. 뉘싱겐은 시내에서 저녁을 드신답니다. 전 혼자 있고 싶지 않아요. 제게는 기분 전환이 될 그 무언가가 필요한걸요."

"무슨 일이지요?"

"당신께만은 그걸 말해 드리고 싶지 않아요."

그 여자가 외쳤다.

"더욱 알고 싶군요. 그럼, 그 비밀에 저도 한몫하지 않겠습니까?"

"어쩌면 그럴 수도 있겠지요. 하지만 아녜요. 마음속 깊이 묻어두지 않으면 안 될 부부 싸움이니까요. 그저께 제가 말씀 안 드렸나요? 제가 결코 행복하지 못하다는 걸. 쇠사슬 중에서도 돈의 사슬보다 더 무거운 건 없으니까요."

누구나 젊은 남자가 한 여자한테서 자기는 불행하다는 딱한 사정을 들었을 때, 만약 그 청년이 재기가 있고 옷맵시도 반듯하며 주머니에 무위도식할 1500프랑이라도 들어 있다면, 어떤 청년인들 외젠과 똑같이 생각하고 우쭐해지지 않을 수 있겠는가.

"이 이상 무얼 더 바라십니까?" 그가 말했다. "당신은 아름답고, 젊고, 게다가 사랑받고, 돈도 있으시고."

"제 얘길랑 말아 주세요." 부인은 머리를 슬프게 설레설레 흔들었다. "함께 머리를 맞대고 식사를 나누면서 세상에서 가장 감미로운 음악이라도 들으러 가지 않겠어요? 어떠세요? 제가 당신 취향에 맞으세요?"

그녀는 일어나 아주 우아하고 화려한 페르시아 무늬의 하얀 캐시미어 의상을 보이며 말했다.

"당신의 전부가 제 것이면 원이 없겠습니다. 당신은 참말 아름답군요."

"별로 대수롭지도 못한 것을 소유하게 될 거예요." 그녀는 씁쓸한 웃음을 띠며 말했다. "이곳에는 무엇 하나 불행하게 보이는 것은 없어요. 하지만 겉모습은 이래도 저는 절망에 빠져 있는걸요. 마음이 상해 밤에는 잠을 못 이루지요. 마침내 얼굴도 까칠까칠해져 보기가 흉할 거예요."

"오! 그럴 리가 있겠습니까." 학생이 말했다. "하지만 헌신적 애정으로도 없앨 수 없다는 그런 고민을 듣고 싶은 호기심이 생기는데요."

"아! 당신께 말씀드리면 저한테서 반드시 도망가실 거예요. 남자들에게서 습관적으로 볼 수 있는 여자에 대한 환심만으로 당신은 나를 사랑하겠지요. 그러나 만약 나를 사랑한다면, 당신은 무서운 절망 속에 빠질 거예요. 제가 입 다물고 있는 까닭을 아셨지요? 제발 화제를 바꾸어요. 제 방을 구경하시지 않겠어요?"

"아닙니다. 여기 있겠습니다."

외젠은 이렇게 대답하고 나서 난로 앞에 있는 2인용 긴 의자에 뉘싱겐 부인과 나란히 앉았다. 그리고 부인 손을 꼭 잡았다. 부인은 그가 하는 대로 내버려둔 채 격렬한 감동을 나타내는 강한 몸짓으로 자신의 손을 젊은이의 손 위에 올리고 지그시 힘을 주었다.

"저, 무슨 걱정거리가 있으시면 제게 속내를 털어놓으시죠. 당신을 위해서라면 제가 당신을 사랑하고 있다는 사실을 증명해 드리고 싶습니다. 아니면 얘기해 보세요. 당신 고민을 말씀만 해주신다면 제가 모두 없애드리죠. 비록 여섯 놈을 때려 죽여야 할 경우라도 말입니다. 안 그러면 지금 즉시 나가서 영영 다시는 오지 않을 것입니다."

"어머! 그러시다면……." 부인은 소리치며 절망감에 사로잡혀 자신도 모르게 이마를 두드렸다. "그러면 곧 당신을 시험해 보기로 하죠."

부인은 마음속으로 '그렇다. 이 방법밖에 없구나.' 생각하며 벨을 눌렀다.

"주인 나리 마차에 말이 매여 있지?"

부인이 하인에게 물었다.

"네, 마님."

"내가 그걸 쓰겠어. 주인 나리께는 내 마차를 보내드리도록 해. 저녁 식사는 7시 정각에 들도록 해주고. 자, 가요."

부인이 외젠을 재촉했다.

외젠은 부인과 나란히 앉아 뉘싱겐 씨 마차에 몸을 실은 자기 자신이 마치 꿈속에 있는 것처럼 느껴졌다.

"테아트르 프랑세 근처에 있는 팔레루아얄로 가요."

부인이 마부에게 명령했다.

가는 동안 그녀는 마음의 동요가 심했던지 외젠이 던진 많은 질문에 대답을 안 했다. 그는 입을 꼭 다문 이 무언의 저항을 어떻게 해석해야 좋을지 몰랐다. 그래서 '머지않아 이 여자는 내게서 도망칠 거다.' 하고 속으로 생각했다.

마차가 멈추었을 때 남작 부인이 무분별한 말을 꺼내려는 학생에게 침묵을 명하는 위압적인 눈빛으로 그를 쳐다보았다. 그는 몹시 흥분해 있었다.

"정말로 절 사랑하고 계세요?"

부인이 말했다.

"물론이지요."

그는 불안에 사로잡혀 있던 기분을 감추면서 이렇게 대답했다.

"어떤 일을 부탁드려도 저를 나쁘게 생각하시지 않겠어요?"

"네."

"제가 시키는 대로 하실 생각이 있으세요?"

"무조건 따르지요."

"도박장에 가본 적이 있으세요?"

그녀가 떨리는 목소리로 말했다.

"한 번도 없습니다."

"아! 숨통이 트이는군요. 당신은 운이 좋을 거예요. 자, 제 돈지갑을 가지고 가세요. 100프랑이 있으니까요. 그게 행복에 겨운 이 여인이 가진 전부랍니다. 도박장에 다녀와 주세요.

어디 있는지 모르지만 팔레루아얄에 있는 것은 확실해요! '룰렛'에 100프랑을 걸어서 몽땅 잃든가 아니면 6000프랑쯤 따가지고 오세요. 제 걱정거리는 당신이 돌아오신 뒤에 말해 드리겠어요."

"무슨 일을 어떻게 해야 할지 통 알 수 없군요. 하지만 당신 말에 복종하겠소."

그는 말하면서도 '그녀는 나와 함께 위험한 일에 뛰어들었어. 그녀가 어떤 것도 거부하지 못하도록 해야지.' 하고 생각하니 내심 기뻤다.

외젠은 예쁜 지갑을 받아 들고 옷장수가 가르쳐준 제일 가까운 도박장을 알아본 뒤 '9번지'로 달려갔다. 그곳에 올라가 모자를 맡기고 들어가서 룰렛 하는 장소를 물었다. 단골들이 깜짝 놀라서 쳐다보는 가운데 종업원의 안내를 받아 기다란 테이블 앞에 섰다.

구경꾼들이 외젠의 뒤를 따라왔다. 그는 어디에 돈을 놓아야 할지를 얼굴빛도 바꾸지 않고 물었다.

"번호 36개 가운데서 어느 한 곳에다 1루이를 걸어서 맞히면, 36루이가 되는 거요."

사람들의 존경을 받을 만큼 백발인 늙은이가 알려주었다.

외젠은 자기 나이인 21이란 숫자 위에다 100프랑을 던졌다. 생각할 겨를도 없이 감탄하는 소리가 터져나왔다. 자신도 모르게 이긴 것이다.

"돈을 거둬 가시지. 그런 수법으로 두 번 다시 잘되기란 힘드니까."

늙은 신사가 말했다.

외젠은 늙은 신사가 내미는 갈퀴를 받아 들고 3600프랑을 자기 앞으로 긁어모았다. 그리고 여전히 도박이 무엇인지 전혀 모른 채 그것을 다시 붉은색 위에 놓았다. 그가 연거푸 거는 것을 보고 모두들 부러운 듯 바라보았다. 휠이 돌아갔다. 그가 이겼다. 도박장 경리가 또 3600프랑을 그에게 주었다.

"7200프랑이오." 늙은 신사가 그의 귓가에 속삭였다. "내 말대로 이젠 돌아가시게. 붉은색이 여덟 번이나 계속 이겼소. 만일 당신께 자비심이 있으시다면, 충고의 대가로 이젠 하잘것없는 나폴레옹 시대의 옛 군수의 가난을 덜어주실 수 있으시겠죠?"

얼떨떨했던 라스티냐크는 백발의 늙은이가 제멋대로 200프랑을 집어 가는 것을 내버려두었다. 7000프랑을 손에 들고 계단을 내려왔다. 도박이 무언지 전혀 알 수 없었지만 행복에 겨워 얼이 빠졌다.

"자! 이젠 절 어디로 데려가는 겁니까?"

마차 문이 닫히자, 그는 뉘싱겐 부인에게 7000프랑을 보이며 말했다.

델핀은 그를 미친 듯이 껴안고 키스를 퍼부었지만 열정에서 우러난 것은 아니었다.

"저를 구해 주셨군요!"

기쁨의 눈물이 그녀의 두 뺨에 흥건히 흘렀다.

"이젠 다 얘기하죠. 친구가 돼 주시겠죠? 그렇죠? 제가 돈 있고 호사스럽게 생활하는 걸로 생각하시겠죠. 부족한 게 전혀 없는 것처럼 보이죠. 모두 말씀드리겠어요. 실은 말이에요, 뉘싱겐 씨는 내게 단 한 푼도 안 준답니다. 집세와 마차 경비, 극장 칸막이 좌석 비용까지 모두 다 그이가 다 직접 지불하죠. 의상비도 충분히 주지 않아요. 그는 나를 남이 봐선 속사정을 알 수 없는 궁핍에 일부러 몰아넣고 있어요. 나는 자존심이 강해서 애원을 못하죠. 그가 거래하려는 값으로 그의 재산을 산다면 나는 허섭스레기만 남은 인간이 될 거예요. 72만 프랑이나 되는 지참금이 있던 내가 어쩌다가 이렇게 다 털리게 되었냐고요? 자존심과 분노 때문이지요. 사람들은 아직 너무 젊고 순진할 때 처음 부부 생활을 시작하죠. 나는 남편에게 돈 달라는 말을 꺼내느니 차라리 내 입을 찢는 게 낫겠다고 생각했어요. 나는 아무리 해도 그런 용기가 나질 않아서 내 저축금이나 가엾은 아버지가 준 돈으로 그럭저럭 살아왔죠. 그래서 빚지게 되었어요. 결혼이란 나한테 가장 끔찍한 사기였어요. 그것에 관해서 말씀드릴 수 없어요. 각방을 쓰지 않고 뉘싱겐과 함께 살아야만 된다면, 나는 창문에서 몸을 던져버릴 것이라는 사실을 당신이 알아주시면 충분해요. 젊은 여인의 품위를 유지하고, 보석과 색다른 물건을 구입하면서 늘어난 부채가 있다고 그에게 선언할 수밖에 없었을 때, (불쌍한 우리 아버지는 우리가 요구하는 것이면 무엇이든지 들어주시는 데 익숙해 있었죠.) 나는 순교자처럼 고통스러웠어요. 하지만 용기를 내서 남편에게 말했어요. 내 몫의 재산이 있지 않아요? 그러자 뉘싱겐은 버럭 화를 내면서 내가 자신을 파산시킬 거라고 말했어요. 치가 떨려요! 나는 천 길 땅속으로 들어가고 싶었어요. 그가 내 지참금을 가로챘지요. 그다음부터 내 용돈 일체를 정해 놓고 쓰게 했고요. 나는 가정의 평화를 위해 체념해 버렸어요. 그러고 나선 당신도 알고 계시는 그분의 자존심을 만족시켜 주려고 했어요. 설사 내가 속임수에 넘어갔더라도, 그분 성품이 고상하다는 걸 인정하지 않을 수는 없겠죠. 그런데 결국 그 남자는 비열하게도 날 버리고 말았어요! 진짜 인간이라면 궁핍할 때 한 여자가 엄청난 돈을 베풀어 줬다면 나중에 가서 그 여자를 버려서는 안 되죠. 정말 사나이라면 언제까지나 사랑해 줘야 해요. 스물한 살 먹은 아름다운 마음씨를 가진 당신, 젊고 순수한 당신은 여자가 어떻게 남자한테서 돈을 받을 수 있을까 하고 물으시겠죠? 아! 정말 서로가 행복하게 살고 있는 사람끼리 모든 것을 나누어 가진다는 게 자연스럽지 않나요? 모든 것을 줄 때, 그 모든 것의 일부분을 걱정할 사람이 과연 있을까요? 애정이 식었을 때 비로소 금전이라는 게 큰 문제가 되지요. 우리가 관계를 맺는 것은 일생을 함께하기 위해서가 아니었나요? 우리 중 누가 사랑받고 있다고 믿으면서 헤어진다는 걸 상상이나 하겠어요? 영원한 사랑을 다짐하는데 어떻게 각자의 이해타산이 있을 수 있나요? 오늘 뉘싱겐이 나에게 6000프랑을 주는 것을 딱 거절했을 때 얼마나 내가 괴로워했는지 당신은 모를 거예요. 한데 그는 매달 그만큼의 돈을 정부인 오페라 극장의 여배우에게 주고 있거든요. 나는 죽어버리고 싶었어요. 미치광이 같은 생각들이 머리를 스쳐갔어요. 난 보잘것없는 하녀나 심부름꾼의 신세가 부러울 때도 종종 있어요. 아버지를 만나볼까도 생각했지요.

미친 짓이지요! 아나스타지와 내가 아버지를 못살게 굴었으니까요. 가엾은 우리 아버지는 자신이 6000프랑 값어치가 나간다면 몸을 팔아서라도 주실 거예요. 쓸데없이 그를 절망시켜 드리는 것밖엔 안 돼요. 당신은 나를 수치와 죽음에서 구해 주셨어요. 나는 괴로움 때문에 제정신이 아니었어요. 아! 내가 당신께 설명해 드리려고 한 것은 이런 거예요. 내가 당신께 너무 염치없는 짓을 했나 봐요. 당신이 내 곁을 떠나서 보이지 않자 난 걸어서 도망쳐 버릴까 했어요! 어디로인지는 나도 모르죠. 파리 여성들의 절반이 이런 생활을 하고 있어요. 겉으론 사치스러워도 마음속은 측은할 만큼 근심들이 있죠. 나보다 훨씬 불행한 여성들을 알고 있어요. 어떤 부인은 자신의 단골 장수들에게 가짜 계산서를 만들게 하지요. 그런가 하면 어쩔 수 없이 돈을 훔치는 부인도 있어요. 그러니 어떤 남편들은 2000프랑짜리 캐시미어 목도리를 500프랑짜린 줄 알고 있죠. 그런가 하면 500프랑짜리를 2000프랑짜린 줄 아는 남편도 있어요. 어린애들을 굶기면서까지 돈을 긁어모아 그걸로 옷을 사는 가엾은 부인도 있답니다. 하지만 난 끔찍스러운 거짓말을 한 적은 없어요. 그래서 엄청난 고민에 빠진 거예요. 남편에게 자신을 팔아서 남편을 조종하려는 부인들이 있는 반면에, 나는 적어도 자유의 몸이에요! 마음만 먹으면 뉘싱겐에게 황금으로 몸을 감싸게 해달랄 수도 있어요. 그런데 난 내가 존경하는 남자의 가슴팍에 얼굴을 파묻고 우는 것이 차라리 나아요. 아! 오늘 밤만은 드 마르세 씨도 자기가 돈을 주고 산 여자를 보듯이 나를 쳐다보진 못할 거예요."

그녀는 외젠에게 눈물을 보이지 않으려고 양손으로 얼굴을 감쌌다. 그는 그녀의 손을 치우고 얼굴을 빤히 바라봤다. 그녀는 숭고했다.

"돈과 애정을 함께 얻으려 하다니 무서운 일 아녜요? 이제 당신은 저를 사랑하지 않을 거예요."

부인이 말했다.

여성을 위대하게 만드는 그 훌륭한 감정과, 현대 사회라는 체계 때문에 여성이 어쩔 수 없이 저지르는 잘못이 뒤범벅된 것을 보고, 외젠의 마음이 뒤집혔다. 고통을 호소하며 이렇게 순박하게 무모함을 보인 이 아름다운 여인에게 감탄하면서 그는 그녀를 부드럽게 위로했다.

"이런 일로 해서 나중에 나무라면 싫어요. 안 한다고 약속해 주세요."

"아! 부인! 감히 제가?"

부인은 그의 손을 잡고서는 감사와 친절에 넘친 몸짓으로 자기 가슴에 얹어놓았다.

"당신 덕택으로 저는 자유와 기쁨을 되찾았군요. 전 무쇠 같은 손에 억눌려 살고 있었어요. 이제부터는 마냥 낭비만 하면서 살아가지는 않겠어요. 제가 앞으로 얼마나 변하는가를 지켜보아 주시겠어요? 이걸 받아주세요."

이렇게 말하며 그녀는 자기 몫으로 여섯 장의 지폐만을 집어 들었다.

"사실은 제가 3000프랑 빚이 있어요. 당신과 절반씩 나누어 가질 작정이었어요."

외젠은 수줍어하며 한사코 싫다고 했다.

"만일 당신이 공범자가 되어 주시지 않는다면 저는 당신을 원수로 여기겠어요."

남작 부인이 그에게 말했다.

"불행에 대비해서 도박 밑천으로 받아 두겠어요."

그가 돈을 받아 들고 말했다.

"소름 끼치는 말을 하는군요." 그녀가 핼쑥해지면서 소리쳤다. "만일 제가 당신에게 무엇이기를 바라고 계시다면, 제게 맹세해 주세요. 앞으론 절대로 두 번 다시 도박장에 발을 안 들여놓겠다고. 아! 제가 당신을 타락이라도 시킨다면! 저는 고통으로 죽을 거예요."

두 사람은 집에 도착했다. 빈곤과 풍요 사이에 놓인 이런 대조 때문에 깜짝 놀란 학생의 귓전에 보트랭의 침울한 말들이 울려왔다.

"거기에 앉으시죠."

남작 부인은 자기 방에 들어서자 난롯가에 있는 긴 의자를 가리키며 말했다.

"전 이제부터 난처한 편지를 쓴답니다. 도와주세요."

"아무것도 쓰지 마세요. 돈을 봉투에 넣고 주소를 적어서 하인에게 들려 보내면 되지 않습니까?"

"정말로 당신은 대단한 분이시군요! 정말 그렇군요. 훌륭한 교육을 받는다는 게 무엇을 뜻하는가를 알겠어요! 순수한 보세앙 식이군요."

그녀가 미소 지으며 말했다.

'저 여성은 참 매력이 있어.' 이렇게 생각하며 외젠은 점점 더 그녀를 사랑했다. 그는 방을 둘러보았다. 돈 있는 창부의 관능적인 우아함이 풍기는 방이었다.

"이 방이 마음에 드세요?" 이렇게 말하면서 그녀는 초인종을 눌러서 하인을 불렀다. "테레즈, 이걸 드 마르세 씨에게 갖고 가서 그분께 직접 드려. 만일 안 계시면 편지를 나에게 다시 갖다줘."

테레즈는 외젠 쪽으로 장난기 넘치는 눈초리를 보내더니 출발했다. 저녁 준비가 다 되었다. 부인의 팔을 낀 라스티냐크는 멋있는 식당으로 안내되었다. 사촌 누이 집에서 감탄했던, 호사스러운 식탁을 다시 볼 수 있었다.

"이탈리아 가극이 있는 날에는 저녁을 함께하러 이곳으로 오세요. 함께 극장에 가도록 해요."

"이런 달콤한 생활이 계속되면 거기에 익숙해질 거예요. 하지만 저는 가난한 학생이고 출세해야지요."

"출세하고말고요." 부인은 웃으며 말했다. "자, 보세요. 세상일이란 다 되게 마련이지요. 저는 이렇게 행복해질 줄은 정말 몰랐어요."

가능성을 가지고 불가능성을 증명하거나, 예감만으로 사실을 끝장내는 경향이 여자들의 마음속에 있다.

뉘싱겐 부인과 라스티냐크가 부퐁 극장의 칸막이 좌석에 들어섰다. 그때 이 여인이 사뭇 만족스러운 듯했고 몹시 예뻐 보였기 때문에 모두가 가벼운 중상을 했다. 여자들은 그런 중상에 무방비 상태기 마련이다. 또한 여인들은 일부러 만들어낸 소란을 종종 남이 믿게끔 했다. 파리를 아는 사람이면 거기서 말하는 것들을 아무것도 믿으려 하지 않는다. 또한 거기서 이루어지는 일을 하나도 입에 담으려고 들지 않는다. 외젠은 남작 부인의 손을 잡았다. 둘이는 힘껏 손을 마주잡고, 때론 가만히 서로 부여잡고, 음악이 전해 주는 감흥을 서로 마음속으로 주고받았다. 그들에게 이 밤은 황홀했다. 그들은 함께 밖으로 나왔다. 뉘싱겐 부인은 외젠을 퐁뇌프까지 배웅해 주려고 했다. 가면서 줄곧 부인은 팔레루아얄에서는 그렇게도 열렬하게 퍼부은 수많은 입맞춤을 한 번도 허락하지 않고 내내 뿌리쳤다. 외젠은 부인의 변덕을 나무랐다. 그러자 그녀는 이렇게 말했다.

"좀전에는 기대하지 못했던 당신의 헌신에 보답해 드린 것이었어요. 하지만 지금 그러면 약속이 되잖아요."

"그래, 당신은 아무런 약속도 안 해주겠다는 거군요. 냉정해요."

그는 화를 냈다. 사랑하는 사람의 마음을 기쁘게 하는 조급한 몸짓으로, 그녀는 입맞춤하도록 손을 내밀었다. 그가 불쾌한 듯이 손을 잡는 품을 보자 부인은 황홀했다.

"그럼, 월요일 무도회에서 뵙겠어요."

그녀가 말했다.

아름다운 달빛을 받으면서 걸어서 돌아오는 동안에 외젠은 곰곰이 생각에 잠겼다. 그는 행복하면서 동시에 불만스러웠다. 그가 욕망의 대상으로 삼았던 파리의 가장 아름답고 남달리 우아한 여성 중의 하나가 결국은 분명히 자기 소유가 될 것이라는 연애의 전망에서 우러나는 행복감이었고, 또한 행운을 잡아보자는 속셈이 뒤집어짐을 알고서 느낀 불만이었다. 이때 비로소 그는 그저께 저녁에 잠겼던 애매한 생각을 구체적으로 절감했다. 실패할 때 우리는 항상 자기의 자부심을 알게 된다. 외젠은 파리 생활을 즐길수록 세상에 이름을 떨치지 않고 빈곤하게 살려고는 하지 않았다. 그는 호주머니 속에 들어 있는 1000프랑짜리 지폐를 구기면서 그것을 자기 것으로 만들기 위해 온갖 엉큼한 이유를 요리조리 궁리했다. 드디어 뇌브 생트 주느비에브 거리에 있는 하숙집에 도착해 계단 위에 이르자 그는 불빛을 보았다. 고리오 영감이 문을 열어 둔 채 촛불을 켜 놓았기 때문이다. 영감 표현을 빌리자면, 학생이 '딸 얘기를 들려주는 것'을 잊지 않게 하기 위해서였다. 외젠은 그에게 아무것도 숨기지 않았다.

"뭐라고!"

고리오 영감은 질투에서 오는 심한 절망에 빠져 외쳤다.

"그 애들은 내가 파산한 줄 알거든. 내겐 아직 1300프랑의 연금이 있단 말이야. 천만의 말씀이지. 어째 그 애는 여기로 달려오지 않지? 가엾어라. 내 연금 증서를 팔 수 있었을 텐데. 필요한 액수를 뺀 나머지로 내 종신연금을 만들 수 있는데. 자넨 또 어째서 그 애가 처한 어려운 상황을 내게 알려주러 오지 않았소. 어떻게 몇 푼 안 되는 100프랑을 도박에 걸러 갈 생각이 났을까? 내 마음이 갈기갈기 찢기는 듯하군. 사위들이란 그런 놈들이라니까! 아, 붙잡기만 해 봐라, 모가지를 비틀어 놓을 테니. 맙소사! 울던가, 그 애가 울었냐 말이오?"

"내 앞가슴에 얼굴을 파묻었지요."

외젠이 말했다.

"오! 그 옷을 내게 주시게. 기가 막혀! 어릴 적엔 한 번도 울지 않았던 귀여운 델핀! 내 딸 눈물이 여기 묻었단 말인가! 오! 당신에겐 다른 것을 한 벌 사 드리지. 이젠 그 옷일랑 입지 말고 내게 주구려. 계약에 따르면 그 애는 자기 재산을 재량껏 쓸 수 있어. 아! 내일 당장 데르빌 변호사를 만나야지. 그 애 재산을 돌려주도록 요구해야지. 난 법률에 훤하거든. 난 100년 묵은 여우니까. 내 이빨을 다시 드러내야지."

"자 영감님, 여기 1000프랑 있습니다. 노름으로 딴 돈에서 따님이 제게 준 것이지요. 조끼에 넣어두세요."

고리오는 외젠을 바라보았다. 그러더니 손을 내밀어 학생의 손을 꼭 잡았는데 그 위에 눈물방울이 떨어졌다.

"당신은 출세할 거요." 노인이 그에게 말했다. "허 참, 하느님은 공정하거든. 난 정직한 성격을 잘 알고 있지. 내가 단언하거니와 당신 같은 사람은 흔하지 않소. 당신도 내 귀여운 자식이 되어주지 않겠소? 자, 돌아가서 주무시오. 당신은 잠이 잘 올 거요. 아직 아버지가 아니니까. 그 애가 울었다는 걸 나는 알았지. 그 애가 괴로워하는 동안, 이곳에서 바보같이 한가하게 식사를 했다니. 내가! 이 내가 두 딸이 눈물을 한 방울이라도 흘리지 않도록 하기 위해서라면 성부와 성자와 성신까지도 팔아도 좋다고 생각했는데!"

잠자리에 들면서 외젠은 혼자 중얼거렸다.

"틀림없이 나는 평생 동안 성실한 남자로 살 수 있을 것 같아. 양심의 소리를 따른다는 건 기쁜 일이지."

남몰래 선행을 쌓는 건 하느님을 믿는 사람 이외에는 아마 드물 것이다. 그런데 외젠은 신을 믿고 있었다.

이튿날 무도회가 열릴 시간에 라스티냐크는 보세앙 부인 댁을 방문했다. 그는 카리글리아노 공작 부인에게 소개받기 위해 그녀와 함께 갔다. 그는 원수 부인으로부터 아주 정중한 접대를 받았고 그 자리에서 뉘싱겐 부인을 다시 만났다. 외젠의 마음을 확실히 얻고 싶었던 델핀은 그 자리에 모인 사람들에게 우선 호감을 사려는 계획으로 몸을 곱게 단장하고 왔다. 그녀는 외젠의 눈길을 받으려고 애태우면서 한편으로는 그런 초조감을 숨기고 있는 듯했다. 여자의 마음을 꿰뚫어볼 수 있는 자에겐 이런 순간이야말로 말할 수 없이 즐거운 때다. 상대방에 대한 자신의 견해를 기다리게 하고, 자신의 즐거움은 교묘하게 숨기고, 자신이 불러일으킨 불안 속에서 사랑의 고백을 발견하고, 상대방의 두려움을 웃음으로 없애버리는 것을 종종 즐기지 않은 남성이 과연 있을까?

이 축제 동안 외젠은 불현듯 자기의 위치가 미치는 영향의 범위를 헤아려볼 수 있었다. 보세앙 부인의 사촌 동생으로서 자기가 사교계에 확고한 자리를 차지하고 있음을 깨달았다. 게다가 뉘싱겐 남작 부인을 이미 정복한 것처럼 알려진 사실 때문에 더더욱 그의 존재가 뚜렷해졌다. 모든 젊은 남성들이 그에게 선망의 시선을 보냈다. 그 가운데에서 몇몇 눈초리를 알아채자 그는 처음으로 자부심에서 비롯한 쾌락을 맛보았다. 살롱에서 살롱으로 사람들 틈을 헤치고 옮겨 다니면서, 자기의 행운을 칭찬하는 소리들을 귓가로 들었다. 여자들은 모두가 그의 성공을 예언했다. 델핀도 그를 놓칠까 봐 두려워서 이틀 전에는 그렇게 허락하기를 꺼려 했던 키스도 오늘 저녁엔 거침없이 받아들이겠노라고 약속했다. 그날 무도회에서 라스티냐크는 수많은 초대를 받았다. 몇몇 귀부인들은 사촌 누이에게서 소개받았다. 상대방은 모두가 품위를 내세웠다. 그들의 저택은 하나같이 멋지기로 세상에 이름이 나 있었다. 그는 파리에서도 가장 성대하고 화려한 사교계에 자기가 나와 있는 것을 보았다. 이 하룻밤은 찬란한 첫 무대의 매력으로 넘치고 있었다. 마치 처녀가 수많은 박수 갈채를 받았던 무도회를 평생 잊지 못하듯이, 그는 나중에도 결코 잊지 않을 게 틀림없었다.

다음 날 아침밥을 먹으면서 그는 하숙인들 앞에서 고리오 영감에게 자기가 성공했다는 사실을 말했다. 그때 보트랭은 악마적인 미소를 띠기 시작했다. 급기야 이 잔인한 논리학자가 입을 떼었다.

"그래, 자넨 유행을 좇는 젊은 사람이 뇌브생트 주느비에브 거리의 보케르 하숙집 같은 곳에 살 수 있다고 생각하나? 하기야 분명히 여러 점에서 존중할 만한 하숙집이긴 하네. 하지만 유행에는 전혀 맞지 않는 집이지. 이 집은 화려하고 풍족한 데다, 라스티냐크 씨 같은 명사의 임시 숙소라는 것을 자랑스럽게 여기고 있지. 하지만 여긴 뇌브생트 주느비에브인 데다가 사치와는 담 쌓고 있지. 여긴 순전히 '양로원'이야, 여보게 친구."

보트랭은 자애로운 조롱조로 말을 이었다.

"만일 파리에서 행세깨나 하려면, 말 세 필 이외에도 낮에

탈 수 있는 이륜마차와 밤에 이용하는 2인승 사륜마차가 각각 한 대씩 필요하지. 마차 비용으로만 적어도 9000프랑이라네. 게다가 의상 값으로 3000프랑, 향수 값으로 900프랑, 구두 값으로 300프랑, 모자 값으로도 300프랑이 들게 마련이네. 그 비용을 쓰지 않으면 행세를 못하네. 게다가 세탁집 여주인에게 1000프랑을 지불해 줘야 되네. 유행을 좇는 젊은이들이면 내복 종류도 모두 다 갖추어야 하네. 그것들이 남의 눈에 더 잘 띈다고들 안하나? 연애와 교회는 모두 멋진 제단보를 필요로 하거든. 이제까지 계산한 것만도 1만 4000프랑이나 된다네. 도박에서 잃는 돈과 내기, 선물 구입에 필요한 돈은 계산에 안 넣고 말일세. 아무래도 용돈으로 2000프랑은 준비해야지 않겠나? 나도 전엔 그런 생활을 했단 말일세. 지출하는 건 알고 있었지. 그렇게 꼭 필요한 것 외에도 말 사료 값으로 3000프랑, 말 우리 비용으로 1000프랑을 보태야지. 자 여보게, 1년에 꼭 2만 5000프랑은 옆구리에 차고 있어야 된다는 말일세. 안 그러면 곤경에 빠져 남한테서 비웃음을 사지. 미래와 성공과 정부도 모두 물거품으로 돌아가게 된다네. 잊고 있었군. 말을 끄는 인부나 하인도 필요하지! 연애편지를 나르는 일을 크리스토프가 할 수 있겠나? 자네가 지금 쓰는 종이로 연애편지를 쓸 수 있겠나? 그런 짓을 하다간 끝장나 버리고 말지. 경험 많은 늙은이 말도 들어야지!"

그는 낮은 목소리를 점차 높이며 말을 계속했다.

"그러지 않을 거면 미덕이 넘치는 다락방에 눌러앉아 그곳에서 공부와 씨름하게. 아니면 다른 길을 택하게."

그렇게 말하더니 보트랭은 타유페르 양을 향해 흘낏거리며 한쪽 눈을 찡끗했다. 그 눈길에는 학생을 타락시키려고 그의 마음속에 심어놓았던 유혹적 추론들을 상기시키고 요약하려는 의도가 담겨 있었다.

여러 날이 지났다. 그동안에 라스티냐크는 무척 방탕한 나날을 보냈다. 거의 날마다 뉘싱겐 부인과 저녁을 함께하고 그녀와 함께 사교계에 갔다. 새벽 서너 시에 귀가해선 정오에 일어나 몸단장을 했다. 날씨가 좋으면 델핀과 숲으로 산책을 나섰다. 시간이 소중하다는 것도 모르고, 하는 일도 없이 이렇게 그는 빈둥거렸다. 대추야자 나무의 암술이 수술의 꽃가루를 초조하게 기다리는 열정에 사로잡혀서 그는 사치에 대한 모든 교육과 온갖 유혹을 받아들였다. 그리고 큰 노름에 손대어 듬뿍 따기도 하고 몽땅 잃기도 하면서, 마침내 상궤를 벗어난 파리 청년의 생활 태도에 익숙해졌다. 처음 딴 돈에서 현금 1500프랑과 멋진 선물까지 덧붙여서 어머니와 누이동생들에게 보냈다. 보케르 하숙집을 뜨고 싶다고 말했다. 그런데 정월이 끝날 무렵에도 그는 아직 거기에 있었으며 그 집을 떠날 방법을 몰랐다. 어떻게 나가야 좋을지 엄두가 나지 않았다.

청년들은 거의 모두가 겉으로는 설명할 수 없는 하나의 법칙에 따르고 있다. 하지만 그 이유는 젊음 그 자체와 쾌락을 향해 돌진하는 격정에서 비롯한다. 부자건 가난하건 간에 청년이란 마음이 내키면 아끼지 않고 돈을 뿌리지만 생활 필수품에는 결코 돈을 쓰지 않는다. 외상으로 손에 들어오는 것엔 무엇이든 헤프게 쓰면서도 당장에 현금이 드는 것엔 그지없이 인색하다. 손에 들어오는 것을 낭비해 손에 안 들어오는 것에 대해 분풀이하고 있는 듯이 보인다. 더 자세히 말해 보자. 예를 들어 학생은 옷보다도 모자 쪽을 더 중요하게 여긴다. 양복점에선 벌이가 좋기 때문에 본래 신용 대부를 해주기 때문이다. 하지만 상대적으로 벌이가 적은 모자점 주인은 학생이 담판해야 될 상대들 중에서는 가장 다루기 힘든 부류가 돼 있는 까닭이다. 극장의 2층 칸막이 좌석에 자리 잡고 앉은 청년이 미녀들의 오페라글라스에 이따금 멋진 조끼를 보였다 하더라도, 이 청년이 양말을 신고 있는지는 극히 의심스럽다. 양말 파는 상인들이 또한 청년들의 돈주머니를 갉아먹는 벌레와 같기 때문이다. 당시 라스티냐크의 상태가 바로 그러했다.

그의 돈지갑은 보케르 부인에 대해서는 항시 텅 비었고, 허영을 부리는 데 필요한 것에는 늘 가득 차 있었다. 그의 지갑은 돈이 있고 없음이 너무 심했기 때문에 당연히 지불해야 하는 것을 감당할 수 없었다. 그의 자부심을 정기적으로 구겨버리는 구린내 나는 이 더러운 하숙집을 떠나려면 여주인에게 한 달치 하숙비를 지불하고, 멋쟁이 방에 어울리는 가재도구를 사들여야 한다. 하지만 그것은 언제고 불가능했다. 라스티냐크는 도박에 필요한 돈을 구하기 위해서, 크게 땄을 때 보석상한테서 사 두었던 시계나 금줄을 청년들에게는 음흉스럽지만 신중한 친구인 전당포에 들고 갈 줄 알았다. 그러나 밥값이나 방세를 지불한다든지 사치 생활을 하기 위해 꼭 필요한 가구를 사들이는 게 문제가 될 경우 창의력이 없고 뻔뻔스러워졌다. 일반 생활에 드는 경비나 욕구를 충족시키기 위해 진 부채에 대해선 별로 뾰족한 대책이 떠오르지 않았다. 요행을 바라는 생활을 체험한 사람들은 대부분 그렇겠지만, 부르주아들의 눈에는 신성불가침으로 돼 있는 부채 지불을 그는 최후의 막다른 순간까지도 질질 끌었다. 마치 미라보[41]가 환어음을 돌리겠다고 위협을 받아야 겨우 빵값을 지불했던 것처럼.

이 무렵 라스티냐크는 도박에서 많은 돈을 잃어서 빚을 졌다. 고정자산이 없이 그런 생활을 계속하는 게 불가능하다는 사실을 그도 차츰 알기 시작했다. 하지만 불안정한 처지 때문에 받는 괴로운 타격 아래에서도 그는 이런 생활이 주는 넘치는 향락을 단념할 수 없다고 느꼈다. 어떤 희생을 치르더라도 그것을 계속해 가려고 마음먹었다. 일확천금의 요행수도 이젠 거품처럼 사라졌고 현실적 장애가 늘어갔다. 뉘싱겐 부부의 가정 비밀을 잘 알기 시작하면서부터 그는 연애를 출세의 방편으로 삼으려면 온갖 수치를 무시하고 청춘의 과오를 속죄하는 고상한 관념을 포기할 필요가 있었다. 겉으로는 아주 화려하지만 속은 양심의 가책 때문에 온통 좀먹어 있었으며, 그러한 삶의 덧없는 쾌락에 대한 죄과는 끝없는 고뇌로써 치러지는 것이었다. 자신이 택한 이 인생 속에서 그는 라브뤼예르[42]의 '방심자'처럼 진흙 속에 만들어 놓은 잠자리에서 뒹굴고 있었다. 그러나 역시 '방심자'처럼, 아직은 자기 의복만을 망치고 있었다.

---

41) 오노레 미라보(Honoré Gabriel Riquetti Comte de Mirabeau, 1741~1791). 프랑스 혁명 초기의 거물 정치가로, 국민의회 해산을 저지시킨 명연설이 유명하다.

어느 날 비앙숑이 식탁을 떠나면서 라스티냐크에게 말했다.

"한데, 중국 관리를 없애버렸나?"

"아직 못 했네. 하지만 그는 빈사 상태인걸."

의대생은 그 말을 농담으로 여겼다. 그러나 사실은 그렇지 않았다. 오래간만에 외젠은 하숙집에서 저녁을 먹었다. 그는 식사하면서도 곰곰이 생각에 잠겼다. 후식이 나와도 그는 자리를 뜰 생각도 하지 않았다. 식당에 남아 타유페르 양 옆에 앉아서 때때로 뜻있는 눈길을 그녀에게 던졌다. 몇몇 사람들은 여전히 식탁에 앉아 호두를 먹고 있었다. 다른 사람들은 말문을 열어 얘기를 계속하면서 이리저리 거닐고 있었다. 매일 저녁마다 그러듯이, 대화에 나타난 이해관계의 정도와 소화가 잘 되고 안 되고에 따라서 그들은 마음 내키는 대로 행동했다. 겨울에는 식당이 8시 전에 텅 비는 일은 거의 없었다. 8시가 되어 남은 사람이 여자 네 명일 경우 남자들 틈에서 입을 다물고 있었던 것에 울분을 터뜨리기라도 하듯 그녀들은 지껄여대었다.

외젠의 몰두한 모습에 깜짝 놀란 보트랭은 처음엔 서둘러 나갈 듯하더니 그냥 식당에 남아서 외젠의 눈에 안 뜨일 만한 곳에 앉아 있었다. 따라서 학생은 보트랭이 외출했다고 생각했다. 마지막으로 간 하숙인들과 함께 안 나가고 보트랭은 음

---

42) 장 드 라브뤼예르(Jean de La Bruyère, 1645~1696). 17세기의 모럴리스트. 부르봉 왕가에 속한 명문가인 콩데(Condé)가의 가정교사로 일하며 관찰한 궁정과 귀족사회의 세태를 풍자한 산문 『사람은 가지가지』와 『정숙주의에 관한 대화』 등이 큰 인기를 끌었다.

흥스럽게 살롱에 자리 잡고 있었다. 그는 학생의 영혼을 읽었고 결정적인 조짐을 미리 느꼈다.

사실 라스티냐크는 대부분의 청년이 경험했던 곤란한 지경에 빠졌다. 사랑하는 것인지 아니면 교태를 부리고 있는 것인지, 뉘싱겐 부인은 그에 대해서 파리 여자들이 으레 쓰는 수단인 여인 처세술의 비법을 총동원해서 라스티냐크로 하여금 진실된 정열에서 비롯된 모든 고뇌를 맛보게 했다. 보세앙 부인의 사촌 동생을 자기 곁에 두기 위해 자신에 대한 항간의 평판이 위태롭게 되는 것도 아랑곳하지 않았던 그녀는 그가 누리는 것처럼 보이는 권리를 실제로 그에게 주기를 망설였다. 요즘 한 달간 외젠의 감각을 너무나 자극한 그녀는 마침내 그의 마음을 공격하기 시작했다. 그들의 관계는 처음에는 라스티냐크가 주도권을 쥔 것처럼 보였다. 그런데 지금에 와선 부인 쪽이 훨씬 우세했다. 그것은 파리 청년에게 깊은 인상을 준 두세 사람[43]이 지닌 선과 악에 대한 그 모든 감정이 외젠 자신의 가슴속에서도 일어나게 만든 그녀의 술책 덕택이었다.

이것은 그녀가 계획적으로 생각해 낸 것일까? 아니 그럴 리가 없다. 여자들이란 엄청난 거짓 속에서도 항상 진실된 면이 있게 마련이다. 왜냐하면 여자들은 자연스러운 어떤 감정에 자신의 몸을 아끼기 때문이다. 필경 델핀은 이 청년이 자신에게 강한 영향력을 끼치도록 하고 많은 애정을 드러낸 뒤에 문득 자신의 자존심이 되살아났으리라. 그녀는 이 자존심 때

---

43) 보트랭 같은 인물들을 말한다.

문에 자신이 양보했던 것들을 취소시킬 수 있었고, 양보의 중지에서 오는 쾌감도 느낄 수 있었다. 정열에 끌리는 순간에도 타락하기를 주저하거나 장래를 맡길 상대방의 속을 떠보려고 하는 것이 파리 여자들에게는 극히 당연한 일이다.

처음에는 뉘싱겐 부인의 모든 희망이 이미 배반당했고 젊은 이기주의자에 대한 그녀의 성실성이 인정받지 못했던 직후였다. 그녀가 의심을 품는 건 당연한 일이었다. 벼락치기 성공 때문에 자존심이 미련할 정도로 강해진 외젠의 태도에서, 그녀는 둘 사이의 미묘한 입장에서 비롯한 자신에 대한 모종의 경멸을 알아차렸다. 자기를 버린 남자 앞에서 그렇게 오래도록 왜소하게 있고 난 뒤라 그녀는 이 나이 또래의 젊은이에게만은 자신을 위엄 있고 크게 보이려고 한 게 틀림없었다. 게다가 그녀가 드 마르세에게 속해 있던 것을 외젠이 알고 있는 바로 그 이유 때문에 더더욱 이 청년에게는 자기가 손쉬운 여자라고 느끼게 하고 싶지 않았다. 진짜 짐승 같은 젊은 탕아의 비열한 쾌락을 겪었던 그녀는 사랑의 화원을 산책하면서 많은 즐거움을 맛보았다. 꽃밭의 온갖 경치를 바라보고, 살랑거리는 소리에 오랫동안 귀 기울이고, 깨끗한 미풍에 몸을 내맡기는 게 그녀에게는 말할 수 없이 상쾌한 매력이었다. 진실한 사랑이 그릇된 사랑을 대신해서 대가를 치르는 것이었다. 처음 당하는 기만에 젊은 여인의 마음속에 핀 꽃이 어떻게 꺾이는가를 남성이 깨닫지 못하는 한, 이런 오해가 불행히도 자주 일어날 것이다. 그 이유가 무엇이든지 간에 델핀은 라스티냐크를 조롱했고 그것을 즐기고 있었다. 물론 그것은 그녀가 사랑받고 있음을 알고, 여성이 줄 수 있는 기쁨으로 애인의 번민쯤은 없앨 자신이 있었기 때문이다.

한편 외젠 쪽에서도 자존심 때문에 자기의 첫 싸움을 패배로 끝내고 싶지는 않았다. 때문에 더더욱 끈질기게 추격의 손을 멈추려고 하지 않았다. 마치 성(聖) 위베르 사냥 축제에 처음 참가하는 사냥꾼이 어떻게든 자고새 한 마리를 잡겠다고 굳은 결심을 하는 것이나 다름없었다. 그는 자신의 번민과 상처받은 자존심, 진실이든 허위이든 간에 절망감 때문에 한층 더 그 부인과 자신을 결부시켰다. 파리 전체가 뉘싱겐 부인이 그의 소유라는 사실을 알고 있었다. 그런데 그는 부인과의 관계를 처음 만난 날 이상으로 진전시키지 못했다. 여자의 교태가 때로는 사랑이 주는 즐거움보다 더 많은 이득을 줄 수 있다는 사실을 아직 몰랐던 그는 어리석기 짝이 없는 분노에 빠져들었다. 만약 여자가 사랑을 허락하지 않고 거부하는 그 기간이 라스티냐크에게 신선한 과실을 얻을 수 있는 수확을 가져다준다면, 그 과실들이 덜 익고 새콤하고 맛있는 만큼 그에게는 돈이 많이 들 수밖에 없는 것이다. 돈 한 푼도 미래의 희망도 없어지자 때때로 라스티냐크는 양심의 소리에도 불구하고, 보트랭이 그에게 보여주었던 타유페르 양과의 결혼 가능성이라는 행운의 기회를 생각했다. 마침 그때 가장 혹독한 가난에 빠져 있던 라스티냐크는 그 눈길 때문에 얼이 나갔던 무시무시한 스핑크스의 술책에 거의 무의식적으로 굴복하고 있었다.

푸아레와 미쇼노 양이 각자 방으로 올라간 뒤, 보케르 부인과 난로 옆에서 졸면서 털실로 소맷부리를 짜는 쿠튀르 부인 말고는 아무도 없다고 생각한 라스티냐크는 타유페르 양이 눈을 아래로 내리깔도록 아주 부드럽게 그녀를 지켜보았다.

"외젠 씨, 근심거리라도 있나요?"

잠시 침묵하던 빅토린이 말을 걸었다.

"근심 없는 사람이 어디 있나요!" 라스티냐크가 대답했다. "우리 청년들이 언제나 할 수 있는 희생을 보상할 수 있을 만큼 헌신적인 사랑을 받고 있다는 사실을 확신할 수 있다면, 근심 같은 건 결코 없을 겁니다."

타유페르 양이 대답 대신 그에게 던진 눈길은 애매모호하지 않았다.

"아가씨, 당신은 오늘 자신감이 있습니다. 절대로 그게 변하지 않는다고 대답하실 수 있습니까?"

순간 가엾은 아가씨의 입가에는 미소가 떠올랐다. 그것은 영혼에서 솟아나는 한 줄기 빛 같았다. 미소가 그녀의 얼굴을 너무나 빛나게 했기 때문에, 외젠은 그처럼 격렬한 감정의 폭발을 불러일으킨 사실이 두려웠다.

"어떠세요! 만약 앞으로 당신이 돈 많고 행복하며 하늘에서 엄청난 돈이 당신에게 떨어진다 하더라도 어려운 처지였을 때 좋아했던 가난한 청년을 여전히 사랑할 수 있겠습니까?"

그녀는 앙증맞게 머리를 끄덕여 보였다.

"대단히 불행한 젊은이라도?"

그녀는 또 한 번 끄덕거렸다.

"무슨 어리석은 소릴 하고 있어요?"

보케르 부인이 소리쳤다.

"내버려두세요." 외젠이 말했다. "우리는 서로 마음이 통합니다."

"그렇다면 외젠 드 라스티냐크 기사와 빅토린 타유페르 양 사이에 결혼 약속이라도 있을 건가요?"

갑자기 식당 입구쪽에서 모습을 드러낸 보트랭이 독특하고 굵은 목소리로 말했다.

"아유, 깜짝이야."

쿠튀르 부인과 보케르 부인이 동시에 소리쳤다.

"저는 더 나쁜 선택을 할지도 모릅니다."

외젠은 웃으면서 대답했지만, 일찍이 맛보지 못했던 심한 고통을 보트랭의 소리 때문에 느꼈다.

"나쁜 농담들은 말아주세요, 여러분." 쿠튀르 부인이 말했다. "얘야, 방으로 올라가자."

보케르 부인도 두 여자 뒤를 따라갔다. 그녀는 양초와 불을 절약하기 위해 초저녁에는 늘 둘이 있는 방에서 지냈다.

외젠은 혼자서 보트랭과 마주 보게 되었다.

"나는 자네가 여기까지 오리라는 것을 잘 알고 있었다네." 아무런 동요 없이 침착성을 유지하며 보트랭은 말했다. "그런데 들어보게! 나도 남들처럼 세심한 마음씨는 있다네. 당장 지금 결정 안 지어도 되네. 보통때의 자네와는 좀 달라진 것 같으니 말일세. 게다가 자넨 빚도 진 상태고 말이야. 열정이나 절망이 아니고 어디까지나 이성을 가지고 자네가 내 쪽으로 다가와 주길 바라네. 아마도 자넨 몇천 에퀴가 필요할 걸세.

원한다면 가져가게.”

이 악마는 주머니에서 돈지갑을 꺼내더니 지폐 석 장을 빼내 그것을 학생 눈앞에서 팔랑거려 보였다.

외젠은 가장 견디기 힘든 곤경에 빠져 있었다. 다주다 후작과 트라유 백작에게 도박에서 잃은 2000프랑을 빚진 것이다. 그 돈이 없어서 자신을 초대한 레스토 부인 댁의 파티에도 참석할 엄두를 내지 못하고 있었다. 과자 부스러기를 먹거나 차를 마시는 격식 없는 모임이었음에도 휘스트 놀이에서 6000프랑이나 빚지는 수도 있는 것이다.

“선생님!” 외젠은 심한 경련을 겨우 감추면서 말했다. “당신이 내게 그런 말씀을 한 이상, 내가 당신의 은혜를 받아들이는 게 불가능하다는 사실을 이해해 주셔야겠습니다.”

“자네는 내게 귀찮게 말을 돌려서 다시 하라고 하는군.” 유혹자가 말을 계속했다. “자네는 훌륭한 청년이며 마음씨가 섬세하지. 사자처럼 거만하고 소녀처럼 부드럽네. 자넨 악마들의 훌륭한 먹잇감이 될 걸세. 나는 젊은이의 그런 장점을 좋아하지. 두서너 번 고도의 전략을 생각한 다음 자네는 세상을 있는 그대로 보게 될 걸세. 세상이라는 큰 무대에서 도덕이라는 조그만 연기를 하기만 한다면, 그가 보통 사람이 아닌 한, 땅바닥에 주저앉아 구경하는 바보 녀석들의 박수갈채에 그의 모든 환상은 완전히 만족될 수가 있다네. 머지않아서 자네는 우리 패가 될 걸세. 정말이지 자네가 내 제자가 되기를 원한다면, 자네는 어떤 일에라도 성공할 수가 있지. 영예든 재산이든 여자든 무엇이든지 자네가 원하는 순간에 성취될 수 있네.

뭣하면 모든 문명을 한 덩어리로 뭉쳐 맛난 음식으로 자네에게 바쳐도 좋네. 자네는 우리가 애지중지하는 막내가 될 걸세. 우리는 자네를 위해 기꺼이 목숨을 끊어도 좋네. 귀찮은 것이 있으면 모조리 뿌리째 뽑아줌세. 자네가 아직도 꺼리는 건 나를 악당이라고 여기고 있기 때문이지? 하지만 말일세, 자네가 아직도 지니고 있다고 믿는 정도의 성실성을 가진 저 튀렌 원수(元帥)도 산적들과 손잡으면서도 조금도 남부끄럽게 여기지 않았다네. 자네는 나한테 신세를 지는 게 마음에 안 드나? 응? 그런 일은 아무래도 괜찮지 않은가?"

보트랭은 히죽히죽 웃으면서 말을 이었다.

"이 헌 종이쪽지를 받아 두게. 그리고 여기에다 가로로 써 주게."

그는 한 장의 증서를 꺼냈다.

"'일금 3500프랑, 정히 인수함. 반환 기한 1년.' 이렇게 말일세. 그리고 연월일도 쓰게. 이자는 무척 비싸네. 자네 양심의 꺼림칙함을 덜어주려는 것일세. 나를 고리대금업자라고 불러도 좋아. 감사할 필요는 조금도 없다네. 오늘은 자네가 날 경멸하겠지. 하지만 확실히 말해 두지. 앞으로 자넨 날 좋아할 걸세. 자네는 내 마음속에서 무한한 심연과 집중된 거대한 감정을 찾아볼 수 있을 거야. 바보 녀석들은 그걸 악덕이라고 부르지. 하지만 자네가 나를 결코 비겁한 놈이나 배은망덕한 인간으로 여기지 않을 테니까. 여보게, 결국 나는 체스에서 폰도 아니고 비숍도 아니고 룩이야."

"도대체 당신은 어떤 분이지요? 당신은 날 괴롭히려고 이 세상에 나왔어요?"

외젠이 소리쳤다.

"천만에. 나는 무척 좋은 사람이지. 비록 제 몸은 구렁텅이에서 헤매도 자네의 남은 삶을 구렁텅이에서 건져주려고 하지. 어째서 내가 이렇게 헌신적인지, 자넨 의심을 품겠지. 그래! 좋아, 차차 내가 자세히 자네 귀에 대고 가만히 얘기해 줌세. 사회 질서의 반향이라든가 그 기구의 움직임을 언젠가는 자네에게 털어놓아 자네를 놀라게 해주겠네. 하지만 전쟁터에 처음 나간 신병처럼 자네가 느끼는 생소한 공포는 없어질 걸세. 또한 자네는 스스로 왕이라고 일컫는 놈들에게 몸 바칠 각오를 한 병정이 바로 인간이라는 생각에 익숙해질 걸세. 세월도 참 변했지. 옛날 같으면 자네에게 명령해서 어이, 100에퀴 줄 테니 누구누구를 해치우게, 하고는 아무것도 아닌 일에 인간 하나를 감쪽같이 처치하고 시치밀 떼고, 저녁상을 받았었네. 그러나 이젠 머리 한 번 끄덕만 하면 기막힌 행운을 잡을 수가 있어. 게다가 별로 위태로운 일도 아닌데, 자네가 주저하니 말일세. 세상이 물렁물렁해져 버렸단 말이야."

외젠은 계약서에 서명하고 그것과 지폐를 맞바꾸었다.

"자, 이치를 따져 이야기함세." 보트랭이 말을 이었다. "난 앞으로 몇 달 안으로 연초 재배를 위해 미국으로 떠나려네. 우정의 표시로 거기서 궐련을 보내주지. 만일 내가 돈을 벌면 자넬 도와주지. 어린애가 안 생기면, 당연하지만 접목(接木)을 해서 자신을 다시 심어볼 호기심 같은 건 없으니까 내 재산도 자네에게 물려주지. 사나이끼리의 의리로 말이야. 난 자네가 무척 좋네. 남을 위해서 내 몸을 바치는 열정이 내게 있거든. 전에도 그런 경우가 있었지. 그런데 여보게, 난 다른 녀석들보다 훨씬 높은 영역에 살고 있다네. 행동을 수단이라고 생각하고, 내겐 목적밖에 없네. 나한테 인간이란 도대체 무엇이란 말인가? 이런 찌꺼기 같은 거지!"

그는 엄지 손톱으로 이를 쑤시며 말했다.

"인간이란 전부냐 아니면 전무냐, 어느 한쪽이지. 단 푸아레라고 불릴 때는 전무지. 그런 놈은 빈대 새끼처럼 짓이겨 놓아야지. 그야말로 납작해져 냄새를 풍기겠지. 하지만 인간도 자네를 닮은 경우에는 하느님이지. 인간 가죽을 쓴 기계가 아니고 아름다운 감정이 약동하는 하나의 무대라네. 그리고 나는 오직 그런 감정만으로 살고 있네. 하지만 감정은 사상 속에 있는 세계가 아닐까? 고리오 영감을 보게나. 그의 두 딸은 노인에게 우주 전체지. 그녀들은 실이지. 그 실로 노인은 만물에 파고들 수가 있지. 자, 그런데 인간을 깊이 파고 들어가 본 내겐 단 하나의 현실적 감정만이 존재하네. 즉 남자와 남자 사이의 우정이지. 피에르와 자피에는 나의 열정 그 자체야. 『구원받은 베니스』[44]를 외우고 있다네. 한 친구가 '시체 하나 묻으러 가지.'라고 말할 때, 군말 않고. 도덕으로 귀찮게 굴지 않으면서 따라나설 배짱 두둑한 인간들이 많을 것 같은가? 바로 내가 그런 짓을 했었네. 난 아무에게나 이런 식으로 말하지는

---

44) 영국의 극작가 토머스 오트웨이(Thomas Otway, 1652~1685)가 써서 1682년에 초연된 비극. 피에르와 자피에는 오랜 친구 사이로, 피에르가 자피에를 부추겨 원한을 품고 있던 베니스 원로원 원로에게 복수하도록 만든다.

않을 걸세. 하지만 자넨 탁월한 인간이니까 사람들은 모든 걸 자네에게 말할 수 있지. 또 자네는 무엇이든 이해해 줄 수 있겠지. 자넨 우리 주위에 있는 더러운 녀석들이 사는 늪 속에서 오랫동안 첨벙거리며 돌아다닐 인간이 아니지. 자! 여기서 얘기를 끝내지. 자네는 결혼해야 되네. 각자는 자기의 뾰족한 것을 내밀어야 하네. 내 거시기는 쇠로 만들어져서 물렁물렁해지지도 않지. 자! 자!"

보트랭은 학생의 부정적인 대답을 들으려고도 않고 나가버렸다. 그를 편하게 놓아두려는 심산에서였다. 그는 자기 체면을 차리고 몹쓸 행동을 정당화할 때 일어나는 사소한 저항이나 갈등의 비밀을 아는 듯했다.

"하고 싶은 대로 하라지. 절대 타유페르 양과 결혼하지 않을 거야!"

외젠이 혼자서 중얼거렸다.

냉소적인 생각이나 사회를 깔보는 배짱 때문에 보트랭이 라스티냐크의 눈에 차츰 크게 비쳐졌다. 하지만 자신이 공포를 느끼는 그자와 계약을 맺어버렸다는 생각이 들자 마음에 열병이 일고 불안했다. 라스티냐크는 옷을 입고 마차를 부탁해서 레스토 부인 댁으로 달려갔다.

며칠 전부터 레스토 부인은 라스티냐크에게 훨씬 정성을 쏟았다. 상류사회의 한복판으로 한 걸음 한 걸음 내디디게 된 이 청년의 영향력이 언젠가는 엄청나리라는 걸 그 부인이 알았기 때문이다. 라스티냐크는 트라유 씨와 다주다 씨에게 빚을 갚았다. 밤 한때 동안 휘스트 놀이를 해서 그 전에 잃었던 것을 벌충했다. 출셋길을 개척해야 할 대부분의 사람들은 대개 운명론자다. 하지만 그들처럼 미신적이었던 라스티냐크는 자신의 행운 가운데에서도 정당한 길을 가려고 애쓰는 자기의 인내가 하늘로부터 보상받기를 원했다.

이튿날 아침 그는 서둘러 보트랭에게 자기가 써준 어음을 아직 가지고 있는가를 물었다. 가지고 있다는 대답을 듣자 아주 자연스럽게 기쁨을 나타내며 그는 3000프랑을 갚았다.

"만사형통이군."

보트랭이 그에게 말했다.

"하지만 전 당신과 한통속이 아니에요."

외젠이 대답했다.

"알고 있네, 알고 있어." 보트랭은 말을 가로막았다. "여전히 자네는 유치하게 구는군. 대수롭지 않은 걸로 주저하고 있어."

불사신

이틀 후, 푸아레와 미쇼노 양은 식물원의 호젓한 길가에 있는 양지바른 벤치에 걸터앉아 있었다. 그들은 의대생의 눈에는 당연히 수상쩍어 보이는 어떤 사람과 이야기를 나눴다.

"아가씨." 공뒤로 씨가 말했다. "어째서 당신이 머뭇거리는지 도무지 모르겠군요. 그런데 왕국 경찰대신 각하께서도……."

"뭣이! 왕국 경찰대신 각하께서도……?"

푸아레가 되물었다.

"그래요. 각하께서도 이 일에 많은 관심을 가지고 계십니다."

공뒤로가 말했다.

머리는 텅 비었지만 예전에는 관리였던, 부르주아의 미덕을 지닌 푸아레가 뷔퐁 거리에 사는 연금 생활자라고 자칭하면서 경찰이란 말을 입에 담고 정직한 자의 가면을 통해 예루살렘 거리의 경찰 앞잡이 같은 낯짝을 보이기 시작한 상대방 말에 태연히 귀를 기울이는 건 있을 수 없다고 누구나 생각할 것이다. 하지만 이처럼 자연스러운 일은 없다. 지금까지 사실을 숨김없이 드러내 놓지는 않았지만, 사람들은 몇몇 관찰자들이 지적한 말에서 바보라는 대가계(大家系)에 있는 이 푸아레가 속한 특수한 종족을 잘 이해할 수 있을 것이다. 이른바 이 세상에는 펜을 쥔 월급쟁이 족속이란 게 있어서 국가 예산이라는 위도의 1도에서 3도 사이에 갇혀 기생한다. 그 1도는 연봉 1200프랑이라는 행정상의 한대지방이다. 3도는 연봉 3000에서 6000프랑이라는 주머니가 제법 두둑한 온대지역이며 상여금도 알맞게 나올 수 있고 경작은 힘들지만 때론 꽃도 피는 곳이다.

이 하급 관리들의 비열한 편협성을 한층 돋보이게 하는 특징 가운데 하나는, '대신 각하님'이라는 다섯 글자 아래 전혀 알아볼 수 없는 서명을 통해 모든 관청원이 위대한 거물에게 보이는 무의식적이고 기계적이며 본능적인 일종의 존경심이다. '대신 각하님'이라는 말은 『바그다드의 태수』에서 '일 본도카니[45]'에 해당하는 것으로, 이러한 보잘것없는 자들의 눈에는 어쩔 수 없는 신성한 권력으로 크게 비친다. 기독교도에게 교황이 그렇듯이, 관리들 눈에 대신 각하란 행정적으로 절대

45) Il Bondocani. 프랑수아 아드리앵 보엘디외(François-Adrien Boieldieu, 1775~1834)의 오페라 『바그다드의 태수』 속 주인공인 이슬람 칼리프가 궁 밖을 나다닐 때 사용하는 가명이다.

적이다. 감히 범접할 수 없는 대신의 권위는 그의 언행이나 그의 이름을 사용하는 모든 것에 영향을 미쳐 모든 것을 대신이란 장식으로 뒤덮고, 대신의 명령으로 행해지는 온갖 행위를 합법화한다. 각하라는 존칭이 그의 의견의 순수성과 의지의 신성함을 증명하고 극히 용서할 수 없는 관념까지도 쉽사리 통과시킨다. 이런 불쌍한 부하들은 자기들의 개인적 이해 때문이라면 하지 않을 일도 '각하'라는 말 한마디만 들으면 바로 달려들어 실행에 옮기는 것이다. 군대 안에 맹종이 있듯이 관청에도 그런 것이 있게 마련이다. 관료제도는 양심을 질식시키고 인간성을 없애며, 급기야 인간을 행정 기구의 나사나 태엽처럼 만들어버린다.

인간을 잘 분간할 줄 아는 공뒤로 씨는 푸아레를 그런 바보 같은 관리의 한 사람으로 재빨리 파악했다. 그가 자기 계획을 털어놓고 푸아레 따위의 인간을 꼬드겨야 할 때, 소위 '각하'라는 뜻밖의 결말을 몰고 오는 부적 같은 문구를 끄집어낸 것도 실은 그래서였다. 그에게 미쇼노가 암컷 푸아레로 보이는 것처럼 푸아레는 수컷 미쇼노로 여겨졌다.

"각하가 친히, 대신 각하가 그걸 친히…… 아! 이쯤 되면 말이 전혀 달라지는군요."

푸아레가 호들갑을 떨었다.

"당신은 이분 의견이라면 신뢰하시는 것 같은데, 지금 한 얘기를 알아들으셨겠죠." 가짜 연금 생활자는 미쇼노 양에게 말했다. "그런데 각하는 절대적 확신을 가지고 보케르 집에서 하숙하는, 자칭 보트랭이란 인물이 툴롱 도형장에서 '불사신'이란 이름으로 알려진 탈옥수임에 틀림없다고 말씀하시지요."

"무어라고요! 불사신이라니!" 푸아레가 말했다. "불사신이란 이름에 어울린다면 그는 행복한 친구군요."

"그렇고말고요." 형사가 말을 이었다. "어떤 위험한 짓을 그 작자가 했다손 치더라도 목숨만은 결코 잃지 않아서 그런 별명이 붙었지요. 그자는 정말 위험천만한 사람이지요, 아시겠소! 그는 뛰어난 장점도 가지고 있지요. 심지어 처형을 선고받을지라도 그자는 자기 세계에서 굉장한 존경을 받고 있는 처지로서……."

"그렇다면 존경받을 만한 자란 말이군요?"

푸아레가 물었다.

"그 사람 방식으로 말이지요. 자신이 몹시 좋아했던 멋쟁이 청년의 위조죄를 그가 뒤집어쓰는 데 동의했지요. 도박광인 이탈리아인 청년이 범한 죄였는데, 그 후 군대에 들어가서부터 그 젊은이는 완전히 정신을 차렸지요."

"하지만 경찰 대신 각하께서 보트랭 씨를 틀림없이 '불사신'이라고 여겼다면, 어째서 나 같은 사람에게 볼일이 있겠어요?"

미쇼노 양이 말했다.

"아, 그렇군." 푸아레가 말했다. "혹시 당신이 말씀하신 대로 실제로 대신 각하가 어떤 확신이라도 있으시다면……."

"확신이라는 말은 적절치 않아요. 단지 의심하고 있지요. 당신은 문제점이 무엇인지 곧 아실 거예요. 불사신이라는 별명을 지닌 그 자크 콜랭은 세 곳 감옥의 죄수들한테서 절대적 신뢰를 얻고 있지요. 따라서 그곳에서 대리인 겸 재산 관리인으로 뽑혔어요. 그는 이런 종류의 사무를 맡아 돈벌이를 크게 하고 있어요. 하기야 뛰어난 인간이 할 수 있는 일이니까요."

"아 그렇군요. 아가씨, 지금 말한 뜻을 알아듣겠어요?" 푸아레가 말했다. "이 양반이 뛰어난 인간이라고 지금 말한 것은, 죄수 낙인이 찍혔기 때문이지."

"엉터리 보트랭은……." 형사가 말을 이었다. "죄수놈들한테서 돈을 받고, 투자하고, 보관하죠. 그는 그것을 탈옥수들의 비용으로 쓴다든지, 유언으로 지정된 유족들에게 전하지요. 또 그는 죄수가 어음을 발행해 정부(情婦)에게 송금하라고 하면, 그쪽으로 전해 주기도 하지요."

"정부라니! 부인을 잘못 알고 있는 게 아니오?"

푸아레가 주위의 눈길을 끌면서 너스레를 떨었다.

"아닙니다. 죄수들은 대개 비합법적인 부인을 둔답니다. 우리 사이에선 정부라고 부르지만요."

"말하자면 모두 내연 관계로 살고 있단 소린가요?"

"결국 그런 셈이죠."

"그것 참! 이런 꼴불견스러운 일을 대신이 묵인하다니 한심한 일이군." 푸아레가 말했다. "당신은 각하를 뵐 영광을 누리실 수 있고 박애주의 사상을 지니신 분 같아 말씀인데요, 한번쯤은 사회에 나쁜 본보기가 되는 그런 부도덕한 친구들의 소행에 관해 당신이 각하께 여쭈어두는 게 좋겠다고 생각하는데요."

"하지만 정부가 모든 덕행의 본보기로서 그자들을 집어넣은 것은 아니니까요."

"정말 그렇군요. 하지만 나로 말하자면……."

"여보세요, 이분 얘기를 더 들어보시는 게 어때요?"

미쇼노 양이 말했다.

"잘 아시는군요, 아가씨." 공뒤로가 말을 계속했다. "세상 소문으로는 엄청난 액수에 이르는 그의 불법 금고를 관리하는 데 정부 당국이 많은 관심을 가져야 한다는 거지요. 불사신이라는 별명을 지닌 이놈은 자신의 몇몇 친구들 돈뿐만 아니라, 1만의 조합에서 나오는 돈도 함께 은닉해 거액의 돈을 수중에 넣고 있으니……."

"도둑놈들이 1만 명이나 된다고!"

깜짝 놀라며 푸아레가 소리쳤다.

"아니, 1만의 조합이란 것은 대도(大盜)들, 즉 대규모로 일하고 1만 프랑의 벌이가 되지 않을 일엔 아예 손을 내밀지도 않는 통 큰 도둑놈들의 결사예요. 이 조합은 곧장 중죄 재판소로 갈 놈들 가운데서도 특히 뛰어난 놈들로만 구성되지요. 그 놈들은 법을 두루 꿰고 있어서, 사형선고를 받을 어리석은 짓은 결코 하지 않는답니다. 콜랭은 그들한테서 신뢰받고 있어서 그들의 자문 역을 해주지요. 거액의 돈을 도움받아서 놈은 사설 정보기관을 만들고 엄청나게 광범위한 그물을 쳐서 철저한 비밀을 유지하지요. 1년 전부터 우리는 스파이를 그놈 주위에 붙여두고 있지요. 하지만 그놈이 무슨 짓을 하는지 통 알 수가 없거든요. 그놈의 돈주머니와 재치가 끊임없이 악을 기르고 범죄에 돈을 제공하여 사회와 항구적 전쟁 상태에 있는 악당들의 군대를 유지하고 있는 셈이지요. 그러니까 불사신을 잡아서 그 자금원을 장악하는 것이 악을 뿌리째 뽑아버리는 게 되지요. 그놈을 쳐부수는 일은 국가적 문제, 즉 고급 전략에 속하므로 협조해 주셔야 합니다. 성공리에 끝내면 큰 표창감입니다. 당신도 다시 관리가 되어 경찰 서기에 임명될 수도 있지요. 게다가 퇴직연금을 받는 데 아무런 지장이 없는 위치에 말이죠."

"그런데 어째서 불사신이란 놈은 금고를 가지고 도망치지 않았죠?"

미쇼노 양이 물었다.

"오!" 형사 부장이 말했다. "죄수의 돈을 훔치면 어디로 도망치더라도 암살 지령을 받은 자에게 쫓기게 되지요. 게다가 금고를 가지고 달아난다 해도 양갓집 아가씨를 유혹하는 것처럼 그렇게 손쉬운 일이 아니에요. 또한 콜랭은 그런 짓을 할 수 있는 작자도 못 되지요. 스스로 불명예스러워할 테니까요."

"선생님 말씀이 옳군요."

푸아레가 말했다.

"그야말로 불명예스러운 일이죠."

"하지만 지금까지 들은 얘기를 비추어볼 때, 어째서 그자를 쉽게 체포해 버리지 않는지, 저로선 도무지 이유를 모르겠어요."

미쇼노 양이 한마디 했다.

"그렇다면 대답해 드리지요. 하지만 아가씨," 그가 그녀 귀에 입을 대고 말했다. "그러자면 이분이 얘기를 가로막지 않도록 해주세요. 안 그러면 끝이 안 나니까요. 이 영감님은 자기 얘기를 남에게 들려주기에 충분할 만큼 출세를 할 필요가 있겠군요……. 어쨌든 불사신은 이 세상에 나서 신사의 탈을 쓰고 훌륭한 파리 시민이 되어 눈에 띄지 않도록 이 하숙집에 들어온 거지요. 교활한 놈이라 여간해선 꼬리를 안 잡힌답니다. 그래서 보트랭 씨는 중요한 사업으로 돈을 많이 긁어모은 대단한 인물인 셈이지요."

"당연하지."

푸아레가 혼잣말로 중얼거렸다.

"그래, 만일 보트랭을 체포한 것이 착오로 밝혀진다면, 파리 실업계나 여론에 등 돌리는 꼴이 되지요. 그러면 대신 각하는 겁쟁이가 되고 경시 총감 나리도 적이 많아져서 지위가 몹시 위태로워질 것입니다. 자칫 실수라도 저지르면, 그분의 자리를 벼르고 있던 자들은 험담과 자유주의파의 고함을 이용해 뒷덜미를 잡아 총감을 물러나게 할 것입니다. 그러니까 이 문제는 가짜 생텔렌 백작, 즉 쿠아냐르 사건 때와 같은 조치를 취해야 될 문제지요. 진짜 생텔렌 백작인 경우에는 큰일이니까요. 그래서 확인할 필요가 있어요!"

"알았어요. 하지만 멋진 여자가 필요할 텐데요."

미쇼노 양이 발끈하며 말했다.

"불사신은 여자를 거들떠보지도 않아요." 형사 부장이 말했다. "비밀 한 가지를 말씀드리죠. 그 친구는 여자를 싫어한답니다."

"하지만 그 같은 것을 조사하는 데 내가 무슨 도움이 될지 통 알 수 없군요. 제가 2000프랑으로 그 일을 맡는다고 가정하고서 하는 얘긴데요."

"아무 힘도 안 들죠." 그 낯선 자가 말했다. "졸도시키지만 생명에는 지장 없는 약을 작은 병에 담아 드리지요. 뇌일혈과 비슷한 증상을 일으킬 뿐인데, 포도주나 커피에도 섞을 수 있는 약이죠. 그러면 곧장 상대방을 침대로 날라다 숨이 붙어 있나 없나를 조사하는 척하고 의복을 벗겨 당신 혼자 있을 때 놈의 어깨를 탁! 소리가 나게 두들겨요. 그러면 낙인 찍힌 문자가 나타날 거요."

"듣고 보니, 별일도 아닌데요."

푸아레가 말했다.

"자, 승낙해 주시는 거지요?"

공뒤로가 노처녀에게 말했다.

"하지만, 여보세요. 낙인이 안 나올 경우에도 역시 2000프랑을 받게 되나요?"

"안 되지요."

"그렇다면, 수당은 얼마쯤으로?"

"500프랑."

"고작 그걸 받으려고 엄청난 짓을 하다니! 꺼림칙한데요. 나는 내 양심을 진정시켜야 해요."

"그렇고말고요. 내가 단언해도 좋아요." 푸아레가 입을 열었다. "이 미쇼노 양은 대단한 양심가이고, 매우 친절하고, 세상 물정을 잘 알지요."

"자 그럼, 이렇게 해요. 만약에 그가 불사신이라면 3000프랑 받기로 하고, 보통 시민이면 한 푼도 안 받기로요."

미쇼노 양이 제안을 덧붙였다.

"좋소." 공뒤로가 말했다. "단, 내일 안으로 한다는 조건입니다."

"너무 서두르시네요. 저는 고해신부님께 의논 드려야 해요."

"빈틈없는 분이군요." 형사 부장이 말하더니 일어났다. "자, 내일 다시 봅시다. 내게 급한 용무라도 생기면, 생트샤펠 마당 끝에 있는 생탄 골목으로 오시오. 아치 밑의 통로에는 문이 하나밖에 없습니다. 거기서 공뒤로 씨를 찾는다고 하시오."

퀴비에 교수의 강의를 듣고 돌아오는 길이었던 비앙숑은 불사신이라는 아주 드문 이름에 귀가 번쩍했고 유명한 보안경찰 부장이 지른 "좋아!" 소리를 엉겁결에 들었다.

"어째서 얘기를 매듭짓지 않았어요? 종신연금으로 하면 300프랑이나 되는 돈인데."

푸아레가 미쇼노 양에게 물었다.

"왜냐고요? 잘 생각해 봐야죠. 만일에 보트랭 씨가 불사신이라면, 본인과 타협하는 게 훨씬 득이 아닐까요? 더욱이 그에게 돈을 요구한다는 것은 미리 그 사실을 알리는 게 되죠. 한 푼도 내지 않고 도망쳐버릴 위인이라면, 증오를 살 만한 실패작[46]이겠죠."

"그 녀석이 예고를 받았다고 해도, 아까 그분도 말씀하셨다시피 삼엄한 경비를 받고 있단 말이오. 더구나 그렇게 되면 당신은 모든 걸 잃을 텐데."

46) 발자크는 불어 대신에 puff라는 영어를 사용하고 있는데, '연기를 피운다'는 의미로부터 '감질만 나고 끝나다'의 뜻으로 변용되었다.

푸아레가 말했다.

'도대체 그 사람은 전혀 마음에 안 든단 말이야. 내게 기분 나쁜 소리만 지껄이거든.'

미쇼노 양이 마음속으로 생각했다.

"그래도 이쪽 편을 드는 게 훨씬 이득이지요." 푸아레가 말을 계속했다. "무던해 보이고 옷차림도 제법 번듯한 그분이 말한 것처럼, 사회에서 죄인을 몰아낸다는 것은 훌륭한 법 집행이니까요. 어떤 덕망 있는 죄인이라도 마찬가지예요. 세 살 버릇이 여든까지 가는 법이죠. 우리 모두를 깡그리 없애버릴 생각을 한다면 어떻게 하지요? 맙소사! 먼저 희생되는 것은 고사하고라도, 우리는 살인 공범자가 될 거요."

미쇼노 양은 골똘히 생각했다. 그녀는 꽉 잠그지 않은 수도꼭지에서 뚝뚝 떨어지는 물방울처럼 푸아레 입에서 나오는 말 한 마디 한 마디에 귀를 기울일 여유조차 없었다. 미쇼노 양이 가로막지 않으면 노인은 이내 말문을 열고 태엽 감긴 기계처럼 줄곧 지껄여댔다. 결코 결론은 내리지 않고 첫 주제를 시작하자마자 전혀 반대 방향으로 나가서 주제를 여담 삼아 수다를 떨었다.

보케르 하숙집에 도착하면서 푸아레는 끊임없이 예증과 인용을 계속하는 가운데 라굴로 씨와 모랭 부인 사건[47]의 변호인 측 증인으로 자신이 출정했을 당시 공술한 말까지 끌어들였다. 하숙집에 들어오자 미쇼노는 외젠 드 라스티냐크와 타

47) 1812년에 일어난 사건으로, 과부 모랭 부인이 라굴로를 암살하려 했다.

유페르 양이 사이좋게 지껄이는 꼴을 놓치지 않고 보았다. 그들은 얘기에 몰두해 있었기 때문에, 두 하숙인이 식당을 가로질러 가는 것조차 몰랐다.

"저렇게 될 줄 알았어요." 미쇼노 양이 푸아레에게 말했다. "일주일 전부터 둘 다 혼을 빼앗을 듯한 눈초리를 주고받았으니까요."

"그랬지." 푸아레가 대답했다. "그래서 그녀는 유죄가 된 거요."

"누가요?"

"모랭 부인 말이오."

"저는 빅토린 양 얘기를 하는 거예요. 그런데 당신은 모랭 부인 일로 착각하고 얘기하다니. 도대체 그 여자는 누구죠?"

미쇼노 양이 말하면서 푸아레 방에 들어갔다.

"왜 빅토린 양에게 죄가 있소?"

푸아레가 물었다.

"외젠 드 라스티냐크 씨 같은 사람에게 반한 죄죠. 어쩔 수 없이 깊이 빠져들고 있어요. 가엾게도 천진난만한 처녀가!"

그날 아침 나절 동안 외젠은 뉘싱겐 부인 때문에 절망에 빠졌다. 그는 자신을 보트랭에게 완전히 맡겨버려서 이 비상한 자가 자기에게 보여주는 우정의 동기에 대해서도, 또 이러한 미래의 결합에 대해서도 아예 생각해 보려 하지 않았다. 그는 타유페르 양과 끝없이 감미로운 약속을 주고받았다. 이미 1시간 전부터 발을 들여놓은 심연에서 자신을 끌어내려면 기적이 필요했다.

빅토린은 천사의 음성을 듣는 듯했다. 그녀를 위해서 하늘이 열렸다. 장식가들이 무대 전면에 치장하는 환상적 색채로 보케르 하숙집도 화려하게 장식했다. 그녀는 사랑하고, 또 사랑받고 있었다. 적어도 그렇게 믿었다. 하숙인들의 귀찮은 눈초리를 피해 라스티냐크의 얼굴을 보고 그 달콤한 속삭임을 듣는다면, 어떤 여자도 그녀와 똑같이 그렇게 믿어버렸을 것이다.

라스티냐크는 양심과 싸우면서 자신이 옳지 못한 짓을 하고 있음을 알았다. 그러나 동시에 한 여자를 행복하게 해서 자신이 저지른 가벼운 죄를 속죄할 수도 있지 않을까 생각했다. 절망감 때문에 그의 얼굴은 신비로운 아름다움이 깃들고 가슴속에 간직한 지옥의 모든 불길로 빛났다. 다행히도 기적이 일어났다! 보트랭이 명랑하게 들어왔다. 그는 사악한 정령에 이끌려 자신이 인연을 맺어준 젊은 두 사람의 속내를 알아차렸다. 그는 비웃는 듯한 굵직한 목소리로 노래 부르기 시작해서 두 사람이 즐기는 것을 갑자기 방해했다.

나의 팡셰트는 귀여운 아가씨,
순진하고 착하고…….

빅토린은 지금까지 살아오면서 겪었던 불행만큼이나 큰 행복을 느끼면서 그 자리를 떠나버렸다. 불쌍한 처녀! 라스티냐크는 그녀의 손을 꽉 잡았고, 자신의 머리칼이 그녀의 뺨을 스치게 했으며, 그녀의 귓전에 대고 속삭였기 때문에, 그녀는 그의 뜨거운 입김을 느낄 수 있었다. 라스티냐크는 떨리는 팔로 그녀의 허리를 껴안고 그녀의 목에 키스했다. 이 모든 게 그녀에게는 정열적 약혼의 표시였다. 햇살이 눈부신 식당에 아무 때고 드나드는 뚱뚱보 실비가 근처에 있었기 때문에 위대한 사랑에서 찾아볼 수 있는 그 어떤 아름다운 헌신의 표시보다 한층 더 아슬아슬하게 약혼식은 열기로 타올랐고, 그녀를 강하게 사로잡았다. 조상들의 아름다운 표현을 빌린다면, 이 '일과(日課)기도 다음에 하는 짧은 기도'는 2주에 한 번씩 고해하러 가는 신앙심 충만한 아가씨에겐 죄악처럼 생각되었다. 이 한순간에 그녀가 아낌없이 바친 마음의 보물에는, 훨씬 나중에 부귀와 행복을 얻은 그녀가 자신의 몸 모두를 바칠 때보다 더 나은 어떤 것이 있었을 것이다.

"일이 제대로 됐어." 보트랭이 외젠에게 말했다. "두 멋쟁이가 결투하기로 되었다네. 모든 게 제대로 되었어. 의견 차이가 문제였지. 우리의 비둘기란 놈이 내 독수리를 모욕하려 들다니! 내일 클리냥쿠르 성곽에서야. 8시 반쯤 타유페르 양이 한가하게 버터 바른 긴 빵을 커피에 담그고 있는 동안, 그녀는 아버지한테서 애정과 재산을 상속받게 되는 거지. 생각하면 우스운 얘기 아닌가? 타유페르 녀석은 검술에 능하거든. 카드놀이에서 킹을 석 장씩이나 잡은 듯이 자신만만해 하고 있지. 하지만 내가 개발한 일격으로 피투성이가 되고 말 걸세. 그 기술이란 칼을 높게 쳐들고 상대방 이마를 찌르는 거야. 그 찌르기 공격법을 빠른 시일 안에 자네에게 보여줌세. 엄청나게 쓸모가 있을 것이니까."

라스티냐크는 멍청히 듣고만 있느라고 아무 대답도 못 했다. 바로 그때 고리오 영감과 비앙숑과 다른 하숙인들 몇 명이 도착했다.

"내가 원하는 대로 된 셈이군." 보트랭이 그에게 말했다. "자네가 해야 할 일은 알고 있겠지. 좋아, 내 어린 독수리군! 자네는 다른 자들을 다스려야 하네. 자네는 강하고 솔직하고 용감하지. 자네는 내 존경을 얻은 셈이야."

이렇게 말하면서 보트랭은 라스티냐크의 손을 잡으려고 했다. 이 청년은 세차게 손을 움츠리며 파랗게 질려 의자에 털썩 주저앉았다. 그는 자기 앞에 피로 물든 늪을 보는 듯했다.

"아! 우리는 아직도 덕망이라는 지저분한, 몇 개의 기저귀를 차고 있군." 보트랭은 낮은 소리로 말했다. "고집 센 아버지는 300만 프랑을 지니고 있지. 난 그의 재산을 알고 있어. 지참금이 굴러들어 오면, 신부의 하얀 드레스처럼 자네를 훤하게 만들어 줄 거야. 자네 눈에도 그렇게 보일 걸세."

라스티냐크는 더 이상 망설이지 않았다. 그 밤 안으로 타유페르 부자에게 경고하러 가기로 결심했다. 보트랭이 그의 곁에서 물러나자 고리오 영감이 다가와 그에게 귓속말을 했다.

"이 친구, 슬퍼 보이는군. 내가 유쾌하게 해주지. 날 따라 오시게!"

늙은 제면업자는 등잔불로 가느다란 실초에 불을 붙였다. 외젠은 호기심으로 설레면서 그의 뒤를 따랐다.

"당신 방으로 들어갑시다."

이렇게 말하는 노인은 실비한테서 이미 학생 방의 열쇠를 받아 놓았다.

"오늘까지도 당신은 그 애가 당신을 사랑하지 않는다고 생각했지요, 안 그렇소?" 고리오가 말을 계속했다. "그 애가 강제로 내쫓는 바람에 당신은 화가 나고 절망에 빠져서 돌아오셨겠고. 바보짓거리지요. 그앤 날 기다리고 있었소. 아시겠소? 우리는 사흘 안으로 당신이 이사 갈 멋진 아파트에 마지막 손질을 하러 가려던 참이었소. 내가 발설했다고 하지 마시오. 그 애는 당신을 깜짝 놀래주려고 하니까. 그런데 난 더 이상 당신에게 비밀로 해둘 수가 없구려. 생라자르 거리 가까이에 있는 아르투아 거리에서 당신은 왕자처럼 살게 될 거요. 신부에게 그러는 것처럼, 우리는 당신을 위해 온갖 가구들을 장만해 놓았지. 한 달 전부터 당신에겐 아무 말 하지 않고 많은 일을 처리해 왔지요. 내 대리인도 일을 시작했고, 딸아인 지참금에서 나오는 이자 덕분에 연간 3만 6000프랑의 소득을 올릴 거요. 그 애의 80만 프랑은 확실한 부동산으로 투자해 둘 것을 내가 요구할 작정이니까요."

외젠은 입을 다물고 양팔을 낀 채로 어지럽고 초라한 자기 방을 이리저리 거닐었다. 학생이 뒤돌아선 틈을 타서 고리오 영감은 벽난로 위에 붉은 모로코 가죽 상자를 올려놓았다. 가죽 위에는 라스티냐크 가문의 문장(紋章)이 금으로 찍혀 있었다.

"외젠 군." 가엾은 노인이 말했다. "이번 일로 나는 꼼짝 못하게 되었소. 그래, 나에게는 이기적인 면도 없지 않아 있지. 당신이 하숙을 옮긴다는 건 내게도 관계가 있단 말이네. 그런데 한 가지 바라는 게 있는데, 설마 싫다고는 안 하시겠지?"

"소원이 무엇인데요?"

"당신 방 바로 위의 6층에 딸린 방이 한 개 있소. 난 거기에서 살고 싶은데, 어떠실지? 차츰 나이도 먹어가고 딸자식에게서 너무 떨어져 있었거든. 결코 당신을 귀찮게는 하지 않겠소. 다만 그곳에만 있겠다는 거지. 당신은 매일 저녁 그 애 얘기를 나한테 들려주는 거지요. 그것 때문에 당신은 불편하지 않겠지요? 안 그렇소? 당신이 돌아오고 난 잠자리에 누워 당신 말소리를 들으면서 '델핀을 만나고 왔군. 무도회에 데리고 갔겠지. 그 애도 덕택에 행복하군.' 하고 생각할 수 있거든요. 만일 내가 병들어도, 당신이 돌아오거나, 움직이거나, 나가는 기척을 듣게 되면 위로가 되거든요. 당신 머릿속에는 내 딸 생각이 가득하니 말이오. 게다가 또 그 애들이 매일 지나가는 샹젤리제에 가려면 그곳에서 한 발짝만 움직이면 되고, 그 애들을 자주 볼 수도 있을 테니까. 여기선 때론 늦는 수도 없지 않지. 또 어쩔 수 없이 그 애도 당신에게 들를 테니까, 그 애 소리도 들을 수 있지. 아침마다 비단 외투를 걸치고 새끼 고양이처럼 아장아장 귀엽게 걸어가는 모습도 볼 수 있겠지. 한 달 전부터 그 애도 예전처럼 쾌활하고 싱싱해졌단 말이오. 그 애 마음도 회복기에 들어섰지. 그렇게 행복해진 것도 모두 당신 덕택이지요. 참, 아무리 어려운 일이라도 내가 당신을 위해 해드리지. 조금 전에도 그 애가 돌아가면서 내게 말하더군요. '아빠, 나 참 행복해요.'라고. 딸들이 격식을 차려 '아버님'이라고 부르면 난 몸서리를 치지. 하지만 '아빠'라고 불러주면, 그 애들이 다시 어릴 때로 돌아간 듯해서, 온갖 추억이 되살아난단 말이오. 그 애들의 아버지가 된 기분이 더더욱 들지요. 내 꼬마들이 아직 누구의 것도 아니라는 생각까지 든단 말이오."

노인이 눈을 닦았다. 그는 울고 있었다.

"아빠란 말을 못 들어본 지도 꽤나 오래됐지. 그 애는 오래전부터 내게 팔을 주지 않았네. 오! 그렇지, 내가 그 애들 중 누구와도 나란히 걸어본 것이 벌써 10년 전이라오. 딸년 옷을 스치며 그 애의 보조에 내 발을 맞추면서 그 애 팔의 따뜻한 기운을 느끼면 즐겁단 말이오! 그래 오늘 아침 델핀을 이곳저곳 데리고 다녔지. 그 애와 함께 이 가게 저 가게에 들르고 집까지 바래다주었다네. 아, 제발 당신 가까이 날 둬주게나. 잔심부름 시킬 사람도 이따금 필요할 때가 있을 테지. 그땐 내가 있지 않겠나. 오! 알자스 태생의 뚱뚱한 녀석이 죽고, 신경통이 위까지 올라간다면 가엾은 내 딸도 행복해질 텐데. 그땐 자네도 내 사위가 되어 내 딸의 신랑으로서 활개 치게 될 텐데. 불행히도 그 애는 세상의 즐거움을 도통 몰라. 난 벌써 무엇이고 용서해 주고 있다오. 하느님도 애정 깊은 이 아비 편을 들어주겠지요. 그 애는 당신을 몹시 사랑하고 있소!"

그는 잠시 입을 다물더니 머리를 설레설레 저으며 말을 이었다.

"걸으면서 나에게 당신 얘기만 줄곧 하더군. '안 그래요, 아빠? 그분 참 좋지요! 마음씨도 곱고. 제 얘기 않던가요?'라고 말일세. 그게 아르투아 거리에서 파노라마 거리까지 오는 길 내내 지껄인 얘기였소. 엄청나게 말이오. 그래서 딸년은 내 마음속에 자기 마음을 쏟아부었지. 즐거운 오늘 아침 나절 내내 이 늙은이가 나이 먹은 것도 잊고 몸과 마음이 무척이나 가벼워졌지요. 당신이 1000프랑을 내게 주었다고 했더니, 내 귀여운 것, 그 애가 눈물을 흘리며 감동하지 않겠소. 한데 당신 난로 위에 놓인 게 무엇이오?"

라스티냐크가 꼼짝하지 않고 있는 게 참을 수 없어서 고리오 영감이 주의를 돌리려고 물었다.

외젠은 완전히 얼빠진 자세로 고리오를 멍하게 쳐다보고 있었다. 보트랭이 내일이라고 전해 준 결투와 자신이 일궈야 할 큰 뜻의 실현이 너무 강렬하게 대조를 이루어, 그는 마치 악몽이라도 꾸는 듯한 느낌이었다. 벽난로 쪽으로 고개를 돌려 바라보니 작은 네모 상자가 그곳에 있었다. 그걸 열어 보았다. 종이에 싼 브레게 시계가 나왔다. 쪽지에는 이렇게 쓰여 있었다.

항상 저를 생각해 주시기 바랍니다. 왜냐하면…….

델핀

이 마지막 말은 두 사람 사이에 있었던 어떤 장면을 암시하는 게 틀림없었다. 외젠은 그것 때문에 감동했다. 케이스 안쪽에 붙은 금딱지에도 그의 문장이 에나멜로 찍혀 있었다. 그토록 오래전부터 원했던 멋진 시계! 그 쇠줄과 열쇠 모양, 디자인도 그의 마음에 쏙 들었다. 고리오 영감의 얼굴도 빛났다. 이 선물을 받고 외젠이 놀라는 모습까지도 시시콜콜하게 얘기해 주기로 그의 딸과 약속되어 있음에 틀림없다. 젊은 두 사람이 감동하는 것을 보고, 제삼자 입장인데도 고리오는 자기 일인 양 행복한 듯이 보였다. 그는 딸을 위해서도 자신을 위해서도 이미 라스티냐크에게 반해 버렸다.

"오늘 밤 내 딸년을 만나러 가시겠지. 그 애도 기다리고 있을거요. 알자스 태생의 그 뚱보 녀석은 댄서 애인 집에 저녁 먹으러 가니까. 허! 허! 내 변호사가 그의 행실을 비난했을 때, 녀석의 바보 같은 꼴이란! 자기는 숭배할 정도로 내 딸을 사랑하고 있다는 거요. 딸에게 손만 대면 그놈을 죽여버리고 말아야지. 내 델핀이 그 녀석의…… (그는 한숨을 쉬었다.) 그 생각만 해도 나는 죄짓고 싶은 충동으로 가슴이 끓어오르지요. 하지만 살인하진 않겠소. 돼지 몸뚱이에 송아지 대가리가 붙은 녀석이지. 당신은 내가 함께 있도록 해주시겠지?"

"네, 고리오 영감님. 내가 당신을 얼마나 사랑하는지 잘 알고 계시지 않습니까……."

"알고말고. 나를 수치로 생각지 않는 사람은 당신뿐이오. 당신을 껴안게 해주오."

고리오가 학생을 양팔에 껴안았다.

"내 딸년을 부디 행복하게 해주시오. 약속해 주시게! 오늘 밤에 만나러 가시겠지?"

"아, 참! 전 급한 볼일 때문에 나가봐야 하는걸요."

"내가 도울 일이 없겠나?"

"정말 부탁합니다. 제가 뉘싱겐 부인한테 가 있는 동안 타유페르 양의 부친을 찾아가서 아주 중대한 문제로 할 얘기가 있으니 오늘 밤 1시간만 짬을 내줄 수 없느냐고 면담을 신청해

주십시오."

"그게 정말이었군, 자네……." 고리오 영감이 안색을 바꾸며 말했다. "아래층 바보들이 지껄여대는 대로 그 처녀에게 구혼하고 있었군그래? 기가 막혀서! 당신은 고리오 식의 본때가 어떤 건지를 모르는군. 그보다 만일 당신이 날 속였다면 주먹으로 한 대 맞았어야지. 오! 그럴 수가 없지."

"저는 세상에서 단 한 여자만 사랑하고 있다고 맹세합니다." 학생이 말했다. "저는 조금 전에야 그걸 깨달았어요."

"아, 다행이군요!"

고리오 영감이 말했다.

"한데 타유페르 씨 아들이 내일 결투한대요. 틀림없이 죽을 것이라고 들었습니다."

"당신과 무슨 상관이오?"

고리오가 말했다.

"그의 아들이 그곳에 가는 것을 말려 달라고 그에게 알려야 합니다!"

외젠이 소리쳤다.

바로 그때 보트랭의 목소리를 듣고 그는 입술을 다물고 말았다. 그는 문턱에서 발소리를 내며 노래 부르고 있었다.

오, 리샤르! 오, 나의 왕이시여!
이 세상은 그대를 저버리고……
브룽! 브룽! 브룽! 브룽! 브룽!
나는 오래도록 세상을 돌아다녔다네,

그리고 사람들은 나를 보았네……

트라, 라, 라, 라, 라…….

“여러분, 수프가 다 됐어요. 모두 식탁에 모이세요.”

크리스토프가 외쳤다.

“자, 보르도산 포도주를 한잔 드세.”

보트랭이 말했다.

“시계가 예쁘다고 생각하시겠지? 그 애는 취미도 좋아. 안 그래?”

고리오 영감이 말했다.

보트랭과 고리오 영감과 라스티냐크는 함께 내려갔다. 그들은 늦었기 때문에 서로 나란히 앉았다. 보케르 부인이 보기에는 그 어느 때보다 친절해 보이는 보트랭이 옛날보다 더욱 기지를 발휘하고 있었는데도, 저녁 식사 동안 외젠은 그를 가장 차갑게 대했다. 보트랭은 반짝이는 재담을 퍼부어 회식자 모두를 신나게 어울리도록 했다. 외젠은 그의 확신과 침착성에 깜짝 놀랐다.

“도대체 오늘 당신은 어디를 다녀오셨어요? 몹시 즐거워 보이는군요.”

보케르 부인이 보트랭에게 말했다.

“장사를 잘했을 때, 나는 언제나 기분이 좋습니다.”

“장사라니요?”

외젠이 물었다.

“암! 그렇지. 나는 상품의 일부를 넘겨으니, 이제 상당한 구전을 받을 정당한 권리를 주장하게 됐지. 미쇼노 양," 그는 노처녀가 자기를 뚫어지게 바라본다는 것을 알아채고 말했다. "내 얼굴에 당신을 불쾌하게 할 만한 점이라도 있소? 왜 날 살살이 쳐다보는 거요? 얘기해 보시지! 당신 기분에 맞도록 표정을 바꿀 테니까 말이오."

그러고는 늙은 사무원을 곁눈질하면서 말했다.

"푸아레, 우리는 이러한 얘기를 해도 사이가 틀어지지 않지? 안 그래?"

그가 이 늙은 사무원에게 곁눈질하면서 말했다.

"제기랄! 당신은 익살꾼 헤라클레스의 모델 같군요."

젊은 화가가 보트랭에게 말했다.

"저런! 좋아. 미쇼노 양이 페르라셰즈 묘지의 비너스 상의 모델이 되겠다고 한다면 말이야."

보트랭이 대답했다.

"푸아레는?"

비앙숑이 물었다.

"오! 푸아레는 푸아레의 포즈를 취해야지. 과수원의 신처럼 말이야. 그는 푸아르[48]에서 유래한……."

보트랭이 소리쳤다.

"물렁물렁한 배! 그러면 당신은 배와 치즈의 중간이겠군."

비앙숑이 말했다.

---

48) 푸아레(Poiret)라는 이름이 푸아르(poire, 먹는 배)에서 온 것이라고 보트랭이 빈정거리고 있다.

"모두들 시시한 장난만 치는군요. 차라리 보르도 포도주나 한잔 내시지. 술병 모습이 흘끗 보이는데. 우리 기분을 기쁘게 해줄 뿐만 아니라 위장에도 좋을 거예요."

보케르 부인이 말했다.

"여러분." 보트랭이 말했다. "우리 여의장께서 조용히 하라는 분부십니다. 쿠튀르 부인과 빅토린 양은 여러분의 익살스러운 얘기를 못마땅해 하지 않을 것입니다. 다만 고리오 영감의 순진성을 존중해야 합니다. 나는 여러분에게 작은 보르도 포도주 한 병 내겠습니다. '라피트'라는 이 술은 정치를 들먹이지 않아도 이름 때문에 이중으로 유명하지요.[49] 자, 맹꽁아!" 그가 꼼짝 않고 있는 크리스토프를 보고 말했다. "이리와, 크리스토프야! 네 이름 부르는 소리가 안 들리느냐? 맹꽁아, 술 가져와!"

"여기 있습니다."

크리스토프가 술병을 보트랭에게 내밀면서 말했다.

외젠과 고리오 영감의 잔에 술을 가득 붓고 나서, 그는 자기 잔에 술을 천천히 몇 방울 따랐다. 이어서 옆에 있는 두 사람이 술을 마시는 동안, 술맛을 보던 그가 갑자기 이마를 찌푸렸다.

"빌어먹을! 제기랄! 병마개 냄새가 나는구먼. 크리스토프, 이것은 너나 마셔. 그리고 다른 술을 가져와. 오른쪽에 있는

---

49) 프랑스 최고급 브랜디 '라피트(Lafite)'와 왕정복고기의 유명한 금융인이자 하원의원 자크 라피트(Jacques Laffitte)의 발음이 같다.

거야. 알겠지? 우리는 모두 열여섯 사람이니까 여덟 병을 가지고 내려와."

"당신이 기분좋게 한턱 내니까, 나도 밤 100개를 내겠소."

화가가 말했다.

"오! 오!"

"부우우!"

"푸!"

마치 연달아 폭발하는 불꽃처럼, 모두가 탄성을 터뜨렸다.

"자 보케르 엄마, 샴페인 두 병만 내시지."

보트랭이 여주인에게 소리쳤다.

"하, 그래요! 왜 이 집을 통째로 내놓으라고는 말하지 않아요? 샴페인 두 병! 12프랑이나 되는데! 그만한 돈을 내버릴 생각은 없어요. 안 되지요! 그러나 외젠 씨가 돈을 낸다면 카시스 술을 내놓겠어요."

"이 집의 카시스 술은 만나나무 수액처럼 속을 깨끗하게 해주지."

의대생이 낮은 소리로 말했다.

"입 닥치게, 비앙숑. 만나 얘기만 들어도 내 가슴은……."

라스티냐크가 소리쳤다.

"좋습니다. 샴페인으로 합시다. 내가 한턱 내지요."

학생이 덧붙였다.

"실비아, 비스킷과 작은 과자들을 내오너라."

보케르 부인이 말했다.

"댁의 작은 과자들은 너무 크고, 곰팡이까지 슬었어요. 그렇지만 비스킷이라면 당장 내놓으시지요."

보트랭이 말했다.

순식간에 보르도 포도주가 식탁을 한 바퀴 돌았다. 자리가 흥겨워졌다. 즐거워서 떠드는 소리들이 더욱 커갔다. 모두 갖가지 짐승들의 울음소리를 흉내 내었다.

사나운 웃음들이 터져나왔다. 박물관 직원이 암내 풍기는 고양이 울음소리를 흉내 내자, 사람들은 파리 시내에서 큰 소리로 물건 파는 장사꾼들 소리를 흉내 내는 거라고 생각했다. 그 때문에 곧바로 여덟 사람은 이렇게 일제히 부르짖었다.

"칼 가시오!"

"작은 새들에게 모이를 줍쇼!"

"아주머니들, 아이스크림이요, 아이스크림!"

"사기그릇 땜질하시요!"

"신선한 굴이요, 굴!"

"마누라 두들기듯이 양복 두들길 양복 먼지떨이요!"

"헌 양복이나 헌 장식줄이나 헌 모자 삽니다!"

"앵두 사요, 달콤한 앵두요!"

결국 빛나는 일등의 명예는 "우산이요!"라고 콧소리로 외친 비앙숑에게 돌아갔다.

얼마 동안 머리가 터질 정도로 법석을 피웠다. 횡설수설로 가득 찬 대화들이 오갔다. 보트랭이 오케스트라 지휘자처럼 이 오페라를 지휘했다. 그는 벌써 취해 버린 듯한 외젠과 고리오 영감을 감시했다. 그런데 이 두 사람은 술을 거의 안 마시고 의자에 등을 기댄 채로 있었다. 그들은 익숙지 않은 이 소동을 아무 말없이 바라보았다. 두 사람은 밤에 해야 할 일 생각에 몰두하고 있었다. 그러나 자리에서 일어나기가 어렵다고 생각했다. 곁눈질로 이 두 사람의 표정이 바뀌는 것을 지켜본 보트랭은 그들의 눈이 아물거리고 감기려는 순간에 몸을 기울여 라스티냐크의 귀에 대고 이렇게 속삭였다.

"젊은 친구, 아무도 이 보트랭 아범과 싸울 만큼 영리한 사람은 없어. 나는 자네를 너무 사랑하기 때문에 자네가 어리석은 짓을 하도록 내버려두지 않을 테야. 내가 무슨 일을 하겠다고 결심했을 때에는, 하느님만이 내 길을 막을 수 있지. 아! 타유페르 아버지에게 미리 알린다는 것은 어린애 같은 바보짓이라고! 화덕은 데워져 있고, 밀가루는 반죽되었고, 빵 구울 준비가 다 되었어. 내일 우리는 머리 위로 빵 조각을 날라 와 먹을 거야. 안 돼, 안 되지. 모든 것이 구워질 텐데 말이야! 만일 어떤 조그마한 후회를 한다손 치더라도 그런 것은 다 소화될 거야. 우리가 잠깐 한잠 자는 동안에, 백작 프랑케시니 대령은 칼끝으로 미셸 타유페르의 상속권을 자네에게 넘겨줄 걸세. 오빠 몫을 상속받게 되면, 빅토린은 1만 5000여 프랑의 연금을 갖게 되는 거야. 나는 벌써 정보를 수집했고, 그녀 어머니의 유산도 30만 이상이나 되는 것도 알고 있네."

외젠은 이 얘기를 들으면서 아무런 대답도 할 수 없었다. 그는 자기 혀가 입천장에 달라붙은 것을 느꼈고, 물리칠 수 없는 불면증에 사로잡혀서 이미 식탁이나 한자리에 모인 사람들의 모습이 엷은 안개를 통해 보이는 듯했다. 곧 소란한 소리는 가라앉았다. 하숙인들은 하나씩 차례로 나갔다. 보케르 부인과 쿠튀르 부인과 빅토린 양과 보트랭과 고리오 영감만이 남았다. 그때 라스티냐크는 마치 꿈속에서처럼 보케르 부인이 술병들에 남은 술을 비워서 다른 병에 가득 채우는 모습을 보았다.

"아! 모두들 발광했나 봐! 젊기도 하지!"

과부가 말했다. 외젠이 마지막으로 알아들을 수 있는 말이었다.

"이런 난장을 칠 수 있는 사람은 보트랭 씨밖에 없어요."

"저런, 크리스토프는 팽이가 윙윙 소리 내듯이 코를 드르렁 드르렁 골고 있군요."

실비가 말했다.

"엄마, 안녕." 보트랭이 말했다. "나는 「황량한 산」[50]에 등장하는 마르티를 칭송하러 시내에 갑니다. 『고독자』[51]를 각색한 훌륭한 작품입니다. 원하신다면 부인네들을 함께 모시고 가지요."

"고마운 말씀이지만……."

쿠튀르 부인이 말했다.

"뭐라고요, 여보세요!" 보케르 부인이 소리쳤다. "샤토브리앙의 『아탈라』에서 따온 『고독자』를 각색한 작품을 안 보겠다

---

50) 픽세레쿠르(René Charles Guilbert de Pixérécourt, 1773~1844)의 연극 중 하나. 30여 년간 111편의 대본을 쓴 픽세레쿠르는 '멜로드라마의 아버지'라는 별칭을 얻을 만큼 인기 극작가였다.

51) 아를랭쿠르 자작(Charles-Victor Prévot, vicomte d'Arlincourt, 1788~1856)이 1821년에 발표한 소설로 엄청난 대중적 성공을 거뒀다. 신비한 악당이 등장하는 고딕풍 드라마로, 발자크의 초기작들에도 적잖이 영향을 끼친 것으로 알려진다.

니요. 이 소설은 우리가 너무나 읽기 좋아하고 너무도 아름다워서 지난여름 보리수나무 밑에서 마들렌 엘로디처럼 눈물을 흘렸어요. 당신의 아가씨 빅토린을 교육시키는 데에도 필요한 교훈적인 작품인걸요."

"연극 구경은 가지 못하게 되어 있어요."

빅토린이 대답했다.

"허, 이 두 사람은 꿈나라로 가셨군."

보트랭이 말하며 고리오 영감과 외젠의 머리를 우스꽝스럽게 흔들었다. 그는 편하게 잠자도록 학생의 머리를 의자에 기대 주고서 학생 이마에 다정하게 키스했다.

그가 노래를 불렀다.

자거라, 내 귀중한 사랑이여!
너를 위해 나는 밤을 지새우겠네.

"이분이 아프지 않을까 두렵군요."

빅토린이 말했다.

"그럼, 남아서 돌보아 주지 그래."

보트랭이 말했다. 그리고는 빅토린의 귀에 속삭였다.

"그것이 순종하는 아내의 의무야. 이 청년은 당신을 열렬히 사랑하고 있어. 그리고 당신은 이 청년의 귀여운 아내가 될 거야. 나는 이 점을 예언하는 거야. 요컨대, '그들은 온 나라로부터 존경받고 행복하게 살았으며 많은 아이들을 낳았다'는 것이 모든 연애소설의 결말이지."

그런 다음 큰 소리로 말했다.

"자, 엄마!" 그가 보케르 부인을 껴안으면서 말했다. "모자를 쓰고 꽃나무가 그려진 아름다운 옷을 입고 백작 부인 때문에 산 스카프를 둘러요. 내가 몸소 마차를 잡으러 갔다 올 테니까요."

그는 노래 부르면서 밖으로 나갔다.

> 태양이여, 태양이여, 숭고한 태양이여,
> 그대가 호박을 무르익게 하네.

"정말이지 쿠튀르 부인, 저 사람만이 내가 지붕 위에서 산다고 해도 나를 행복하게 해줄 거예요."

그러고서 여주인은 제면업자를 향해 다시 말했다.

"이런, 고리오 영감이 술에 취했나 보군. 저 억척스러운 늙은 구두쇠는 단 한 군데에도 나를 데리고 갈 생각을 해본 적이 없어요. 저 늙은이 말이에요. 저런, 쓰러질 것 같네. 저 나이에 이렇게 정신을 못 차리다니! 처음부터 아무것도 없으면 잃을 것도 없다는 얘기도 있지만. 실비야, 어서 영감을 자기 방으로 모셔라."

실비는 노인의 겨드랑이 밑을 붙잡아 부축했다. 그녀는 마치 짐을 내던지듯 노인을 옷 입은 채로 침대에 내던졌다.

"가엾은 젊은이, 마치 소년 같군!" 쿠튀르 부인이 외젠의 눈에까지 내려온 머리카락을 손으로 빗겨주면서 말했다. "과음이 무엇인지 아직 모를 거야."

"정말, 내가 하숙을 시작한 후 지난 31년 동안 수많은 청년들이 내 손을 거쳐갔지. 하지만 외젠 씨만큼 저렇게 점잖고 뛰어난 사람을 본 적이 없어요. 잠자는 모습이 정말 예쁘군요. 어서 외젠 씨 머리를 당신 어깨에 기대게 하세요, 쿠튀르 부인. 저런! 빅토린 어깨로 쓰러지네. 어린 사람들에게는 하느님이 있는 법이에요. 잘못하다가는 머리를 의자 귀퉁이에 부딪히겠어요. 저 두 사람만 있으면 사랑스러운 부부처럼 보일 거예요."

보케르 부인이 말했다.

"이봐요, 그만하세요!" 쿠튀르 부인이 소리질렀다. "당신은 이상한 소리를……."

"어때요! 못 들을 텐데. 자, 실비야. 내 옷을 입혀다오. 큰 코르셋을 해야겠어."

보케르 부인이 말했다.

"아니! 저녁을 드셨는데 큰 코르셋을 하다니요, 아주머니." 실비가 말했다. "안 돼요, 아주머니 허리를 꽉 죌 다른 사람을 찾으세요. 아주머니 허리를 죄다가 아주머니가 돌아가시면 안 되니까요. 개죽음 같은 짓을 하시려는군요."

"아무렴 어때, 보트랭 씨의 체면을 살려주어야 하니까."

"그럼, 아주머니는 자신의 유산 상속인을 사랑하시는 거지요?"

"가자 실비야, 그만 따지고."

과부가 밖으로 나가면서 말했다.

"저 나이에!"

식모가 빅토린에게 자기 여주인을 가리키면서 말했다.

쿠튀르 부인과 빅토린만이 식당에 남아 있었다. 그런데 외젠은 여전히 빅토린의 어깨에 몸을 기댄 채 잠자고 있었다. 크리스토프의 코 고는 소리가 조용한 집 안에 울려퍼졌다. 하지만 그것은 어린애처럼 맵시 있게 자는 외젠의 평화스러운 잠을 더욱 뚜렷이 드러나게 해서 대조적이었다. 여성의 모든 감정이 흘러나오면서도 자기 가슴 위에서 고동치는 청년의 심장을 아무런 죄의식 없이 느끼게 해주는 이 자비로운 행동을 할 수 있다는 사실에 빅토린은 행복감을 느꼈다. 그녀 얼굴에서 모성애 같은 것을 엿볼 수 있었다. 그녀는 이 점을 자랑스럽게 느꼈다. 수많은 생각을 가로질러 젊고 순수한 체온의 교환이 불러일으킨 육체적 쾌감의 혼란스러운 충동이 그녀의 가슴속에서 솟아났다.

"가엾은 애야, 빅토린!"

쿠튀르 부인이 그녀의 손을 꼭 쥐면서 말했다. 늙은 부인은 행복의 후광이 비치는, 순진하고 고통받고 있는 빅토린의 모습에 경탄했다. 빅토린의 모습은 화가가 모든 부속물을 무시하고 하늘의 황금빛에 반사된 노란색 얼굴을 표현하기 위해 잔잔하고도 자신감 넘치는 마술적 화필을 휘둘러 그린 한 폭의 소박한 중세 때 그림과 비슷했다.

"두 잔밖에 마시지 않았는데 이래요, 엄마."

빅토린이 손가락을 외젠의 머리털 속으로 넣으면서 말했다.

"주정뱅이였다면 다른 사람들처럼 술통을 지니고 다녔을 테지. 이렇게 취하는 것이 그에겐 칭찬이구나."

마차 소리가 길에서 울렸다.

"엄마, 보트랭 씨가 오는가 봐요. 어서 외젠 씨를 받아 안으세요. 그 사람에게 이러고 있는 모습을 보이는 게 싫어요. 그 사람은 영혼을 더럽히는 얘기만 하고, 마치 나체가 된 여자를 보는 듯한 눈으로 쳐다보기 때문에 불편해요."

그녀가 말했다.

"아니야. 네가 잘못 생각하고 있는 거야! 보트랭 씨는 정직한 사람이다. 죽은 남편인 쿠튀르처럼 좀 거칠지만 착하지. 그는 퉁명스럽지만 친절해."

쿠튀르 부인이 말했다.

이때 보트랭은 아주 조용히 들어왔다. 그는 등잔불이 부드럽게 비치는 듯한, 두 젊은이가 만들어내는 광경을 보았다.

"아! 바로 『폴과 비르지니』[52]의 작자인 베르나르댕 드 생피에르에게 영감을 줄 법한 아름다운 장면이군."

보트랭이 팔짱을 끼면서 빈정거렸다.

"쿠튀르 부인, 청춘은 정말 아름다운 것입니다. 가엾은 애기야, 잘 자거라. 행복은 때때로 잠자면서 얻을 수 있지."

그가 외젠을 물끄러미 바라보며 말했다.

"부인, 내가 이 청년에게 애착을 느끼고 마음이 움직이는 것은 얼굴의 아름다움과 조화를 이루고 있는 정신의 아름다움 때문이지요."

---

52) 루소의 제자이자 신과 자연을 예찬한 작가 생피에르(Jacque Henri Bernardin de Saint Pierre, 1737~1814)의 대표작으로, 인도양의 이국적인 열대 섬을 배경으로 소년 소녀의 풋풋한 사랑을 묘사했다.

그러고는 쿠튀르 부인을 향해 얘기했다.

"보십시오. 천사의 어깨에 기대고 있는 어린아이의 모습이 아닙니까? 사랑받을 만한 자격이 충분하지요. 내가 만일 여자라면 저 애를 위해 죽든지, 아니 그렇게 어리석어서는 안 되지, 살든지 할 겁니다. 저 두 사람 모습을 보니, 부인," 그가 몸을 구부려 부인의 귀에 작은 소리로 얘기했다. "서로 배필이 되라고 하느님이 두 사람을 창조했다고 생각합니다. 하느님의 섭리는 잘 감추어진 곳에서조차 사람의 허리와 가슴의 힘을 측정하는 법이지요."

그가 큰 소리로 외쳤다.

"두 사람이 그렇게 결합하는 걸 보니까, 여보게들, 똑같은 순결과 모든 인간적 감정에 의해 결합하는 걸 보니까, 앞으로 두 사람이 절대로 헤어질 수 없으리라고 생각해. 하느님은 공정하시지. 그런데," 그가 빅토린에게 말했다. "행운의 손금을 본 것 같은데, 손을 이리 내 봐요, 빅토린 양! 나는 손금 보는 데 정통하고 때때로 사람들의 길흉을 예언했지. 자, 두려워 말고. 오! 이게 뭐야? 맹세코 얘기할 수 있는데 곧 파리에서 가장 부유한 유산 상속자가 될 거야. 당신은 당신이 사랑하는 사람을 행복으로 가득 채워줄 것이오. 아버지는 자기 곁으로 당신을 부를 거야. 당신은 작위 가진 젊고 아름다운, 당신을 사랑하는 남자와 결혼할 거야."

이때 예쁘게 차리고 내려오는 여주인의 묵직한 발소리 때문에 보트랭은 예언을 멈추었다.

"아, 하늘의 '별빛'처럼 아름다운 '보케르' 엄마가 당근처럼 차리고 나타나시는군. 숨 막힐 것 같지 않으세요?"

그는 보케르 부인의 코르셋 고리 위에 손을 대면서 물었다.

"앞가슴은 잘 죄었는데요, 엄마. 만일 울었다가는 폭발할 것 같은데, 그러면 나는 고물 수집가처럼 정성스럽게 파편을 모으겠습니다."

"저 사람은 프랑스 식으로 여자의 환심 사는 말을 할 줄 알아요."

여주인이 몸을 구부려 쿠튀르 부인의 귀에 대고 속삭였다.

"잘 있어, 젊은 친구들."

보트랭이 외젠과 빅토린 쪽을 보면서 말했다.

"나는 자네들의 행복을 빌겠네."

그는 양손을 두 사람 머리 위에 얹었다.

"아가씨, 내 말 믿어. 성실한 인간의 밑바탕에는 그 무엇이 있어서 행복을 부르는 거야. 하느님이 들어주시니까 말이야."

"다녀오겠어요, 사랑하는 친구."

보케르 부인이 쿠튀르 부인에게 인사한 뒤 낮은 소리로 덧붙였다.

"보트랭이 나에 대해 무슨 생각이 있다고 믿어요?"

"호! 호!"

"아, 친절한 보트랭 씨가 한 얘기들이 정말이라면!"

빅토린은 둘만 남게 되자 한숨을 쉬면서 자기 손을 들여다보고 말했다.

"그러려면 한 가지 사건으로 족해. 즉 네 못된 오빠가 말에서 떨어지기만 하면 되는 거야."

늙은 부인이 대답했다.

"아! 어머니."

"젠장, 자기 원수가 불행하기를 바라는 게 죄가 될지도 모르지. 그렇다면 내가 속죄하겠어. 정말이야. 나는 그놈의 무덤에 기쁜 마음으로 꽃을 갖다주겠어. 못된 놈! 그놈은 자기 어머니를 위해서 변호할 용기도 없고, 음모를 꾸며 네 몫을 빼앗아 어머니의 유산을 차지한 놈이야. 내 사촌인 네 어머니는 상당한 재산을 가지고 있었지. 결혼 계약에 네 어머니의 지참금에 대해서 전혀 언급하지 않은 게 너에겐 불행한 일이지."

쿠튀르 부인이 말했다.

"누구의 생명을 희생해서 제 행복을 얻는다면 늘 괴로울 거예요. 제가 행복하기 위해서 오빠가 죽게 된다면, 차라리 저는 여기에 있는 것이 더 좋아요."

빅토린이 말했다.

"정말 훌륭한 보트랭 씨의 얘기를 들어도 그래. 그 사람은 신앙심 깊은 사람이야." 쿠튀르 부인이 말을 이었다. "악마보다도 덜 존경심을 가지고 하느님 얘기를 하는 다른 사람들보다 그가 더 신실하다는 사실을 알고 나는 기뻤어. 신의 섭리가 우리를 어느 길로 인도할지 누가 알 수 있겠니?"

실비의 도움을 받아 마침내 두 여인은 외젠을 그의 방으로 옮겨 침대에 뉘었다. 실비는 그의 옷을 벗겨 편하게 해주었다. 그 방에서 나오기 전에 자기의 보호자가 등을 돌렸을 때, 빅토린은 외젠의 이마에 키스했다. 죄를 범하는 것 같은 이 도둑 키스에 그녀는 큰 행복감을 느꼈다. 그녀는 이 방을 바라보면서 하루 동안 맛보았던 수많은 기쁨들을 하나의 생각으로 모았다. 그녀는 그것으로 한 폭의 그림을 만들어 오랫동안 바라보고는, 파리에서 자신이 가장 행복한 여자라고 생각하며 잠들었다.

보트랭이 마취제 섞은 포도주를 외젠과 고리오 영감에게 마시게 했던 잔치는 결국 그를 파멸로 이끌었다. 반쯤 취했던 비앙숑은 미쇼노 양에게 '불사신'에 관하여 물어보는 것을 잊어버렸다. 만일 그가 이런 이름을 입 밖에 냈더라면, 어김없이 보트랭의 본명을 불렀다면, 도형장에서 가장 유명한 사람의 하나인 자크 콜랭의 경계심을 불러일으켰을 것이다. 그런 결정을 하기 직전까지 그녀는 콜랭의 후한 마음씨를 믿고 그에게 경고하여 밤중에 도망가게 하는 것이 더 이득이 아닐까 계산하고 있었다. 그런데 그가 미쇼노 양에게 페르라셰즈 묘지의 비너스 상이라는 별명을 붙여 주는 바람에 그녀는 그 죄수를 넘겨줄 결심을 했다. 생탄 거리에서 공뒤로라는 고관에게 용무가 아직까지 있다고 믿었던 그녀는 푸아레와 함께 공안경찰 부장을 만나려고 나갔다. 이 경찰 부장은 예절을 갖추어서 그녀를 맞이했다. 상세하게 얘기를 다 끝내자마자 미쇼노 양은 죄수의 낙인을 확인할 때 사용할 물약을 달라고 요구했다. 생탄 거리의 거물이 자기 사무용 책상 서랍에서 약병을 찾으면서 만족해 하는 태도를 보고, 미쇼노 양은 이번 사건이 다른 단순한 죄수를 체포하는 것보다 더욱 중대한 사건이라고 추측했다. 머리를 짜서 궁리한 끝에 그녀는 경찰이 도형장의 배반자들이 내놓은 정보에 따라 막대한 금품을 압수하게 되는 날까지 시간을 끌어온 것이라고 의심을 품었다. 그녀가 자기의 이런 의심을 그 여우 같은 사람에게 얘기했다. 그러자 그는 웃어버리면서 이 노처녀의 의심을 다른 곳으로 돌렸다.

"잘못 생각하고 계십니다. 콜랭은 도둑놈들 무리 중에서 가장 위험한 '소르본'입니다. 이게 전부입니다. 악당들은 그놈을 잘 알지요. 그놈은 그들의 깃발이자 지주예요. 결국 그놈들의 나폴레옹인 셈이죠. 그놈들은 모두 그를 좋아하고 있습니다. 그놈은 그레브 광장에서 우리에게 절대로 자기네 '트롱슈'를 내놓지 않을 겁니다."

그가 대답했다.

미쇼노 양이 알아듣지 못하니까, 공뒤로는 자기가 사용한 두 은어를 그녀에게 설명했다. 즉 '소르본'과 '트롱슈'는 인간의 머리를 두 가지 측면에서 생각해야 하는 필요성을 느낀 도둑놈들 사이에서 사용하는 힘찬 두 표현이다. '소르본'은 살아 있는 사람의 머리로서 그의 의견과 생각을 뜻하며, '트롱슈'는 사람의 머리가 잘렸을 때 머리는 얼마나 보잘것없는가를 표현하는 데 사용하는 경멸적인 말이었다.

"콜랭이 우리를 놀리고 있습니다." 그가 말했다. "우리가 영국식으로 만든 쇠몽둥이를 가지고 그런 놈들과 맞싸워 체포할 때, 그놈들이 조금이라도 저항하면, 놈들을 죽일 수단이 있습니다. 우리는 내일 아침 체포할 때, 콜랭이 죽도록 몇 가지 방도를 계획하고 있습니다. 그렇게 하면 소송과 감시 비용과 식사대가 필요없게 되고, 사회에서 그를 제거할 수 있죠. 그런 악당들을 없애기 위해서 법적으로 필요한 모든 비용, 즉 소송 수속과 증인 소환비와 일당과 형집행에 드는 비용 등은 당신에게 드릴 3000프랑을 훨씬 초과합니다. 게다가 그렇게 하면, 시간도 절약할 수 있죠. 그 '불사신'의 배를 총검으로 멋있게 찔러버리면, 우리는 100건의 범죄를 미리 막을 수 있고, 잔재주를 부리다가 경범죄 재판소 부근을 서성거릴 50명의 악당들이 타락으로 빠지는 것을 막을 수 있습니다. 훌륭한 경찰은 이런 걸 하는 거죠. 진정한 박애가들의 얘기를 빌릴 것 같으면, 이렇게 하는 게 범죄 예방을 하는 거죠."

"국가에 대해서도 봉사하는 일이지요."

푸아레가 말했다.

"그래요, 오늘 저녁 당신은 분별 있는 말을 하는군요. 그렇습니다. 확실히 우리는 국가에 봉사하고 있습니다. 요컨대 편견을 떨쳐버리는 훌륭한 사람이나, 일반적 사고방식으로 선행이 불러일으키는 재난을 군말 없이 달게 받는 기독교인이 있는 법입니다. 아시겠지만, 파리는 파리입니다. 이 말은 내 인생을 설명해 주지요. 아가씨, 이만 실례하겠습니다. 나는 내일 왕실정원에 내 요원들과 함께 갈 거요. 뷔퐁 거리에 있는, 전에 나를 만났던 장소인 공뒤로 씨 집으로 크리스토프를 보내십시오. 푸아레 씨, 안녕히 가십시오. 혹시 무슨 도둑맞은 물건이라도 있다면, 찾아드릴 테니 나를 찾으십시오. 무슨 일이건 도와드리겠습니다."

부장이 말했다.

"경찰이란 말만 들어도 정신을 잃어버리는 바보들이 있습니다. 저 사람은 아주 친절하군요. 저 사람이 당신에게 부탁한 일이란 그저 아침 인사를 하는 것만큼이나 간단하군요."

푸아레가 미쇼노 양에게 말했다.

다음 날 보케르 하숙집에서는 역사상 가장 괴상한 사건이 일어났다. 그곳의 조용한 생활 속에서 그 전까지 일어났던 가장 기이한 사건은 가짜 랑베르메닐 백작 부인이 혜성처럼 나타났던 것이다. 하지만 이 엄청난 날에 일어난 극적 사건 앞에서 이전의 모든 사건들은 빛이 바랬고, 그 엄청난 사건은 보케르 부인의 영원한 이야깃거리가 되어버렸다.

우선 고리오와 외젠 드 라스티냐크는 11시까지 잠들어 있었다. 게테 극장에서 밤 12시에 돌아온 보케르 부인은 10시 반까지 침대에 누워 있었다. 보트랭이 준 포도주를 다 마시고 늦잠을 자버린 크리스토프는 식사 준비에 늦을 수밖에 없었다. 푸아레와 미쇼노 양은 아침밥이 늦어진 데에 불평하지도 않았다. 빅토린과 쿠튀르 부인도 늦잠을 잤다. 보트랭은 8시 전에 외출했다가 아침 식사가 차려졌을 때 돌아왔다. 그래서 11시 15분경에 실비와 크리스토프가 아침밥이 준비되었다는 것을 얘기하느라고 모든 문을 두드리고 다녔을 때도, 불평하는 사람은 아무도 없었다. 실비와 심부름꾼 녀석이 자리에 없을 때, 미쇼노 양은 제일 먼저 내려와서 보트랭의 은잔에 물약을 부었다. 그 잔 속에서는 커피에 넣을 우유가 중탕으로 데워지고 있었다. 노처녀는 자기 계획을 실행하는 과정에서 하숙의 이런 특성을 이용하려고 했다. 일곱 명의 하숙인이 전부 모이게 되면 곤란할 수밖에 없었다. 외젠이 기지개를 켜며 제일 마지막으로 내려왔을 때, 한 심부름꾼이 와서 뉘싱겐 부인의 편지를 그에게 주었다.

내 사랑, 나는 당신에 대해 옳지 못한 허세를 가지고 있지도 않고, 노여움을 품고 있지도 않아요. 나는 당신을 자정 넘어 새벽 2시까지 기다렸어요. 사랑하는 사람을 기다리게 하다니! 괴로움을 아는 사람이면 다른 사람에게 괴로움을 주지 않는 법이에요. 당신이 처음으로 사랑하고 있다는 사실도 나는 잘 알아요. 도대체 무슨 일이 일어났어요? 불안해 죽겠어요. 내 가슴의 비밀을 세상이 알도록 내맡기는 것이 두렵지만 않았다면, 좋은 일이건 불행한 일이건 간에, 당신에게 무슨 일이 생겼는지를 알아보기 위해서 달려갔을 거예요. 하지만 걸어가건 마차를 타건, 그 시간에 외출한다는 것은 자신을 파멸로 이끄는 게 아니겠어요?

여자로 태어난 게 불행이라는 사실을 실감했어요. 내가 안심할 수 있게 해주세요. 아버지가 당신에게 말을 전했는데도 오시지 않은 이유를 설명해 주세요.

화가 나지만 용서하겠어요. 아프세요? 왜 그렇게 먼 곳에 살고 계시죠? 제발 한마디만 하세요. 곧 오시는 거지요? 바쁘시면 한마디만 하세요. 곧 간다든가 아니면 아프다든가 말이에요. 그렇지만 몸이 불편하시다면, 아버지께서 나에게 알려주러 오셨을 텐데! 정말 무슨 일이에요?

"그렇다. 무슨 일이 일어났지?"

외젠이 부르짖으며 다 읽지 않은 편지를 구겨 쥐고 식당으로 달려갔다.

"지금 몇 시입니까?"

"11시 반이야."

보트랭이 커피에 설탕을 넣으면서 말했다.

이 탈옥수는 호리는 듯한 시선을 외젠에게 싸늘하게 던졌다. 이 눈초리는 강한 자력을 지닌 사람들이 정신병원에서 격렬하게 발작하는 정신병자를 진정시키는 그런 것이었다. 그래서 외젠은 사시나무처럼 떨었다.

길에서 마차 소리가 들려왔다. 타유페르 씨의 제복을 입은 하인이 당황한 기색으로 들어왔다. 쿠튀르 부인은 곧 그가 누구의 하인인가를 알아보았다.

"아가씨!" 그가 소리쳤다. "아버님께서 부르십니다. 매우 불행한 사건이 일어났습니다. 프레데릭 씨가 결투를 해서 이마에 상처를 입었는데, 의사가 생명을 건지기 어렵다고 합니다. 아가씨께서 작별 인사를 할 시간조차 없습니다. 그는 의식이 없습니다."

"불쌍한 청년이군!" 보트랭이 부르짖었다. "연 수입이 3만 프랑이나 되는데, 무엇 때문에 싸울까? 정말로 젊은 사람들은 처신할 줄 모른단 말이야."

"여보세요!"

외젠이 보트랭에게 소리쳤다.

"그래, 왜 그러나, 여보게?"

보트랭이 조용히 커피를 마시면서 말했다.

미쇼노 양은 그의 이런 동작을 너무도 주의 깊게 바라보았기 때문에 모든 사람들을 놀라게 한 이 이상한 사건에 대해서 마음의 동요를 느끼지 않았다.

"파리에서는 매일 아침 결투가 발생하고 있지 않은가?"

보트랭이 말했다.

"빅토린아, 함께 가자."

쿠튀르 부인이 말했다.

두 여인은 숄도 모자도 걸치지 않고 달려 나갔다. 떠나기 전에 빅토린은 두 눈에 눈물을 가득 담고 외젠을 쳐다보았다. 그녀 시선에는 다음과 같은 얘기가 담겨 있었다. '나는 우리의 행복 때문에 눈물을 흘릴 줄은 몰랐어요!'

"흥! 그러니 당신은 예언자군요, 보트랭 씨."

보케르 부인이 말했다.

"나는 못하는 게 없는 사람이오."

자크 콜랭이 말했다.

"이상한 사람이야!"

보케르 부인이 말하면서 이 사건에 대해 무의미한 일련의 얘기를 늘어놓았다.

"죽음이란 우리에게 의논하지도 않고 달려들어요. 그래서 흔히 젊은 사람들이 늙은 사람보다도 먼저 죽어요. 우리 여자들은 결투하지 않아도 되기 때문에 다행이에요. 하지만 우리에게는 남자들한테서는 찾을 수 없는 다른 병들이 있어요. 아이를 낳고 기르는 고통은 오래 계속되지요. 빅토린은 횡재했군요! 그녀의 아버지는 어쩔 수 없이 그 앨 받아들일 거래요."

"그래요!"

보트랭이 외젠을 보면서 말했다.

"어제까지도 그 애는 땡전 한 닢도 없었지만, 오늘 아침 그 애는 백만장자가 됐지."

"정말, 외젠 씨, 당신은 행복한 곳에 손을 댔군요."

보케르 부인이 소리쳤다.

이 큰 소리를 듣자 고리오 영감은 학생을 쳐다보았다. 그의 손에는 편지가 구겨져 있었다.

"편지를 다 안 읽었군! 그것은 뭘 의미하는 건가? 자네도 다른 사람들과 같은 남자인가?"

노인이 외젠에게 물었다.

"아주머니, 나는 빅토린 양과 절대로 결혼하지 않을 것입니다."

외젠이 혐오감과 불쾌감을 나타내며 보케르 부인에게 얘기했다. 그래서 모든 사람들은 놀랐다.

고리오 영감은 학생 손을 꼭 쥐었다. 노인은 그의 손에 키스하고 싶었을 것이다.

"오, 오! 이탈리아 사람들에겐 이런 재담이 있지. '모든 일은 알맞은 시간에'"

"회신을 기다리고 있습니다."

뉘싱겐 부인의 심부름꾼이 라스티냐크에게 말했다.

"가겠다고 전해 주시오."

심부름꾼은 가버렸다. 외젠은 격렬한 흥분 상태에 빠져서 신중해질 수 없었다.

"어떻게 해야 하지? 증거가 없어!"

그는 자기 자신에게 얘기하면서 말했다.

보트랭이 웃기 시작했다. 바로 이때 위 속으로 들어간 약이 효과를 나타내기 시작했다. 그런데도 이 탈옥수는 너무도 건

장했기 때문에 일어나서 라스티냐크를 바라보았고 맥 빠진 목소리로 말했다.

"젊은이, 행운은 잠잘 때 오는 거야."

그리고 그는 털썩 거꾸러져버렸다.

"천벌받았군."

라스티냐크가 말했다.

"저런! 도대체 이 불쌍한 보트랭 씨에게 무슨 일이에요?"

"뇌일혈이에요."

미쇼노 양이 외쳤다.

"실비야, 어서 가서 의사를 데려오렴."

여주인이 말했다.

"아! 라스티냐크 씨, 어서 비앙숑 씨에게로 달려가세요. 실비가 그랭프렐 의사 선생을 못 만나게 될지도 몰라요."

라스티냐크는 이 무시무시한 소굴을 벗어날 구실이 생긴 걸 기뻐하면서 뛰어 도망쳤다.

"크리스토프야, 어서 약국에 달려가서 뇌일혈에 관한 약이 있으면 달라고 해."

크리스토프가 나갔다.

"그리고 고리오 영감, 이 사람을 자기 방으로 옮겨야겠는데 도와주세요."

보케르 부인은 보트랭을 끌어서 계단을 통해 그의 침대로 옮겨 갔다.

"나는 당신에게 아무 쓸모도 없소. 딸이나 만나러 가야겠소."

고리오 영감이 말했다.

"늙은 이기주의자 같으니라고! 가요. 당신이 개처럼 죽어버리기를 빌겠어요."

보케르 부인이 소리질렀다.

"에테르를 가지고 있는지, 내려가 보세요."

미쇼노 양이 보케르 부인에게 말했다.

푸아레의 도움을 받으며 미쇼노 양은 보트랭의 옷을 벗겼다. 보케르 부인은 자기 방으로 내려갔다. 때문에 이 전장의 주도권은 미쇼노 양의 손아귀에 넘어갔다.

"자, 어서 셔츠를 벗기고 빨리 몸을 돌려 뉘어요! 내가 알몸을 보지 않도록 해주면 좋겠어요. 당신은 어안이 벙벙해 있군요."

그녀가 푸아레에게 말했다.

보트랭의 몸이 돌려지자, 미쇼노 양은 그의 어깨를 손으로 힘차게 때렸다. 그러자 붉은 피부 가운데에서 도형수를 나타내는 숙명적인 T. F.라는 두 글자가 하얗게 나타났다.

"저런! 당신은 순식간에 3000프랑의 사례금을 벌었구려."

푸아레가 보트랭을 붙잡은 채 부르짖었다. 그와 동시에 미쇼노 양은 그에게 속옷을 다시 입혔다.

"우! 이 사람 무거운데."

푸아레가 보트랭을 누이면서 말했다.

"조용히 해요. 어디 금고가 없을까요?"

노처녀는 힘있게 말하면서 벽이라도 뚫을 듯한 시선으로 그 방에 있는 보잘것없는 가구들까지 열심히 둘러보았다.

"무슨 수를 써서라도 저 책상을 열어볼 수 있다면 좋겠는데요."

그녀가 말했다.

"나쁜 짓일걸."

푸아레가 대답했다.

"천만에요. 도둑질한 돈은 예전에는 모든 사람 것이었어요. 하지만 지금은 이미 누구의 것도 아니거든요. 그런데 시간이 없군요. 보케르 부인이 오는 소리가 들려요."

그녀가 대꾸했다.

"여기 에테르 있어요."

보케르 부인이 말했다.

"정말 오늘은 이상한 사건만 일어나는군요. 제기랄! 저 사람은 아픈 법이 없는데. 병아리처럼 하얗군요."

"병아리라고요?"

푸아레가 되풀이했다.

"심장이 규칙적으로 뛰는군요."

여주인이 자기 손을 보트랭의 가슴에 올려놓고 말했다.

"규칙적으로?"

푸아레가 놀라서 물었다.

"이 사람 아주 멀쩡해요."

"그래요?"

푸아레가 물었다.

"저런! 잠들었나 봐요. 실비는 의사를 데리러 갔는데. 미쇼노 양, 이 사람이 에테르 냄새를 맡았어요. 아! 경련을 일으키는군요. 맥박은 순조롭게 뛰고 있어요. 터키인처럼 몹시 튼튼한 사람이에요. 이것 봐요, 미쇼노 양. 가슴에 난 털을 보세요.

이 사람은 너끈히 100년은 살 거예요. 그래도 가발은 멀쩡한데요. 저런, 풀로 붙였군. 빨간 것을 보니까 말이에요. 털이 빨간 사람은 모두 착한 사람이거나 그렇지 않으면 나쁜 사람이라고들 말하던데! 이 사람은 좋은 인간일까요?"

"목매달기 좋은 사람이지요."

푸아레가 말했다.

"예쁜 여자한테 목맨다는 말이겠죠." 미쇼노 양이 크게 소리쳤다. "푸아레 씨, 어서 가보세요. 당신네들이 아플 때 간호하는 게 우리 여자들의 일이에요. 가서 목매달기에 좋은 것을 찾으러 산책이나 하세요. 보케르 부인과 내가 보트랭 씨를 지키고 있을 테니까요."

푸아레는 마치 주인의 발길에 걷어차인 개처럼, 아무런 불평도 없이 조용히 나가버렸다.

숨막힐 것 같던 라스티냐크는 걸으면서 바깥공기를 쐬었다. 그는 정해진 시간에 이루어진 이 범죄를 지난밤에 막고 싶었다. 무슨 일이 일어났을까? 어떻게 해야만 했을까? 그는 자신이 이 범죄의 공범이라는 사실 때문에 몸을 떨었다. 보트랭이 너무 침착해서 그는 아직까지도 무서웠다.

'그렇지만 만일 보트랭이 아무 말도 않고 죽어버린다면.' 라스티냐크는 마음속으로 생각했다. 마치 한 떼의 사냥개에 쫓기는 사람처럼 그는 뤽상부르 공원의 오솔길들을 가로질렀다. 사냥개들이 짖는 소리가 들리는 듯했다.

"그런데 자네 《르 필로트》 신문 읽었나?"

비앙숑이 그에게 소리쳤다. 《르 필로트》 신문은 티소 씨가 발간하는 급진적인 신문이었다. 이 신문은 조간신문들보다 몇 시간 늦게 그날의 뉴스들이 실린 판(版)을 지방으로 보내고 있었다. 그래도 당시 지방신문들보다는 24시간이나 빠른 뉴스였다.

"굉장한 기사가 났어."

코생 병원의 인턴이 말했다.

"타유페르의 아들이 옛날 근위대 출신 프랑케시니 백작과 결투했는데 이마에 깊이가 두 치가량이나 되는 상처를 입었다네. 이제 빅토린은 파리에서 가장 부유한 결혼 상대자 중 한 사람이 되었어. 어때! 이렇게 되리라는 것을 사람들이 미리 알았더라면! 도박판 운수 같은 죽음이라니! 그런데 빅토린은 정말 자네에게 호의를 가지고 있나?"

"입 닥쳐, 비앙숑. 나는 그 여자와 절대로 결혼하지 않을 거야. 나는 지금 한 여자를 열렬하게 사랑하고 있고 그 여자한테서 사랑받고 있어. 나는……."

"자네는 불성실하게 보이지 않으려고 몹시 애쓰듯이 말하는 것 같네. 타유페르의 재산을 날려버릴 만한 자가 도대체 누구인지 가르쳐주게."

"모든 악마가 정말 내 뒤를 쫓아다니는 걸까?"

라스티냐크가 외쳤다.

"누가 쫓아다녔는가? 자네 돌았나? 어서 자네 손을 이리 주게. 맥박을 짚어보아야겠네. 열이 있는데."

비앙숑이 말했다.

"어서 보케르 하숙에나 가보게. 악당 보트랭이 방금 죽은 듯이 쓰러졌어."

외젠이 그에게 말했다.

"아! 자네 말을 들으니, 내가 조사해 보고 싶던 의혹이 증폭되는데."

비앙숑이 말했다. 그는 라스티냐크를 홀로 남겨두었다.

법대생의 긴 산책은 엄숙했다. 말하자면 그는 자신의 양심을 한 바퀴 돌아본 셈이었다. 동요하고 반성하며 주저함으로써, 그의 성실성은 모든 시련을 견디어내는 철봉처럼 무서울 정도로 가혹한 자기와의 토론에서 비롯되었다. 그는 지난밤에 고리오 영감이 자기에게 털어놓은 속내를 회상했고, 델핀의 집 근처인 아르투아 거리에 자기를 위해 얻어 놓은 방을 생각했다. 그는 그녀의 편지를 다시 꺼내서 읽었고 키스했다.

"나에게 이런 사랑은 도움이 될 유일한 수단이야."

그가 혼자서 중얼거렸다.

"불쌍한 노인은 몹시 괴로워했어. 그는 자기 슬픔에 대해 아무 얘기도 하지 않지만 누가 그 슬픔을 알아챌 수 있단 말인가! 그러니 나는 그를 아버지처럼 돌보아야지. 나는 그분에게 수많은 즐거움을 드려야지. 그녀가 나를 사랑한다면, 그녀는 자주 내 집에 와서 하루 종일 자기 아버지 곁에서 지낼 수 있겠지. 레스토 백작 부인은 더러운 여자다. 그 여자는 자기 아버지를 문지기로 세울 테지. 사랑하는 델핀! 그녀는 노인에게 아주 친절해. 그녀는 사랑받을 자격이 있어. 아! 오늘 밤 나는 정말 행복할 거야!"

그는 시계를 꺼냈고 감탄했다.

"모든 것이 나에게는 성공이었다! 서로 영원히 사랑한다면 서로 도울 수 있을 테니까. 나는 이 시계를 받을 수 있어. 하기야 나는 틀림없이 성공할 거야. 그러면 나는 그녀에게 백배로 갚아줄 수 있겠지. 인간관계에는 범죄적인 것이 절대로 있어서는 안 되고 가장 엄격한 도덕가라 하더라도 눈살 찌푸리게 할 무슨 짓도 해서는 안 돼. 얼마나 많은 신사들이 이 같은 관계를 맺고 있는가! 우리는 누구도 속여서는 안 돼. 거짓말은 우리를 타락시켜. 거짓말한다는 것은 포기하는 게 아닐까? 그녀는 오래전에 남편과 헤어진 거나 마찬가지다. 나는 그 알자스 사람에게 말하겠다. 자기가 행복하게 해줄 수 없는 여자를 나에게 양보하라고 말이야."

라스티냐크의 마음의 갈등은 오랫동안 계속되었다. 승리가 젊은이의 미덕 쪽으로 기울었음에도 불구하고, 어둠이 깔리기 시작하는 4시 반쯤 그는 어쩔 수 없는 호기심에 이끌려 영원히 떠나리라 맹세했던 보케르 하숙집에 다시 갔다. 혹시 보트랭이 죽었는지 알고 싶었던 것이다.

비앙숑은 환자에게 구토제를 먹여 토하게 한 것을 병원으로 가지고 가서 화학적으로 분석하려고 했다. 미쇼노 양이 토한 것을 내버리라고 말하는 것을 보고 더더욱 비앙숑은 그녀를 의심했다. 그런데 보트랭이 너무 일찍 회복되었기 때문에 비앙숑은 이 하숙집의 유쾌한 두목에 대해서 무슨 음모가 있으리라고는 의심하지 못했다. 라스티냐크가 돌아왔을 때, 보트랭은 식당 난로 곁에 서 있었다. 하숙인들은 타유페르네 아들의 결투에 관한 소식을 듣고 여느 때보다 더 일찍 모였다. 그들은 사건의 자세한 내용과 빅토린의 운명에 미친 영향을 알고 싶어서 고리오 영감만 빼놓고는 모두 모여서 사건에 대해 얘기를 나누고 있었다. 외젠이 들어가자 그의 눈은 보트랭의 차분한 눈과 부딪혔다. 보트랭의 시선은 외젠의 가슴속을 너무 깊이 꿰뚫어보았고 너무 강하게 그의 생각들을 흔들었기 때문에, 외젠은 전율을 느꼈다.

"아 여보게, 나는 죽음과 오랫동안 싸워도 이길 거야. 부인들 얘기로는, 내가 황소라도 죽일 뇌일혈을 당당히 이겨냈다는군."

탈옥수가 그에게 말했다.

"아! 황소라고 얘기해도 되겠어요."

보케르 부인이 부르짖었다.

"자네는 내가 살아 있는 것을 보니 기분이 나쁘겠군그래? 엄청나게 강한 인간이라고 해야겠지!"

보트랭은 라스티냐크의 생각을 알아챘다는 듯이 그의 귀에 대고 말했다.

"아! 정말, 미쇼노 양이 그저께 '불사신'이라는 별명을 가진 사람의 얘기를 했는데, 그 이름은 당신에게 잘 어울리겠는데요."

비앙숑이 말했다.

이 말은 보트랭에게 마른하늘에 날벼락 같은 효과를 가져왔다. 그는 창백해졌다. 그는 비틀거렸다. 그는 마치 태양 광선처럼 강렬한 자력이 담긴 눈길을 미쇼노 양에게 쏟아부었다. 그녀는 이런 의지의 투사력 앞에 오금을 못 폈다. 노처녀는 의자에 무너지듯 쓰러져버렸다. 푸아레는 미쇼노 양이 위험하다는 것을 깨닫고 그녀와 보트랭 사이로 뛰어들었다. 친절한 남자의 가면을 벗고 나자 죄수의 얼굴이 사납게 본색을 드러내었다. 아직 이 드라마를 이해하지 못한 모든 하숙인들은 어리둥절한 채 서 있었다. 바로 이때 몇 사람의 발소리와 포도(鋪道)에서 군인들이 쏘아대는 총소리가 들려왔다. 콜랭이 창문과 벽을 두리번거리며 반사적으로 도망칠 구멍을 찾았다. 그 순간에 남자 네 명이 거실 앞에 나타났다. 맨 앞에 선 사람은 보안경찰 부장이었고, 다른 세 사람은 보안경찰관들이었다.

"법률과 국왕의 이름으로!"

한 경관이 말했다. 모두가 놀라서 중얼거리는 통에 그 소리를 들을 수 없었다.

그 순간 식당 안에는 침묵이 흘렀다. 하숙인들은 세 사람의 경관에게 길을 비켜주느라고 양편으로 갈라섰다. 경관들은 모두 옆구리 쪽 호주머니에 손을 넣었다. 그들은 장전된 권총을 쥐고 있었다.

경찰관 다음에 온 두 헌병은 거실 문을 차지했고, 다른 헌병 두 명이 계단으로 통하는 문에 나타났다. 건물 정문에 접해 있는 조약돌 덮인 길에서는 여러 군인들의 발소리와 총을 끄는 소리가 들렸다. 따라서 이 '불사신'에게는 어떠한 탈출의 희망도 없었다. 사람들은 모두 그에게 시선을 집중했다. 부장은 그에게 곧장 걸어갔다. 그의 머리를 너무 세차게 때려서 가발이 떨어졌기 때문에 콜랭의 머리는 다시 흉악한 모습으로 되돌아갔다. 교활함과 난폭함이 뒤섞인 무서운 성격을 드러내는 붉은 벽돌색의 짧은 머리카락들은 그의 머리와 얼굴, 그리고 상반신과 조화를 이루어 마치 지옥불에 조명을 받은 것처럼 미묘하게 빛났다. 모두가 보트랭의 전모를 알아버렸다. 즉 그의 과거와 현재와 미래, 그의 요지부동한 교의(敎義), 자기 쾌락에 대한 신봉, 그의 사상과 행동에 나타나는 냉소주의가 그에게 주는 위세, 그리고 무슨 일이든 다 해낼 수 있는 강인한 체력 등을 이해한 것이다.

피가 그의 얼굴로 치솟았고 두 눈은 마치 살쾡이 눈처럼 지글지글 타올랐다. 그는 지나치게 거친 힘이 담긴 동작으로 제자리에서 뛰었고 큰 소리로 부르짖었다. 그 때문에 모든 하숙인들은 공포의 비명을 질렀다. 사자와 같은 그의 동작과 하숙인들의 아우성 때문에 경관들은 권총을 빼 들었다. 모든 권총의 공이치기가 번쩍이는 광경을 보고 콜랭은 자신의 위험을 깨달았다. 그는 갑자기 인간이 지닌 최고의 능력을 보였다. 무시무시하고 당당한 광경을! 그의 얼굴에 나타난 현상은 마치 산이라도 들어 올릴 만한 짙은 증기로 가득 찬 보일러에 냉수 한 방울을 떨어뜨리자 눈 깜짝할 사이에 수증기가 없어져버리는 것에 비견할 만했다. 그의 격분을 차갑게 가라앉힌 물방울은 번개처럼 빠른 성찰이었다. 그는 웃기 시작했고 자신의 가발을 바라보았다.

"당신은 예의를 잊은 모양이군."

그가 보안경찰 부장에게 말했다. 그리고는 머리를 끄덕거려 헌병들을 불러서는 두 손을 내밀었다.

"헌병 나리, 내 손에 수갑을 채우든가, 두 엄지손가락에 쇠사슬을 묶든가 하시오. 내가 저항하지 않는다는 것을 여기 있는 모든 사람들이 알 것이오."

이 인간 화산한테서 용암과 불길이 튀어나왔다가 다시 들어가는 그 신속성에 경탄하는 웅성거림이 방 안 곳곳에서 들렸다.

"어때, 어처구니없지? 모든 것을 파괴하는 양반."

도형수는 사법경찰의 그 유명한 부장을 바라보고 말했다.

"자, 옷 벗겨!"

생탄의 작은 거리에 사는 그 남자는 경멸에 가득 찬 태도로 말했다.

"무엇 때문에? 여기엔 부인들이 계시는데. 나는 아무것도 부인하지 않아. 항복하지."

콜랭이 말했다. 그리고 잠시 쉬었다가 갑자기 얘기하려는 연사처럼 사람들을 둘러보았다.

"적으시지, 라샤펠 영감."

그는 체포 영장을 서류 가방에서 꺼내 들고 식탁 끝에 앉아 있던 백발의 작은 노인을 향해서 말했다.

"나는 20년 징역을 선고받은 자크 콜랭이며, 이른바 '불사신'임에 틀림없다. 그리고 나는 내 별명을 욕되게 하지 않았음을 방금 증명해 보였다. 내가 만일 손이라도 약간 들어 올렸다면," 그가 하숙인들을 둘러보며 말했다. "저 세 명의 개새끼들은 보케르 엄마네 마룻바닥에 내 피를 흘리게 했을 것이야. 저 웃기는 친구들은 간사한 짓거리를 궁리하고 있었으니까!"

보케르 부인은 이 얘기를 듣고서 기분이 언짢았다.

"어머나! 몸서리쳐지는데. 내가 저 사람하고 어제 게테 극장을 갔다니!"

그녀가 실비에게 말했다.

"진정하십시오, 엄마." 콜랭이 말했다. "어제 게테 극장의 내 좌석에 같이 간 게 재앙이라고 생각하십니까?" 그가 외쳤다. "당신은 우리 같은 놈들보다 더 훌륭합니까? 타락한 사회에서 무기력한 부자들의 마음속에 있는 더러운 치욕이 우리 어깨에는 덜 있어요. 당신들 중에 가장 훌륭한 인간이라도 나의 이 얘기에 반대하지는 못할 것이오."

그의 시선은 라스티냐크에게서 멈추었다. 그는 그 청년에게 상냥한 미소를 던졌는데, 그의 거친 얼굴 표정과 이상한 대조를 보여주었다.

"이보게, 우리의 대수롭지 않은 계약은 자네가 승낙하면 영원히 효력이 있다네! 알겠나?"

그가 노래를 불렀다.

> 나의 팡셰트는 귀여운 아가씨
> 순진하고…….

"당황할 것 없어. 빌려준 돈을 받아내는 방법을 나는 알고 있으니까. 사람들은 나를 너무 무서워해서 나를 '등쳐먹지는' 못하지. 나한테는 말이야."

도형장은 풍습과 언어, 익살에서 무시무시한 얘기로의 급격한 변동, 두려움을 자아내는 거대성, 추근추근한 태도, 비열함을 수반하고서는 이 사람과 이 사람이 소리쳐 얘기하는 속에 표현되었던 것이다. 그는 이미 한 사람의 남자가 아니었다. 그는 타락한 전체 국민과 야만적이고 논리적이며 흉포하고도 부드러운 한 종족의 전형적 존재였다. 한순간 콜랭은 단 하나 뉘우치는 감정만을 제외한 모든 인간 감정을 드러내는 지옥의 시인이 되었다. 그의 눈초리는 항상 싸움을 원하는 대악마 같았다. 라스티냐크는 자기의 나쁜 생각들을 속죄하듯이, 이 남자의 죄악을 인정하며 눈을 내리깔았다.

"누가 날 배신했어?"

콜랭은 모여 있는 사람들에게 매서운 눈초리를 던지면서 말했다. 그리고 미쇼노 양에게 시선을 멈추었다.

"너로구나, 늙은 년이 밀고하다니. 너는 내가 잠시 뇌일혈을 일으키도록 했구나. 못된 계집년! 두어 마디만 하면 일주일 내에 네 목을 잘라버릴 수도 있어. 그렇지만 나는 너를 용서하지. 나는 기독교인이야. 나를 팔아먹은 놈은 네가 아닐 거야. 누구냐?"

그는 사법경찰관들이 자기의 장을 열어 물건들을 압수하는 소리를 듣고 외쳤다.

"아! 아! 저것들이 위에서 뒤지는구나. 둥지를 뒤지는군. 새들은 어제 날아갔는데 말이야. 너희들은 결코 모를 거야. 내 장부들은 여기 있지."

그가 자기 이마를 두드리며 빈정거렸다.

"나는 누가 나를 팔아먹었는지 안다. '필드수아'[53] 악당밖에 있을 수 없다. 아니란 말이오, 순경 영감?"

그가 경찰 부장에게 말했다.

"저 위에 있는 지폐하고 바꾸었겠지. 뻔한 얘기야, 순경 어른.

그렇지만 '필드수아' 놈은 당신 부하 모두가 보호하더라도 일주일 안으로 '죽을' 거요. 저 미쇼노 년에게는 얼마나 주었소?"

그가 경찰관들에게 물었다.

"3000프랑! 나는 그보다는 더 값이 나가는데. 골수가 썩는 병에 걸린 니농, 누더기를 걸친 퐁파두르[54], 페르라셰즈 묘지의 비너스 상 같은 년! 네가 나에게 미리 귀띔해 주었더라면, 너는 6000프랑을 벌었을 텐테. 아! 너는 그것을 몰랐겠지. 포주 같은 년. 안 그랬으면, 나는 더 좋은 길을 선택할 수 있었을 텐데. 정말이야. 나는 6000프랑을 너에게 주어 나를 괴롭히고 돈이 많이 드는 이 여행을 피할 수 있었는데 말이야."

수갑을 채우는 동안 그가 말했다.

"놈들은 '내가 싫증낼 만큼' 재판 기한을 질질 끌어가며 좋아할 거야. 놈들이 나를 도형장으로 곧바로 보내주기만 하면 오르페브르 강가의 경관들이 아무리 날뛰어도 나는 내 일에 착수할 테니까. 거기에 가면 모두들 자기들의 대장, 이 훌륭한 '불사신'을 탈출시키려고 온갖 짓을 다 할 거야. 너희들 중 누가 나처럼 자기를 위해 모든 일을 다 할 각오가 되어 있는 1만 명 이상의 부하들을 가진 사람이 있으면 나와 봐!"

---

53) Fil-de-Soie. 단어 자체는 명주실이라는 뜻이지만, 여기서는 발자크 소설의 캐릭터 중 하나로, 보트랭과 감옥 동기다. 보트랭이 '불사신'이라는 별명을 가졌듯이 '명주실'로 불리고 있는 이 인물의 본명은 셀레리에(Sélérier)다. 출소 후 보트랭과 '1만의 조합' 비밀결사로 활동했으나 이 장면에서 그의 배신이 드러난다.

54) Marquise de Pompadour(1721~1764). 루이 15세의 총애를 받은 궁정 여인이다.

그는 자랑스럽게 말하고는 자기 가슴을 두드렸다.

"이 속에 좋은 것이 있거든. 나는 결코 사람을 배반한 적이 없단 말이야! 어이 거기, 밀고한 늙은 년아, 저 사람들을 보란 말이야."

그가 노처녀를 향해 말했다.

"저자들은 나를 두려운 듯이 보고 있지. 하지만 너를 보면 구역질이 날걸. 상금이나 챙기시지."

그가 하숙인들을 바라보며 잠시 침묵을 지켰다.

"당신들은 바보들이군요! 전에 도형수를 구경한 적이 없소? 여기 있는 콜랭이라고 낙인 찍힌 이 도형수는 다른 놈들보다는 덜 비겁하오. 나는 장 자크 루소의 얘기처럼 사회계약이 지닌 뿌리 깊은 기만에 반항하는 사람이오. 나는 그의 제자임을 자랑스럽게 생각하오. 요컨대 나 혼자만이 재판관과 헌병과 예산집행관을 잔뜩 거느린 정부에 반항하고 있소. 내가 놈들을 우롱하고 있지."

"저런! 그림 그리기에 썩 좋은 포즈인데."

화가가 말했다.

콜랭이 보안경찰 부장을 향해 몸을 돌리더니 말했다.

"사형집행인의 시종 뵈브 각하, 도형수들이 단두대에 붙인 무시무시한 시정이 넘쳐흐르는 이름이죠. 착한 아이가 되어 나에게 말해 보시게. 나를 팔아먹은 놈이 '필드수아'인가를 말이야. 나는 그놈이 남의 죄를 뒤집어쓰는 것을 원하지 않아. 그건 옳지 않으니까."

이때 그의 방을 샅샅이 조사하고 목록을 작성한 경관들이 다시 돌아와서, 파견 대장의 귀에 낮은 소리로 무슨 얘기를 했다. 조서 작성은 끝났다.

"여러분," 콜랭이 하숙인들을 향해서 말했다. "이 친구들이 나를 연행하려 합니다. 여러분은 내가 여기에 머물러 있는 동안 나에게 정말 친절했습니다. 항상 감사하게 생각하겠습니다. 내 작별 인사를 받으십시오. 프로방스 지방의 무화과를 여러분에게 보내드리지요."

그는 몇 걸음 옮기다가 라스티냐크를 보려고 돌아섰다.

"잘 있게, 외젠."

그는 방금 한 갑작스러운 연설의 어조와는 이상스러울 정도로 대조적인, 온순하고 슬픈 목소리로 말했다.

"자네가 곤란해지면 나는 자네에게 충실한 친구가 되어주겠네."

수갑을 찼는데도 그는 방어 자세를 취했다. 그는 검술 사범처럼 "하나, 둘!" 호령하며 오른발을 앞으로 내디뎠다.

"재난이 생기면 나에게 말하게. 사람이건 돈이건 무엇이든지 자네 마음대로 쓸 수 있네."

이 괴상한 인물은 마지막 말을 익살조로 했기 때문에 그와 라스티냐크만이 진의를 이해할 수 있었다. 헌병과 군인과 경관 들이 물러갔다. 여주인의 관자놀이를 식초로 문지르고 있던 실비는 어리둥절해 있는 하숙인들을 둘러보았다.

"그래도 그는 좋은 사람이었는데."

실비가 말했다.

모든 사람들이 이 한마디를 듣고 홀린 상태에서 깨어났다.

그 상태는 여러 사람이 모여 있어서 생긴, 잡다한 감정이 만들어낸 것이었다. 그들은 서로 얼굴을 쳐다보고 난 다음, 모두 미쇼노 양을 바라보았다. 미라처럼 바짝 마르고 싸늘해 보이는 미쇼노 양은 눈가리개의 그늘이 자기 눈의 표정을 가리기에 충분하지 못함을 두려워하는 듯이 두 눈을 내리깔고 난롯가에 웅크리고 있었다. 그들이 옛날부터 싫어하던 그녀의 이런 모습이 갑자기 드러난 것이다. 이구동성으로 중얼대는 소리가 은은하게 들려왔고, 모든 사람이 혐오감을 나타냈다. 미쇼노 양은 이 소리를 들었으나 움직이지 않았다. 비앙숑이 맨 먼저 옆 사람에게 몸을 기울여 속삭였다.

"만일 이 여자가 계속해서 우리와 함께 식사한다면 나는 이 하숙을 나가겠소."

순식간에 푸아레를 제외한 일동이 의대생의 제의에 동의했다. 모든 사람들의 지지에 힘을 얻은 비앙숑은 늙은 하숙인 앞으로 나아갔다.

"당신이 미쇼노 양과 유난히 가까우니까 말해 주시오. 지금 당장 나가야 한다는 것을 알려주시오."

"지금 당장?"

푸아레가 놀라서 되물었다. 이어서 그는 노처녀 곁으로 가서 귀에 대고 몇 마디를 속삭였다.

"그러나 나는 하숙비를 냈어요. 다른 사람들처럼 나도 내 돈 내고 여기에 있을 수 있어요."

그녀는 하숙인들을 독사 같은 시선으로 쏘아보며 말했다.

"그런 것은 걱정할 것 없소. 우리가 돈을 걷어 당신한테 돌려줄 테니까."

라스티냐크가 말했다.

"당신은 콜랭을 감싸는군요. 무엇 때문에 그러는지 알기란 어렵지 않지."

그녀는 독살스럽고 의심하는 시선을 학생에게 던지며 말했다.

이 말을 들은 외젠은 노처녀에게 달려들어 목을 눌러 죽이기라도 할 듯이 펄쩍 뛰었다. 그녀의 눈초리는 그의 가슴속에 무거운 섬광을 던져주었다. 외젠은 그녀의 배신을 눈초리에서 알아보았다.

"내버려두구려!"

하숙인들이 소리쳤다.

라스티냐크는 팔짱을 낀 채 아무 말도 안 했다.

"유다 양에 관한 문제를 빨리 해결지읍시다."

화가가 보케르 부인을 향해 말했다.

"아주머니, 만일 저 미쇼노를 내쫓지 않는다면, 우리 모두가 당신 집을 떠나겠소. 그리고 가는 곳마다 이 집에는 밀정과 도형수만이 있다고 소문내겠소. 내쫓는다면 이번 사건에 대해 입 다물고 있겠소. 결국 이런 사건을 통해 사람들은 징역수의 이마에 낙인을 찍고, 그런 놈이 파리 시민으로 가장하는 것을 막지요. 그놈들이 모두 그러하듯이 어리석게 익살꾼 노릇 하는 것을 방지하지 않는 한, 상류사회에서까지도 일어날 수 있을 사건입니다."

이 얘기를 듣자 기적적으로 원기를 다시 찾은 보케르 부인은 일어나서 팔짱을 끼고 눈물 흔적도 없는 두 눈을 또렷하게 떴다.

"정말, 여보세요. 내 하숙집이 망하는 꼴을 보고 싶으세요? 보트랭 씨가…… 오! 맙소사."

여주인은 말을 끊으며 혼자 중얼거렸다.

"나는 그 사람 이름을 평소처럼 이렇게 부를 수밖에 없군요. 벌써 방이 하나 비었어요. 모든 사람들이 하숙방을 다 얻은 이 계절에 방 둘을 더 내놓으란 말이에요?"

"여러분, 모자를 쓰고 소르본 광장에 있는 플리코토네 집으로 식사하러 갑시다."

비앙숑의 말에 보케르 부인은 재빨리 이해득실을 계산하고는 미쇼노에게 달려갔다.

"자, 아가씨, 내 하숙집이 망하는 걸 보고 싶지 않죠? 저 사람들이 얼마나 극성스럽게 나를 벼랑 끝으로 몰아넣는지 알겠지요? 당신 방에 다시 올라가 있다가 오늘 저녁에 나가세요."

"전혀, 천만에!"

하숙인들이 외쳤다.

"저 여자는 지금 당장 나가야 돼요."

"그렇지만 불쌍한 저 아가씨는 저녁밥도 안 먹었는데."

푸아레가 동정 어린 투로 말했다.

"어디든지 나가서 처먹어."

몇몇 목소리가 외쳤다.

"개 같은 년. 쫓아내!"

"개 같은 놈들을, 쫓아내!"

"여러분!"

암내를 맡은 숫양처럼 푸아레는 힘껏 용기를 내 갑자기 일어나서 부르짖었다.

"여성을 존중하세요!"

"개에게는 성별 구분이 필요 없는 법이지."

화가가 말했다.

"훌륭한 성별라마!"

"출입문라마로 쫓아내!"

"여러분, 이것은 무례한 짓이오. 하인을 돌려보낼 때에도 예의를 갖추어야 하지요. 우리는 하숙비를 냈으니까 계속해서 있을 수 있소."

푸아레는 모자를 쓰고, 보케르 부인이 타이르고 있는 미쇼노 양 곁에 있는 의자에 앉으며 말했다.

"악질, 요 악당아! 나가란 말이야."

화가가 우스꽝스러운 모습으로 말했다.

"자, 안 나가면 바로 우리들, 우리가 나가겠소."

비앙숑이 말했다.

하숙인들은 한 덩어리가 되어 거실 쪽으로 움직이기 시작했다.

"이봐, 아가씨, 어떻게 하겠어요? 나는 망했어요. 당신은 여기 있을 수 없어요. 저 사람들은 폭력을 행사할 거예요!"

보케르 부인이 외쳤다.

미쇼노 양이 일어섰다.

"가는가보다!"

"안 갈 거야!"

"갈 거다!"

"안 갈 거야!"

번갈아 떠들어대는 적의 가득한 말을 듣고 마침내 미쇼노 양은 억지로 떠나지 않을 수 없었다. 그녀는 여주인에게 낮은 소리로 무엇인가를 다짐했다.

"나는 뷔노 부인 하숙집으로 가겠어요."

그 여자가 반쯤 협박하는 태도로 말했다.

"가고 싶은 데로 가구려."

보케르 부인이 말했다. 여주인은 미쇼노 양이 자기와 경쟁하는 밉살스럽기 그지없는 그 집을 고른 데에 심한 모욕을 느꼈다.

"뷔노 집으로 가구려. 염소들이 마시면 춤출 정도로 시어 터진 포도주와 구멍가게에서 헐값으로 사온 반찬을 먹게 될 거야."

하숙인들은 무거운 침묵을 지키며 두 줄로 나뉘어 있었다. 푸아레는 미쇼노 양을 아주 정답게 바라보았다. 그는 그녀를 따라가야 할지, 아니면 남아 있어야 할지 몰라서 정말 망설였다. 하숙인들은 미쇼노 양이 떠나게 된 것이 기뻐서 서로 쳐다보면서 웃기 시작했다.

"시, 시, 시, 푸아레, 자, 어서 가시지!"

화가가 그에게 소리쳤다.

박물관 직원이 잘 알려진 연가의 첫 구절을 익살맞게 노래하기 시작했다.

시리아로 떠나면서

젊고 아름다운 뒤누아는…….

"자, 어서 가시지. 가고 싶어 죽겠지. '사람이란 자신에게 맞는 쾌락을 좇게 마련'이라지."

비앙숑이 비아냥거렸다.

"베르길리우스의 그 구절을 의역해 보면, 누구든지 각자 자기 취향에 맞는 특이한 여자를 따라가는 거야."

복습 교사가 말했다.

미쇼노 양이 푸아레를 쳐다보면서 그의 팔을 붙잡으려는 몸짓을 했다. 푸아레는 그녀의 부름을 물리칠 수 없어서 노처녀에게 가서 부축해 주었다. 박수갈채가 터져나왔고 한바탕 폭소가 일어났다.

"브라보, 푸아레!"

"저 늙은 푸아레가!"

"아폴로 신 푸아레!"

"마르스 신 푸아레!"

"용감한 푸아레!"

바로 이때 한 심부름꾼이 들어왔다. 그는 보케르 부인에게 편지를 내밀었다. 그녀는 편지를 읽고 난 다음 의자에 쓰러져 버렸다.

"이제 내 집이 타버리는 일만 남았구먼. 벼락이 떨어졌어요. 타유페르 씨 아들이 3시에 죽었다는군요. 그 청년이 희생당해서 그 두 여자들이 행복하기를 기원했던 내가 벌받았지. 쿠튀르 부인과 빅토린은 자기들 물건을 가져가겠다는군요. 그 여자들은 빅토린의 아버지 집에서 살게 된대요. 타유페르 씨는 쿠튀르 부인이 자기 딸의 후견인으로 남는 것을 허락했대요. 방 네 개가 비고 하숙인은 다섯이 줄었군!"

그녀는 자리에 앉았는데 금방이라도 눈물을 흘릴 것만 같았다.

"재앙의 신이 내 집에 들어왔어."

그녀가 부르짖었다.

달려오던 마차의 멈추는 소리가 길에서 갑자기 들려왔다.

"또 무슨 재앙이 오는가봐요."

실비가 말했다.

고리오가 갑자기 모습을 나타냈다. 그의 얼굴은 행복으로 빛났다. 이 때문에 그는 다시 젊어진 듯 보였다.

"고리오가 마차를 타고 오다니. 세상이 끝난 모양이군."

하숙인들이 말했다.

노인은 곧장 한쪽 구석에서 깊은 생각에 잠긴 외젠에게로 가 그의 팔을 붙잡았다.

"가세!"

노인이 기쁜 표정으로 외젠에게 말했다.

"무슨 일이 일어났는지 모르시지요?"

외젠이 그에게 말했다.

"보트랭은 도형수였는데 아까 체포되었고 타유페르 씨 아들이 죽었어요."

"글쎄, 그게 우리와 무슨 관계가 있나?" 고리오는 대꾸했다.

"나는 딸과 함께 자네 집에서 저녁을 먹기로 했어. 알겠나? 그 애가 지금 자네를 기다리고 있네. 가세!"

그는 라스티냐크의 팔을 세차게 잡아당겼다. 노인은 그를 억지로 걷게 해서 마치 자신의 정부인 양 끌고 가는 듯했다.

"식사합시다."

화가가 소리를 버럭 질렀다.

각자는 자기 의자에 자리 잡고 식탁 앞에 앉았다.

"어머나, 오늘은 모든 게 재수 옴 붙었군요. 양고기 스튜가 타서 그릇에 눌어붙었어요. 탄 것을 잡수시게 되겠어요. 최악이군요!"

뚱뚱보 실비가 말했다.

보케르 부인은 식탁 주위에 열여덟 명 대신에 열 사람이 앉아 있는 것을 보았다. 한마디도 얘기할 용기가 없었다. 그렇지만 모두들 이 여주인을 위로하고 즐겁게 해주려고 애썼다. 처음에는 식사만 하러 다니는 사람들이 보트랭과 그날 있었던 사건에 대해서 얘기를 주고받았다. 그러나 곧 그들은 이런저런 대화에 끌려들어서 결투와 도형장과 재판소와 개정해야 할 법률과 감옥에 대해서 얘기했다. 그러자 그들은 자크 콜랭이나 빅토린이나 그녀 오빠를 까맣게 잊어버렸다. 그들은 열 명뿐이었는데도 마치 스무 명이나 되는 듯이 떠들어댔다. 그 때문에 여느 때보다 더 숫자가 많은 것처럼 보였다. 바로 이 점이 이번 식사와 전날 식사 사이에 있었던 차이점의 전부였다. 파리에서 매일매일 일어나는 사건들 속에서 또 다른 먹이를 구하는 이 이기적인 사회의 습관적 무관심으로 말미암아 사람들은 모든 것을 극복할 수 있었다. 보케르 부인 자신도 뚱뚱보 실비의 얘기를 듣고서야 희망에 가득 차 마음을 가라앉혔다.

외젠에게 그날 하루는 저녁 때까지 환영을 보는 기분이었다. 그의 강한 성격과 명석한 두뇌에도 불구하고 고리오 영감과 나란히 마차를 탔을 때, 그는 자신의 생각들을 어떻게 정리해야 할지 몰랐다. 고리오의 얘기는 색다른 기쁨을 나타내었고 수많은 감정의 격동을 치른 라스티냐크의 귓전에 마치 꿈속에서 듣는 얘기처럼 울려퍼지곤 했다.

"오늘 아침에야 겨우 끝났네. 우리는 이제 세 사람이 함께 저녁 먹을 수 있단 말이야! 알겠나? 내 델핀! 내 귀여운 델핀과 같이 저녁 먹기는 4년 만일세. 나는 저녁 나절 내내 그 애와 같이 있을 수 있네. 우리는 아침부터 자네 집에 갔지. 나는 인부처럼 옷을 벗어젖히고 일했네. 가구들을 옮기는 일을 도와주었지. 아! 아! 그 애가 식탁에서 얼마나 친절한지 자네는 모를 거야. '자, 아빠, 어서 이것을 잡수세요. 맛있는 거예요.' 하면서 그 애는 나에게 열중할 거야. 그러면 나는 흐뭇해서 먹지를 못하겠지. 오! 오늘 밤 우리는 조용히 지내게 될 테지. 그 애와 함께 조용하게 지낸 지도 무척 오래됐군!"

"그렇지만 오늘 세상이 뒤집혔는데요?"

외젠이 노인에게 말했다.

"뒤집혀?" 고리오 영감이 대꾸했다. "어느 시대보다도 오늘처럼 세상이 똑바로 서 있은 적은 없을 거야. 길에서는 기쁜 얼굴과 악수하고 서로 껴안는 사람들의 모습만이 내 눈에 보이던데. 마치 딸이 최고급 카페 앙글레의 요리장한테 음식을 주문해서 내 앞에 차려놓은 저녁을 먹으러 가는 듯, 모두들 딸들의 집에서 저녁을 먹으면서 유쾌하게 지내러 가는 사람들처럼 즐거워 보이더군. 그러나 상관없어! 그 애 옆에서 먹는 것이라면, 몹시 쓴 쓸개즙이라도 꿀처럼 달콤할 거야."

"이제야 정신이 돌아오는 것 같군요."

외젠이 말했다.

"어서 달리게, 마부!"

고리오 영감이 앞에 붙은 유리창을 열고 외쳤다.

"어서 빨리 달려. 자네가 알고 있는 그 집으로 10분 안에 가주면, 자네에게 5프랑 팁을 주겠네."

이 약속을 듣자마자 마부는 번개처럼 빠르게 파리의 거리를 가로질렀다.

"이 마부는 느려 터졌군."

고리오 영감이 여러 번 말했다.

"그런데 도대체 나를 어디로 데리고 가는 겁니까?"

라스티냐크가 노인에게 물었다.

"자네 집으로."

고리오 영감이 말했다.

마차는 아르투아 거리에서 멈추었다. 어느 것에도 신경 쓰지 않는 홀아비가 극도의 기쁨을 맛보고 돈을 마구 뿌리는 것처럼, 노인은 먼저 내려서 마부에게 10프랑씩이나 던져주었다.

"자, 올라가세."

그가 라스티냐크에게 말했다.

그는 마당을 건너서 아름다운 외양을 지닌 새 건물 뒤쪽의 4층에 있는 방문 앞으로 그를 안내했다. 고리오 영감이 초인종을 누를 필요도 없었다. 뉘싱겐 부인의 하녀 테레즈가 그들에게 문을 열어주었다. 외젠은 산뜻한 독신 아파트로 들어갔다. 그곳에는 응접실과 작은 살롱과 침실과 정원이 보이는 서재가 있었다. 작은 살롱에 있는 가구와 장식은 아름답고 우아한 다른 살롱들에 비해 손색이 없었다. 외젠은 촛불 빛으로 델핀의 모습을 알아보았다. 그녀는 난롯가에 있는 2인용 의자에서 일어나 벽난로 위에 화열 가리개를 두르고, 사랑이 듬뿍 담긴 어조로 외젠에게 속삭였다.

"당신을 데리러 가야만 했으니, 정말 답답한 분이에요!"

테레즈가 밖으로 나갔다. 학생은 두 팔을 벌려서 델핀을 힘차게 껴안았다. 그는 기뻐서 눈물을 흘렸다. 수많은 흥분이 그의 마음과 머리를 피로하게 만든 그 하루 동안에 자신이 보았던 광경과 지금 보고 있는 광경 사이에 드러나는 최후의 대조 때문에 라스티냐크는 심한 신경질적 발작을 일으켰다.

"나는 저 사람이 너를 사랑한다는 걸 알고 있지."

고리오 영감이 낮은 소리로 딸에게 말했다.

라스티냐크는 지쳐서 소파에 누워 있었다. 그는 한마디도 할 수 없었다. 뿐만 아니라 최후의 마술 막대기가 휘둘러진 사실도 알아챌 수 없었다.

"자, 와서 좀 보세요."

뉘싱겐 부인이 그에게 말한 뒤 그의 팔을 붙잡고 다른 방으로 갔다. 그 방의 양탄자나 가구들이나 자질구레한 비품들은 크기는 보다 작았지만 델핀 방에 있는 것들과 비슷해서 외젠의 기억을 되살려 주었다.

"침대가 하나 부족하군요."

라스티냐크가 푸념했다.

"그래요."

그녀는 얼굴을 붉히며 대답하고서 그의 손을 꼭 잡았다.

외젠은 그녀를 바라보았다. 아직 생각이 짧은 나이였지만, 그는 사랑하는 여자의 마음속에 진정한 부끄러움이 있다는 것을 깨달았다.

"당신은 영원히 숭배할 만한 사람들 중의 하나요." 그가 그녀 귀에 속삭였다. "정말이오, 내가 감히 이런 얘기를 할 수 있는 것은 우리가 서로를 너무나 잘 이해하고 있기 때문이오. 사랑이 열렬하고 진지할수록 더더욱 감추어져야 하며 신비로워야 하오. 우리 사이의 비밀을 어느 누구에게도 누설하지 맙시다."

"오! 나는 남이 아니야. 나만은 아니란 말이야."

고리오 영감이 투덜거리며 말했다.

"아버지가 '우리'에 속한다는 것을 잘 아시면서. 아버지는……."

"아! 내가 듣고 싶던 얘기가 바로 그것이다. 하지만 나에게 신경 쓰지 말아라. 나는 보이지 않지만 있는 듯이 느껴지고, 또 어디에나 나타날 수 있는 요정처럼 드나들 테니까 말이다. 그런데 델피네트, 니네트, 데델아![55] '아르투아 거리에 아름다운

---

55) 델핀을 여러 애칭들로 부르고 있다.

아파트가 있어. 그 사람을 위해서 방을 꾸미자꾸나.' 하고 내가 너에게 한 얘기가 옳았지? 너는 그러려고 하지 않았지. 아! 나는 너를 낳아준 아비인 것처럼 너에게 기쁨을 주는 사람이란다. 아버지들이 행복하려면 항상 자식들에게 주어야만 하지. 늘 주는 게 아버지가 할 일이야."

"무어라고 하셨죠?"

외젠이 물었다.

"응, 저 애는 방을 꾸미려고 하지 않았지. 세상 사람들이 무슨 소리를 할까 봐 두려워서 말이야. 마치 세상이 행복을 가져다주는 것처럼 생각했겠지. 그러나 모든 여자들도 저 애가 하는 일을 간절히 열망하고 있는 거야."

고리오 영감은 혼자 얘기하고 있었다. 벌써 뉘싱겐 부인은 라스티냐크를 서재로 데리고 갔기 때문이다. 서재에서 가볍게 입맞춤하는 소리가 들려왔다. 서재는 아파트의 우아함에 잘 어울리게 꾸며졌고 빠진 것이 하나도 없이 고루 갖추어져 있었다.

"당신 취향에 맞게 꾸며놓았는지 모르겠어요."

그녀가 식탁에 자리잡기 위해 살롱으로 가는 길에 말했다.

"정말 좋군요. 아! 이 완벽한 사치! 실현된 이 아름다운 꿈들! 그리고 시 같은 청춘의 우아한 생활을 너무 깊게 느끼고 있어서 이것을 받아들이지 않을 수 없군요. 하지만 나는 받아들일 수가 없구려. 나는 아직도 너무 가난해서……."

그가 말했다.

"아! 당신은 벌써 나에게 반항하시는군요."

여자들이 남자의 주저하는 태도를 확실히 없애 버리려고 할 때 그러는 것처럼, 그녀는 얼굴을 아름답게 찡그리면서 빈정거리는 듯한 위엄을 갖추고 말했다.

외젠은 그날 하루 동안 가혹할 정도로 자신을 심문하고 있었다. 그는 보트랭이 체포될 때 자기도 하마터면 굴러떨어질 뻔했던 심연의 깊이를 보았다. 그 때문에 그의 고결한 감정과 조심성은 더욱 단단해졌다. 따라서 그는 자신의 고매한 생각에 대한 이 사랑스러운 반박에 굴복할 수 없었다. 그는 깊은 슬픔에 빠져버렸다.

"아니, 거절하신다고요?" 뉘싱겐 부인이 말했다. "그러한 거절이 뭘 뜻하는지 아세요? 당신은 미래가 두려워서 감히 나와 가까워지기를 싫어하고 있는 거예요. 정말 당신은 내 사랑을 배반하게 될까 봐 두렵지요? 만일 당신이 날 사랑하고 있고, 내가…… 당신을 사랑한다면, 무엇 때문에 이런 하찮은 호의에 뒤로 물러서는 거예요? 이 독신 아파트를 꾸밀 때 느낀 내 기쁨을 당신이 이해한다면, 당신은 머뭇거리지 못할 거예요. 나를 용서할 거예요. 나에겐 당신을 위해서 쓸 돈이 있었고, 그 돈을 잘 사용했어요. 그게 전부예요. 당신은 어른이 됐다고 생각하지요. 하지만 당신은 아직 어려요. 당신은 나에게 더 큰 것도 요구하면서…… (외젠의 시선에서 정열이 이글거리는 것을 보고 그녀는 아! 하고 속으로 부르짖었다.) 하찮은 것에 점잔빼고 있군요. 당신이 나를 사랑하지 않는다면, 아! 그래요, 받지 마세요. 내 운명은 단 한 마디에 달렸어요. 말해 보세요!"

그녀는 잠시 사이를 두었다가 아버지 쪽으로 고개를 돌리며 덧붙였다.

"아버지, 어서 이 양반에게 납득이 가도록 얘기 좀 하세요. 세상 체면에 대해서 이 사람 못지않게 나도 신경 쓴다는 것을 모르는 것 같아요."

고리오 영감은 이 곱상한 말다툼을 보고 들으면서 아편 피운 사람같이 끊임없는 미소를 띠었다.

그녀가 외젠의 손을 붙잡으며 말을 계속했다.

"어린애 같은 양반! 당신은 지금 인생의 입구에 있어요. 많은 사람들이 넘을 수 없는 장벽 앞에 있는 거예요. 여자 손이 당신에게 그 장벽을 열어주는데 당신은 물러서는군요! 하지만 당신은 성공할 거예요. 당신은 빛나는 행운을 붙잡을 거예요. 당신의 잘생긴 이마에 성공할 것이라고 적혀 있는걸요. 그때 가서 오늘 내가 당신에게 빌려주는 것을 돌려주면 되지 않아요? 옛날에도 귀부인들은 자기가 사랑한 기사에게 갑옷과 칼과 투구와 쇠줄로 엮은 갑옷 그리고 말을 주어 자기들의 이름을 걸고 시합에 싸우러 나가게 하지 않았어요? 자! 외젠, 내가 당신에게 주는 것들은 현대식 무기들이에요. 출세하려는 사람에겐 꼭 필요한 물건들이지요. 지금 당신이 쓰고 있는 다락방도 예뻐요, 아빠의 방과 닮았으니까. 자, 우리 저녁은 안 먹어요? 나를 슬프게 만들고 싶어요? 어서 대답을 해요!"

그녀가 그의 손을 흔들며 말했다.

"제발! 아빠, 어서 이분이 결심하게 해주세요. 안 그럼 다시는 그를 안 보겠어요."

"내가 결심하게 하지."

고리오 영감이 황홀경에서 깨어나며 말했다.

"외젠 군, 자네 고리대금업자들한테 돈 꾸었지?"

"어쩔 수 없어서 그랬습니다."

외젠이 말했다.

"좋아, 자네는 내 것일세."

노인은 다 해지고 더러워진 가죽 지갑을 꺼냈다.

"나도 고리대금업자가 됐어. 자, 모든 청구서의 돈을 다 갚았어. 여기 있네. 자네는 이제 단 한 푼도 빚이 없네. 큰돈은 아니던데. 모두 해야 고작 5000프랑밖에 안 되더군. 그 돈을 내가 빌려주지! 자네는 내 제의를 거절하지 못할 거야. 나는 여자가 아니니까 말일세. 자네는 나에게 차용증서를 써 주고 나중에 갚으시게."

놀라서 서로 마주 쳐다보던 외젠과 델핀의 눈에서 눈물이 몇 방울 동시에 흘러 떨어졌다. 라스티냐크는 손을 내밀어 노인의 손을 꼭 잡았다.

"자! 왜 그래! 너희들은 내 자식들이 아니냐?"

고리오가 말했다.

"그런데 가엾은 아버지, 도대체 그 돈을 어떻게 마련하셨어요?"

뉘싱겐 부인이 물었다.

"아! 얘기하지. 나는 네가 외젠과 함께 살도록 마음먹게 했지. 네가 마치 신부처럼 물건들을 사들이는 것을 보았을 때 나는 생각했단다. '저 애 돈이 떨어질 텐데.' 소송대리인의 말에 따르면, 네가 재산을 되찾기 위해서 네 남편을 상대로 제기한 소송이 6개월 이상이나 걸릴 거라는 거야. 좋아. 그래서 나는 1350프랑의 영속연금 공채를 팔았지. 또한 1만 5000프랑의 종신연금을 저당 잡혀서 1200프랑을 챙길 수 있었단 말이야. 그리고 남은 돈으로 상인들에게 지불했어. 나는 저 위층에서 1년에 150프랑짜리 방을 쓰면서 하루에 2프랑씩으로 왕자처럼 살아갈 수 있을 테고. 그래도 돈이 남을 거야. 나는 낭비할 필요가 없고 옷도 거의 필요없어. 이래서 나는 2주 동안을 '그 애들이 행복하게 살 거야!' 하고 생각하면서 혼자 빙긋이 웃고 지냈지. 자, 너희들은 기쁘지 않으냐?"

노인이 대답했다.

"오! 아빠! 아빠!"

뉘싱겐 부인이 부르짖으며 아버지에게로 뛰어갔다. 아버지는 딸을 무릎 위에 올려놓았다. 그녀는 그에게 키스를 퍼부었고, 금발로 그의 뺨을 애무했으며, 즐거움이 넘쳐 빛나는 그 늙은 얼굴 위에 눈물을 뿌렸다.

"사랑하는 아버지, 아버지는 정말 훌륭한 아버지시군요! 아니, 이 세상에서 아버지 같은 사람은 다시없어요. 정말이에요. 외젠은 벌써부터 아버지를 사랑하고 있어요. 지금도 마찬가지예요."

"애들아."

딸의 심장이 자기 가슴 위에서 뛰는 것을 느껴본 지가 10년이나 되었던 고리오 영감이 말했다.

"델피네트야, 너는 내가 기뻐서 죽을 지경으로 만드는구나! 내 약한 심장이 터질 것 같다. 자 외젠 군, 우리는 이제 다 해결한 셈이야."

노인이 딸을 너무 거칠고 열광적으로 껴안았기 때문에 딸은 소리를 질렀다.

"아! 아파요!"

"너를 아프게 했다고!"

노인이 창백해지며 말했다. 그는 딸을 초인적 고통이 서린 표정으로 바라보았다. 이 부성애라는 십자가를 멘 예수의 모습을 제대로 묘사하기 위해서는 위대한 미술가들이 인간을 위한 '구세주'의 수난을 묘사하려고 상상해서 그린 그림들 가운데에서 비교될 만한 것을 찾아야 할 것이다. 고리오 영감은 자기 손가락으로 심하게 눌렀던 딸의 허리에 아주 가만히 키스했다.

"아니, 아니야. 너를 아프게 한 것이 아니야. 소리 질러서 내 가슴을 아프게 했던 건 너야."

노인이 웃으며 따지는 듯이 말했다.

"그렇지만 저 사람이 더 중요해. 저 사람을 꼭 붙잡아라. 안 그러면 저 사람은 화가 나서 가버릴 거야."

노인이 딸의 귀에 조심스럽게 입맞춤하면서 속삭였다.

외젠은 이 노인의 엄청난 헌신에 어리둥절했고, 젊은이다운 신념처럼도 보이는 소박한 감탄을 나타내며 노인을 바라보았다.

"나는 이 모든 것을 누릴 자격이 있는 사람이야!"

외젠이 부르짖었다.

"오, 내 사랑 외젠, 지금 멋있는 말을 했어요."

뉘싱겐 부인이 학생의 이마에 키스했다.

"이 사람은 너를 위해서 타유페르 양과 그녀의 엄청난 재산을 거절했어."

고리오 영감이 말했다.

"정말이야. 그 예쁜 아가씨는 자네를 사랑했지. 오빠가 죽자마자 크로이소스[56] 왕만큼 부자가 됐지."

"오! 무엇 때문에 그 얘기를 하세요?"

라스티냐크가 외쳤다.

"외젠, 오늘 저녁에 헤어져야 하는 게 유감이에요. 아! 나는 정말로 당신을 사랑하고 영원히 사랑할 거예요."

델핀이 그의 귀에 대고 말했다.

"네가 결혼한 이후로 가장 기쁜 날이구나!" 고리오 영감이 외쳤다. "감히 말하겠는데, 네가 고통받지 않는다면 하느님이 원하시는 만큼 나는 고통받아도 좋단다. 나는 '올해 2월에 다른 사람들이 일생 동안에 맛보는 것보다 더 큰 기쁨을 한순간에 맛보았어.'라고 생각할 거야. 델핀아, 이쪽을 보아라."

그가 외젠에게 말했다.

"저 애 예쁘지 않나? 아름다운 안색에다 예쁜 보조개가 파인 여자를 많이 만나보았는가 말해 보게. 아닐 거야. 그렇지 않은가? 아! 저 사랑스러운 아이를 낳은 사람이 바로 나란 말이야. 이제 앞으로 자네 때문에 행복해지면 저 애는 천배나 더 예뻐질 거야. 이 사람아, 내가 들어갈 천당 자리가 자네에게 필요하다면 나는 그 자리를 자네에게 주고 지옥으로라도

---

56) Kroisos. 리디아의 마지막 왕(재위 기원전 560?~기원전 546)으로, 헤로도토스의 『역사』에 막대한 부호(富戶)로 기록되어 있다.

갈 수 있다네. 자, 저녁 먹지, 먹자고. 모든 게 우리 거야."

노인은 자기가 무슨 얘기를 하는지도 모른 채 말했다.

"불쌍한 아버지!"

"얘야, 네가 얼마나 손쉽게 나를 기쁘게 해줄 수 있는가를 알고 있다면……."

노인이 일어나서 딸에게로 가면서 말했다. 그는 딸의 머리를 붙잡고 땋아 늘어뜨린 머리 한가운데에 입을 맞추었다.

"가끔 나를 만나러 오너라. 나는 저 위층에 있단다. 나는 한 걸음만 더 옮기면 된다. 자, 약속해라!"

"그러겠어요, 사랑하는 아버지."

"한 번 더 말해 주렴."

"그럴게요, 사랑하는 내 아버지."

"그만해라. 네 목소리를 들으면 백번이라도 너에게 얘기하라고 할 테니까. 자, 식사나 하자꾸나."

그날 저녁은 끝까지 어린애 장난처럼 보였다. 고리오 영감은 세 사람 중에서 가장 미친 듯이 행동했다. 노인은 딸의 발에 입맞춤하려고 엎드렸다. 노인은 딸의 눈을 오랫동안 쳐다보았다. 노인은 그녀 옷에 자기 머리를 비볐다. 노인은 젊고 가장 다정한 연인처럼 온갖 주책없는 짓거리를 다 부렸다.

"아시겠지요? 아버지와 함께 있을 때면 나는 오로지 아버지만을 돌보아야 해요. 그래서 이따금 대단히 불편할 때가 있을 거예요."

델핀이 외젠에게 말했다. 벌써 여러 번 질투 충동을 느낀 외젠은 배은망덕의 싹이 숨겨져 있는 이 말을 비난할 수 없었다.

"그런데 언제 이 아파트 손질이 다 끝나지요? 오늘 밤은 그냥 가야겠군요?"

외젠이 방 안을 빙 둘러보면서 말했다.

"네, 그렇지만 내일 나와 함께 저녁 먹게 오셔야 해요. 내일은 이탈리아 극장에 가는 날이에요."

그녀가 재치 있게 말했다.

"나는 아래층에 가 있으마."

고리오 영감이 말했다.

밤 12시가 되었다. 뉘싱겐 부인의 마차가 기다리고 있었다. 격렬한 정열에서 터져나오는 기묘한 말다툼을 일으킨 고리오 영감과 이 청년은 점점 열광적으로 델핀에 관한 얘기를 주고받으며 보케르 하숙집으로 돌아왔다. 어떠한 개인의 이해관계로도 더럽혀지지 않는 아버지의 사랑이 그 끈기와 넓이로 자신의 사랑을 압도하고 있다는 사실을 외젠은 부인할 수가 없었다. 아버지에게 딸은 항상 순결하고 아름다웠으며, 딸에 대한 사랑도 과거와 마찬가지로 미래를 향해 더더욱 커가고 있었다.

그들은 보케르 부인이 혼자서 실비와 크리스토프 사이의 난롯가에 앉아 있는 것을 보았다. 늙은 여주인은 카르타고의 폐허에 있던 마리우스[57]처럼 거기에 있었다.

---

57) 가이우스 마리우스(Gaius Marius, 기원전 157?~기원전 86)는 고대 로마 공화정 말기의 유명한 장군으로, 수많은 전투에 참전하고 로마 군사 제도를 개혁한 인물이다. 여기서는 영국 신고전주의 화가 존 밴덜린의 회화 「카르타고의 폐허에서 생각에 잠긴 마리우스」(1807) 속에 묘사된 음울한 모습을 빗대고 있는 듯하다.

여주인은 실비와 함께 비탄에 잠겨 자기에게 남아 있는 단 두 사람의 하숙인을 기다리고 있었다. 바이런 경이 타소[58]의 말을 빌려 아름답고 슬픈 얘기들을 했지만, 그것들도 보케르 부인의 입에서 새어나오는 비탄의 심오한 진실에는 미치지 못할 것이다.

"실비야, 도대체 내일 아침에는 커피를 석 잔만 준비하게 된다는 말이냐 응? 텅 빈 집을 보니 가슴이 쪼개지는 것 같지 않니? 하숙인들이 없는 내 인생이란 무엇이란 말이냐? 아무 의미도 없어. 이제 내 집의 방들에서 살던 사람들이 가구를 모두 걷어치워 버렸구나. 생활이란 가구 속에 있는 법인데. 내가 무슨 죄를 지었기에 나에게 이 모든 재난이 닥쳐왔다는 말이냐? 장만해 둔 강낭콩과 감자는 스무 명 분인데. 내 집에 경찰이 들어오다니! 우리는 정말 감자만 먹고 지내게 됐구나! 크리스토프를 내보내야겠어!"

졸고 있던 사부아 태생의 이 아이는 갑자기 잠에서 깨어나서 말했다.

"아주머니, 부르셨어요?"

"불쌍한 애! 꼭 집 지키는 개 같구나."

실비가 말했다.

"모두들 방을 얻어 들어앉은 지금은 비수기인데 어디서 하숙인들이 굴러떨어진단 말이냐? 이런 생각을 하면 미칠 것 같

---

58) Torquato Tasso(1544~1595). 르네상스 문학을 대표하는 이탈리아 시인이다.

구나. 게다가 염병에 걸릴 미쇼노 년은 푸아레까지 데리고 가버렸으니! 그년은 무슨 짓을 그 남자와 했기에 그 남자가 강아지처럼 그년 뒤를 따라갔지?"

"아! 제기랄, 늙은 처녀들은 갖은 꾀를 다 부릴 줄 아는가 봐요."

실비가 머리를 끄덕거리며 말했다.

"불쌍한 보트랭 씨를 도형수로 만들어버리다니." 과부가 말을 이었다. "글쎄, 실비야, 나로서도 어쩔 수 없지. 나는 아직까지도 믿어지지 않는구나. 그 사람은 쾌활한 남자였는데. 또한 달마다 15프랑씩 내서 글로리아 술을 마실 줄 알았고 계산을 어김없이 해준 사람이었는데!"

"그리고 마음 씀씀이가 얼마나 너그러웠어요!"

크리스토프가 말했다.

"뭐가 잘못됐나 봐요."

실비가 말했다.

"아니야. 그 사람은 스스로 자백했어." 보케르 부인이 말했다. "그런데 고양이 새끼 한 마리조차 지나다니지 않는 이 동네! 더군다나 내 집에서 그 모든 사건이 일어났다니! 틀림없이 꿈꾸고 있는 거야. 너도 알겠지만 우리는 루이 16세가 처형당하고, 나폴레옹 황제가 몰락하고 다시 돌아왔다가 또다시 몰락하는 것도 보지 않았니. 이러한 모든 사건들은 일어날 수 있는 사건들이야. 하지만 하숙집에서는 절대로 사건이 일어날 기회가 없는 법인데. 왕은 없어도 지낼 수 있지만 안 먹고는 못 배기지. 콩플랑 집안에서 태어난 어엿한 내가 갖은 정성을 다해서 먹여 주었는데. 세상의 종말이 아니고서야…… 정말 세상이 끝장났어."

"게다가 소문으론, 아주머니에게 온갖 해를 끼친 미쇼노는 3000프랑의 연금을 타게 되다니!"

실비가 부르짖었다.

"나한테 그년 얘기를 하지 마. 악랄한 년이야!" 보케르 부인이 말했다. "게다가 그년은 뷔노 하숙집으로 갔지! 어떤 짓도 할 년이야. 무서운 짓을 했음에 틀림없어. 젊었을 때 사람도 죽이고 도둑질도 했을 거야. 그 불쌍한 사람 대신에 그년이 도형장으로 끌려갔어야 했는데……."

바로 이때 외젠과 고리오 영감이 초인종을 눌렀다.

"아! 마음 변치 않을 내 두 하숙인이 오는구먼."

여주인이 한숨을 내쉬며 말했다.

그 충실한 두 사람은 하숙집에서 일어난 재난에는 아랑곳하지 않은 채 쇼세당탱으로 이사하겠다고 여주인에게 거리낌없이 통고했다.

"아, 실비야! 이 사람들이 나에게 마지막 타격을 주는구나. 당신들은 나에게 죽음의 일격을 가하는군요! 몽둥이로 내 위장을 내려치는 것 같네요. 오늘 하루를 지내면서 10년을 지낸 것처럼 늙어버렸어요. 틀림없이 나는 미쳐버릴 거예요! 완두콩으로 무얼 하지? 아! 이제 이 집에는 나 혼자뿐이군. 크리스토프, 너는 내일 나가거라. 모두들 잘 주무세요."

여주인이 말했다.

"아주머니가 왜 그러니?"

외젠이 실비에게 물었다.

"글쎄! 사건들이 생기더니 모두들 떠나버리는 거예요. 그 때문에 아주머니 머리가 혼란스러웠을 테지요. 그런데 아주머니의 우는 소리가 들리는군요. 눈물을 흘리고 나면 한결 나아질 거예요. 내가 이 집에서 일한 후로 아주머니가 우는 것은 이번이 처음이에요."

다음 날, 그녀 표현대로 말하자면 보케르 부인은 '이성을 되찾았다'. 하숙인들을 모두 잃어버렸고 생활이 엉망으로 뒤죽박죽되어서 비탄에 빠졌다. 그런데도 그녀는 이성을 되찾았다. 손해본 것과 생활 습관이 깨어져서 비롯된 슬픔은 진짜 깊은 슬픔이 어떤 것인가를 잘 보여주었다. 떠나면서 사랑하던 여인이 살던 방을 바라보는 시선도, 보케르 부인이 텅 빈 식탁에 던지는 시선보다 더 슬픈 것은 정녕 아닐 것이다. 외젠은 여주인을 위로했다. 그는 며칠 안으로 인턴 과정이 끝나면 비앙숑이 자기 대신 들어올 것이고, 박물관 직원도 쿠튀르 부인이 쓰던 방에 들고 싶다는 희망을 여러 번 말했다고 했다. 그래서 며칠만 지나면 옛날처럼 사람들이 다시 불어날 것이라고 얘기했다.

"그랬으면 오죽 좋으련만. 하지만 이 집은 재앙이 붙은 집이에요. 열흘도 못 가서 죽음의 신이 이곳에 올 테니 두고 보세요. 죽음의 신은 이번에는 누구를 데려갈까?"

그녀가 식당 쪽으로 서글픈 시선을 던지며 외젠에게 말했다.

"옮기는 게 좋아요."

외젠이 고리오 영감에게 아주 작은 소리로 말했다.

"아주머니, 사흘 전부터 고양이 미스티그리가 안 보여요."

놀란 실비가 뛰어오며 말했다.

"아! 고양이가 죽었구나. 그놈이 우리 곁을 떠나버렸다면, 나는……."

두려운 예감에 억눌려서 불쌍한 여주인은 말을 다 하지 못하고 두 손을 모으고는 안락의자에 벌렁 자빠졌다.

우편 배달부가 팡테옹 지역으로 오는 정오쯤, 외젠은 보세앙 집안 문장으로 봉인된 아름다운 봉투에 넣은 편지 한 통을 받았다. 그 속에는 한 달 전부터 예고된 자작 부인 저택에서 있을 큰 무도회에 뉘싱겐 부부를 초청하는 초대장이 들어 있었다. 이 초대장에는 외젠에게 보내는 간단한 편지도 동봉되어 있었다.

> 뉘싱겐 부인에 대한 나의 감정을 당신이 기꺼이 전달해 주리라고 생각해요. 당신이 나에게 부탁했던 초대장을 보내드리는데, 레스토 부인의 여동생과 알게 된다면 기쁘겠어요. 그 아름다운 여인을 데리고 오세요. 하지만 그 여인이 당신 사랑을 독차지해서는 안 돼요. 내가 당신에게 보여준 사랑에 대해서 당신이 나에게 보상해야 할 사랑이 많으니까요.
>
> 보세앙 자작 부인

'그래, 보세앙 부인은 뉘싱겐 남작을 환영하지는 않는다는 사실을 나에게 확실히 하고 있어.'

외젠이 편지를 다시 읽어보고 생각했다.

그는 급히 델핀의 집으로 갔다. 그녀에게 즐거움을 안겨주게 된 것을 행복하게 생각했다. 그리고 틀림없이 그것에 대한 보상을 받을 것이라고 생각했다. 뉘싱겐 부인은 목욕 중이었다. 라스티냐크는 내실에서 기다렸다. 그는 지난 2년간 그토록 가지고자 했던 애인이란 존재를 마침내 얻게 된 열렬하고 성급한 청년답게 당연히 초조해질 수밖에 없었다. 이런 감동은 청년들의 생애에서 두 번 나타나지는 않는다. 남자가 사랑하는 진실로 여자다운 최초의 여자, 즉 파리 사교계가 요구하는 화려한 속성을 지니고 남자 앞에 나타나는 여자에게는 결코 연적이 없다. 파리에서의 연애는 모든 다른 사랑과 비슷한 점이 없다. 예의상 각자가 소위 무관심한 애정에 대해서 늘어놓는, 진부하게 장식된 겉모양에는 파리의 어떤 남녀도 속지 않는다. 파리라는 풍토에서 여자는 단지 정신과 관능만을 만족시키는 것에 머물러서는 안 되며, 인생을 구성하는 수많은 허영심을 충족시킬 큰 의무를 지닌다는 사실을 완벽하게 알아야 한다. 그래서 특히 이곳에서 연애는 본질적으로 허풍 떨고, 뻔뻔스러우며, 낭비적이고, 위선적이며, 호사스러운 것이다. 루이 14세의 궁정에 있던 모든 여인들은 그 위대한 왕이 드 베르망두아 공작의 사교계 입문을 도우려고, 자신의 소매 장식이 1000에퀴씩이나 나가는 것도 개의치 않고 찢어버리게 할 정도로, 그의 정열을 불러일으킨 라 발리에르 양을 몹시 부러워했다.[59] 하물며 다른 사람들의 경우에야 더 얘기해서 무엇

59) 드 베르망두아 공작은 태양왕 루이 14세와 그의 정부 루이즈 드 라 발리에르 사이에서 태어난 아들이다.

하겠는가?

젊고 부유하고 작위가 있어야 한다. 그리고 가능하다면 그 이상이어야 한다. 우상 앞에서 태울 향이 많을수록 우상은 당신을 더 좋아할 것이다. 물론 당신에게 우상이 있는 경우의 얘기지만. 연애는 종교다. 이 종교 의식은 다른 모든 의식보다 더 더욱 비용이 많이 든다. 그리고 이 의식은 재빨리 치러지며 깡패가 길을 지나갈 때처럼 폐허가 남는다. 감정의 사치는 다락방의 시와 같다. 그런데 이런 풍부함이 없이 다락방 연애가 어떻게 존재할 수 있겠는가? 파리 법전의 준엄한 법률에 예외가 있다면 그것은 고독한 영혼 속에서 만날 수 있다. 사회적 교리에 이끌리지 않는 은밀하지만 끝없이 솟아나는 샘 가까이에서 살며, 늘 푸른 나무 그늘에 서 있고 자기 자신을 스스로 깨달으며 자신을 위해 쓰인 무한한 언어를 경청하기를 즐기는 영혼! 지상의 인간들을 불쌍히 생각하면서 하늘에 날개를 펴고 끈기 있게 기다리는 영혼 말이다.

미리 권세를 맛본 대부분의 청년들처럼, 라스티냐크는 세상이라는 투기장(鬪技場)에 완전무장하고 등장했다. 하지만 그는 야망의 목적과 수단도 모른 채 자기에게 이 사회를 제압할 힘이 있다고 느꼈다. 생명을 가득 채워주는 순수하고 성스러운 사랑이 없을 때, 권력에 대한 이런 갈망이 아름다워 보일 수 있다. 그러면 모든 개인적 이해관계를 내던지고 국가의 위대함을 목표로 내세울 수 있는 것이다. 그러나 이 학생은 인생 과정을 바라보고 판단할 수 있는 어른의 경지에 아직까지 도달하지 못했다. 그때까지도 그는 시골에서 자라난 어린 시절을 푸른 나무처럼 에워싸고 있는 신선하고 달콤한 관념의 매력을 아직 완전히 흔들어 떨쳐버리지 못했다. 그는 계속해서 파리의 루비콘 강을 건너길 망설였다. 열렬한 호기심에도 불구하고 진짜 귀족이 자신의 영지에서 맛보는 행복한 생활에 대한 은근한 속마음을 여전히 간직하고 있었다.

그럼에도 그의 주저하는 마지막 거리낌은 전날 밤 자기 방에서 자신의 모습을 보았을 때 사라져버렸다. 이미 그는 가문으로부터 받은 정신적 이익을 오래전부터 누리고 있었던 것처럼, 행운이 주는 물질적 이점을 즐기면서 시골 사람의 껍질을 벗어버리고 찬란한 미래를 발견한 위치에 천천히 자리 잡았다. 그리고 이제는 그곳 또한 얼마쯤은 자신의 소유처럼 느껴지는 아름다운 내실에 아늑하게 앉아 델핀을 기다리면서, 그는 지난해 파리로 올라왔을 때의 라스티냐크와 지금의 자기가 너무나 다르다고 느꼈다. 그는 마음의 안경으로 자신을 비춰보고서 지금의 자기가 정말로 자기인지를 의아스러워 했다.

"부인께서 방으로 들어오셨습니다."

테레즈가 기척도 없이 다가와서 그에게 말했기 때문에 그는 흠짓 놀랐다. 그는 델핀이 난로 곁의 2인용 안락의자에 몸을 누이고 편안히 있는 모습을 발견했다. 모슬린 물결 위에 그렇게 떠 있는 그녀를 보았을 때, 그는 그녀를 꽃 속에서 열매가 나오는 인도의 아름다운 식물에 비할 수밖에 없다고 생각했다.

"자! 우리 서로 만났군요."

그녀가 감동 어린 목소리로 속삭였다.

"내가 무엇을 가지고 왔는지 알아맞혀 보시오."

외젠은 말하면서 그녀의 곁에 앉아서 그녀의 팔을 붙들고 손에 입을 맞추었다.

뉘싱겐 부인은 초대장을 읽으며 기쁜 몸짓을 했다. 그녀는 축축하게 젖은 두 눈으로 외젠을 지그시 바라보며 두 팔로 그의 목을 껴안고 만족스러운 허영심에 취해 있었다.

"이 행복을 당신이('그대가'라고 그녀는 그의 귀에 대고 말했다. 테레즈가 내 화장실에 있으니 조심해야죠!) 바로 당신이 나에게 가져다주었군요. 정말이에요. 나는 그것을 행복이라고 부르겠어요. 당신에게서 이 행복을 얻었으니 자부심의 승리보다 더한 것이 아니겠어요? 아무도 나를 그런 사교계에 소개해 주려고 하지 않았어요. 지금 당신은 나를 보통 파리 여성들처럼 왜소하고, 경박하고, 경솔하다고 생각하실 거예요. 그러나 당신에게 모든 것을 희생할 준비가 되어 있다는 사실을 알아주세요. 그리고 내가 그 어느 때보다 더더욱 생제르맹 성밖 지역에 가고 싶어 하는 것은 당신이 그곳에 계시기 때문이라는 사실을 잊지 마세요."

"보세앙 부인은 무도회에 뉘싱겐 남작이 오는 것을 싫어한다고 생각하지 않아요?"

"물론, 그렇겠지요."

남작 부인이 말하며 편지를 외젠에게 주었다.

"그 여자들의 타고난 오만함은 대단하죠. 상관없어요. 나는 가겠어요. 언니도 그 집에 갈 거예요. 언니가 아름다운 의상을 준비하고 있다는 걸 알아요. 외젠."

그녀가 나지막한 목소리로 말을 계속했다.

"언니는 세상에 떠도는 추악한 의심을 없애려고 그곳에 가는 거예요. 언니에 대한 소문 못 들었어요? 아침에 뉘싱겐이 나에게 말했지요. 어제 클럽에서도 사람들이 아무 거리낌없이 그 얘기를 하더래요. 한 여자로서 가문의 명예에 관계되는 문제예요. 나는 불쌍한 언니를 생각하면, 나 자신이 공격당하고 상처입는 것같이 느껴져요. 어떤 사람들의 얘기로는 트라유 씨가 10만 프랑짜리 수표를 발행했는데, 거의 모두가 부도났대요. 사람들은 그를 고소했다는군요. 이런 어려운 처지에 몰렸기 때문에, 언니는 자기 다이아몬드를 유대인에게 팔지 않을 수가 없었대요. 당신도 그 아름다운 보석을 보셨겠지만, 그것은 레스토 씨 어머니한테서 받은 것이에요. 어쨌든 이틀 전부터 이 얘기만이 세인의 관심거리지요. 그래서 언니는 금박 의상을 만들어 입고 그 다이아몬드를 몸에 붙이고 보세앙 부인 댁에 화려하게 나타나 모든 사람의 시선을 끌려고 할 거예요. 나도 언니보다 뒤떨어지기는 싫어요. 언니는 항상 나를 짓누르려고 해요. 나는 언니를 위해 갖은 일을 다 했어요. 언니가 필요할 때 항상 돈을 마련해 주었죠. 그런데도 언니는 날 싫어해요. 그렇지만 다른 사람들이야 어떻게 되든지 상관없어요. 오늘 나는 아주 행복해지고 싶을 뿐이에요."

라스티냐크는 새벽 1시까지 뉘싱겐 부인 집에 있었다. 부인은 그에게 애인끼리 하는, 다가올 기쁨에 가득 찬 작별의 몸짓을 아낌없이 퍼부었다. 그녀는 서글픈 표정으로 말했다.

"나는 아주 무서움이 많고 미신을 깊이 믿어요. 이 예감에 대해서 당신이 좋아할 이름을 붙여주세요. 내 행복이 결국은 무서운 결말로 끝나리라는 생각 때문에 두려워하고 있어요."

"어린애 같기는."

외젠이 말했다.

"아! 오늘 밤 나는 어린애예요."

그녀가 웃으면서 말했다.

외젠은 내일 이사해야겠다고 다짐하면서 보케르 하숙집으로 돌아왔다. 돌아오는 길에 그는 행복의 맛이 아직도 입술에 남아 있는 청년들이 모두 그러듯이 달콤한 꿈을 꾸었다.

"어떻게 됐나?"

고리오 영감이 자기 방문 앞을 지나가는 라스티냐크를 붙잡고 물었다.

"내일 모두 얘기해 드리겠습니다."

외젠이 대답했다.

"모두 얘기해 주어야 하네. 주무시게. 내일 우리에겐 행복한 생활이 시작되는 거네!"

노인이 외쳤다.

아버지의 죽음

다음 날 고리오와 라스티냐크는 하숙집을 떠나려고 짐꾼이 오기만을 기다렸다. 정오쯤 뇌브생트 주느비에브 거리에서 마차 소리가 들렸고, 마차가 보케르 하숙집 바로 앞에서 멈추었다. 뉘싱겐 부인이 내리더니 자기 아버지가 아직도 하숙집에 있는가를 물었다. 실비가 그렇다고 하니까 그녀는 잽싸게 계단을 올라갔다.

외젠은 자기 방에 있었다. 옆방에 있는 고리오 영감은 그것을 몰랐다. 아침 먹을 때 외젠은 고리오 영감에게 오후 4시에 아르투아 거리에 있는 아파트에서 만나기로 약속하면서 자기 옷가지를 옮겨달라고 부탁했다. 잽싸게 학교에 출석하고 돌아왔을 때, 그를 본 사람은 아무도 없었다. 노인은 짐꾼을 데리러 갔기 때문에 집에 없었다. 외젠은 보케르 부인에게 하숙비를 치르려고 하숙집에 돌아왔다. 즐거움에 사로잡혀 날뛰는 고리오 영감이 자기 대신 하숙비를 지불하도록 내버려둘 수가 없었다. 여주인은 외출 중이었다. 외젠은 혹시 잊은 게 없나 보기 위해 자기 방으로 올라갔다. 책상 서랍에서 보트랭에게 떼어준 어음을 발견하고서 외젠은 올라와 볼 생각을 한 것이 다행이다 싶었다. 돈을 지불하고 나서 그는 그 어음을 생각 없이 던져 두었던 것이다. 난로에 불이 없었기 때문에 그는 어음 종이를 여러 조각으로 찢으려고 했다. 그때 델핀의 목소리를 듣고 아무 소리도 내서는 안 되겠다는 생각이 들어 그만두었다. 그녀가 자기에게는 아무런 비밀이 없으리라고 생각하면서 그는 델핀의 얘기에 귀를 기울였다. 곧 그는 아버지와 딸이 나누는 대화의 첫마디에 큰 관심이 가서 경청하지 않을 수 없었다.

"아! 아버지, 하느님이 도우셔서 저는 파산하지 않았어요. 아버지가 제 재산에 대한 회계를 제때 하신 덕분에! 누구 듣는 사람 없지요?"

그녀가 말했다.

"응, 집 안이 비어 있어."

고리오 영감이 달라진 목소리로 대답했다.

"아버지, 도대체 왜 그러세요?"

뉘싱겐 부인이 물었다.

"너는 내 머리를 도끼로 치는구나. 그래도 하느님은 너를 용서하실 거다. 내 딸아! 내가 너를 얼마나 사랑하는지 너는 모를 거야. 네가 알았다면, 그런 얘기를 갑자기 나에게 할 수 없었을 테지. 더욱이 절망할 것은 하나도 없는데 말이야. 조금 있으면 아르투아 거리로 이사하게 될 이때, 나를 급히 찾아온 까닭이 도대체 무엇이냐?"

노인이 말했다.

"아! 아버지, 재앙 속에서 일격을 처음 당했을 때 자신을 억제할 수 있는 사람이 있겠어요? 저는 미칠 지경이에요! 아버지의 소송대리인이 조금 있으면 틀림없이 폭발할 불행을 직전에 발견했어요. 사업에 대한 아버지의 오랜 경험이 필요해졌어요. 물에 빠진 사람이 지푸라기에 매달리는 식으로, 아버지를 만나려고 뛰어온 거예요. 뉘싱겐이 억지 소리를 자꾸 늘어놓으니까 데르빌 씨는 재판소장한테서 허가를 곧장 얻을 것이라고 말하면서 재판하겠다고 위협했어요. 오늘 아침 뉘싱겐은 저에게 와서 자기와 내가 다 같이 파산하는 것을 바라느냐고 묻더군요. 저는 전혀 모르는 일이라고 대답했어요. 그렇지만 내 재산이었으니까 내가 재산의 주인이 된다는 것은 당연한 일이라고 했어요. 그리고 이번의 모든 분쟁은 내 소송대리인이 관계하고 있기 때문에 나는 아무것도 모르며 그런 얘기를 들어줄 수도 없다고 말했지요. 그렇게 말하라고 아버지가 가르쳐주시지 않았나요?"

"그렇지."

고리오 영감이 대답했다.

"그래요. 남편은 자기 사업에 대해 설명했어요. 뉘싱겐은 자신의 모든 재산과 내 것을 이제 막 시작한 사업에 투자했는데 표면상 거액의 돈이 필요하다는 것이지요. 만일 내가 지참금을 내놓으라고 강요하면, 그는 파산할 수밖에 없다고 했어요.

내가 1년만 참아주면 맹세코 내 재산을 토지 사업에 투자해서 두 배나 세 배로 늘려서 돌려주겠다고 말하더군요. 그리고 마침내 내가 그 토지의 모든 재산을 갖게 된다고 말했어요. 사랑하는 아버지, 그가 너무 진지해서 두려웠어요. 그는 자기 행동에 대해 용서를 빌었어요. 내 이름으로 된 사업을 자기가 관리하도록 완전히 일임하면, 내게 자유를 주어 내 마음대로 행동해도 좋다는 거예요. 자기의 성실성을 증명하기 위해서 내가 원하기만 하면 아무 때나 데르빌 씨를 불러서 내가 소유주로 되어 있는 모든 증서들이 합법적으로 기재되어 있는지를 확인해도 좋다고 약속했어요. 결국 그는 손발이 묶인 채 항복한 셈이에요. 그는 또 앞으로 2년간 가계를 자기가 관리하겠다고 했어요. 또한 자기가 나에게 주는 돈 그 이상은 쓰지 말라고 부탁했어요. 할 수 있는 일이란 체면을 유지하는 정도에 그쳐야 한다고 말했어요. 따라서 댄서도 해고했고, 남들이 모르게 구두쇠처럼 절약할 수밖에 없었으며, 신용을 떨어뜨리지 않고 자기가 투자한 투기 사업의 청산 기한까지 버텨야 한다는 거예요. 나는 그를 호되게 공격했지요. 모든 사실을 의심하고서 그를 끝까지 엄하게 따져서 더 많은 사실들을 알아냈어요. 뉘싱겐은 나에게 장부들을 보여주었어요. 그는 끝내 울어버리더군요. 나는 그렇게 우는 남자를 본 적이 없어요. 뉘싱겐은 정신을 잃었는지 자살하겠다고 말했고, 심지어 헛소리까지 했어요. 불쌍한 생각이 들더군요."

델핀이 말했다.

"그래, 너는 그런 엉터리 수작을 믿는군." 고리오 영감이 부르짖었다. "그놈은 웃기는 놈이야! 나는 사업 때문에 독일 사람들을 겪어봤지. 그들은 거의 모두가 성실하고 대단히 솔직하지. 그러나 솔직과 호의를 가장해서 그들이 영악해지고 협잡꾼이 될 경우, 이 세상에서 어느 누구도 그들을 당할 수 없다. 네 남편은 너를 속이고 있어. 그놈은 자신의 숨통이 조여진다는 걸 느꼈고, 따라서 죽은 체하는 거야. 그놈은 자기 명의보다는 네 명의로 한몫 보고 싶은 것이야. 그놈은 이 상황을 이용해서 좋은 기회를 얻으려는 거야. 그놈은 불성실하고도 교활한 놈이야. 그놈은 악당이지. 안 된다, 안 돼. 무일푼이 된 딸들을 남겨두고 내가 페르라셰즈 공동묘지에 갈 수는 없지! 나는 사업을 좀 알아. 그놈의 말에 따르면, 그는 자신의 토지 사업에 투자했다는 건데, 자신의 몫은 유가증권과 증서와 계약서에 기재되어 있어! 그것을 보고 나서 너와 청산해야 한단다. 우리도 가장 훌륭한 투기 사업을 선택해서 행운을 붙잡아 '뉘싱겐 남작과는 재산상으로는 관계가 없는 아내인 델핀 고리오'라는 이름으로 명의 등기를 하자. 그놈이 우리를 바보 취급하고 있구먼. 재산도 빵도 없이 널 내버려둔 채, 그놈은 내가 단 이틀 동안이나마 참을 수 있으리라고 생각하는 게 아니냐? 나는 단 하루도, 단 하룻밤도, 단 2시간도 참을 수 없지! 정말로 그런 일이 일어난다면 나는 살아갈 수가 없고말고. 무어라고? 나는 40년 동안 일했어. 등에 짐 지고 다니며 땀을 소나기처럼 흘렸어. 천사와 같은 너희들을 위해서 일생 동안 나는 궁핍했고 게다가 어떤 벅찬 일과 무거운 짐조차도 가볍게 생각했어. 그런데 오늘날 내 재산과 내 생애가 연기처럼 사라지다니! 분해서 죽을 지경이야. 천지신명께 물어서 그놈 사업을 밝혀 보아야겠어. 장부건 금고건 기업이건, 모두 조사해야겠어! 네 재산이 고스란히 남아 있다는 것이 밝혀지지 않고서는 나는 잠잘 수도 없을 뿐 아니라 자리에 누울 수도 없고 밥을 먹을 수도 없다. 너의 재산이 온전할 것이라고 약속하마. 다행히도 네가 네 재산을 독립시킬 수 있단다. 너는 데르빌 씨를 소송대리인으로 삼으렴. 그는 훌륭한 신사야. 너는 죽을 때까지 수백만 프랑의 재산과 5만 프랑의 연금을 소유하게 될 거야. 그렇게 안 되면, 나는 파리에서 소동을 일으키고 말거야. 아! 재판소에서 우리를 희생시키는 판결을 내리면 나는 국회에 호소하겠어. 금전 문제에서 네가 안락하고 행복하다는 생각이 들어야 비로소 내 모든 고통이 줄어들고 내 모든 슬픔이 진정된단다. 돈이 바로 인생이야. 돈이면 무엇이든지 할 수 있지. 그런데 그 알자스 태생의 뚱보 녀석이 우리에게 뭐라고 지껄인다고? 델핀아, 너를 쇠사슬로 묶고 불행하게 만든 그놈에게 4분의 1리아르조차도 양보해서는 안 돼. 그놈이 너를 꼭 필요로 한다면, 우리는 그놈을 고압적으로 다루어서 올바른 길을 걷도록 해야 해. 아이구, 내 머리가 불 같구나. 두개골 속에서 무엇이 타는 것 같아. 내 델핀이 무일푼이 되다니! 오! 나의 델핀! 제기랄! 내 장갑이 어디 있지? 자, 나가자. 장부, 사업, 금고, 편지 들을 당장에 보아야겠다. 네 재산이 위험한 지경에 빠지지 않는다는 것을 내 두 눈으로 틀림없이 보기까지는 마음을 놓을 수가 없어."

"사랑하는 아버지! 조심스럽게 행동하셔야 해요. 이 문제에 대해서 조금이라도 복수심을 가지시거나 적의를 나타내시면, 저는 파멸이에요. 그는 아버지를 잘 알고 있어요. 제가 아버지 권고로 재산에 신경 쓰고 있다는 사실을 그는 환히 알아요. 그러나 맹세코, 제 재산을 자기 손아귀에 넣으려고 하는 게 틀림없어요. 그는 제 재산을 가지고 우리를 내동댕이치고 도망칠 작자죠. 악랄한 인간이에요! 그는 제가 자기를 고소해서 제 이름을 더럽히게 되는 일은 하지 않으리라는 것을 잘 알고 있어요. 그는 강하면서도 동시에 약한 인간이에요. 저는 모든 사실을 조사해 보았어요. 우리가 그를 궁지에 몰아넣으면, 저는 파멸하게 돼요."

"하지만 그놈은 사기꾼이 아니냐?"

"물론 그래요, 아버지!" 그녀는 이렇게 말하고 의자에 몸을 던지며 울었다. "그런 남자하고 저를 결혼시켰다는 아버지의 슬픔을 덜어드리기 위해서 저는 이런 사실을 아버지께 말씀드리고 싶지 않았어요. 그는 품행이 문란하고 양심이며 정신이나 육체, 그 모든 게 정말 추악해요! 저는 그를 미워하고 경멸해요. 상스럽고 더러운 뉘싱겐의 얘기를 모두 듣고 난 다음, 저는 더더욱 그를 존경할 수 없어요. 저에게 들려준 그런 사업에 투신할 수 있는 그 남자에겐 조금도 섬세한 감정이란 찾아볼 수가 없어요. 제 두려움은 제가 그의 영혼을 완전히 읽어서 알고 있기 때문에 오는 것이에요. 제 남편인 그는 저에게 자유를 주겠다고 분명히 제의했어요. 그 사실이 무엇을 의미하는가를 아세요? 제가 그렇게 하겠다고 허락하면, 위급한 경우 저를 손아귀에 넣고 도구로 삼으려는 것이에요."

"그러나 법률이 있다! 그따위 사위 녀석들을 위해서 그레브 광장에 사형장이 있는 거야. 망나니가 없다면 내가 손수 그놈 목을 잘라버리고 말 테야."

고리오 영감이 부르짖었다.

"안 돼요, 아버지. 그를 공격하는 데는 법률조차도 소용이 없어요. 교묘하게 표현한 그의 얘기를 들어보세요. '만사가 틀어져서 당신이 무일푼으로 파산하지 않으려면 내가 사업을 하도록 내버려두어야 할 것이오. 왜냐하면 나는 당신 이외의 어느 누구도 공범자로 선정할 수 없으니까 말이오.' 뻔하지 않아요? 그는 아직도 저에게 집착하고 있어요. 여자로서 저의 결백성에 그는 안심하고 있어요. 그는 제가 그에게 자기 재산을 넘겨주고, 저는 제 재산에만 만족할 것이라는 사실을 알아요. 그것은 부정직하고 강도 같은 계약이에요. 그 계약에 저보고 동의하라는 거예요. 안 그러면 제가 파산할 거라는 거예요. 그는 저의 양심을 사서 자기 계획대로 외젠의 정부가 되도록 하여 그 대가를 치르도록 했지요. '나는 당신이 잘못을 저지르는 것을 받아들이겠소. 그러니까 내가 불쌍한 놈을 파산시키는 죄를 범해도 모른 체하시오.' 그의 얘기는 빤한 게 아니겠어요? 그가 하는 투기 사업이라는 게 어떤 것인지 아시겠어요? 자기 이름으로 나대지를 사서 건달패들을 시켜 그곳에 집을 짓게 한대요. 이 건달패들은 모든 청부업자들과 건물에 대한 계약을 체결하고 장기 어음을 지불케 하는 한편, 적은 금액으로 남편에게 가옥을 양도하는 데 동의하도록 한대요. 남편은 가옥 주인이 되고 건달패들은 파산한 듯이 보이게 하여 속아 넘어간 청부업자들은 결국 돈을 받을 수 없게 된다는 것이에요. 불쌍한 건축업자들은 뉘싱겐 상사라는 이름을 들으면 눈이 뒤집힌다는 거예요. 저는 이런 모든 사실을 알았어요. 또 필요한 경우, 막대한 금액을 지불한 듯이 보이기 위하여 뉘싱겐이 암스테르담과 런던과 나폴리와 비엔나에 거액의 유가증권을 보냈다는 사실까지 알고 있어요. 우리가 어떻게 그것을 손에 넣을 수 있겠어요."

외젠은 고리오 영감의 두 무릎에서 나는 둔탁한 소리를 들었다. 틀림없이 노인이 방바닥에 주저앉았다고 생각했다.

"하느님, 내가 무슨 짓을 했단 말입니까? 그렇게 못된 놈에게 내 딸을 내맡기고, 그놈이 내 딸에게 하고 싶은 대로 모든 것을 요구하게 한단 말인가. 용서해 주렴, 내 새끼야!"

노인이 부르짖었다.

"그래요. 저는 지금 지옥에 빠져 있어요. 아버지 잘못인지도 몰라요." 델핀이 말했다. "결혼할 때, 우리는 너무도 분별력이 없었어요! 우리가 세상과 사업과 남자와 풍습을 알았나요? 아버지들은 딸을 생각하셔야 해요. 사랑하는 아버지, 저는 아버지를 비난하는 게 아니에요. 제 얘기를 용서하세요. 이번 문제에서 잘못은 모두 저에게 있어요. 안 돼요. 울지 마세요, 아빠."

그녀가 말하며 아버지 이마에 입맞춤했다.

"너도 울지 말아라, 귀여운 델핀. 내가 키스로 눈물을 닦도록 네 눈을 들어주렴. 자! 나도 다시 머리를 써서 네 남편이 헝클어놓은 사업의 실타래를 풀어야겠다."

"아니에요. 제가 하는 대로 내버려두세요. 저는 그를 조종할 수 있을 거예요. 그는 나를 사랑해요. 그러니까 저는 그에게 위력을 발휘해서 이른 시일 안에 토지를 제 몫으로 사 놓게 하겠어요. 어쩌면 알자스 지방에 있는 뉘싱겐 이름으로 된 토지를 제 이름으로 다시 살 수 있을 거예요. 그렇게 할 수 있을 거예요. 다만 내일 오셔서 그의 장부와 사업을 살펴봐 주세요. 데르빌 씨는 사업에 대해선 아무것도 몰라요. 아니에요. 내일 오지 마세요. 피가 거꾸로 도는 것 같아요. 모레 보세앙 부인의 무도회가 있어요. 그곳에 아름답고 편안하게 가려면 몸조심해야겠어요. 그리고 사랑하는 외젠의 영예를 위해서도 말이에요! 자, 그 사람 방으로 가요."

이때 마차 한 대가 뇌브생트 주느비에브 거리에 멈추었다. 레스토 부인이 계단에서 실비에게 하는 이야기가 들렸다.

"아버지 계시지?"

외젠은 이미 침대 속으로 들어가서 잠자는 시늉을 해야겠다고 생각했기 때문에 이 기회를 잘 이용했다.

"아! 아버지, 아나스타지에 대한 얘기들을 들으셨어요?"

델핀은 언니 목소리를 알아듣고 아버지에게 물었다.

"언니 집에도 어떤 이상한 일이 일어났나 보던데요."

"무엇이라고! 그렇다면 난 끝장이야. 보잘것없는 내 머리로는 두 가지 불행을 견딜 수 없어."

고리오 영감이 말했다.

"안녕하세요, 아버지. 아! 델핀, 너 왔구나."

백작 부인이 들어오면서 말했다. 레스토 부인은 자기 동생을 만난 것이 난처한 듯했다.

"안녕, 나지." 남작 부인이 말했다. "내가 여기 온 게 이상해? 난 말이야, 매일 아버지를 뵈러 오는데."

"언제부터?"

"언니가 여기 왔으면 알 수 있었을 텐데."

"나를 괴롭히지 마, 델핀." 백작 부인이 슬픈 목소리로 말했다. "저는 몹시 불행해요. 아버지, 전 파멸이에요! 이번엔 정말 파멸이에요!"

"왜 그러니? 나지야!" 고리오 영감이 부르짖었다. "얘야, 우리에게 모두 얘기해 봐라. 저 애 얼굴이 파래지는구나. 델핀, 어서 저 애를 부축해라. 언니에게 친절해야지. 가능하다면 더욱 사랑해 주어야 하는데."

"불쌍한 나지!" 뉘싱겐 부인이 언니를 자리에 앉히며 말했다. "말해 봐. 언니의 모든 것을 용서할 수 있을 만큼, 항상 언니를 사랑하고 있는 것은 우리 두 사람뿐이라는 걸 알고 있을 테니까. 언니도 알듯이, 가족끼리의 사랑이 가장 확실한 것이야."

그녀가 언니에게 각성제를 맡게 해서, 백작 부인은 다시 정신을 차렸다.

"죽을 것만 같군."

고리오 영감이 말했다.

"자, 너희들 모두 가까이 앉아라. 춥구나. 무슨 일이냐? 나지야, 빨리 얘기해라. 너는 나를 죽이는구나."

노인이 석탄불을 쑤시며 얘기했다.

"글쎄, 남편이 다 알고 있어요. 아버지, 얼마 전에 있었던 막심의 어음을 기억하고 계시지요? 글쎄, 그게 처음이 아니었어요. 벌써 여러 번 제가 갚아 주었어요. 정월 초순경에 트라유는 매우 우울해 보였어요. 그는 저에게 아무 얘기도 안 했어요. 하지만 사랑하는 사람의 마음속을 읽는다는 건 아주 쉬운 일이에요. 작은 것으로도 충분해요. 또 예감이라는 게 있어요. 어쨌든 그는 제가 전에 볼 수 있었던 것보다 사랑이 더 깊고 다정했으며 저는 더욱 행복했어요. 불쌍한 막심! 마음속으로 나에게 작별 인사하러 왔다고 그가 나중에 말했어요. 그는 권총으로 자기 머리를 쏠 생각이었어요. 결국 나는 그의 무릎에 2시간 동안이나 앉아 있었죠. 그러면서 그를 괴롭히고 애원했어요. 마침내 그는 10만 프랑의 부채가 있다고 말했어요. 오! 아빠, 10만 프랑이에요! 저는 미칠 것 같아요. 아버지껜 그만 한 돈이 없으실 거예요. 제가 모두 써버렸기 때문에……."

"없지. 도둑질하지 않고서는 그 돈을 만들 수 없겠다. 그러나 도둑질이라도 할 테야. 나지야! 난 갈 테다."

고리오 영감이 말했다.

죽어가는 사람의 헐떡거리는 목소리같이 비통하게 던져진 이 얘기! 무능력해진 부성애의 고민이 뚜렷이 드러나는 이 얘기를 듣고 두 딸은 잠시 입을 다물었다. 심연 속에 던져진 돌멩이같이 그 깊이를 알려주는 듯한 이 절망적 부르짖음에 어떤 이기주의자라도 냉담할 수 있겠는가.

"제 것이 아닌 물건들을 처분해서 그 돈을 마련했어요, 아빠."

백작 부인이 눈물을 쏟으며 말했다.

델핀은 감동해서 머리를 언니 목에 묻고 울었다. 그녀가 언니에게 말했다.

"모든 게 사실이구나."

아나스타지는 머리를 숙였다. 뉘싱겐 부인은 언니를 온몸으로 껴안고 다정하게 키스했으며 자기 가슴에 언니를 안았다.

"여기에서는 절대로 비난 안 받아. 언니는 항상 사랑받을 수 있어."

그녀가 언니에게 말했다.

"내 천사들아, 너희들 결혼 생활이 왜 그렇게 불행하냐?"

고리오가 힘없는 목소리로 이렇게 말했다.

"막심의 생명과 궁극적으로는 제 행복을 구하기 위해서, 아버지도 알고 계시듯이, 악마가 만든 무슨 일에도 감동을 느낄 수 없는 고리대금업자 곱세크 집에 레스토 씨가 대대로 물려받아 그처럼 아끼던 다이아몬드를 가져갔어요. 제 남편 것과 제 것 모두를 팔아버렸어요. 팔았어요! 아시겠어요! 그리고 트라유 씨는 살아났어요! 그러나 저는 파멸이에요. 레스토 씨가 모두 알아버렸거든요."

감동적이고 따뜻한 애정 표시에 힘을 얻은 백작 부인이 털어놓았다.

"누구에게서? 어떻게? 그놈을 죽여버려야겠다!"

고리오 영감이 부르짖었다.

"어제 남편이 저를 자기 방으로 오라고 불러서 갔지요. '아나스타지.' 하고 그는 저를 불렀어요. 오! 그의 목소리만 듣고서도 다 알았어요. 모든 것을 추측할 수 있었어요. '당신 다이아몬드 어디 있소?' '제 방에요.' '아니야.' 하고 그는 저를 바라보면서 말했어요. '다이아몬드는 여기 내 옷장에 있어.' 그러고서 자기 손수건에 싸 놓은 보석 상자를 저에게 보여주었어요. '이것들이 어디에서 나왔는지 당신 알고 있소?'라고 그는 저에게 물었어요. 저는 그의 무릎에 쓰러져…… 울었고 제가 어떻게 죽는 것이 좋겠느냐고 그에게 물었어요."

"네가 그런 말을 했다니!" 고리오 영감이 부르짖었다. "빌어먹을, 너희들에게 못된 짓을 하는 놈이면 내가 살아 있는 한 하느님의 성스러운 이름으로 그놈을 뜨거운 불에 태워 죽이겠어! 아무렴. 나는 그놈을 갈기갈기 찢어죽일 테야. 마치……."

고리오 영감이 침묵을 지켰다. 말이 목구멍 속에서 사라졌기 때문이다.

"글쎄, 델핀, 그는 나에게 죽기보다 더 괴로운 일들을 요구했어. 하느님이 내가 들었던 얘기들을 어떤 여자들도 듣지 않게 해주시길!"

"나는 그놈을 죽여야겠다."

고리오 영감이 조용히 말했다.

"그놈은 목숨이 하나뿐이지만, 내게는 두 목숨이 달렸으니까. 무어라고 그러던?"

노인이 아나스타지를 바라보면서 말했다.

"글쎄요!" 백작 부인이 말을 계속했다. "그는 잠시 쉬었다가 저를 빤히 보면서 말했어요. '아나스타지, 나는 모든 것을 비밀로 묻어버리겠소. 여전히 함께 살아갑시다. 자식들이 있으니까. 나는 트라유와 결투해서 그를 죽이지는 않겠소. 내가 실패할 수도 있을 테니까. 다른 방법으로 그를 없애려 해도 나는 인간들의 정의에 부딪힐 거요. 또한 그를 당신 품에 안겨 죽도록 한다면 그것은 자식들의 명예를 더럽히는 일이 될 것이오. 그래서 당신 아이들과 그 애들의 아비 그리고 내가 파멸하는 꼴을 보지 않기 위해서 나는 당신에게 두 가지 조건을 제안하겠소. 대답하시오. 당신이 낳은 아이 중에 내 자식이 있소?' 저는 그렇다고 대답했어요. 그는 '어느 아이요?'라고 물었어요. 장남인 에르네스트라고 대답했어요. '좋소. 이제 앞으로 당신이 나에게 한 가지 점에만 복종하겠다고 맹세하시오.' 그가 말해서 저는 맹세한다고 했어요. '내가 요구할 때 당신 재산을 팔겠다고 서명하시오.' 그가 말했어요."

"서명해선 안 돼." 고리오 영감이 외쳤다. "절대로 서명하지 마. 아! 레스토, 네놈은 여자를 행복하게 하는 게 무엇인지 몰라. 여자는 행복이 있는 곳에서 행복을 찾으려고 하지. 그런데 너는 어리석은 무능함으로 자기 여자에게 벌주고 있지 않은가? …… 내가 여기 있다. 꼼짝 마! 네가 나아가는 길에서 나를 늘 보게 될 게야. 나지야, 안심하렴. 아! 그놈이 제 재산을 상속할 자식을 사랑한다고! 좋다, 좋아. 나는 그놈의 아들을 납치하고 말겠어. 젠장! 내 손자구먼. 그러니까 나는 그 꼬마를 만날 수 있겠지. 나는 그 애를 시골로 데리고 가서 돌봐줄 거야. 그러니 걱정하지 마라. 나는 그 짐승 같은 놈이 항복하도록 만들겠어. 그놈한테 말하겠다. 우리 둘이 담판을 짓자! 네놈의 자식을 보고 싶거든, 내 딸 재산을 돌려주어야 해. 그리고 내 딸이 자기 방식대로 행동하도록 내버려 두어야 할걸."

"아버지!"

"그래, 네 아비다! 아! 나는 진짜 아버지야. 이 웃기고 젠체하는 귀족 녀석들이 내 딸년들을 홀대하지 말아야 할 텐데. 제기랄! 내 혈관 속에서 무슨 피가 흐르고 있는지 모르겠군. 호랑이 피가 흐르고 있어. 그 두 사위 놈들을 삼켜버리고 싶구나. 오, 애기들아! 도대체 이것이 너희들의 인생이냐? 하지만 이것은 나에게 죽음과 같아. 내가 더 이상 이 세상에 없다면 너희들은 도대체 어떻게 되겠느냐? 자식들이 사는 것만큼 아비들도 오래 살아야 하는 건데. 주님, 당신의 나라는 너무 잘못 꾸며져 있습니다! 그런데 당신에게도 아들이 하나 있다고 하더군요. 당신은 우리가 자식들 때문에 받는 고통을 마땅히 막아 주셔야 할 것입니다. 사랑하는 천사들아, 이게 무슨 일이냐. 너희들은 괴로울 때만 내 눈앞에 나타나는구나. 너희들은 나에게 너희들의 눈물만을 보이는구나. 물론 그렇지, 너희들은 나를 사랑하지. 나도 알고 있단다. 오너라, 여기 와서 하소연하렴! 내 가슴은 커서 무엇이든지 받아들일 수 있단다. 그래, 너희들이 내 심장을 잘라버려도 소용없지. 잘린 심장 토막들도 역시 아비의 심장일 테니까. 너희들의 고통을 내가 대신 받아서 아팠으면 좋으련만. 아! 어렸을 때 너희들은 참 행복했는데……."

"그때 우리에게는 즐거운 시간만 있었어요. 넓은 곳간에 쌓여 있는 밀가루 부대 꼭대기에서 미끄럼질하며 놀던 때가 어디로 갔지요?"

델핀이 말했다.

"아버지, 그게 전부가 아니에요."

아나스타지가 고리오의 귀에 대고 말하자 노인은 깜짝 놀랐다.

"다이아몬드가 10만 프랑에 팔린 게 아니에요. 막심은 고소당했는데 이제 우리가 1만 2000프랑만 갚아주면 돼요. 그는 저에게 현명하게 처신하고 더 이상 도박도 하지 않겠다고 약속했어요. 세상에서 저에게 남은 것이라고는 그이의 사랑밖에 없어요. 저는 너무 비싼 희생을 치러서, 그가 저를 버리면 전 죽을 거예요. 저는 그를 위해서 재산과 명예와 평안과 자식들을 희생했어요. 아! 적어도 그 사람이 자유롭고 체면을 유지하고 한자리를 차지할 수 있는 사교계에 남아 있도록만 해주세요. 지금 저는 그를 행복하게 해줄 수가 없어요. 제 자식들은 재산 한 푼도 가질 수 없을 거예요. 그 사람이 생트펠라지[60] 감옥에 들어가게 되면, 모든 게 끝장이에요."

"나에게는 그만 한 돈이 없구나. 나지야, 없어. 한 푼도, 땡전 한 푼도 없단 말이야! 세상이 끝장이구나. 오! 틀림없이 이 놈의 세상이 무너질 게야. 가거라, 너희들 먼저 도망쳐! 아! 나에게는 아직도 은으로 만든 버클과 식기 여섯 벌이 있어. 내가 맨 처음 산 것들이지. 결국 나에게 남아 있는 것은 1200프랑의 종신연금뿐이야."

"영속연금을 어떻게 하셨어요?"

"내가 가난하고 구차할 때 사용하려고 적은 액수의 연금만 남겨놓고 다 팔았단다. 델핀에게 방을 얻어주기 위해 1만 2000프랑이 필요했어."

"너의 집이라고, 델핀?"

---

60) 부채를 갚지 않은 사람을 가두었던 감옥이다.

레스토 부인이 자기 동생에게 말했다.

"오! 무슨 소리 하는 거야? 1만 2000프랑은 이미 다 써버렸다니까."

고리오 영감이 말했다.

"짐작이 가는구나. 라스티냐크 때문이겠지. 아! 델핀, 그만둬. 지금 이 지경이 된 내 꼴을 보려무나."

백작 부인이 말했다.

"언니, 라스티냐크는 자기 애인을 파산시킬 청년이 아니야."

"다행이군, 델핀. 위기에 빠져서 나는 네 동정을 기대했는데. 하지만 너는 나를 조금도 사랑하지 않는구나."

"아니, 저 애는 너를 사랑한단다, 나지야." 고리오 영감이 부르짖었다. "조금 전에 저 애는 나에게 그 사실을 말했단다. 우리 둘이서 너에 관해서 얘기했지. 네 동생은 나에게 너는 아름답고, 자신은 단지 예쁘다고 말했어. 저 애가 말이야!"

"저 애는, 저 애는 아름답지만 싸늘한 아이예요."

백작 부인이 되풀이해서 말했다.

"내가 그렇다면, 언니는 나에게 어떻게 대했어?" 델핀이 얼굴이 시뻘게져서 말했다. "언니는 나를 거부했어. 언니는 내가 가고 싶어 하는 모든 집의 문을 닫아버리게 했지. 언니는 나를 괴롭힐 기회를 한 번도 놓친 적이 없지. 그리고 내가 언제 언니처럼 불쌍한 아버지를 찾아와서 1000프랑, 또 1000프랑씩 아버지 재산을 갉아내서 아버지가 이 지경이 되게 한 적이 있어? 언니가 한 짓거리가 바로 이거야. 나는 가능한 한 자주 아버지를 만났어. 나는 아버지를 문밖으로 내쫓은 적은 한 번도 없어. 그리고 필요할 때만 찾아와서 아버지 손을 핥지는 않았어. 나는 아버지가 나를 위해서 1만 2000프랑을 쓰셨다는 것조차 몰랐어. 나는 딸의 도리를 지킬 줄 알아, 나는 말이야! 그런 줄 언니도 알고 있을 거야. 게다가 아버지가 나에게 선물 주실 때에도 내가 달라고 청한 적은 한 번도 없었어."

"너는 나보다 더 행복했어. 드 마르세 씨는 부자고, 너는 그 사실을 어느 정도 알았지. 항상 더러운 돈처럼 너는 천한 아이였어. 잘 있어라. 내게는 동생도 없고 또……."

"입 닥쳐! 나지야!"

고리오 영감이 소리쳤다.

"차마 세상 사람들이 그러리라고 믿을 수 없는 소리를 지껄일 수 있는 사람이 바로 언니란 말이야. 언니는 악질이야."

델핀이 그녀에게 말했다.

"얘들아, 내 새끼들아, 조용히 해라. 안 그러면, 내가 너희들 앞에서 죽어버리겠다."

"자, 나지, 내가 용서하겠어." 뉘싱겐 부인이 얘기를 계속했다. "언니가 불쌍해요. 나는 언니보다는 형편이 좋아. 그렇지만 언니를 도와주기 위해서 모든 일을 다 할 수 있으리라고 생각했을 때, 그런 얘기를 나에게 했더라면 혹시 모르지. 남편의 침실에까지라도 들어갈 수 있었을 텐데. 그러나 나를 위해서건 또는 누구를 위해서건, 감히 할 수 없는 노릇이지. 이렇게 된 것은 결국 언니가 9년 동안이나 나를 해코지한 결과니까."

"얘들아, 얘들아, 서로 키스하려무나. 너희들은 천사야."

아버지가 말했다.

"싫어요. 내버려 두세요."

백작 부인은 고리오 영감이 자기 팔을 붙들고 껴안으려는 것을 뿌리치면서 부르짖었다.

"저 애는 내 남편보다도 더 인정머리가 없는 애예요. 세상에서 저 애를 모든 미덕의 화신이라고 얘기할 사람이 있을는지?"

"나라면 트라유 씨에게 20만 프랑 이상을 바쳤다고 고백하기보다는 차라리 드 마르세 씨에게 빚지고 있다는 소문이 더 낫겠어."

뉘싱겐 부인이 대꾸했다.

"델핀!"

백작 부인이 한 발 다가서면서 부르짖었다.

"언니가 나를 중상하고 있는데, 내가 사실을 말하는 게 당연하지."

남작 부인이 쌀쌀하게 대답했다.

"델핀! 너는……."

고리오 영감은 급히 달려가서 백작 부인을 붙들었다. 그는 딸년의 입을 손으로 막아 말을 못 하게 했다.

"어머나! 아버지. 오늘 아침에 그 손으로 무엇을 만지셨어요?"

아나스타지가 아버지에게 물었다.

"아, 참! 그렇구나. 내가 잘못했다."

불쌍한 아버지가 두 손을 자기 바지에 닦으며 말했다.

"너희들이 올 줄은 몰랐지. 그래서 이사 가려고 짐을 꾸렸단다."

노인은 딸의 비난을 자기에게 이끌어 분노의 방향을 자기에게로 바꾼 것이 기뻤다.

"아!"

노인이 자리에 앉으며 부르짖었다.

"너희들은 내 가슴을 쪼개 놓는구나. 죽을 것 같다, 얘들아! 머리에 불이 들어 있는 것처럼, 머릿속이 부글부글 끓는 것 같애. 제발 정답게들 지내라. 서로 사랑하렴! 너희들 때문에 내가 죽을 것 같다. 델핀아, 나지야, 너희들은 서로 옳기도 했지만 잘못하기도 했어. 자! 델핀."

그는 두 눈에 눈물을 가득 담고 남작 부인을 바라보며 말했다.

"언니에겐 1만 2000프랑이 필요한데 그 돈을 만들어 보자꾸나. 그렇게들 서로 쳐다보지 말아라."

그는 델핀 앞에 무릎을 꿇었다.

"나를 기쁘게 하려면 언니보고 잘못했다고 그래라. 언니는 매우 불행하단다. 자, 어서!"

그는 델핀의 귀에 대고 중얼거렸다.

"언니, 내가 잘못했어. 키스해 줘……."

델핀은 아버지의 얼굴에 괴로움이 새겨 놓은 거칠고 미칠 듯한 표정이 두려워서 이렇게 얘기했다.

"아! 너는 내 마음을 진정시켜 주는구나."

고리오 영감이 부르짖었다.

"그런데 1만 2000프랑을 어디에서 찾아내지? 대리 군복무자로 지원할까?"

"아! 아버지! 안 돼요, 안 돼!"

두 딸이 아버지를 둘러싸며 말했다.

"그런 생각을 하시다니. 하느님이 상을 주실 거예요. 우리 생활 전부를 희생한다 해도 아버지 은혜를 갚을 순 없을 거예요! 안 그래, 나지?"

델핀이 말했다.

"불쌍한 아버지. 그런다 해도 그건 물 한 방울 정도에 지나지 않을 거예요."

백작 부인이 의견을 말했다.

"피를 팔아서 어떻게 할 수 없을까?" 절망에 빠진 노인이 부르짖었다. "나지야, 너를 구해 주는 사람이 있으면, 나는 그 사람에게 몸을 바치겠어. 그를 위해서라면 사람이라도 죽일 테야. 보트랭처럼 할 수도 있지. 도형장에라도 가겠단 말이다. 나는……."

이렇게 말하고서 노인은 마치 벼락이라도 맞은 것처럼 뚝 그쳤다.

"한 푼도 없구나!" 그가 머리를 쥐어뜯으면서 말했다. "어디로 가서 도둑질해야 하는지를 알 수만 있으면 좋겠는데. 무엇을 도둑질해야 하는가를 찾아내기도 힘들구먼. 국립은행을 습격하려면 사람들과 시간이 필요할 테지. 아! 죽어버려야 하는데. 죽는 수밖에 없구나. 그렇다. 이제 나는 정말 쓸모없는 놈이 되었군. 아버지 노릇도 못 하다니! 정말이야. 딸자식은 나를 필요로 하는데. 나는 돈이 있어야 하는데! 나는 비참하게도 땡전 한 푼 없군. 아! 너는 종신연금을 팔아먹은 늙은 악당이야. 너에게는 딸들이 있는데! 정말 너는 딸들을 사랑하지 않느냐? 죽어라. 개처럼 뒈져버려! 그래. 나는 개만도 못한 놈이다. 개라도 이렇게 행동하지는 않을 테지. 오! 내 머리! 머리가 펄펄 끓는구나!"

"아, 아버지, 정신 차리세요."

두 딸은 아버지가 머리를 벽에 부딪으려는 것을 막으려고 그를 둘러싸고 서서 부르짖었다.

노인이 흐느꼈다. 외젠은 놀라서 보트랭에게 서명했던 어음을 집었다. 어음에는 거액의 액수가 적힌 인지가 붙어 있었다. 그는 액수를 고쳐서 고리오 영감을 수취인으로 한 1만 2000프랑의 정식 어음을 만들어 가지고 들어갔다.

"여기 당신 돈이 있습니다, 부인." 그가 어음을 내보이며 말했다. "저는 잠자고 있었죠. 그런데 여러분의 얘기 소리 때문에 잠을 깼습니다. 그리고 고리오 선생께 빚이 있다는 것을 알았습니다. 이 어음을 교환할 수 있을 것입니다. 틀림없이 제가 지불하죠."

백작 부인이 어음을 쥐고 움직이지 않았다. 그녀의 얼굴이 새파래졌다.

"델핀." 그녀는 격분해서 부들부들 떨며 말했다. "나는 너에게 모든 것을 용서했어. 하느님이 증인이지! 하지만 이번만은! 저분이 계신 줄 알면서도 내 비밀과 생활과 어린애들의 생활을 그리고 나의 수치와 체면을 저분께 폭로하여 나에게 복수할 만큼 너는 옹졸하구나! 정말, 너와 나는 이젠 남이다. 난 너를 증오해. 나는 너에게 온갖 나쁜 짓을 다 할 테야. 나는……."

그녀는 화가 치밀어서 더는 말할 수가 없었고 목구멍이 말라붙었다.

"저 사람은 내 아들이고 내 자식이야. 또한 너의 동생이자 너의 구세주야. 그러니 그를 안아 줘라, 나지야! 자, 나는 그를 포옹할 거다."

고리오 영감이 부르짖으면서 미친 듯이 외젠을 껴안았다.

"오! 내 자식아! 나는 너에게는 아버지 그 이상의 존재야. 가정을 꾸리고 싶구나. 내가 하느님이 되어서 너의 발밑에 세계를 던져주고 싶다. 나지야, 어서 키스해라. 이 사람은 인간이 아니고 천사다. 틀림없이 천사야."

"내버려 두세요, 아버지. 언니는 지금 미쳤어요."

델핀이 말했다.

"미쳐! 미쳤다고! 그럼, 너는 어떠냐?"

레스토 부인이 물었다.

"얘들아, 너희들이 계속 이러면 나는 죽을 테야."

노인이 부르짖으며 마치 총알 맞은 듯이 침대에 쓰러졌다.

"딸년들이 나를 죽이는구나!"

그가 중얼거렸다.

백작 부인은 외젠을 바라보았다. 외젠은 이런 격렬한 광경 때문에 어리둥절해서 꼼짝 않고 있었다.

"라스티냐크 씨."

백작 부인의 몸짓과 목소리와 시선 모두가 그에게 질문하려는 것처럼 보였다. 그녀는 델핀이 재빨리 아버지 조끼를 벗겼는데도 아버지에게 주의를 기울이지 않았다.

"부인, 나는 돈을 드리겠고 아무 말도 하지 않겠습니다."

그는 백작 부인의 질문을 기다리지 않고 대답했다.

"언니가 아버지를 죽였어!"

델핀은 기절한 노인을 언니에게 가리키며 말했다. 백작 부인은 나가버렸다.

"나는 그 애를 용서한다." 노인이 눈을 뜨고 말했다. "그 애의 처지가 무서운 지경에 빠져 있어서 머리가 뒤숭숭할 게야. 나지를 위로하렴. 언니를 다정하게 대해 주어라. 그렇게 하겠다고 죽어가는 이 불쌍한 아비에게 약속해."

그가 델핀의 손을 붙잡고 부탁했다.

"아버지, 왜 그러세요?"

몹시 겁이 난 그녀가 물었다.

"아무, 아무 일도 아니야. 곧 괜찮을 거야. 무엇이 이마를 꼭 누르는 것 같구나. 편두통이겠지. 불쌍한 나지! 그 애 앞날이 어떻게 되려는지!"

이때 백작 부인이 다시 돌아와서 아버지의 무릎에 몸을 던졌다.

"용서하세요!"

그녀는 보통 때보다 더 크게 부르짖었다.

"아, 너는 나를 괴롭히는구나."

고리오 영감이 말했다.

"여보세요." 백작 부인이 눈물을 흘리며 라스티냐크에게 말했다. "괴로움 때문에 무례한 짓을 했어요. 나에게 형제처럼 대해 주겠어요?"

그녀가 말하면서 그에게 손을 내밀었다.

"나지." 델핀이 그녀를 껴안았다. "사랑하는 나지, 모든 걸 잊어버려."

"아니, 나는 잊을 수 없어, 나는!"

그녀가 말했다.

"내 천사들아." 고리오 영감이 부르짖었다. "내 눈앞을 가리고 있던 장막을 너희들이 걷었구나. 너희들 목소리를 들으니 다시 힘이 나는군. 둘이서 다시 한 번 키스해. 그런데, 나지야, 이 어음이 너를 구할 수 있겠니?"

"그럴 거예요. 아버지, 어음 뒷면에 서명해 주시겠어요?"

"저런, 바보같이 그것을 잊어버렸군! 몸이 아파서 그랬나보다. 나지야, 그를 원망하지 말려무나. 고통에서 벗어나기만 하면 곧 내게 알려. 아니, 내가 가 보겠다. 아니다. 안 가는 것이 좋겠어. 더 이상 네 남편을 보기 싫으니까. 대번에 그놈을 죽이고 싶군. 그래, 네 재산을 바꿔치기만 하면, 내가 달려가고 말 거야. 어서 가거라, 얘야. 막심이 분별 있는 사람이 되도록 노력하렴."

외젠은 어리둥절했다.

"저 가련한 아나스타지는 늘 성격이 과격했어요. 그렇지만 마음씨는 착해요."

뉘싱겐 부인이 말했다.

"어음 뒷면에 서명 받으려고 다시 왔군요."

외젠이 델핀의 귀에 속삭였다.

"그렇게 생각하세요?"

"그렇게 생각하고 싶지는 않소. 그러나 언니를 믿지 마시오."

외젠은 대답하며 감히 얘기할 수 없는 생각들을 하느님에게나 말하려는 듯이 위를 쳐다보았다.

"그래요, 늘 언니는 좀 연극배우 같은 구석이 있었어요. 그래서 불쌍한 아버지는 언니가 꾸며 보이는 안색에 늘 속아 넘어갔어요."

"좀 어떠세요, 고리오 영감님?"

라스티냐크가 노인에게 물었다.

"잠자고 싶군."

노인이 대답했다.

외젠은 고리오가 침대에 눕는 것을 도왔다. 그리고 딸의 손을 쥐고 노인이 잠에 들자 물러났다.

"오늘 밤 이탈리아 극장에서 만나요." 그녀가 외젠에게 말했다. "그리고 아버지가 어떠신지 알려주세요. 내일 당신은 이사하시겠군요. 당신 방을 볼까요."

그녀가 말하면서 외젠의 방으로 들어갔다.

"어머나, 저걸 어쩌나! 당신은 우리 아버지보다 형편이 더 어려우시군요. 그런데도, 외젠! 조금 전 당신 행동은 훌륭했어요. 그 어느 때보다 당신을 더더욱 사랑해요. 그렇지만 돈을 모으려면, 1만 2000프랑이나 되는 돈을 그렇게 창밖으로 뿌려서는 안 되는데. 트라유 백작은 도박꾼인걸요. 언니는 그렇게 생각하지 않지만요. 트라유는 돈을 무더기로 따고 잃을 수도 있는 그런 곳에 가서 1만 2000프랑쯤은 마련할 수 있었을 텐데."

신음 소리를 듣고 두 사람은 고리오 방으로 다시 돌아갔다.

그런데 겉으로 보기에 노인은 잠들어 있는 것 같았다. 두 연인이 가까이 갔을 때 이런 얘기를 들었다.

"딸애들은 행복하지 못해!"

노인이 잠자고 있건 깨어 있건 간에 이 말을 할 때 그 어조가 너무도 깊게 딸의 가슴을 두드렸기 때문에 딸은 아버지가 누워 있는 초라한 침대로 가까이 가서 아버지 이마에 키스했다. 노인이 눈을 뜨고 말했다.

"델핀이구나."

"좀 어떠세요?"

"괜찮다. 걱정하지 말아라. 곧 외출할 수 있을 테니. 어서 돌아가렴, 내 자식들아. 행복하길 바라마."

노인이 말했다.

외젠은 델핀을 그녀 집까지 바래다 주었다. 그러나 두고 온 고리오 영감이 걱정되어서 델핀이 같이 들자는 저녁 식사를 뿌리치고 보케르 하숙집으로 되돌아왔다. 노인은 자리에서 일어나 식탁에 앉을 준비를 하고 있었다. 비앙숑은 이 제면업자의 얼굴을 잘 살펴볼 수 있는 위치에 자리잡았다. 노인은 항상 그러듯이 빵을 집어서 밀가루가 좋은 것인지 나쁜 것인지 냄새를 맡았다. 그 움직임을 보고 의대생은 그 동작이 행위 의식이 전혀 없는 기계적인 것이라고 여겼다. 그는 절망적인 몸짓을 했다.

"내 옆으로 오게. 코생 병원 인턴 선생."

외젠이 말했다. 비앙숑은 이 늙은 하숙인 곁에 있는 것보다는 차라리 낫겠다고 생각하고선 기꺼이 자리를 옮겼다.

"저 노인은 어떤가?"

라스티냐크가 물었다.

"내가 잘못 본 게 아니라면, 그는 글렀어! 어떤 이상한 증세가 저 노인 몸에서 일어나고 있는 게 확실해. 아주 절박한 뇌일혈의 위험에 빠져 있는 것 같단 말이야. 얼굴 아랫부분은 정상이야. 하지만 윗부분은 가만히 있는데도 자꾸 이마 쪽으로 당겨 올라간단 말이야. 저것 보게! 저 노인의 눈은 장액이 대뇌에 침입한 것을 나타내는 특수한 증상을 보여주고 있지. 작은 먼지들이 두 눈에 가득 차 있는 것처럼 보이지 않나? 내일 아침에는 더 많은 증세를 알 수 있을 테지만."

"치료 방법이 없을까?"

"없어. 만일 팔다리, 특히 다리로 향하는 역반응의 이유를 밝힐 방법을 알아낸다면, 그의 죽음을 조금 늦출 수 있을지도 몰라. 내일 오후까지도 징후가 계속되면 저 불쌍한 노인은 끝장이야. 무슨 사건 때문에 병이 발생했는지 자네는 알고 있나? 어떤 격렬한 충격을 받아서 정신이 뒤집혀버린 게 틀림없어."

"맞아."

라스티냐크는 그의 두 딸이 아버지의 마음을 끊임없이 괴롭혀 왔던 것을 생각하며 말했다.

"그래도 델핀만은 아버지를 사랑해. 그녀만은!"

외젠은 혼자서 말했다.

저녁 무렵 이탈리아 극장에서 뉘싱겐 부인을 만난 라스티냐크는 그녀의 심기가 불편하지 않도록 조심했다.

그런데 외젠이 말문을 열자마자 그녀가 말을 가로막았다.

"근심하지 마세요. 아버지는 매우 건강하세요. 물론 오늘 아침 우리가 아버지께 충격을 주긴 했지만요. 우리 재산이 위태로워졌어요. 그 불행의 크기가 어느 정도인가를 상상하실 수 있겠어요? 그래도 당신의 애정 덕택에 예전 같으면 치명적인 괴로움으로 여겼을 일들에 무감각해질 수 있었죠. 만일 그런 당신 사랑이 없다면, 나는 살아나갈 수 없을 거예요. 지금 나에게는 단 한 가지 두려움과 불안, 단 한 가지 불행만이 있을 뿐이에요. 그것은 바로 살고 있다는 기쁨을 나로 하여금 느끼게 해주는 당신의 사랑을 잃지나 않을까 하는 것이지요. 이런 감정을 제외하고는 모든 게 나에게는 관계없는 일이에요. 나는 더 이상 세상을 좋아하지 않아요. 나에게는 당신만이 전부죠. 내가 부유해서 행복하다고 느끼는 것은 당신을 더욱 기쁘게 해줄 수 있기 때문이에요. 부끄러운 얘기지만 나는 아버지보다도 당신을 더 사랑해요. 딸보다는 연인으로 남는 게 더 좋아요. 왜 그러느냐고요? 나도 모르겠어요. 나의 모든 생명은 당신에게 있어요. 아버지는 나에게 심장을 주셨지만 당신은 내 심장을 뛰게 했지요. 세상 전부가 나를 비난하더라도 그게 무슨 상관이죠! 어쩔 수 없는 이 사랑 때문에 내가 죄를 저지를 때 당신은 나를 받아주시기만 하면 돼요. 나를 원망해서는 안 돼요. 당신은 나를 불효자식으로 생각하시겠지요? 오, 아니에요. 우리 아버지처럼 훌륭한 아버지를 사랑하지 않을 순 없는 노릇이지요. 우리의 불행한 결혼 생활이 응당 이르게 될 파국을 아버지가 못 보게 막을 도리가 있나요? 아버지는 왜 우리들의 결혼을 막지 않았을까요? 우리들에 대해 깊이 생각하는 것이 아버지의 일 아니었나요? 이제 와서야 알았어요. 아버지도 우리와 마찬가지로 괴로워하고 계세요. 그렇지만 우린들 어떻게 할 수 있어요? 아버지를 위로하라고 하시겠지요! 결코 아버지를 위로해 드릴 수 없을 거예요. 우리들의 비난이나 하소연이 아버지에게 괴로움을 주는 것 이상으로 우리의 체념은 아버지에게 고통을 줄 거예요. 인생을 살다 보면 모든 것이 쓰라린 경우가 있어요."

외젠은 아무 말도 안 했다. 그는 진실한 감정에서 우러나는 순진한 표현에 사랑을 느꼈다. 흔히 파리 여성들은 거짓되고, 허영심에 빠져 있고, 이기적이며, 교태를 부리고, 차갑다. 하지만 진실로 사랑할 때, 그녀들이 정열에 더욱 자신을 희생한다는 것은 틀림없는 사실이다. 그녀들은 모든 비열한 마음을 버리고 위대해지며 숭고해진다. 여자의 독특한 '연정 때문에 가장 자연스러운' 육친의 정으로부터 자신을 분리시키고 거리를 둘 때, 외젠은 그 같은 정을 비판하는 그녀의 깊고도 냉철한 정신을 보고 강한 인상을 받았다. 뉘싱겐 부인은 외젠이 침묵을 지키고 있자 언짢아졌다.

"도대체 무슨 생각을 하고 있어요?"

그녀가 그에게 물었다.

"당신이 한 얘기들을 아직도 듣고 있는 것 같소. 지금까지 나는 당신이 나를 사랑하는 것보다 내가 당신을 더 사랑하고 있다고 믿었소."

그녀가 미소를 보였다. 체면에 어긋나지 않는 틀 안에서 대화를 이끌어 가려고 그녀는 마음속에 느낀 기쁨을 억제했다.

그녀는 여태까지 이처럼 젊고 진실한 사랑으로 떨리는 표현을 들어본 적이 없었다. 몇 마디만 더 들었다면, 그녀는 더 이상 자신을 가눌 수 없었을 터이다.

"외젠." 그녀가 화제를 바꾸며 말했다. "당신은 정말 무슨 일이 일어나고 있는지 모르세요? 내일 파리의 모든 사람들이 보세앙 부인 댁으로 갈 거예요. 로슈피드 가문과 다주다 후작은 합의한 내용이 새어 나가지 않게 하기로 약속했어요. 그러나 내일 왕은 결혼 계약서에 서명하게 될 것인데, 당신의 불쌍한 사촌 누님은 아직도 그 사실을 새까맣게 몰라요. 그녀는 사람들을 맞아들이지 않을 수 없을 것이고 후작은 무도회에 나타나지 않을 거예요. 모두들 이 얘기만 하지요."

"그런데 세상은 그런 수치스러운 일을 비웃고 공범자가 되어 있군요! 그 때문에 보세앙 부인이 죽어버릴 것이라고 생각하지 않아요?"

"천만에요." 델핀이 웃으면서 말했다. "그런 종류의 여자들이 어떻다는 것을 모르는군요. 그렇지만 파리의 모든 사람들이 그녀 집에 모일 것이고 나도 갈 거예요! 당신 덕택에 내가 갈 수 있어서 행복해요."

"그러나 파리에 늘 떠돌아다니는 그런 터무니없는 소문 중 하나가 아닐까요?"

라스티냐크가 말했다.

"내일이면 진상을 알게 될 거예요."

외젠은 보케르 하숙집으로 돌아가지 않았다. 그는 새로 얻은 방에서 즐거움을 맛보지 않을 수 없었다. 전날 밤에는 새벽

1시쯤 억지로 델핀과 헤어졌다. 이번에는 새벽 2시에 헤어져서 델핀은 자기 집으로 돌아갔다. 다음 날 외젠은 늦잠을 잤고, 정오쯤 점심을 같이하러 오기로 한 뉘싱겐 부인을 기다렸다. 젊은이들은 이런 즐거운 행복을 맛보려고 열망하는 법이어서 외젠은 고리오 영감을 거의 잊고 있었다. 자신의 것이 된 모든 우아한 일 하나하나에 익숙해지는 게 외젠에게는 기나긴 축제처럼 생각되었다. 뉘싱겐 부인이 있기 때문에 모든 게 새로운 가치를 지녔다. 그러나 4시쯤 되자 두 연인은 이 집에 와서 살게 되리라는 행복한 꿈에 잠겨 있을 고리오 영감의 모습을 떠올렸다. 외젠은 노인이 앓고 있기 때문에 곧 그를 옮겨 와야 한다고 생각했다. 외젠은 델핀과 헤어져 보케르 하숙집으로 뛰어갔다. 그런데 식당에는 고리오 영감과 비앙숑이 없었다.

"아, 고리오 영감은 반신불수가 됐네. 위층에서 비앙숑이 그의 곁에 있어. 노인은 자기 딸인 '레스토라마' 백작 부인을 만났다네. 그러고 나서 외출했다가 병이 악화된 모양이야. 우리는 가장 멋있는 장식품 하나를 잃을 것 같아."

화가가 그에게 말했다.

라스티냐크가 계단 쪽으로 달려갔다.

"이봐요, 외젠 씨!"

"외젠 씨! 주인 아주머니가 부르세요."

실비가 소리쳤다.

"여보세요." 과부가 외젠에게 말했다. "고리오 씨와 당신은 2월 15일에 나가기로 했는데 사흘이 지나서 오늘이 18일이에요. 당신 것과 그 사람 몫의 한 달치를 내야 해요. 그러나 당신이 고리오 영감의 몫을 보증한다면 구두로 약속해도 좋아요."

"왜 그러세요? 믿지 못하시겠다는 말씀입니까?"

"믿음이라! 영감이 정신 못 차리고 죽으면 그의 딸들은 나에게 동전 한 닢 안 줄 거예요. 그리고 넝마 같은 영감 물건을 모두 팔아도 10프랑도 안 될걸요. 오늘 아침 영감은 마지막 남은 식기들을 가지고 나갔는데 그 까닭을 모르겠어요. 꼭 젊은 사람처럼 차려입고 나갑디다. 이렇게 말해서는 안 되겠지만, 나는 영감이 얼굴에 연지라도 발랐나 생각했어요. 아주 젊어 보입디다."

"내가 모두 보증 서겠습니다."

외젠은 변고가 일어날 것을 예감하고 두려움에 몸을 떨었다. 그는 고리오 영감 방으로 올라갔다. 노인은 침대에 누워 있었고 비앙숑이 그 옆에 있었다.

"안녕하십니까, 영감님."

외젠이 노인에게 말했다. 노인은 부드럽게 웃어 보이고 흐릿한 눈을 외젠에게 돌리며 말했다.

"그 애, 잘 있어?"

"네, 잘 있습니다. 좀 어떠십니까?"

"괜찮아."

"피곤하게 하지 말게."

비앙숑이 외젠을 방구석으로 끌고 가며 말했다.

"그래, 어떤가?"

라스티냐크가 그에게 물었다.

"기적이 있기 전에는 살아날 가망이 없네. 장액성 뇌출혈이 일어났어. 그래서 지금 겨자 고약을 붙였네. 다행히 자기도 고약 붙인 것을 느끼는 것 같아. 효력이 나타나네."

"노인을 옮겨도 괜찮을까?"

"안 되네. 어떠한 육체적 운동도 피하고 감정을 자극해서는 안 돼. 저대로 두어야 하네."

"고마운 비앙숑, 우리 둘이서 간호하세."

외젠이 말했다.

"벌써 우리 병원의 주임 의사를 불렀네."

"그래서?"

"내일 저녁에 무언가를 얘기할 거야. 병원 일이 끝나면 오겠다고 약속했어. 그런데 이 답답한 노인은 오늘 아침에 실수를 저질렀어. 도무지 왜 그랬는지 말을 안 하네. 고집불통이야. 내가 그에게 말을 걸면 들은 척도 하지 않네. 심지어 나에게 대답하지 않으려고 자는 척까지 한다네. 그런가 하면 눈을 뜨고 있을 때에는 우는소리를 하네. 아침에 외출했다네. 어디를 갔는지 모르지만. 파리 시내를 마차도 타지 않고 걸어서 돌아다녔다더군. 자기가 가지고 있는 것 중에 돈이 될 만한 것은 모두 가지고 나갔다네. 자기 힘에 겨운 무슨 빌어먹을 거래를 했나 봐. 딸 중의 한 사람이 왔지."

"백작 부인이던가?" 외젠이 물었다. "키가 크고 갈색 머리에 눈은 잘생겼고 발랄하며 다리는 아름답고 몸매가 부드럽던가?"

"맞았어."

"잠깐 노인과 혼자 있겠네. 털어놓게 하겠네. 내게는 모두 얘기할 거야."

라스티냐크가 말했다.

"그동안 나는 저녁이나 먹겠어. 다만 노인을 너무 자극하지 않도록 조심하게. 아직도 희망은 조금 있으니까."

"염려 말게."

두 사람만 남자 고리오 영감이 외젠에게 말했다.

"딸애들은 내일 아주 즐겁겠지. 그 애들이 큰 무도회에 갈 테니."

"오늘 저녁 이렇게 침대에서 괴로워하실 줄 알면서 도대체 아침에 영감님은 무슨 일을 하셨습니까?"

"아무 일도 안 했어."

"아나스타지가 왔었지요?"

"응."

"그럼, 숨기지 말고 말씀하세요. 그 여자는 또 무슨 요구를 했어요?"

"아……." 노인이 힘을 모아서 말했다. "그 애는 참 불쌍해. 여보게. 다이아몬드 사건이 있은 다음부터 내 딸 나지는 땡전 한 푼도 없어. 그 애는 무도회에 입고 갈 금은 박으로 장식한 의상을 주문했다네. 그 옷은 보석처럼 그 애에게 잘 맞을 거야. 그런데 더러운 재단사 년이 그 애와 외상 거래를 하기 싫다고 하니까 그 애 하녀가 옷값으로 1000프랑을 빌려주었다네. 불쌍한 나지! 그 지경에까지 이르다니! 가슴이 찢어지는 것 같았네. 그런데 레스토 녀석이 나지를 믿지 않는다는 사실을 안 하녀는 돈을 못 받을까 봐 겁이 났지. 그래서 재단사와 짜고 1000프랑을 돌려주지 않으면 옷을 내주지 않겠다고 했다네. 무도회는 내일이고 옷은 준비가 되어 있기 때문에 나지는 절망에 빠져버렸다네. 따라서 딸년은 그 돈을 갚으려고 내 식기들을 팔아서 돈을 마련해 달라고 했지. 그 애가 팔았다고들 떠들어대는 그 다이아몬드를 무도회에 달고 가서 모든 파리 사람들에게 보여주길 남편이 바라고 있어. 그 지경인데 딸년이 괴물 같은 그놈을 보고 '1000프랑 빚진 게 있는데 갚아 주세요.' 얘기할 수 있겠나? 안 될 말이야. 난 이해하고 있어. 그 애 동생 델핀은 잘 차려입고 그곳에 갈 텐데 말이야. 아나스타지가 동생보다 떨어져서야 되겠나? 딸애는 눈물을 펑펑 쏟았지. 불쌍한 자식! 어제도 나는 1만 2000프랑을 만들어 주지 못했네. 창피해서 그 죄를 갚기 위해 내 볼품없는 생명을 내던지고 싶었다네. 자네도 알겠지만 나는 모든 것을 참고 견딜 힘이 있었지. 하지만 최근에는 이렇게 돈이 없어서 내 가슴이 찢어지는 것 같네. 오! 나는 조금도 망설이지 않았다오. 대충 돈을 마련하고 나니, 다시 기분이 좀 나아졌어. 나는 식기와 버클을 600프랑에 팔았어. 종신연금 증서를 곱세크 영감에게 1년 기한으로 저당 잡히고 일시불로 400프랑을 빌렸지. 그까짓 것! 그래도 빵은 먹을 수 있겠지! 젊었을 때도 빵만 먹고 너끈히 지냈으니까. 이번에도 문제없네. 적어도 내 딸 나지가 하룻저녁을 멋지게 보낼 수 있다면 말일세. 그 애는 멋질 거야. 지금 내 머리맡에는 1000프랑짜리 지폐가 있네. 불쌍한 나지를 기쁘게 해줄 수 있는 것을 내 머리맡에 가지고 있다는 생각 때문에 기운이 펄펄 나네. 딸애는 그 못된 하녀 빅투아르를 문밖으로 내쫓을 수 있게 됐네. 자기 주인을 못 믿는 하인이 있다니 말이 안 돼! 내일 몸이 좋아져야 할 텐데. 나지가 10시에 온다고 했으니까. 내가 앓는 것을 알게 되면 딸들은 무도회에도 안 가고 나를 간호하려고 할 테니 말이야. 내일 나지는 나를 제 자식처럼 키스할 거야. 그 애가 애무해 주면 내 병이 나을 거야. 그러니 뭐 하러 병을 고치려고 약국에 1000프랑씩이나 주겠나? 차라리 내가 앓고 있는 모든 병을 고쳐주는 내 나지에게 그 돈을 주어야지. 적어도 나는 돈이 떨어진 딸애를 위로해 줘야 하네. 그래야만 영속연금을 팔아먹은 내 죄를 갚을 수 있지. 그 애는 지금 깊은 심연에 빠져 있네. 하지만 딸년을 그곳에서 끌어낼 만한 힘이 이미 없단 말이야. 오! 나는 장사를 다시 시작해야겠어. 나는 오데사로 밀을 사러 가야겠네. 그곳의 밀 값은 여기에 비하면 3분의 1밖에 안 되지. 곡물을 현물로 들여오는 것은 법으로 금지되어 있네. 그러나 법을 만든 양반들은 밀이 제품 원료가 된다는 사실을 생각하지 못하고 금지시킨 모양이야. 음! 오늘 아침 바로 내가 이 점을 생각해 냈지! 전분으로 만들면 떼돈을 벌 거야."

'미쳤군.' 외젠은 노인을 보며 이렇게 생각하면서 말했다.

"자, 쉬세요, 얘기하지 마시고……."

비앙숑이 다시 올라오자 외젠은 저녁 식사를 하려고 내려갔다. 그리고 두 사람은 밤새도록 교대로 환자를 간호했다. 한 사람은 의학 서적을 읽었고 또 한 사람은 어머니와 누이들에게 편지를 썼다.

비앙숑의 얘기에 따르면, 다음 날 환자가 보인 증세는 점점 호전되는 중이었다. 그래도 지속적인 주의가 필요했다. 두 학생만이 간호할 수 있었고 그들의 대화에는 순진한 어법을 어기는 말은 하나도 없었다. 노인의 쇠약한 몸에 거머리를 붙여 나쁜 피를 뽑았고 찜질과 족욕과 의학적 조치를 취했다. 이 일을 하는 데 두 청년은 모든 역량과 헌신을 아낌없이 바쳤다. 레스토 부인은 오지 않았고, 심부름꾼을 시켜서 돈을 가지러 보냈다.

"나는 그 애가 직접 오리라고 생각했는데. 그렇지만 잘못한 짓은 아니야. 왔더라면 병을 보고 걱정이나 하지."

아버지는 이렇게 된 게 잘된 일이라고 생각하는 듯이 말했다.

저녁 7시에 테레즈가 델핀의 편지를 갖고 왔다.

당신은 도대체 무얼 하고 계세요? 사랑하자마자 곧 나를 아랑곳하지 않는 거예요? 마음과 마음을 서로 터놓고 모든 얘기를 했을 때, 당신은 너무도 아름다운 영혼을 가지고 있어서 감정에는 많은 뉘앙스가 있다 하더라도 결코 성실하지 못한 사람이 될 수 없다는 것을 나는 보았어요. 당신은 「이집트의 모세」[61]에 나오는 기도를 들으며 말하셨어요. '어떤 사람들에게는 똑같은 음표지만 또 다른 사람들에게는 음악의 무한함을 보여주지!' 오늘 밤 보세앙 부인의 무도회에 가려고 내가 당신을 기다린다는 것을 생각하세요. 오늘 아침 궁정에서는 정말로 다주다 후작의 결혼 계약서에 대한 서명이 끝났어요. 그런데 자작 부인은 오후 2시에야 그 사실을 알았죠. 파리 상류사회의 모든 사람들이 그 여인 집에 갈 거예요. 마치 사형 집행이 있을

---

61) Mosèin Egitto. 로시니의 오페라로 1818년 나폴리에서 초연되었다.

때, 그레브 광장으로 서민들이 밀려가듯이 말이에요. 그 여자가 자기 괴로움을 감출까 아니면 세상을 등질 건가를 보러 간다는 게 무서운 일이 아니겠어요? 내 사랑! 내가 이전에 이미 그 여자 집에 드나들었다면 물론 오늘 밤에는 안 가겠어요. 그러나 그 여자는 이제 두 번 다시 사람들을 초대하지 않을 거예요. 그렇게 되면 결국 내가 기울인 모든 노력은 말짱 헛것이 되겠죠. 내 처지는 다른 사람들과 달라요. 게다가 나는 당신을 위해서도 그 집에 가야 해요. 기다리겠어요. 2시간 안에 당신이 내 곁으로 안 오시면, 이 배반을 내가 용서할 수 있을는지 모르겠어요.

라스티냐크는 펜을 들어 다음과 같이 답장을 썼다.

나는 지금 당신 아버지가 살아날 가망이 있는가를 알기 위해 의사를 기다리고 있소. 지금 빈사 상태란 말이오. 의사의 선고를 당신에게 알려주러 가겠소. 죽는다는 선고가 아닐까 두렵소. 당신이 무도회에 갈 수 있을는지는 이 선고에 달려 있소. 열렬히 사랑하오.

의사가 8시 반에 왔다. 그는 희망적인 의견을 말하지도 않았고, 죽음이 촉박하다고도 하지 않았다. 그는 병세가 일진일퇴하리라고 말하면서 노인의 생명과 의식도 이 순환적 병세에 달렸다고 말했다.

"빨리 죽는 게 낫겠는데."

의사의 마지막 얘기였다.

외젠은 고리오 영감의 간호를 비앙숑에게 부탁하고 뉘싱겐 부인에게 이 슬픈 소식을 전하러 갔다. 이 소식을 들으면 딸은 여전히 친정에 대한 의무감에 젖어 어떠한 즐거운 일들도 물리칠 것이라고 생각했다.

"그 애에게 걱정하지 말고 즐겁게 놀라고 전해 주시게."

외젠이 나가려고 할 때, 고리오 영감은 졸다가 깨어나서 자리에서 몸을 일으키면서 말했다.

청년은 비통한 가슴을 안고 델핀 앞에 나타났다. 그녀는 머리를 빗었고 신발도 신었으며 무도복만 입으면 다 되었다. 그러나 화가가 그림을 마치기 직전의 화필처럼, 마지막 손질이 캔버스의 그림 전부를 그린 시간보다 더 많은 시간을 요구하는 것과 비슷해 보였다.

"아니, 당신은 무도복을 안 입었군요?"

그녀가 말했다.

"하지만 부인, 당신 아버지는……."

"또 아버지 얘기군요!" 그녀가 그의 말을 가로막으며 소리쳤다. "아버지에 대한 내 의무가 어떤 것인지를 내게 가르쳐줄 필요가 없어요. 나는 오래전부터 아버지를 잘 알고 있으니까요. 한 마디도 하지 말아요, 외젠. 당신이 옷을 바꿔 입고 오시지 않으면 나는 한 마디 얘기도 안 듣겠어요. 테레즈가 당신 방에 가서 다 준비해 두었어요. 내 마차도 기다리고 있으니 타고 가세요. 그리고 곧 돌아오세요. 아버지 얘기는 무도회에 가면서 해요. 일찍 떠나야 해요. 마차의 복잡한 대열 속에 빠져버리면 재수가 좋아야 11시쯤에나 무도회에 입장할 거예요."

"부인!"

"어서 가세요! 아무 얘기 마시고."

그녀가 목걸이를 매려고 내실로 달려갔다.

"제발 어서 가세요, 외젠 씨. 당신은 부인을 화나게 하고 있어요."

테레즈는 세련되게 아버지를 죽이는 딸의 이 처사에 놀란 청년을 떠밀면서 말했다.

그는 가장 비통하고 절망적인 생각을 하면서 옷을 갈아입으러 갔다. 그는 이 세상이 한 발만 잘못 디디면 목까지 빠져 버리는 진흙탕의 바다라고 생각했다.

"세상에는 치사한 범죄만 날뛰는군! 보트랭이 차라리 더 위대해."

그가 혼자서 중얼거렸다.

그는 이 사회를 거창하게 나타내는 세 가지 표현을 보았다. '복종'과 '투쟁'과 '반항', 즉 '가정'과 '세상'과 '보트랭'이다. 그런데 그는 결심할 수 없었다. 복종은 귀찮고, 반항은 불가능하며, 투쟁은 불확실하기 때문이다. 그는 가족을 생각했다. 그는 안정된 생활에서 오는 순수한 감정을 기억했다. 그는 자기를 사랑해 주었던 사람들과 함께 보낸 옛날을 돌이켜보았다. 가정의 자연스러운 규칙에 순응하여 이 사랑스러운 사람들은 아무런 고민 없이 충만하고 지속적인 행복을 그곳에서 발견하고 있었다. 이런 훌륭한 생각을 했는데도, 그는 사랑이란 이름으로 효도를 베풀라고 명령하며 델핀에게 순결한 영혼의 신념을 고백할 용기가 자기에게는 없다고 느꼈다. 시작된 지 얼마 지나지 않은 그의 교육은 벌써 열매를 거두었다. 그는 벌써 이기적으로 사랑했다. 기민한 그는 델핀의 본성을 꿰뚫어보았다. 심지어 그는 그녀가 자기 아버지 시체라도 밟고 무도회에 갈 수 있는 여자라는 사실을 예감할 수 있었다. 결국 그는 그녀에 대해서 이치를 따져주는 역할을 할 힘도, 그녀의 마음을 언짢게 할 용기도, 그녀와 헤어질 만한 덕성도 없었다.

"이런 경우 내가 이치를 따져 그녀에게 대항한다면, 그녀는 결코 나를 용서하지 않을 테지."

그는 생각했다. 이어서 그는 의사가 한 말을 따져보았고 고리오 영감 병세가 생각하고 있는 것만큼 위급한 게 아니라고 애써 생각했다. 결국 그는 델핀을 변호하기 위해 남을 죽일 수 있는 논리를 차곡차곡 쌓았다. 그녀는 자기 아버지가 어떤 상태에 처해 있는가를 몰랐다. 설사 그녀가 아버지를 보러간다고 하더라도, 노인 자신이 그녀를 무도회에 돌려보낼 것이라고 생각했다.

명백한 죄는 가정환경에서 비롯한 성격 차이와 다양한 이해관계 및 처지 때문에 모습을 수없이 바꾸면서 용서받게 마련이다. 하지만 형식상 요지부동한 사회규범은 흔히 이런 경우에 가차 없이 유죄를 선언하는 법이다. 외젠은 자신을 기만하고 싶었다. 그는 그녀를 위해서라면 자기 양심을 희생할 각오가 되어 있었다. 이틀 전부터 그의 생활에서 모든 게 변해버렸다. 그녀는 그의 생활에 혼란을 던졌고 가정에 대한 생각을 퇴색시켰으며 자신에게 유리하도록 모든 것을 손아귀에 넣었다. 라스티냐크와 델핀은 서로가 가장 강렬한 향락을 느끼기에 적절한 조건에서 만났던 것이다. 충분히 준비된 그들의 정열은 다른 열정을 죽임으로써 쾌락을 통해 확대되었다. 그녀를 정복한 외젠은 그때까지 자신이 그녀만을 원했다는 사실을 깨달았다. 행복한 사랑 행위가 끝나자, 그는 그녀만을 사랑했다. 어쩌면 사랑이란 쾌락에 대한 보답에 불과한 것이다. 더럽건 숭고하건, 그는 그녀가 지참금처럼 그에게 가지고 온 육체의 기쁨 때문에 그녀를 사랑했고, 그녀한테서 받은 모든 관능적 쾌락 때문에 그녀를 뜨겁게 사랑했다. 델핀도 마치 탄탈로스가 자기의 배고픔을 채워 주고 말라버린 목구멍의 갈증을 풀어 주려고 오는 천사를 사랑하는 것과 마찬가지로 라스티냐크를 사랑했다.

"그래, 아버지는 어떠세요?"

그가 무도회 복장을 하고 돌아왔을 때 뉘싱겐 부인이 물었다.

"아주 나빠요. 당신이 나에게 사랑의 증거를 보여 주고 싶다면 우리 두 사람이 뛰어가서 그를 봅시다."

"좋아요! 그렇지만 무도회가 끝난 다음에 가요. 착한 외젠, 가만히 계세요. 나에게 설교하지 마세요. 자, 가요."

그들은 출발했다.

가는 도중에 외젠은 잠시 침묵을 지켰다.

"도대체 왜 그래요?"

그녀가 물었다.

"당신 아버지의 헐떡거리는 소리가 들리는 것 같소."

그가 화가 난 어조로 대답했다. 그리고 그는 청년의 열렬한 웅변으로 레스토 부인이 허영심 때문에 저지른 잔인한 행동과 아버지의 마지막 헌신이 원인이 된 치명적인 병세, 아나스타지의 금실로 짠 의상 때문에 치르게 된 값비싼 희생에 대해 얘기하기 시작했다.

델핀은 눈물을 흘렸다. 하지만 곧 '눈물 때문에 얼굴이 추해 보이겠는데'라는 생각이 들어 울음을 그쳤다.

"나는 아버지를 간호하러 가겠어요. 그리고 아버지 머리맡을 떠나지 않겠어요."

그녀가 말했다.

"아! 나는 당신이 그 말을 하기를 기다렸소."

라스티냐크가 부르짖었다.

500대나 되는 마차 등불이 보세앙 저택 부근을 비추었다. 조명을 받고 있는 대문 앞에서 헌병 한 명이 좌우로 오가고 있었다. 사교계 사람들이 너무나 많이 몰려들었다. 몰락해 가는 순간의 이 귀부인을 빨리 보고 싶어 모두들 달려온 것이다. 그 때문에 뉘싱겐 부인과 라스티냐크가 나타났을 때, 저택 1층에 있는 방들은 벌써 사람들로 꽉 차 있었다. 루이 14세 때문에 애인을 빼앗긴 대공비의 집에 궁정의 모든 사람이 몰려들었던 이후로, 보세앙 부인의 경우보다 더 굉장한 비련의 사건은 없었다. 왕족이나 마찬가지인 부르고뉴 가문의 마지막 딸인 이 자작 부인은 이런 상황 속에서도 고통을 뛰어넘고 있었고 마지막 순간까지 사교계에 군림했다. 그녀가 사교계의 허영심을 받아들인 것은 오로지 자신의 열정을 이기기 위해서였다.

파리에서 가장 아름다운 여성들은 그들의 의상과 미소로 이 살롱에 활기를 불어넣었다. 궁정 고관, 각국 대사들, 장관들, 각계 명사들이 십자훈장, 대훈장, 형형색색의 수장(袖章)을 달고 자작 부인 주위로 밀려들었다. 오케스트라는 이 여왕에겐 사막과도 같을 이 궁전의 황금빛 천장 아래에서 음악을 연주하고 있었다. 보세앙 부인은 첫 번째 살롱 입구에 서서 친구라고 자칭하는 이 사람들을 맞이했다. 하얀 의상을 입고 간단하게 엮은 머리에는 아무런 장식도 안 했다. 그녀는 침착해 보였다. 그녀는 고통과 오만한 태도와 거짓된 즐거운 표정도 나타내지 않았다. 아무도 그녀의 영혼을 읽을 수 없었다. 독자 여러분이 보았다면 그녀를 대리석으로 만든 니오베 상(像) 같다고 여겼으리라. 그녀가 가까운 친구에게 보내는 미소는 때때로 비웃는 투였다. 그러나 모든 사람에게는 그녀가 그녀답게 보였고 행복이 밝은 불빛으로 그녀를 화려하게 꾸며주었던 때의 그녀와 똑같은 모습을 보여주었다. 그 때문에 마치 죽어가면서도 웃을 줄 아는 검투사에게 갈채 보내는 젊은 로마 여성들처럼, 가장 무감각한 사람일지라도 그녀에게 감탄하고 있었다. 파리 사교계는 여왕에게 최후의 작별을 준비하는 듯 보였다.

"당신이 오지 않을까 봐 걱정했어요."

그녀가 라스티냐크에게 말했다.

"부인, 저는 마지막까지 남아 있으려고 왔습니다."

부인이 자신을 나무라는 것으로 여긴 그가 감동 어린 소리로 대답했다.

"고마워요." 그녀가 그의 손을 붙잡으며 속삭였다. "당신은 여기에서 내가 믿을 수 있는 단 한 사람일 거예요. 이봐요, 영원히 사랑할 수 있을 여자를 사랑하세요. 어떤 여자도 버려서는 안 되지요."

그녀는 라스티냐크의 팔을 붙들고 카드놀이하는 살롱으로 들어가 소파로 데리고 갔다.

"후작한테 가주세요. 내 하인 자크가 당신을 그 집에 안내할 테니까 따라가서 편지를 전해 주세요. 내가 부쳤던 편지들을 돌려달라고 요청했어요. 그가 전부 돌려줄 거라고 생각해요. 그렇게 믿고 싶어요. 편지들을 받으면 내 방으로 올라가 계세요. 당신의 도착을 나에게 알리도록 일러 둘게요."

그렇게 말하면서 부인은 역시 그 집에 온 그녀의 가장 친한 친구인 랑제 공작 부인을 맞이하려고 일어섰다.

라스티냐크는 로슈피드 저택으로 가서 다주다 후작과의 면담을 요청했다. 후작이 그 집에서 저녁을 보내기로 했기 때문에 그를 만날 수 있었다. 후작은 그를 자기 집으로 데리고 가더니 작은 상자를 내주면서 말했다.

"그 안에 모두 들어 있소."

후작은 외젠에게 무슨 얘기를 더 하고 싶은 것처럼 보였다. 무도회에서 일어난 사건과 자작 부인에 대해 그에게 물어보고 싶었거나, 또는 나중에 결국 그렇게 되었지만, 자기 결혼에 대해 벌써 실망하고 있다는 사실을 그에게 털어놓고 싶었을 것이다. 그러나 자존심의 불빛이 그의 눈에 번쩍거렸다. 그는 가장 고결한 감정에 대한 비밀을 간직하려는 놀랄 만한 용기를 지니고 있었다.

"나에 대해선 부인에게 아무 말도 하지 마시오, 외젠 씨."

그는 다정하고도 슬픈 표정으로 라스티냐크의 손을 꽉 쥐며 그에게 가보라는 몸짓을 했다. 외젠은 보세앙 저택으로 돌아와서 자작 부인 방으로 들어갔다. 그 방에서 그는 부인이 떠날 준비를 모두 끝내 놓은 것을 보았다. 그는 난로 곁에 앉아서 삼나무로 만든 그 작은 상자를 보며 깊은 우수에 빠졌다. 그에게 보세앙 부인은 『일리아스』에 나오는 여신들과 같은 차원의 여인이었다.

"아! 내 친구."

자작 부인이 들어와 라스티냐크의 어깨에 손을 얹었다.

그는 자기 사촌 누님이 울고 있다는 사실을 알았다. 그녀의 두 눈은 허공을 향해 있었고 한 손을 쳐들고 다른 손은 떨고 있었다. 부인이 느닷없이 그 상자를 집어서 불 속에 내던졌다. 그녀는 상자가 타는 것을 지켜보았다.

"사람들이 춤추고 있어요! 모두들 늦지 않게 정확히 찾아왔어요. 죽음은 늦게야 찾아오겠지만. 쉬! 외젠."

그녀가 무슨 얘기를 하려는 라스티냐크의 입에 손가락을 대면서 말했다.

"이제 나는 파리도 사교계도 결코 안 볼 거예요. 아침 5시에 출발해서 노르망디 오지에 파묻히러 가요. 오후 3시부터 준비하고 증서에 서명하고 남은 일거리를 처리할 수밖에 없어서 사람을 보낼 수가 없었어요. 그 집에서……."

그녀가 말을 멈추었다.

"그 사람을 틀림없이 찾을 수 있었군요. 그 집……."

그녀가 괴로움에 짓눌려 말을 멈추었다. 이 순간에는 모든 게 고통이다. 어떤 말들도 입 밖에 낼 수 없는 법이다.

"어떻든 오늘 밤 이 마지막 부탁을 당신에게 할 수 있으리라고 생각했어요. 나는 당신에게 우정의 징표를 주고 싶군요. 나는 자주 당신을 생각했어요. 나는 당신이 훌륭하고 고결하며 또한 젊고 순진하다고 생각해요. 이 세상에는 그런 장점이 몹시 귀해요. 당신도 때때로 나를 생각해 주길 바라요. 자, 이것 받아요."

부인이 말하며 주위를 두 눈으로 살폈다.

"이것은 내가 장갑을 넣어 두던 상자예요. 무도회나 극장에 가려고 이 상자에서 장갑을 꺼내 낄 때마다 나는 내가 아름답다고 생각했어요. 왜냐하면 나는 행복했으니까요. 그리고 나는 이 상자를 만지며 아름다운 생각만을 이 속에 남겼어요. 이 상자에는 나의 많은 모습들이 간직되어 있어요. 이미 세상에는 없는 보세앙 부인이 이 안에 들어 있어요. 받아요. 아르투아 거리에 있는 당신 집으로 하인을 시켜 갖다드리도록 하겠어요. 뉘싱겐 부인은 오늘 밤 참 아름답던데요. 그 여자를 진심으로 사랑하세요. 우리가 다시 만나지 못해도 나에게 잘해 주었던 당신을 위해 내가 기도하리라는 사실을 믿으세요. 내려갑시다. 내가 울고 있다고 사람들이 생각하게 해서는 안 되니까요. 나는 영원히 혼자서 지낼 거예요. 아무도 내가 왜 우는지 그 이유를 물어볼 수 없을 거예요. 한 번 더 이 방을 봐야겠군요."

그녀가 멈추었다. 잠시 손으로 두 눈을 가렸다가 눈물을 닦고 찬물로 두 눈을 씻고 나서 학생의 팔을 붙잡고 말했다.

"갑시다!"

이처럼 숭고하게 고통을 억제하는 걸 본 라스티냐크는 격렬하게 감동했다. 무도장으로 들어가서 외젠은 보세앙 부인과 함께 그 방을 한 바퀴 돌았다. 이것은 그가 이 우아한 부인에게 베푼 최후의 세심한 배려였다. 그는 곧 레스토 부인과 뉘싱겐 부인을 발견했다. 백작 부인은 다이아몬드로 치장해서 훌륭하게 보였다. 하지만 틀림없이 그녀는 다이아몬드 때문에 애를 태웠다. 또한 오늘이 이 여자가 그 다이아몬드를 몸에 붙일 수 있는 마지막 날이었다. 그녀의 자존심과 사랑이 아무리 강하다 하더라도 남편 시선을 이겨낼 수는 없었다. 이 광경을 보고서 라스티냐크의 마음은 여전히 비통했다. 그가 이탈리아인 대령의 모습에서 보트랭을 연상했다면, 두 자매의 다이아몬드 속에서는 고리오 영감이 누워 있는 초라한 침대를 다시 보았다. 이런 우울한 그의 태도를 잘못 해석한 자작 부인이 그의 팔을 놓고 말했다.

"가보세요! 당신 즐거움을 방해하고 싶지 않아요."

외젠은 아주 빨리 델핀에게 매료되었다. 델핀은 자기가 끌어낸 효과에 기뻐하고 있었다. 그녀는 그토록 자신이 받아들여지기를 고대해 왔던 사교계에서 얻은 예찬을 이 학생의 발치에 바치고 싶었다.

"내 언니 나지를 어떻다고 생각하세요?"

그녀가 외젠에게 물었다.

"저 여자는 자기 아버지의 죽음까지도 어음으로 만들어 써버렸소.”

라스티냐크가 대답했다.

새벽 4시경이 되자 살롱에 있는 사람들이 흩어지기 시작했다. 이어서 음악 소리도 들려오지 않았다. 큰 살롱에는 랑제 공작 부인과 라스티냐크만이 남아 있었다. 자작 부인은 살롱에 학생만 있으리라 생각하고서 남편 보세앙 씨에게 작별 인사를 한 다음 살롱으로 왔다. 그런데 남편은 잠자러 가기 전에 그녀에게 여러 번 되풀이해 말했다.

“당신이 틀렸소. 여보, 당신 나이에 숨어 살겠다니! 나와 함께 지냅시다.”

보세앙 부인은 공작 부인을 발견하고 놀라 고함을 지르지 않을 수 없었다.

“알고 있어요, 클라라.” 랑제 부인이 말했다. “다시는 안 돌아오려고 당신이 떠난다는 것을. 그렇지만 나에게 얘기하고 난 다음, 서로를 이해하기 전에는 못 떠나요.”

그녀는 친구의 팔을 붙잡고 옆 살롱으로 데리고 갔다. 공작 부인은 눈물 어린 눈으로 친구를 쳐다보았고 두 팔로 껴안았으며 뺨에 입맞춤했다.

“이봐요, 나는 당신과 쌀쌀하게 헤어지기 싫어요. 그렇게 된다면 너무나 뼈저린 후회를 하게 될 거예요. 당신이 당신 자신을 믿는 것처럼 나를 믿어도 좋아요. 오늘 밤 당신은 위대했어요. 나는 당신이 당신답다고 생각했고, 그 증거를 당신에게 보여주고 싶어요. 나는 당신에게 못할 짓을 해왔어요. 나는 늘 좋은 사람은 아니었어요. 용서해요, 내 친구. 당신에게 상처 준 모든 행위가 잘못되었다는 것을 인정해요. 실언들을 취소하고 싶군요. 꼭 같은 괴로움이 우리 영혼 속에도 연결되어 있어서 우리 둘 중에 누가 더 불행한지 모르겠어요. 오늘 밤 몽리보 씨는 여기에 안 왔어요. 알겠지요? 오늘 밤 무도회에서 당신 모습을 본 사람은 누구도 당신을 잊을 수 없을 거예요. 끝까지 노력해 보겠어요. 만일 실패하면, 수도원에 들어가겠어요! 당신은 어디로 가는 거예요?"

"노르망디에 있는 쿠르셀로 가요. 하느님이 이 세상에서 나를 데려갈 때까지 사랑하고 기도하기 위해서죠."

청년이 기다린다고 생각하고 자작 부인이 감동된 목소리로 말했다.

"이리 오세요. 라스티냐크 씨."

학생은 무릎을 꿇고 사촌 누이의 손을 잡고 입맞춤했다.

"앙투아네트, 안녕! 행복하길 빌어요."

보세앙 부인이 말했다. 그리고 학생에게 얘기했다.

"당신도 행복해야 해요. 당신은 젊기 때문에 무엇이든지 믿을 수 있을 거예요. 죽어가면서 특전을 받는 사람들처럼, 이 세상을 떠나면서 나는 내 주위에 경건하고 성실한 감동을 주게 되었군요!"

라스티냐크는 눈물 흘리는 그녀한테서 마지막 작별 인사를 받았다. 그는 보세앙 부인이 여행용 사륜마차에 오르는 것을 보고 5시쯤 돌아갔다. 그런데 민중의 편을 드는 몇몇 사람들이 그러하듯이, 고등교육을 받은 사람들도 심정의 규칙에서 벗어나 슬픔을 느끼지 않고 살아갈 수는 없는 것이다. 부인의 눈물은 이런 사실을 증명했다. 축축하고 차가운 날씨에 외젠은 걸어서 보케르 하숙집으로 돌아갔다. 그가 받아야 했던 교육은 끝난 셈이었다.

"불쌍한 고리오 영감을 살릴 수 없을 것 같네."

라스티냐크가 노인 방에 들어갔을 때 비앙숑이 그에게 말했다. 외젠은 잠자는 노인을 바라본 뒤 비앙숑에게 말했다.

"여보게, 자네는 자네 욕망을 억누르게 한 겸손한 운명에 몸을 맡기고 앞으로 나가게. 나는 지옥에 빠져 있네. 그곳에 머물러 있어야 하네. 사교계에 대해서 어떤 나쁜 얘기를 듣더라도 그것을 믿게나! 유베날리스조차도 황금과 보석으로 덮인 이 더러운 사회는 묘사할 수 없을 걸세."

다음 날 라스티냐크는 오후 2시쯤 비앙숑 때문에 잠자리에서 일어났다. 비앙숑은 외출해야 했기 때문에 그에게 고리오 영감을 간호해 달라고 부탁했다. 노인의 병세는 아침 동안 몹시 나빠져 있었다.

"노인은 이틀, 아니 어쩌면 여섯 시간도 살 수 없네." 의대생이 말했다. "그렇지만 우리는 병마와 끊임없이 싸울 수밖에 없지. 그러자니 비싼 비용이 드는 치료를 해야 한단 말이야. 우리는 훌륭한 간호원 노릇을 할 수 있지. 하지만 나에게는 한 푼도 없네. 나는 노인의 주머니와 옷장을 뒤져보았지. 하지만 한 푼도 없어. 노인이 정신을 차렸을 때 물어보니까 자기에게는 한 푼도 없다고 말하더군. 자네에겐 있나?"

"20프랑 남아 있네. 도박이라도 해서 따야겠어."

라스티냐크가 대답했다.

"그러다가 잃으면?"

"노인의 사위들과 딸들에게 돈을 요구해야지."

"그 사람들이 안 주면? 지금 가장 급한 일은 돈을 찾아내는 것이 아니라, 끓는 겨자 고약을 노인의 발부터 넓적다리 중간까지 붙이는 일일세. 노인이 소리 지른다면 구제책이 있을 거야. 어떻게 하는지 잘 알 테지. 크리스토프가 자네를 도울 거야. 나는 약국에 들러서 필요한 모든 약을 사들일 교섭을 해야겠네. 노인을 우리 병원으로 옮길 수 없었던 게 불행한 일이야. 병원에서는 치료를 더 잘 받을 수 있었을 텐데. 자, 가서 그의 옆에 있게. 내가 돌아올 때까지 노인 곁을 떠나지 말게."

두 청년은 노인이 누워 있는 방으로 들어갔다. 외젠은 노인의 변한 모습에 겁이 났다. 노인의 얼굴은 경련을 일으켰고 창백했으며 몹시 쇠약해져 있었다.

"어떠세요, 영감님?"

외젠이 침대에 몸을 구부리고 물었다. 고리오는 광채 없는 눈을 들어 그를 알아보지 못하면서도 유심히 바라보았다. 학생은 이 광경을 보고 견딜 수 없었다. 그의 두 눈은 눈물로 글썽거렸다.

"비앙숑, 창문에 커튼 칠 필요가 없을까?"

"아니야, 노인은 대기 상태에 무감각해. 덥거나 춥다는 것을 느끼기나 한다면 매우 다행이지. 그러나 약을 끓이거나 다른 일들을 하려면 우리에게는 불이 필요하네. 장작을 구할 때까지 쓸 수 있도록 자네에게 큰 나뭇단을 보내겠네. 지난밤에는 자네 장작과 노인의 석탄을 모두 때버렸어. 습기가 차서 벽에서 물방울이 떨어졌다네. 겨우 이 방을 말렸지. 크리스토프가 방을 청소했는데 꼭 외양간 같던걸. 노간주나무를 태웠더니 어찌나 냄새가 나던지."

"제기랄! 딸들은 무얼 하고 있어!"

"여보게, 그리고 노인이 마실 것을 달라고 하면 이걸 주게."

인턴은 커다란 하얀색 흰 병 하나를 라스티냐크에게 가리키며 말했다.

"노인의 신음 소리가 들리거나 배가 뜨겁고 딱딱해지거든 크리스토프를 시켜서 약을 넣게 하게…… 알겠지? 혹시 그때 너무 흥분하거나 많이 떠들어대거나 약간 정신착란을 일으켜도 내버려두게. 그것은 나쁜 증세가 아니니까. 그러나 크리스토프를 코섕 병원으로 보내게. 의사나 내 동료 아니면 내가 뜸질하러 와야 하니까. 오늘 아침 자네가 자고 있는 동안, 갈 박사의 제자와 시립병원 주임 의사와 우리 의사가 함께 진찰을 했네. 그 의사들은 이상한 증세들을 확인했지. 그들은 의학 상으로 중요한 여러 점을 해명하기 위해서 병의 경과를 지켜보라고 했네. 그들 중 한 의사는 장액 압력이 한 기관보다 어떤 다른 기관에 강력하게 작용하면 특수한 현상으로 발전한다고 주장했네. 그러니까 노인이 무어라고 말하는지 잘 들어보게. 어떤 관념이 얘기 속에 들어 있는지, 즉 기억과 통찰과 판단의 결과인지, 물질이나 감정에 몰두하고 있는지, 계산하는지, 과거로 되돌아가는지를 말이야. 우리에게 정확한 보고를 해주게. 장액이 전체적으로 퍼질 수도 있네. 그렇게 되면 지금처럼 백치 상태로 죽게 되네. 이런 종류의 병에선 모든 것이 괴상하네! 여기가 펑 하고 터진다면……."

비앙숑이 환자의 후두부를 가리키며 말했다.

"괴상한 현상이 일어나서 뇌는 몇몇 기능을 다시 회복하게 되지. 그러면 죽음은 더욱 늦게 다가오네. 장액은 뇌에서 방향을 바꿀 수도 있네. 그렇게 되면 시체 해부를 하지 않고서는 그 방향을 알 수 없다네. 불치병자 병원에 얼빠진 노인이 있는데 장액이 척추로 흘러내렸다네. 그는 몹시 고통을 느끼고 있지만 아직 살아 있네."

"그 애들은 재미있게 놀았나?"

고리오 영감이 외젠을 알아보고 물었다.

"거참! 딸들 생각만 한단 말이야."

비앙숑이 빈정거렸다.

"지난밤에는 나에게 100번 이상이나 '그 애들이 춤추네! 제대로 옷을 차려입고.'라고 얘기했다네. 노인이 딸들 이름을 불렀지. '델핀아, 내 귀여운 델핀아! 나지야!'라고 그다운 어조로 이름을 불러서 나도 바보같이 울었다네. 정말 눈물을 흘리지 않을 수 없더군."

의과 학생이 말했다.

"델핀아! 그 애가 여기 있지? 난 알고 있었어."

노인이 말했다. 그의 눈은 광적인 활기를 띠었고 벽과 문 쪽을 향해 있었다.

"내가 내려가서 겨자 고약을 준비하라고 실비에게 얘기하겠네. 지금이 아주 좋은 기회야."

비앙숑이 소리 질렀다.

라스티냐크는 노인 곁에 혼자 남아서 침대 발치에 앉아, 보기에 무섭고 괴로운 노인의 얼굴을 응시하며 중얼거렸다.

"보세앙 부인은 몸을 숨겼고, 이 사람은 죽어가는구먼. 미인박명이지. 사실 고결한 감정이 어떻게 치사스럽고 비좁고 겉만 번지르르한 이 사회와 타협할 수 있겠는가?"

그가 참석했던 축제의 영상이 되살아나서, 죽음의 침대가 있는 이 광경과 뚜렷한 대조를 이뤘다. 비앙숑이 갑자기 다시 나타났다.

"그런데 외젠, 주임 의사를 방금 만나서 뛰어 돌아왔네. 환자가 정신 차릴 징후를 보이거나 말을 하면 겨자를 목덜미에서 허리까지 발라서 오랫동안 붙여두고 우리를 부르게."

"여보게, 비앙숑."

"아! 의학 상의 연구 자료가 되네."

의대생이 초심자의 열의를 가지고 말했다.

"여보게, 나 혼자 이 불쌍한 노인을 가여워하면서 간호하란 말이군."

외젠이 얘기했다.

"자네가 오늘 아침 나를 보았더라면 그런 말은 할 수 없을 거야."

비앙숑이 외젠의 얘기를 불쾌하게 생각지도 않고서 말했다.

"시술을 많이 한 의사들은 병만을 본다네. 그런데 나는 아직도 환자를 본단 말일세, 여보게."

비앙숑이 노인 곁에 외젠만을 남겨둔 채 나가버렸다. 그는 곧이어 나타날 발작이 두려웠다.

"아! 외젠, 자네로군."

외젠을 알아보면서 고리오 영감이 말했다.

"좀 괜찮으십니까?"

학생이 노인 손을 잡으며 물었다.

"응, 머리를 집게로 꽉 죄는 것 같았는데 이제 좀 나아지는군. 내 딸들을 보았나? 그 애들이 곧 올 거야. 내가 아픈 줄 알기만 하면 곧 뛰어올 거야. 라 쥐시엔 거리에서 살 때 딸애들은 내 병구완을 많이 했지! 저런! 내 딸들이 올 텐데, 방이 깨끗해야지. 어떤 청년이 내 석탄을 모두 피워버렸어."

"크리스토프의 말소리가 들리는군요. 저 애는 그 청년이 보낸 장작을 이곳으로 올려올 거예요."

외젠이 노인에게 말했다.

"잘됐군! 그렇지만 장작 값을 어떻게 물겠나? 내게는 한 푼도 없네. 나는 모두 주어버렸어, 모두. 나는 거지꼴이 되었네. 그래, 금실 박은 의상이 아름답던가? 아! 고통스럽구나! 고맙다, 크리스토프야. 하느님이 상 주실 게야. 나는 더 이상 아무것도 없다네."

"내가 제대로 지불하지, 너와 실비에게 말이야."

외젠이 소년의 귀에 대고 말했다.

"크리스토프야, 내 딸들이 이곳에 곧 오겠다고 너에게 얘기했지? 다시 한 번 가 보아라. 5프랑 주마. 내가 기분 나쁘게 생각하지 않는다고 얘기해라. 죽기 전에 한 번만 더 딸들을 만나서 키스하고 싶다고 얘기해. 이 얘기를 꼭 해야 돼. 그러나 그 애들이 너무 놀라지 않게 해라."

크리스토프는 라스티냐크의 눈짓을 알아채고 떠났다.

"그 애들이 곧 올 거야. 나는 내 딸년들을 잘 알고 있어. 착한 델핀. 내가 만일 죽는다면 얼마나 큰 슬픔을 나는 그 애에게 안겨주는 것일까! 나지도 마찬가지야. 나는 죽고 싶지 않아. 딸들을 울려서는 안 되니까. 여보게 외젠, 죽는다는 것은 그 애들을 더 이상 볼 수 없다는 뜻이야. 저세상에 가면 몹시 마음이 상할 거야. 아버지에게 지옥이란 자식들이 없다는 것이지. 그 애들이 시집 갔을 때 나는 이미 지옥으로 가는 견습 훈련을 시작했지. 나의 천국은 라 쥐시엔 거리였네. 내가 천국에 간다면 혼이 되어서 이 세상으로 다시 돌아와 애들 곁으로 갈 거야. 그것에 대해 얘기하는 것을 들었지. 그 얘기가 정말일까? 라 쥐시엔 거리에 딸애들이 있을 때의 모습이 그대로 지금 내 눈앞에 서리네. 아침마다 그 애들은 내려와서 '아빠 안녕'이라고 했네. 나는 딸애들을 내 무릎에 올려놓고 아이들의 갖은 아양과 재롱을 보았지. 그 애들은 귀엽게 나를 껴안았어. 우리는 매일 아침과 저녁 식사를 같이 먹었지. 어쨌든 나는 아버지였고, 그 애들 덕분에 기쁨을 누렸어. 라 쥐시엔에 있었을 때의 그 애들은 따지질 않았어. 세상에 대해서 아무것도 몰랐지. 딸년들은 나만을 사랑할 줄 알았지. 하느님! 왜 그 애들은 영원히 어릴 수 없었을까? 아! 아프다. 머리가 떨어지는 것 같구나. 아! 아! 미안하다, 얘들아! 지독히도 아프구나. 너희들은 내 괴로움을 더 심하게 하는구나. 아! 내 손이 그 애들 손을 잡을 수만 있다면 나는 아픈 것을 느끼지 않을 텐데. 내 딸년들이 오리라고 생각하는가? 크리스토프, 그 녀석은 멍텅구리야! 내가 직접 갔어야만 했는데. 그 녀석은 내 딸들을 만나겠구나. 그 녀석은 말이야. 그런데 자네는 어제 무도회에 갔어. 정말 그 애들이 어떠했던가를 나에게 얘기하게. 그 애들은 내 병을 모르고 있었을 거야. 그렇지? 알았더라면 내 꼬마들은 춤추러 가지도 않았을 거야. 불쌍한 것들! 오! 내가 이렇게 앓고 있어서는 안 되는데. 내 애기들에게는 내가 아직도 필요하단 말이야. 그 애들의 재산이 위협받고 있는데. 어떤 녀석들에게 시집갔기에 이렇게 됐을까! 나를 고쳐주게. 나를 고쳐줘! 오, 아프구나! 아! 아! 아! 알겠지? 내 병을 고쳐야만 하네. 그 애들에게는 돈이 필요하니까 말일세. 어디엘 가면 돈을 벌 수 있는지 나는 알고 있네. 나는 전분을 만들기 위해 오데사로 가겠어. 나는 약삭빠른 인간이야. 수백만 프랑을 벌 수 있을 거야. 오! 너무 아프구나!"

고리오는 잠시 침묵을 지켰다. 고통을 참으려고 온 힘을 다해 애쓰는 것 같았다.

"딸애들이 여기에 있다면 나는 불평하지 않을 텐데. 왜 신음 소리를 내겠어."

이윽고 그는 가벼운 혼수 상태에 빠졌고 그 상태는 오랫동안 계속되었다. 크리스토프가 돌아왔다. 라스티냐크는 고리오 영감이 잠든 줄로 생각했다. 그는 소년이 심부름한 다음 큰 소리로 그 결과를 보고하는 것을 내버려두었다.

"저는 먼저 백작 부인 댁에 갔지요. 그 부인에게 아무 얘기도 할 수 없었어요. 그 부인은 남편과 크게 싸우고 있었지요. 그래도 내가 우기니까 레스토 씨가 직접 나와서 나에게 이렇게 얘기했어요. '고리오 씨가 죽어간다고! 잘된 노릇이구먼. 나는 레스토 부인과 중대한 사건을 해결해야만 해. 모든 일이 해결되면 부인이 갈 거야.' 그분은 화가 난 것 같았어요. 내가 나오려고 할 때 부인이 눈에 띄지 않던 문으로 해서 거실에 들어오더니 나에게 말했지요. '크리스토프야, 아버지께 나는 지금 남편과 다투고 있어서 못 간다고 얘기해라. 내 아이들의 생사 문제야. 하지만 다 끝나면 곧 가겠어.' 남작 부인의 경우에는 이야기가 또 달라요! 나는 그 부인을 보지도 못했고 부인에게 얘기할 수도 없었어요. 대신에 하녀가 이렇게 말했죠. '아! 부인은 무도회에서 5시 15분에 돌아오셨는데 지금 주무시고 계세요. 정오 전에 부인을 깨우면 꾸중을 듣게 될 거예요. 부인이 나를 부르실 때 아버지께서 몹시 편찮으시다고 얘기하겠어요. 나쁜 소식을 전하는 데는 항상 적당한 때가 있는 거예요.' 아무리 부탁해도 소용없었어요! 어! 참! ……남작께 얘기하겠다고 부탁했지만, 그분은 외출하고 없었어요."

"딸들 중에서 아무도 안 오는군!" 라스티냐크가 부르짖었다. "내가 두 딸에게 편지를 써야겠어."

"아무도 안 와." 노인이 자리에서 몸을 일으키며 대꾸했다. "그 애들은 부부 싸움하고, 잠을 자느라 못 올 거야. 나는 알고 있었어. 자식들이 어떠하다는 것을 알려면 죽어야겠군. 아! 여보게, 자네는 결혼하지 말게. 결코 자식을 낳지 말게! 자넨 자식들에게 생명을 주지만, 그 애들은 자네에게 죽음을 줄 거야. 자네는 자식들을 사교계에 드나들게 하는데, 자식들은 자네를 그곳에서 몰아낼 거야. 그래, 안 올 거야. 그 애들은 안 올 거야! 나는 이 사실을 10년 전부터 알고 있었지. 때때로 이러리라고 생각은 했지만, 감히 믿을 수가 없었네."

눈물 줄기가 노인의 두 눈에서 붉은 눈가로 흘렀으나 떨어지지는 않았다.

"아! 내가 만일 부자였고, 재산을 거머쥐고 있었고, 그것을 자식에게 주지 않았다면, 딸년들은 여기에 와 있을 테지. 그 애들은 키스로 내 뺨을 핥을 거야! 나는 저택에서 살고 있겠지. 멋진 방들과 하인들이 있을 것이고, 불도 피울 수 있을 거야. 딸들은 남편들과 아이들과 함께 울고 있을지도 모르지. 나는 모든 것을 가질 수 있었을 텐데. 그런데 지금은 아무것도 없군. 돈은 모든 것을 다 준단 말이야, 심지어 딸까지도. 오! 내 돈, 어디에 있느냐? 물려줄 보물들이 나에게 있다면 그 애들은 나를 치료하고 간호할 테지. 나는 그 애들의 얘기를 들을 수 있고 그 애들 모습을 볼 수 있을 텐데. 아! 내 귀여운 자식, 차라리 내가 버림받고 돈 한 푼 없게 된 게 더 낫네. 적어도 어떤 불행한 사람이 사랑을 받게 될 때만은 그 사랑을 확신하는 법이니까. 아니야. 나는 부자가 되고 싶고 딸들을 보아야겠어. 그 애들이 모두 바위 같은 냉정한 마음을 가지고 있는 것을, 맙소사, 누가 알 수 있겠나? 내 딸년들은 목석 같은 애들이야. 내가 딸애들을 지나치게 사랑했기 때문에 그 애들은 나를 사랑하지 못했어. 아버지는 항상 부자여야 되고 자식들에게는 엉큼한 말들처럼 굴레를 씌워서 꼭 쥐고 있어야 하지. 그런데 나는 그 애들 앞에 무릎 꿇고 지냈으니. 불쌍한 자식들! 딸년들은 10년 동안이나 내 위에 위풍당당하게 군림했어. 딸애들의 결혼 초에, 내가 얼마나 그 애들을 위해서 세심하게 정성을 기울였는지를 자네가 안다면 정말 좋으련만! 오! 무섭게 아프구나! 나는 딸년들에게 각각 약 80만 프랑씩을 주었네. 그 애들이나 남편들이 나를 거칠게 대하지 않았어. '아버지 이쪽으로 오세요. 아버지 저쪽으로.' 하고 그 애들은 나를 환대했지. 나는 내 식기를 늘 딸들 집에 두었지. 나는 그 애들 남편들과도 저녁을 같이 먹었네. 그들은 나를 정중하게 대했어. 나는 아직도 돈을 가지고 있는 것처럼 보였어. 왜 그럴 수 있었을까? 나는 내 사업에 대해서는 아무런 얘기도 안 했었네. 자기 딸들에게 80만 프랑이나 줄 수 있는 아버지는 돌볼 만한 가치가 있는 사람이지. 따라서 그 애들은 나에게 온갖 정성을 기울였지. 하지만 그것은 다 내 재산 때문이었어. 세상은 아름다운 게 아니야. 나는 그 사실을 알았어! 나는 말이야! 그들은 마차를 태워서 나를 극장에 데리고 갔지. 내가 원하는 대로 나는 야회(夜會)에 머물 수가 있었네. 어쨌든 나는 그 애들을 내 딸이라고 얘기했고, 그 애들은 모든 사람들 앞에서 나를 아버지로 인정했네. 나는 여전히 눈치가 빨랐지. 내 눈은 무엇이든지 놓치지 않았고 못 보는 게 없었지. 그런데 모든 것이 나쁜 꾀여서 마음이 아팠다오. 나는 그런 친절이 모두 거짓이란 것을 잘 알고 있었네. 알고 있었지만 어쩔 수가 없었어. 나는 그 애들 집에 가는 것이 이 아래 식당에 가는 것만큼이나 기분이 언짢았네. 무어라고 얘기해야 할지 몰랐네. 사교계의 몇몇 사람들이 내 사위들의 귀에 대고 '저분은 누굽니까?' 하고 물으면 '돈 많은 장인입니다. 부자이지요.'

라고 대답했지. '아! 그래요!'라고들 이야기했다네. 그래서 사람들은 돈 때문에 나를 공손하게 바라보았네. 하지만 내가 때때로 그들에게 폐를 끼치면, 나는 그런 실수에 대해 꼭 보상했다네! 그러나 도대체 완벽한 사람이 어디 있나? 머리가 깨지는 것 같아! 외젠 군, 나는 지금 죽는 것을 견디려고 이렇게 괴로워하고 있다오. 하지만 내가 아나스타지를 창피하게 만든 어리석은 얘기를 해서, 아나스타지가 처음으로 나를 이상한 눈으로 바라보았을 때, 내가 느낀 괴로움과 비교하면 이것은 아무것도 아니라네. 그때 딸년의 시선을 보고, 나는 내 몸의 혈관들이 찢어지는 것 같았다네. 나는 모든 것을 알고 싶었네. 하지만 내가 안 것은 나 자신이 이 세상에서 잉여 인간이라는 사실이었어. 그 다음 날 나는 자신을 달래보려고 델핀 집에 갔어. 그런데 거기서도 나는 실수하고 말았지. 그 애는 화를 냈지. 그 때문에 나는 미친놈같이 되어버렸네. 나는 일주일 동안을 어떻게 해야 좋을지 모르고 지냈네. 나는 그 애들의 비난이 두려워서 딸년들을 감히 만나러 갈 수도 없었네. 이렇게 해서 나는 내 딸년들 집에서 쫓겨났네. 오! 하느님! 당신은 내가 겪은 가난과 고통을 알고 계시고, 당신은 오랫동안 내가 늙어갔고, 변했고, 녹초가 되었고, 머리가 하얗게 되는 동안에 내가 받은 비수의 공격이 몇 번인지 알고 계십니다. 그런데 왜 당신은 오늘날 나를 이렇게 괴롭히고 계신지요? 나는 딸들을 너무 사랑했던 죗값을 톡톡히 다 치렀네. 딸년들은 내 사랑을 원수로 갚았고 사형집행인들처럼 나를 불에 달군 쇠집게로 지졌네. 그런데! 아비들은 참 어리석기도 하지!

마치 도박꾼이 도박장에 다시 오듯이, 나는 그 애들을 사랑했으니 말일세. 내 딸들이란 나에겐 악과 같은 존재였고 내 정부(情婦)와 같았네. 이것이 내 딸년들일세! 이 애들은 모두 값진 물건과 장신구 같은 것이 필요했네. 딸들의 하녀들이 나에게 그런 얘기를 하더군. 그래서 나는 애들에게 환대받으려고 돈을 마련해 주었지! 하기야 그 애들은 나에게 사교계에서 필요한 예법을 좀 가르쳐주었지. 오! 그 애들은 그다음 날 어떻게 되리라는 사실을 예측 못 했지. 그 애들은 나 때문에 얼굴을 붉히기 시작했어. 이것이 바로 자식들을 잘 키운 보답이라네. 내 나이에 학교에 가서 배울 수도 없는 노릇이 아닌가. 몹시 아프군, 맙소사! 의사! 의사! 누가 내 머리를 쪼개서 열어주면 이 괴로움이 덜하겠는데. 딸들아, 내 딸들아, 아나스타지야, 델핀아! 보고 싶어. 경찰이 강제로 애들을 데려오도록 하게! 법은 내 편이네. 모든 게 내 편이야. 자연법칙도, 민법마저도 말이네. 나는 항의하네! 아버지가 짓밟히면, 나라가 망하는 거야. 틀림없는 일이지. 이 사회와 세계는 부성애를 기초로 해서 굴러가는 법이야. 자식들이 아비를 사랑하지 않는다면 모든 것은 무너지고 말 거야. 오! 그 애들을 보았으면. 나에게 무슨 얘기를 하든지 그 애들의 얘기를 들을 수만 있다면. 내 딸들의 목소리를 듣기만 한다면 내 고통이 누그러질 텐데. 특히 델핀이 보고 싶구먼. 하지만 그 애들이 여기에 오면 늘 그러듯이 냉정하게 나를 쳐다보지 말라고 얘기해 주게. 아! 내 좋은 친구, 외젠 씨. 자네는 황금처럼 빛나던 시선이 갑자기 회색 납빛으로 변하는 것을 보는 게 무엇인지 모르지. 그 애들의 눈이 이미 나에게 찬란한 빛을 던져주지 않게 된 이후로, 나는 여기서 항상 겨울처럼 지내왔다네. 내게는 삼켜야 할 슬픔밖에 아무것도 없지. 나는 슬픔을 삼켰지. 나는 모욕당하고 경멸받으려고 살아온 셈이야. 나는 딸들을 지나치게 사랑했기 때문에 온갖 모욕을 참아왔네. 딸년들은 나에게 창피하고 가련한 즐거움을 주는 대신에 너무 비싸게 창피를 준 셈이야. 아비가 딸들을 보려고 숨어 있다니! 나는 그 애들에게 내 생명을 주었지만, 딸년들은 오늘 나에게 단 1시간도 안 준단 말일세! 나는 목마르고, 배고프고, 가슴이 타는데. 하지만 그 애들은 내 괴로움을 위로하러 오지 않네. 왜냐하면 나는 죽을 테니까. 그것을 느끼네. 그러나 딸년들은 아비의 시체를 밟고 걸어가는 것이 어떤 것인지 모르네! 하늘에는 하느님이 계시네. 하느님은 아비들이 막는다 해도 아비들을 위해서 복수할 걸세. 오! 얘들아, 오너라. 오렴, 사랑하는 자식들아. 다시 한 번 키스하러 오너라, 마지막 키스를 위해서. 너희 아버지가 죽을 때 모실 성체(聖體)를 위해서 오려무나. 이 아비는 너희들을 위해 하느님께 기도할 거야. 너희들이 훌륭한 딸이었다고 말할 테야. 너희들을 위해서 변호할게! 누가 무어라고 해도 너희들은 죄가 없단다. 여보게, 그 애들은 죄가 없네. 이 사실을 모든 사람에게 얘기해 주게. 내 문제로 말미암아 다른 사람들이 잘못 얘기하여 그 애들이 불안을 느끼지 않도록 해주게. 모두가 내 잘못일세. 나를 경멸하도록 내가 그렇게 버릇을 들여놓았네. 나는 그러는 것이 좋았어. 그것은 다른 사람들과 상관없어. 법률과 신의 제재와도 상관없는 일이야. 나 때문에 그 애들을 벌하신다면, 하느님이 옳지 못한 게야. 나는 어떻게 행동해야 할지 몰랐고 실수를 해서 내 권리를 포기한 것일세. 딸들을 위해서라면 나 스스로 타락했을 거야! 어떤가? 가장 아름다운 성격과 가장 훌륭한 영혼을 가진 사람조차도 어버이로서는 타락에 쉽게 빠져버리지. 나는 불쌍한 인간일세. 나는 벌받아도 마땅하지. 바로 내가 딸들의 무질서한 행동의 원인이지. 그 애들의 버릇을 망쳐놓았어. 예전에 그 애들이 과자를 원했듯이, 지금 그 애들은 쾌락을 맛보고 싶어 하네. 나는 그 애들이 어렸을 적에 하고 싶어 한 것들은 모두 해주었네. 열다섯 살 때 그 애들은 마차까지 가지고 있었으니까! 그 애들 뜻대로 안 되는 게 하나도 없었지. 내가 죄인이지. 자식 사랑 때문에 죄지은 거야. 그 애들 목소리를 들으면, 내 마음이 열릴 텐데. 그 애들 소리가 들리는 것 같네. 오는 것 같군. 오! 그래, 와야지! 아버지 임종을 보러 가라고 법률이 요구하고 있어. 법률은 내 편이야. 더구나 마차를 한 번만 타면 되는데. 그 값을 내가 물어주지. 그 애들에게 물려줄 돈이 수백만 프랑이나 있다고 편지 쓰게! 맹세코, 나는 오데사로 가서 이탈리아 국수를 만들겠네. 나는 그 비법을 알지. 내겐 수백만 프랑을 벌 수 있는 방법이 있단 말일세. 그런 것을 생각한 사람은 아무도 없네. 그것은 밀이나 밀가루처럼 수송하는 도중에 썩지도 않네. 그래, 전분이네! 바로 그걸로 수백만 프랑을 벌 수 있다네! 나에게 거짓말하지 말고 그 애들에게 수백만 프랑에 관해서 얘기하게. 심지어 딸년들이 탐욕 때문에 여기에 온다고 해도 상관없네. 내가 속아도 괜찮네. 그 애들을 볼 수만 있으면 말일세. 나는 내 딸들을 원하고 있어! 내가 그 애들을 낳았으니까! 딸년들은 내 것이란 말이야!"

이렇게 말하며 그가 침대에서 몸을 일으켰다. 이 노인이 외젠에게 흐트러진 백발을 흔들어 보이며 위협하려는 태도였기 때문에 학생은 겁이 날 지경이었다.

"자, 다시 누우세요, 고리오 영감님. 내가 따님들에게 글을 쓰겠습니다. 비앙숑이 돌아오기만 하면 내가 가겠습니다. 따님들이 안 오면 말입니다."

외젠이 노인에게 말했다.

"만약 그 애들이 안 오면?" 노인이 흐느끼면서 되풀이했다. "그러면 나는 죽을 거야! 분해서, 분통이 터져서 죽을 거야! 너무 화가 나는군. 지금 흘러간 내 생애 전부를 보고 있네. 나는 속았어! 그 애들은 나를 사랑하지 않네. 결코 나를 사랑한 적이 없었어! 틀림없는 사실이야. 예전에도 안 왔으니까 이번에도 그 애들은 안 올 거야. 그 애들이 늦게 오면 올수록, 나를 기쁘게 해줄 생각이 적어지는 걸세. 나는 그 애들을 알고 있지. 내 딸년들은 결코 내 슬픔이나 고통이나 궁핍을 알아챌 줄 모르네. 내 죽음까지도 이해하지 못할 걸세. 내 깊은 사랑조차도 모르고 있지. 그래, 나는 알지. 그 애들을 위해서 내 오장육부를 항상 열어 보인 습관 때문에 내가 해준 일의 모든 가치를 그 애들은 모르고 있다네. 딸년들이 내 눈을 파내겠다고 하면, 나는 '눈을 파버려!' 하고 그 애들에게 얘기했을 거야. 나는 너무도 어리석었네. 그 애들은 모든 아버지들이 자기 아비와 같은 줄로 알고 있다네. 자기 값어치는 항상 자기 스스로 챙겨야 하는 건데. 그 애들 자식들이 나를 위해 복수할 거야. 그 애들이 여기에 온다는 것은 이해관계 때문이야. 따라서 그 애들이 아비를 죽이는 것이라고 전해 주게! 그 애들은 모든 죄악을 한꺼번에 저지르고 있어. 제발 어서 가서 얘기하게. 오지 않는다면, 그것은 아비를 죽이는 일이야! 그런 죄까지 범하지 않아도 여태까지 많은 죄를 지어왔어. 나처럼 이렇게 큰 소리로 부르짖게. '자, 나지! 자, 델핀! 당신들에게 훌륭했던 아버지께 가 보시오. 그는 당신들에게 너무나 잘해 주었고, 지금 그는 괴로워하고 있소!' 아무도, 하나도 안 오는구나. 도대체 나는 개처럼 죽어야 한다는 말인가? 이렇게 버림받는 게 보상이라니. 그것들은 더럽고 악랄한 것들이야. 나는 그것들을 증오하고 저주하네. 밤마다 내 관에서 다시 일어나 내 딸년들을 저주하겠네. 이봐, 친구, 결국 내 잘못일까? 그 애들이 너무 못되게 굴었지. 안 그런가? 내가 무슨 말을 하고 있지? 자네는 델핀이 왔다고 나에게 알리지 않았나? 그 애는 둘 중에서 낫지. 외젠, 자네는 내 아들이야, 자네는 말이야. 내 딸을 사랑해 주게. 그 애에게 아버지 노릇을 하게. 걔 언니는 아주 불행하지. 그리고 그 애들의 재산! 아! 하느님! 숨이 넘어갈 것 같군! 너무 아파! 내 머리를 잘라주게. 내 심장만 남아 있게 해주게."

"크리스토프야, 가서 비앙숑을 찾아오렴. 그리고 마차를 불러와!"

외젠이 소리쳤다. 그는 노인의 하소연과 절규가 너무 남달라서 몸서리쳤다.

"따님들을 데리러 가겠습니다, 고리오 영감님. 두 사람을 꼭 데려오겠습니다."

"억지로, 억지로라도! 근위대나 일선 부대에 모두 부탁하게!"

노인이 이성의 빛이 번쩍이는 마지막 시선을 외젠에게 던지며 얘기했다.

"정부와 검사에게 말해서 그 애들을 데려다주게. 내가 그것을 원하네!"

"그렇지만 영감님은 따님들을 저주하셨습니다."

"누가 그런 얘기를 했어?" 노인이 몹시 놀라서 대꾸했다. "내가 그 애들을 사랑하고 있다는 것은 자네도 잘 알고 있잖아. 나는 그 애들을 열렬히 사랑하고 있어! 그 애들을 보기만 하면 내 병이 낫거든. 어서 가게. 훌륭한 이웃이여, 사랑하는 내 자식 외젠, 어서 가게. 자네는 친절하네. 자네에게 사례해야 할 텐데. 죽어가는 사람의 축복밖에는 자네에게 줄 것이라고는 아무것도 없네. 아! 내가 델핀이라도 만나서 나 대신 자네에게 은혜를 갚으라고 얘기할 수만 있다면 좋으련만. 언니가 못 오더라도 그 애만은 데려오게. 그 애가 여기에 안 오겠다면 자네는 사랑하지 않겠다고 위협하게. 델핀은 자네를 몹시 사랑하니까, 여기에 올 거야. 마실 것을 주게! 내장이 타는 것 같네! 내 머리에 무얼 좀 올려놓게. 딸애들이 손을 얹어주면 나는 구원받을 수 있을 텐데. 나는 그렇게 생각하네……. 하느님! 내가 죽으면 누가 내 딸들의 재산을 벌충해 주지? 딸들을 위해서 오데사로 가야지. 이탈리아 국수를 만들러 오데사로 가고 말 거야."

외젠이 죽어가는 노인을 일으켰다. 그는 왼손으로는 노인의 몸을 붙잡고, 오른손으로는 약이 가득 들어 있는 찻잔을 들고서 말했다.

"이걸 드세요."

"자넨 부모를 사랑해야 하네. 자네는 말이야!" 노인이 힘없는 손으로 외젠의 손을 꽉 잡으며 말했다. "자네는 내가 딸들을 못 보고 죽어가는 것을 알겠지? 항상 목이 타는데도 아무것도 못 마셨네. 나는 지난 10년을 이렇게 살아왔지……. 내 사위들은 내 딸들을 죽인 것이나 마찬가지네. 그렇지. 그 애들이 시집간 이후로는 나에겐 더 이상 딸이란 없었어. 아버지들이여, 결혼에 관한 법률을 만들라고 의회에 청원하시오! 요컨대 당신들이 딸을 사랑한다면, 딸을 시집보내지 마시오. 사위란 도둑놈이지. 사위는 딸의 모든 것을 망치고 더럽히지. 결혼은 안 돼! 결혼이란 우리한테서 딸을 빼앗아가는 것이고, 우리가 죽을 때 우리는 딸들을 볼 수가 없어. 아버지들의 죽음에 관한 법률도 만들게 해. 이 법은 무시무시하지! 복수야! 딸들이 오는 것을 방해하는 놈들은 사위 녀석들이야. 그놈들을 죽여! 레스토를 죽여라! 그 알자스 놈을 끝장내! 그놈들은 나를 죽인 암살자들이야! 죽거나 아니면 내 딸들을 내놓아! 아! 끝났구나. 나는 그 애들도 못 보고 죽는구먼! 그 애들을! 나지야, 델핀아, 오너라. 어서! 너희들 아비가 죽어……."

"고리오 영감님, 진정하세요. 자, 편안히 계십시오. 흥분하지 마시고 아무 생각도 마십시오."

"그 애들을 못 보다니! 이게 바로 임종의 고통이구나!"

"만나게 될 거예요."

"정말인가!" 노인이 정신착란에 빠진 소리로 부르짖었다. "오! 그 애들을 보다니! 그 애들을 보고 목소리를 듣게 되다니! 나는 행복하게 죽겠군. 물론! 그렇지. 나는 더 이상 살기를 바라지 않겠어. 더 이상 살고 싶지 않아. 내 고통이 점점 커가는걸. 그러나 내 딸들을 만나서 옷만 만져보았으면! 아! 단지 옷만. 그 정도야 아무것도 아니지. 나는 내 딸들의 어떤 것을 느낄 수 있는데! 그 애들의 머리카락을 만져보게 해주게…… 머리칼……."

그는 망치에 얻어맞은 듯이 베개에 머리를 떨어뜨렸다. 그의 양손이 두 딸의 머리털을 잡으려는 듯이 이불 위에서 허우적거렸다.

"나는 그 애들에게 하느님의 축복이 있기를 빌겠어. 축복을……."

그는 애써서 말했다. 이어서 갑자기 그는 졸도했다. 이때 비앙숑이 들어왔다.

"크리스토프를 만났어. 그 애가 마차를 불러가지고 올 거야."

비앙숑이 말했다. 그러고는 환자를 보더니 강제로 눈꺼풀을 들쳤다. 두 학생은 아무런 열기나 광채도 없는 눈을 보았다.

"다시 회복될 수 없겠는걸. 그럴 것 같아."

비앙숑이 말했다. 그는 노인의 맥을 짚어보았고 몸을 만졌으며 심장 위에 손을 얹었다.

"심장은 괜찮은 편이지만 용태는 엉망이야. 하지만 이런 경우가 더더욱 불행한 것이지. 차라리 일찍 죽는 편이 더 좋을 텐데!"

"정말, 그래."

라스티냐크가 말했다.

"도대체 자네 왜 그러나? 얼굴빛이 죽은 사람처럼 창백한데."

"여보게, 나는 노인의 절규와 호소를 들었어. 신이라고! 오! 그래! 하느님은 이 세상을 더 좋게 만들지. 안 그런다면 이 세상은 아무 의미가 없는 것이지. 그것이 그토록 비극적이 아니었다면, 나는 눈물을 펑펑 흘렸을 텐데. 그러나 내 심장과 위장이 무서울 정도로 쥐어짜이는 것 같아."

"그런데 해야 할 일이 너무나도 많을 것 같은데. 돈을 어디서 구하지?"

라스티냐크가 시계를 꺼냈다.

"자, 이 시계를 얼른 저당 잡히게. 나는 도중에서 머뭇거릴 수 없네. 단 1분도 낭비할까 봐 두렵네. 그리고 나는 크리스토프를 기다려야 해. 나는 한 푼도 없어. 돌아올 때 마부에게 돈을 주어야 할 텐데."

라스티냐크는 계단을 뛰어 내려갔다. 그는 뒤 엘데르 거리에 사는 레스토 부인 집으로 향했다. 가는 길에 그는 자기가 목격했던 무서운 광경 때문에 충격받아서 더더욱 분노가 치밀었다. 그가 응접실에 도착해 레스토 부인을 찾으니까 집에 없다고 대답했다.

"하지만 나는 죽어가는 부인의 아버지 때문에 왔는데."

그가 하인에게 말했다.

"선생님, 우리는 백작님이 내린 엄명 때문에……."

"레스토 씨가 계시면 그의 장인이 위독한 상태고 지금 당장 내가 할 얘기가 있다고 전하게."

외젠은 오랫동안 기다렸다. '지금쯤 노인이 죽었을지도 모르겠군.' 그가 생각했다.

하인이 외젠을 첫 번째 살롱으로 안내했다. 레스토는 불도 안 피운 난로 곁에 서서 학생을 앉으라고 하지도 않은 채 맞이했다. 라스티냐크가 그에게 말했다.

"백작님, 당신의 장인께서는 지금 장작 살 돈마저 없이 누추한 방에서 죽어가고 있습니다. 지금 임종이 가까웠는데, 따님을 보고 싶다고……."

"내가 고리오 씨에 대해 애정이 거의 없다는 사실을 알고 계실 텐데." 레스토는 쌀쌀하게 그에게 대답했다. "그는 레스토 부인의 평판을 위태롭게 했소. 그는 내 생활을 불행하게 만들었소. 그 때문에 나는 그를 나의 안정을 위협하는 적이라고 생각하오. 그가 죽건 살건 나와는 전혀 관계가 없소. 그 사람에 대한 내 감정은 이렇소. 세상은 나를 비난할는지도 모르겠소. 하지만 나는 여론을 무시하지요. 나는 어리석은 사람이나 아무 관계 없는 사람들이 나를 어떻게 생각하는지 알려고 애쓰는 것보다 더 중대한 일들을 지금 해야 한단 말이오. 레스토 부인, 그녀는 외출할 상태가 아니오. 그뿐 아니라 나는 그녀가 외출하는 게 싫단 말이오. 나에 대해서나 내 자식에 대해서 그녀가 의무를 다하면 곧 자기 아버지를 보러 갈 것이라고 전해 주시오. 그녀가 자기 아버지를 진정으로 사랑한다면 곧장 그녀는 자유로운 몸이 될 수 있는데……."

"백작님, 나는 당신의 처사를 비판할 생각은 조금도 없습니다. 당신은 부인의 주인입니다. 그러나 당신의 성실성을 신뢰해도 좋습니까? 그런데! 그녀 아버지는 하루를 넘기기 어렵다는 사실과 자기 머리맡에 딸이 없다는 사실을 알고 이미 딸을 저주했다는 사실을 부인께 전하겠다고 약속해 주시지요."

"당신이 직접 얘기하시오."

레스토가 외젠의 어조에 서린 분노에 놀라서 말했다.

라스티냐크는 백작의 안내로 백작 부인이 늘 거처하는 살롱으로 들어갔다. 외젠은 백작 부인이 눈물에 젖어서, 마치 죽어버리고 싶은 여자처럼 안락의자에 파묻혀 있는 것을 보았다. 그녀를 보자 측은한 생각이 들었다. 라스티냐크를 쳐다보기 전에, 그녀는 남편에게 겁에 질린 시선을 던졌다. 그 시선은 정신적이고 육체적인 학대 때문에 기력이 짓눌려버린 완전한 허탈 상태를 나타내었다. 백작은 고개를 내저었고, 그녀는 말할 용기를 찾은 것 같았다.

"모두 들었어요. 내 처지를 아버지가 아신다면, 나를 용서하실 거라고 아버지께 말씀해 주세요. 제가 이런 고통을 받으리라곤 생각조차 못했어요. 저이의 힘은 나보다 강해요. 하지만 저는 끝까지 저항하겠어요."

그녀가 남편을 쳐다보며 말했다.

"나도 어머니입니다. 겉으로 보기와는 다르게, 나는 아버지한테 비난받을 짓을 하지 않았다고 아버지께 말씀해 주세요."

부인이 절망적으로 학생에게 부르짖었다.

외젠은 부인이 무서운 위기에 빠진 것을 알아차렸다. 그는 부부에게 인사하고 어리둥절해서 물러나왔다. 레스토 씨의 어조로 보아 자신의 행동이 무익한 짓이란 것을 깨달았다. 그는 아나스타지가 이미 자유로운 몸이 아닌 것을 알았다. 그는 뉘싱겐 부인 집으로 뛰어갔고 그녀가 침대에 있는 것을 발견했다.

"저는 아파요. 이봐요, 무도회에서 돌아오다가 감기에 걸렸어요. 폐렴이 되지 않을까 겁이 나요. 그래서 의사를 불렀는데……."

외젠이 그녀의 얘기를 가로막으며 말했다.

"당신이 빈사 상태라고 할지라도, 나는 당신을 아버지 곁으로 데리고 가야겠소. 아버지가 당신을 부르고 있소! 만일 당신이 아버지의 힘없는 신음 소리를 듣는다면, 당신은 아픈 것도 잊을 거요."

"외젠, 아버지는 당신이 얘기한 정도만큼 아프시지 않을지도 몰라요. 그렇지만 당신 눈에 제가 조금이라도 나쁜 사람으로 보인다면 저는 절망하고 말 거예요. 그래서 당신이 원하는 대로 움직이겠어요. 아버지, 저는 그분을 잘 알아요. 제가 외출했다가 병이 악화되면 아버지는 슬퍼서 돌아가실 거예요. 그럼 의사가 온 다음에 곧 가겠어요. 아! 당신은 시계를 왜 안 차고 있죠?"

그녀는 시계줄이 보이지 않자 그에게 물었다. 외젠이 얼굴을 붉혔다.

"외젠! 외젠! 당신이 벌써 시계를 팔았거나 잃어버렸다면, 너무 나빠요."

학생이 델핀의 침대에 몸을 구부려서 그녀의 귀에 대고 속삭였다.

"알고 싶소? 그럼 얘기하지! 당신 아버지는 오늘 밤 자기가 입게 될지도 모를 수의를 살 돈이 없소. 당신이 준 시계는 저당 잡혔소. 나에게 한 푼도 없어서 말이오."

델핀은 갑자기 침대 밖으로 뛰어내려서 책상으로 달려가 지갑을 꺼내 라스티냐크에게 내밀었다. 그녀는 초인종을 누르고 부르짖었다.

"가겠어요! 가겠어요! 외젠, 옷 입고 오겠어요. 괴물처럼 보일 테니까요! 먼저 가세요. 제가 당신보다도 먼저 도착할 거예요! 테레즈야! 남작님께 할 얘기가 있으니 곧 올라오시라고 여쭈어라."

그녀가 하녀에게 소리쳤다.

딸 중의 한 명이 온다는 것을 죽어가는 노인에게 알릴 수 있는 것이 기뻐서, 외젠은 즐겁게 뇌브생트 주느비에브 거리에 도착했다. 그는 마부에게 당장 돈을 주려고 뉘싱겐 부인의 지갑을 열었다. 그처럼 부자고 우아한 그 여자의 지갑에는 70프랑밖에 없었다. 계단 꼭대기에 이르자 그는 비앙숑이 부축한 고리오 영감을 보았다. 의사가 보는 앞에서 병원에서 온 외과의가 치료하고 있었다. 그는 노인의 등을 뜸질했다. 과학적 치료로서는 최후의 수단이었다. 하지만 효과가 없는 치료법이었다.

"뜸질하는 것을 느끼실 수 있습니까?"

의사가 물었다.

학생의 모습을 발견하고 고리오 영감이 대답했다.

"그 애들이 오는군. 그렇지?"

"호전되었군. 말을 하는데."

외과의사가 말했다.

"네, 델핀이 내 뒤를 따라오고 있습니다."

외젠이 대답했다.

"이런! 노인은 딸 얘기를 했고, 다음에는 마치 꼬챙이에 꿰인 사람처럼 부르짖었고, 그다음에는 물을……."

비앙숑이 말했다.

"중지해. 더 이상 할 게 없어. 그를 구할 수가 없어."

의사가 외과의사에게 말했다. 비앙숑과 외과의사는 죽어가는 환자를 그의 냄새 나는 초라한 침대에 다시 납작하게 뉘었다.

"그래도 속옷은 갈아입혀야겠는데." 의사가 말했다. "아무런 가망이 없더라도 노인의 인간성은 존중해야 하니까. 내가 다시 오겠네, 비앙숑."

"신음 소리를 내거든 횡격막 부위에 아편 처치를 하게."

그렇게 말하고는 외과의사와 의사가 떠났다.

두 사람만 남자 비앙숑이 라스티냐크에게 얘기했다.

"자, 외젠, 용기 내게. 깨끗한 내의로 갈아입히고 침대를 바꾸어야겠어. 실비에게 시트를 가지고 올라와서 우리를 도와달라고 하게."

외젠이 내려갔다. 보케르 부인과 실비가 식사 준비를 하고 있었다. 이 과부는 라스티냐크의 얘기를 몇 마디 들었다. 그러더니 이 여인은 그에게 가까이 와서 한 푼도 손해를 안 보면서 손님에게 불쾌감도 주지 않으려는 의심 많은 여자 장사꾼답게 날카롭고도 상냥한 티를 내면서 대답했다.

"외젠 씨, 고리오 영감에겐 한 푼도 없다는 것을 당신도 나만큼 잘 알지 않아요. 눈을 비비 꼬며 죽어가는 사람에게 시트를 주고 또 한 장을 수의로 써버리는 것은 그것을 잃어버리는 거나 마찬가지예요. 또 당신은 이미 나에게 144프랑의 빚이 있지요. 거기에 시트 값으로 40프랑과 실비가 당신에게 갖다줄 양초 값 그리고 자질구레한 것을 모두 합하면 적어도 200프랑은 족히 되지요. 나처럼 가난한 과부에겐 잃어버려서는 안 될 액수예요. 진짜 정확해야 해요, 외젠 씨. 내 집에 나쁜 귀신이 붙었는지, 닷새 전부터 나는 많은 손해를 보고 있어요. 당신이 얘기한 대로, 저 영감이 며칠 전에 나가 죽었다면 나는 10에퀴라도 주었을 거예요. 다른 하숙인들에게 충격을 주니까요. 비용이 얼마 들지 않으면 병원에라도 데리고 갔으면 좋으련만. 요컨대 내 처지가 되어보세요. 무엇보다도 내 하숙집은 나의 생명, 그 자체예요."

외젠이 급히 고리오 영감 방으로 다시 올라갔다.

"비앙숑, 시계 잡힌 돈은 어디 있나?"

"책상 위에 있어. 360프랑쯤 남아 있을 거야. 외상으로 산 것들은 모두 갚았네. 전당포 전표는 돈 밑에 있어."

"자, 아주머니." 라스티냐크는 계단을 부리나케 뛰어 내려와서 무섭게 얘기했다. "계산하세요. 고리오 씨는 댁에 오래 있지 않을 것이오. 나는……."

"그럼요. 관에 누워서 앞으로 발을 내밀고 여기를 나가겠지요. 불쌍한 영감."

200프랑을 세면서 그녀는 반은 기쁘고 반은 슬픈 듯한 표정으로 말했다.

"계산 끝났습니다."

라스티냐크가 말했다.

"실비야, 시트를 내오너라. 그리고 올라가서 이 선생님들을 도와드려."

보케르 부인이 외젠의 귀에 대고 말했다.

"실비가 수고하는 것을 잊지 마세요. 이틀 밤이나 꼬박 새우고 있어요."

외젠이 등을 돌리자마자 이 노파는 식모에게 뛰어갔다. 그녀가 실비의 귀에 대고 말했다.

"뒤집은 시트인 7번을 꺼내. 그것도 죽을 사람에게는 너무나 과분하지."

외젠은 벌써 계단을 몇 개 올라갔기 때문에 늙은 여주인의 말을 듣지 못했다.

"자, 내의를 입히세. 노인을 똑바로 일으키게."

비앙숑이 그에게 말했다. 외젠은 침대 머리맡에서 죽어가는 사람의 몸을 붙들었고, 비앙숑은 내의를 벗겼다. 노인은 자기 가슴에 있는 무엇을 손에 쥐려는 듯 몸짓을 했다. 그는 구슬프고 발음이 분명치 않은 소리를 질렀다. 그것은 마치 짐승들이 몹시 고통스러울 때에 지르는 절규 같았다.

"오! 오! 조금 전에 우리가 뜸질하려고 그의 몸에서 떼어놓은 머리카락으로 엮은 고리와 메달을 달라는 거야. 불쌍한 사람! 다시 돌려주어야겠네. 벽난로 위에 있네."

비앙숑이 말했다.

외젠은 잿빛 금발 머리카락으로 엮은 고리를 가지러 갔다. 분명 고리오 부인의 머리카락인 것 같았다. 외젠은 메달 한쪽에는 아나스타지, 다른 한쪽에는 델핀이라고 적혀 있는 것을 읽었다. 항상 자기 가슴에 간직했던 이것은 그의 마음의 영상이었으리라. 메달 속에 들어 있는 머리칼은 아주 부드러워서 두 딸이 어렸을 적에 잘라 넣은 게 틀림없었다. 메달이 노인의 가슴에 닿자 노인은 "아……!" 하고 길게 부르짖었다. 그것은 보기에도 몸서리쳐지는 만족스러운 기쁨을 뜻하는 것이었다. 그것은 노인의 감각이 보여준 마지막 반향이었다. 우리의 교감이 들어가고 나오는 알 수 없는 중심부로 노인의 감각은 숨어버린 것처럼 보였다. 경련을 일으킨 그의 얼굴에는 병적인 기쁨의 표정이 보였다. 두 학생은 노인의 사고력으로부터 살아남은 감정의 힘이 놀랄 정도로 터져나오는 데 깊은 인상을 받았다. 따라서 그들은 죽어가는 노인의 몸에 뜨거운 눈물을 떨어뜨릴 수밖에 없었고 노인은 날카로운 기쁨으로 절규했다.

"나지! 델핀!"

노인이 부르짖었다.

"아직 살아 있군."

비앙숑이 말했다.

"살아서 뭘 하겠어요?"

실비가 말했다.

"고통을 느끼려고."

라스티냐크가 대답했다.

비앙숑은 친구에게 자기처럼 하라고 눈짓한 뒤에 무릎을

꿇어 두 손을 환자의 무릎 밑에 넣었다. 라스티냐크도 침대의 반대편에서 같은 모양으로 두 손을 노인의 등 밑에 넣었다. 실비는 곁에서 환자의 몸이 일으켜지면, 자기가 가져온 시트로 바꾸어 넣을 준비를 했다. 고리오는 아마도 두 청년이 흘린 눈물을 자기 딸들의 눈물로 잘못 알았던 것 같다. 그래서 그는 마지막 힘을 내어 두 손을 펴서 침대 양쪽에 있는 두 학생의 머리에 닿자 두 사람 머리털을 억세게 붙잡았다. 그러고는 "아! 내 천사들아!" 하고 힘없이 부르짖었다. 이것이 언어의 날개를 타고 날아간 영혼이 중얼거린 두 마디 말이자 강한 속삭임이었다.

"불쌍한 노인이지."

실비가 말했다. 그녀는 거짓말 중에서 가장 무섭고 가장 무의식적인 거짓말이 마지막으로 격앙시킨 최고의 감정을 표현하는 이 절규에 감격했다. 이 아버지의 마지막 탄식은 기쁨의 탄식임에 틀림없다. 이 탄식은 그의 일생 전부를 표현했다. 그는 아직 속고 있었다.

그들은 다시 고리오 영감을 그의 초라한 침대 위에 정성껏 뉘었다. 그 순간부터 노인의 얼굴에는 인간의 기쁨과 괴로운 감정을 일으키는 의식 같은 것이 이미 없어졌다. 육체만 남아서 삶과 죽음 사이에 벌어지는 투쟁의 괴로운 흔적만이 보였다. 죽음의 파괴도 이미 시간문제에 지나지 않았다.

"노인은 저 상태로 몇 시간 지난 다음, 아무도 모르게 숨을 거둘 거야. 헐떡거리지조차 않을 거야. 뇌가 이제 완전히 손상됐을 걸세."

이때 계단에서 젊은 여자의 숨 가쁜 걸음 소리가 들렸다.

"너무 늦게 오는군."

라스티냐크가 말했다.

그 여자는 델핀이 아니라, 하녀인 테레즈였다.

"외젠 씨, 불쌍한 부인께서 아버님 때문에 청구한 돈 문제로 남작님과 부인 사이에는 무서운 싸움이 일어났어요. 부인께서는 기절하셔서 의사가 달려왔는데 피를 뽑아야만 했지요. 부인은 '아버지가 돌아가시는데. 아빠를 만나야겠어!'라고 부르짖었어요. 그 소리는 정말 가슴을 에는 소리였어요."

테레즈가 말했다.

"그만해, 테레즈. 그 여자가 온다 해도 이젠 소용없어. 고리오 씨는 이미 의식이 없으니까 말이야."

"불쌍한 노인, 그 정도로 편찮으신가요?"

테레즈가 물었다.

"이제 나는 필요없는 것 같은데요. 저녁 준비나 하러 가겠어요. 벌써 4시 반인걸요."

실비가 얘기하고 나갔다. 그녀는 계단 꼭대기에서 하마터면 레스토 부인과 부딪힐 뻔했다.

백작 부인의 출현은 엄숙하고 무서운 것이었다. 그녀는 단 한 자루의 촛불만이 비쳐서 잘 안 보이는 죽음의 침대를 쳐다보았고, 생명이 마지막으로 꿈틀거리는 아버지의 얼굴 모습을 알아보고 눈물을 흘렸다. 비앙숑은 조심스럽게 물러났다.

"더 일찍 빠져나올 수가 없었어요."

백작 부인이 라스티냐크에게 말했다. 학생은 슬픔에 가득 찬 표정으로 알겠다고 머리를 끄덕였다. 레스토 부인은 그녀 아버지의 손을 잡고 입맞춤했다.

"용서해 주세요, 아버지! 제 목소리를 들으면 무덤에서도 다시 깨어날 것이라고 말씀하시지 않았어요. 아! 뉘우치는 딸에게 축복을 주기 위해서 한순간만이라도 살아나세요. 제 말을 들어주세요. 이건 너무 심해요! 앞으로 이 세상에서 제가 받을 축복을 줄 수 있는 사람은 아버지뿐이에요. 모든 사람이 저를 미워해요. 저를 사랑하는 사람은 아버지뿐이에요. 제 자식들까지도 저를 미워할 거예요. 저를 함께 데려가 주세요. 아버지를 사랑하고 보살펴 드리겠어요. 아무것도 못 들으시는군요. 미치겠어요……."

그녀는 아버지 무릎에 쓰러졌고 정신 나간 표정으로 아버지의 유해를 물끄러미 바라보았다.

"온갖 불행이 하나도 빠짐없이 닥쳐오는군요."

그녀가 외젠을 바라보면서 말했다.

"트라유는 엄청난 부채를 이곳에 남겨놓고 떠나버렸어요. 그가 나를 속였다는 사실을 알았어요. 남편은 나를 절대로 용서하지 않을 거예요. 그래서 나는 내 재산을 모두 남편의 수중에 넘겨주었지요. 나는 모든 꿈을 잃어버렸어요. 아! 나는 누구를 위해서 날 사랑하던 유일한 사람을(그녀는 아버지를 가리켰다.) 배반했던고! 나는 아버지를 무시했지요. 아버지를 쫓아냈어요. 아버지에게 온갖 못된 짓을 다 했단 말이에요. 아, 나는 나쁜 년이에요!"

"아버지도 알고 계셨어요."

라스티냐크가 말했다.

바로 이때 고리오 영감은 두 눈을 떴다. 하지만 그것은 경련 때문에 오는 현상이었다. 혹시나 하고 희망을 품은 백작 부인의 몸짓은 죽어가는 사람의 눈을 보는 것만큼이나 무서웠다.

"아빠가 내 얘기를 들으실 수 있을까?"

백작 부인이 부르짖었다.

'안 될 거야.' 그녀는 이렇게 생각하면서 침대 곁에 앉았다.

레스토 부인이 아버지 곁을 지키고 싶다는 희망을 표시했기 때문에 외젠은 무엇이든 조금 먹으려고 내려갔다. 하숙인들은 벌써 모여 있었다.

"자, 위층에서 죽음의 잔치가 벌어지는 모양이지?"

화가가 그에게 비아냥거렸다.

"샤를, 자네는 좀 덜 비통한 문제를 가지고 농담할 수 없겠나."

외젠이 대답했다.

"도대체 우리는 여기서 웃을 수도 없단 말인가? 노인에겐 의식도 없다고 비앙숑이 말하던데 별수 있어?"

화가가 대꾸했다.

"그럼! 영감은 자기가 살아왔던 대로 죽을 거야."

박물관 직원이 말했다.

"아버지가 돌아가셨어!"

백작 부인이 울부짖는 소리가 들렸다. 이 무서운 절규를 듣고서 실비와 라스티냐크와 비앙숑은 계단을 올라갔다. 레스토 부인은 기절해 있었다. 다시 정신 차리게 한 다음, 그들은 그녀를 밖에서 기다리고 있던 마차에 옮겨 태웠다. 외젠은 그녀를 테레즈에게 부탁해서 뉘싱겐 부인 집으로 데려가도록 명령했다.

"오! 정말 숨이 멈추었네."

비앙숑이 내려가면서 얘기했다.

"자! 여러분 자리에 앉으세요. 수프가 식겠어요."

보케르 부인이 말했다.

두 학생은 나란히 자리잡았다.

"이제 어떻게 하지?"

외젠이 비앙숑에게 물었다.

"노인의 눈을 감겨 놓았어. 편안하도록 뉘어 놓았네. 사망신고를 하면 공의(公醫)가 와서 주검을 확인하지. 그다음에는 시체에 수의를 입혀 매장하는 거야. 그 밖에 무슨 다른 일이 있겠나?"

"이제 영감은 빵 냄새도 맡지 못하겠군."

하숙인 한 명이 노인의 찌푸린 모습을 흉내 내며 말했다.

"제기랄. 여러분, 이제 고리오 영감 얘기는 그만합시다." 복습 교사가 말했다. "밥맛 떨어지겠소. 1시간 전부터 영감에 대해 온갖 얘기를 다 하지 않았소? 파리라는 좋은 도시에서 누릴 수 있는 특권의 하나는, 누구의 눈에도 띄지 않게 태어나서 살다가 죽을 수 있다는 것이오. 그러니 이러한 문명의 혜택을 누립시다. 오늘도 죽은 사람이 60명이나 되는데, 파리에서 죽은 그 많은 사람들에게 일일이 애도의 뜻을 표하겠다는 말이오? 고리오 영감이 뻗었다면, 본인으로서는 차라리 다행한 일이지! 영감을 좋아한다면 가서 보살피시지. 그리고 남은 사람들은 조용히 식사나 하게 해주시오."

"오! 맞았어요. 영감이 죽은 것은 본인에게는 참 다행한 일이에요! 불쌍한 영감은 일생 동안 줄곧 불행했을 테니까요."

과부가 말했다.

외젠이 보기에는 부성애의 상징이었던 이 영감에 대한 유일한 추도사란 이런 것이었다. 열다섯 명의 하숙인들은 보통 때처럼 잡담을 시작했다. 외젠과 비앙숑이 식사를 끝냈을 때 포크와 숟가락 소리, 대화하다가 웃는 소리, 무관심하고 식충이인 이들 얼굴에 나타난 가지가지 표정들이 너무나 혐오스러워 두 사람은 소름이 끼쳤다. 둘은 죽은 사람 곁에서 밤을 지새우며 기도할 사제를 찾으러 나갔다. 자기들이 쓸 수 있는 적은 돈으로 노인에게 마지막 경의를 표하기 위해서는 돈을 아껴 써야만 했다.

저녁 9시쯤에 아무런 장식도 없는 방 깊숙한 구석에 가죽띠로 묶어 시신을 안치했다. 그 양쪽에는 촛불이 켜 있었다. 사제가 와서 죽은 사람 곁에 앉았다. 잠자기 전에 라스티냐크는 의식을 치르고 시체를 운반하는 데 드는 비용을 그 성직자에게 물어보았다. 그러고서 뉘싱겐 남작과 레스토 백작에게 장례 비용 일체를 심부름꾼에게 보내달라는 편지를 썼다. 그는 이 편지를 크리스토프 편에 급히 보냈고, 피로에 지쳐 잠들어버렸다.

다음 날 아침 비앙숑과 라스티냐크는 직접 사망신고를 하러 가야만 했다. 정오쯤에 사망 확인이 끝났다. 그런 지 2시간이 지나도 두 사위 중 아무한테서도 돈이 오지 않았고, 두 사람을 대신해 찾아온 사람도 없었다. 라스티냐크가 사제에게 사례금을 지불하지 않을 수 없었다. 게다가 실비는 노인에게 수의를 만들어 입히는 비용으로 10프랑을 요구했다. 외젠과 비앙숑은 계산해 보았다. 그 결과, 만일 고인의 친척들이 일절 나서지 않는다면, 자기들이 장례 비용을 전부 지불할 수 있을 것 같지 않았다. 그래서 의대생은 자기 병원에서 아주 헐값으로 극빈자용 관을 사 가지고 직접 시신을 입관시킬 책임을 맡았다.

"그 사위 놈들을 골탕 먹이게."

비앙숑이 외젠에게 말했다.

"페르라셰즈 공동묘지에 5년 계약으로 묘지를 사고 교회와 장의사에게는 3급의 장례식을 부탁하게. 그리고 만일 사위들과 딸들이 자네에게 돈을 갚지 않으면 비석에다가 '레스토 백작 부인과 뉘싱겐 남작 부인의 아버지인 고리오 씨가 두 학생의 비용으로 매장되어 이곳에 영면하고 있음.' 이렇게 문구를 새겨 넣게."

외젠은 뉘싱겐과 레스토 부부의 집을 찾아갔다. 하지만 아무런 소득도 없이 돌아온 다음에야 비앙숑의 충고에 따를 생각을 했다. 외젠은 아예 그들 집 안으로 들어갈 수조차 없었다. 문지기들의 모두 엄중한 명령을 받고 있었기 때문이었다.

문지기들은 말했다.

"주인님과 부인께서는 어느 누구도 면회하지 않습니다. 아버님께서 돌아가셔서 가장 깊은 슬픔에 잠겨 계십니다."

외젠은 억지로 면회를 요구해서는 안 된다는 사실을 알 만큼 파리 사교계에 완전히 익숙했다. 델핀이 있는 곳에까지 들어갈 수 없다는 사실을 깨달았을 때, 그의 가슴은 이상하게 죄어들었다. 그는 문지기 방에서 그녀에게 글을 썼다.

> 패물을 팔아서 당신 아버지를 예의에 어긋나지 않게 묘지에 모실 수 있도록 하시오.

그는 이 편지를 봉해서 남작의 문지기에게 주면서 테레즈를 통하여 부인에게 전해 달라고 부탁했다. 그러나 문지기는 편지를 뉘싱겐 남작에게 주었고, 그는 편지를 난롯불에 던져 버렸다.

모든 준비를 끝마친 다음, 외젠은 3시쯤 하숙집으로 돌아왔다. 그런데 인기척 없는 길의 중문 근처에서, 검은 천으로 겨우 덮인 관이 의자 두 개 위에 걸쳐 놓인 것을 보았다. 그 순간 이 청년은 눈물을 참을 수 없었다. 성수가 가득 담긴 은도금한 구리 접시에는 아직 아무도 만지지 않은 초라한 성수채가 들어 있었다. 심지어 문에는 검은 장막조차 쳐 있지 않았다. 그것은 치장도 문상객도 친구도 친척도 없는 가난한 사람의 죽음이었다. 수업을 들으러 병원에 가야 했던 비앙숑은 자기가 교회와 교섭한 것들을 외젠에게 알려주기 위해서 편지를 남겨 놓았다. 미사에는 엄청난 비용이 들기 때문에 비용이 덜 드는 장례 기도 의식을 베푸는 것으로 만족할 수밖에 없다는 것, 그리고 크리스토프를 장의사에 보냈다는 사실 등이 적혀 있었다. 비앙숑이 휘갈겨 쓴 편지를 거의 다 읽었을 때, 외젠은 두 딸의 머리털이 들어 있던 고리 모양의 메달이 보케르 부인의 손에 있는 것을 보았다.

"어떻게 그것을 감히 가지고 있지요?"

그가 그녀에게 말했다.

"아무렴 어때요! 이것을 같이 묻을 필요가 없잖아요? 이것은 금인걸요."

실비가 대답했다.

"천만에! 두 딸을 대신할 수 있는 물건은 그것뿐인데. 그것만이라도 노인이 같이 가지고 가야지."

외젠이 화가 나서 말했다.

영구차가 도착했다. 외젠은 관을 다시 노인 방으로 옮겼다. 관에 박힌 못을 빼고 노인의 가슴에 그 메달을 경건하게 올려놓았다. 노인이 죽어가며 절규했듯이, 이 메달이란 델핀과 아나스타지가 젊고 순결하며 청순하고 '이치를 따지지 않던' 때로 거슬러 올라가게 하는 영상이었다.

라스티냐크와 크리스토프만이 두 명의 장의사 인부와 함께 뇌브생트 주느비에브 거리에서 별로 멀지 않은 교회인 생테티엔 뒤몽으로 가는 영구차를 따라갔다. 그곳에 도착해 시신은 낮고 음침한 작은 예배소에 안치되었다. 혹시 주위에 고리오 영감의 두 딸과 사위들이 있는가 하고 찾아보았지만 헛수고였다. 그는 크리스토프와 단둘이 있었다. 크리스토프는 때때로 자기한테 팁을 주었던 이 노인에게 마지막 경의를 표해야겠다고 생각했던 것이다. 두 명의 사제와 성가대 소년과 교회의 심부름꾼이 오는 것을 기다리는 동안, 라스티냐크는 아무 말도 하지 않고 크리스토프의 손을 꼭 쥐었다.

크리스토프가 말했다.

"정말이에요, 외젠 씨. 노인은 친절하고 점잖은 분이었어요. 다른 사람보다 큰소리를 낸 적도 없고 남을 해치거나 괴롭힌 적도 없었어요."

두 명의 사제와 성가대 소년과 교회의 심부름꾼이 왔다. 공짜로 기도해 줄 만큼 교회가 아직 부유하지 못하던 시대에 70프랑으로 할 수 있는 모든 일을 다 해주었다. 성직자들은 성경에 나오는 만가(輓歌)인 「구하소서」와 「깊은 구렁 속에서」를 노래했다. 의식은 20분간 진행되었다. 묘지로 가는 마차는 한 대뿐이었다. 사제와 성가대 소년이 외젠과 크리스토프도 같이 타는 것을 승낙했다.

사제가 말했다.

"따라갈 사람이 없으니 늦지 않도록 빨리 가시죠. 지금 벌써 5시 반인데."

시신이 영구차로 옮겨졌을 때, 레스토 백작과 뉘싱겐 남작의 문장(紋章)을 그린 두 대의 마차가 텅 빈 채로 나타나서 페르라셰즈까지 장례 행렬의 뒤를 따라왔다. 6시에 고리오 영감의 시신은 안장되었다. 주위에는 두 딸의 심부름꾼이 서 있었다. 학생이 낸 돈으로 노인에게 베푸는 짤막한 기도가 끝나자, 그들은 곧 사제와 함께 사라졌다. 두 명의 매장꾼이 관을 덮으려고 흙을 몇 삽 퍼서 던진 다음, 다시 몸을 일으켰다. 그중 한 명이 라스티냐크에게 돈을 요구했다. 외젠은 주머니를 뒤졌다. 그러나 한 푼도 없어서 크리스토프한테서 1프랑을 빌렸다. 그런 일 자체는 대수로운 게 아니었다. 하지만 라스티냐크는 너무나 슬퍼서 발작을 일으킬 정도였다. 해가 뉘엿뉘엿 지고 있었다. 축축한 황혼이 신경을 자극했다.

그는 무덤을 바라보았다. 그는 청춘 시절에 흘려야 할 마지막 눈물을 그곳에 묻었다. 이 눈물은 순결한 마음의 성스러운 감동에서 흘러나왔다. 그가 떨어뜨렸던 땅으로부터 하늘까지 튀어오르는 것 같은 눈물이었다. 그는 팔짱을 끼고 구름을 물끄러미 바라보았다. 외젠의 이런 모습을 보고 크리스토프마저 가버렸다.

혼자 남은 라스티냐크는 묘지 꼭대기를 향해 몇 걸음 옮겼다. 그리고 그는 센강의 양쪽 기슭을 따라 꾸불꾸불 누워 있는, 등불들이 빛나기 시작하는 파리를 내려다보았다. 그의 두 눈은 방돔 광장의 기둥과 불치병자 병원의 둥근 지붕 사이를 뚫어지게 바라보았다. 그곳에는 그가 들어가고 싶었던 아름다운 사교계가 있었다. 그는 벌들이 윙윙거리는 벌집에서 꿀을 미리 빨아먹은 것 같은 시선을 던지면서 우렁차게 말했다.

"이제부터 파리와 나와의 대결이야!"

사회에 도전하려는 첫 행동으로, 라스티냐크는 뉘싱겐 부인 집으로 저녁 식사를 하러 갔다.

1834년 9월[62]

사셰에서

---

62) 이 날짜는 작품의 완성일이 아니라 집필 시작일이다.

작품 해설

발자크의 문학 세계를 이해하기 위해

『고리오 영감』을 제대로 이해하려면 우선 『인간 희극』의 짜임새가 어떻게 이루어졌는가를 알아야 한다. 뿐만 아니라 발자크가 이 소설에서 처음으로 사용한 '인물 재현법'의 실체와 이 소설가의 특징 중 하나인 '근대성'의 의미, 그리고 이 소설가의 자리매김에 초점을 맞출 필요가 있다. 이런 과정을 통해서 『고리오 영감』을 보다 넓게 이해할 수 있을 것이다.

1 『인간 희극』의 체계

발자크는 처음부터 19세기 프랑스 사회의 풍속사를 완벽하게 엮으려고 하지는 않는다. 이런 구상은 '자신의 이름'으로

1827년에 처음 발표한 작품인 『올빼미당』을 쓴 다음, 여러 해가 지난 1833년쯤 그의 머리에 자리잡기 시작한다. 『인간 희극』은 1789년 대혁명으로부터 1848년 2월 혁명까지 프랑스 사회를 그린 거대한 벽화, 도서관, 박물관이다. 하지만 대부분의 작품들은 왕정복고기(1814~1830)와 7월 왕정(1830~1848), 곧 발자크가 몸소 체험했던 시기에 집중적으로 나타난다. 『인간 희극』은 하나의 큰 덩어리로 프랑스 문학사에 덩그렇게 남아 있다. 이 작가는 동물학자들이 동물의 기원을 연구할 때 사용하는 '구성의 통일'이란 원리를 사용해서 거대한 매듭을 엮는다. 그는 이 원리를 이용해 동물을 분류하듯이 인간 사회를 엄격히 분류해 나간다. 퀴비에(1769~1832)가 하나의 뼛조각으로부터 선사시대의 동물 모습을 그대로 복원하듯이, 이 소설가는 독립된 작품들을 『인간 희극』이라는 큰 틀로 묶어놓는다. 동시에 작품 하나하나는 이 덩어리의 일부로서 서로 밀접하게 연관된다.

1833년쯤 발자크는 자신이 직접 보고 경험한, 따라서 자신의 머릿속에 있는 19세기 프랑스 사회의 모든 것을 소설을 통해 완벽하게 그려내려는 큰 뜻을 품는다. 『풍속 연구』, 『철학적 연구』, 『분석적 연구』라는 세 계열에 137편의 소설을 채우려고 했으나 결국 91편만 가능했다. 그는 1834년 10월 한스카 부인에게 보낸 편지에서 "내 머릿속에 19세기의 사회가 들어 있소."라고 말한다. 『철학적 연구』의 서문에 이어서 『잃어버린 환상』의 서문에서도 발자크는 사회에 대한 묘사를 완벽하게 시도하며, 『인간 희극』의 짜임새를 거창하게 밝힌다.

원래는 『사회 연구』라는 총체적 제목 아래 '19세기 풍속 연구', '철학적 연구', '분석적 연구'를 담을 예정이었다. 첫 번째 토대는 사회적 결과물로서의 '풍속 연구'이다. 『풍속 연구』는 인생의 한 국면, 인상, 남녀의 특징, 삶의 방식, 직업 등을 담는다. 상상적인 사실이 아니라 여러 곳에서 일어날 수 있는 일들을 꼼꼼히 그려낸다는 말이다. 『풍속 연구』는 '사생활의 정경', '지방 생활의 정경', '파리 생활의 정경', '정치 생활의 정경', '군대 생활의 정경', '시골 생활의 정경' 등으로 이루어진다.

두 번째 토대는 『철학적 연구』이다. 『풍속 연구』가 사회 현상의 결과에 관계하는 것이라면, 『철학적 연구』는 원인을 겨누어 밝혀낸다. 이 소설가는 『풍속 연구』에서 감정과 그것의 게임, 삶과 그것의 행보를 묘사한다. 또한 그는 『철학적 연구』에서 감정의 원인과 인생에 관해 말한다. 사회를 '묘사'하기 위해 사회를 샅샅이 훑고 난 다음, 발자크는 그것을 '판단'하기 위해 사회를 달린다. 따라서 우리는 '전형화된 개인'을 『풍속 연구』에서 만나며, '개인화된 전형'을 『철학적 연구』에서 확인한다.

원인과 결과의 공간을 뛰어넘으면, 우리는 세 번째 토대인 『분석적 연구』에서 '원칙'의 받침돌을 만날 수 있다. 이 공간에서 발자크는 생명의 생성 원리를 연구하고, 인간이 지닌 여러 가지 모습을 심리학적 사회학적 형이상학적 관점에서 바라보면서 총체적으로 파악한다. 1841년, 드디어 발자크는 출판 계약을 한다. 그다음 해 몇 권이 세상에 나오고, 1848년 18권 가운데에서 마지막 권이 출판된다.

2 인물 재등장 기법

발자크의 소설 기법 가운데에서 가장 새롭고 독창적인 것은 아마도 『고리오 영감』에서 처음으로 시도된 '인물 재등장' 기법일 것이다. 이 소설 기법의 기원을 추적한다는 것은 분명히 어려운 일이다. 하지만 발자크는 이 기법을 1833년부터 폭넓게 자신의 작품에 사용하기 시작한다. 초기 그의 습작품에서는 이 기법을 발견할 수 없다. 그는 페니모어 쿠퍼(James Fenimore Cooper, 1789~1851, 미국 소설가) 소설을 열심히 읽었고, 같은 인물이 여러 곳에서 다시 등장하는 것을 보고 실마리를 얻었을지도 모른다. 또한 그는 매우 존경했던 월터 스콧의 소설 가운데 특히 역사소설에 심취한다. 하지만 발자크가 그 소설들 속에 작품을 서로 연결시키는 고리가 전혀 없음을 보고 역설적으로 이 기법을 구상했을 가능성도 배제할 수 없다. 어쨌든 이 두 작가는 특정 시대의 역사와 특정 지역의 한계 안에 머물러 있어서 등장인물들을 이어주는 매듭을 가지지 못한다. 그런데도 이들에게 빠져 있던 발자크는 그들의 작품 속에서 한 세대의 살아 있는 변화의 연속성을 엿본다.

하여튼 완벽한 사회를 만들기 위해 인물들을 다시 등장시키는 발자크는 인물 재등장 기법을 통해 경제적 효과를 얻어낸다. 생트뵈브(Charles Augustin Sainte Beuve, 1804~1869, 프랑스 비평가, 작가)는 그의 소설 여러 군데에서 인물들이 다시 나타나는 것에 신경질적인 반응을 보인다. 하지만 어느 소설가의 작품에서도 찾아볼 수 없는 독창적 기법을 만들어낸 '인물

경제학'의 대가인 발자크는 주인공들을 여러 소설에 등장시켜 그들의 모습을 다양하게 쌓아올린다.

이 소설가는 『고리오 영감』에서 35명을 다시 등장시키는데, 그 이후부터 이러한 현상은 더욱 두드러진다. 50명 이상의 인물들이 다시 나타나는 소설을 들어보면 다음과 같다. 『골동품 진열실』에서 50명, 『사무원들』에서 85명, 『뉘싱겐 상사』에서 50명, 『베아트리스』에서 66명, 『여자 낚시꾼』에서 62명, 『사촌 베트』에서 86명, 『사촌 퐁스』에서 70명, 『시민들』에서 67명, 『세자르 비로토』에서 104명, 『잃어버린 환상』에서 116명이 된다. 심지어 『창녀들의 흥망성쇠』에서는 자그마치 155명에 이르고 있다.

그는 이 기법을 평생 즐겨 사용한다. 『인간 희극』에 등장하는 인물은 대개 2,000여 명으로 헤아려진다. 그 가운데에서 460명이 75편의 작품들에서 다시 등장하고 있다. 한편, 75편 가운데에서 36편의 소설은 파리를 배경으로 한다. 또한 18편은 파리와 지방을, 21편은 파리를 완전히 벗어나서 지방과 유럽의 여러 나라들을 무대로 삼고 있다. 또한 460명 가운데 167명은 직업이 없다. 이들 중에서 55명은 귀족 출신이거나 신사이며, 62명은 귀족 출신의 부인들이고, 나머지 50명은 부르주아 출신 부인들이다. 다른 293명의 직업은 다양하다. 공무원, 법률가, 군인, 교회에 관계하는 사람, 사업가, 예술가 등이다. 귀족은 부르주아보다 두 배나 많고, 부르주아는 민중보다 세 배나 많다. 민중은 어디까지나 그의 소설 공간에서 배경에 불과하다. 발자크의 정치적 편향이 그대로 드러난다.

그런데 재등장의 빈도수는 작품에 나타난 인물들의 중요성과 반드시 맞아떨어지지는 않는다. 고리오 영감, 발레리 마르네프, 퐁스, 베트와 같은 중요한 인물들은 자주 등장하지 않거나 단 한 번만 모습을 나타낸다. 그러나 주인공은 아니면서 남을 많이 만나고 살아가는 사람들, 즉 은행가인 뉘싱겐은 31번, 의사인 비앙숑은 29번, 장관인 라스티냐크와 앙리 드 마르세는 각각 25번과 27번씩이나 등장한다. 그리고 발자크는 자신의 소설에 어린이와 노동자, 장인(匠人)을 거의 등장시키지 않는다. 19세기 역사의 '비서'가 되려고 한 그가 이들을 빠뜨림으로써 스스로의 한계를 받아들인 셈이다.

3 발자크의 근대성

사람들은 발자크에 대해 여러 관점에서 비평하고 다양한 방식으로 얘기한다. 하지만 지금까지는 그가 지닌 가장 두드러진 특징 가운데 하나에 비평가들이 주목하지 않았다. 그것은 바로 그의 천재성이 구체적으로 드러난 독특한 '근대성'이다. 다른 작가와 달리 그는 이상할 정도로 고대로부터 어떤 영향이나 도움을 받으려고 하지 않는다. 우리는 그의 작품에서 서양의 많은 작가들에게서 흔히 볼 수 있는 경우처럼 그리스나 로마의 흔적 그리고 호메로스, 베르길리우스, 호라티우스의 그 어떤 자취도 찾아볼 수 없다. 그는 자신이 속한 당대와 그 속에서 서로 영향을 주고 살아가는 동시대 사람들, 다시 말하자면 자신의 눈앞에 있고, 자신이 직접 손으로 잡을 수 있는 사회와 인간에게만 눈길을 쏟는다. "인간이 믿을 수 있고 믿어야만 하는 유일한 신화는 사회의 신화이며, 인간이 이해할 수 있고 이해해야 하는 유일한 현실은 사회적 관계의 현실이다. 발자크는 신화적인 것을 진실의 공간으로서, 그리고 사실적인 것을 현실의 시간으로서 서로에게 맞춰 나간 최초의 그리고 최후의 소설가일 것이다."

바로 이 근대성에서 발자크 글쓰기의 특징이 그대로 나온다. 17세기 고전주의자들이 사용한, 지나칠 정도로 순화되어 현실과 동떨어진 프랑스어를 가지고는 19세기를 제대로 표현할 수 없다. 따라서 발자크는 특수한 분위기를 표현하기 위해 새 단어까지 만든다. 경우에 따라서 이 소설가는 기술 용어와 공장과 연극의 뒷무대에서 사용하는 은어를 과감하게 빌려 온다. 이 점을 두고 비평가들은 그가 글쓰기에 서툴다고 비아냥거렸다. 이 대열의 선두에 생트뵈브가 자리잡고 있다. 1834년 11월 15일 《두 세계의 잡지》에서 이 비평가는 발자크가 엉터리 작가이며 그의 문체는 형편없다고 쌍심지를 돋운다. 그는 발자크가 깔끔하고 분명한 문장을 쓰려고 하지 않으며, 과장되고 일관성 없는 단어들을 사용한다고 못마땅해 한다. 발자크를 존경한 프루스트조차 발자크가 프랑스어를 더럽힌다고 말한다.

하지만 이러한 접근은 어디까지나 피상적이다. 발자크를 제대로 이해한 많은 비평가 가운데 한 사람인 고티에(Théophile Gautier, 1811~1872, 프랑스의 낭만파 시인, 소설가, 비평가)가 말한 것처럼, 발자크는 아름다운 문체, 꼭 필요하고 결정적인 문체를 쓸 줄 알았고 실제로 가지고 있다. 게다가 이 소설가는 문체의 질을 높이기 위해 뼈를 깎는 노력을 기울였다. 그는 글을 닦고 다듬는 마무리 작업에서 문장을 심하게 '고문'하기 일쑤였다. 그의 소설 원고지는 수정과 첨삭으로 가득 차서 마치 미로를 보는 것 같다. 심지어 『피에레트』는 27번이나 고친 다음에야 빛을 본다.

또한 텐(Hippolyte Adolphe Taine, 1828~1893, 프랑스 예술 철학자, 미학 비평가)이 지적하듯이, 발자크의 고객은 살롱에 들락거리는 상류계 인사들과 고상하고 예절바른 사람들이 아니라, 19세기 한복판에서 큰 덩어리로 꿈틀거리는 '대중'이다. 그는 무엇보다 변혁의 물결에서 거뜬하게 살아남은 이 대중에게 흥미를 가진다. "새로운 대중에게 새로운 언어!"가 그의 좌우명이다. 특히 스탕달, 상드, 메리메 같은 작가들은 대중이 사용하는 언어가 자신들의 문학 공간에 비집고 끼어드는 것을 꺼린다. 그러나 언어와 현실의 괴리를 제대로 인식한 이 소설가는 이 틈새를 메우기 위해 농민들이 내뱉는 방언, 뒷골목의 도둑들 사이에서 통용되는 말, 독일어 은어, 수위들이 사용하는 말, 그리고 과학용어를 거리낌없이 사용한다. 심지어 이 소설가는 음악과 미술과 연극에서 나오는 특수용어까지도 기꺼이 과감하게 소설에 끌어들인다. 그는 이런 언어들이 갖는 개성과 생명의 스펙트럼을 우리에게 다양하게 보여준다. "발자크는 특이한 문체를 가지고 있다. 그가 쓴 문장은 무겁고 복잡함에도 이 분야에선 전문가임에 틀림없다." 이 언어의 마술사는 적게 말하면서도 본질적인 것을 더 많이 이야기할 수 있다.

발자크의 파격과 꼼꼼함은 여기에서 끝나지 않는다. 『올빼미당』의 서문에서 그는 구두점의 사용과 효과에 주의를 기울일 뿐 아니라, 프랑스 문학에서 처음으로 '줄표(—)'를 문장 가운데에 사용하는 과감함을 보인다. 이렇게 해서 그는 주인공들의 망설임과 기대를 나타내고, 대화에 넉넉함을 준다. 또한 이 소설가는 주인공들의 목소리를 돋보이게 하고 강조하기 위해 프랑스어에서 금기로 되어 있는 철자법 바꾸기까지 시도한다. 특히 『사촌 퐁스』에서 이 같은 파격적인 현상이 두드러진다.

발자크는 분명히 자신의 언어를 알며, 그 누구보다도 자신의 방식대로 그것을 적재적소에 사용한다. 각자는 자신만의 눈을 가지고 있기 때문에, 보고 말하는 방식은 다를 수밖에 없다. 생트뵈브의 뒤를 이어 퐁마르탱, 카로, 랑송, 에밀 파게가 발자크를 사정없이 몰아쳐 저질 작가라는 멍에를 덧씌운다. 고티에, 텐, 브뤼티에르, 벨르소르는 옹호의 맞불을 놓는다. 특히 이 가운데에서 브륀티에르는 발자크 문체가 시대에 걸맞게 펼쳐지는 점을, 벨르소르는 존재와 사물 사이의 예기치 않은 관계를 떠받쳐 주는 발자크 언어의 풍부함과 색깔의 다양성에 후한 점수를 준다. 17~18세기 작가들은 단지 그들의 '사상'을 가지고 글을 엮어낸다. 반면에 발자크는 자신의 사상만이 아니라 '피'와 '근육'을 가지고 글을 죄어 나간다.

4 발자크의 자리매김

발자크는 보날드와 메스트르[63]의 계승자다. 전형적 보수주의자인 이 작가는 『인간 희극』의 서문에서 "나를 공평하게 평가하는 시기는 아직 오지 않았다."고 투덜거린다. 동시대의 사람들이 자신의 작업을 이해하지 못하고 자기 작품의 가치를 알아주지 않는다고 볼멘소리를 한다. 디드로가 외국인인 괴테와 실러, 헤겔한테서 열렬하게 찬사를 받은 것처럼, 조국에서 홀대받은 이 작가는 이탈리아, 러시아, 오스트레일리아, 폴란드, 독일, 헝가리에서 평가와 존경을 제대로 받는다. 프랑스에서는 유독 젊은 여성, 노동자, 부르주아 여인, 상류층 여인네들이 이 소설가의 풍속 묘사에 열광한다. 이런 이유에서 발자크는 가톨릭 계열의 비평가인 퐁마르탱과 카로한테서 매몰찬 홀대를 받는다.

발자크는 평생 입헌군주제와 가톨릭을 떠받드는 반동적 세계관을 지닌다. 그는 인간의 행복과 사회질서를 제대로 지켜내는 이 두 개의 기둥만이 혼란과 타락의 진흙탕 속에 빠진 19세기 프랑스 사회를 구할 수 있다고 딱부러지게 말한다. 그럼에도 엥겔스가 처음으로 꼬집어내듯이, 이 작가는 진보적 냄새를 풍기는 예술가다. 물론 본질적 의미라기보다는 예술

---

63) 정치사상가 보날드(Vicomte de Bonald, 1754~1840)는 대표적인 보수왕정주의자였다. 또한 정치가이자 정치학자였던 메스트르(Joseph Marie de Maistre, 1753~1821)는 주권 신수설(神授說)을 주장하여 프랑스 혁명에 반대하다가 이탈리아로 망명했다.

을 표현하는 '방식'에서의 진보성이다. 그는 떠오르는 부르주아 사회를 예리하게 분석하고, 이 계급의 부상과 앞으로 프랑스 사회를 움직여 나갈 방향을 누구보다도 먼저 객관적이고 적극적으로 묘사한다. 발자크가 "묘사의 솜씨를 가장 능숙하게 또 진실되게 발휘한 것은 파리의 중간 또는 하류의 부르주아지나 지역 사회를 묘사할 때다. 그에 비하여 상류사회의 묘사는 흔히 멜로드라마적이고 사실에 어긋나고 또 작가의 의도는 아니었거나 희극적인 것이었다."

발자크는 줄곧 예술가는 어떤 신념을 가지고 한 노선에 편드는 자가 아니라, 사회의 구조적 모순을 발가벗겨 독자들에게 당차게 들이대는 자라고 말한다. 그는 톨스토이와 마찬가지로 혁명적 요소를 거의 지니지 않는다. 하지만 '전형적 조건' 속에 위치한 소설적 '전형'을 독창적으로 챙겨냄으로써 이 소설가는 비로소 역사적 진실의 깊이에 연착륙한다.

귀족은 단순히 존재함으로써 귀족일 수 있으나 부르주아지는 모든 성공과 실패의 유동성 속에서 끊임없이 자기 존재의 근거를 만들어 가야 할 긴박한 사회적 투쟁 속에 휘말려 있다. 발자크는 안정되고 교양 있는 전통적 부르주아지에 속하지 않았으며 바로 대혁명에 의해서 창출된 서민적 부르주아지에 속하였다. 그는 수세기의 성장 끝에 비로소 19세기에 이르러 명실상부한 부르주아 세계를 표현한, 진정한 의미에서 가장 부르주아적인 작가인 동시에 이 계급의 철저한 자기 인식과 탐구 그 자체에 의하여 이 계급에 대한 최대의 비판자가 되었다.

발자크는 가톨릭과 입헌왕정을 지지하는 이른바 '정통주의'의 노선을 고르지만, 같은 시대의 많은 작가들은 이념의 편향에 몸을 기울인다. 따라서 속마음으로부터 북받쳐 오르는 욕구에 터를 잡지 못한 이들은 눈높이의 현실을 껴안지 못하고 뿌리 뽑힌 이상주의에 잠시 몸을 내맡긴다. 귀족인 보수주의자였던 라마르틴(Alphonse de Lamartine, 1790~1869, 프랑스의 시인, 정치가)은 생시몽(Comte De Claude Henri De Rouvroy Saint-Simon, 1760~1825, 프랑스의 공상적 사회주의 사상가)적 사회주의의 상승세를 타고 1843년경에 공화주의자로 변신했고, 위고는 정통주의자, 오를레앙공파를 거쳐 1849년의 혁명의 열기 속에 좌파로 변신한다. 그런데 발자크는 현실을 그 속에서 비판적으로 이해하려는 일관된 정신 안에서, 요컨대 현실 탐구와 자기 통찰의 욕구 속에 그것을 선택한 것이기 때문에, 그는 바로 자기가 선택한 정통주의의 한정된 역사적 내용을 깨닫지 않을 수 없게 되는 것이다.

바로 이 점에서 반동적 세계관을 가진 발자크가 자신도 모르게 혁명적 작가로 모습을 바꾸는 역설이 탄생한다. 그는 인간을 '기능'으로 보고, 사회를 '체계'로 자리매김해서 엥겔스와 마르크스의 눈길을 끈다. 사회체제의 엇갈린 틀 속에서 장기판의 졸(卒)에 불과한 인간은 사회라는 기계 장치의 한 부분일 수밖에 없다. 발자크는 당대의 사회를 대표하는 문학계의 '나폴레옹'이 되려고 했다. 그는 당대의 어느 작가보다도 시대정신에 철저했던 소설가다. 그는 자신의 눈앞에 버티고 있는 시대, 그 속에서 서로 부벼대며 살아가는 동시대 사람들에게

만 관심을 기울였다.

『인간 희극』에 품질 높은 확대경을 들이댄 샬(Philarète Chasles, 1798~1873, 프랑스 비평가, 문헌학자)과 보들레르는 발자크를 견자(見者)로, 부르제(Paul Bourhet, 1852~1935, 프랑스 비평가, 소설가)는 가장 위대한 마술가 또는 분석적 견자, 도르빌리(Jules Barbey d'Aurevilly, 1808~1889, 프랑스 소설가)는 문학계의 나폴레옹, 호프만슈탈(Hugo Von Hofmannsthal, 1874~1929, 오스트리아 작가, 시인)은 "넘쳐흐르는 무한히 풍요로운 상상력과 셰익스피어 이후로 가장 풍부하고 강한 창조력"을 가진 사람으로 발자크를 치켜세운다. 또한 문학의 발달사를 인류 진화의 일부로서 파악하고 발자크를 칭찬하는 데 이골이 난 텐은 언제나 그에게 우정 어린 비평을 바친다. 알랭[64]은 발자크를 "인간 사회에 대한 진정하고 완벽한 모습을 제시하는 진짜 사회학자"라고 일컫는다. 심지어 그는 "스탕달이 산문가라면 발자크는 오히려 시인"으로 불려야 한다고 말한다. 그러나 이러한 발자크의 여리꾼들에 대한 맞대응도 만만치 않다. 플로베르는 그를 "무엇보다 얼간이처럼 무식하고, 골수까지 촌놈이며, 허리가 휠 정도로 사치에 빠진" 작자라고 혹평한다. 하우저(Arnold Hauser, 1892~1978, 헝가리 출신의 역사학자)는 여러 사람들의 다양한 목소리를 감싸면서 다음과 같이 말한다.

"고전주의 작품을 표준으로 삼는다면, 발자크의 작품에서

---

64) 프랑스 철학자이자 비평가인 에밀 사르티에(Émile Chartier, 1868~1951)의 필명이다.

우리는 예술의 가장 너그러운 법칙에 대해서도 가장 치명적인 위반을 발견하게 될 것이다. 발자크 인물들의 자기파괴적인 광란과 폭풍적 장면, 반역자들과 불량배들의 무서운 말들이 우리의 영혼 속에서 불탈 때에도, 우리는 이들 작품에서 합리적으로 분석할 수 있는 거의 모든 것이 '잘못되어 있음'을 인정하지 않을 수 없을 것이다. 또한 발자크는 작품의 구성이나 플롯의 정연한 전개를 할 줄 모른다는 것, 그의 인물들은 그의 환경이나 배경과 꼭같이 막연하고 이질 성분으로 결합되어 있다는 것, 그의 자연주의는 불완전할뿐더러 부정확하며 그의 심리학은 때때로 허황할뿐더러 재치 없고 개략적이라는 것을 승인할 수밖에 없을 것이다. 또한 우리는 무엇보다도, 이러한 약점들이 소름 끼치는 악취미와 붙어다닌다는 것, 이 작가에게는 자기비판의 힘이 결여되어 있어서 독자를 놀라게 하고 압도할 성싶은 일이면 무엇이든지 거리낌없이 해치울 용의가 있다는 것, 자제라든가 모든 일을 우아하고 재치 있게 넘기는 18세기 문화의 유산이 그에게는 이미 조금도 남아 있지 않다는 것, 지나치게 꾸며대고 과장하는 극단적인 것에 한도가 없다는 것, 강조와 최상급 없이는 조금도 자기 심중에 있는 바를 표현할 수 없다는 것, 항상 그럴싸한 이야기를 하고 싶어서 허풍을 치고 속임수를 부리는 것을 볼 수밖에 없다. 그는 남에게 학자나 철학가의 인상을 보이려고 하는 순간에 구역질 나는 사기꾼이 된다."

이처럼 혹평과 칭찬이 함께 판을 짠다. 하지만 발자크의 많은 작품과 엄청난 양의 서간문을 꼼꼼히 읽어보면, 그를 거칠고 우직한 사실주의자로보다는 오히려 '견자적 사실주의자'라고 자리매김하는 것이 훨씬 더 타당하고 설득력 있음을 발견한다.

흔히 발자크의 작품을 읽어내기가 어렵다고 말한다. 아마도 그의 작품에는 종교, 전설, 철학, 역사, 과학, 정치, 신비주의 등이 뒤섞여 있기 때문이다. 따라서 우리말로 옮기는 것도 만만하지가 않았다. 최선을 다했지만 불만스러운 곳이 한두 군데가 아니다. 될 수 있는 대로 쉬운 말로 옮기려고 했고, 문장 길이도 가능한 짧게 했다. 대화체도 대화자의 신분을 고려해 그것에 걸맞게 옮기려 했다. 원전을 망가뜨리지 않는 틀 안에서 읽는 이의 접근이 쉽도록 노력했다. 깨뜨리고 싶은 질그릇을 구웠다. 독자들로부터 많은 꾸지람을 기대한다.

끝으로 주위에서 많은 도움과 고견을 준 여러분과 민음사 관계자들께 따뜻한 감사를 드린다.

1999년 2월 흑석동에서

박영근

작가 연보

1799년 5월 20일 베르나르 프랑수아 발자크와 안 샤를로트 로르 살랑비에의 차남으로 투르 시에서 출생. 발자크의 전기를 썼던 여동생 로르(1800년)와 로랑스(1802년) 그리고 남동생 앙리(1807년)가 태어났다. 이 당시 52세의 아버지는 투르 사단의 군량부장(軍糧部長)이었고, 20세의 어머니는 파리의 부유한 살랑비에 가문 출신이다.

1804년 투르에 있는 르 게 학원에 입학. 나중에 발자크는 이 무렵의 생활을 『골짜기의 백합』에서 묘사.

1807년 6월 방돔 오라토리오회(會) 중학교에 입학했고 그곳에서 6년간 기숙사 생활. 기숙사의 규칙에 따라서 그후 6년간 한 번도 집에 돌아가지 않고 도서실에 틀어박혀 신학, 역사, 자연과학 등 많은 서적을 탐독.

1813년 4월 지나친 독서로 몸이 극도로 쇠약해져서 고향으로 돌아와 가족과 함께 1년가량 지냈다. 파리에 있는 강세르 학교에서 몇 달간 기숙사 생활.

1814년 건강이 회복되어 7월부터 투르 고등학교에 통학. 가을에 아버지가 파리 제1사단의 군량부장에 임명되어 가족들도 마레가 40번지로 이사. 11월에 르피트르 기숙학교에 입학.

1816년 고등학교를 마치고 11월에 파리 대학 법학부에 등록. 소송대리인 기요네 메르빌의 법률 사무소에서 견습 서기로 일했다. 한편 소르본 대학의 문학부에서 빌맹, 기조, 쿠쟁 등의 강의도 청강.

1818년 3월에 그곳을 떠나 부모의 친구이자 공증인인 빅토르 에두아르 파세 사무실로 옮겼다. 철학 서적을 많이 읽었고 『영혼 불멸에 관한 노트』를 집필.

1819년 1월 법학사 1차 시험에 합격. 4월에 아버지가 군에서 퇴역하고, 여름에 가족은 파리 근교 빌파리지로 이사. 발자크는 공증인이 되라는 양친을 설득해서 2년간의 유예 기간을 얻었다. 문학계에서 이름을 떨치려고 법률 공부를 내던지고 파리의 하층민들이 사는 레디기에르가 9번지에 있는 지붕 밑 다락방에 처박혀 작가 수업에 전념.(레디기에르 시절의 생활상은 『파시노 카네』와 『나귀 가죽』에 묘사됨.) 아르스날 도서관에서 고대와 중세의 의학과 철학에 관한 책을 읽고 그 내용을 비교, 분석, 요약하면서 앞으로 작가로서의 토대를 다졌다. 또한 이 시기에 고전 비극의 형식을 열심히 연구. 9월 그 본보기로 5막의 운문 비극인 『크롬웰』을 쓰나 실패.

1820년 5월 누이동생 로르와 토목기사인 쉬르빌이 결혼. 같은 달 가족 친지들 앞에서 『크롬웰』을 낭독. 8월 이 작품의 감정을 의뢰받은 아카데미 회원 프랑수아 앙드리외는 "무엇을 해도 좋으나 문학만은 포기할 것."이라 조언. 발자크가 죽은 다음 빛을 보았던 『스테니』와 『팔튀른』 집필을 시작. 『팔튀른』은 나중에 나올 『세라피타』를 미리 겨냥한 것으로 피에르 조르주 카스텍스가 결정판을 발표.

1821년 오귀스트 르 푸아트뱅과 합작으로 통속 장편소설을 쓰기 시작. 9월에 누이동생 로랑스가 결혼.

1822년 공동 또는 단독으로 많은 작품을 가명으로 발표. 드디어 오귀스트 르 푸아트뱅과 공동으로 비레르글레와 론 경의 이름으로 출간된 『비라그의 상속녀』와 론 경의 이름으로만 출간된 『클로틸드 드 뤼지냥』 그리고 비레르글레와 론 경의 이름으로 나온 『장 루이』를 발표. 오라스 드 생토뱅이라는 가명으로 『백 살 먹은 노인』과 『아르덴의 부사제』를 출판. 이 해 봄 발자크는 빌파리지에 사는 45살의 베르니 부인에게 사랑을 고백, 두 사람의 연애가 시작되었다. 11월 발자크 일가는 빌파리지를 떠나 파리의 루아드레가로 이사. 3막 멜로드라마 『흑인』 발표.

1823년 1월 괴테 극장이 『흑인』의 상연을 거부. 경이와 신비가 가득 찬 소설인 『마지막 요정』과 『안과 죄인』(발자크는 1836년에 이 소설의 제목을 『해적 아르고』로 바꿈)을 함께 출간. 이 소설들은 오라스 드 생토뱅의 이름으로 출간. 또한 저널리스트들과 폭넓게 교제하기 시작, 이때의 언론계의 구조적 모순에 대한 경험이 『잃어버린 환상』에서 적나라하게 묘사된다.

1824년 『장자권에 관하여』, 『예수회의 정사(正史)』 등의 팸플릿을 발표. 6월 말에 일가는 다시 파리를 떠나 빌파리지로 이사. 8월에 발자크는 투르농가에 있는 아파트에서 혼자 생활.

1825년 소설에서 계속 실패하자 발자크는 베르니 부인과 가까운 친척들에게서 자금을 얻어 출판업에 착수. 몰리에르(12월) 및 라퐁텐(다음 해 7월)의 축쇄판 전집을 출판. 한편 여동생 로르를 통해 아브랑테스 공작 부인과 쥘마 카로 부인과 교제를 시작. 『반 클로르』를 익명으로 출판. 『결혼 생리학』 집필 시작.

1826년 6월 생제르맹가 17번지(현재 비스콩티가)에서 앙드레 바르비에와 공동으로 인쇄업을 시작해서 공장의 2층으로 이사. 8월에 발자크 일가는 빌파리지를 떠나 베르사유로 이사.

1827년 7월 인쇄업의 부진에도 불구하고 베르니 부인으로부터 출자금을 지원받아 장 프랑수아 롤랑과 바르비에와 함께 활자 주조소를 경영했지만 모두 실패. 그로 인해 많은 채무가 발생했고 평생 동안 시달렸다. 한편 인쇄소

업무를 통해서 빅토르 위고 등 낭만파 작가들과 교류하게 되었다.

1828년 2월 친구 바르비에가 인쇄업과 활자 주조업에서 손을 떼고 발자크는 인쇄소를 혼자서 꾸려나갔다. 그리고 발자크와 롤랑과 베르니 부인은 공동으로 새로운 회사를 설립해서 활자 주조업에 뛰어들었다. 4월에는 새로 설립한 회사마저도 파산했고 인쇄소를 청산. 9월에는 파리를 떠나 푸제르의 포므릘 남작을 방문해서 『올빼미당』의 자료를 수집. 11월부터 베르사유의 누이동생 집에서 이 작품의 집필에 착수.

1829년 3월 역사소설 『올빼미당』을 처음으로 오노레 드 발자크라는 본명으로 간행. 이 작품은 처음에는 '쾌남아'라는 제목으로 발표했다가, 곧이어 빅토르 모리용이라는 가명으로 『마지막 올빼미당』으로 바뀌었다. 『결혼 생리학』을 출간해서 드디어 문학계의 총아로 떠올랐고 비로소 살롱 출입이 시작되었다. 6월 아버지가 83세의 나이로 세상을 떠났다.

1830년 『사생활의 정경』 초판을 발행. 《실루엣》과 《보루르》 등에 기고.

1831년 줄곧 베르니 부인과 함께 지냈다. 8월에 『나귀 가죽』을 간행. 이 작품의 성공으로 문단에 확고한 지위를 얻게 되고, 국외에서는 제2의 괴테라고 칭찬. 이때부터 평생 동안 그의 고질병이 된 낭비벽이 시작되어 아파트를 마련하고 마부가 딸린 마차까지 구입. 9월에 『철학적 장

단편집』 간행. 10월에 카스트리 후작 부인으로부터 최초의 편지를 받았다.

1832년 2월 한스카 부인으로부터 최초의 편지를 받았다. 4월 『우스꽝스러운 콩트』를 출간. 처음에는 100편의 콩트를 만들려고 했으나 실제로는 30편만을 출간. 이 콩트는 1832년과 1833년 그리고 1839년에 걸쳐 각각 발표되었다. 발자크가 이 콩트를 만든 직접적 동기는 이 콩트들을 16세기 고어로 쓸 정도로 라블레를 크게 존경한 사실, 그리고 현대인이 잃어버린 웃음을 다시 그들에게 찾아주면서 그들의 건강을 증진하는 데 있었다. 『갈색 콩트』 발표. 그는 이 작품을 필라레트 샬과 라부와 함께 썼다. 첫 번째 콩트인 『11시와 자정 사이의 대화』와 마지막 콩트인 『스페인의 위인』을 창작. 5월 『사생활의 정경』 재판 출간. 8월 말 사부아의 휴양지 엑스 레 뱅에서 카스트리 후작 부인과 만나 9월을 그곳에서 지낸 다음 10월 후작 부인과 함께 제네바로 갔다. 그때 부인에게 구애하지만 거절당했고, 이것은 발자크에게 두고두고 쓰라린 상처로 남았다. 10월 『속 철학적 단편집』을 발표.

1833년 9월 『시골 의사』를 출판. 스위스의 뇌샤텔에서 한스카 부인과 만났다.

1834년 이 해부터 자신의 작품을 '19세기 풍속 연구' 및 '철학 연구'의 두 계열로 종합 분류하여 간행하는 한편, 발자크 자신이 처음으로 만든 '인물 재등장' 기법을 사용.

3월 『13인조』를 간행. 6월 발자크의 자식으로 추정되는 마리아 뒤프레네의 딸 마리가 출생. 비스콘티 백작 부인과 교류를 시작. 12월 『절대의 탐구』(풍속 연구 제2권) 간행. 12월부터 《파리 평론》에 『고리오 영감』을 연재하기 시작했고 『외제니 그랑데』를 발간.

1835년 1월 『철학적 연구』 간행 개시. 3월에 『고리오 영감』 출간. 8월 《파리 평론》에 『골짜기의 백합』을 연재하기 시작했지만 곧 중단. 12월에 『세라피타』를 간행.

1836년 《크로니크 드 파리》지 창간. 4월 말부터 5월에 걸쳐 국민군 소집에 응하지 않아 투옥되었다. 6월 『골짜기의 백합』을 출판. 6월에 사셰에 체재하며 『잃어버린 환상』을 쓰기 시작. 7월에 베르니 부인 사망. 9월에 『철학적 연구』 제2집을 출간. 10월에 『저주받은 아들』 2부를, 12월에 『카트린 드 메디치에 관하여』 2부를 《크로니크 드 파리》지에 발표. 가명 시절의 작품들을 모은 『오라스 드 생토뱅 전집』 출간.

1837년 다시 이탈리아를 여행. 2월 『노처녀』와 『잃어버린 환상』 1부를 출간해서 『풍속 연구』의 간행을 마무리. 7월에 『철학적 연구』 제3집을 발간. 『하급 관리』를 《프레스》지에 연재했고 12월에 『세자르 비로토』를 출간. 디드로가 내세운 '시민극'에 자극받아 희곡 『가족 학교』를 발표. 이후 희곡 『보트랭』(1840년)을 발표하지만 첫 회만 상연되고 내무부에 의해 상연이 금지됨. 『키놀라의 재산』(1842년)과 『파멜라 지로』(1843년)와 『계모』(1848

년)도 모두 실패. 이어서 베케트의 『고도를 기다리며』에 영향을 준 『메르카데』(1844~1848)를 발표해서 크게 성공.

1838년 2월에 노앙에 있었던 조르주 상드를 방문. 9월에 『뉘싱겐 상사(商社)』와 『창녀들의 홍망성쇠』 집필.

1839년 1월부터 8월까지 《프레스》지에 『마을의 사제』를 연재. 3월에 『강바라』를 간행. 4월부터 5월까지 《세기》지에 『베아트리스』를 연재. 6월에 『잃어버린 환상』 2부를 간행. 8월에 문인협회 회장에 피선됐고 아카데미 회원 후보에 올랐지만 빅토르 위고에게 양보. 12월에 『베아트리스』를 간행.

1840년 《세기》지에 『피에레트』 발표. 문인협회 회장을 그만두었다. 7월에 《르뷔 파리지앵》지를 창간하지만 3호를 내고 폐간. 그동안 거기에 「스탕달론」, 「Z. 마르카스」 등을 발표. 10월 바스가로 이사.(현재 레이누아르가 47번지로, 기념관인 '발자크의 집'이 있다.)

1841년 1월부터 2월까지 『암흑 사건』 발표. 2월부터 3월까지 『여자 낚시꾼』 1부를 《프레스》지에 연재. 5월에 『마을 사제』를 간행. 8월부터 9월까지 『위르쉴 미루에』를 《메사제》지에 발표. 10월에 퓌른 출판사와 『인간 희극』의 간행에 관한 계약을 체결. 그후 17권 출판. 11월부터 이듬해 1월에 걸쳐 《프레스》지에 『두 젊은 여인의 수기』를 연재.

1842년 1월 한스카 부인의 편지로 지난해 11월 남편 한스카 씨가 사망했다는 것을 알고 한스카 부인과의 결혼을 진지하게 생각하기 시작했다. 4월에 『인간 희극』 간행 개시. 7월부터 9월까지 『어느 인생의 출발』을 《레지스라튀르》지에 연재했고, 9월 『인간 희극』 제2권, 11월 제3권을 간행. 10월부터 11월까지 『여자 낚시꾼』 2부를 《프레스》지에 연재.

1843년　1월에 『카트린 드 메디치에 관하여』를 간행. 3월에 『오노린』을 《프레스》지에, 그리고 5월부터 6월까지 『창녀들의 흥망성쇠』 1부와 2부를 《르뷔 파리지앵》지에 연재. 6월부터 7월에 걸쳐 『잃어버린 환상』 3부를 발표. 건강이 나빠져 진단을 받은 결과 만성 뇌질환으로 판명. 『인간 희극』 제5권(4월), 제6권(5월), 제8권(7월)을 간행.

1844년　건강이 계속 악화. 미술품 수집에 열중. 3월부터 7월까지 『모데스트 미뇽』을 《논쟁》지에 연재하고 3월에 『잃어버린 환상』 3부 간행. 6월에는 『어느 인생의 출발』, 8월에 『창녀들의 흥망성쇠』, 10월부터 11월에 걸쳐 『현대사의 이면』, 11월에 『모데스트 미뇽』과 12월 『오노린』을 간행. 12월부터 이듬해 1월에 걸쳐 『베아트리스』 3부를 《메사제》지에 연재. 『인간 희극』 제7권, 제9권, 제11권 간행.

1845년　4월에 레지옹 도뇌르 훈장을 받았다. 『베아트리스』 3부와 『인간 희극』 제4권 및 제10권 간행.

1846년　3월 로마에서 한스카 부인과 만나기 위해 마르세유를 출발. 6월에 한스카 부인으로부터 임신 통고를 받고 결혼을 서둘렀다. 7월에 『창녀들의 흥망성쇠』 3부를 《시대》지에 연재. 10월에 비스바덴에서 한스카 부인의 외동딸 안나의 결혼식에 참석. 10월부터 11월에 걸쳐 《콩스티튀시오날》지에 『사촌 베트』를 연재. 『현대사의 이면』 1부 출간. 12월 1일에 한스카 부인으로부터 출산 과정에서 여아가 죽었다는 통보를 받고 비탄에 잠겼다. 『인간 희극』 전16권의 간행을 일단 마쳤다.

1847년 3월부터 5월까지 『사촌 퐁스』를 《콩스티튀시오날》지에 연재. 4월부터 5월에 걸쳐 『창녀들의 흥망성쇠』 4부를 《프레스》지에 연재. 이 무렵 포르튀네가(현재 발자크가)로 이사. 6월 유서를 남길 정도로 심신의 피로가 격심해지자, 한스카 부인을 유산 상속자로 지정.

1848년 8월에서 9월 사이에 『현대사의 이면』 3부 발표. 11월 『인간 희극』 제17권을 보권(補卷)으로 간행.

1849년 우크라이나의 한스카 부인 곁에서 보냈다.

1850년 3월에 드디어 우크라이나의 베르디치우에서 한스카 부인과 결혼. 병을 무릅쓰고 5월에 파리로 돌아왔고 8월 18일 파리 포르튀네가의 자택에서 세상을 떴다. 유해는 페르라셰즈 묘지에 안장되었고, 장례식에서는 빅토르 위고가 조사를 헌정했다.

세계문학전집 18

고리오 영감

1판 1쇄 펴냄 1999년 2월 15일
1판 57쇄 펴냄 2023년 11월 8일

지은이 오노레 드 발자크
옮긴이 박영근
발행인 박근섭, 박상준
펴낸곳 (주)민음사

출판등록 1966. 5. 19. (제 16-490호)
서울특별시 강남구 도산대로1길 62(신사동) 강남출판문화센터 5층 (우편번호 06027)
대표전화 02-515-2000 팩시밀리 02-515-2007
www.minumsa.com

ISBN 978-89-374-6018-0 04800
ISBN 978-89-374-6000-5 (세트)

민음사 세계문학전집

세계문학전집 목록

51·52 **내 이름은 빨강** 파묵 · 이난아 옮김 노벨 문학상 수상 작가
53 **오셀로** 셰익스피어 · 최종철 옮김 서울대 권장도서 100선
54 **조서** 르 클레지오 · 김윤진 옮김 노벨 문학상 수상 작가
55 **모래의 여자** 아베 코보 · 김난주 옮김
56·57 **부덴브로크 가의 사람들** 토마스 만 · 홍성광 옮김 노벨 문학상 수상 작가
58 **싯다르타** 헤세 · 박병덕 옮김 노벨 문학상 수상 작가
59·60 **아들과 연인** 로렌스 · 정상준 옮김 《뉴스위크》 선정 100대 명저
61 **설국** 가와바타 야스나리 · 유숙자 옮김 노벨 문학상 수상 작가 | 서울대 권장도서 100선
62 **벨킨 이야기 · 스페이드 여왕** 푸슈킨 · 최선 옮김
63·64 **넙치** 그라스 · 김재혁 옮김 노벨 문학상 수상 작가
65 **소망 없는 불행** 한트케 · 윤용호 옮김 노벨 문학상 수상 작가
66 **나르치스와 골드문트** 헤세 · 임홍배 옮김 노벨 문학상 수상 작가
67 **황야의 이리** 헤세 · 김누리 옮김 노벨 문학상 수상 작가
68 **페테르부르크 이야기** 고골 · 조주관 옮김
69 **밤으로의 긴 여로** 오닐 · 민승남 옮김 노벨 문학상 수상 작가 | 미국대학위원회 선정 SAT 추천도서
70 **체호프 단편선** 체호프 · 박현섭 옮김
71 **버스 정류장** 가오싱젠 · 오수경 옮김 노벨 문학상 수상 작가
72 **구운몽** 김만중 · 송성욱 옮김 서울대 권장도서 100선 | 국립중앙도서관 선정 청소년 권장도서
73 **대머리 여가수** 이오네스코 · 오세곤 옮김
74 **이솝 우화집** 이솝 · 유종호 옮김 논술 및 수능에 출제된 책(1998~2005)
75 **위대한 개츠비** 피츠제럴드 · 김욱동 옮김 《타임》 선정 현대 100대 영문소설
76 **푸른 꽃** 노발리스 · 김재혁 옮김
77 **1984** 오웰 · 정회성 옮김 《타임》 선정 현대 100대 영문소설 | 《뉴스위크》 선정 100대 명저
78·79 **영혼의 집** 아옌데 · 권미선 옮김
80 **첫사랑** 투르게네프 · 이항재 옮김
81 **내가 죽어 누워 있을 때** 포크너 · 김명주 옮김 노벨 문학상 수상 작가
82 **런던 스케치** 레싱 · 서숙 옮김 노벨 문학상 수상 작가
83 **팡세** 파스칼 · 이환 옮김
84 **질투** 로브그리예 · 박이문, 박희원 옮김
85·86 **채털리 부인의 연인** 로렌스 · 이인규 옮김
87 **그 후** 나쓰메 소세키 · 윤상인 옮김
88 **오만과 편견** 오스틴 · 윤지관, 전승희 옮김 미국대학위원회 선정 SAT 추천도서
89·90 **부활** 톨스토이 · 연진희 옮김 논술 및 수능에 출제된 책(1998~2005)
91 **방드르디, 태평양의 끝** 투르니에 · 김화영 옮김
92 **미겔 스트리트** 나이폴 · 이상옥 옮김 노벨 문학상 수상 작가
93 **페드로 파라모** 룰포 · 정창 옮김
94 **차라투스트라는 이렇게 말했다** 니체 · 장희창 옮김 국립중앙도서관 선정 청소년 권장도서
95·96 **적과 흑** 스탕달 · 이동렬 옮김 국립중앙도서관 선정 청소년 권장도서
97·98 **콜레라 시대의 사랑** 마르케스 · 송병선 옮김 노벨 문학상 수상 작가 | BBC 선정 꼭 읽어야 할 책
99 **맥베스** 셰익스피어 · 최종철 옮김 서울대 권장도서 100선 | 미국대학위원회 선정 SAT 추천도서
100 **춘향전** 작자 미상 · 송성욱 풀어 옮김 서울대 권장도서 100선
101 **페르디두르케** 곰브로비치 · 윤진 옮김
102 **포르노그라피아** 곰브로비치 · 임미경 옮김
103 **인간 실격** 다자이 오사무 · 김춘미 옮김
104 **네루다의 우편배달부** 스카르메타 · 우석균 옮김

105·106 **이탈리아 기행** 괴테 · 박찬기 외 옮김
107 **나무 위의 남작** 칼비노 · 이현경 옮김
108 **달콤 쌉싸름한 초콜릿** 에스키벨 · 권미선 옮김
109·110 **제인 에어** C. 브론테 · 유종호 옮김 BBC 선정 꼭 읽어야 할 책
111 **크눌프** 헤세 · 이노은 옮김 노벨 문학상 수상 작가
112 **시계태엽 오렌지** 버지스 · 박시영 옮김 《타임》 선정 현대 100대 영문소설 | 《뉴스위크》 선정 100대 명저
113·114 **파리의 노트르담** 위고 · 정기수 옮김 미국대학위원회 선정 SAT 추천도서
115 **새로운 인생** 단테 · 박우수 옮김
116·117 **로드 짐** 콘래드 · 이상옥 옮김 《뉴스위크》 선정 100대 명저
118 **폭풍의 언덕** E. 브론테 · 김종길 옮김 미국대학위원회 선정 SAT 추천도서
119 **텔크테에서의 만남** 그라스 · 안삼환 옮김 노벨 문학상 수상 작가
120 **검찰관** 고골 · 조주관 옮김
121 **안개** 우나무노 · 조민현 옮김
122 **나사의 회전** 제임스 · 최경도 옮김 미국대학위원회 선정 SAT 추천도서
123 **피츠제럴드 단편선 1** 피츠제럴드 · 김욱동 옮김
124 **목화밭의 고독 속에서** 콜테스 · 임수현 옮김
125 **돼지꿈** 황석영
126 **라셀라스** 존슨 · 이인규 옮김
127 **리어 왕** 셰익스피어 · 최종철 옮김 서울대 권장도서 100선 | 《뉴스위크》 선정 100대 명저
128·129 **쿠오 바디스** 시엔키에비츠 · 최성은 옮김 노벨 문학상 수상 작가
130 **자기만의 방 · 3기니** 울프 · 이미애 옮김
131 **시르트의 바닷가** 그라크 · 송진석 옮김
132 **이성과 감성** 오스틴 · 윤지관 옮김
133 **바덴바덴에서의 여름** 치프킨 · 이장욱 옮김
134 **새로운 인생** 파묵 · 이난아 옮김 노벨 문학상 수상 작가
135·136 **무지개** 로렌스 · 김정매 옮김
137 **인생의 베일** 서머싯 몸 · 황소연 옮김
138 **보이지 않는 도시들** 칼비노 · 이현경 옮김
139·140·141 **연초 도매상** 바스 · 이운경 옮김 《타임》 선정 현대 100대 영문소설
142·143 **플로스 강의 물방앗간** 엘리엇 · 한애경, 이봉지 옮김 미국대학위원회 선정 SAT 추천도서
144 **연인** 뒤라스 · 김인환 옮김
145·146 **이름 없는 주드** 하디 · 정종화 옮김
147 **제49호 품목의 경매** 핀천 · 김성곤 옮김 《타임》 선정 현대 100대 영문소설
148 **성역** 포크너 · 이진준 옮김 노벨 문학상 수상 작가 | 퓰리처상 수상 작가
149 **무진기행** 김승옥
150·151·152 **신곡(지옥편 · 연옥편 · 천국편)** 단테 · 박상진 옮김 《뉴스위크》 선정 100대 명저
153 **구덩이** 플라토노프 · 정보라 옮김
154·155·156 **카라마조프가의 형제들** 도스토옙스키 · 김연경 옮김
157 **지상의 양식** 지드 · 김화영 옮김 노벨 문학상 수상 작가
158 **밤의 군대들** 메일러 · 권택영 옮김 퓰리처상 수상 작가
159 **주홍 글자** 호손 · 김욱동 옮김 서울대 권장도서 100선 | 미국대학위원회 선정 SAT 추천도서
160 **깊은 강** 엔도 슈사쿠 · 유숙자 옮김
161 **욕망이라는 이름의 전차** 윌리엄스 · 김소임 옮김
162 **마사 퀘스트** 레싱 · 나영균 옮김 노벨 문학상 수상 작가
163·164 **운명의 딸** 아옌데 · 권미선 옮김

165 **모렐의 발명** 비오이 카사레스 · 송병선 옮김
166 **삼국유사** 일연 · 김원중 옮김 서울대 권장도서 100선
167 **풀잎은 노래한다** 레싱 · 이태동 옮김 노벨 문학상 수상 작가
168 **파리의 우울** 보들레르 · 윤영애 옮김
169 **포스트맨은 벨을 두 번 울린다** 케인 · 이만식 옮김
170 **썩은 잎** 마르케스 · 송병선 옮김 노벨 문학상 수상 작가
171 **모든 것이 산산이 부서지다** 아체베 · 조규형 옮김 《타임》 선정 현대 100대 영문소설
172 **한여름 밤의 꿈** 셰익스피어 · 최종철 옮김 미국대학위원회 선정 SAT 추천도서
173 **로미오와 줄리엣** 셰익스피어 · 최종철 옮김 미국대학위원회 선정 SAT 추천도서
174·175 **분노의 포도** 스타인벡 · 김승욱 옮김 노벨 문학상 수상 작가 | 《타임》 선정 현대 100대 영문소설
176·177 **괴테와의 대화** 에커만 · 장희창 옮김
178 **그물을 헤치고** 머독 · 유종호 옮김 《타임》 선정 현대 100대 영문소설
179 **브람스를 좋아하세요...** 사강 · 김남주 옮김
180 **카타리나 블룸의 잃어버린 명예** 하인리히 뵐 · 김연수 옮김 노벨 문학상 수상 작가
181·182 **에덴의 동쪽** 스타인벡 · 정회성 옮김 노벨 문학상 수상 작가
183 **순수의 시대** 워튼 · 송은주 옮김 《뉴스위크》 선정 100대 명저 | 퓰리처상 수상작
184 **도둑 일기** 주네 · 박형섭 옮김
185 **나자** 브르통 · 오생근 옮김
186·187 **캐치-22** 헬러 · 안정효 옮김 《타임》 선정 현대 100대 영문소설
188 **숄로호프 단편선** 숄로호프 · 이항재 옮김 노벨 문학상 수상 작가
189 **말** 사르트르 · 정명환 옮김
190·191 **보이지 않는 인간** 엘리슨 · 조영환 옮김 《타임》 선정 현대 100대 영문소설
192 **왑샷 가문 연대기** 치버 · 김승욱 옮김 퓰리처상 수상 작가
193 **왑샷 가문 몰락기** 치버 · 김승욱 옮김 퓰리처상 수상 작가
194 **필립과 다른 사람들** 노터봄 · 지명숙 옮김
195·196 **하드리아누스 황제의 회상록** 유르스나르 · 곽광수 옮김
197·198 **소피의 선택** 스타이런 · 한정아 옮김 퓰리처상 수상 작가
199 **피츠제럴드 단편선 2** 피츠제럴드 · 한은경 옮김
200 **홍길동전** 허균 · 김탁환 옮김
201 **요술 부지깽이** 쿠버 · 양윤희 옮김
202 **북호텔** 다비 · 원윤수 옮김
203 **톰 소여의 모험** 트웨인 · 김욱동 옮김
204 **금오신화** 김시습 · 이지하 옮김
205·206 **테스** 하디 · 정종화 옮김 미국대학위원회 선정 SAT 추천도서 | BBC 선정 꼭 읽어야 할 책
207 **브루스터플레이스의 여자들** 네일러 · 이소영 옮김
208 **더 이상 평안은 없다** 아체베 · 이소영 옮김
209 **그레인지 코플랜드의 세 번째 인생** 워커 · 김시현 옮김 퓰리처상 수상 작가
210 **어느 시골 신부의 일기** 베르나노스 · 정영란 옮김
211 **타라스 불바** 고골 · 조주관 옮김
212·213 **위대한 유산** 디킨스 · 이인규 옮김 서울대 권장도서 100선 | BBC 선정 꼭 읽어야 할 책
214 **면도날** 서머싯 몸 · 안진환 옮김
215·216 **성채** 크로닌 · 이은정 옮김
217 **오이디푸스 왕** 소포클레스 · 강대진 옮김 서울대 권장도서 100선
218 **세일즈맨의 죽음** 밀러 · 강유나 옮김
219·220·221 **안나 카레니나** 톨스토이 · 연진희 옮김 서울대 권장도서 100선

275 픽션들 보르헤스 · 송병선 옮김 서울대 권장도서 100선
276 신의 화살 아체베 · 이소영 옮김
277 빌헬름 텔 · 간계와 사랑 실러 · 홍성광 옮김
278 노인과 바다 헤밍웨이 · 김욱동 옮김 노벨 문학상 수상 작가 | 퓰리처상 수상작
279 무기여 잘 있어라 헤밍웨이 · 김욱동 옮김 미국대학위원회 선정 SAT 추천도서
280 태양은 다시 떠오른다 헤밍웨이 · 김욱동 옮김 《타임》 선정 현대 100대 영문 소설
281 알레프 보르헤스 · 송병선 옮김
282 일곱 박공의 집 호손 · 정소영 옮김
283 에마 오스틴 · 윤지관, 김영희 옮김
284·285 죄와 벌 도스토옙스키 · 김연경 옮김 미국대학위원회 선정 SAT 추천도서
286 시련 밀러 · 최영 옮김
287 모두가 나의 아들 밀러 · 최영 옮김
288·289 누구를 위하여 종은 울리나 헤밍웨이 · 김욱동 옮김 노벨 문학상 수상 작가
290 구르브 연락 없다 멘도사 · 정창 옮김
291·292·293 데카메론 보카치오 · 박상진 옮김
294 나누어진 하늘 볼프 · 전영애 옮김
295·296 제브데트 씨와 아들들 파묵 · 이난아 옮김 노벨 문학상 수상 작가
297·298 여인의 초상 제임스 · 최경도 옮김 미국대학위원회 선정 SAT 추천도서
299 압살롬, 압살롬! 포크너 · 이태동 옮김 노벨 문학상 수상 작가
300 이상 소설 전집 이상 · 권영민 책임 편집
301·302·303·304·305 레 미제라블 위고 · 정기수 옮김
306 관객모독 한트케 · 윤용호 옮김 노벨 문학상 수상 작가
307 더블린 사람들 조이스 · 이종일 옮김
308 에드거 앨런 포 단편선 앨런 포 · 전승희 옮김 미국대학위원회 선정 SAT 추천도서
309 보이체크 · 당통의 죽음 뷔히너 · 홍성광 옮김
310 노르웨이의 숲 무라카미 하루키 · 양억관 옮김
311 운명론자 자크와 그의 주인 디드로 · 김희영 옮김
312·313 헤밍웨이 단편선 헤밍웨이 · 김욱동 옮김 노벨 문학상 수상 작가
314 피라미드 골딩 · 안지현 옮김 노벨 문학상 수상 작가
315 닫힌 방 · 악마와 선한 신 사르트르 · 지영래 옮김
316 등대로 울프 · 이미애 옮김 《타임》 선정 현대 100대 영문소설 | 《뉴스위크》 선정 100대 명저
317·318 한국 희곡선 송영 외 · 양승국 엮음
319 여자의 일생 모파상 · 이동렬 옮김
320 의식 노터봄 · 김영중 옮김
321 육체의 악마 라디게 · 원윤수 옮김
322·323 감정 교육 플로베르 · 지영화 옮김
324 불타는 평원 룰포 · 정창 옮김
325 위대한 몬느 알랭푸르니에 · 박영근 옮김
326 라쇼몬 아쿠타가와 류노스케 · 서은혜 옮김
327 반바지 당나귀 보스코 · 정영란 옮김
328 정복자들 말로 · 최윤주 옮김
329·330 우리 동네 아이들 마흐푸즈 · 배혜경 옮김 노벨 문학상 수상 작가
331·332 개선문 레마르크 · 장희창 옮김
333 사바나의 개미 언덕 아체베 · 이소영 옮김
334 게걸음으로 그라스 · 장희창 옮김 노벨 문학상 수상 작가

335 코스모스 곰브로비치 · 최성은 옮김
336 좁은 문 · 전원교향곡 · 배덕자 지드 · 동성식 옮김 노벨 문학상 수상 작가
337·338 암 병동 솔제니친 · 이영의 옮김 노벨 문학상 수상 작가
339 피의 꽃잎들 응구기 와 시옹오 · 왕은철 옮김
340 운명 케르테스 · 유진일 옮김 노벨 문학상 수상 작가
341·342 벌거벗은 자와 죽은 자 메일러 · 이운경 옮김 퓰리처상 수상 작가
343 시지프 신화 카뮈 · 김화영 옮김 노벨 문학상 수상 작가
344 뇌우 차오위 · 오수경 옮김
345 모옌 중단편선 모옌 · 심규호, 유소영 옮김 노벨 문학상 수상 작가
346 일야서 한사오궁 · 심규호, 유소영 옮김
347 상속자들 골딩 · 안지현 옮김 노벨 문학상 수상 작가
348 설득 오스틴 · 전승희 옮김
349 히로시마 내 사랑 뒤라스 · 방미경 옮김
350 오 헨리 단편선 오 헨리 · 김희용 옮김
351·352 올리버 트위스트 디킨스 · 이인규 옮김
353·354·355·356 전쟁과 평화 톨스토이 · 연진희 옮김
357 다시 찾은 브라이즈헤드 에벌린 워 · 백지민 옮김
358 아무도 대령에게 편지하지 않다 마르케스 · 송병선 옮김
359 사양 다자이 오사무 · 유숙자 옮김
360 좌절 케르테스 · 한경민 옮김 노벨 문학상 수상 작가
361·362 닥터 지바고 파스테르나크 · 김연경 옮김 노벨 문학상 수상 작가
363 노생거 사원 오스틴 · 윤지관 옮김
364 개구리 모옌 · 심규호, 유소영 옮김 노벨 문학상 수상 작가
365 마왕 투르니에 · 이원복 옮김 공쿠르상 수상 작가
366 맨스필드 파크 오스틴 · 김영희 옮김
367 이선 프롬 이디스 워튼 · 김욱동 옮김 퓰리처상 수상 작가
368 여름 이디스 워튼 · 김욱동 옮김 퓰리처상 수상 작가
369·370·371 나는 고백한다 자우메 카브레 · 권가람 옮김
372·373·374 태엽 감는 새 연대기 무라카미 하루키 · 김난주 옮김
375·376 대사들 제임스 · 정소영 옮김
377 족장의 가을 마르케스 · 송병선 옮김 노벨 문학상 수상 작가
378 핏빛 자오선 매카시 · 김시현 옮김
379 모두 다 예쁜 말들 매카시 · 김시현 옮김
380 국경을 넘어 매카시 · 김시현 옮김
381 평원의 도시들 매카시 · 김시현 옮김
382 만년 다자이 오사무 · 유숙자 옮김
383 반항하는 인간 카뮈 · 김화영 옮김 노벨 문학상 수상 작가
384·385·386 악령 도스토옙스키 · 김연경 옮김
387 태평양을 막는 제방 뒤라스 · 윤진 옮김
388 남아 있는 나날 가즈오 이시구로 · 송은경 옮김
389 앙리 브륄라르의 생애 스탕달 · 원윤수 옮김
390 찻집 라오서 · 오수경 옮김
391 태어나지 않은 아이를 위한 기도 케르테스 · 이상동 옮김 노벨 문학상 수상 작가
392·393 서머싯 몸 단편선 서머싯 몸 · 황소연 옮김
394 케이크와 맥주 서머싯 몸 · 황소연 옮김

395 월든 소로 · 정회성 옮김
396 모래 사나이 E. T. A. 호프만 · 신동화 옮김
397·398 검은 책 오르한 파묵 · 이난아 옮김 노벨 문학상 수상 작가
399 방랑자들 올가 토카르추크 · 최성은 옮김 노벨 문학상 수상 작가
400 시여, 침을 뱉어라 김수영 · 이영준 엮음
401·402 환락의 집 이디스 워튼 · 전승희 옮김
403 달려라 메로스 다자이 오사무 · 유숙자 옮김
404 아버지와 자식 투르게네프 · 연진희 옮김
405 청부 살인자의 성모 바예호 · 송병선 옮김
406 세피아빛 초상 아옌데 · 조영실 옮김
407·408·409·410 사기 열전 사마천 · 김원중 옮김 서울대 권장도서 100선
411 이상 시 전집 이상 · 권영민 책임 편집
412 어둠 속의 사건 발자크 · 이동렬 옮김
413 태평천하 채만식 · 권영민 책임 편집
414·415 노스트로모 콘래드 · 이미애 옮김
416·417 제르미날 졸라 · 강충권 옮김
418 명인 가와바타 야스나리 · 유숙자 옮김 노벨 문학상 수상 작가
419 핀처 마틴 골딩 · 백지민 옮김 노벨 문학상 수상 작가
420 사라진 · 샤베르 대령 발자크 · 선영아 옮김
421 빅 서 케루악 · 김재성 옮김
422 코뿔소 이오네스코 · 박형섭 옮김
423 블랙박스 오즈 · 윤성덕, 김영화 옮김
424·425 고양이 눈 애트우드 · 차은정 옮김
426·427 도둑 신부 애트우드 · 이은선 옮김
428 슈니츨러 작품선 슈니츨러 · 신동화 옮김
429·430 세계의 끝과 하드보일드 원더랜드 무라카미 하루키 · 김난주 옮김
431 멜랑콜리아 I–II 욘 포세 · 손화수 옮김 노벨 문학상 수상 작가

세계문학전집은 계속 간행됩니다.